RICHARD DÜBELL

DER JAHRTAUSEND KAISER

BASTEI LÜBBE TASCHENBUCH
Band 14393

1. Auflage: August 2000
2. Auflage: September 2000
3. Auflage: Oktober 2000
4. Auflage: März 2001
5. Auflage: September 2001
6. Auflage: September 2002
7. Auflage: Juli 2004

Vollständige Taschenbuchausgabe

Bastei Lübbe Taschenbücher ist ein Imprint
der Verlagsgruppe Lübbe

© 1998 by nymphenburger
in der F. A. Herbig Verlagsbuchhandlung GmbH, München
Lizenzausgabe: Verlagsgruppe Lübbe GmbH & Co. KG,
Bergisch Gladbach
Umschlaggestaltung: Guido Klütsch, Köln
Titelbild: Archiv für Kunst & Geschichte, Berlin
Satz: KCS GmbH, Buchholz/Hamburg
Druck und Verarbeitung: GGP Media GmbH, Pößneck
Printed in Germany
ISBN 3-404-14393-0

Sie finden uns im Internet unter
www.luebbe.de

Der Preis dieses Bandes versteht sich einschließlich
der gesetzlichen Mehrwertsteuer.

Danke:

Für die ersten und besten Anregungen zu diesem Buch: meiner Frau Michaela; für unerschrockenes Probelesen: Sabine Stangl; für die Informationen über Köln: Annette Beltermann vom Stadtarchiv Köln; für ergiebige Diskussionen über geschichtliche Wahrheiten: Gabi Henzler und Rüdiger Chmiel; für die immer freundschaftliche und kreative Unterstützung: Heike Mayer, Sabine Jaenicke und ihren Kolleginnen vom nymphenburger Verlag; und nicht zuletzt für ihre Freundschaft und ihr stetes Interesse an meiner Arbeit: Rudi Heilmeier, Martin Fehrer, Heidi Haimerl und meinem Bruder Joe.

Für das Kind aus Apulien:
Heiliger, Teufel und das Staunen der Welt

INHALT

SCHATTENFALL 9

Das Ende der Welt 11
Ein Kardinalsproblem 24
Minstrel 65

ZWISCHENSPIEL 106

DAS REICH DER HEXE 135

Herzlich willkommen 137
Liebe und Betrug 204
Die Bewahrer der Vergangenheit 229
Jugendfreunde 288

ZWISCHENSPIEL 363

ERDE ZU ERDE 383

Die Rückkehr des Ritters 385
Ein nasses Grab 446
Hinterlassenschaften 471
Aufbruch 521

ZWISCHENSPIEL 566

DER HERR DER HINTERLIST 601

Totengedenken 603
Die Ratten kriechen hervor 625
Wegelagerer 652
Wellen im Teich 728

SCHATTENFALL

Diese Zeit ist viel sündhafter als jede andere vergangene Zeit, und es glauben viele Menschen, daß der Antichrist komme und das Ende der Welt nahe bevorstehe.

Roger Bacon,
Compendium philosophiae

Das Ende der Welt

Der Mann stank.
Der Mann war ein Prophet.
Er gehörte zu jener Sorte von heiligen Männern, die das Recht beanspruchen, sich weder die Finger- noch die Fußnägel zu beschneiden, sich den Kopf nicht zu scheren und Wasser nur in seiner trinkbaren Form zu akzeptieren. Er war auf dem Marktplatz aufgetaucht, ohne daß jemand hätte sagen können, wie er durch das Tor gekommen war; er mochte von einem Engel des Herrn in einer unbeobachteten Ecke abgestellt worden sein – oder die Nacht an einer Hausecke in der Kotrinne verbracht haben, wo ihn die Nachtwache für einen besonders großen Misthaufen gehalten und übersehen hatte. Seinem Geruch nach hatte die zweite Theorie etwas für sich. Er stand neben dem Verkaufskarren eines Bauern und hatte eine kleine Menschenmenge um sich versammelt. Der Bauer wußte nicht, ob er sich über die Aufmerksamkeit freuen sollte, die der Prophet erzeugte, oder ob er ihn seines zum Himmel aufsteigenden Gestanks wegen verjagen sollte.
»Der Himmel tut sich auf«, schrie der Prophet, »und ein weißes Roß zeigt sich; auf dem Roß aber sitzt der König der Treue und der Wahrhaftigkeit, und er wird Krieg führen gegen alles Unrecht, gegen das Tier und seinen falschen Propheten und gegen die siebenköpfige Hure, die sich am Blut der Heiligen labt. Feuer flammt in den Augen des Königs; er führt die Heere des Himmels an, um die

Völker zu schlagen; er gießt den Zorn Gottes über die Sünder. Die Vögel schwingen sich aus den Wolken herab und fressen das Fleisch der Heerführer, der falschen Könige und der Helden, fressen das Fleisch der Pferde und ihrer Reiter, fressen das Fleisch der Freien und der Sklaven, der Großen und der Kleinen, und des Gejammers wird kein Ende sein.«

Dein Fleisch werden sie zuletzt fressen, dachte der Bauer. *Wenn ihnen gar nichts anderes mehr übrigbleibt.* Er verzog den Mund, aber noch während er seinen Gedanken zu Ende dachte, kam ihm in den Sinn, daß der Mann neben seinem Karren tatsächlich ein vom Herrn gesandter Bote sein könnte. *Der Herr hört meine Gedanken*, erschrak er. *Ich lästere den Gesandten des Herrn.* Er bekreuzigte sich und schickte ein rasches Stoßgebet an die gütige Mutter Gottes, daß seine Blasphemie unbestraft bleiben möge.

Der Prophet zerrte die Fetzen seines Obergewandes beiseite und offenbarte einen eingefallenen Brustkorb; mit beiden Fäusten schlug er sich dagegen. Die zuvorderst Stehenden wichen sicherheitshalber ein paar Schritte zurück. »Nackt und bloß stehe ich unter euch und bezeuge, was ich gesehen habe. Die Menschen werden sich die Haut in Fetzen reißen und sich peitschen, bis das Blut ihnen über den Leib rinnt. Die Pharisäer werden auf diejenigen zeigen, die anders als sie sind und rufen: Ihretwegen ist Gott erzürnt!, und sie werden ihnen die Knochen zerschlagen, weil sie nicht sehen, daß Gottes Zorn sich gegen sie selbst richtet. Zuletzt werden sie diejenigen packen, die ihnen die Wahrheit verkünden, und auf ihren Plätzen den Tieren zum Fraß vorwerfen. Dann wird der Drache sich erheben, weil er das Blut der Unschuldigen riecht, und seine Scharen um sich sammeln für das letzte Gefecht. Unwetter werden sich

zusammenbrauen, und mit Blitz und Donner wird ein gewaltiges Beben kommen und alle Städte auslöschen, die der Hure dienen.«
Er holte pfeifend Atem und legte sein Gesicht plötzlich in verklärte Falten. »Der König aber«, fuhr er fast entzückt fort, »der König der Wahrhaftigkeit, der Mann mit dem Richterschwert, der Herrscher der Endzeit: Er wird den Drachen überwältigen und ihn in den Abgrund stoßen und dort binden für tausend Jahre; dann aber wird er sich umdrehen, und es wird ein Thron bereitstehen. Der sich auf den Thron setzt, wird die Herrschaft antreten über die Auferstandenen und diejenigen, die sich nicht der Gefolgschaft des Tieres verschrieben haben, und er wird herrschen für tausend Jahre, und alle Menschen werden Priester Gottes und Christi sein.«
»Genau! Es lebe Kaiser Frederico!« brüllte ein Mann in der Nähe des Bauern. Einige Gesichter wandten sich ihm überrascht zu. Der Mann trug eine Tunika mit einem Wappen, das dem Bauern vage bekannt erschien, über einem ledernen Hemd; seine Beine steckten in hohen Stiefeln. Zwei weitere Männer in der gleichen Aufmachung standen neben ihm. Auf den zweiten Blick fiel dem Bauern auf, daß sie kurze, leere Scheiden an den Gürteln hängen hatten. Das Marktgesetz verbot das Tragen von Waffen auf dem Markt.
»Sei still, Fulcher. Was soll denn das?« sagte einer seiner Gefährten. Fulcher grinste über das ganze Gesicht. »Wir feuern die Leute mal ein wenig an. Mach mit, Rasso! Du auch, Liutfried.« Jetzt erinnerte sich der Bauer, wem das Wappen gehörte: dem kaiserlichen Kanzler und Großhofrichter, der sich seit einigen Tagen in Köln aufhielt. Die drei schienen zu seinem Troß zu gehören.

Rasso grinste nach kurzem Zögern ebenfalls. Als Fulcher den Mund öffnete, stieß er die Faust in die Luft und fiel mit ein: »Es lebe Kaiser Frederico!«
Die Menge blieb stumm. »Was ist denn, ihr Stockfische?« rief Fulcher lachend. »Lassen wir den Kaiser hochleben!« Liutfried verzog das Gesicht. »Seht Euch mal die Burschen da drüben an«, sagte er halblaut.
Der Bauer sah mit hinüber: auf vier Männer mit den Mänteln und Stöcken von Pilgern. Die Mäntel sahen neu und teuer aus und keinesfalls so, als hätten sie eine strapaziöse Reise hinter sich. Er sah, wie sie Rasso, Fulcher und Liutfried mißbilligend musterten und untereinander Blicke austauschten. Von den anderen Marktbesuchern rief einer plötzlich: »Willst du uns ankündigen, was geschehen wird, oder erzählst du uns nur den Alptraum, den du hattest, als du einmal in dein eigenes Hemd hineingerochen hast?«
Der Prophet achtete weder auf den Rufer noch auf das Gelächter, das sich erhob. Er starrte um sich und schien sich zu sammeln. »Rettet euch!« schrie er dann mit höchster Lautstärke, so daß einige zusammenzuckten. »Hört auf, die Hure anzubeten, die sich betrunken auf dem scharlachfarbenen Tier windet. Die Zeit ist fast abgelaufen, die euch noch bleibt. Das tausendjährige Reich steht vor der Tür!«
Ein Großteil der Menge verließ den Propheten kopfschüttelnd; einige wenige blieben zurück und betrachteten die zerlumpte Gestalt, manche mit furchtsamen Gesichtern, manche mit fröhlichem Grinsen. Der Bauer wählte eine kleine holzige Rübe aus seiner Ladung aus, um sie dem Propheten auszuhändigen, wenn dieser zu betteln anfinge; aber der Prophet stand nur um Atem ringend auf seinem Platz. Die vier Männer mit den Pilgermänteln begannen

erregt zu diskutieren; schließlich wandten sie sich an die Menschen, die zurückgeblieben waren, und schienen sie zu befragen. Die meisten der Befragten zuckten mit den Schultern und winkten ab. Fulcher, Rasso und Liutfried, die ein paar Schritte beiseite getreten waren, beobachteten sie mißtrauisch. Zuletzt stellte sich einer der Pilger neben den Propheten, ohne auf dessen Geruch zu achten, und hob beide Hände.

»Brüder und Schwestern«, rief er. »Hört nicht auf diesen Menschen; er selbst ist ein falscher Prophet. Hört nicht auf diesen Verführer, der euch glauben machen will, er habe den Beginn des Zeitalters unseres Herrn heraufdämmern sehen. In Wahrheit ist es Satan, den er ankündigen will, und er will die Ketten sprengen, die ihn für sieben mal sieben Generationen in den Abgrund fesseln: Satan, der als finsterer König wiederkehrt und dessen Verkünder, der Antichrist, schon jetzt Krieg führt gegen die christlichen Städte und den Heiligen Vater in Rom, sich mit schwarzen Heiden, Zauberern und Hexen umgibt und unheilige Experimente an gläubigen Märtyrern durchführt, bis deren Blut zum Himmel schreit.«

Als der Bauer sah, wie sich der Pilger nach seiner Rede vorsichtig umblickte, wohl weil er Würfe mit faulem Obst befürchtete, wurde ihm klar, daß dieser seine kleine Rede nicht zum erstenmal auf einem öffentlichen Platz gehalten hatte – und daß ihm in anderen Städten bei dieser Gelegenheit schon manches um die Ohren geflogen war. Wenn schon die Routine, mit der er sich Aufmerksamkeit verschafft hatte, dafür sprach, dann noch mehr, daß er weder einen roten Kopf bekam noch zu stottern anfing, so wie es dem Bauern erging, wenn er seinem Grundherrn erklären sollte, wie hoch der Ernteertrag der letzten Saison gewesen war. Nun, es flog kein faules Obst. Den Gesichtern der Zuhörer war zu entnehmen, daß sie den einen Redner ebensowenig ernst nahmen wie den anderen. Die drei aus dem Troß des Kanzlers bildeten allerdings eine Ausnahme. Tatsächlich wollte es scheinen, als habe der Redner ganz speziell zu ihnen gesprochen, um sie zu reizen. Sie hatten die Fäuste geballt; Fulchers Gesicht war rot vor Zorn.

»Geht fort und reinigt euch von euren Sünden, denn Gott der Herr sieht auf euch, und die sind ihm ein Graus, die ihr Gehör dem Auswurf der Unterwelt leihen. Glaubt an Papst Innozenz, den Heiligen Vater; der Erlöser selbst hat ihn mit dem weißen Mantel bekleidet, ihm Vollkommenheit verliehen und ihn auf den heiligen Stuhl gesetzt. Dient dem Heiligen Vater, welcher der rechtmäßige Herr ist über den Geist und den Körper, welcher der Herr ist über das Buch und das Zepter und sich im Besitz der Wahrheit befindet. Dient ihm, denn selbst die Könige und Kaiser und die Fürsten dieser Welt dienen ihm.«

Der Pilger gestikulierte zu seinen Begleitern, und zwei von ihnen gesellten sich zu ihm und dem Propheten. Sie wechselten ein paar Worte, woraufhin die beiden Neuankömmlinge den Propheten an den Armen nahmen, ohne sich von seinem Körpergeruch irritieren zu lassen. Der Prophet schien von der erwiesenen Aufmerksamkeit nur milde bewegt. Seine Botschaft gesprochen, wirkte er leer wie ein ausgetrunkener Ziegenschlauch, der matt in einer Ecke lehnt und darauf wartet, wieder gefüllt zu werden. Der Pilger, der die Rede gehalten hatte, wandte sich dem Propheten zu.

»Komm mit uns, mein Sohn«, sagte er laut genug, daß die Umstehenden es hören konnten. »Wir werden dafür sor-

gen, daß sich gute Mönche in der Nähe deiner annehmen. Dein Geist ist verwirrt; du bist ein armes Kind Gottes.«
»Ich dachte, er sei ein falscher Prophet«, rief Fulcher plötzlich. Er trat nach vorn und baute sich vor dem Propheten und seinen neuen Freunden auf. »Oder hast du schon vergessen, was du gesagt hast?« Er stemmte die Fäuste in die Hüften und wandte sich an die Menge. »So ist es mit den Päpstlichen. Sie lügen uns so oft an, daß sie selbst schon nicht mehr wissen, was sie wann gesagt haben.« Die Menge antwortete ihm mit vorsichtigem Gelächter. Rasso und Liutfried sahen sich an und gesellten sich dann an Fulchers Seite.
Der Pilger reagierte nicht. Seine Aufmerksamkeit galt dem Propheten. »Du wirst hier nicht mehr sprechen«, erklärte er. »Folge uns.«
»Auf dem Marktplatz darf jeder sprechen«, ließ sich ein Rufer aus der Menge vernehmen.
»Das ist richtig«, antwortete Fulcher laut. »Ob er nun nach Schafbock stinkt oder nach Weihrauch.«
Erneutes Gelächter erhob sich. Die drei Pilger rund um den Propheten herum machten verkniffene Gesichter; auch der vierte, der noch in der Menge stand, verzog seine Miene, aber es schien eher aus Besorgnis denn aus Mißmut. Sie hatten sich wohl leichteres Spiel in einer Stadt erwartet, deren Herr ein Bischof war. Statt dessen stellten sich ihnen drei Kaiserliche entgegen, und auch die Menge schien durchaus nicht geneigt, sich auf ihre Seite zu schlagen. Sie konnten jetzt nicht mehr zurück; sie mußten irgend etwas tun. Der Sprecher der Pilger machte eine Kopfbewegung, und seine Begleiter zogen den Propheten mit sich. Dieser folgte schlurfend, ohne sich zu sträuben. Der vierte Pilger versuchte die Menschen auseinanderzu-

schieben, um einen Durchlaß für seine Freunde zu schaffen, aber Fulcher und seine Kameraden stellten sich ihnen sofort in den Weg.
»Laß ihn los!« sagte Fulcher mit gefährlich ruhiger Stimme.
»Er hat ein Recht, dort oben zu stehen«, ließ sich wieder die beifällige Stimme aus der Menge vernehmen – sichtlich kein Freund von Papst Innozenz und seinen Anhängern. Wahrscheinlich nicht einmal ein Kölner Bürger. »Auf dem Marktplatz gelten eigene Gesetze!«
Der Besitzer des Karrens zu seiner Linken schlenderte an dem Bauern vorbei, um sich ebenfalls zu der Menge zu gesellen und den Aufruhr aus nächster Nähe zu genießen. Der Bauer erkannte eine Chance, suchte zwei faulige Rüben aus seinem Haufen heraus und näherte sich unauffällig dem Nachbarkarren, um sie dort gegen zwei einwandfreie einzutauschen, solange deren Eigentümer nicht darauf achtete. Er schob die zwei frischen Rüben unter sein Hemd, als er plötzlich zwei Bewaffnete auf sich zulaufen sah. Er erstarrte vor Furcht. Ertappt als Dieb; überführt vor den Augen der Menge. Er wußte, daß die zwei mit ihren Spießen und Schwertern und einheitlichen Wämsern Ratsbüttel waren, und er sah sich in ihrem rohen Griff davongezerrt und in ein Verlies geworfen, während eine johlende Menge seinen Karren plünderte; er sah sich, wie er wieder zurück auf den Marktplatz taumelte, der jetzt ein Richtplatz war und wo der Scharfrichter mit seinen Knechten auf ihn wartete, um ihm das rechte Ohr mit einem glühenden Messer abzuschneiden. *Das ist die Strafe für einen Dieb. Das ist die Strafe für deine Blasphemie. Maria hat mich nicht erhört.* Er stöhnte vor Angst und verlor die geraubten Rüben, die unter den Karren seines Nachbarn kollerten.

Die Bewaffneten kamen mit hastigen Schritten auf ihn zu, packten ihn und stießen ihn beiseite, so daß er den Rüben unter den Karren hinein nachfolgte. Sie drängten den Ring der Zuhörer auseinander. Aus seiner neuen Warte unterhalb des Nachbarkarrens betrachtete der Bauer ungläubig die Geschehnisse.

Die zwei Büttel stellten sich zwischen die Pilger und Fulchers Gruppe.

»Was ist hier los?« knurrte der eine der Büttel und versuchte gleichzeitig die Sprecher beider Parteien mit Blicken aufzuspießen. »Geht auseinander und stört den Marktverlauf nicht.«

»Wir müssen diesen kranken Menschen vom Marktplatz entfernen!« – »Sie wollen dem Propheten das Reden verbieten!« riefen die selbsternannten Sprecher gleichzeitig. Der Büttel griff die Bemerkung Fulchers heraus.

»Auf dem Markt darf er sprechen, solange er will«, sagte der Büttel. Er schien Schwierigkeiten zu haben, aus beiden Parteien diejenige herauszufinden, der die Sympathie des Stadtherrn galt. Im Moment jedenfalls unterstützte er die falsche.

»Ja, er muß uns noch von der Hure erzählen«, rief eine Stimme aus dem Zuhörerkreis. Mehr Menschen als zuvor standen jetzt um die kleine Gruppe herum; sie bildeten ein größeres Publikum, als der Prophet allein jemals hätte aufbieten können. Der zweite Büttel wandte sich um und knurrte die Menge an.

»Jener dort verbreitet Lügen und verblendet die Herzen der Menschen«, erwiderte der Sprecher der Pilger mit Würde.

»Von dir kann er jedenfalls noch was lernen«, rief Rasso. Der erste Büttel achtete nicht auf ihre Worte, sondern

schritt auf den Propheten zu, um ihn aus dem Griff der beiden Pilger zu befreien. Er blieb sofort wieder stehen, als er in die Dunstglocke des Propheten geriet.
»Laßt ihn los, habe ich gesagt«, rief er und gestikulierte mit seinem Spieß. Dann deutete er auf den Sprecher. »Du kommst mit uns«, sagte er. »Du wirst dich vor dem Rat verantworten.«
Der Sprecher der Pilger kniff die Augen zusammen und schien wütend zu werden, sagte dann aber hoheitsvoll: »Wir sind im Auftrag des Heiligen Vaters unterwegs. Wir verantworten uns nur vor ihm oder vor Gott.«
Der Büttel zuckte zurück und musterte ihn unentschlossen. Der zweite Büttel kaute auf seiner Unterlippe und wartete darauf, was sein Kamerad tun würde. Dieser schien endlich zu begreifen, wie er seine Sympathien zu verteilen hatte. Er wandte sich an Fulcher. »Verschwindet von hier«, sagte er. Fulchers Miene verfinsterte sich noch mehr.
»Was soll das auf einmal?« rief er. »Hast du nicht gerade selbst gesagt, daß jeder hier sprechen darf?«
»Diese Herren reisen im Auftrag des Heiligen Vaters. Sie wissen schon, was sie tun. Verschwindet jetzt von hier, oder muß ich euch Beine machen?«
Fulcher und seine Kameraden wechselten einen Blick. Dann traten sie dichter zusammen und stellten sich drohend vor dem ersten Büttel auf. Die Menge seufzte unbestimmt auf, sie hatte erwartet, daß die drei nachgeben würden. Daß sie es nicht taten, war unerwartet. Es war ungewöhnlich. Es roch nach Ärger. Die Menge drängte ein wenig näher heran.
Der Büttel versuchte Fulcher beiseite zu stoßen, doch es gelang ihm nicht, und er schrie zornig: »Aus dem Weg, oder wir sperren euch ins Loch!«

Die drei Kaiserlichen sahen sich ein zweites Mal an, dann trat Fulcher noch näher heran. Er brachte sein Gesicht dicht vor das Gesicht des Büttels, fletschte die Zähne und sagte leise: »Versuch's, und ich brech' dich in der Mitte entzwei.«
Der Büttel hob seinen Spieß und stieß Fulcher das eisenbeschuhte untere Ende ins Gesicht; Fulcher fiel zu Boden, preßte beide Hände auf seinen Mund und krümmte sich stöhnend. Rasso und Liutfried starrten ihn überrascht an. Der Büttel hob den Spieß zum zweiten Mal.
Das Bild erstarrte; zwei Gruppen, die einander gegenüberstanden: Fulchers Gruppe auf der einen Seite, deren Anführer bereits auf dem Boden lag, und die zahlenmäßig überlegenen Pilger, auf deren Seite sich die Büttel geschlagen hatten, auf der anderen. Der Prophet, einen Schritt abseits, gehörte bereits nicht mehr dazu, obwohl das Ganze seinetwegen entstanden war. Die Dinge hatten sich verselbständigt. Es hatte sich etwas entwickelt, womit keiner von ihnen gerechnet hatte.
»Erschlag ihn«, rief plötzlich eine heisere Stimme aus der Menge.
Der Büttel drehte den Kopf und spähte zu den Zurufern hin; der Spieß schwebte noch immer in der Luft.
»Erschlag ihn!«
Liutfried tat plötzlich einen Schritt nach vorn – *tu es nicht*, dachte der Bauer – und faßte nach dem Wams des Büttels; nein, faßte nach dem kurzen Schwert, das vom Gürtel des Büttels hing, oder bekam versehentlich dessen Griff in die Hände. Der Büttel stieß Liutfried heftig zurück; dieser stolperte nach hinten über den auf dem Boden liegenden Fulcher. Wonach immer er gegriffen hatte, er hielt sich daran fest und zog das Schwert halb aus der Scheide.

»Paß auf!« rief der zweite Büttel.
Der Büttel wirbelte den kurzen Spieß einmal herum; die schwarze Spitze zeigte plötzlich nach vorn. Liutfried riß das Schwert ganz aus der Scheide und setzte sich schwer auf seinen Hosenboden, die Waffe nach vorn gestreckt.
Der Spieß durchdrang die Tunika direkt unter dem Brustbein. Liutfried gab keinen Laut von sich; nur aus der Menge ertönte ein schriller Schrei, der ebenso von Schreck wie von Entzücken künden konnte. Der Büttel riß den Spieß wieder heraus und rief. »Um Gottes willen!«
Liutfried neigte sich langsam zur Seite. Der Bauer unter dem Wagen starrte ihn mit weitaufgerissenen Augen an; ohne es zu bemerken, biß er sich auf die Knöchel einer Faust. Liutfried verlor das Schwert, das er noch immer in der ausgestreckten Hand hielt. Es fiel scheppernd zu Boden. Er hustete schwach und sank endgültig auf die Erde. Der Büttel beobachtete es wie erstarrt.
Der zweite Büttel bückte sich nach dem Schwert. Er schlug es seinem Kameraden grob vor den Leib, der daraufhin zusammenzuckte und ihn wild anblickte.
»Los, nimm es und lauf zum Magistrat!« herrschte er ihn an. »Wir müssen die Sauerei melden.« Der erste Büttel schüttelte sich, als würde er aus einer Lähmung erwachen, schob das Schwert zurück in die Scheide und verschwand eilig zwischen den Marktständen; sein zurückgebliebener Kamerad nahm seinen Spieß quer und stellte sich zwischen die Menge und die Verletzten auf dem Boden. Er blickte sich nicht zu ihnen um. Sein Gesicht war bleicher als zuvor. Rasso sank neben seinen Gefährten auf die Knie.
Liutfried machte eine schwache Armbewegung, und Rasso umfaßte seine Schultern und legte sich seinen Kopf auf die Knie. Liutfried hustete stärker und sprühte ein paar Bluts-

tropfen auf die dunkle Stelle, die sich langsam auf der Vorderseite seines Wamses bildete. Die Menge begann plötzlich, sich zu bewegen. Sie zerstreute sich, unter ihnen die päpstlichen Reisenden, ganz still, ganz blaß und bemüht, kein weiteres Aufsehen mehr zu erregen. Einige blieben zurück, um zu sehen, was mit den beiden Verletzten weiter geschehen würde, und einer trat sogar auf Fulcher zu und versuchte ihn aufzurichten. Fulcher schüttelte seine Hand barsch ab und krümmte sich wieder auf dem Boden zusammen; Blut tropfte zwischen seinen Fingern hervor. Von der Seite, auf der das Rathaus lag, näherten sich Schritte von mehreren Paaren Stiefel; weitere Büttel, die der Bericht des Vorfalls alarmiert hatte. Sie drängten sich um die Gruppe am Boden und entzogen sie den Blicken der letzten Neugierigen. Nach kurzer Zeit führten sie Rasso und Fulcher weg; der sterbende Liutfried wurde rasch auf zwei über Kreuz gelegte Spieße gelegt und ebenfalls abtransportiert.

Der Bauer kroch unter dem Karren seines Nachbarn hervor und versuchte, nicht auf die Blutspritzer auf dem festgetrampelten Erdboden zu sehen. Der Prophet stand noch immer neben seinem Karren und starrte ins Leere. Plötzlich nahm er eine der Rüben und biß hinein, ohne die Erde von ihr abzuwischen. Erschüttert ließ es der Bauer geschehen. Der Prophet steckte die Rübe unter seine Lumpen und verschwand mit geistesabwesendem Blick in der Menge und aus unserer Geschichte.

Ein Kardinalsproblem

Das Gut Raimunds von Siebeneich lag in dem flachen Tal der Erft, eine halbe Tagesreise westlich von Köln: eine von hölzernen Palisaden umfriedete Ansammlung von Häusern und Schuppen, die sich um Wiesen, Kräuter- und Obstgarten gruppierten und zwischen denen das *praesidium principale* und der *donjon* trotzig und steinern herausragten. Um dieses Zentrum herum lagen Ländereien in einem Umfang, wie ihn sich ein Graf nicht besser hätte wünschen können; Ländereien, die kluges Wirtschaften vermehrt hatte und die ihren Ausgangspunkt in einem Geschenk Kaiser Friedrich Rotbarts an Raimunds Urgroßvater besaßen, da dieser während des Rotbarts Gefangennahme im Krieg gegen die Stadt Susa mit ihm die Kleider getauscht hatte, damit der Kaiser aus der Geiselhaft entfliehen konnte. In Friedenszeiten waren sowohl das Tor der äußeren Umfriedung als auch das ins Innere der Burg tagsüber geöffnet, bewacht zwar, aber dennoch so einladend, daß es die freundliche Herrschaft seines Besitzers widerzuspiegeln schien. Für die Pächter des Gutes im Wirtschaftshof und in den verstreuten Dörfern bedeutete das offene Tor eine tägliche Mahnung, für das Wohlergehen des Herrn zu beten; sie hatten schon andere Herrschaften erlebt.

Durch diese offenstehenden Tore trabte einen Tag nach dem Auftritt des Propheten auf dem Marktplatz, auf einem schweren, wertvollen Pferd sitzend und mit den behandschuhten Händen sowohl einen geistigen als auch einen durchaus weltlichen Segen in Form kleiner Geldmünzen um sich verteilend, ein in fließenden Purpur gekleideter Reiter. Der Reiter war allein, was ungewöhnlich war, und die Nennung seines Namens veranlaßte den Wachführer am inneren Tor, selbst die Zügel des Pferdes entgegenzunehmen und den Reiter zum Haupthaus zu führen, was noch ungewöhnlicher war. Wenige Zeit später wurde Philipp, der die Ankunft des Reiters nicht gesehen hatte, in die private Kammer seines Herrn gerufen.

Philipp, ehemaliger Novize und Kopist im Zisterzienserkloster Sankt Peter und jetzt, in seinem fünfundzwanzigsten Lebensjahr, Raimunds Truchseß, war ein mittelgroßer Mann, der kräftiger und stämmiger wirkte, als er war. Er trug sein Haar nach der aktuellen Mode so kurz, daß man die Stellen sehen konnte, an denen es vorzeitig zurückwich, und offenbarte unter einer hohen Stirn ein spitzbübisches Gesicht mit dunkelblauen, lebhaften Augen. Es waren die Augen, die an seinem Gesicht zuerst auffielen und die im Zorn ebenso funkelten wie vor Ausgelassenheit; es mochte an seinem kleinen, verschmitzten Mund liegen, daß dem Betrachter die Ausgelassenheit zu überwiegen schien. Auf den zweiten Blick fielen die Kerben an seinen Nasenflügeln und um seine Mundwinkel auf. Sie vertieften sich, wenn er lachte, aber sie waren nicht vom Lachen entstanden. Er bewegte die Schultern beim Gehen, als wäre er in Eile und würde stets über zu wenig Zeit verfügen. Er war jung für sein Amt auf dem Gut, aber das Gesinde und die Dienstboten gehorchten ihm blind. Dieser Umstand lag daran, daß er jedem der Männer und auch den Frauen mit einem Scherz zu begegnen pflegte und selbst sein Spott, zumeist gutmütiger Natur, dank seines jungenhaften Grinsens bei

demjenigen das meiste Lachen auslöste, über den er ihn ausgoß. Das Gesinde mochte ihn und wäre für ihn durchs Feuer gegangen, was er, hätte man es ihm gesagt, mit einem ungläubigen Schnauben abgetan hätte.
Philipp war nicht erstaunt, daß Raimund ihn in seiner privaten Kammer im ersten Geschoß des Palas anstatt in der Aula erwartete. Als sein Kämmerer und Truchseß gehörte er dem engsten Zirkel des Gefolges an und hatte Zutritt auch zu den wenigen intimen Bereichen des Herrn. Was ihn jedoch erstaunte, war die Anwesenheit des Besuchs in der Kammer.
Der Frühsommer hatte nach dem langen Regiment des Winters mit warmen Sonnentagen Einzug gehalten, und die Truhen, auf denen Philipps Herr und sein Gast saßen, waren vom leise flackernden Kaminfeuer weggerückt. Die beiden Männer hatten sich direkt unter die Fensteröffnung gesetzt, die durch einen Rundbogen den Blick ins Freie erlaubte. Die Sonne sickerte durch die Öffnung in den Raum, ein breiter Strahl aus Licht und Wärme, der sich im räucherigen Halbdunkel des übrigen Raums deutlich abzeichnete und um die Gestalten der beiden Männer einen gleißenden Lichtsaum wob. Philipp, der von der Helle draußen gekommen war, kniff die Augen zusammen und blieb hinter dem Vorhang stehen, der die Kammer des Herrn vom Saal trennte. Er hustete höflich.
»Philipp«, sagte Raimund, »komm näher; wir haben etwas mit dir zu besprechen.«
Philipp trat in die Kammer und wusch sich die Hände in der Schüssel, die gleich hinter dem Eingang stand. Dann schritt er zu den beiden Truhen und neigte den Kopf. Der Besucher nickte ihm zu. Er mochte etwa das Alter von Philipps Herrn haben; die strenge Mönchsfrisur ließ ihn

älter erscheinen, aber seine Haut war frisch und die Augen hell und lebendig. Um die Nasenwurzel und in seinen Augenwinkeln saßen Runzeln, als habe er sein Leben damit zugebracht, etwas mit mißtrauischer Miene zu mustern. Er betrachtete Philipp mit einer hochgezogenen Braue und einem breiten Lächeln. Seine Hände, glitzernd im Sonnenlicht vor Brillanten, lagen auf seinen Schenkeln. Der hochgewachsene Körper ruhte in sich selbst und in der Gewißheit der Machtfülle, die seine Haltung ausdrückte. Es bedurfte nicht mehr des teuren Purpurmantels, der neben ihm auf der Truhe lag, oder des schwarzen Rocks mit silbergefaßten Säumen, um zu zeigen, daß der Besucher ein Mann war, der im allgemeinen erhielt, was er begehrte.
Raimund sagte: »Philipp, dies ist Kardinal Giovanni da Uzzano aus Florenz, ein sehr guter Freund aus den Zeiten des Pilgerzugs ins Heilige Land«, und Philipp beugte das Knie und empfing einen Segen aus der mit schweren Ringen gepanzerten Hand. Er blieb mit gesenktem Haupt auf dem Boden knien, bis der Kardinal ihn aufforderte, wieder aufzustehen.
»Dein Herr hat mir viel Gutes über dich berichtet, mein Sohn«, sagte der Kardinal mit einem schweren Akzent, der ob seiner sonstigen vollkommenen Erscheinung erstaunlich wirkte; hinter jeder Wortendung schien er noch einen Vokal anzuhängen, als versuche er unbewußt, die südliche Wortmelodie in die harte nordische Sprache zu bringen. »Du wirst mir – und der Kirche – einen sehr guten Dienst erweisen können.«
Philipp senkte die Brauen, um das mißtrauische Funkeln in seinen Augen zu verbergen. Der Kirche zu dienen bedeutete in seinen Augen, die Kutte zu tragen und Mit-

gliedschaft in einer Gemeinschaft zu heucheln, die ihn schon in seiner Novizenzeit nicht aufgenommen hatte. Es war kein Bild, das freundliche Gefühle in ihm weckte. Er wußte außerdem, daß er das Begehren des Kardinals kaum würde ablehnen können, da es in Raimunds Gegenwart und mit dessen Billigung ausgesprochen worden war. Er senkte den Kopf und trat von einem Fuß auf den anderen, ohne etwas zu erwidern.

»Was weißt du von den Zügen ins Heilige Land?« fragte der Kardinal.

»Was man so weiß«, brummte Philipp. »Kaiser Frederico hat sein Heer vor die Tore Jerusalems geführt und es erobert, ohne einen Tropfen Christenblutes zu vergießen. Und das, obwohl sich die Christen in Palästina und sogar«, er überlegte, ob er weitersprechen sollte, aber er sprach nur das aus, was sein Herr ihm erzählt hatte, »der Heilige Vater gegen ihn stellten.«

»Ach, ach«, seufzte der Kardinal, »das ist die übliche grobe Verallgemeinerung. Nun, die Christenheit hat insgesamt sechs Züge ins Heilige Land durchgeführt, wovon allerdings zwei die närrischen Unternehmungen irregeleiteter Kinder waren, die auf ihrem Weg entweder von Wölfen gefressen oder in die Sklaverei verkauft wurden. Die anderen vier waren mehr oder weniger erfolgreich, haben es aber nicht vermocht, die Heilige Stadt Jerusalem, das Zentrum der Welt, der Christenheit auf Dauer zu sichern. Das hat auch der Zug des Ketzers Frederico nicht vermocht; aber sein Unternehmen ist das einzige, das von einem absolut schändlichen Friedensschluß mit dem Sultan von Ägypten gekrönt wurde – einem Erzheiden, der das Blut der Christen aus ihren Hirnschalen trank und dessen Hurenhofhaltung der Ketzer auch noch übernommen hat.

Das muß man berücksichtigen, wenn man davon spricht, daß der Heilige Vater diesen Pilgerzug nicht anerkannte.« »Was in letzter Konsequenz den Aufstand der Palästina-Christen, einen Krieg in ganz Vorderasien, die Plünderung Jerusalems, das der Kaiser in seinem Vertrag friedlich erhalten hatte, und den Fall der Heiligen Stadt an die türkischen Heiden zur Folge hatte«, sagte Raimund und gönnte dem Kardinal ein spöttisches Lächeln. Der Kardinal antwortete mit einem Blick aus dem Augenwinkel und grinste dann breit, als habe er mit seinen Ausführungen nur einer lästigen Pflicht genügt und wäre nun wieder der Privatmann, der sich eine eigene Meinung erlaubte. Sein Schulterzucken wirkte, als wollte er sagen: *So etwas passiert, wenn man die Sache Anfängern überläßt. Du und ich, wir hätten die Geschichte anders zu Ende gebracht.* Er wandte sich wieder an Philipp. »Dein Herr und ich, wir haben den Ketzerkaiser auf dem Pilgerzug begleitet und sowohl die Weigerung der Christen in Palästina, sein Heer zu verstärken, als auch die darauffolgenden Verhandlungen mit dem Sultan al-Kamil erlebt. Zugegeben, ohne Fredericos Erfolg bei den Verhandlungen wären wir alle miteinander unter den Schwertern der Heiden umgekommen. Aber die meisten von uns«, und er ließ den Satz einen Augenblick in der Luft hängen, so daß man sich fragen konnte, ob er und Philipps Herr zu diesen meisten gehört hatten oder zu einer andersdenkenden Minderheit, »die meisten von uns hätten den Tod im Krieg gegen die Heiden dieser schändlichen Rückkehr vorgezogen. Und es gibt einige, die dieser unselige Zug zudem noch persönlich ins Unglück gestürzt hat. Hier in der Nähe lebt einer jener ehrbaren Männer, denen daraus nur Böses erwachsen ist, und es ist unsere Pflicht, ihm zu helfen.«

»Der Mann hat aber Geduld«, bemerkte Philipp. »Der Zug gegen die Heiden ist fünfzehn Jahre her.«

»Gottes Mühlen mahlen langsam«, erklärte der Kardinal unbewegt. »Und du sollst Gottes Müller sein.«

»Ich fühle mich geehrt«, sagte Philipp mit ebenso unbewegtem Gesicht. Er wandte sich an seinen Herrn. »Kennt Ihr den Mann, oder kenne ich ihn? Wenn er wohlhabend ist, sollten wir seinen Namen zumindest gehört haben.«

Philipps Herr schüttelte den Kopf. »Mir persönlich sagt der Name nichts: Radolf Vacillarius.«

»Er ist auch nicht sehr wohlhabend, fürchte ich«, seufzte der Kardinal. »Weder an Vermögen noch an Verbündeten.«

Raimund zuckte mit den Schultern. »Ich kenne den Besitz. Bisher dachte ich allerdings, es sei ein Lehen des Herzogs, aber Giovanni hat mich eines Besseren belehrt.«

»Es gehörte bis vor gut zwanzig Jahren zum Herzogtum Niederlothringen«, erklärte der Kardinal. »Damals hat der Herzog es mit dem Bischof von Köln gegen ein anderes Stück Land eingetauscht. Der Besitz beinhaltet ein Dorf mit dessen Feldern, einen Anteil an einem dichten Wald und Anteile an einer Erzmine im Nordosten Kölns. Ein befestigtes Haus steht darauf, in dem Radolf wohnt – zum Bau einer Burg erteilte der König nie die Erlaubnis.«

Der Kardinal schwieg, als erachte er die restlichen Details der Besitzverhältnisse für nicht erwähnenswert. Nach einer Weile räusperte sich Philipp und fragte: »Was genau erwartet Ihr von mir, Exzellenz?«

»Es ist recht einfach. Bei der Hochzeit Herrn Radolfs mit seinem Weib gingen Teile ihrer Ansprüche an den Erzvorkommen, die ihrer Familie gehörten, als Mitgift an Herrn Radolf über. Während seiner Abwesenheit im Heiligen

Land nützte die Familie seines Weibes die Gelegenheit, diese Mitgift für nichtig erklären zu lassen. Da das Land, welches zu seinem Besitz gehört, nicht besonders fruchtbar ist und auch keine große Ausdehnung besitzt, versiegte damit die einzige nennenswerte Einkommensquelle Radolfs. Wäre er nicht jenem unseligen Zug zum Heiligen Land gefolgt, hätte ihn die Familie seines Weibes niemals übervorteilen können.«
»Er hätte nach seiner Rückkehr Einspruch gegen die Besitzansprüche erheben können«, sagte Philipp. Der Kardinal lächelte.
»Herr Radolf war an Körper und Seele krank, als er zurückkam; ein Wrack, das sein Gesinde und seine Familie kaum erkannten. Es dauerte lange, bis er sich erholt hatte und soweit war, den Kampf gegen die Betrüger aufzunehmen.«
»Sicherlich nicht so lange, als daß sich seine Rechtsansprüche nicht mehr hätten nachvollziehen lassen«, widersprach Philipp hartnäckig. Sein Herr hob eine Augenbraue, aber er schmunzelte.
Der Kardinal seufzte und machte ein bedauerndes Geräusch mit der Zunge.
»Liebe«, sagte er und verdrehte die Augen. »Soweit man es mir erzählt hat, hat Herr Radolf während des Kreuzzugs nicht den wohlfeilen Weibern nachgestellt, die dem Heerzug folgten, sondern Gedichte für sein Weib verfaßt.« Er lächelte kalt. »Man mag ihn einen Narren heißen, der die Ehe mit der Liebe verwechselt, aber es ist nun einmal passiert; und Radolf war ein zu treuer Diener des Kreuzes und wackerer Krieger, als daß man es zulassen dürfte, daß sein kleiner Charakterfehler sich derartig rächt.«
Raimund lachte und sagte: »Ist es nicht die Absicht der

Kirche, daß in einer Ehe die Liebe aus der Pflicht erwachsen soll?«

»Die Liebe«, rief der Kardinal und warf beide Arme in die Luft, »aber doch nicht die Blindheit.« Er wandte sich wieder Philipp zu und fuhr fort: »Aus Liebe zu seinem Weib hat Herr Radolf keine rechtlichen Schritte gegen ihre Familie unternommen. Er hat wohl versucht, sich gütlich mit ihnen zu einigen, letztlich jedoch nichts erreicht. Ich glaube, er hat auch darauf gewartet, daß ihm ein männlicher Erbe beschert würde; ohne ihm zu nahe treten zu wollen, schätze ich ihn doch so ein, daß ihm ohne einen Sohn der rechte Antrieb dazu fehlte, um für sein Recht und das Erbrecht seiner Nachfahren zu streiten. Wie dem auch sei, sein Weib ist letzten Winter heimgerufen worden, und nun hat er sich aufgerafft und mich gebeten, wenigstens zu Gunsten seiner Tochter Recht zu schaffen.«

»Die Tochter kann nur mit Zustimmung des Lehnsherrn in die Erbfolge eintreten.«

»Das ist das zweite Problem. Das erste ist, den richtigen Umfang des Erbes wiederherzustellen.«

»Das erste Problem ist auch weitaus größer«, sagte Philipp. »Wenn Radolf keine Verbündeten hat, wird er schwerlich sechs Standesgenossen finden, die seinen Besitzanspruch mit einem Schwur bekräftigen. Und wenn die Frau nicht mehr am Leben ist, dann existiert auch kein Zeuge mehr, der zugunsten Herrn Radolfs aussagt.«

Der Kardinal nickte schwer und warf Philipps Herrn einen Blick zu, der eine gewisse Achtung ausdrückte; oder war es Genugtuung? Philipp, sonst für ausgesprochenes und auch unausgesprochenes Lob empfänglich, hatte plötzlich das entwürdigende Gefühl, ein Kunststück vollbracht zu haben, das man von ihm erwartete. Er biß sich auf die

Zunge, um nicht eine unpassende Bemerkung zu machen.
»Die Aussage eines Weibes hätte natürlich kaum irgendeine Bedeutung«, sagte der Kardinal, »zumindest nicht in rechtlicher Hinsicht. Da sie jedoch gegen die Interessen ihrer eigenen Familie gerichtet gewesen wäre, hätte sie den Ansprüchen Radolfs zumindest mehr Gewicht verliehen.«
»Und nun ...«, sagte Philipp.
»Und nun ...«, sagte der Kardinal.
»... wird es sehr schwer sein, ohne schriftliche Beweise der Mitgift die Behauptungen des Herrn Radolf zu stützen«, vollendete Philipp zwischen den Zähnen. Giovanni da Uzzano hob beide Augenbrauen und lächelte zufrieden. Er wartete darauf, daß Philipp aussprach, was er ihm schon in den Mund gelegt hatte.
»In diesem Fall«, seufzte Philipp und erlaubte sich ein humorloses Grinsen, »wäre es geraten, wenn sich doch wundersamerweise Schriftstücke zu Gunsten Radolfs finden würden.«
»Meinst du, es wäre dir möglich, ein solches Wunder zu erbringen und entsprechende Schriftstücke zu ... *finden?*« fragte der Kardinal.
»Wenn man mir genügend Zeit für die *Suche* läßt ...«, erwiderte Philipp gedehnt.
»Ich sehe, du hast verstanden«, sagte der Kardinal. »Du wirst Zeit bekommen; nicht allzuviel, denn Radolf ist ungeduldig, aber ich bin überzeugt, du wirst damit zurechtkommen. Die Dokumente müssen nur auf den ersten Augenschein überzeugen, da ich davon ausgehe, daß die Dokumente der Gegenpartei auch nur auf den ersten Blick überzeugend wirken und sie es kaum auf eine eingehende Prüfung ankommen lassen werden. Wenn doch, kann ich deine Schriftstücke mit einigen Gutachten stützen, die von ehrli-

chen Mönchen verfaßt werden. Deine Arbeit sollte allerdings so gut sein, daß sie damit echt wirkt, denn weitere Unterstützung kann ich nicht bieten. Ich will nicht, daß ich selbst mit dieser Geschichte in Verbindung gebracht werde. Wenn du also schlampige Arbeit lieferst, die nicht standhält, wird die Strafe in erster Linie dich und Radolf treffen.«
»Ich glaube, Ihr braucht meinen Truchseß nicht zu ängstigen«, sagte Raimund und schien zum erstenmal unwillig. Der Kardinal beugte den Kopf und lächelte friedlich.
»Natürlich nicht«, erklärte er.
»Ich habe Euch voll und ganz verstanden, Exzellenz«, sagte Philipp.
»Dann kann ich mich auf dich verlassen?«
»Selbstverständlich, Exzellenz.«
Giovanni da Uzzano wandte sich an Philipps Herrn und strahlte.
»Euer Truchseß ist ein verständiger Bursche; wie schön, daß der Herr auch einem Mann aus dem Volk ein funktionierendes Gehirn gegeben hat. Ich habe weiß Gott dümmere Männer gesehen, die ihrem Namen einen Titel voransetzen konnten. Jener da würde auch dem Sohn eines Ritters alle Ehre machen.«
Philipp schwieg zu der Lobrede des Kardinals. Er schwieg auch zu der Erklärung, die er aufgetischt hatte; er glaubte sie nicht. Er glaubte vielmehr, daß Giovanni da Uzzano aus Gründen, die er nicht nennen wollte, dem verarmten Herrn Radolf Vacillarius einen Gefallen tun wollte und diesen dürftig zu tarnen versuchte. *Was kann einen Mann wie den Kardinal dazu bringen, jemandem zu Hilfe zu eilen? Eine nicht unerhebliche Bestechungssumme*, dachte Philipp; *vielleicht*

hat Radolf sich bereit erklärt, ein Testament zu verfassen, das seine Ausbeutungsrechte an den Erzvorkommen der Kirche überschreibt. Wenn es sich lohnt, darum zu streiten, lohnt es sicherlich auch als Mittel einer Bestechung, die einem alten Pilgerfahrer ein angenehmes Alter ermöglicht – und zum Teufel mit der einzigen Tochter, oder besser: ins Kloster mit ihr.

»Das Beste wird sein, du begibst dich zu Herrn Radolf, sobald du kannst, und besprichst dein Vorgehen mit ihm. Ich werde dir ein Sendschreiben mitgeben, das dich legitimiert. Sicherlich kann er dir wertvolle Hinweise geben, wo du ... nun, *suchen* mußt.« Der Kardinal grinste, als würde ihn die kleine Scharade köstlich amüsieren. Philipp verzog mühsam das Gesicht.

»Könnt Ihr mich entbehren, Herr?« fragte er.

»Ich denke, es wird mir schon gelingen, ohne deine Hilfe die Vorräte zu verschwenden, die du im Speicher und im Vorratskeller aufbewahrst«, sagte Raimund lachend. »Philipp glaubt immer, meine Großzügigkeit bremsen zu müssen. Er hat mir sogar einen Ausgabenplan aufgestellt wie ein Mönch im Kloster.«

»Großzügigkeit schafft Freunde, und die Macht wächst mit der Bereitschaft zu geben«, sagte der Kardinal zu Philipp. »Ein Herr hat besser Schulden und viele Gefährten als ein Vermögen ganz für sich allein.«

»Seine Schulden muß er sich erst mal leisten können«, begann Philipp. Raimund legte ihm die Hand auf die Schulter.

»Wenn ich großzügig sein kann, dann verdanke ich das Philipps Umsicht«, sagte er. »Möchtet Ihr Euch nach dem Ritt aus der Stadt ein wenig frisch machen, Giovanni? Philipp wird für den Abend ein Essen zubereiten lassen; ich habe auch ein paar meiner Gefährten eingeladen. Und laß

die Tische und Bänke nach draußen tragen; es ist warm genug, um im Freien zu essen.«
Philipp nickte, während der Kardinal aufstand und seinen Mantel zusammenraffte.
»Wie lange wollt Ihr bleiben, Giovanni?« fragte Philipps Herr. »Wenn Ihr zwei Tage Zeit habt, kann ich die edlen Herren der Umgebung zu einem größeren Abendmahl einladen.«
»Diese Zeit habe ich nicht, so gerne ich auch Eure Gastfreundschaft mißbrauchen würde. Ich werde morgen wieder aufbrechen. Macht meinetwegen keine großen Umstände.« Der Kardinal bedachte Philipp mit einem Lächeln. »Wir könnten zusammen reiten; zumindest bis nach Köln«, schlug er vor. »Radolfs Besitz liegt weit jenseits der Stadt, zwischen der Sülz und der Agger.« Seine Zunge sträubte sich ein wenig bei den für ihn fremden Namen. »Ich werde dir den Weg noch genauer erläutern.«
»Ich war erst gestern in der Stadt«, sagte Philipp, wenig begeistert. »Ist es so eilig mit meinem Aufbruch?« Er warf Raimund einen kurzen Blick zu.
Dem Kardinal war der Blick nicht entgangen. Anstatt Philipp zu antworten, wandte er sich zu dessen Herrn um und sagte achselzuckend: »Der Mann hat schon sehr lange gewartet, nicht wahr? Einmal sollte mit der Warterei Schluß sein.«
»Ich habe schon verstanden«, seufzte Philipp. »Es gibt ohnehin noch einige Dinge, die zu erledigen sind; es waren gestern nicht alle Händler eingetroffen, mit denen ich Geschäfte abgeschlossen hatte.«
Raimund nickte, und Giovanni breitete die Arme aus wie jemand, der sich freut, daß die besseren Argumente eine Diskussion entschieden haben. Philipp rief den Kammer-

diener und trug ihm auf, für den Kardinal ein Bad zu bereiten. Während Giovanni da Uzzano dem Diener nach draußen folgte, schob Philipp die Truhen wieder vor das Feuer. Sein Herr stand vor dem Fenster und blickte nachdenklich nach draußen. Philipp wußte, daß er ihm noch etwas mitzuteilen hatte; er richtete sich auf und blieb mitten im Raum stehen.

»Was hältst du davon?« fragte Raimund, ohne sich zu ihm umzuwenden.

Philipp setzte seine Worte vorsichtig; es hatte kaum eine Gelegenheit gegeben, bei der er mit seinem Herrn nicht einer Meinung gewesen wäre, und die Situation war ungewohnt für ihn.

»Ich wollte, Ihr hättet einen anderen für des Kardinals kleine Fingerübung gefunden«, sagte er schließlich. »Ich habe nicht unbedingt schreiben gelernt, um Urkunden zu fälschen.«

»Was hast du gegen Giovannis Auftrag?«

»Es ist nicht rechtens, was ich für ihn tun soll.«

»Du hast auch für mich schon ähnliches getan, erinnerst du dich?«

»Das war etwas anderes. Ihr wolltet verhindern, daß eine Handvoll rechtschaffener Bauern unter den Einfluß eines nichtsnutzigen Grundherrn geriet.«

»Vielleicht wundert es dich, daß ich Giovanni einen Gefallen tun will?«

»Das auch. Bisher habt Ihr Euch immer neutral verhalten – was meines Erachtens Euer Ansehen in beiden Lagern nur erhöht hat. Sie lassen Euch beide in Ruhe, nur um zu verhindern, daß Ihr Euch auf die Seite des anderen schlagt.«

»Es geht mir nicht um die Kirche. Es geht mir darum, etwas für Giovanni zu tun – einen sehr teuren Freund. Tat-

sächlich ist es sogar so, daß ich dich vorgeschlagen habe.«
»Weshalb?«
Raimund wandte sich wieder ab und sah zum Fenster hinaus. Er verschränkte die Arme über dem Oberkörper und seufzte.
»Die Freundschaft zu Giovanni ist nicht der einzige Grund«, gestand er schließlich. »Ich kannte Katharina, Radolfs Weib. Ich kannte sie besser als manch andere Frau, und ich … Ich wußte weder, wen sie geheiratet hatte, noch war mir Radolfs Name bekannt, als ich ihn hörte. Ich wußte nicht einmal, daß sie sich in meiner Nähe befand, bis Giovanni mir die Sachlage erklärte und ihren Namen nannte. Vollkommen aus den Augen verloren; aus den Augen, aber niemals aus dem Herzen … Nur durch ihren Tod zu erfahren, daß sie ein ganzes Leben lang lediglich zwei Tagesreisen entfernt lebte …«, Raimund schüttelte den Kopf und schwieg.
»Es tut mir leid, Herr«, sagte Philipp betreten und fühlte sich so idiotisch wie jemand, der sich bei einem Schwerverletzten über einen Splitter in seinem Finger beklagt hat.
»Es war nicht Gottes Wille, daß aus uns ein Paar wurde«, sagte Raimund. »Es ist mir jedoch ein Trost zu hören, daß Radolf sie liebte – allen zynischen Worten Giovannis zum Trotz. Ich kann ihn sogar verstehen; ein Leben des öffentlichen Zölibats und der heimlichen Mätressen läßt einen Mann die Liebe sicher mit anderen Augen sehen … Nun ist wenigstens die Gelegenheit da, Katharinas Mann und ihrer Tochter zu helfen. Und ich wollte, daß du derjenige bist, aus dessen Händen diese Hilfe kommt.«
»Ich werde mein Bestes tun, Herr.«
»Vielleicht denkst du, daß es einem Mann, der eine eigene

Familie besaß und sie an den Tod verloren hat, nicht gut ansteht, der Erinnerung an eine Frau nachzuhängen, die nicht einmal die seine war. Ich jedoch bin dankbar für diese Erinnerung. Als meine Frau und meine Söhne noch lebten, war sie etwas, das meine Liebe zu meiner Familie noch vertiefte; und nachdem sie tot waren, hatte ich wenigstens eine gute Erinnerung, die ich der bösen entgegensetzen konnte.«

Philipp schwieg. Er fühlte sich unbehaglich, wenn jemand sein Herz vor ihm öffnete; und wenn es sein Herr war, zu dem er aufsah, fühlte er sich noch unbehaglicher als sonst. Raimund wandte sich endgültig von der Fensteröffnung ab und kam durch den kleinen Raum auf ihn zu. Er sah ihm ernst ins Gesicht.

»Ich möchte, daß du auf dich achtgibst, Philipp«, sagte er. »Ich habe dich zwar in die Geschichte verwickelt, aber ich will nicht, daß du an ihr Schaden nimmst.«

»Ich habe schon schwierigere Dinge gemeistert«, erklärte Philipp und rang sich ein breites Lächeln ab.

»Ich weiß, daß du deine Sache gut machen wirst; im Kloster gehörtest du zu den besten Schreibern und Kopisten. Ungeachtet dessen hatte Giovanni nicht ganz unrecht mit seinen Unkenrufen.« Er machte eine unbestimmte Handbewegung zum Fenster hinaus. »Die Sache scheint ihm zwar wichtig zu sein; wichtig genug, um dafür dem Konzil fernzubleiben, das der Papst seit gestern in Lyon einberufen hat. Aber dennoch wird er die Verantwortung nicht auf sich nehmen, wenn etwas schiefgeht.«

»Mir ist klar, daß ich auf einem dünnen Ast sitze.«

»Ja. Und du weißt auch, was für dich auf dem Spiel stehen kann. Erinnere dich an den Gerichtsfall bei Graf Till letztes Jahr, bei dem es ebenfalls um die unrechtmäßige

Aneignung von Besitztümern ging. Ich trug das rote Richtergewand, und du hast für mich geschrieben.«
»Ihr meint den Fall, bei dem ein Freisasse die Grenzmarkierung seines Nachbarn versetzt hatte.«
»Richtig. Wenn ein Mann sich das Land oder die Besitztümer eines anderen Mannes aneignet, der nicht zu seiner Herrschaft oder seiner Familie gehört, muß die öffentliche Ordnung angerufen werden: Der Fall kann nicht mehr in der eigenen Gerichtsbarkeit verbleiben. In der vorliegenden Geschichte ist es ebenso: Radolf will sich das durch Urkunden – ob sie nun gefälscht sind oder nicht – festgeschriebene Recht auf die Erzmine der Familie seiner Frau aneignen, und das überschreitet die Gerichtsbarkeit seines Lehnsherrn, also der Kirche – oder Giovanni da Uzzanos, wenn du so willst. Er kann weder ihn noch dich decken, selbst wenn er wollte.«
»Der Freisasse wurde lebendig begraben«, sagte Philipp mit trockenem Mund. »Und danach sein Herz mit dem Pflug entzweigeschnitten.«
»Ein durchaus gewöhnliches Urteil«, erwiderte Raimund. Er wandte sich ab und sah wieder zum Fenster hinaus. Philipp schickte sich an, den Raum zu verlassen, da hob Raimund noch einmal seine Stimme. Er sprach zum Fenster hinaus, als ob das, was er sagte, gefährlich sei und er es nicht innerhalb seiner eigenen Wände haben wollte.
»Dieses Konzil zu Lyon«, sagte er, »wird nicht das Ergebnis bringen, auf das alle hoffen. Der Kaiser hat sich in allen Fragen, in denen er und Papst Innozenz sich bekämpfen, unterworfen. Viele sagen, er hat es aus Müdigkeit getan, etliche, weil ihm der Friede mittlerweile als das höchste Gut erscheine, und ein paar sagen auch, es sei reine Taktik, um den Papst ins Unrecht zu setzen. Jedenfalls sieht es

so aus, als bliebe Innozenz nichts anderes übrig, als den Bann über dem Kaiser aufzuheben und dies auf dem Konzil zu verkünden. Das ist es, was alle erwarten. Das ist nicht, was *ich* erwarte.«

»Was erwartet Ihr denn?«

»Ich weiß es nicht. Ich weiß nur, daß wir an der Schwelle zu schlimmeren Zeiten stehen, als wir sie bisher erlebt haben. Der Papst hat sich mit dem Konzilsaufruf in Zugzwang gebracht. Er muß etwas tun. Wenn er den Bann nicht löst, gibt es nur einen anderen Weg: Er setzt den Kaiser ab.«

»Er setzt ihn ab?« wiederholte Philipp.

»Und öffnet damit dem Chaos Tür und Tor; es sei denn, er hat etwas in der Hinterhand, mit dem er ein für allemal seinen Machtanspruch untermauern kann. Ansonsten wird er das Reich und damit die gesamte Christenheit in einen endlosen Bruderkrieg stürzen. Die Allianzen unter den Fürsten werden heute nur durch zwei Dinge zusammengehalten: die Päpstlichen eint der Haß auf den Kaiser, die Kaiserlichen der Haß auf den Papst. Wenn Innozenz den Päpstlichen ihren Fixpunkt wegnimmt, werden sie sich über kurz oder lang ihrer eigenen Zwiste erinnern und übereinander herfallen. Und die Kaiserlichen, denen er den Führer genommen hat, werden auf die einschlagen, die das überlebt haben.«

»Aber die Christenheit kann nicht ohne ihr Oberhaupt sein – noch dazu jetzt. Ich habe gehört, daß Bischof Otto von Freising geschrieben hat, das Jüngste Gericht sei bald zu erwarten. In ein paar Städten ist schon die Tanzwut ausgebrochen, wie damals in Judäa, bevor der Erlöser geboren wurde. Die Menschen glauben, der Anbruch einer neuen Zeit stehe bevor.«

»Ja«, sagte Raimund und nickte schwer. Sein Blick ging noch immer zum Fenster hinaus. »Und das Ende von allem, woran wir geglaubt haben.«

Während Philipp sich mit der Organisation des Abendmahls beschäftigte, trafen Raimunds Gefährten mit den Boten ein, die ihnen die Einladungen überbracht hatten. Einer der Boten war auf Thomas, den Kaplan des Gutes gestoßen, der sich auf dem Rückweg von einem der kleinen Weiler befand, auf denen sich kein eigener Priester aufhielt, und hatte ihn auf seinem Pferd zurücktransportiert. Philipp hatte keinerlei persönliche Beziehungen zu den Lehnsrittern seines Herrn, die ihn als dessen rechte Hand akzeptierten, es sich jedoch anmerken ließen, daß sie ihn für einen Gemeinen hielten. Mit dem Kaplan allerdings verband ihn eine gegenseitige Achtung, die nicht nur aus der Tatsache resultierte, daß Thomas und er die gleiche klösterliche Vergangenheit besaßen. Philipp fühlte sich von der konsequenten Ernsthaftigkeit angezogen, mit welcher der Kaplan seine Aufgaben erfüllte, während Thomas wiederum die scheinbare Leichtigkeit bewunderte, die Philipp ausstrahlte. Der Kaplan kam den Weg zum Palas hochgeritten, auf der Hinterhand des Pferdes auf und ab geworfen und sich mit einem schmerzlich verzogenen Gesicht am Wams seines Vordermannes festkrallend, während er zugleich versuchte, mit der anderen Hand die anstößige Nacktheit seiner Beine zu bedecken, die seine hochgerutschte Kutte freigab. Er ließ sich vom Pferd gleiten, schüttelte seine langen Gliedmaßen, fragte Philipp, welcher Ehre sie den Besuch eines Kardinals zu verdanken hätten, erhielt zur Antwort, dieser wäre auf der Suche nach einem neuen Papst und daß der Kaplan eine reelle Chance gehabt hätte, wenn er nicht halbnackt in der Gegend herumgeritten wäre, und eilte lachend ins Haus, um den Besuch zu begrüßen.

Die Dämmerung brach bereits herein, als das Essen auf die neben dem Eingang zum Palas aufgebauten Tische und Bänke gestellt wurde: Wein, gebratene Fische mit gebackenem Obst, eine Handvoll Drosseln aus einem der Fangnetze, weißes Brot und klumpige Kuchen mit Rosinen. Es war ein einfaches Mahl, da es an der Zeit gefehlt hatte, Fleisch zu beschaffen, Teigwaren vorzubereiten oder auch nur einen Musikanten zu finden und auf das Gut zu bringen. Dennoch schien es dem Kardinal zu munden. Er teilte seinen Becher freizügig mit Philipps Herrn und gab auch das Messer, das Philipp ausschließlich für ihn gedacht hatte, weiter. Er überbot Raimund in Erzählungen, welche Abenteuer sie auf dem Pilgerzug gemeistert hätten: die Seekrankheit, welche sie beide und fast das gesamte Heer auf der Überfahrt befiel und die den Kaiser so schlimm erwischte, daß er auf See wieder kehrtmachte und nach Hause fuhr (was ihm den Bannfluch des Papstes einbrachte); die Beschwerden am entgegengesetzten Körperende, welchen die Pilgerfahrer dann im Heiligen Land aufgrund des dortigen Essens ausgesetzt gewesen waren, während sie darauf warteten, daß der Kaiser genas und ihnen endlich nachfolgte; und nicht zuletzt die Nachstellungen der mannstollen Schönheiten, denen sie zu entkommen suchten (hier kreischten die Gattinnen der drei Ritter am lautesten). Kaplan Thomas, der an Philipps Seite am Herrentisch saß, hörte ihm lächelnd zu; schließlich wandte er sich an Philipp und sagte leise: »Ich habe noch selten einen Menschen gesehen, der so nervös war.«

»In der Stadt beginnen sie mit dem Schmuck des Doms«, erzählte eine der Gattinnen der Lehnsritter. »Der erste Pilgerstrom wird erwartet, der die Reliquien der Heiligen Drei Könige besuchen will. Werdet Ihr sie auch aufsuchen, Exzellenz?«

»Ich bedaure: eilige Geschäfte. Es ist eines der erhebendsten Erlebnisse, die Gebeine der drei Weisen zu sehen. Gesegnet die, welche das Glück haben.«

»Es kommt jedes Jahr zu Wunderheilungen«, sagte eine andere Dame mit wohligem Entzücken.

»Bei dem Reliquienreichtum, den die Kirchen der Stadt aufweisen, bin ich doch erstaunt, daß nirgendwo Überbleibsel von Kaiser Karl dem Großen enthalten sind«, konstatierte ihr Gatte. »Ich bin der Ansicht, man sollte etwas von ihm hier aufbewahren – Köln ist die größte Stadt in allen deutschen Herzogtümern und Karolus Magnus der größte Kaiser, der die Christenheit jemals führte.«

»Der größte Kaiser? Wer sagt denn so etwas?« fragte der Kardinal aufgeräumt.

»Man hört es allerorten. Am Hof des Kaisers wird wohl von nichts anderem gesprochen.« Der Ritter lächelte. »Nicht, daß ich selbst dort gewesen wäre.« Er erntete fröhliches Gelächter.

»Wer weiß, was alles in jenem Labyrinth dort unten in Apulien gesprochen wird, das der ...«, Giovanni da Uzzano machte eine deutliche Pause, »... *Kaiser* seinen Hof nennt.«

»Karl der Große ist sogar heiliggesprochen. Viele Menschen beten zu ihm.«

»Das ist er nicht«, erwiderte der Kardinal bestimmt. Alle Köpfe wandten sich ihm jetzt zu. Der Kardinal lächelte.

Raimund beobachtete die Szene mit undurchdringlichem Gesichtsausdruck.
»Kaiser Friedrich Rotbart hat ihn seinerzeit heiligsprechen lassen«, widersprach der Ritter, der das Gesprächsthema aufgebracht hatte. »Er hat einen Schrein anfertigen und die Gebeine umbetten lassen.«
»Und wer behauptet das nun wieder?«
»Ich kann Euch keinen Namen nennen«, erklärte der Ritter mit kaum verhohlener Ungeduld.
Der Kardinal schnaubte unwillig. Er überlegte einen Moment, dann setzte er sein Lächeln wieder auf und sagte: »Ihr wißt so gut wie ich, daß kein Kaiser einen Mann zum Heiligen machen kann; diese Macht besitzt einzig und allein der Papst in Rom!«
»Verzeiht, Exzellenz, aber es war ein Papst, der Karl heiliggesprochen hat.«
Der Kardinal lächelte noch immer, wie ein Vater auf seine Kinder herablächelt, die ihm eine intelligente Frage gestellt haben und dennoch vollkommen auf dem Holzweg sind. Er faltete gar die Hände.
»Ich will versuchen, die Geschichten, die überall herumerzählt werden, zu erläutern. Friedrich Rotbart hatte damals einen Papst eingesetzt, nachdem ihm der von Gott gesandte Stellvertreter Christi nicht mehr gefallen hatte. Ist das richtig?« Er wartete das Nicken der Gäste nicht ab, sondern fuhr fort: »Sollte es nun tatsächlich so sein, daß dieser *Papst* irgendeinen früheren Kaiser heiliggesprochen hat – was man bezweifeln darf, aber darüber will ich mich nicht auslassen –, sollte es also nun so sein, dann wäre die Heiligsprechung gleichwohl ungültig, da sie von einem Gegenpapst ausgesprochen wurde.«
»Karolus Magnus war nicht *irgendein* Kaiser«, sagte der Ge-

sprächspartner des Kardinals. Sein Lächeln fiel entschieden angestrengter aus als das Giovanni da Uzzanos. »Er war der größte Führer der Christenheit. Er hat sich selbst zum Kaiser gekrönt und so bewiesen, daß kein Mensch auf Erden höher steht als er. Der Kaiser erhält seine Würde allein von Gott.«

Der Kardinal setzte zu einer Erwiderung an, doch Raimund kam ihm zuvor. Er klopfte scharf auf den Tisch und warf seinem Gefährten einen langen Blick zu. Dieser preßte die Lippen zusammen und sagte dann langsam: »Ich wollte Euch natürlich mit meinen Ausführungen nicht beleidigen, Exzellenz.«

»Vor allem wollen wir hier nicht den Streit zwischen dem Kaiser und dem Papst fortsetzen«, sagte Raimund deutlich. Giovanni da Uzzano legte ihm die Hand auf den Arm und lächelte wieder so entspannt wie eh und je. »Ich weiß, daß ihr Herren von den Geschichten um Karolus Magnus und seine Taten begeistert seid; das ist verzeihlich«, sagte er. »Seid jedoch versichert, daß sich viele Sagen um eine solche Person ranken, welche eher in den Bereich der Erfindung als der Überlieferung zu weisen sind; und daß andererseits vieles noch der Aufklärung harrt, was zu seinen Zeiten getan und gelassen wurde. Es sollte mich nicht wundern, wenn am Ende ein ganz anderer Mann dabei herauskäme.«

Die Gefährten Raimunds, durch dessen unzweideutige Worte gewarnt, zuckten nur mit den Schultern. Der Kardinal schien den Zwischenfall als unbedeutend abzutun. Er bat einen der Tischgenossen um das Messer und schnitt einem weiteren Fisch Kopf und Schwanzflossen ab. Während er das Fleisch vorsichtig von den Gräten schälte, fiel ihm eine Geschichte ein, in welcher die Kutte des seligen

Abts des Klosters von Cluny, ein paar zu Scherzen aufgelegte Novizen und eine lebendige Bachforelle eine Rolle spielten. Als er sie mit seinem schweren Akzent und seiner davon ungeschmälerten Begabung für das Erzählen merkwürdiger Anekdoten beendet hatte, lachte selbst derjenige der Ritter, der sich die Diskussion mit ihm geliefert hatte.
»Ich habe etwas Seltsames erlebt«, sagte Thomas in der danach entstehenden Gesprächspause zu Philipp. »Auf meiner Reise durch das Besitztum von Herrn Raimund bin ich auch in jenem Dorf gewesen, das im Norden direkt jenseits der Besitzgrenze auf dem Grund der Herren von Eller liegt. Ich wußte, daß der alte Mönch, den sie dort als Priester hatten, vor einiger Zeit verstorben war, und ich wollte nachsehen, ob sie geistlichen Beistands bedürften. Ich fand jedoch, daß dort ein neuer Priester saß, den der Bischof auf Bitte des Grafen eingesetzt hat.«
»Was ist daran seltsam?« erwiderte Philipp, der das Dorf flüchtig kannte. »Immerhin ist es eine größere Ansiedlung mit vielen Feldern drumherum. Sie haben dort eine eigene Kapelle; da können sie sich auch einen eigenen Priester halten.«
»Seltsam ist, was ich dort erlebt habe; es ist eine Geschichte, die mich beunruhigt und ...«
»Bruder Thomas«, rief Philipps Herr und machte ein amüsiertes Gesicht, als der Kaplan zusammenzuckte und herumfuhr, »was hast du da mit Philipp zu flüstern? Erzählst du ihm die Beichtgeheimnisse der Bauernmädchen?«
»Es ist leider keine Geschichte, bei der man lachen könnte«, entgegnete Thomas ernst. Philipp hob den Kopf. Hatte er den Worten bislang nur mit halben Ohr gelauscht, so horchte er nun auf. Er sah, wie Raimund die Augen zusammenkniff, der Kardinal, an dem die Worte des Kaplans

vorbeigegangen sein mußten, beschäftigte sich hingegen mit den Resten seines Fischs und schien für kurze Zeit geistesabwesend.

»Ich habe eine Frau gesehen, die man für drei Tage und drei Nächte zum Pfahl verurteilt hat«, sagte Thomas langsam. Die Gefolgsmänner des Herrn blickten auf, während ihre Frauen keine große Neugierde an den Tag legten; sie zupften an ihren Gewändern herum und warteten darauf, daß sich das Gespräch wieder Dingen zuwenden würde, bei denen sie mitreden konnten.

»Wo?« fragte einer der Ritter scharf.

»Auf dem Besitz der Herren von Eller; beruhigt Euch, meine Herren, niemand hat Euch Eure Gerichtsbarkeit streitig gemacht.«

»Wenn das der Fall ist, dann weiß ich nicht, was du daran so bemerkenswert findest«, sagte Raimund.

»Es ist die Begründung für das Urteil. Im Regelfall ist der Schandpfahl die Strafe für üble Nachrede, Verleumdung der Nachbarn, böse Worte gegen den Herrn oder für Gotteslästerung«, erklärte der Kaplan. »In diesem Fall jedoch hängt das Urteil mit einem Gottesgericht zusammen, das von einem Priester einberufen wurde. Die Frau hat von einem durchziehenden Händler erzählt, der ihr angeblich von Geißlern im Land und vom nahen Kommen des Herrn berichtete. Dafür hat der Priester sie als Ketzerin hingestellt, ihr eine eiserne Maske aufsetzen lassen, damit sie nicht sprechen kann, und wartet darauf, daß Gott sie während dieser drei Tage und drei Nächte niederstreckt oder ihre Unschuld beweist.«

Die Herren und Damen zuckten mit den Schultern, es war ihnen deutlich anzusehen, daß sie der Empörung des Kaplans nicht recht zu folgen vermochten. Allein auf den

Kardinal schien die Schilderung Eindruck zu machen: In die ungewisse Stille, die nach der Rede des Kaplans folgte, polterte sein Messer auf den Tisch. Er starrte Thomas mit gesträubten Augenbrauen an. Der Kaplan sah ihm ins Gesicht; der Kardinal erwiderte den Blick mit blitzenden Augen. Sein Mund war nur eine dünne, weiße Linie.

Thomas sagte: »Die gerichtliche Untersuchung der Ketzerei ist allein dem Bischof vorbehalten; die Bestrafung oder die Einberufung eines Gottesgerichts obliegt der weltlichen Gerichtsbarkeit, und es ist dazu ein ordentliches Inquisitionsgericht mit Notaren und Gerichtsdienern vonnöten – ganz abgesehen von der Tatsache, daß Kaiser Frederico nichts von Gottesgerichten hält und sie verboten hat. Statt dessen wurde ein Dorfgericht eingesetzt, und da sich keinerlei Zeugen für ihre Schuld fanden, das Gottesurteil angerufen. Was hier aber als Gottesurteil hingestellt wird, ist für mich Folter, und ich frage Euch in aller Demut, Exzellenz: Wenn selbst die päpstliche Inquisition in den letzten zwanzig Jahren ohne sie ausgekommen ist, darf sie dann von einem Dorfpriester angemaßt werden, und wenn er noch so sehr vom Glauben an die Richtigkeit seines Tuns durchdrungen ist? Die Verurteilte wurde am Pflock angebunden und muß dort die ganze Zeit ohne Schutz vor der Witterung ausharren.«

Der Kardinal erhob sich langsam. Seine Augen hatten das überraschte Funkeln verloren und schienen jetzt durch die Versammelten hindurchzublicken. Zwischen seinen Brauen stand eine Falte.

»Wer hat diese Geschichte von den Geißlern erzählt?« fragte er.

»Ein fahrender Händler.«

»Ist es eine große Gruppe, oder sind es nur wenige?«

»Ich weiß es nicht«, erwiderte der Kaplan befremdet.
»Und du weißt auch nicht, wo sie sich befinden?«
Thomas zuckte mit den Schultern und starrte den Kardinal an, als hätte er Mühe, seine Worte zu verstehen. Philipp blickte zu Boden; das überraschte Nichtbegreifen des Kaplans tat ihm beinahe weh.
»Ein durchziehender Händler, der von Dorf zu Dorf wandert, ist zu finden«, murmelte der Kardinal. Plötzlich fuhr er herum und wandte sich an Philipps Herrn. »Ich habe noch zu arbeiten«, sagte er. »Könnt Ihr mir Feder und Pergament bringen lassen?«
»Sicherlich.«
»Ich danke Euch«, sagte der Kardinal und stapfte mit großen Schritten davon. Als sei es ihm in letzter Sekunde eingefallen, drehte er sich innerhalb des Palasteinganges um, verbeugte sich hastig und rief: »Ich danke für die Gesellschaft. Der Herr behüte Euch.« Er war im Palas verschwunden, noch bevor jemand antworten konnte.
Thomas starrte ihm verwirrt hinterher. Die Ritter tauschten Blicke untereinander; dann sagte einer von ihnen laut: »Habt ihr schon gehört, daß die englischen Gecken sich neuerdings die Haare färben und sich Schleifen in ihre Locken binden?«

Als Philipp am nächsten Morgen aufbrach, war der Kardinal bereits fort; abgereist noch vor dem Morgengrauen und ohne seine Abmachung einzuhalten, zusammen mit Philipp in die Stadt zu reiten. Seine Geschäfte schienen eiliger gewesen zu sein, als sie sich am Vortag dargestellt hatten, oder etwas in der Geschichte des Kaplans hatte sie beschleunigt. Man hatte Philipp nicht einmal geweckt, um das Fortkommen des Kardinals zu überwachen. Wie es schien, hatte dieser noch gestern abend seinen Gaul satteln und zur Abreise vorbereiten lassen. Er hatte seine Schlafkammer heimlich verlassen wie ein Mann in großer Eile. Philipp wartete auf einen Kommentar seines Herrn zu diesem Verhalten, der nicht kam. Schließlich wandte er sich seiner eigenen Abreise zu. Er nahm sich zwei Männer, Seifrid und Galbert, als Begleiter, um eventuell getätigte Einkäufe wieder zurücktransportieren zu lassen. Sie strahlten über die ganze Breite ihrer Gesichter, als sie erfuhren, daß sie Philipp auf den Markt begleiten durften, und malten den Zurückbleibenden unter dem Gesinde die zu erwartende Aufregung eines Markttages in glühenden Farben, während sie sich reisefertig machten. In ihrer Begleitung verließ Philipp das Gut kurze Zeit später, von ihrer Begeisterung nicht angesteckt, sondern widerwillig seiner Aufgabe entgegensehend.

Der Markt hatte die Ankunft der Bauern, die üblicherweise im frühen Morgengrauen vor den Toren der Stadt standen, den Arbeitsbeginn der Handwerker nur wenig später und den in der Regel ganz zuletzt erfolgenden Aufbau der Stände der Fernkaufleute bereits überstanden und befand sich auf dem Höhepunkt seiner Hektik, als Philipp mit den beiden Knechten in Köln eintraf. Der typische Geruch des Marktes hing bereits über der Menge: die Ausdünstungen der Zugochsen, der schwere Erdgeruch der Rüben, an denen noch der Boden haftete, die Exkremente, die Tier und Mensch gleichermaßen fallen ließen (die einen mehr, die anderen weniger öffentlich), der Staub, den die Füße der Marktbewohner aufwirbelten. Mit dem

Geruch stiegen auch die Stimmen der Feilschenden auf, die sich um den Preis der Waren stritten, untermalt vom Brüllen der Zugochsen und begleitet vom monotonen Piepen der Küken, die eng zusammengedrängt in Holzkisten durcheinanderwimmelten. Die Marktschreier, die entweder für ihre eigenen Waren oder die Leistungen anderer warben und sich gegenseitig mit anzüglichen Späßen zu überbieten suchten, schrien sich die Kehlen wund, während sich Bettelmönche mit demütiger Beharrlichkeit durch die Menge schoben und leise Dankgebete murmelten für die Gaben, die sie erhielten. Mit ebensolcher Beharrlichkeit schoben sich auch Beutelschneider durch die Menge; was ihnen in die Hände fiel, wurde nicht von Danksagungen begleitet. Die Handwerker, die entweder innerhalb ihrer Häuser oder einfach an einer Hausecke auf dem Boden ihrer Arbeit nachgingen, hatten ebenfalls ihre Mittel und Wege, auf sich aufmerksam zu machen. Die Schuhmacher klopften Lederflecken auf ihren kleinen Ambossen flach, die Schnurmacher und Seildreher ließen die zu dünnen Zöpfen geflochtenen Schnurpeitschen knallen, die Steinmetze hämmerten auf ihr Rohmaterial ein, die Töpfer befestigten Schnurren an ihren Töpferscheiben. Die Korbflechter, in Ermangelung eines Werkstücks, mit dem sich genügend Krach erzeugen ließ, sangen. Die Schmiede – es waren wenige, die sich innerhalb peinlich gefügter Grenzen die Stadtviertel untereinander aufteilten – hatten es nicht nötig, sich den Blicken des Volkes darzustellen; der Schmied konnte es sich leisten, stolz im Halbdunkel seiner feuerflackernden Höhle auf seine Kundschaft zu warten. Das feste Wissen jedes Kunden, daß jeder zweite Schmied mit dem Teufel im Bund war und die damit verbundene Ehrfurcht rechtfertigte diese herablas-

sende Zurückgezogenheit – das und die Tatsache, daß das Klingen seiner Hämmer auch über die Distanz hinweg mühelos allen Lärm übertönte, den die minderen Handwerker veranstalten konnten. Am leichtesten von allen hatten es die Bader und Doktoren, denn den Krach, der die Aufmerksamkeit auf sie lenken sollte, verursachten ihre Kunden selbst, wenn sie an den Haken hingen, die eine sehnige Hand in ihren faulen Zahn getrieben hatte. Dazwischen konnte man vom Wasser her das Geklopfe der Wassermühlen vernehmen, die zu Dutzenden im Rhein schwammen, das Pochen der Eisenhämmer und das laute Knarren der Mahlwerke. Verhältnismäßig schweigsam inmitten all dieses Tuns waren nur die Fernkaufleute, die an den Seiten von Altem Markt und Heumarkt, unter steinernen Arkaden oder unter großen Zeltdächern, ihre Waren aufgebaut hatten: Salz und Gewürze, getrocknete und eingelegte Fische, Zucker, Zimt und Safran, Töpfereien, Schnitzereien, Webprodukte, Seidenstoffe, Eschenholz und Damaszener Stahl. Sie schienen sich für ihresgleichen mehr zu interessieren als für die Bürger, die vor ihren Waren standen und mit bedenklichem Gesichtsausdruck ihre Geldbeutel in der Hand wogen.
Doch auf geheimnisvolle Weise schienen die auf dem Markt versammelten Menschen der dunklen Wolken gewahr zu werden, die die Propheten am Horizont aufsteigen sahen. Inmitten des Lärms und des Treibens gab es Augenblicke der Beklommenheit, als würden alle gleichzeitig einhalten und auf das befangene Schlagen ihrer Herzen hören. Selbstverständlich entstanden diese Pausen nicht wirklich; aber jeder, der mit demselben Gefühl der Bedrückung ob des ungewissen Ausgangs des Kampfes zwischen Kaiser und Papst Teil der Menge war, hatte das Gefühl, sie wahrzuneh-

men. Dies galt für die Anbieter wie für die Kunden, die die Produkte prüften, wogen, berochen, bedrückten und endlich kauften oder liegenließen, und es galt für die Büttel, die um den Markt herumschlichen und auf eine Gelegenheit hofften, ihre schweren Spieße auf hitzige Köpfe herabfallen zu lassen. Es gab mehr Streit als gewöhnlich, mehr wütende Flüche als gewöhnlich, mehr Käufe, die rückgängig gemacht statt getätigt wurden. Die weiter Herumgekommenen in der Menge erkannten, daß diese schwebende, lastende Stimmung nicht allein auf Köln beschränkt war, sondern sich überall im Reich breitzumachen schien. Die Christenheit wartete, daß endlich eine Entscheidung fiele; und die wenigen, die Muße genug hatten, sich darum zu kümmern, welches Jahr man wohl schrieb, beteten zu Gott, er möge ihnen zum Anbruch seines neuen Zeitalters ein Zeichen senden, wem sie zu folgen hatten.

Philipp schob sich durch die Menschen mit jenem leicht schlurfenden Gang, den ihm die viel zu großen Klostersandalen seiner Jugendzeit angewöhnt hatten, und mit schlenkernden Händen, für die er keinen Platz mehr fand, seitdem er die Kutte mit ihren weiten Ärmellöchern für immer ausgezogen hatte. Seifrid und Galbert folgten ihm mit neugierigen Augen und Ohren.
Auf den Straßen drängten sich noch mehr Menschen als zwei Tage zuvor. Ein weiterer Schub Kaufleute war angekommen, zusammen mit Hunderten von Pilgern, die mit den ersten Schiffen rheinabwärts in Köln eingetroffen waren, um die Gebeine der Heiligen Drei Könige, der heiligen Ursula und ihrer elftausend Jungfrauen oder des heiligen Gereon zu sehen. Der Verkehr stockte immer wieder,

wenn beladene Maultiere von Holzkohlenträgern aufgehalten wurden oder wenn die Menschenmasse versuchte, dem gigantischen Ladenschild einer Herberge oder eines Handwerkers auszuweichen oder um die Abfallhaufen vor den Häusern drängelte. In den engen Gassen, von den Fachwerkwänden der Häuser und den wenigen Steinmauern beengt, wogte der Lärm hin und her, Schimpfworte, Lachen, die Schreie der Ausrufer, laute Gespräche und das Fluchen derjenigen, die in der Müllrinne standen und denen der Kot oben zu den Schuhen hineinlief. Zwischen den gutgekleideten Kaufherren und den abgerissenen Pilgern stolzierten die Mitglieder der Herrenfamilien, wandelten die Deutschritter und die Johanniter mit ihren schweren Mänteln. Wo man stehenbleiben mußte, weil nichts mehr vorwärts ging, stellte man sich eng zusammen, um sich gegenseitig die Börsen vor den Händen der Schnapphähne zu schützen, und tauschte Neuigkeiten aus. Wenn es keine Neuigkeiten gab, kommentierte man die altbekannten Tatsachen.

»Eben hab' ich zwei Kerle sagen hören, vor zwei Tagen hätten sie einen abgestochen auf dem Markt«, sagte Galbert nach einer Weile zu Philipp. »Du warst doch hier. Hast du das mitgekriegt?«

Philipp wandte sich um. »Allerdings«, sagte er. Galbert sah in sein Gesicht und zog die Augenbrauen zusammen.

»Und?« fragte er.

»Was ›und?‹. Nichts ›und‹. Der Mann lag im Sterben, als ihn die Büttel abtransportierten.«

»Was hat er denn getan?«

Philipp dachte daran, wie der Kaiserliche das Schwert des Büttel zu fassen bekommen und bei seinem Sturz auf den Boden aus der Scheide gezogen hatte.

»Er hat sich dämlich angestellt, das war alles«, seufzte er.
Galbert schüttelte den Kopf.
»Das reicht schon dafür, daß man abgestochen wird?« fragte er mit halbem Unglauben. »Schlimme Zeiten sind das.«
»Dafür hat es schon immer gereicht«, knurrte Philipp. »Paßt jetzt auf, ob ihr den Flandrischen irgendwo seht. Er hat die Stoffe für unseren Herrn dabei.«
Galbert und Seifrid tauschten einen wortlosen Blick und ließen Philipp in Ruhe. Dieser stapfte ihnen mißmutig voran. Galberts Geplapper hatte das unwillkommene Bild wieder hervorgerufen. Als sie an der Stelle vorbeikamen, an der es geschehen war, waren nicht einmal mehr die dunklen Blutflecken zu sehen. Der Tod war nichts Ungewöhnliches, und wenn man auch nicht auf Schritt und Tritt über eine Leiche stolperte, so war man doch darauf gefaßt, ihm gegenüberzutreten: In einem abgelegenen Bauernhaus lagen die fliegenübersäten Körper der Pächter, die aus Versehen etwas Giftiges gegessen hatten; ein Bauer bat den Herrn um Hilfe, weil eines seiner Kinder oder seine Frau bei der Geburt eines weiteren Kindes umgekommen war; ein Erschlagener verrottete mehrere Tage neben der Straße, bis ihn die Bewohner des nächstgelegenen Hauses wegschafften, weil sein Geruch zu streng wurde. Nach Überschwemmungen trieben die aufgeblähten Körper der Ertrunkenen den Fluß herunter und verfingen sich in den Netzen der fluchenden Fischer. Zuletzt hingen die verurteilten Diebe von den Galgen, ihre Schultern bekleckst von den Krähen, die auf ihren gesenkten Köpfen balancierten.
All das war Philipp nicht fremd; dennoch hatte er niemals zuvor gesehen, wie ein Mensch vor seinen Augen tödlich verletzt wurde. Es lag ein Unterschied darin,

einen Toten zu sehen oder Augenzeuge seines Sterbens zu sein. Etwas gänzlich anderes war es zudem, den Gedanken nicht loszuwerden, man hätte das Sterben verhindern können. Er erinnerte sich, daß ein Mann neben ihm plötzlich halblaut gesagt hatte: Nun ist es soweit; die Ratten kriechen aus ihren Löchern. Was immer er damit gemeint hatte.

Der flandrische Händler schien spätestens gestern in Köln angekommen zu sein. Philipp entdeckte seinen Stand in der Nähe des Durchlasses vom Alten Markt zum Heumarkt an einem Platz, der auf den ersten Blick zugig und schattig und schlecht für das Geschäft wirkte und auf den zweiten Blick offenbarte, daß jedermann auf dem Weg von einem Platz zum anderen sich daran vorbeiquetschen mußte und dadurch bei der Ware stehenblieb. Philipp grinste trotz seiner schlechten Laune und winkte den beiden Männern, ihm zu folgen.

Meister Rasmus begrüßte ihn mit der überschwenglichen Freundlichkeit des Händlers, der einen höheren als den vereinbarten Preis herausschlagen will. Nachdem sie das Geschäft abgewickelt hatten – Leinen und Wolltuche als Ersatz für die Stoffe, die für die Pfingstgewänder des Gesindes verbraucht worden waren – und Seifrid und Galbert zur Herberge »Der Kaiserelefant« zurückgeeilt waren, um die dort untergestellten Packtiere zu holen, nahm der Händler Philipp beiseite.

»Seht Ihr meinen Knecht dort drüben?« rollte er in seinem schweren Akzent. »Könnt Ihr ihn nicht gebrauchen?«

»Was kann er denn?«

»Oh, alles«, versicherte Rasmus.

»Beeindruckend. Warum versucht er nicht, Kaiser zu werden?«

Rasmus hob die Hände und ließ sie wieder fallen.
»Also gut, er kann nicht *alles*«, seufzte er. »Aber er kennt sich gut mit Pferden aus. He, Lambert, komm einmal hier zu uns herüber.«
Der Knecht, der mit gesenktem Kopf Stoffballen umgepackt hatte, sah auf, eine stämmige Gestalt mit kurzgeschorenen Haaren, dessen Wangen die Furchen mangelhafter Ernährung zeigten und auf dessen Stirn die schlecht verheilte Narbe eines Huftritts saß. Seine Hände hingen knorrig und steif an seinen Seiten herab. Sein Gesicht war schwerlidrig und aufgeschunden von einer ungewohnten, ungeschickt ausgeführten Rasur. Er kletterte über die Stoffballen hinweg und trat auf sie zu.
»Das ist Meister Philipp, der Truchseß von Herrn Raimund von Siebeneich«, erklärte Rasmus.
»Mich nennt man Lambert mit der Blesse«, sagte der Knecht mürrisch. Philipp nickte und versuchte, nicht zu auffällig die Narbe auf der Stirn des Mannes anzusehen. Lambert deutete mit einer steifen Bewegung darauf und sagte: »Das war ein Huftritt.«
»Wie geht's dem Pferd?« fragte Philipp. »War es danach lahm?«
Lambert starrte ihn an. »Es war ein Esel«, sagte er schließlich schwerfällig.
Philipp grinste freundlich. »Es kann auch nur einem Esel einfallen, gegen einen solchen Holzschädel zu treten.« Er klopfte Lambert auf die Schulter und zwinkerte ihm zu. »Nichts für ungut, mein Freund. Meister Rasmus hat mir deine Dienste angeboten.«
»Ich bleibe für einige Wochen in der Stadt und benötige ihn nicht mehr«, erklärte Rasmus. »Nicht, daß Ihr meint, ich sei nicht zufrieden mit ihm.«

»Natürlich seid Ihr zufrieden mit ihm: ein Mann, der Pferde mit seinem Schädel beschlägt«, versetzte Philipp. Rasmus lachte. Lambert beteiligte sich nicht daran.
»Es heißt, du kannst mit Pferden umgehen. Auf dem Gut meines Herrn benötigen wir keinen Pferdeknecht mehr. Aber du kannst als Zinsbauer ein kleines Stück Land bewirtschaften. Wir hatten im letzten Jahr ziemliche Verluste. Was hältst du davon? Es ist keine leichte Arbeit, und manchmal ist sie gefährlich. Aber mein Herr ist gnädig und nachsichtig.«
»Ist mir recht«, erklärte Lambert gleichmütig.
»Da wirst du aber keine Pferde zu sehen bekommen.«
Lambert zuckte mit den Schultern.
»Warum bleibst du nicht hier in der Stadt? Sicherlich könntest du dich irgendwo als Roßknecht verdingen; vielleicht sogar bei einem anderen Händler, der die Stadt schnell wieder verlassen will.«
»Nein, ich will raus aus der Stadt«, brummte Lambert.
»Das hört man selten. Weißt du nicht, daß es heißt: Stadtluft macht frei?«
»Das ist nicht wichtig.«
Philipp zog die Brauen in die Höhe und sah Lambert erstaunt an.
Der Händler fragte: »Wollt Ihr ihn haben?«
»Warum seid Ihr nur so erpicht darauf, ihn loszuwerden?« fragte Philipp mißtrauisch.
»Bin ich nicht. Lambert hat mir wirklich gut gedient. Und da er mir schon drei Tage vor Köln in den Ohren lag, daß er nicht in die Stadt wolle, möchte ich ihm ermöglichen, sie so schnell wie möglich wieder zu verlassen. Das bin ich ihm zumindest schuldig als sein Brotherr.«
Lambert sah Philipp an; dieser meinte in seinem unbeweg-

lichen Gesicht etwas Drängendes zu sehen. »Was hast du gegen die Stadt?« fragte er langsam.
»Sie macht mir angst.« Es klang ehrlicher als alles andere, was Lambert gesagt hatte. Philipp seufzte. Er wußte, daß das Gut ein paar Zinsbauern in seinen Dienst nehmen konnte: Zwei Männer waren im Winter in einen Teich eingebrochen und erfroren, einer hatte sich bei Rodungsarbeiten verletzt und war am Fieber gestorben, drei oder vier Katen standen vollkommen leer, und ein kleineres Stück Land von etwa einer halben Manse wurde seit über einem Jahr von der Witwe des Zinsbauern mit ihren Schwestern und Kindern allein bewirtschaftet. Irgend etwas sagte ihm, daß Lambert nicht der beste Griff sein mochte. Aber er war kräftig und arbeitswillig, wenn man Rasmus Glauben schenken wollte, und außerdem starrten sowohl der Händler als auch Lambert ihn an und warteten auf seine Entscheidung. Er hätte sie gerne auf morgen vertröstet, doch morgen war er bereits auf dem Weg zu Radolf Vacillarius.
»Also gut, ich nehme dich«, sagte Philipp.
Lambert nickte und streckte ihm die Hände gefaltet entgegen. Philipp blickte überrascht darauf nieder.
»Ich bin nicht der Herr«, sagte er. »Ich bin nur sein Truchseß.«
»Es muß seine Ordnung haben«, beharrte Lambert.
Philipp seufzte und umfing Lamberts Hände. »Dies tue ich, um vor Zeugen kundzutun, daß du dich meinem Herrn anvertraut hast«, erklärte er. »Die eigentliche *commendatio* wird mein Herr selbst durchführen.«
Lambert zog seine Hände zurück und nickte erneut. Philipp musterte ihn verstohlen. Er hatte erlebt, daß Männer weinten und Frauen mit blassen Gesichtern die Kinnbacken zusammenpreßten, wenn ihre finanzielle Situation

sie in die Abhängigkeit zwang. Was er jedoch noch nicht gesehen hatte, war die Gleichmütigkeit, mit der Lambert sein freiwillig erwähltes Schicksal auf sich nahm.

»Ist dir klar, daß du dich in die Abhängigkeit begeben hast?« fragte er. »Von nun an kannst du nur noch entscheiden, ob du auf die Latrine gehen mußt oder nicht.«

»Das bedeutet nichts.«

»Die Freiheit ist dir nicht wichtig; die Abhängigkeit bedeutet dir nichts«, wiederholte Philipp. »Du bist ein seltsamer Vogel.«

Lambert vollführte seine Lieblingsgeste: Er zuckte mit den Schultern.

»Ich habe ihn hier in Köln in meine Dienste genommen«, erklärte Rasmus. »Ich lasse die Urkunden noch heute abändern.«

»Wir treffen uns im Rathaus«, sagte Philipp. »Ich werde für meinen Herrn siegeln.« Er wandte sich an Lambert. »Kennst du den ›Kaiserelefanten‹?«

»Ja.«

»Entweder dort oder auf dem Weg von dort nach hier triffst du auf zwei Männer aus dem Gesinde meines Herrn. Sie heißen Seifrid und Galbert, ein älterer Mann mit langem grauem Haar und ein junger Bursche mit einem Gesicht voller Sommersprossen. Schließ dich ihnen an; du kannst ihnen helfen, die Packtiere zu beladen. Sie bringen dich noch heute zu deinem neuen Herrn hinaus.«

»Begleitest du mich nicht?« fragte Lambert.

»Nein, ich muß woanders hin. Wenn dir etwas unklar ist, laß es dir von Galbert erläutern. Und komm ja nicht auf den Gedanken, die Beine in die Hand zu nehmen. Du weißt, welche Strafen es für davongelaufene Abhängige gibt.«

»Ich lauf' schon nicht weg«, sagte Lambert heftig. »Ich hab' mich deinem Herrn ja freiwillig verkauft, oder nicht?«
Philipp starrte ihn an, von Lamberts Ausbruch überrascht. Er erkannte plötzlich, was ihn die ganze Zeit über gestört hatte: Er konnte Lamberts halb geduckte, halb hochfahrende Art nicht ausstehen. Und er fühlte sich gestört durch die respektlose Anrede Lamberts. Am liebsten hätte er den Wechsel rückgängig gemacht, aber damit hätte er das Gesicht verloren. Er fluchte unwillig in sich hinein. »Also geh jetzt«, sagte er dann.
Lambert nickte und sah den Händler an.
»Nur zu«, rief dieser und wedelte mit der Hand. »Du bist in gute Hände gekommen. Ich freue mich für dich.«
Lambert senkte den Kopf und trottete los. Rasmus sah ihm hinterher, dann wandte er seine Aufmerksamkeit wieder Philipp zu.
»Wenn der Kerl ein faules Ei ist, habt Ihr einen guten Kunden verloren«, drohte Philipp. Rasmus schüttelte den Kopf.
»Ich stehe zu dem, was ich über ihn gesagt habe«, erklärte er.
»Was wißt Ihr über ihn?«
»Er hat mir erzählt, sein Vater sei ein Vollbauer, der einen Hof ein gutes Stück rheinabwärts bewirtschafte. Er sei der dritte oder vierte Sohn, ohne Aussichten auf das Erbe. Deshalb sei er im Streit davongegangen und habe sein Glück in der Stadt versucht.«
»Vor der er sich jetzt fürchtet. Glaubt ihr, er hat hier etwas ausgefressen?«
»Er war weder dem Schöffenkollegium noch in der Richerzeche bekannt. Daher halte ich ihn für sauber – jedenfalls, was Köln betrifft.«

»Und was haltet Ihr von seinen Angaben? Glaubt Ihr sie?«
»Mein lieber Meister Philipp, Ihr wißt doch selbst: Wie soll ein Mensch das überprüfen können? Man muß eben nach seinem gesunden Verstand urteilen, ob einer das Herz auf dem rechten Fleck hat oder nicht. Kann ich sonst noch etwas für Euch tun?«
»Im Moment sind die Vorratskammern wieder voll«, erwiderte Philipp. »Doch bis Ihr im Herbst wiederkehrt, ist sicherlich wieder der eine oder andere Bedarf vorhanden.«
»Na gut, dann betrachten wir unseren Handel als abgeschlossen, sobald Eure Männer die Stoffe abgeholt haben. Das müssen wir feiern. Ich lade Euch in das beste Badehaus ein, das ich in der Stadt kenne.«
»Eure Großzügigkeit macht mich mißtrauisch. Habt Ihr mich irgendwie übervorteilt, ohne daß ich es gemerkt habe?«
»Keineswegs. Aber ich war seit letzten Herbst nicht mehr hier in der Stadt und bin gestern erst angekommen. Ich bin voller Straßenstaub, und mich dürstet nach Wein und Entspannung. Was gibt es Schöneres als einen gemütlichen Besuch im Badehaus, heißes Wasser, eine Bartschur, jemanden, der einem die Läuse aus den Haaren klaubt, und danach essen und trinken, bis einem der Bauch steht? Außerdem bin ich durstig nach Neuigkeiten. Ihr seid der Truchseß eines einflußreichen Mannes. Wer könnte sie mir besser liefern als Ihr?«
Philipp seufzte. Er hatte keine große Lust, dem Kaufmann Rede und Antwort zu stehen. Am liebsten hätte er abgelehnt.
»Was ist?« fragte Rasmus. »Seit wann muß man bei einer Einladung so lange überlegen?«
»Also gut.«

»Seid Ihr im ›Kaiserelefanten‹? Ich hole Euch dort ab, sobald das Wasser heiß ist. Und paßt auf, wenn man Euch alte Kameen vom Hof Karls des Großen andrehen will.«
Philipp drehte sich noch einmal um.
»Was ist damit?«
»Es ist zur Zeit große Mode, die Dinger zu fälschen.« Rasmus zwinkerte. »Der große Karolus steht nicht nur beim Kaiser hoch im Kurs.«

Minstrel

Das Packen der Stoffballen ging schneller vonstatten, als Philipp erwartet hatte; Lambert, der auf dem Weg zum »Kaiserelefanten« auf Seifrid und Galbert gestoßen war, half mit, und wenigstens dabei stellte er sich nicht ungeschickter an, als zu erwarten gewesen wäre. Philipp verabschiedete sich von ihnen und Rasmus und machte sich selbst auf zum »Kaiserelefanten«. Als er an der Stelle vorüberkam, an welcher der Prophet seinen Auftritt gehabt hatte und das Grüppchen diskutierender Menschen erblickte, die sich über den Vorfall unterhielten, blieb er unwillkürlich in ein paar Schritten Entfernung stehen und hörte, wie sich das Ereignis in ihren Schilderungen aufblähte. Offensichtlich waren unter den Diskutierenden auch solche, die keine Augenzeugen gewesen waren, und diesen wurde der Auftritt mit Begeisterung wiedergekäut. Philipp lauschte der gewaltig übertriebenen Erzählung.

»Die Leute freuen sich über alles, was ihren Mitmenschen zustößt, nicht wahr?« sagte plötzlich eine Stimme neben ihm. Philipp wandte sich ihr überrascht zu. Sein Gesicht war vom Gehörten und von seinen Gedanken über seine eigene Rolle finster, und es gelang ihm nicht sofort, diesen Ausdruck fortzuwischen. Der Mann, der ihn angesprochen hatte, trat einen Schritt zurück.

»Ich wollte Euch nicht belästigen«, sagte er. Es war der Mann, der gesagt hatte, daß die Ratten aus ihren Löchern

kröchen. Philipp starrte ihn einen Moment lang an. Er hatte sich das Gesicht nicht gemerkt, aber er erkannte die Stimme und den Akzent darin wieder.
»Schon gut«, brummte er und wandte sich ab.
»Ob einem der Wein oder das Blut aufs Hemd rinnt, ist vollkommen egal«, fuhr der Mann fort. »Hauptsache, es rinnt und man kann dabei zusehen, ohne selbst etwas abzubekommen.«
Philipp drehte sich wieder um; der Mann hatte eine helle Gesichtshaut und vom Wein gerötete Augen, aber er lächelte höflich und verbeugte sich leicht, als er Philipp jetzt ansah. Das Lächeln schob ein Netz feiner Falten in das spitze Gesicht und machte es fröhlich. Die Verbeugung brachte ihn jedoch aus dem Gleichgewicht, und er stolperte und stieß gegen einen der Marktgänger. Der Angerempelte rief wütend: »Paß auf, wo du hintrittst, du besoffenes Schwein!« und stieß den Betrunkenen grob zu Boden; Philipp streckte einen Arm aus und half dem Mann auf.
Der Mann winkte mit dem freien Arm eine Entschuldigung in die vorbeidrängenden Menschen und stellte sich an Philipps Seite. Mit betrunkener Würde klopfte er sich den Staub aus den Kleidern.
»Ich schätze, Euch ist das Gleichgewicht ein wenig abhanden gekommen«, bemerkte Philipp.
Der Mann nickte. »Danke vielmals«, sagte er höflich.
»Ihr seid nicht von hier.«
Der Mann schüttelte den Kopf und deutete mit vagen Bewegungen nach Westen. Bei all dem verließ das Lächeln sein Gesicht nicht, und seine Augen schienen Philipp hinter dem Schleier der Betrunkenheit hervor freundlich zu mustern.

»Und ich bin nicht nüchtern«, stellte er fest. »Ich hätte mehr Wasser in den Wein gießen sollen.« Er lachte. »Aber es gibt Gelegenheiten, an denen man nicht schnell genug betrunken werden kann.«
Er drehte sich um, wobei er wieder aus dem Gleichgewicht geriet, und versuchte, vor den stehengebliebenen Marktbesuchern eine beschwichtigende Geste zu vollführen.
»Verzeihung«, sagte er laut. »Es geht vorüber. Ich habe nur zu wenig Wasser in den Wein getan. Nichts Schlimmes. Es geht vorüber.« Den letzten Satz schien er eher zu sich selbst zu sprechen, und sein Gesicht verlor das Lächeln.
Es wurde Philipp bewußt, daß sie sich in einem kleinen Kreis der Aufmerksamkeit befanden, wie er sich vor zwei Tagen um den Propheten gebildet hatte. »Am besten, Ihr laßt es in einer ruhigen Ecke vorübergehen«, sagte er zu dem Betrunkenen. Er nickte ihm zu und wandte sich zum Gehen.
»Ihr wart sehr freundlich«, sagte der Betrunkene. »Ich möchte Euch nochmals danken für Euer Mitgefühl.«
Philipp blieb gegen seinen Willen stehen. »Schlaft lieber Euren Rausch aus«, sagte er. »Warum geht Ihr nicht zum Tor hinaus und sucht Euch ein schattiges Plätzchen unter einem Baum, wo niemand auf Euch treten kann?«
»Ich halte Euch auf«, sagte der Betrunkene. »Entschuldigt; ich wollte Euch nicht lästig fallen.« Er trat zurück und lächelte scheu. »Ich wünsche Euch noch einen schönen Tag.«
Philipp holte Atem, um zu sagen, daß er nicht unhöflich sein wolle, aber etwas Dringendes zu erledigen habe; doch er schwieg. Er wußte, der Betrunkene würde es als Ausrede auffassen. Er würde keinen Augenblick lang glauben, daß Philipp von etwas anderem bewegt wurde als von

Abscheu gegenüber seiner Person. Philipp wandte sich endgültig zum Gehen. Er wünschte sich, er wäre souveräner mit der Situation umgegangen. Noch während er davonschritt, fragte er sich, weshalb es ihm ein schlechtes Gefühl bereitete, den Mann verletzt zu haben; er war nur ein Fremder, den er nicht kannte, am hellichten Tag betrunken, und es war nicht anzunehmen, daß er ihn wiedersehen würde. Vielleicht war es nur seine scheue, höfliche Art und sein Lächeln. Er drehte sich um. Die Menge hatte den Betrunkenen bereits verschluckt.

Auf dem Weg zum »Kaiserelefanten« wurde Philipp mehrfach aufgehalten: von den Angeboten mancher Händler, zu deren Ständen er trat, von Knäueln von Menschen, die sich an anderen Ständen zusammenballten; von einer Gruppe Jongleure, die er aus sicherem Abstand beobachtete und Zeuge nicht nur ihrer Darbietungen, sondern auch der Kunststücke von drei Beutelschneidern wurde, die geschickt zusammenarbeiteten und einige der Gaffer um ihre Börsen erleichterten. Daß seine Gedanken sich erneut um den Vorfall mit dem Propheten drehten, merkte er erst, als er einen Mann in eine Lücke treten und theatralisch seinen Kapuzenmantel abwerfen sah. Er erwartete eine neue apokalyptische Vision und die Explosion von Gewalt hinterher, doch nichts geschah. Der Mann faltete den Mantel unter dem Arm zusammen, wischte sich den Schweiß von der Stirn und schritt weiter. Als aus einer anderen Richtung wütendes Gebrüll zu vernehmen war, fuhr er herum. Einer der Bestohlenen hatte einen der Beutelschneider erwischt, und während dessen Genossen ihr Heil in einer unauffälligen Flucht suchten, wurde der

Gefaßte gepackt, festgehalten und mit Faustschlägen und Fußtritten traktiert, bis die Büttel kamen und die Menschen beiseite schoben und das blutende, panisch zuckende Bündel davonschleppten, das der Beutelschneider gewesen war. Der Bestohlene folgte ihnen mit grimmigem Lächeln, seine Börse wie eine Trophäe vor sich hertragend.
Philipp wandte sich ab. Auf einmal hatte er genug vom Marktplatz. Sein Weg führte ihn in den Vorhof des Doms, aber auch dort stießen und drängten die Menschen einander, kauften und verkauften und stahlen, und er hielt nicht einmal an, als er sah, wie ein Rudel von Gassenjungen einem schlafenden Betrunkenen neben dem Brunnen beim Hohen Gericht mit vielem Gekicher den Beutel leerten und ihn statt der Münzen vorsichtig mit Steinen füllten. Obwohl so die prompte Strafe über einen kam, der dumm genug war, sich mitten in der Stadt schlafen zu legen, fühlte er keine Schadenfreude. Der Betrunkene war der Mann, der ihn vorhin angesprochen hatte. Alles, was er spürte, war das schlechte Gefühl, daß die Reizbarkeit und die Gewaltbereitschaft in der Stadt plötzlich das Maß seiner Toleranz überschritten hatten; daß die stoßenden, schiebenden, fluchenden Bürger alle miteinander auf einen Mahlstrom zudrängelten, den sie sahen und doch nicht wahrhaben wollten und der sein Zentrum in den beiden sich in unversöhnlichem Haß gegenüberstehenden Führern der Christenheit hatte, um die Gewalt, Betrug und Hinterlist strudelten. Vielleicht hatte der Prophet auf seine Weise nicht ganz unrecht mit seinen Verkündigungen.
Hinter den Marktständen flatterten große Raben herab und schritten durch die Gassen der Stadt, als wäre sie bereits ihr Eigentum.

Rasmus hatte sein Versprechen gehalten und Philipp nach dem Abflauen der Markttätigkeit abgeholt. Philipp, nachdenklich über einem Becher Wein in der leeren Trinkstube der Herberge brütend, war ihm dafür fast dankbar. Der Bader begrüßte die beiden überschwenglich, warf den Pfennigen, die Rasmus ihm aushändigte, nur einen oberflächlichen Blick zu und gab den Weg in den Auskleideraum frei. Das Badehaus war schwach besucht. Rasmus und Philipp teilten sich einen Zuber mit heißem Wasser und ein Brett mit gebratenen Fleischstückchen, das zwischen ihnen im Wasser schwamm. Der Zuber stand weitab von den anderen Badeplätzen in einer halbdunklen, kaum einsehbaren Ecke des großen Raums, was Philipp erst zu Bewußtsein kam, als der mit einem ledernen Schurz bekleidete Badeknecht eine bewegliche Stellwand heranschleppte und sie damit abschirmte. Danach öffnete sich eine niedrige Tür in der hölzernen Wandverkleidung, und zu Rasmus' breitem Grinsen schlüpften zwei Frauen in dünnen Kleidern herein.

»Rasmus ...«, begann Philipp.

»Still. Ich kenne den Bader schon seit Ewigkeiten. Glaubt Ihr vielleicht, wir sind die einzigen, denen er diesen Dienst gewährt? Von hier läuft ein überdachter Gang bis hinüber zu den Winkelhäusern bei der Mauer.« Er winkte eines der beiden Mädchen zu sich heran. »Was glaubt Ihr, warum ich dieses Haus für eines der besten in der Stadt halte?«

»Wenn der Magistrat davon erfährt, treiben sie den Bader mit Ruten aus der Stadt. Und wir stehen über Nacht am Pfahl ...«

»Die Mitglieder des Magistrats baden hier ebenso wie alle anderen Männer, die auf sich halten – und das seit Jahren.

Denkt Ihr, das Haus gäbe es noch, wenn der Bader ein unvorsichtiger Mann wäre?«
Philipp schüttelte den Kopf. Das Mädchen, das Rasmus zu sich herangewunken hatte, war von draller Gestalt, um sie nicht fett zu nennen; ihre Brüste schienen sich durch den dünnen Stoff ihres Kittels zu drängen. In der feuchtheißen Luft schmiegte sich das Gewebe auch an ihre anderen Rundungen und verhüllte nur notdürftig, was ohnehin zum Vorzeigen gedacht war. Philipp beobachtete nachdenklich, wie Rasmus strahlend ihre Brüste, ihren Bauch und ihr umfangreiches Hinterteil streichelte, als sie sich an den Zuber herandrückte
»Worauf wartet Ihr?« sagte Rasmus und winkte gönnerhaft. »Seid mein Gast.«
Das andere Mädchen war eine schlanke, dunkle, hochmütig aussehende Schönheit, ein blasses Gesicht mit vollen roten Lippen, schmalen Wangen, großen dunklen Augen und ausgestattet mit einer erstaunlich ausgeprägten Oberarmmuskulatur. Sie entsprach genau Philipps Typ; und er spürte, wie die ursprüngliche Peinlichkeit der Situation sich plötzlich in Erregung verwandelte. Gleich nach seinem Austritt aus dem Kloster war er zwei- oder dreimal in ein Frauenhaus gegangen, um seine mangelnden Erfahrungen mit dem weiblichen Geschlecht nachzuholen; aber heute war es das erste Mal, daß es auf Einladung und ausdrücklichen Wunsch eines anderen geschah. Der Gedanke daran verwirrte ihn, aber seine Erregung vermochte er nicht zu besiegen. Er lächelte das Mädchen freundlich an und erhielt ein Lächeln als Antwort, bei dem sie die Mundwinkel herabzog und ihre Augen kalt blieben. Ihr Äußeres gefiel ihm, wie ihn ihre deutlich zur Schau getragene Verachtung abstieß; dennoch erhitzte sie ihn, während sie sich

über den Rand des Zubers beugte und mit beiden Händen und einem harten Stück Seife unter Wasser herumfuhrwerkte, um sein mittlerweile geschwollenes Glied zu reinigen. Auch an ihrem Körper klebte der nasse Kittel wie eine zweite Haut. Er fand diesen Anblick bei weitem aufreizender als den, den Rasmus' Liebchen bot – selbst in Anbetracht der Tatsache, daß dieses sich gar nicht hochmütig, sondern fröhlich kichernd unter den Zärtlichkeiten des Händlers wand, und ihre deutlich sichtbaren Brustwarzen verkündeten, daß sie die Hände Rasmus' durchaus genoß. Philipp, der mit einer Hand vorsichtig die ihm über den Rand des Zubers entgegengereckten Brüste seiner Bademagd streichelte, konnte dergleichen Erregung an dieser Stelle nicht feststellen.

Als er Rasmus schließlich über eine mit einem Vorhang abgehängte Treppe ins Obergeschoß des Badehauses folgte, wo sich zu seinem Erstaunen eine Reihe von ebenfalls mit Vorhängen abgehängten Räumen befand, war seine Freude mit der dunklen Hübschlerin nur kurz. Er ging äußerst vorsichtig mit ihr um, nachdem er die blauen Flecke auf ihren Schenkeln gesehen hatte, die von groben oder brutalen Freiern stammten. Zu dieser Sorte wollte er auf keinen Fall gehören. Ob seine Zartheit auf das Mädchen Eindruck machte, war nicht festzustellen. Sie hockte sich neben ihn und bearbeitete sein hochgerecktes Glied mit ihren kräftigen Händen, und obwohl ihn das aus dem benachbarten Liebesgeviert dringende Gestöhne und Geschnaufe Rasmus' störte, stieg seine Hitze doch unter ihren Bewegungen unaufhaltsam, und die Gäule gingen ihm durch, kaum daß sie sich den Kittel hochgezogen, auf den Rücken gelegt und ihn hineingelassen hatte. Sie schlüpfte mit ihrem herablassenden Blick hinaus und war verschwunden, noch während er keuchend auf den Decken lag und mit Beschämung, Ärger und einem schlechten Gewissen gleichermaßen kämpfte.

Als er an Rasmus' Liebesnest vorbei nach unten schlich, hörte er lautes Kichern, Stöhnen und Keuchen. Scheinbar ging das kräftige Bademädchen ihrer Tätigkeit mit mehr Motivation nach als Philipps gewesenes Liebchen. Er seufzte und sagte sich mit schwachem Zynismus, daß Rasmus eigentlich einen Teil des Geldes zurückfordern sollte. Er wickelte sich die feuchte Decke enger um seine Hüften und wurde vom Badeknecht mit unbewegtem Gesicht in die Trinkstube gewiesen, wo er zu seinem Verdruß eine ganze Weile auf Rasmus warten mußte.

»Was hört man denn in Eurer Stadt vom Kampf zwischen Kaiser und Papst um die Führung der christlichen Seelen?« fragte Rasmus, als er endlich mit einem breiten Grinsen Philipp gegenüber saß. Noch bevor dieser etwas erwidern konnte, beantwortete Rasmus seine Frage selbst.

»Ich stelle es mir so vor: Der Kaiser möchte die Stadt gern auf seiner Seite haben, der Bischof von Köln ist natürlich gegen ihn und will die Macht des Klerus keinesfalls schmälern lassen, und die Räte schließlich sind gegen alle beide und würden die Stadt am liebsten selbst beherrschen.« Er lächelte genießerisch. »So hacken sie einander im Kleinen wie im Großen die Augen aus.«

»Woraufhin Ihr damit anfangt, Blindenstöcke zu verkaufen«, sagte Philipp.

»Damit könnte ich jetzt auch schon anfangen, so blind, wie die Hälfte der Christenheit ist«, brummte Rasmus ernüchtert. »Sich dem Diktat dieses skrupellosen Machtmenschen auf dem Thron des Petrus zu unterwerfen und gegen den Mann Front zu machen, der wirklich die Macht dazu hat, uns den Weg in ein Paradies auf Erden zu ebnen.« Er sah sich vorsichtig unter den in der Trinkstube sitzenden halbnackten Männern um, die warmen Wein in sich hineinschlürften und sich halblaut unterhielten. Ohne seine Stimme sonderlich zu dämpfen, fuhr er fort: »Ich spreche natürlich von Kaiser Frederico. Ich mache kein Hehl daraus, daß er meine Sympathien hat. Man sagt ihm nach, er sei ein Heide, ein Ketzer und der Teufel in einer Person, aber die Wahrheit ist doch nur, daß er seinen Kopf zum Denken benutzt anstatt die Kniescheiben, auf denen die Kleriker herumrutschen und den Herrn inbrünstig bitten, für sie zu denken. Es heißt, daß ein neues Zeitalter vor der Tür steht und der Jahrtausendkaiser uns dorthin führen wird. Ich kann's nicht sagen, weil ich nicht dabei war, als Kaiser Otto damals ausgerechnet hat, wie lange die Welt schon besteht, seit Gott der Herr Himmel und Wasser geteilt hat. Aber ich will es glauben, weil ich gehört habe, daß auch der Kaiser daran glaubt. Und wenn es stimmt, dann kann nur einer der Jahrtausendkaiser sein: Kaiser Frederico.«

»Warum gerade er?«

Rasmus riß die Augen auf.

»Warum er? Weil der Kaiser von Gott persönlich eingesetzt ist, um die Christen zu führen; und weil, wenn es jemals ein Beispiel für diese These gab, unser jetziger Kaiser dieses Beispiel ist.«

»Der Papst behauptet auch, er sei von Gott eingesetzt.«

»Der Papst wird von einem Haufen eitler, stinkreicher alter Böcke gewählt, die während der Wahl die ganze Zeit über sabbernd daran denken, welche saftige Jungfrau sie demnächst besteigen wollen.«

»Lieber Himmel. Ihr habt ein gefährliches Mundwerk.«

Rasmus tat, als habe er Philipps Warnung nicht gehört.
»Rechtmäßigerweise wird der Papst vom Kaiser eingesetzt und der Kaiser von Gott. Als Zeichen dafür setzt der Kaiser sich selbst die Krone auf. So gehört es sich und nicht anders. Und es gibt einen, auf dessen Beispiel sich unser Kaiser stützen kann: Karolus Magnus, den größten Kaiser, den das Reich jemals hatte.« Er kniff ein Auge zu, um seine Aussage zu unterstreichen. »Das steht sogar geschrieben. Von des Karolus' Biographen eigener Hand. Und daran glaube ich fest.«
»Das solltet Ihr lieber nicht an Bischof Konrads Ohren dringen lassen. Er würde Euch mit Freuden von diesem Glauben befreien; samt Eurem Kopf.«
»Ach, ich bin zu klein, um ihm aufzufallen.«
»Vorgestern waren ein paar Männer auf dem Markt, die waren noch kleiner als Ihr: Knechte aus dem Troß des Kanzlers. Nachdem sie ihre Gedanken öffentlich klargelegt hatten, lag einer von ihnen tot auf dem Boden, und einem war der Kiefer zerschmettert. Und ihre Gedanken unterschieden sich gar nicht mal so sehr von den Euren.«
»Ich habe schon davon gehört. Eure Ratsbüttel haben sich auf die Seite der Päpstlichen geschlagen.«
»Der Rat weiß, was für ihn gesund ist.«
»Eine elende Situation. So ist es in vielen Städten. Die Stimmung ist gereizt, und viele haben Angst, auch wenn sie es sich noch nicht anmerken lassen. Man erkennt es an den Augen der Leute. Sie heben sie kaum, wenn sie mit einem sprechen, und sie haben es eilig, aus der Gegenwart von Fremden zu verschwinden – als ob sie fürchten, zu dem falschen Mann ein falsches Wort zu sagen. Am Geschäft merkt man es natürlich auch; es läuft schlechter

als gewöhnlich. Aber ich denke, daß bald eine Entscheidung fallen wird.«

Das wird sie, dachte Philipp und erinnerte sich an die düsteren Worte seines Herrn. *In Lyon*. Gleichzeitig wurde ihm klar, daß dies die einzige Information war, die seine Einladung in das Badehaus einigermaßen gerechtfertigt hätte. Aus keinem bestimmten Grund hielt er sie zurück; es sei denn, daß es die Beklommenheit war, die der Anblick des zum Fenster hinaus sprechenden Raimund in ihm geweckt hatte. Rasmus schien es nicht übelzunehmen. Er plauderte, trotz seiner harten Worte gutgelaunt, weiter über die Idiotie der Zerwürfnisse zwischen den Großen der Welt, die seine Handelswege unsicher machten und seinen Gewinn schmälerten, über die Qualität der Badehäuser in den unterschiedlichen Städten, die er auf seinen Reisen besuchte, und über seine Pläne, eine zarte Witwe zu beglücken, die ihm an seinem Stand schöne Augen gemacht hatte. Am Ende war es so, daß Rasmus für sein Geld keinerlei Informationen erhalten, aber eine Menge davon gegeben hatte. Für den Händler mochte es in Ordnung sein. Manche Leute waren glücklich, wenn sie sich nur lange genug reden hörten.

Die Kaufleute pflegten nach der Abendandacht im »Kaiserelefanten« zu essen, wenn sie nicht – wie Rasmus – über besondere Beziehungen in der Stadt verfügten und verschiedene Anlaufplätze kannten. Der »Kaiserelefant« stand am Nordende des Heumarkts und verfügte über eine geräumige Küche, in der die Bediensteten mehrerer Männer gleichzeitig das Essen für ihre Herren zubereiten konnten. Der Wirt kannte das Gleichgewicht zwischen Geschäftssinn und Freigebigkeit und auf welche Person welches davon anzuwenden war, und als er die Herberge vor Jahren übernommen hatte, war ihm klargewesen, daß nur eine Investition in eine vernünftige Trinkstube, Ställe für die Pferde und eine sachgerechte Bewirtung den Erfolg seines Hauses garantierten. Dieses Wissen, seine kühle Kalkulationsfähigkeit und die Bereitschaft, für seine Ziele auch eine größere Anleihe bei den Juden aufzunehmen, hatte ihm, dem unbekannten Neuzugezogenen, die Bekanntschaft Raimunds von Siebeneich, dessen Fürsprache bei einem jüdischen Geldverleiher und, nachdem er die Herberge erfolgreich einige Zeit geführt hatte, sogar die Bürgerschaft eingebracht. Zugleich hatte sie ihm einen stillen Teilhaber und Geschäftspartner beschert: Raimund, der nur unter der Bedingung für den Wirt gebürgt hatte, daß er einen nicht zu knappen Anteil an dessen Erfolg bekäme. Auch Raimund besaß Geschäftssinn und Kalkulationsfähigkeit. Philipp kannte den Wirt gut, denn er war in den Anfangszeiten dessen Erfolges auf Raimunds Gut gekommen; und Raimund hatte ihn dem Wirt vorgestellt und diesen darauf hingewiesen, daß Philipp als sein Vertreter zu gelten habe, wenn er in der Stadt sei. Dies bedeutete, daß der Wirt nach Philipps Eintreten persönlich bei einem seiner Gäste vorsprach und darum bat, daß man den neuen Gast gegen geringes Entgelt am Essen teilhaben lassen wolle, während Philipp selbst wie ein Herr im Hintergrund stand und vor Stolz und Verlegenheit gleichermaßen auf den Fußballen wippte.

Er fand Aufnahme bei zwei englischen Händlern, die gemeinsam reisten und die zusammen kaum genügend Sprachkenntnisse aufbrachten, um eine Unterhaltung mit ihm zu führen. Es saß ein weiterer Mann neben ihm, der sich schon von den Engländern abgewandt hatte und mit einem Gast am Nebentisch sprach: Philipp lauschte gelangweilt ihrem Gespräch, ohne es zu wollen und ohne sich darauf zu konzentrieren.

»Ich halte es für einen schönen Zufall, daß Ihr ebenfalls in den Süden hinunter wollt, um die dortigen Märkte zu besuchen«, sagte der Mann an Philipps Tisch. »Wenn Ihr es wünscht, können wir uns gerne zusammentun. Eure Leute und meine würden gemeinsam ein hübsches Häuflein abgeben, an das sich keine Gesetzlosen heranwagen, und ich habe zwei oder drei Packtiere frei, die ich Euch leihen könnte. Ich habe sogar eine vernünftige Landkarte mit römischen Meilenskizzen, von Rom aus gemessen; nicht diesen Mist, den man in den Klöstern kriegen kann, mit Jerusalem als Mittelpunkt und allen anderen Orten da, wo sie der Zeichner gern gesehen hätte, statt da, wo sie wirklich liegen.«

Der andere Mann musterte den Sprecher mißtrauisch, und dieser nickte.

»Ihr habt recht, mir nicht zu trauen; meine Erfahrung ist, daß man eher auf Gesindel denn auf ehrliche Leute trifft. Aber Ihr könnt Euch gern beim Wirt nach mir erkundigen – er wird mir den besten Leumund ausstellen.«

»Ich wollte Euch nicht zu nahe treten«, erklärte der zweite Mann.

»Habt Ihr nicht getan. Euer Mißtrauen zeigt mir nur, daß Ihr ein wertvoller Reisegefährte wärt.«

»Es ist schade«, sagte der zweite Mann. »König Konrad tut zu wenig, um die Straßen sicher zu halten. Er ist eher in die Händel seines Vaters mit dem Papst verstrickt, als sich um sein Land zu kümmern.«

»Da pflichte ich Euch bei. Der Kaiser schlägt sich mit dem

Klerus und zieht seine Söhne in den Konflikt mit hinein. Wenn er sich nur wieder auf das Vorbild des großen Karl besinnen würde; dieser hat seinerzeit nicht gezögert, die sächsischen Heiden niederzuwerfen, die den Handel in seinem Reich störten.«

Der zweite Mann schwieg einen Moment, als wisse er mit den Worten von Philipps Tischnachbarn wenig anzufangen; der Mann an Philipps Tisch sagte: »Karl der Große, Karolus Magnus ... Habt Ihr nicht von ihm gehört?«

»Na ja, wer hätte nicht von ihm gehört. Ich habe nie viel darauf gegeben.«

»Ich habe oft im Süden des Reichs zu tun, in Apulien, woher Kaiser Frederico stammt. Dort erzählt man viel von Karl dem Großen: ein genialer Feldherr, ein mächtiger Herrscher, ein würdiger Kaiser und das Vorbild Fredericos wie seines Großvaters, Kaiser Rotbart.«

»Was ich weiß«, sagte der zweite Mann, »ist, er habe die Sachsen missioniert, weil er das Christentum in allen Winkeln des Reichs verbreiten wollte.«

Der erste Mann grinste verächtlich.

»Das hat man ihm angedichtet. Ich bin der Meinung, er hatte nur das Ziel, das Reich zu vergrößern und die Handelsstraßen zu sichern. Glaubt Ihr wirklich, so ein Mann zieht los, um am anderen Ende seines großen Reiches ein paar halbwilde Stämme zu verhauen, bloß weil diese sich vor einem Baum niederwerfen statt vor einem geschnitzten Holzkreuz?«

»Ihr bezeugt nicht gerade großen Respekt vor der Kirche«, sagte der zweite Mann lächelnd, aber mit vorsichtigem Blick. Der andere zuckte mit den Schultern.

»Ich bin Kaufmann, kein Mönch«, sagte er. »Und ich habe es nicht nötig, ein Blatt vor den Mund zu nehmen. Ich glaube, daß Karl nicht der Mann war, sich von kirchlichen Belangen in der Welt herumsenden zu lassen. Er wollte den Handel in seinem Reich sicherstellen, und die Sachsen waren ihm zu aufrührerisch; da hat er sie über die Klinge springen lassen. Wärt Ihr und ich damals schon auf der Welt gewesen, hätten wir ihm sicher aus vollem Herzen zugestimmt.«

»Das mag sein«, erwiderte der zweite Mann. »Wer es wagt, den Handel zu gefährden, der die Lebensgrundlage aller Menschen in den Städten ist, hat es verdient, kräftig zurechtgestutzt zu werden.«

Philipps Gedanken drifteten von der Unterhaltung der beiden Händler fort und wanderten ziellos umher. Nach dem Essen, das die Engländer bereitwillig mit ihm geteilt hatten (und das allen üblen Nachreden gegen die Kochkünste der Engländer zum Trotz nicht schlecht geschmeckt hatte), fühlte er sich warm und müde. Er dachte an den Nachmittag und spürte eine matte Erregung; die Verachtung, die ihm entgegengebracht worden war, bereits verschwommen in seinem Gedächtnis, erinnerte er sich mehr an den schlanken, schönen Körper seiner Hübschlerin und weniger an die Dürftigkeit des Geschlechtsaktes, den er mit ihr praktiziert hatte. Als plötzlich im Hintergrund des dunklen, von mehreren offenen Feuern verräucherten Raumes ein Tumult losbrach, war er zuerst zu faul, aufzustehen und nachzusehen, was passiert sein mochte. Dann erhob er sich doch zusammen mit ein paar anderen Männern und drängte sich nach hinten, um seine Neugier zu stillen. Er mußte feststellen, daß er nicht über die Köpfe der vor ihm Stehenden hinwegblicken konnte, aber einige der Zuschauer fühlten sich bemüßigt, die Informationen nach hinten weiterzutragen.

»Ein betrunkener Franke«, sagte einer. »Er saß schon hier, bevor die Messe losging, und hat gesungen.«

»Er ist ein Sänger, aber er hat so miserabel Musik gemacht, daß der Wirt ihm nichts dafür geben will«, erklärte ein zweiter.

»Nein, der Wirt wollte ihm das Singen verbieten, aber er ließ sich nicht abhalten.«

»Jedenfalls hat er eine ganze Menge Wein getrunken und kann ihn nicht bezahlen.« Der Mann, der diese Information besaß, drehte sich halb zu Philipp um und grinste ihn hämisch an. Er hatte Essensreste zwischen den Zähnen und einen fettglänzenden Mund. »Er sagt, man hätte ihn bestohlen, ohne daß er es bemerkte.«

Philipp sah ihm betroffen ins Gesicht und drängte sich weiter vor. Die ersten Zuschauer kehrten bereits wieder an ihre Plätze zurück, und so war es Philipp leicht, ins Zentrum der Aufmerksamkeit zu gelangen.

»Sänger«, knurrte der Wirt, »du hast ein halbes Dutzend Becher Wein getrunken! Hast du geglaubt, ich habe etwas zu verschenken, als du hier hereingekommen bist mit deinen Kieselsteinen im Beutel? Bestohlen! Daß ich nicht lache. Wenn einem der Beutel gestohlen wird, dann gleich ganz; wer hat wohl schon davon gehört, daß sich ein Beutelschneider die Mühe macht, den Inhalt auszutauschen?«

»Der Mann hat recht«, seufzte Philipp. Der Wirt drehte sich erstaunt um.

»Woher wollt Ihr das wissen, Meister Philipp?«

»Ich kenne ihn«, sagte Philipp. »Ich werde für das aufkommen, was er getrunken hat.«

Der Wirt musterte ihn prüfend, aber letztlich war es ihm egal, wer bezahlte. Philipp sah auf den Sänger hinunter.

»Ich danke Euch«, sagte der Sänger. »Wie es scheint, wird dieser Satz ein fester Bestandteil unserer Unterhaltung.«
»Ich hatte Euch doch geraten, Euch vor den Toren der Stadt niederzulegen. Wißt Ihr nicht, daß es der Gipfel des Leichtsinns ist, in den Straßen einzuschlafen?«
»Ich hatte ... gewartet«, entgegnete der Sänger. »Gewartet. Dabei muß ich eingenickt sein.« Er schüttelte den Kopf, als wollte er ihn klären. Seine Augen waren rot gerändert und geschwollen, und er mußte blinzeln, um Philipp ansehen zu können. Ansonsten wirkte er noch immer nicht mehr als ein wenig angeheitert. »Setzt Euch doch zu mir. Ein Sitzplatz ist das wenigste, was ich Euch dafür anbieten kann, daß Ihr mir für einige Zeit Geld *leiht*.«
Philipp zögerte. »Ihr braucht mir das Geld nicht zurückzugeben. Fühlt Euch eingeladen.«
»Es war keine Lüge«, sagte der Sänger. »Man hat mir tatsächlich den Beutel geleert.«
»Ich weiß.«
»Setzt Euch«, sagte der Sänger ein zweites Mal, ohne auf Philipps Geständnis einzugehen, und Philipp nahm zögernd ihm gegenüber am Tisch Platz. Ein Betrunkener war nicht die Gesellschaft, die er sich ausgesucht hätte. Die Herbergsgänger in der Nähe beobachteten ihn neugierig. Er überspielte seine Unentschlossenheit wie immer: Er setzte sich auf die Sitzbank, legte die Hände auf den Tisch, verschränkte die Finger ineinander und starrte einen Mann, der ihn dabei angaffte, so lange an, bis dieser woanders hinblickte.
Der Sänger lächelte ihn an. Plötzlich streckte er eine Hand über den Tisch und hielt sie Philipp entgegen.
»Ihr könnt mich Minstrel nennen«, sagte er. »Ihr seid Meister Philipp, wenn ich recht verstanden habe?«

Philipp nickte und schüttelte die dargebotene Hand.
»Ich hatte sieben Becher Wein«, sagte Minstrel. »Die Glückszahl war gerade ausgetrunken, als ich feststellte, womit man meinen Beutel gefüllt hat. Ich überlegte eine Weile, was ich tun sollte, bis der Wirt kam und mir noch einen Becher einschenken wollte. Als ich ablehnte, begehrte er mein Geld zu sehen. Ich konnte ihm den Gefallen nicht tun, und er wurde wütend.« Er seufzte, aber das Lächeln verließ sein Gesicht nicht. »Wenn Ihr mir noch Geld genug für zwei weitere Becher leihen würdet, könnte ich Euch einladen und mit Euch auf unsere Bekanntschaft trinken.«
Philipp zog die Brauen zusammen und sah den Sänger argwöhnisch an, und Minstrel fügte hinzu. »Dies ist kein billiger Versuch, Euch anzupumpen. Morgen treffe ich einen Mann, der mich bei Euch auslösen wird. Wenn Ihr wollt, schreibe ich Euch einen Schuldschein.«
»Es ist schon gut«, wehrte Philipp ab und zog seine Börse heraus.
Er stellte zu seinem eigenen Erstaunen fest, daß er dem Sänger glaubte. Der Wirt kam mit mißtrauischem Gesicht an den Tisch, und Philipp bestellte zwei Becher Wein.
»Ich habe gesehen, wie Ihr hereingekommen seid«, sagte Minstrel. »Ich hoffte, daß Ihr mich auch sehen würdet und ich Euch fragen könnte, ob Ihr mir Geld leihen würdet, aber Ihr seid zum Wirt gegangen und habt Euch den Engländern vorstellen lassen.«
»Warum habt Ihr mich nicht gerufen?«
»Ich wußte Euren Namen nicht.«
»Ihr hättet aufstehen und winken können«, sagte Philipp ruhig.
Minstrel senkte den Blick und drehte den Becher auf der Tischplatte.

»Ich wollte es tun, aber es war mir … peinlich, glaube ich. In diesem Moment erschien es mir weniger peinlich, dem Wirt meinen leeren Beutel zu zeigen und um Kredit nachzufragen.«
»Das verstehe ich nicht. Der Wirt ist ein Fremder und außerdem ein Geschäftsmann; es mußte Euch doch klar sein, daß er ablehnen würde.«
»Ja«, sagte Minstrel. »Er hatte die Freiheit, meine Bitte auszuschlagen.«
Philipp sah dem Sänger in die Augen. Erstaunt wurde ihm klar, daß er an Minstrels Stelle ebenso gehandelt hätte. Gib mir nur etwas, wenn du es freiwillig gibst; biete mir Freundschaft statt schöner Worte. Es gab lediglich einen kleinen Unterschied zwischen ihnen: Minstrel war von freundlicher Ehrlichkeit, wo Philipp sich mit einem Scherz über seine Gefühle hinweggeholfen hätte.
Minstrel wandte den Blick ab und zuckte mit den Schultern. »Vielleicht sollte ich mit dem Trinken aufhören«, sagte er. Er nippte vorsichtig an seinem Wein, als wolle er beweisen, daß der Alkohol ihm tatsächlich nichts bedeutete.
»Vielleicht wißt Ihr selbst am besten, was Ihr tun solltet und was nicht«, erklärte Philipp. Minstrel lächelte erneut sein seltsam-warmes Lächeln.
»Ihr seid mehr als anständig, Meister Philipp. Dabei sehe ich, daß Ihr Euch Eurer Sache nicht sicher seid und nicht wißt, ob Ihr gehen oder bleiben sollt. Ich habe Euch auf dem Marktplatz beobachtet, als die zwei Mann aus dem Troß des Kanzlers verletzt wurden. Ihr habt gezögert, aber Ihr wart der einzige, der schließlich zu dem mit dem zerschmetterten Kiefer trat und ihm helfen wollte. Jetzt helft Ihr mir. Warum steht Ihr nicht auf und laßt mich hier einfach sitzen zusammen mit meinem Rausch?«

»Vielleicht möchte ich von Euch erfahren, wie Ihr das mit den Ratten gemeint habt, die aus ihren Löchern kriechen?«

Minstrel sah ihm in die Augen; sein offener Blick veranlaßte Philipp dazu, noch etwas hinzuzufügen. »Vielleicht möchte ich aber bloß vermeiden, daß man auch Euch den Kiefer bricht.« Er stellte fest, daß es ehrlich gemeint war.

»Was habt Ihr auf dem Markt getan?« fragte Minstrel nach einer Weile.

»Ein paar Einkäufe erledigt.«

»Für Euer Geschäft?«

»Wie kommt Ihr darauf, daß ich ein Geschäft haben könnte?«

Minstrel zuckte mit den Schultern.

»Ihr seht weder wie ein Bauer noch wie ein Handwerker aus; und einem Bürger dieser Stadt würde es kaum einfallen, sein Abendessen abends in der Schenke zu suchen.«

»Ich habe im Auftrag meines Herrn eingekauft«, erklärte Philipp.

»Ihr allein? Was stellt Ihr denn auf dem Hof Eures Herrn dar, wenn ich fragen darf?«

»Ich bin der Truchseß«, sagte Philipp und versuchte, sich seinen Stolz darauf nicht anmerken zu lassen. »Ohne mich müßten sie alle mit den Schafen auf die Weide, um dort zu äsen.«

»Was bedeutet das?«

»Es gibt auf jedem größeren Hof ein paar Leute, die für den Erhalt des täglichen Lebens verantwortlich sind. Da ist der Butigler, der für die Lagerhaltung, die Bäckereien und die Töpferwaren zuständig ist. Dieser untersteht dem Kämmerer, der sich um die persönlichen Besitztümer des Herrn kümmert. Der Kämmerer wiederum untersteht dem Truchseß; ebenso wie die Köche, die Pferdeknechte und die Hausdiener. Der Truchseß selbst ist für das Wohlergehen des Herrn und für seine und die Ernährung aller auf dem Hof verantwortlich. Der Truchseß bin ich; und auf unserem Hof der Kämmerer gleich dazu.«

»Euer Herr setzt bemerkenswertes Vertrauen in Euch; es gibt nicht viele in Eurem Alter, die solch ein Amt bekleiden.«

Philipp machte ein unbewegliches Gesicht, doch er genoß Minstrels Lob.

»Was habt Ihr nun für Euren Herrn eingekauft? Einen fetten Kapaun? Zarte Singvögel, deren Federn noch vom Netz des Vogelfängers zerrauft sind?«

Philipp schüttelte den Kopf. »Einen Bauern und Stoffe.«

»Eine merkwürdige Mischung. Ich bin erstaunt, was man bei Euch auf dem Markt alles feilbietet.«

Philipp lächelte. »Der Bauer war schon ein wenig angeknackst; nur die Stoffe sind erstklassig. Nun, ernsthaft, der Händler, mit dem ich das Stoffgeschäft abwickelte, hat mir seinen Knecht angeboten. Dieser hat zugestimmt, als Zinsbauer einen Pachthof für meinen Herrn zu bewirtschaften. Also habe ich ihn eingekauft und zu meinem Herrn hinausgeschickt.«

»Damit hat er sich in die Leibeigenschaft begeben, nicht wahr? Ausgerechnet als Zinsbauer. Warum hat er das wohl getan? Als Knecht eines Händlers hätte er ein leichteres Leben gehabt.«

Philipp verdrehte die Augen, »Eine schwierige Frage; ich habe sie mir auch schon gestellt. Tatsache ist, daß er die Stadt unbedingt verlassen wollte, und das so schnell wie möglich. Außerdem hat er gesagt, die persönliche Freiheit eines Menschen spiele keine Rolle.«

»Ah, der Prophet«, sagte Minstrel und wiegte den Kopf. »Er hat den Propheten gehört. Es ist gefährlich, auf solche Reden zu achten; es ist Gott nicht gefällig und schon gar nicht seinen Dienern auf Erden.«
Philipp beugte sich nach vorn.
»Der Prophet?« fragte er. »Was hat der Prophet damit zu tun?«
»Ist es Euch nicht klar, was Euren Mann antreibt? Er glaubt, daß die Welt bald endet. Danach werden die Herren Knechte sein, und die Geknechteten werden von ihrem Joch erlöst. Und selbst wenn beim Ende der Welt alles zum Teufel geht, dann hat er wenigstens die letzten Jahre seines Lebens verbracht, ohne sich anzustrengen. Ihr werdet feststellen, Meister Philipp, daß ihr kein Arbeitstier für Euren Herrn eingekauft habt, wenn ich mich nicht sehr irre. Eher einen Faulpelz.«
Philipp sah Minstrel an, während in seinem Kopf der unschöne Gedanke aufstieg, daß Lambert mit der Blesse ihn gründlich zum Narren gehalten hatte.
»Ich nehme an, mit den Ratten habt Ihr dann seinesgleichen gemeint.«
Minstrel blickte ihn nachdenklich an. Der Wirt kam mit einem Krug vorbei und schenkte nach. Minstrel hatte seinen Becher bereits geleert; Philipp hatte von seinem kaum gekostet.
»Alle sind sie Ratten«, sagte Minstrel langsam, ohne zu erklären, ob er mit seiner Antwort auf Philipps Frage einging oder seinen eigenen Gedanken nachhing. »Sie verbreiten ihre Lügen wie eine Krankheit.«
»Sprecht Ihr jetzt vom Propheten? Diese Gestalten erscheinen immer einmal wieder. Man darf sie nicht ernst nehmen.«

»Der Prophet«, sagte Minstrel, ohne auf seine Worte zu achten. »Die Büttel. Die Fürsten. Die Päpste und die Kaiser. Sie sind alle gleich.« Er packte seinen Becher und leerte ihn mit einem Zug. Das leichte Lächeln hatte jetzt einem Ausdruck der Bitterkeit Platz gemacht, und mit diesem Gesichtsausdruck und seinem hastigen Trinken wirkte er plötzlich nicht mehr leicht beschwipst, sondern wie jemand, der versucht, etwas zu ertränken und dabei immer betrunkener, aber keineswegs weniger bitter wird. Minstrel schien darüber nachzudenken, in welche Worte er seine Gedanken kleiden sollte und vor allem, wie viele davon preiszugeben ratsam war; Philipp konnte es an der Falte zwischen seinen Brauen erkennen, und er erkannte auch, daß der Drang, sich zu äußern, in Minstrel stärker war als seine Unschlüssigkeit. Der Sänger war kein verschlossener Mann. Philipp beobachtete ihn erwartungsvoll.

»Euch muß doch klar sein, daß jene Pilger im Auftrag des Heiligen Vaters den Propheten nicht deshalb am Reden hindern wollten, um den Zuhörern seinen Mundgeruch zu ersparen«, sagte Minstrel.

»Weshalb dann?«

»Es war eine Hetzpredigt gegen den Kaiser. Der Papst hat die Losung ausgegeben, daß jeder, der einer derartigen Tirade zuhört, fünfzig Tage Fegefeuer erlassen bekommt. Seitdem laufen die Pfaffen in ihrer Selbstlosigkeit herum und hetzen, damit ihren Schäfchen ein paar Tage der himmlischen Rachsucht erspart bleiben. Und weil an manchen Orten die Hunde, die die Schäfchen bewachen, darüber wütend werden, müssen sie vorsichtig formulieren.«

»Ich habe das nicht als Hetzpredigt erkannt.«

»Weil man den Mann zu früh aufgehalten hat. Seine

Freunde hätten den Propheten weggeführt, und er hätte an seiner Stelle weiter gepredigt. Die Kaiserlichen sind ihm dazwischengekommen. Nun, sie haben ja ihren Lohn dafür erhalten, stimmt's?« Minstrel verzog den Mund und lächelte bitter. »Wie habt Ihr die Voraussage des Propheten empfunden?« fragte er dann.
»Blutrünstig. Den Leuten schienen die Details zu gefallen.«
»Er sieht eine Zeit heraufziehen, die von solchen Details voll sein wird. Ich weiß nicht, ob er wirklich Gesichte hat oder nur eins und eins zusammengezählt hat und über dem Ergebnis vor Schreck verrückt geworden ist. Tatsache ist, daß wir uns auf etwas zubewegen, was nicht weniger schlimm sein wird als alles, was er erzählt hat; wie ein Schiff, das auf einen Mahlstrom zugerissen wird. Und unser Schiff hat nicht einmal einen Steuermann; oder besser gesagt, es hat zwei, die sich nicht einig sind, was auf das gleiche herauskommt. Wenn wir als Passagiere wüßten, welcher von beiden der Gute und welcher der Schlechte ist, könnten wir den Schlechten über Bord werfen, aber wir wissen es nicht, oder? Wer, glaubt Ihr, ist das Tier mit den sieben Köpfen, von dem der Prophet gesprochen hat? Das ist das alte Rom, erbaut auf sieben Hügeln. Sie sagen, der Kaiser habe die Verderbtheit des alten Rom geerbt, ein neuer Imperator Nero, dessen Wiederkunft sie seit fünfhundert Generationen fürchten.« Minstrel lachte. »Dabei haben sie vergessen, daß sie selbst jetzt Rom verkörpern. Wer weiß, ob das Tier nicht schon längst auf einem purpurnen Thron sitzt? Nur, daß dieser in der Engelsburg steht.«
Philipp sagte mit bemühtem Lächeln: »Eure Rede läßt mir zwar die Hosen erzittern, aber verstehen kann ich sie nicht.«

Minstrel seufzte. Inzwischen hatte der Wirt, von Philipps ausbleibendem Widerstand motiviert, einen vollen Weinkrug auf den Tisch gestellt, und Minstrel hatte sich zum wiederholten Male nachgeschenkt. Er war nun ziemlich betrunken; in jenem Stadium, das einem Beobachter fast wieder klar erscheint. Was jedoch noch immer durchhielt, war seine Stimme, der nichts anzumerken war.
»Der Papst hat nicht nur verfügt, daß jeder, der einer Hetzpredigt zuhört, in der Gnade Gottes ist und seine zukünftigen Höllenstrafen verringert«, erklärte Minstrel. »Wer gar das Schwert gegen den Kaiser erhebt, kann eines vollen Ablasses gewiß sein.«
»Warum unternimmt der Kaiser nichts dagegen?« fragte Philipp.
»Vielleicht mißt er diesen Reden keine große Bedeutung bei.«
»Aber die Priester sind es doch, die den Willen des Volkes steuern. Wenn sie es gegen den Kaiser aufhetzen, wie kann er dem keine Bedeutung beimessen?«
»Ich bin erstaunt über Euren klaren Blick, was die Funktion des Klerus betrifft«, sagte Minstrel amüsiert.
»Ich war bis zur Adoleszenz ein Novize im Kloster«, erklärte Philipp. »Ich habe einige Lektionen genossen, die sich mit dem Selbstbewußtsein der Kirche befaßten.«
»Lektionen, die ohne Zweifel auch Eure Kameraden gehört haben; und dennoch bin ich sicher, daß sie sie anders interpretiert hätten.«
»Es waren Lektionen, die von der Einheit und der Gemeinschaftlichkeit der Wissenden erzählten und wie diese sie dazu bestimmten, die Schafe zu leiten, die das wankelmütige Volk darstellten. Vielleicht habe ich sie anders verstanden, weil ich die Gemeinschaftlichkeit nicht

spüren konnte.« Philipp war zum zweiten Mal erstaunt über die Offenheit, die Minstrels Gegenwart in ihm auslöste.

»Anders zu denken als die anderen ist nicht zwangsläufig etwas Schlechtes«, sagte Minstrel. »Zuweilen verhindert es, daß einem der Geist verklebt wird.« Es klang, als habe er alle Erfahrung der Welt darin, anders zu denken. »Was nun Eure Sorge um des Kaisers Empfinden für das Volk angeht – wieso glaubt Ihr, den Kaiser müsse es interessieren, was das Volk denkt? Es ist nicht das Volk, das ihn wählt.«

»Aber es kann ihm doch nicht egal sein, wenn das Volk belogen wird.«

»Daran ist es selbst schuld«, sagte Minstrel. »Das Volk kann leicht betrogen werden, da es sich für so abgeklärt hält, niemandem etwas zu glauben und über den feinen Reden der Herren zu stehen, die es ohnehin nicht versteht. In Wahrheit ist die Abgeklärtheit nur der Mangel an Interesse, und demjenigen, dem es gelingt, sich für sie interessant zu machen, glauben sie zuletzt doch unbesehen alles.«

»Und was ist mit den Fürsten? Die Priester werden doch auch vor ihren Ohren gegen den Kaiser hetzen.«

»Das ist wahr. Nur ist es bei den Fürsten anders, denn sie glauben in erster Linie nur an sich selbst und ihren persönlichen Vorteil, und sie werden demjenigen die Treue halten, von dem sie sich den größten Vorteil versprechen. Solange das der Kaiser ist, muß er über die Bemühungen der Pfaffen nicht besorgt sein.« Minstrel verstummte plötzlich, als wäre da doch etwas, über das der Kaiser sehr wohl besorgt sein müsse, aber er sprach es nicht aus. Sein Gesicht war nachdenklich. »Kennt Ihr die Geschichte von der Zauberin, die eine Truhe besaß, deren Inhalt niemand kannte – nicht einmal sie selbst? Eines Tages hielt sie es nicht mehr aus und öffnete die Truhe. Es stellte sich heraus, daß sie mit dem Bösen der Welt gefüllt war: mit Krankheiten, Pestilenz, mit Eifersucht und Gier, mit Mord und Habsucht. Es gibt viele solcher Truhen; manchmal findet jemand eine davon und macht sie auf, und die Teufel spazieren heraus.«

»Ich verstehe nicht, was Ihr damit meint«, sagte Philipp, aber Minstrel hatte den Blick auf die Tischplatte gerichtet und murmelte: »Die Teufel sind schon unter uns. Sie haben sich nicht die Gestalt von Ungeheuern gegeben, so einfältig sind sie nicht. Es kämpfen nicht Könige gegen Drachen, sondern die Drachen kämpfen gegeneinander, und wer immer gewinnt, frißt die auf, die den Kampf überlebt haben.« Er sah Philipp an.

»Mein Freund, sie sind längst unter uns, und ihre Klauen sind Betrug und ihre Zähne sind Lügen. Sie haben uns geraubt, was wir gewußt haben, und jetzt wollen sie uns das rauben, woran wir glauben. Die Drachen hocken in ihren Höhlen und senden ihre Knechte, die ihnen ihre Seelen verkauft haben, in alle Himmelsrichtungen aus. Aber ich hole mir meine Seele wieder zurück. Ich hole sie mir wieder zurück.«

Sein Kopf sank auf den Tisch, und er schlief ein.

Nicht weit entfernt vom »Kaiserelefanten« stand, zwischen Neugassentor und Drachenpforte und einen Steinwurf vom Palast des Erzbischofs entfernt, eine Herberge mit dem naheliegenden Namen »Zum Drachen«. Die Herberge besaß keinerlei Eß- oder Trinkstube, dafür aber eine ganze Anzahl von Stallungen und in ihrem oberen Stock-

werk einen geräumigen Schlafraum mit einer Anzahl Einzelpritschen und einem großen Bett für mindestens zwei Dutzend Schlafende. Pritschen und Bett waren mit Farnkraut gepolstert, das anders als das üblicherweise verwendete Stroh das Ungeziefer fernhielt, und der Wirt hielt ein knappes Dutzend schwerer Decken auf Vorrat, die er gegen Aufpreis an diejenigen Ruhesuchenden vermietete, deren Reisemantel zu dünn oder zu naß war oder die keinen Reisemantel, aber eine genügend gefüllte Börse besaßen. Die Decken rochen streng nach Rauch und rohem Speck, denn der Wirt hängte sie nach dem Gebrauch zusammen mit dem Räucherfleisch über die Trockensparren, um auch aus ihnen ein etwa vom vorigen Benutzer übergewandertes Ungeziefer zu vertreiben. Diese Tatsache und die farngepolsterten Schlafstätten hatten dem Wirt einen hohen Ruf in der Stadt verschafft, und nicht jeder Reisende oder Übernachtungsgast konnte es sich leisten, die Dienste des Wirtes in Anspruch zu nehmen.
Raimund hatte, noch aus den Zeiten, in denen er sich öfter in der Stadt aufgehalten hatte, die einzige Kammer der Herberge gemietet, und wenn Philipp in seinem Auftrag in der Stadt war, stand sie ihm für seine Nachtruhe zur Verfügung. Die Kammer war nichts anderes als ein Bretterverschlag am einen Ende des Schlafsaals, dessen Zugang mit Decken abgehängt war.
Philipp genoß die Zurückgezogenheit der Räumlichkeit; und zugleich fühlte er sich darin unwohl. Unwohl, weil ihm der Gedanke noch immer nicht geläufig war, ab und an einen Raum für sich selbst zu haben, in den er sich zurückziehen konnte. Weder hatte er im Kloster etwas Derartiges besessen, noch stand es ihm auf dem Gut zur Verfügung. Im Kloster hatte es wohl reiche Söhne gege-

ben, die *privitas* genossen und deren Väter für dieses Vorrecht aufkamen; aber sie waren niemals ganz in der Gemeinschaft aufgegangen. Sie hatten an den Messen, Speisungen, Vorlesungen und Arbeiten teilgenommen, die das wache Leben des Mönchs erfüllten. Aber die nächtlichen Rituale, die unschuldigen und die lüsternen Spiele der heranwachsenden Knaben, die mehr als die Gebete des Abtes und die Ordensregeln dafür sorgten, daß schon die Novizen sich als Teil der Gemeinschaft fühlten, in der sie als Mönche später eingebettet sein würden, teilten sie nicht.

Philipp, der seine Eltern, die ihn an der Klosterpforte abgegeben hatten, nicht kannte, hatte im gemeinsamen *dormitorium* genächtigt und war dennoch ebensowenig wie die reichen Novizen ein Teil der Gemeinschaft geworden. Vielleicht lag darin der Hauptgrund, warum es ihm neben der Wohltat der eigenen privaten Sphäre Unbehagen bereitet, diese zu genießen: Weil er sich sein ganzes Leben lang neben den anderen stehend empfunden hatte und der Besitz dieses Zimmers – wenn auch wenige Male im Jahr und nur für kurze Zeit – ihn daran erinnerte, wie vergeblich er sich während seiner Klosterzeit nach einem solchen eigenen Raum gesehnt hatte, um der erdrückenden Enge einer Gemeinsamkeit zu entgehen, zu der er niemals gehört hatte.

Philipp lag wach auf der Pritsche in der Kammer und lauschte den Geräuschen der Schläfer draußen im großen Saal. Der Saal war nahezu voll; der Markt war einer der ersten des Jahres gewesen, der auch die Händler in die Stadt führte, nachdem der Winter unverhältnismäßig lange regiert hatte und der Frühling erst weit nach Ostern endgültig hatte Fuß fassen können. Philipp, der sich nach

dem Dunkelwerden in der Herberge eingefunden hatte, war erstaunt gewesen, über wie viele Säcke und Packtaschen und Kleiderbündel er sich seinen Weg in seinen Raum hatte tasten müssen, verfolgt von den alarmierten Rufen der von seinen Bewegungen geweckten Schläfer, die ihn im ersten Schreck für einen Dieb hielten.
Philipp dachte über Minstrel nach. Um es genauer zu sagen: Er dachte über Freundschaft nach. Betrachtete man Philipps bisheriges Leben, hatte es seit dem Verlassen des Klosters eine atemberaubende Wende zum Besseren genommen: seine Stellung auf dem Hof seines Herrn, das Vertrauen, das er genoß, die Freiheit, mit der er sich bewegen konnte. Gewiß, Philipps Herr benahm sich mehr als freundschaftlich in seiner Großzügigkeit und seinem Vertrauen ihm gegenüber, aber abgesehen von all dem war und blieb er sein Herr. Die Männer und Frauen, die auf dem Hof arbeiteten, begegneten ihm mit freundlichem Respekt – aber Philipp war sich niemals sicher, ob ihre Freundlichkeit nicht einfach darauf beruhte, daß er die rechte Hand des Herrn war. In der Stadt gab es weder Mann noch Weib, die sich für ihn außerhalb geschäftlicher Verbindungen interessierten. Minstrel war anders.
Minstrel war ein Trinker, und er war stolz, ohne arrogant zu sein, besaß die vollendeten Manieren eines höfischen Minnesängers und eine Offenheit, die klarstellte, daß er kein Mann der Kompromisse war. Er besaß Würde; das war es, was ihn am besten charakterisierte. Er war unglücklich und allein und hatte sich offensichtlich dem Wein ergeben, aber er besaß Würde. Es war etwas, was ihn über die übrigen Plappermäuler, Windbeutel und Schöntuer stellte, die sich einem anbiederten. Man hatte das Gefühl, daß es

eine Auszeichnung war, wenn er einem vertraute; und es schien, als vertraue er Philipp.

Immerhin hast du seinen Wein bezahlt und ihm zuletzt auch noch zu einer Schlafstätte verholfen, dachte Philipp sarkastisch, aber er wußte selbst, daß sein Sarkasmus nicht zutraf. Minstrel hatte seine Hilfe nicht erbeten und nicht mit ihr gerechnet. Genausowenig wie um Hilfe buhlte er um Philipps Freundschaft.

Freundschaft ist nichts weiter als eine zusätzliche Verbindlichkeit, dachte Philipp schließlich, schon an der Schwelle zum Schlaf, ein Akt, mit dem man sich an den erwählten Führer einer Gruppe oder an deren Mitglieder bindet. Es mochte an dem Gefühl liegen, das sein Aufenthalt in diesem exklusiven Raum in der Herberge jedesmal wieder in ihm wachrief. Seine Zeit im Kloster stand ihm deutlicher vor Augen als sonst, und er erinnerte sich dunkel an ein Erlebnis mit anderen Novizen, an deren Gunst ihm damals gelegen war. Es hieß, man müsse einen Akt ähnlich der *commendatio* vollführen, um in ihren Zirkel aufgenommen zu werden. Der Akt bestand darin, während der Nachtruhe leise aus dem Schlafsaal der Novizen zu schleichen und sich in der Latrine zu treffen, wo von ihm verlangt wurde, das Novizengewand zu lüften und sein Geschlechtsteil zu präsentieren. Es war ein langer Weg, den er hinter den beiden Knaben herschlich; das Licht brannte die ganze Nacht im *dormitorium* und raubte ihnen den Schutz der Dunkelheit, und sie mußten an dem Mönch vorbei, der in der Mitte des Schlafsaales lag und auf die Novizen zu achten hatte. Der Wächter schlief den Schlaf des Gerechten, doch kaum waren sie an ihm vorbei, stieg die Angst vor der von ihm erwarteten Tat, als sie sich der Latrine näherten und endlich in ihrer hintersten Ecke Aufstellung nahmen. Er

erinnerte sich an sein unerträglich klopfendes Herz und an den Schock, den er fühlte, als er sich seiner Erregung bewußt wurde. Sein Glied füllte sich plötzlich schmerzhaft mit Blut, und er präsentierte es (nachdem er mit Zögern und Zaudern und vollkommen vergeblich versucht hatte, das Abklingen der Erregung abzuwarten) schaudernd und nahezu ohnmächtig vor Scham und Aufregung. Einen Moment lang nur, einen kurzen Augenblick, bevor die Scham übermächtig wurde und er das Vorderteil des Gewandes mit beiden Händen krampfhaft nach unten zog. Sie konnten ihn nicht dazu überreden, sich noch einmal zu zeigen. Der Akt, die *commendatio*, war nur zum Teil erfüllt, und ebenfalls nur zum Teil erfüllte sich die Freundschaft, an der ihm schon nichts mehr gelegen war, Sekunden bevor er das Gewand aufgehoben hatte.
Philipp schlief ein. Er träumte; aber anstatt von jenem Erlebnis zu träumen, erschien ihm die Truhe, von der der Sänger gesprochen hatte. Er trat hinzu und sah, daß das Schloß der Truhe bereits geöffnet war; der Deckel sprang auf, und er sah einen Rattenkönig in der Truhe hocken, die vielfach verschlungenen und verknäuelten Schwänze wie ein zuckendes Nest fleischfarbener Schlangen. Dutzende von schwarzen Augenpaaren funkelten ihn an, und die Tiere öffneten die Mäuler und sagten mit der Stimme des Propheten: »Wir sind die Herren der Hinterlist.«
Am nächsten Morgen waren die Erinnerungen an seine Klosterzeit ebenso wie der Traum verblaßt.

Als Philipp sich anzog und dabei mißmutig an seine bevorstehende Arbeit bei Radolf Vacillarius dachte, hörte er Schritte, die sich seinem Geviert näherten, und gleich dar-

auf ein Räuspern. Die Decke wurde beiseite gezogen, und Minstrel trat in den Raum. Er wirkte nicht blasser als gestern während des Tages; nur seine tiefliegenden Augen zeigten, daß ihm der Alkohol zu schaffen machte. Er war so nüchtern, wie ein Mann am frühen Morgen nur sein konnte. »Ich fürchte, ich habe mich gestern abend Euch gegenüber nicht besonders aufmerksam benommen«, sagte er.
»Der Wein hatte Euch überwältigt. Ihr seid eingeschlafen.«
»Aufgewacht bin ich in dem Zimmer oberhalb der Gaststube, in dem der Wirt mit seiner Familie schlief.«
»Er hatte dort ein Bett frei, und ich habe ihn gebeten, es Euch zu geben.«
»Ich nehme an, ihr habt Eure Bitte mit genügend Pfennigen untermauert.«
Philipp zuckte mit den Schultern.
»Sein Haus ist eine eingetragene Herberge, und er hat das Recht, dieses Bett zu vermieten. Tatsächlich war es nur ein Glücksfall, daß es frei war und er es Euch für die Nacht zur Verfügung stellen konnte.«
Er machte eine einladende Geste, und Minstrel trat auf das Bett zu. Er setzte sich, bückte sich ächzend zu der Wasserschale, die davor auf dem Boden stand, und wusch sich die Hände. Mit gebeugtem Rücken und Händen, die über die Schüssel baumelten und dort abtropften, blieb er sitzen und seufzte.
»Den Grund dafür kann ich Euch nennen«, sagte er. Aus der Nähe wirkte er noch spitzer als sonst. Er lächelte Philipp müde an. Neben dem Lager stand eine Schale mit Kardamomsamen auf dem Boden, die Philipp am Morgen zu kauen pflegte, um den schlechten Atem abzutöten; Minstrel faßte hinein und schob sich einige davon in den Mund.

»Die Frau des Wirts hat ein kleines Kind geboren«, sagte er. »Vor nicht länger als drei Wochen. Es schlief mit in demselben Raum. Wenn es denn schlief.«
Philipp runzelte die Brauen.
»Versteht Ihr«, sagte Minstrel und breitete die Hände aus. »Ich bin nicht undankbar, ganz und gar nicht. Ohne Euch hätte ich im Rinnstein übernachten müssen, und zweifellos hätte mir der erste dahergelaufene Vagabund das Fell über die Ohren gezogen. Es ist nur ...«
»... daß Euch das Kind die ganze Nacht über wach gehalten hat«, vollendete Philipp mit spöttischem Grinsen.
Minstrel strich sich durch sein wirres Haar und sagte: »Die Frau des Wirts war noch erschöpft vom Wochenbett und hatte den Schlaf einer Toten, und der Wirt selbst scheint taub zu sein.«
»Das heißt, Ihr mußtet den Wirt aufwecken, damit er das Kind zum Schlafen brachte«, lachte Philipp.
»Das heißt«, sagte Minstrel resigniert, »daß ich zweimal selbst aufstand und den kleinen Wurm auf meinen Armen wiegte, bis er sich beruhigt hatte, weil weder seine Mutter noch sein Rabenvater erwachten.«
Philipp begann schallend zu lachen. Als er sich beruhigt hatte, sagte Minstrel: »Das dritte Mal wurde ich von der Tochter des Wirts aus dem Schlaf gerüttelt, die mich bat, das Kind nochmals zu beruhigen, weil sie selbst auch nicht schlafen könne. ›Weck deinen völlig tauben Vater‹, knurrte ich, ›es ist sein verdammtes Kind.‹ Sie sah mich von unten herauf an und sagte: ›Aber Herr, bei Euch wird es viel schneller ruhig.‹«
Philipp brach lachend auf dem Lager zusammen. Minstrel schaute auf ihn hinab und machte ein säuerliches Gesicht. Der übermütige Funke, der in seinen Augen tanzte, strafte

seine Miene jedoch Lügen. Zuletzt zog er ein abgeschabtes, vielfach benutztes Pergament aus seinem Wams und hielt es Philipp hin.
»Was ist das?« fragte Philipp und wischte sich die Tränen aus den Augen.
»Ein Schuldschein«, erklärte Minstrel. »Ihr habt meinen Wein und mein Lager bezahlt, und ich habe den Wirt gefragt, wieviel Ihr für mich ausgelegt habt. Der Schuldschein lautet über diesen Betrag.«
Philipp faltete das Pergament auseinander und spähte hinein. Was einmal darauf gestanden hatte, war mit Bimsstein abgerieben worden, und die ursprünglichen Buchstaben waren Schatten zwischen den jetzigen Worten. Minstrel hatte in geschwungener fränkischer Schrift einen Text aufgesetzt, der seine Worte bestätigte.
»Ihr habt nichts zu verschenken«, sagte Minstrel. »Also nötigt Euch keinen Widerspruch ab. Was ihr für mich getan habt, hätte kein zweiter getan, und es tut Eurer Freundestat keinen Abbruch, wenn ich Euch das Geld wiedergebe, das ich Euch schulde. Für mich ist es zugleich eine Möglichkeit, mein schlechtes Gewissen zu beruhigen und Euch nochmals Dank zu sagen.«
Philipp nickte und steckte den Schuldschein ein.
»Was werdet Ihr nun tun?« fragte er.
»Ich habe nach dem Mittagläuten ein Treffen mit einem ... wichtigen Mann. Ich werde ihn bitten, mir Eure Auslagen zu ersetzen. Sobald ich das Geld habe, komme ich hierher und händige es Euch aus.«
»Und bis dahin?«
»Bis dahin werde ich Euren gestrigen Rat befolgen und mich irgendwo außerhalb der Stadt schlafen legen. Ich fühle mich ein wenig erschöpft.«

»Warum nehmt Ihr nicht das Lager hier?« fragte Philipp. Minstrel sah ihn an.
»Mein Herr bezahlt diesen Raum«, erklärte Philipp. »Wenn ich in der Stadt bin, steht er mir zur Verfügung. Er hat niemals gesagt, daß ich das Lager nicht jemandem anbieten dürfe, den ich kenne. Wenn es Euch Sorgen bereitet, könnt Ihr mir ja einen weiteren Schuldschein ausstellen.«
Minstrel schwieg, und Philipp erwartete die Frage, weshalb er ihm nochmals helfen wolle. Zuletzt senkte der Sänger stumm den Blick.
»Ich nehme Euer Angebot an«, sagte Minstrel.
»Gut.«
Philipp bückte sich und schnürte die Lederriemen um seine Waden. Minstrel sah ihm von der Seite her zu, dann wandte er sich um und betrachtete den Raum. In ihr Schweigen klangen die Geräusche, die von den anderen Schläfern jenseits der Kammer kamen und die sich wie Philipp auf den Tag vorbereiteten: das Rascheln von Kleidung, Husten und Räuspern, die klinkernden Geräusche von Taschenverschlüssen und Gürtelschnallen und das alberne Kichern, das auf einen unverständlichen Scherz folgte.
»Woher wußtet Ihr, wo Ihr mich finden würdet?« fragte Philipp.
»Vom Wirt des Gasthauses, in dem wir uns gestern trafen. Er schickte mich hierher; der hiesige Wirt schließlich zeigte mir den Weg zu Eurer Schlafkammer. Euer Herr scheint tatsächlich viel für Euch übrig zu haben.«
Philipp stand auf, um in sein Wams zu schlüpfen. »Die Schatten kriechen heran«, sagte Minstrel. Philipp fuhr herum.

»Was meint ihr?«

»Die Dunkelheit nähert sich, und Ihr wißt es, Meister Philipp; habe ich recht?«

Philipp fühlte, wie sein Herz heftig zu schlagen begann. Der Raum schien plötzlich finsterer geworden zu sein.

»Ich glaube nicht, was der Prophet voraussagt«, sagte Philipp heftig. »Das Ende der Zeiten ist noch nicht gekommen.«

»Es ist das Ende der Unschuld«, sagte Minstrel, »das gekommen ist. Wir haben einen Weg gefunden, sogar Gott zu betrügen.«

»Was wollt Ihr nur mit diesen dunklen Reden sagen?« rief Philipp. »Die Truhe, aus der jemand das Böse befreit hat; die Teufel, die bereits unter uns sind; und daß Ihr Eure Seele verkauft hättet.«

Minstrel lächelte verloren; er fuhr sich mit der Hand über das Gesicht und schien seine Bemerkung zu bereuen. »Vergeßt es«, sagte er. »Wenn alles gutgeht, werdet Ihr nie erfahren, was damit gemeint ist.«

»Wem habt Ihr Eure Seele verkauft?« drängte Philipp. »Habt ihr Euch einem Dämon verschrieben?«

»Viel schlimmer«, seufzte Minstrel. »Ich habe mich dem Herrn der Hinterlist verdingt.«

Die abschließenden Gespräche über die neuen Bestellungen mit Rasmus, dessen Geschäftstüchtigkeit ihr gestriger gemeinsamer Besuch des Badehauses keinen Abbruch tat, zogen sich eine Weile hin, und als sie beendet waren, bestand Rasmus auf einem neuerlichen Besuch der Örtlichkeit. Philipp konnte ihn nur mit Mühe abwehren. Danach stellte ihn Rasmus einem befreundeten Händler vor, der am nächsten Tag nach Nürnberg aufbrechen wollte und dessen Karawane sich Philipp für einen Teil der Strecke zu Radolf hinaus anschließen konnte, damit er so wenig wie möglich allein und ungeschützt reisen müsse. Als er am späten Nachmittag zu der Herberge zurückkehrte, stand der Wirt bereits mit zwei Bütteln vor der Tür und drang klagend auf ihn ein. Einer der Büttel war der Wachführer der Rotte, die für die Einhaltung der Ordnung in den Herbergen und Badehäusern zuständig war. Philipp kannte ihn; sein Name war Rutger, ein junger Mann in Philipps Alter, der zwischen seinem Neid auf Philipps bessere Stellung und der Anmaßung seiner eigenen Machtbefugnisse, zwischen Bequemlichkeit und Arbeitseifer, zwischen Arroganz und Servilität hin und her schwankte. In seinen ausgeglichenen Tagen war er ein zuverlässiger Wachführer und in seinen freien Stunden ein zum Spott aufgelegter, aufgekratzter Saufkumpan. Rutger hatte sich die Sachlage bereits zurechtgelegt: Wie es schien, hatte Minstrel die Zeit zwischen Philipps Aufbruch und dem Mittagläuten, während derer sich niemand im Schlafsaal aufgehalten hatte, dazu genutzt, sich heimlich davonzustehlen. Zuvor jedoch hatte er das Lager aus Farnkräutern heruntergerissen und durchwühlt und alles umgeworfen und zerschlagen, was sich zerstören ließ.

»Einen ordinären Dieb habt Ihr mir ins Haus gebracht, Meister Philipp«, sagte der Wirt anklagend. »Jetzt könnt Ihr diese Nacht noch nicht einmal hier schlafen.« Philipp machte keine seiner üblichen scherzhaften Bemerkungen; er gab seine Aussage für Rutger ab, der ihn halb teilnahmsvoll, halb spöttisch betrachtete, bezahlte den Schaden schweigend mit dem Geld, das ihm Raimund für seine Einkäufe mitgegeben hatte, und ging zurück zur Unterkunft

der Händlerkarawane, um die Nacht vor ihrem gemeinsamen Aufbruch mit ihnen zusammen zu verbringen.
Während Philipp in der Stadt seinen Aufbruch vorbereitete, von ebensoviel pochendem Zorn auf Minstrels Tat wie auf seine eigene Gutgläubigkeit erfüllt, traf eine kleine Gruppe Reisender vor der Ehrenpforte ein: ein fränkischer Geistlicher, in dessen Begleitung sich drei Frauen befanden, von denen wiederum eine die Kopfbedeckung und den Schleier einer verheirateten Frau trug, während die beiden anderen sichtlich ihre Mägde waren. Die Torwachen ließen sie ohne großes Aufheben passieren. Sie konnten nicht viel Schaden anrichten; wahrscheinlich waren sie ohnehin nur in der Stadt, um die Reliquien zu bewundern, bevor die Pilgersaison in vollem Schwange war. Die Frau sah vornehm gekleidet genug aus, um sich die Reise noch vor allen regulären Pilgern leisten zu können. Als sie ihnen das Gesicht zuwandte und lächelnd mit einem fränkischen Akzent dankte, waren sie erstaunt, daß sie es riskiert hatte, mit dieser kleinen, nutzlosen Eskorte bis hierher zu reisen. Sie war von einer selbstbewußt wirkenden Schönheit, soviel unter der Haube mit dem breiten Kinnschleier zu sehen war, und das Haar, das in ihren Nacken fiel, glänzte im abendlichen Sonnenlicht mit einem überwältigenden Herbstrot. Die Torwachen waren sich einig, daß es töricht von einer Frau ihres Aussehens war, so unbewacht zu reisen; ihr Gesicht allein hätte jedem Wegelagerer das Wasser im Mund zusammenlaufen lassen, ungeachtet aller möglichen Reichtümer, die bei ihr zu holen sein konnten. Die Torwachen sahen ihr kopfschüttelnd nach und hingen kurzfristig eigenen Gedanken nach, in denen die Frau, eine einsame Straße und sie selbst in der Gestalt eines rauhbeinigen, zu allem entschlossenen Wegelagerers eine Rolle

spielten. Natürlich konnten sie nicht wissen, daß Aude Cantat, deren Reichtum sich gerade soweit erstreckte, daß sie die zwei alten Frauen und den Kaplan als ihre Reisebegleiter entlohnen konnte, erst ein paar Meilen vor der Stadt die Männerkleidung ausgezogen hatte, in der sie (zur Mißbilligung des Kaplans, der sich jedoch nicht hatte durchsetzen können) die restliche Reise getan hatte – dem Aussehen nach ein zierlicher junger Mann mit einem Geistlichen und zwei alten Weibern als Gefährten, die zu überfallen sich für keinen Wegelagerer lohnte.

ZWISCHENSPIEL

Der Tag war schlimmer als die Nacht.

Agnes war sicher gewesen, die Nacht nicht zu überleben. Aber sie war auch sicher gewesen, den kurzen Prozeß, die Urteilsverkündung und ihre Fesselung an den Schandpflock nicht zu überleben; und danach atmete sie noch immer. Tatsächlich hatte die Nacht etwas Tröstliches. Die Hitze des Tages ging mit der Sonne und mit ihr das grelle Licht, das sie in ihrer Hilflosigkeit und Schande dem Auge des Herrn preisgab. In der Dunkelheit schienen die Häuser näher an sie heranzurücken, ihre kompakten Schatten wie Leiber von freundlichen Tieren, die sich um sie scharten. Gewiß, es gab die Stimmen der wilden Bestien, die sich nachts in den Wäldern tummelten oder über die Felder der Menschen liefen. Der grelle Todesschrei eines kleinen Lebewesens, das seinem Verfolger ausgeliefert war, klang nicht weniger erschreckend als das blutdürstige Heulen des Jägers, der seine Beute in seinen Tatzen weiß. Einmal schwang sich ein Nachtvogel scheinbar direkt über ihr aus der Luft, in einem Sekundenbruchteil ein finsterer Umriß vor dem Sternenhintergrund des Himmels, im nächsten ein Rauschen und Knattern von Federn und das schmerzhafte Fiepen einer Maus, in deren Leib sich die erbarmungslosen Fänge bohrten. Sie wollte schreien. Ihre Zunge zuckte, aber die Klammern hielten sie fest und trieben scharfe Nadeln der Pein in sie, und es wurde nicht mehr als ein abgehacktes Keuchen daraus.

Der Tod der Maus spielte sich direkt vor ihren Füßen ab, und sie wußte, daß der Teufel in jenem Nachtvogel war, denn wie hätte das Tier sonst die kleine Maus sehen können, die sich unmittelbar vor ihr befand und die sie selbst doch nicht gesehen hatte. Das Fiepen brach unvermittelt ab, und der Vogel erhob sich in einem Wirbel aus Federn und Staub wieder; er war niemals richtig auf der Erde gelandet. Agnes umklammerte die Kette, die ihre Hände an den Pflock fesselte, ihr Herzschlag rasend; es war ihr fast übel vor Schreck. Es gab all diese Vorkommnisse, und trotzdem hatte die Nacht etwas Tröstliches. Zum einen gelang es ihr, trotz der unbequemen Stellung, zu der sie gezwungen war, mit dem Rücken an den Schandpflock gelehnt, immer wieder einzunicken, so daß es Zeiten gab, in denen ihr Bewußtsein nicht ständig mit dem Schmerz und der Scham kämpfte. Zum anderen, und das war das Wichtigere, wußte sie, daß Menschen um sie herum waren, daß ihre Nachbarn, ihre Leidensgenossen, ihre Familie in den Häusern um sie herum schliefen. Sie hörte sie nicht, sie sah bis auf die kurze Zeit, in der sie von den Feldern zurückgekommen waren und aßen, keinerlei Lichtschein, aber sie wußte, daß sie da waren, und dieser Umstand tröstete sie. Sie empfand diesen Trost nicht als merkwürdig, obwohl ihr vollkommen klar war, daß das Dorf sich gegen sie gewandt hatte. Es reichte aus, daß Menschen in ihrer Nähe waren; sie fühlte sich sogar wieder wie ein Teil der Gemeinschaft, die sie so sichtbar ausgestoßen hatte.

Es war ihr klar, daß sie etwas getan hatte, was den Herrn und seine Gläubigen zutiefst erzürnt hatte; aber es war ihr nur klar, weil man es ihr gesagt hatte. Wenn man jedoch näher darüber nachdachte, schien es immer weniger klar zu werden, und man gelangte an einen Punkt, an dem als einziger Schluß blieb, daß man eigentlich gar nichts getan hatte. Da aber ein unschuldiger Mensch nicht vom Priester und den Ältesten verurteilt würde, mußte sie doch etwas getan haben. An diesem Punkt begann die Gedankenkette zumeist von neuem, wenn sie nicht durch ein äußeres Ereignis wie den Tod der Maus vor ihren Füßen, den Steinwurf eines Kindes oder den Guß aus dem Wassereimer, den der Priester ihr gegen den Durst verabreichte, unterbrochen wurde.

Dies war geschehen: Es gab einen Händler, der in unregelmäßigen Abständen durch das Dorf kam. Er war ein fröhlicher Mann, klein und dicklich, dem man nicht zutraute, daß er die Strapazen des Händlerlebens auf sich nahm; er selbst jedoch genoß es und verstand es, sich dort Erleichterungen zu verschaffen, wo es ihm möglich war. So trug er stets einen dicken Pilgermantel, der ihm die Hitze und die Kälte gleichermaßen vom Leib zu halten vermochte, eine lederne Haube, über die sich ein flacher Kranz aus geflochtenem Stroh gegen die Sonne stülpen ließ, weiche, herrlich eingefettete Stiefel aus Kalbsleder, die seine Füße auf jedem seiner Schritte geradezu umschmeichelten, und einen Ziegenlederschlauch mit Wein, aus dem er sich bediente, wenn ihm die Reise zu einsam wurde. Die Dorfbewohner hatten sich an ihn gewöhnt und pflegten ihm auf seinen Wegen zur und von der Stadt einen zusätzlichen Verdienst zu bescheren. Der Händler war nicht dumm; er verlangte anständige Preise und hatte anständige Ware dafür zu bieten, und da er wußte, wie selten die Bauern Geld in die Hand bekamen, war er im Gegensatz zu den meisten seiner Zunftgenossen auch nicht abgeneigt, Speckschwarten oder Brot als Bezahlung zu nehmen. Er hatte wache Augen und erkannte während seines Aufenthalts auf dem Hinweg zur Stadt, was die Dörfler benötigten und was er folglich auf dem Rückweg feilbieten müßte. Was ihn jedoch in den Augen der Dörfler am unentbehrlichsten machte, war sein unerschöpflicher Vorrat an Neuigkeiten: aus der Stadt, aus den benachbarten Grafschaften, aus den Herzogtümern. Er ging freizügig mit seinen Geschichten um und erzählte sie mit lauter Stimme, während er mitten auf der Straße seine Waren feilbot, die ein Esel in zwei Tragkörben durch die Welt schleppte. Wenn es zuwenig Neuigkeiten gab, begann er wieder von vorne zu erzählen, wenn er am Ende angelangt war, und wenn es überhaupt keine Neuigkeiten gab, erfand er welche. Die Bauern nahmen die Wiederholungen wie die Erfindungen mit der gleichen ruhigen Neugier hin, mit dem Bewußtsein, daß ohnehin nichts von Belang war, das sich außerhalb ihres Dorfes abspielte. Er war ein verläßlicher Bote und Transporteur von Nachrichten wie Gütern gleichermaßen, ein Mann mit seinem Esel, der in kurzer Zeit zu einem festen Bestandteil des dörflichen Lebens geworden war, obwohl niemand auch nur seinen Namen kannte. Ein Abgesandter und Dämon des Satans, der das Gift der Ketzerei in die Ohren der Unschuldigen streute, wenn es nach dem neuen Priester ging.

Agnes konnte sich nicht mehr daran erinnern, wie es gekommen war, daß sie vollkommen allein auf den Händler gestoßen war. Es mochte sein, daß sie vom Feld ins Dorf zurückgelaufen war, um Wasser aus dem Brunnen zu holen, oder es hatte sich jemand verletzt, und sie suchte nach den passenden Kräutern hinter ihrem Haus: Wie es auch immer war, sie lief ins Dorf und sah den Händler mit seinem Esel unschlüssig im Dorf stehen und sich am Kopfe kratzen.

»Du bist zu spät«, keuchte sie und blieb vor ihm stehen. »Es sind alle auf dem Feld. Du mußt bis zum Abend warten.«

»Ich kann nicht warten«, erwiderte der Händler. »Mein Esel ist lahm, deshalb bin ich erst jetzt eingetroffen. Ich muß jedoch schnell in die Stadt weiter; morgen beginnt dort der erste große Markt des Jahres, und ich muß mir beim Rat die Erlaubnis holen zu verkaufen.«

»Bleib doch, bis alle vom Feld zurückkommen. Wir haben schon auf dich gewartet.«

Der Händler schüttelte den Kopf und lächelte.

»Ich muß mich beeilen. Ich komme wieder vorbei, wenn der Markt zu Ende ist. Außerdem habe ich etwas gesehen, was ich unbedingt dem Stadtrat erzählen muß; wenn er davon erfährt, gibt er mir die Erlaubnis vielleicht etwas billiger, und ich möchte vermeiden, daß mir jemand zuvorkommt.«

»Was ist es denn so Wichtiges, das du gesehen hast?« fragte Agnes.

Der Händler trat einen Schritt auf sie zu, sah sich unwillkürlich um und raunte dann: »Von euch kommt ohnehin niemand in die Stadt, also kann ich es dir ja erzählen. Es ziehen Geißler durchs Land.«

»Was sind Geißler?«

Der Händler stutzte nur einen Moment über Agnes' Frage.

»Fromme Leute, die sich öffentlich peitschen, um die Leiden des Herrn an sich selbst zu erfahren.«

»Warum tun sie das?«

Die Augen des Händlers blitzten auf.

»Sie sagen, das Ende der Zeiten sei gekommen. Sie kündigen die Wiederkehr des Herrn an. Das Jüngste Gericht; den Untergang der Welt.«

»Wenn die Welt untergeht, warum hast du es da noch eilig, zur Stadt zu kommen?« fragte Agnes unbeeindruckt. Der Händler warf beide Arme in die Höhe und machte ein begeistertes Gesicht.

»Weil es in der Stadt immer ein paar Verrückte gibt, die solche Geschichten glauben und ihr gesamtes Hab und Gut verkaufen, um in einem Kloster Buße zu tun. So billig wie von diesen Unglücklichen kann man nie mehr etwas erstehen. Was meinst du, in welchen Massen die Leute an die Klosterpforten hämmern werden, wenn ihnen die ehrwürdigen Geißler erklären, daß das Ende der Welt bevorsteht? Deshalb drängt es mich, zur Stadt zu kommen. Wenn ich der erste bin, der die Nachricht verbreitet, habe ich die besten Kaufaussichten.«

Der Händler zog weiter, und Agnes erledigte, was immer sie in das Dorf zurückgeführt hatte. Doch die Geschichte von den frommen Männern, die sich die Rücken blutig schlugen, um auf das Leiden Christi und seine baldige Wiederkehr hinzuweisen, und der nahende Untergang der Welt beschäftigten ihre Gedanken den ganzen Tag über. Sie beschäftigten sie in solchem Maß, daß sie in der Nacht, während sie die Geräusche der Schweine hinter der Holzwand hörte und den ruhigen Atem ihrer Kinder, zu ihrem Mann sagte: »Ich habe heute den Händler getroffen. Er sagt, daß Männer umherziehen, die sich geißeln wie unser Erlöser und das Ende der Welt voraussagen.«

»Was?« brummte der Mann unwirsch, der schon halb in den Dämmerschlaf der Erschöpfung gesunken war und erschrocken daraus emporfuhr.

»Die Welt geht unter. Der Herr kehrt zurück, um über die Menschen zu richten.«

»Unsinn, Weib. Wir haben gerade die Saat ausgebracht,

und das Getreide fängt zu sprießen an. Wie sollte die Welt untergehen, wenn alles noch so wunderbar wächst? Glaubst du, Gott läßt alles neu erstehen, wenn er doch nur alles beenden will?«
»Ich weiß nicht, Mann. Es soll ja noch nicht gleich geschehen; vielleicht erst im Winter oder im nächsten Jahr. Der Händler hat es nicht so genau gesagt.«
»Was für ein Blödsinn. Schlaf jetzt, ich habe den ganzen Tag gearbeitet und bin müde.«
»Aber es geht um unser Seelenheil«, protestierte Agnes. »Willst du, daß wir oder unsere Kinder in die Hölle verbannt werden? Vielleicht sollten wir dem Priester das Geld geben, das wir gespart haben, damit er für uns beten läßt?«
Agnes' Mann fuhr so vehement in die Höhe, daß die Kinder im Schlaf zuckten und selbst die Schweine erschrocken quiekten.
»Komm ja nicht noch mal auf so einen Gedanken!« rief er. »Wenn du schon nicht damit aufhören kannst, dann sprich von mir aus mit den Weibern im Dorf darüber oder mit dem Pfaffen; aber wenn du ihm etwas von dem Geld sagst, schlag' ich dich grün und blau.«
»Ich sag' schon nichts«, murmelte Agnes, ohne der Drohung viel Gewicht beizumessen. Ihre Gedanken waren bereits wieder bei den Menschen, die durch das Land zogen und sich zur Ehre des Herrn und seiner Wiederkehr blutig schlugen. Zuletzt schlummerte sie ein mit dem beruhigenden Vorsatz, den Priester zu fragen. Er würde ihr erklären, was es mit all diesen Dingen auf sich hatte. Er würde Agnes mit offenen Armen empfangen und dem Dorf erklären, daß er stolz auf sie sei, weil sie sich mit solch frommen Dingen beschäftige. Sie lächelte im Einschlafen; sie freute sich darauf.

Es stellte sich heraus, daß der Priester sich nicht freute.
Er hörte sich ihre Geschichte an, während er immer blasser und sein Mund ein weißer Strich in seinem Gesicht wurde. Zuletzt sprang er auf und streckte einen Finger gegen Agnes aus und zischte erstickt: »Schweig, Weib. Deine Rede ist Häresie.«
Und ehe sie verstand, was geschehen war, stürmte er aus der kleinen Hütte neben der Kapelle, die er sein Zuhause nannte, rannte zur Kapellentür, nahm einen Stock auf und schlug mit aller Kraft dagegen. Die Dörfler strömten erschrocken zusammen, und Agnes wurde vom Priester am Arm aus seinem Haus gezerrt und vor die versammelten Bauern gestoßen.
»Dieses Weib spricht mit der Zunge der Ketzer!« schrie der Priester. »Wir haben eine Abgesandte Satans zwischen uns; eine Dienerin Luzifers.«
Agnes nahm das finstere Gesicht ihres Mannes zwischen den anderen Dörflern wahr. Während sich die restlichen einander zuwandten und erregte Laute von sich gaben, verschlossen sich seine Züge. Er schwieg, während einer der Männer fragte: »Wer sagt das?«
»Sie selbst sagt es«, rief der Priester und richtete sich auf. »Mit ihrem eigenen Mund hat sie mir erklärt, daß demnächst die Welt untergehen wird!«
Die Dörfler sahen sich an. Agnes' Mann schüttelte den Kopf und ließ die Schultern hängen.
»Ich sage, ihr gehört der Prozeß gemacht!« geiferte der Priester.
»Wir müssen aufs Feld, Vater«, widersprach einer der Männer.
»Wenn ihr die Überführung eines Ketzers behindert, behindert ihr die Rechtsprechung der Kirche«, donnerte

der Priester. »Und ihr macht euch verdächtig, mit ihr unter einer Decke zu stecken.«

Die Dörfler bewegten sich unruhig und wichen dem Blick des Priesters aus. Er starrte sie mit brennenden Augen an; als niemand einen weiteren Einwand hatte, sagte er leise: »Nun?«

»Wir müssen dem Herrn Bescheid geben«, seufzte der Dorfälteste. »Er muß Recht sprechen.«

»Der Herr ist zu beschäftigt«, entgegnete der Priester. »Er wird sich nicht darum kümmern können.«

»Wir müssen auf ihn warten«, rief der Älteste. »Er ist unser Richter. Wenn wir uns seine Hoheit anmaßen, wird er uns bestrafen.«

»Ich werde es ihm erklären«, beruhigte ihn der Priester. »Er wird verstehen, daß es sich um einen Notfall handelt.«

Die Männer sahen ihn zweifelnd an.

»Wer ist wessen Diener?« fuhr der Priester auf. »Haben die Heiligen Väter nicht gesagt, daß selbst die Kaiser und Könige das Knie vor der Kirche zu beugen haben? Wie wird es da wohl mit den Grafen und Rittern sein?«

Die Männer zuckten zurück, und der Priester erkannte, daß er ihre Angst und ihre Loyalität zu ihrem Herrn nicht überfordern durfte.

»Wir werden das Dorfgericht abhalten«, sagte er daher nur. »Während ihr euch bereit macht, werde ich eine Nachricht an den Herrn schreiben und ihm dies mitteilen. Derjenige von euch, der am schnellsten laufen kann, soll sie ihm überbringen. Wenn er nicht mit meiner Entscheidung einverstanden ist, kann er selbst hierherkommen und seinen Spruch fällen.«

»Wenn Ihr meint«, brummte der Dorfälteste.

Die Felder und die Saat würden heute warten müssen. Als

die Männer damit begannen, Bänke vor der Kapelle aufzustellen, auf denen sich die Ältesten zum Dorfgericht setzen konnten, machte niemand mehr Anstalten, zur Arbeit zu gehen. Männer, Frauen und Kinder drückten sich in der Nähe der Kapelle herum, um den Arbeiten zuzusehen, vor allem aber, um Agnes zu betrachten.

Ihr plötzliches Schicksal, von den meisten ebensowenig verstanden wie von ihr selbst, machte sie interessant, wie ein seltsames Tier oder eher wie eine Mißgeburt, die auf dem Markt ausgestellt wurde. Die ersten Finger deuteten auf sie, die Frauen tuschelten erregt untereinander und mit ihren Männern, und die Mienen der Zuschauer wurden mit jeder Minute verschlossener.

Die ersten spuckten vor ihr aus, und als ein paar Frauen den ersten und den letzten Finger der rechten Hand abspreizten und gegen sie richteten, begann ihr Herz voller Angst zu schlagen. Sie reckte sich und suchte wild nach dem Gesicht ihres Mannes und ihren Kindern in den Umstehenden, aber sie konnte sie nicht erblicken. Sie wußte nicht, daß ihr Mann aufs Feld gegangen war und dort den Boden wie ein Berserker mit der Hacke bearbeitete, voller glühendem Zorn gegen sie, weil sie sich mit ihrer Unbedachtheit in eine Situation gebracht hatte, die er zuletzt würde ausbaden müssen: mehr Arbeit, mehr Ärger mit den Kindern, nichts Warmes zu essen und niemand, der ihn in der kalten Nacht wärmte.

Eine Stunde nachdem Agnes an die Tür des Priesters geklopft hatte, saß das Dorfgericht über das Schicksal der Bäuerin Agnes. Die Angeklagte kniete auf dem Boden vor den Ältesten, während der Priester zwischen ihnen auf und ab schritt. Das Publikum saß in einigen Schritten Abstand auf der Straße: das gesamte Dorf, abzüglich der Kinder, die irgendwo unter der Obhut einer alten Frau in einem Haus eingeschlossen waren, und abzüglich Agnes' Familie. Wenn sie von jemandem vermißt wurde, machte er oder sie keine Bemerkung dazu.

Der Älteste räusperte sich und sagte unsicher: »Agnes, dir wird vorgeworfen, daß du ketzerische Reden führst und die Zukunft vorausdeutest. Willst du dich dazu äußern?«

»Ich habe nur weitergesagt, was der Händler erzählt hat«, stieß Agnes hervor.

»Daran kann ich eigentlich nichts Verwerfliches erkennen«, erklärte der Älteste in einem lahmen Versuch, die Verhandlung rasch zu beenden.

»Der Händler«, sagte der Priester rasch und fühlte sich wie ein Fechter, der seinen ersten Streich austeilt. Er hatte die kühnen Kreuzfahrer immer bewundert, die sich mannhaft gegen die heidnischen Riesen im Heiligen Land behauptet hatten: Klinge gegen Klinge, ein rascher Ausfall, das erste Blut – Bewegungen, die er mit seinem Bruder zusammen gelernt hatte, bis sie alt genug waren, um für ihr Schicksal vorbereitet zu werden. Sein nur um ein Jahr älterer Bruder war auf die Ritterfahrt gegangen, um später das Erbe des Vaters zu übernehmen. Für ihn war das Kloster geblieben. »Ist der Händler etwa jener Mann, der wie durch ein Wunder immer dann im Dorf auftaucht, wenn ihr etwas benötigt, der immer das mit sich führt, was ihr gerade für eure Arbeit braucht, und der in Begleitung eines Esels ist, aus dessen Taschen all das kommt, was ihr euch wünscht?« Er drehte sich um und wandte sich an das Publikum, und die Männer und Frauen nickten. Selbst Agnes nickte verwirrt.

»Und haltet ihr es für normal, daß jener Mann und sein Tier immer genau wissen, was ihr braucht?«

Darüber hatte noch niemand nachgedacht. Als sie es jetzt taten, erschien es ihnen in der Tat merkwürdig. Es war praktisch, aber wenn man es aus der Nähe betrachtete ... Der Priester wußte um die Gedankengänge seiner Herde. Er beobachtete die Männer, die das Dorfgericht bildeten, scharf, und es dauerte nicht lange, bis einer von ihnen rief: »Woher weiß er jedesmal, was er mitbringen muß?« Das Gemurmel der Zuschauer zeigte, daß auch diese darüber nachgedacht hatten.

»Ja, woher weiß er es?« rief der Priester. »Woher, wenn er nicht eure Gedanken liest und dem Geflüster lauscht, das ihm die Wiesel außerhalb des Dorfes hinterbreiten? Woher, wenn er nicht ein Zauberer und ein Satansdiener ist?«

»Ein Zauberer!« Die Ältesten riefen erregt durcheinander. Unter den Zuschauern sprangen ein paar auf und zischten. Als die ersten sich bekreuzigten, rief der Priester triumphierend: »Und wie nennt man jene, die die bösen Einflüsterungen der Zauberer weiterverbreiten? Wie nennt man jene, die sich den Gesetzen der Kirche widersetzen, die die Gesetze unseres Herrn Jesus Christus sind; wie nennt man jene, die sich gegen die Religion und damit gegen Gott vergehen?«

»Das sind Ketzer!« riefen Richter und Zuschauer im Chor.
»Jawohl!« schrie der Priester und drehte sich zu Agnes um und deutete mit theatralisch ausgestreckter Hand auf sie. »Ketzerin! Ketzerin!«

»Ich wollte Euch doch nur fragen, was ich tun soll!« schrie Agnes in höchster Not. »Ich habe nichts Böses getan!«

»Sie leugnet. Braucht es noch eines stärkeren Beweises als ihre Halsstarrigkeit, daß sie ganz und gar verloren ist? Ihr habt eine Schlange an eurem Busen genährt; ihr solltet

Gott danken, daß er mich zu euch gesandt hat, um die üble Saat auszureißen.«

Der Dorfälteste schüttelte den Kopf und machte ein finsteres Gesicht. Als er Agnes ansah, war die Unsicherheit aus seinem Blick verschwunden.

»Schickt einen Boten in die Stadt!« krächzte er. »Er soll die Büttel holen, damit sie verhaftet wird.«

»Nein«, sagte der Priester, »habt ihr nicht gehört, daß sie gerade geleugnet hat? Sie darf nur abgeführt werden, wenn ihre Schuld erwiesen ist; und wenn auch ihr und ich es alle wissen, so muß es doch vor dem Gesetz bewiesen werden. Es braucht zwei Zeugen, die ihre Schuld beurkunden können. Ich selbst kann nicht als Zeuge auftreten, da ich der Ankläger sein werde. Sonst hat aber niemand ihre Rede gehört.«

»Was sollen wir tun?«

»Es gibt eine Möglichkeit«, sagte der Priester schlau. »Der heilige Bernhard hat sie uns aufgezeigt, und ein Konzil hat sie als rechtmäßig erklärt. Wir werden den Herrn selbst urteilen lassen.«

»Ein Gottesurteil.« Den Dörflern liefen Schauer über den Rücken. Zu denken, daß der Herr selbst in ihre Mitte herabsteigen würde, um über die Schuld ihrer Nachbarin Agnes zu richten.

Der Älteste machte ein zweifelndes Gesicht. Er war schon ein- oder zweimal in seinem Leben in der Stadt gewesen und hatte daher einen weiteren Horizont als die anderen. Er hatte Dinge gehört und sich gemerkt.

»Unser höchster Herr, der allergnädigste Herr Kaiser, hat Gottesurteile verboten«, sagte er zaghaft.

»Ha!« schrie der Priester und sprang geradezu auf und ab vor Zorn. »Weil er selbst ein Ketzer ist, darum! Er steht

unter dem Kirchenbann. Er ist nicht euer höchster Herr; er ist nur ein Satansdiener. Euer höchster Herr ist die Kirche, und die Kirche sagt: Gott soll richten!«
»Ja, sie soll dem Gottesgericht übergeben werden!« schrien die Dörfler.
»Stellt einen Pflock in der Mitte der Straße auf!« rief der Priester.
»Laßt sie uns dort anketten und drei Tage und drei Nächte am Pflock stehen lassen. Niemand darf sich ihr nähern außer meiner Person, und niemand darf ihr zu essen geben; Wasser wird sie zweimal am Tag von mir erhalten. Und damit ihre ketzerischen Reden nicht das Dorf vergiften, werden wir ihre Zunge fesseln! Wenn der Herr sie nach diesen drei Tagen und drei Nächten am Leben läßt, dann soll sie ungeschoren das Dorf verlassen und niemals wieder hierher zurückkommen.«
»So sei es«, sagte der Dorfälteste.
»Tochter Satans«, sagte der Priester zu Agnes, die mit entsetzten Augen den Reden zugehört hatte und sich nun dem Priester zuwandte, wie ein Hase sich dem Wolf stellt, »du wirst den restlichen Tag in deinem Haus verbringen. Weder dein Mann noch deine Kinder dürfen zu dir sprechen. Zwei Männer werden vor dem Haus Wache halten, damit der Teufel dich nicht holen kann, und ich werde ein Kreuz auf die Tür zeichnen, damit alle Dämonen abgeschreckt werden, dir zu Hilfe zu eilen. Heute bei Sonnenuntergang wird das Gottesurteil beginnen.«
Die Richter nickten und machten Anstalten aufzustehen. Einer jedoch fragte nachdenklich: »Und was ist, wenn sie recht hat? Wenn die Welt wirklich untergeht?«
Der Priester ballte die Fäuste, aber dann sagte er ruhig: »Glaubt ihr, wenn die Wiederkunft des Herrn bevor-

stünde, daß die Heilige Kirche euch nicht an der Hand nehmen und in die ewige Seligkeit führen würde? Glaubt ihr, sie ließe euch allein, ohne Gelegenheit, eure Sünden zu bereuen, bevor der Herr sein Gericht beginnt? Glaubt ihr vielleicht, die Kirche würde es euch nicht *sagen*, wenn dieser Tag kommt? Oder glaubt ihr gar, sie *weiß* es nicht?«
Die Ältesten schüttelten betreten die Köpfe und traten auseinander, ohne noch einmal zu widersprechen; der Ring der Zuschauer löste sich mit ihnen auf. Agnes ging in Begleitung der Männer, die als Wache ausersehen waren, zurück zu ihrem Haus. Wenn der Wirbel, der in ihrem Kopf kreiste und jeden klaren Gedanken verhinderte, schwächer gewesen wäre, hätte sie den Abstand bemerkt, den die beiden zu ihr hielten: Sie hatten sie in ihrer Mitte, aber sie waren auf mehr als Armeslänge von ihr entfernt, als hätten sie Angst, ihre Schande könne sie anstecken. Gestern hatten sie noch gemeinsam auf den Feldern gearbeitet.
Der Priester schritt auf den Mann zu, der zuweilen Schmiedearbeiten ausführte, und erklärte ihm, wie er die Fessel für Agnes' Zunge anfertigen müsse.
Es dauerte eine Weile, bis der Gelegenheitsschmied den eisernen Knebel fertig hatte; seine Erfahrung darin, Instrumente zu schmieden, die zum Schaden der Menschen eingesetzt werden können, war gleich Null, und trotz der eingehenden Beschreibung des Priesters bedurfte es mehrerer Anfänge. Mit seinem Ergebnis war er nun einigermaßen zufrieden. Seine Verdrossenheit darüber, daß für den Knebel der größte Teil der mühsam gesammelten Eisenvorräte verbraucht wurde, legte sich allerdings nicht. In der Zwischenzeit, ungesehen vom Schmied, ungesehen von den Dörflern, die nach dem Ende des Prozesses doch noch auf

die Felder ausgeschwärmt waren, und natürlich ungesehen von Agnes, die in ihrem Haus hockte, zu betäubt, um auch nur weinen zu können, suchte Kaplan Thomas das Dorf auf. Der Priester, der ihn nicht nur für einen Bruder im Glauben, sondern auch im Geiste hielt, unterbreitete ihm das Geschehnis und erläuterte ihm den Sinn des frisch in die Erde geschlagenen Pflocks am Straßenrand. Der Kaplan machte sich daraufhin wieder auf den langen Rückweg, um seinem Herrn zu berichten und diesen dazu zu bewegen, etwas für die seines Erachtens nach vollkommen unschuldige Bäuerin zu tun – wie sich herausstellen sollte, nicht mit dem gewünschten Ergebnis.

Gegen Abend versammelten sich die Dörfler um Agnes' Haus; früher als sonst waren sie von den Feldern zurückgekehrt, mit dem sicheren Instinkt, der auch eine Schar von Raben rechtzeitig an die Stelle führt, an der ein Kalb stirbt. Diesmal war Agnes' Mann unter ihnen; aber Agnes sah ihn nicht, als sie aus dem Haus geführt und zu dem Pflock geleitet wurde, der nicht allzuweit entfernt aus dem Boden ragte. Der Dorfälteste fesselte ihre Hände mit einem starken Lederband und befestigte dieses wiederum mit einer kurzen Kette an einem Ring, der in den Pflock getrieben worden war. Die Kette war lang genug, daß Agnes sich mit dem Rücken gegen den Pflock setzen konnte; zum Liegen reichte sie nicht.

Nachdem dies getan war, ließ der Priester den Knebel bringen. Auf den ersten Blick sah er aus wie der plumpe Entwurf zu einer Kaiserkrone. Ein rundgebogenes Metallband trug einen hohen Bügel, der an zwei gegenüberliegenden Seiten an dem Band befestigt war. Der eine Trick des Knebels waren die Scharniere, die es erlaubten, den Bügel und das Band so zu öffnen, daß der Knebel eng an

den Kopf angepaßt werden konnte. Der zweite Trick war die Klammer, die in das Rund des Metallbandes hineinragte. Da niemand wußte, wie der Knebel zu bedienen war, blieb es dem Schmied vorbehalten, ihn Agnes aufzusetzen. Er öffnete die Verschlüsse, preßte Agnes die Kinnbacken zusammen, bis sie den Mund auftat, und schob dann die Spange hinein, an deren Ende die Klammer saß. Danach griff er durch die Spange, packte ihre Zunge und zog sie durch die ringförmige Öffnung der Klammern, rammte die Spange weiter nach hinten, so daß Agnes ihre Zunge nicht mehr herausziehen konnte, und während ihr Tränen des Schmerzes aus den Augen und ein dünner Blutfaden von dem durchtrennten Zungenbändchen aus dem Mund lief (von dem sich der Priester mit einem gemurmelten Gebet abwandte – die Kirche scheut das Blut), drehte der Schmied die Zwinge zusammen, die ihre Zunge in den eisernen Griff der Klammer nahm und nicht mehr losließ. Zuletzt schloß er die Rückseite des Metallbands um ihren Hinterkopf, zog den Bügel über ihren Scheitel und befestigte ihn am Verschluß des Metallbands.
Der Priester forderte die Dorfgemeinde auf niederzuknien und beschwor Gottes Gnade auf die arme Sünderin herab und betete darum, daß ihr Leib vernichtet und ihre Seele befreit werden möge, wenn sie sich der ihr zur Last gelegten Verbrechen schuldig gemacht habe. Wenn nicht, Herr, dann verzeih uns unseren Eifer, mit dem wir Dir gedient haben und mit dem wir einer Unschuldigen Schmerz zugefügt haben, und zeige uns Deine Gnade und Deine Allmacht daran, wie Du sie am Leben lassest. Amen.
Danach begann Agnes' Nacht am Schandpflock.

Ein Mensch erträgt nur so und soviel Schrecken, dann stumpft sein Bewußtsein ab. Wenn das geschieht, wird der Geist wieder aufnahmefähig für die anderen Wahrnehmungen, die der Körper macht, bis der Schrecken eine höhere Dimension erreicht. In Agnes' Fall war dieses Zwischenspiel, diese Atempause zwischen dem einen Schrecken und dem folgenden, hauptsächlich eine Wahrnehmung von Kälte und Schmerz. Nach einer Weile trat die Angst vor den Kreaturen der Nacht, die um sie herumschlichen, in den Hintergrund. Keines der Wesen kam nahe genug an sie heran, daß sie tatsächlich in Gefahr gewesen wäre, und keines der Wesen war etwas anderes als ein Tier, das sie am Tage furchtlos mit der Spitzhacke erschlagen hätte. Aber es war nicht die Feststellung, daß die Kreaturen ihr nichts zuleide taten, die ihre Angst abklingen ließ, denn sie rechnete ständig damit, daß sie jeden Moment über sie herfallen und ihr das Fleisch in Fetzen aus dem Körper reißen würden; es war die Tatsache, daß die Angst so lange auf dieser Stufe verharrte, bis Agnes' Geist sich auf eine andere Wahrnehmung zu konzentrieren begann.

Es war kühl in der Nacht im Freien, und Agnes' Kittel war vor Furcht naßgeschwitzt. Sie begann zu frösteln, dann zu frieren. Sie konnte sich am Fuß des Pflocks zusammenkauern und die Beine an den Körper ziehen, aber die Kette erlaubte ihr nicht, die Arme vor den Oberkörper zu pressen, und so gelang es ihr nicht, sich selbst zu wärmen. Sie war Kälte gewöhnt: das Arbeiten bei Regen und Schnee auf den Feldern, in nichts als den Kittel gehüllt oder ein umgedrehtes Schaffell, wenn das Wetter unerträglich war, barfuß in Schneepfützen stehend und die kalte Erde mit bloßen Händen aufbrechend. Aber auf dem Feld konnte sie sich bewegen, mußte sie sich bewegen, und wenn die Kälte auch biß, konnte sie sich doch durch das kreisende warme Blut in ihren Adern davor schützen. Am Pflock schien ihr Blut nicht zu kreisen, und die Kälte fraß sich in ihre Knochen. Ihre Füße waren als erstes taub. Den Füßen folgten die gefesselten Hände. Zuletzt schien ihr gesamter Körper zu erstarren, bis die Kälte so groß war, daß sie Schmerz bereitete und ihr auch die kleinen Schlafpausen unmöglich machte.

Sie saß gegen den Pflock gelehnt und starrte blind in die Finsternis. Sie hatte aufgehört zu weinen; sie brauchte ihre Kraft nötiger, als sie in Tränen zu vergeuden.

Es gab nur eine heiße Stelle an ihrem Leib: im Inneren ihres Mundes, wo die Klammer ihren Gaumen und ihre Zunge wundscheuerte. Die Klammer war nicht so fest, daß ihre Zunge tatsächlich eingeklemmt gewesen wäre; dazu war der Muskel zu beweglich. Aber sie war weit genug nach hinten geschoben, so daß sie die Zunge nicht daraus befreien konnte. So lange sie genügend Speichel hergestellt hatte, war die Wunde nicht so schlimm gewesen. Ihr Mund bildete von allein eine feuchte Schutzschicht zwischen der empfindlichen Haut und den groben Metallteilen, und der Speichel beruhigte die Stellen, die aufgerissen worden waren, als der Schmied den Knebel angebracht hatte. Aber die Spange, an der die Klammer saß, ragte von außen in ihren Mund hinein, und sie konnte die Lippen nicht schließen. Früh in der Nacht war ihre Mundhöhle bereits vollkommen ausgetrocknet, während der Speichel, der in ihren Wangentaschen hergestellt wurde, völlig nutzlos aus ihren Mundwinkeln tropfte. Fast am unerträglichsten aber war der Schmerz in ihrem Nacken, der von der unnatürlich aufrechten Haltung her-

vorgerufen wurde, in welche der Knebel ihren Kopf zwang. Das Ziehen wanderte ihren Nacken hinunter in die Schultern, die stachen, als würde jemand mit einer stumpfen Nadel in ihnen bohren, zwischen ihre Schulterblätter, bis ihr gesamter Rücken so sehr spannte, daß selbst das Atmen schmerzhaft war. Mit fortlaufender Nacht sandte der Schmerz Fühler in ihren Kopf selbst hinauf, bis sich zwei Nester an der Stelle gebildet hatten, wo der Nacken in den Kopf überging und dort dröhnend pochten; die Kopfschmerzen ließen ihre Augen noch mehr zuschwellen, als ihre Tränen es bereits getan hatten.
Kälte und Schmerz brachten den Morgen heran, der sich mit einem fahlen Band am östlichen Himmel ankündigte und die Geräusche der Nacht durch das Singen der Vögel ablöste. Agnes zitterte jetzt unablässig in ihrem feuchten Kittel. Das Kommen des Morgens mit seinem Hauch noch stärkerer Kälte, aber auch seinem Versprechen eines neuen Anfangs löste eine plötzliche Gefühlswallung in Agnes aus. Sie wußte, daß ihr noch zwei weitere Nächte und drei ganze Tage bevorstanden. Verzweifelt wünschte sie sich, daß sie sterben könnte. Sie erinnerte sich nicht mehr daran, daß der Priester Gott bereits angerufen hatte, sie zu vernichten. Sie war noch nicht nahe genug an die wirkliche Todesangst herangekommen, als daß sie vor diesem Gedanken zurückgezuckt wäre, und sie hatte sich nicht klargemacht, daß der Tod das Ende ihrer Existenz bedeutete. Im Moment sehnte sie sich ausschließlich nach dem Ende ihres Martyriums.
Die Menschen im Dorf erwachten, verließen ihre Häuser und gingen auf die Felder, um dort ihrer Arbeit nachzugehen. Sie schlichen um sie herum, scheue Seitenblicke werfend. Sie dachten nicht weit genug, um sich darüber zu

wundern, daß Gott, wenn er die Absicht gehabt hätte, Agnes zu töten (und damit ihre Schuld zu beweisen), gezögert hatte, sie bereits in der ersten Nacht zu vernichten; wie sie auch nicht darüber nachdachten, warum es überhaupt nötig war, Agnes unter freiem Himmel anzupflocken und ihr die Maske aufzusetzen. Sie hatten gelernt, daß Gott alles sieht und alles weiß und jederzeit in das Leben der Menschen eingreifen kann, wenn Ihn daran etwas stört, aber ihr Geist war nicht frei genug, sich Gedanken zu machen, weshalb Gott dann nicht Agnes einfach ohne großes Aufhebens vernichtet hatte, als Er ihrer Häresie ansichtig wurde. Daß es geschehen würde, darüber bestand in keinem der Dörfler, der an Agnes vorüber zur Feldarbeit ging, der geringste Zweifel. Es mochte Heilige geben, die ein Gottesurteil überstanden und damit ihre Unschuld bewiesen hatten – aber bei Heiligen geschah der Weg durch das Leid, damit Gott sie vor den Augen der Menschen erhöhte. Agnes war keine Heilige, demzufolge mußte sie nicht erhöht werden, und demzufolge würde sie auch das Gottesgericht nicht überstehen. Gewöhnliche Menschen waren entweder unschuldig, dann wurden sie nicht erst verurteilt, oder schuldig, und dann überlebten sie Gottes Strafgericht nicht. Im Bewußtsein all dessen hatten sie gut geschlafen.

Agnes folgte dem Gehen der Menschen stieren Blicks. Der Steinwurf traf sie, ohne sie wirklich zu schmerzen. Das nächste Gefühl erwachte erst, als sie den Priester mit einem hölzernen Eimer auf sich zukommen sah. Sie erinnerte sich an seine Anweisungen, wer mit ihr Umgang pflegen durfte, und erinnerte sich daran, zu welchen Anlässen der Priester dies tun würde. Schlagartig erwachte in ihr ein überwältigender, schmerzhafter, brennender Durst; oder

besser: Das Gespür für diesen Durst erwachte, denn der Durst selbst war schon die halbe Nacht dagewesen, ohne daß sie sich seiner bewußt geworden wäre. Wie mit der Angst kann der Geist des Menschen auch nur eine bestimmte Dimension von Schmerzen verarbeiten, und wenn diese Grenze überschritten ist, selektiert die Wahrnehmung bestimmte Dinge aus. Vielleicht selektiert sie die schlimmsten Dinge aus; vielleicht liegt darin eine Art Gnade. Für Agnes jedenfalls war es eine Gnade, daß sie den Durst nicht verspürt hatte: Denn was sie jetzt verspürte, war ein so entsetzlicher, grausamer Bedarf an Tränkung, daß es scheinbar endlos dauerte, bis der Priester sich ihr auch nur genähert hatte. Sie krächzte und fügte dem Feuer des Durstes das Feuer des Schmerzes in ihrem Mund hinzu. Sie versuchte sich aufzurappeln, um schneller an das Wasser zu kommen, das in dem hölzernen Eimer schwappte. Wäre der Priester sich der blinden Not bewußt gewesen, die von ihr Besitz ergriffen hatte, wäre es ihm ein einfaches gewesen, ihren Untergang zu beschleunigen. Er hätte das Wasser nur vor ihr auf den Boden zu gießen brauchen; vermutlich wäre sie von diesem Anblick verrückt geworden. Agnes schaffte es nur, sich aufrecht auf den Boden zu knien; sie streckte die Hände aus, bis sie von der Kette zurückgehalten wurden, und wimmerte dem hölzernen Eimer entgegen.
Der Priester verzog bei ihrem Anblick das Gesicht. Er trat näher heran, überzeugt, daß der üble Geruch der Hölle und eines geschundenen menschlichen Leibs von ihr ausdünsten würde, zusammen mit den Exkrementen, in denen sie sich gewälzt hatte. Er war erstaunt, daß er nichts dergleichen wahrnahm; alles, was er roch, war der schwache saure Geruch der Panik, der sich die Nacht über in ihre

Haut, ihr Haar und ihren Kittel eingeschwitzt hatte. Einige Worte kamen ihm in den Sinn, die er an sie hätte richten können, aber er schwieg. Er sah auf sie hinunter, auf die halbgeschlossenen, geschwollenen Augen, das verkrustete Gesicht und das getrocknete Blut und sah mit Grausen, daß sich ein zäher Speichelfaden von ihrem Kinn zu ihrem Schlüsselbein hinabzog. *Mein Werk*, dachte er mit unbestimmtem Schuldbewußtsein. *Mein Werk*. Sie stöhnte und reckte die Hände flehentlich nach ihm aus.

»Heb den Kopf, Ketzerin«, herrschte er sie voller Ekel an, und das schlechte Gewissen, das sich in ihm gemeldet hatte, verlieh seinen Worten noch eine gesonderte Portion Grobheit. Agnes legte den Kopf in den Nacken und öffnete den Mund so weit, wie ihre aufgerissenen Lippen und ihre verkrampften Kiefer dies erlaubten. Der Priester hob den Eimer. Er wußte, er hätte den Inhalt langsam in ihrem Mund laufen lassen sollen, mit vielen Pausen, damit sie nicht daran erstickte oder sich erbrach, aber plötzlich hielt er den Anblick des Leids nicht mehr aus. *Mein Werk*, dachte er nochmals, *das Werk der Barmherzigkeit und Gottesfurcht.* Was hatten die Männer gedacht, die den Heiland an die Römer auslieferten? *Es gibt größere Wichtigkeiten als dieses eine Weib*, dachte er, *größere Bestimmungen und vor allem größeres Geschehen als das Leiden dieses dumpfen, unwichtigen Sandkorns von einem Menschenkind.* Aber hatten das die Männer nicht auch gedacht, die den geschundenen Leib des Erlösers an das Kreuz nagelten? Er goß den Eimer mit einem Schwung in Agnes' Gesicht und lief wie von Furien gehetzt davon; hinter sich hörte er das Keuchen und Gurgeln, mit dem die Ketzerin versuchte, etwas von dem Wasser in dem Mund zu bekommen, damit der grausame Durst gestillt werde.

Die wenige Flüssigkeit, die Agnes in die Mundhöhle gelaufen war, weckte nur den Bedarf nach mehr. In ihren Handflächen, die sie bittend erhoben hatte, war ein kleiner Schluck gefangen; mit aufgerissenen Augen sah sie zu, wie er nutzlos zwischen ihren Fingern versickerte. Schließlich sank sie resigniert in sich zusammen. Sie saß in der Pfütze, die sich um sie herum gebildet hatte, und weinte mit rauhen, trockenen Lauten. Das Weinen hatte etwas Gutes: Es erschöpfte sie so sehr, daß sie zuletzt einschlief, den Schmerzen und dem Durst zum Trotz. Die Sonne schien mittlerweile auf sie herab und hatte die Kälte vertrieben, und so zogen ihr überforderter Geist und ihr zerschundener Körper einander in ihrer verzweifelten Umklammerung hinab, in einen tiefen, traumlosen Schlaf, der eher eine Ohnmacht war und in dem ihr die Gnade zuteil wurde, kein Leid mehr zu verspüren.

Als sie erwachte, benötigte sie einige Minuten, um zu realisieren, wo sie war. Sie hatte keine Idee, wieviel Zeit seit dem Besuch des Priesters vergangen sein mochte. Die Sonne schien von einem Punkt in der Nähe des Zenits. Sie blinzelte hinauf und fühlte den Schwindel, der sie ergriff. Sie war schutzlos in der Sonne gelegen, aber der Schwindel kam nicht von daher: Sie hatte auch schutzlos in der Sonne gearbeitet, und ihr Körper war daran gewöhnt. Der Schwindel, den sie nun verspürte, war leicht, er schien in ihren Eingeweiden statt in ihrem Kopf zu kreisen, und er drehte sich, bis sich ein Zentrum herauszubilden schien. Das Zentrum lag in ihrem Magen. Sie hatte seit ihrer Verurteilung gestern abend nichts gegessen, und den ganzen Tag davor ebensowenig. Der Hunger wühlte in ihr. Bis jetzt hatte sie ihn nicht verspürt; vielleicht hatte ihn der Durst aufgeweckt. Sie beschäftigte sich mit dem Wühlen in ihren

Därmen, weil es ein Schmerz war, den sie kannte und den sie zu bekämpfen wußte; es hatte in der Vergangenheit genügend Jahre gegeben, in denen der Winter länger gedauert hatte oder der Herbst früher gekommen war, so daß die Vorräte nicht ausreichten und sie in den letzten Wochen des Winters, bevor die ersten Kräuter und Beeren erschienen, gehungert hatten. Der Hunger war ihr fast willkommen, er war wie ein alter Gefährte, den man in der Fremde trifft, und den man zwar niemals geliebt hat, aber der eine starke Verbindung zu früheren, glücklicheren Zeiten herstellt.

Schließlich tauchte die Gestalt des Priesters auf. Er stand zwischen den Häusern und schien sie von der Ferne zu betrachten. Sie musterte seine Gestalt mit schmerzenden Augen. So wie sie zu Anfang keinen Haß gegen ihn verspürt hatte, so spürte sie auch jetzt keinen; das einzige Gefühl, das sie ihm nach wie vor entgegenbrachte, war eine vage Ehrfurcht. Die Kutte des Priesters schlug im Wind, und sein Skapulier bewegte sich um seine Schultern, als wären dort Flügel, mit denen er schlug, ohne jemals fliegen zu können. Plötzlich drehte er sich um und schritt davon. Agnes wußte, daß die Kapelle mit dem kleinen Haus daneben kurz hinter den nächsten Häusern lag; als der Priester nicht abbog, sondern weiter auf der Straße ausschritt, bis ihn eine Ecke verdeckte, war ihr klar, daß auch er das Dorf verließ.

Eine Weile später wurde ihr bewußt, daß sie vollkommen allein war. Der Wind, der mit heftigen Stößen durch das Dorf fuhr und das trübe Wetter mit sich brachte, das Philipp einen Tag später zu Radolf Vacillarius begleiten sollte, trieb den Straßenstaub vor sich her. Agnes hörte das Prasseln, mit dem die Körnchen gegen die Dächer der Häuser prallten; sie hörte auch das Rascheln der trockenen Strohbüschel, die hier und da um die Ecken gewälzt wurden, und das Wispern der Garben, mit denen die Dächer abgedeckt waren. Sie hörte das laute Schnaufen eines Schweins und das hohe Trällern der Lerchen, die in der Luft über den Feldern auf und ab fuhren. Sie hörte jedoch kein einziges menschliches Geräusch, noch nicht einmal den Gesang von den Feldern. Der Wind mochte ihn schlucken, so daß er ihr Ohr nicht erreichte; sie wußte es nicht. Sie hätte der letzte lebende Mensch auf Erden sein können. An diesem Punkt überfiel sie eine gähnende, so große und namenlose Furcht, daß weder Schmerz noch Durst noch Hunger dagegen bestehen konnten. Sie war ganz allein. Nicht einmal mehr Feinde umgaben sie. Die Atempause war vorüber; die Furcht hatte eine neue Qualität erreicht. Nicht lange danach kamen die Reiter. Es waren seit undenklichen Zeiten keine Reiter mehr in das Dorf gekommen, abgesehen von den Besuchen des Herrn, wenn er die Ernte überprüfte oder wenn jemand gestorben war, aber der Herr pflegte sich anzukündigen, damit die Dörfler alles für ihn bereit hätten. Außer ihm gab es als Besucher nur noch den Händler, und dieser ging zu Fuß. Agnes hörte die Hufe ihrer Pferde von weitem, noch bevor sie ihrer ansichtig wurde. Jeder Tritt schien auf ihr Herz zu fallen; sie fürchtete ihr Erscheinen mit der instinktiven Angst des Tieres, zu dem ihre Strafe sie reduziert hatte. Sie kamen aus der Richtung, in der die Kapelle lag, als seien sie dirckt aus ihr hervorgetreten. Sie waren zu dritt. Agnes starrte ihnen gelähmt entgegen.

Die drei Reiter lenkten ihre Pferde auf sie zu, bis sie dicht vor ihr standen und ihre Schatten auf sie fielen. Aus ihrer zusammengekauerten Stellung sah sie zu ihnen empor. Die

Sonne blendete sie; sie konnte ihre Gesichter nicht erkennen. Vielleicht hatten sie keine Gesichter. Vielleicht schien das grelle Licht nicht vom Himmel, sondern aus ihren Augen und von ihren Häuptern.
»Was für ein merkwürdiger Vogel«, sagte einer der Reiter.
»Ich würde sagen, er ist nach unten aus seinem Käfig herausgewachsen.«
»Ist das diejenige, die uns angekündigt wurde?«
»Ich nehme es an. Oder hast du noch anderswo einen derartigen Jammer erblickt?«
»Sie ist ja nur eine Bäuerin.«
»Der Teufel verbirgt sich in jeder Gestalt. Laß dich nicht von ihrem Äußeren täuschen.«
Die Reiter schwiegen. Agnes röchelte vor Angst und gab ein unartikuliertes Stöhnen von sich. Das Gleißen umgab die Reiter und ließ Tränen in ihre Augen treten. Eines der Pferde tänzelte unruhig und stampfte auf den Boden; es ragte riesengroß wie ein Drache vor ihr auf und schnaubte. Agnes wollte es scheinen, als schnaubte es Feuer.
»Die Dorfbewohner sind wohl alle auf den Feldern.«
»Wie man es uns angekündigt hat.«
In einen der Reiter kam plötzlich Bewegung. Er stieg von seinem Pferd ab und näherte sich ihr. Dicht vor ihr blieb er stehen, bückte sich und starrte ihr ins Gesicht. Sie konnte sein Antlitz nicht erkennen; das grelle Licht malte bunte Kreise vor ihre Augen. Alles was sie sah, war eine breite Gestalt.
»Da wir mit ihr allein sind, sollten wir vielleicht vorher unser Vergnügen mit ihr haben«, schlug einer der anderen Reiter vor. »Sie scheint noch nicht so alt und häßlich zu sein, wie die Dorfweiber es für gewöhnlich sind.«

»So weit man es unter dem nassen Kittel erkennen kann, hat sie prächtige Euter«, stimmte der zweite zu.
»Jetzt ist Schluß«, sagte der abgestiegene Reiter zornig. Er richtete sich auf. »Es ist wichtig, daß uns niemand sieht. Jeden Moment kann eine von diesen Dorfschlampen zurückkehren, um Wasser zu holen oder mit einem Balg niederzukommen. Wir tun unsere Arbeit und machen uns wieder aus dem Staub.«
»Es war nicht so gemeint. Ich habe nur Spaß gemacht.«
»Überleg dir lieber, wie wir es hinter uns bringen wollen.«
»Wie schon: Wir stechen sie ab.«
»Ausgezeichnete Idee. Die Racheengel Gottes steigen hernieder, und es fällt ihnen nichts Besseres ein, als sie aufzuspießen wie ein Schwein.«
Die beiden Reiter, die noch auf ihren Pferden saßen, schwiegen einen Moment, bevor sie weitere Vorschläge machten. Agnes vermochte kaum, auf ihre Worte zu lauschen. Die Angst gellte in ihren Ohren. Ihre Augen starrten weiß aus ihrem schmutzigen Gesicht und huschten von einer der Gestalten zur anderen. Sie gurgelte etwas, ohne daß die Männer sie beachteten.
»Wir könnten sie erdrosseln.«
»Das geht nicht; die Maske ist im Weg.«
»Dann holen wir uns einen Prügel und erschlagen sie.«
»Ihr seid alle beide Idioten«, bellte der Reiter, der auf dem Boden stand. »Hört zu: ›Die Reden der Ketzer sind wie Staub im Munde, und ersticken sollen sie an ihren Worten.‹ Was fällt euch dabei ein?«
»Ja, die heilige Mutter Kirche findet drastische Worte«, kicherte der eine der beiden Reiter.
»Das ist die Strafe, die für sie vorgezeichnet ist«, sagte der andere.

»So ist es«, erklärte der Reiter, der nicht mehr auf seinem Pferd saß. »Steigt ab und schaufelt ein paar Handvoll Dreck zusammen. Zwei halten sie fest, und der dritte gießt ihr den Dreck in den Hals, bis sie daran erstickt ist. Das wird den Bauern jeden Zweifel daran nehmen, daß das göttliche Gericht am Werk war.«
So geschah es.

Drei Tage später wurde in einem anderen Dorf ein Mann vom Fluß an Land geworfen. Die Hütejungen, die ihn fanden, rannten Hals über Kopf nach Hause und alarmierten die Erwachsenen, aber auch diese konnten nichts mehr für ihn tun. Er war seit mindestens drei Tagen im Wasser gewesen, und er war so tot, wie er nur sein konnte. Da ihn niemand kannte und niemand wußte, ob er nicht etwa selbst den Tod gesucht hatte, beerdigten sie ihn am Ufer des Flusses in ungeweihter Erde, hart an der Stelle, wo sie ihn gefunden hatten. Es war schweißtreibende Arbeit, denn das Ufer war steinig, und niemand fand etwas daran auszusetzen, daß die zwei Männer, die das Grab aushoben, der Leiche die weichen Kalbslederstiefel auszogen, um sie für sich zu behalten. Der Mann würde sie ohnehin nicht mehr brauchen.

DAS REICH DER HEXE

Leben stirbt, und Tod wird leben – stets beginnt
das Ende neu.

PETRUS DAMIANI,
Hymnen und Sequenzen

Herzlich willkommen

Während seiner Reise mit dem lärmenden und zäh vorankommenden Händlertreck wechselten Philipps Gedanken ständig zwischen seinem Auftrag und dem gestrigen Erlebnis hin und her, so sehr er sich auch bemühte, sich auf die Arbeit für Radolf Vacillarius zu konzentrieren. Letzten Endes kam er nicht weiter als bis zur Feststellung, daß er den Auftrag haßte und – abgesehen von einigen vagen Ideen, wie sich die Dokumente zu Radolfs Gunsten fälschen ließen – weder einen funktionierenden Plan zu seiner Durchführung noch den rechten Glauben an seine Ausführbarkeit besaß. Wäre er weniger wütend wegen gestern gewesen, hätte er vermutlich größeres Unbehagen über seine bevorstehende Arbeit verspürt.

Als er sich an einer Straßenkreuzung vom Treck löste, war sein Ärger zu stark geworden, um andere Gedanken als die an Minstrel zuzulassen. Er schenkte dem dichten Wald, der sich bald nach der Straßenkreuzung erhob und Philipp in der Regel zu erhöhter Wachsamkeit veranlaßt hätte, keine Aufmerksamkeit. Er siedete buchstäblich vor Zorn.

Zuerst, gestern abend, war er wie erstarrt gewesen vor Überraschung. Zurückzukommen in die Herberge und Minstrel in einen Frosch verwandelt wiederzufinden hätte ihn weniger unvorbereitet getroffen als die Situation, die der Sänger hinterlassen hatte. Der Sänger hatte nichts gestohlen, was von Wert gewesen wäre; tatsächlich hatte er

überhaupt nichts gestohlen, aber das lag nicht an einer etwaigen Zurückhaltung seinerseits, sondern daran, daß Philipp nichts in der Kammer gelassen hatte, was des Stehlens wert gewesen wäre. Nicht, daß der Sänger nicht nach Wertsachen gesucht hätte, o nein: Das Lager hatte ausgesehen, als hätten zwanzig durstige Mongolen mit ihren Schwertern darin nach einem versteckten Eimer Pferdemilch gesucht, und in seiner Wut darüber, daß er nichts gefunden hatte, hatte Minstrel noch an der kargen Einrichtung beschädigt, was zu beschädigen gewesen war. Seine Wut, ja; wie groß sie auch gewesen sein mochte, sie erreichte nicht einen Bruchteil der Wut, die Philipp in seinem Bauch verspürte. Am Morgen, nach einer größtenteils durchwachten Nacht, sah die Sache jedoch nochmals anders aus: Der Zorn auf Minstrel war schal geworden, und statt dessen richtete sich Philipps Unmut jetzt gegen sich selbst. So naiv zu sein, einem völlig Fremden zu vertrauen, nur weil – *er das Gefühl der Freundschaft geweckt hatte?* Nur weil er höfliche Manieren und trotz seiner Sauferei einen Anstrich von Würde besessen hatte. Er ballte seine Hand wütend in seinem Wams und fand dabei den Schuldschein Minstrels. Er fuhr langsam mit einem Finger über das glatte Pergament. *Geschickt gemacht, Sänger-Säufer-Dieb. Ich bin auch auf diesen Trick hereingefallen.* Er zerknüllte den Schein wütend in seiner Tasche.
So haderte Philipp mit sich selbst, bis er aus dem Wald heraus in eine Welt steiniger, karg bebauter Felder ritt, in deren Mitte sich der Schmutzfleck eines Dorfes erhob und seine Gedanken in eine gänzlich andere Richtung zwang,

Das Dorf lag unter dem bleiernen Himmel wie ein Friedhof, die ergrauten Dächer geduckt gegen den scharfen Ostwind, der den Winter wieder zurückzubringen schien, reglos im schwindenden Tageslicht. Die Männer und Frauen, die verloren am jenseitigen Ende des Dorfes auf der Straße standen, schienen ebensowenig hierherzugehören wie die Besucher eines Totenackers zwischen die Gruften. Hinter den erbärmlichen Häusern ragte der Turm des Herrensitzes auf: wie ein Kirchturm, der sich über Grabstätten erhebt. Philipp zügelte sein Pferd und ließ es im Schritt weitergehen. Die meisten der Dorfbewohner wandten sich um, als sie ihn kommen hörten, aber keiner verließ seinen Platz.

Die Häuser waren links und rechts der schmalen Straße verstreut, ohne ein Zentrum zu besitzen; das Dorf war nicht mehr als eine Spur zwischen den Feldern, die auf den Herrensitz zuführte. Die Bauwerke waren niedrige Hütten, deren steile Dächer an allen Seiten bis fast zum Boden führten, fensterlos, schmucklos, die Grassoden der Dächer so grau wie das Flechtwerk zwischen den senkrechten Pfosten, welches die Häuserwände bildete, und so grau wie der Schlick, mit dem das Flechtwerk verschmiert war. Ein wenig zurückgesetzt von der Straße duckte sich ein Lagergebäude in das hohe Gras, der massiveren Holzbauweise nach ein Werk des Grundherrn, in dem seine Hintersassen seinen Anteil an der Ernte einlagerten. Das grobe hölzerne Tor war mit einem Riegel und einem Schloß versehen. Philipp erkannte Zeichen gegen Unheil und den bösen Blick: In halber Höhe hing ein totes Käuzchen am Tor, mit ausgebreiteten Schwingen angenagelt wie eine Karikatur des Gekreuzigten, und auf der Front zeichnete sich schwach ein Kruzifix aus Ruß auf dem rauhen, silbergrau verwitterten Holz ab. Der Wind fuhr mit einzelnen Stößen durch die Doppelreihe aus abweisenden, abergläubischen, furchterstarrten Katen wie stockender Atem. Es gab jedoch nicht nur den üblichen Aberglauben; die Angst im Dorf besaß ein eindeutiges Zentrum. Vertrocknete Knoblauchketten, bleich gewordene Sträuße vom Mispelstrauch über den Eingangstüren, Hühnereier in Wandnischen und in den Gärten: Fenchel, Farn, Johanneskraut – Schutzmaßnahmen gegen eine Hexe.

Die Dorfbewohner hatten sich vor einer der Katen versammelt; sie schienen auf den ersten Blick nur aus alten Leuten und Kindern zu bestehen, erschreckend wenigen Kindern. Dann entpuppten sich die alten Leute als die Eltern der Kinder, die meisten in Philipps Alter oder darunter, aber mit vorzeitig gealterten Gesichtern, krummen Rücken und schwierigen, zerschundenen Händen und Füßen, alte Leute tatsächlich an Körper und Geist, die zwei Drittel ihres Lebens bereits hinter sich hatten und vom letzten Drittel nur Mühsal und Plage erwarten durften. Die Kinder waren erstaunlich ernst und still; und wenn auch in ihren Gesichtern noch nichts von dem vorzeitigen Alter zu sehen war, das die tägliche Mühsal darin eingraben würde, so erweckten ihre verschlossenen Züge doch den Eindruck, als wäre es ihnen bereits vollkommen klar, welchem Geschick sie entgegengingen. Plötzlich wußte Philipp, was sich hier zutrug. In dem Haus war jemand gestorben, und die Dorfbewohner warteten darauf, daß ihr Grundherr sich aus der Hinterlassenschaft nahm, was ihm gefiel, bevor auch sie sich ihr Teil holen konnten.

Ein Mann stand direkt neben der Tür; er hatte die Arme verschränkt, und als einziger starrte er nicht in das dunkle Innere des Hauses hinein, sondern die Straße hinunter, als wäre ihm, was er dort sah, wichtiger als die Vorgänge im

Haus. Vielleicht war es das auch; vielleicht sah er dort die Tote, die im Haus auf dem Bett lag, als sie noch am Leben war und an ihrem Hochzeitstag über die Straße auf ihn zukam, um ihn zum einzigen Tag in ihrem weiteren Leben zu führen, der nicht von Arbeit und Buckelei bestimmt war. Philipp seufzte; so gewöhnlich der Vorgang war, so sehr berührte er ihn jedesmal wieder aufs neue. Eine junge Frau wurde schwanger, arbeitete bis zuletzt auf dem Feld und gebar dort zwischen Sämlingen, Strohgarben oder auf der nackten Scholle ein Kind; oder, wie in diesem Fall, brach zusammen, wurde nach Hause getragen und starb bei dem Versuch, das Kind auf die Welt zu bringen. Der Dorfälteste kam, vielleicht noch der Priester, der einen überflüssigen Satz murmelte, und spätestens am nächsten Tag der Grundherr, der über das Verderben eines seiner Besitztümer ungehalten war und nachsah, ob er in der Hinterlassenschaft der Toten etwas finden würde, was seine Investitionen in diesen jetzt nutzlosen, kalten Leib wenigstens zum Teil rechtfertigte. Fand er nichts, konnte es sein, daß er das Kind mitnahm. Der Ehemann, jetzt der Witwer, stand währenddessen mit steinernem Gesicht außerhalb des Hauses und versuchte die Fassung zu bewahren und zu begreifen, warum gerade in sein Leben der Tod eingetreten war. Man hörte kein Kinderweinen aus dem Haus. Auch das Kind hatte den Versuch nicht überlebt, auf die Welt zu kommen.

Die Gestalten der Zuschauer spannten sich, und Philipp, der befangen sein Pferd angehalten hatte, blickte wieder zur Öffnung des Hauses. Eine junge Frau bückte sich unter dem Türsturz durch und kniff die Augen gegen das Licht zusammen. Eine ältere Frau folgte ihr, bereits so krumm geworden, daß sie ohne weiteres durch die Tür paßte.

Während die alte Frau in eine leidlich bessere Version der Kittelschürzen gekleidet war, die auch die Dorfbewohnerinnen besaßen, trug die junge Frau ein langes Kleid aus grünem Leinen. Das Kleid war um die Hüfte mit einem schmalen Stoffgürtel mit Rankenmuster gerafft, über den das lose fallende Oberteil hing. Dieses war hochgeschlossen und hatte keine Ärmel; die weiten Armlöcher waren mit schwarzem Samt eingefaßt. Das Hemd, das die junge Frau darunter trug und dessen Ärmel bis an ihre Fingerknöchel reichten, war von hellblauer, verblichener Farbe. Ihre gesamte Kleidung hatte bereits bessere Zeiten gesehen, von den abgestoßenen Rändern des Rocks, die ein gutes Stück auf den Boden aufstießen, bis zu dem grünen Stoffring, der ihre dunklen Haare festhielt und wie eine Krone auf ihrer Stirn lag; dennoch lagen Welten zwischen ihrer und der Kleidung der Dorfbewohnerinnen. Die junge Frau blickte sich um und wartete, bis ein Mann das Haus verließ, der wiederum in die Tracht der Bauern gekleidet war und offensichtlich den Dorfältesten vorstellte. Sie trat auf den Mann zu, der neben der Eingangstür stand, nickte ihm zu und schritt dann wortlos zwischen den Zuschauern hindurch, die alte Frau auf den Fersen. Erst jetzt fiel Philipp auf, daß die Alte ein steifes kleines Röckchen trug, die Bekleidung eines Kleinkindes, die hier offenbar nicht mehr nötig war und die den Gefallen der jungen Frau gefunden hatte. Überrascht wurde Philipp klar, daß es sich um Radolf Vacillarius' Tochter handeln mußte. Die junge Frau sah auf, erblickte ihn auf seinem Pferd sitzend und kam auf ihn zu.
Sie war von blasser, fast weißer Hautfarbe; ein feines, schmales Gesicht mit gerader Nase und vollen Lippen, in dem zwei dunkle Augen brannten. Unwillkürlich fragte sich

Philipp, ob ihre Mutter so ausgesehen hatte in den Tagen, in denen sein Herr sie verehrt hatte. Dann erwiderte er den Blick aus den dunklen Augen und dachte nichts mehr dergleichen. Er sah, daß die dunkle Augenfarbe ein tiefes Braun war, mit indigoblauen Flecken durchsetzt, Augen wie die farbigen Fenster einer reichen Kathedrale, durch die das Dämmerlicht des vergehenden Abends einen Moment lang scheint. Es war schwer, die Pupillen in diesen Augen auszumachen, und ebenso schwer, ihrem Blick eine Richtung zu geben; unfokussiert, traumverloren, versunken, schien er fern und traurig zugleich. Philipp blieb wie ein Tölpel auf dem Rücken des Pferdes, bis sie fast vor ihm stand und ungeduldig zu ihm emporblickte.

Sein schlechtes Benehmen durchfuhr ihn wie ein Blitz, und er sprang linkisch herab. Sie war ein gutes Stück kleiner als er, obwohl er selbst nicht zu den Größten zählte, und von zarter Gestalt. Verwirrt bemerkte er, daß sie jünger war, als er gedacht hatte. Sie mochte die Schwelle zur Mannbarkeit erst ein paar Jahre überschritten haben: ein Mädchen von vielleicht siebzehn Jahren.

»Wer seid Ihr?« fragte sie. »Ihr gehört nicht in das Dorf.«

»Nein«, stotterte Philipp. »Euer ... der Herr erwartet mich. Mein Name ist Philipp.«

Sie machte schmale Augen und musterte ihn mißtrauisch. »Macht ihr Scherze? Mein Vater erwartet niemanden; es geht ihm nicht gut.«

»Vielleicht hat er es Euch nur nicht weitergesagt, meine Dame?«

»Mein Vater hat keine Geheimnisse vor mir!« rief sie und stampfte mit dem Fuß auf. »Ihr müßt wieder zurückgehen. Sofort.«

»Ich bin ja noch gar nicht angekommen«, sagte Philipp

und machte ein unschuldiges Gesicht. »Euer Haus ist doch dort drüben am Ende des Dorfes.«

Sie funkelte ihn wütend an. Philipp machte eine beschwichtigende Geste. Er hatte die Unsicherheit in ihrem Gesicht gesehen, als sie ihn angefahren hatte.

»Wenn Ihr es wünscht, werde ich natürlich gehen, meine Dame«, sagte er. »Aber bevor Ihr darüber entscheidet, würdet Ihr dies bitte Eurem Vater aushändigen lassen? Ich warte so lange hier oder vor dem Tor Eures Hauses; Ihr könnt mir auch gern einen Eurer Burgmannen schicken, der mich während dieser Zeit bewacht.« Er nestelte an seinem Wams und zog einen zusammengerollten Lederlappen heraus, auf dem ihm der Kardinal eine kurze Empfehlung geschrieben hatte. Sie entrollte ihn und hielt ihn sich vor die Augen; mit Erstaunen wurde ihm klar, daß sie lesen konnte.

»Philipp«, sagte sie, und ihre Stimme verlor ein wenig an Schärfe und gewann dafür an Herablassung. »Du bist der Truchseß deines Herrn?« Als Fremder hatte er eine mögliche Bedrohung dargestellt; als fremder Dienstbote war er harmlos. Philipp zog die Augenbrauen hoch und machte eine Miene, die amüsiert wirkte. Tatsächlich ärgerte ihn ihre Herablassung. Seit er sie gesehen hatte, war er von dem Wunsch beseelt, Eindruck auf sie zu machen. Sie rollte das Schreiben zusammen und gab es der alten Frau, ohne sich nach ihr umzublicken.

»Du darfst mich bis zum Tor begleiten«, sagte sie. »Ich lasse meinen Vater unterrichten, daß du hier bist.«

Philipp nickte, und sie wandte sich um, ohne ihm noch ein weiteres Wort zu gönnen. Die Dorfbewohner standen vor dem Haus, in dem die tote Frau und das tote Kind lagen, und starrten sie an.

»Ihr könnt hineingehen«, rief sie. »Sie hat mir gegenüber ihre letzte Pflicht erfüllt.« Die Männer und Frauen setzten sich in Bewegung und drängten zur Tür, selbst in diesem Augenblick der Besitzergreifung fremden Guts so leidenschaftslos, wie sie auf der Straße abgewartet hatten. Der Witwer war von seinem Posten neben der Tür verschwunden; entweder zurück in sein Haus oder an einen Ort, an dem er für eine kurze Weile allein sein konnte mit sich und seinen verstörten Gedanken. Das Mädchen eilte in Richtung auf den Dorfausgang davon, die alte Frau wie einen Schatten hinter sich, und Philipp zog sein Pferd am Zügel hinter den beiden her.
»Wie darf ich Euch nennen, Dame?« fragte er und erwartete nicht wirklich eine Antwort.
»Dionisia«, sagte sie über die Schulter. Dionisia; das Geschenk Gottes. Dame Dionisia. Philipp sprach sich ihren Namen vor, bis sie vor dem Tor zu Radolfs festem Haus ankamen und sie zusammen mit der alten Frau hineinschlüpfte, ohne sich noch einmal nach ihm umzudrehen.

Radolfs Haus, oder besser: sein *dominion*, denn es als festes Haus bezeichnen zu wollen, dafür war es zu groß, und für ein Gut war es wiederum zu gering, Radolfs *dominion* also bestand aus einer künstlich aufgeschütteten, steilen Böschung, durch die an einer dem Dorf zugewandten Stelle eine Lücke gebrochen war. Die Straße endete genau vor dieser Lücke, Planken führten hindurch, unter denen sich ohne Zweifel ein Wasserbecken befand, danach folgte ein Stück mannshoher Steinmauer mit dem Tor darin, und dahinter setzte sich die Straße als eine weniger breit ausgetretene Piste durch den umböschten Bereich fort. Das

Haus besaß ein Erdgeschoß, ein Stockwerk und ein steiles Dach und setzte der Straße als erstes einen niedrigen, schmalen *donjon* entgegen, einen Turm, der sich kaum über das Hausdach erhob und direkt an dessen Vorderseite gebaut war. Später sollte Philipp noch eine kleine Kapelle entdecken, die sich zur Linken des Hauses an die Innenseite der Böschung drückte, einen umzäunten Obstgarten genau hinter dem Haus und ein heruntergekommenes Stallgebäude zu seiner Rechten, dessen Rückwand bereits das jenseitige Ende des umfriedeten Bereichs berührte. Eine Holzpalisade schloß die Böschung nach hinten zu ab; hinter der Palisade erhob sich der dunkle Schatten eines nach beiden Seiten weit in die Landschaft greifenden Waldes. Das *dominion* war ebenso klein und pathetisch wie das Dorf, von dem es lebte, und beide zusammen waren nichts als eine Warze in dem sanften Flußtal, in dem sie standen. Philipp wartete auf die Ankunft eines Burgmanns beim verwaisten Tor und auf eine Nachricht von Radolf Vacillarius und fragte sich, wie groß der Wert der Bestechungssumme wirklich sein mochte, damit der reiche Kardinal sich um die Erhöhung dieses bedeutungslosen Besitztums kümmerte.

Anstelle eines bewaffneten Burgmanns öffnete der Besitzer des *dominion* selbst das Tor und starrte zu Philipp heraus, der neben seinem Pferd hart am Anfang der Planken stand und mit nachdenklich gerümpfter Nase den Dünsten hinterherschnupperte, die aus dem fauligen Wasser unter den Planken in die Höhe stiegen. Obwohl Radolf Vacillarius' Augen blutunterlaufen, obwohl sein Haar zerzaust, sein Gesicht unrasiert und seine Tunika beschmiert war, wußte Philipp auf Anhieb, daß es sich um den Herrn und nicht um einen seiner Burgmannen handelte. Während der kur-

zen Wartezeit war ihm klar geworden, daß es keine Burgmannen gab, die das Tor bewacht hätten; er hatte es bereits geahnt, als er nur die alte Frau in der Begleitung der Dame Dionisia gesehen hatte. Selbst sein eigener Herr, dem seine Hintersassen und Leibeigenen zulächelten, wenn er sich unter ihnen aufhielt, tat dies nie ohne wenigstens einen seiner bewaffneten Gefährten. Radolf lehnte an dem Torflügel, den er halb geöffnet hatte, und betrachtete Philipp schweigend und mit deutlicher Mißbilligung. Ein zweiter Umstand wurde Philipp ebenso rasch klar: Dionisia hatte nicht gelogen, als sie sagte, ihrem Vater sei nicht wohl. Sie hatte lediglich verschwiegen, daß die Unpäßlichkeit nicht von einer Krankheit, sondern von einem schweren Weinrausch stammte. Philipp gab den prüfenden Blick Radolfs mit einem zutraulichen Lächeln zurück und versuchte, die in ihm aufsteigende Abneigung gegen den Burgherrn zu unterdrücken.
Radolf schwang den Torflügel zur Gänze auf und stand dann breitbeinig in der halben Öffnung.
»Komm hierher«, sagte er mit heiserer Stimme.
Philipp zögerte einen Moment, dann ließ er die Zügel des Pferdes los und schritt über die Planken. Als er bei Radolf angelangt war, schritt dieser um ihn herum und spähte mißtrauisch auf Philipps Hinterkopf.
»Der Kardinal hat dich geschickt? Aber du bist kein Mönch«, grollte er. Philipp schüttelte den Kopf.
Radolf stierte ihn einen Augenblick lang an. Hinter seiner Stirn schien sich plötzlich ein Gedanke zu formen und langsam an die Oberfläche des Weinsumpfs zu schwimmen, der in seinem Kopf schwappte. Seine Augen nahmen einen wachsamen Ausdruck an, und die rote Farbe wich ein wenig aus seinem Gesicht.

»Was tust du hier?« fragte er und wich einen Schritt zurück. Philipp, der ihn verständnislos beobachtete, bemerkte zu seinem Schrecken, daß Radolfs Hand zum Griff eines Dolchs glitt, der in seinem Gürtel steckte. Er breitete hastig die Arme aus.
»Ich habe ein Empfehlungsschreiben Seiner Exzellenz, das ich Eurer Tochter ausgehändigt habe.«
Radolf kniff die Augen zusammen. Seine Hand zuckte um den Griff des Dolchs, ohne ihn loszulassen. Langsam faßte er mit der anderen Hand nach hinten und zog das Schreiben des Kardinals hervor. Er hielt es in die Höhe und entrollte es.
»Darin steht nichts von dir«, knurrte er.
»Mit der Bezeichnung ›derjenige, der Euren Sorgen abhelfen wird‹, bin aber ich gemeint«, erklärte Philipp. »Ich war selbst dabei, als er die Botschaft verfaßte.«
»Was habe ich denn für Sorgen?«
»Keine Angst, der Kardinal hat mir alles erzählt.«
Wenn Philipp gedacht hatte, Radolf mit dieser Versicherung zu beruhigen, dann hatte er sich getäuscht. Der Burgherr wurde noch um eine Spur blasser.
»Was meinst du damit?« zischte er und brachte seinen Kopf so nahe an Philipps Gesicht, daß dieser den Alkohol in Radolfs Atem riechen konnte und den Speichel spürte, den die schwere Zunge des Burgherrn versprühte.
»Na, daß man Euch um die Mitgift Eurer Frau betrogen hat. Der Kardinal sieht eine Möglichkeit, Euch wieder zu Eurem Recht zu verhelfen.«
Radolf starrte ihn weiterhin an, aber seine Augen weiteten sich zusehends. Plötzlich schloß er sie und schüttelte den Kopf. Auf seinen Wangen brannten zwei rote Flecken. Seine Schultern sanken herab.

»Die Mitgiftsache«, murmelte er. Er öffnete die Augen wieder und blickte in den grauen Himmel, bevor er seine Aufmerksamkeit Philipp zuwandte. »Deshalb bist du hier?«
»Was habt Ihr denn erwartet?« fragte Philipp mißtrauisch.
»Was ich erwartet habe? Nichts; nichts.« Radolf preßte die Lippen zusammen und atmete ein. Er schien mehr überrascht als erfreut zu sein, und Philipp fragte sich, was der Kardinal mit seiner Aktion bezwecken mochte. Er hatte angenommen, Radolf wäre dem Kardinal mit seiner Bitte schon seit Monaten in den Ohren gelegen. Offenbar war es nicht so. Radolfs Augen begannen plötzlich zu funkeln. »Meine Mitgift«, sagte er nochmals. »Was hat der Kardinal dir alles erzählt?«
Daß dich die Liebe blind gemacht hat und du ein Versager bist – wenn er es auch mit anderen Worten ausgedrückt hat. »Daß Ihr der Kirche gute Dienste geleistet hättet, daß es Zeit sei, daß er diese Schuld bei Euch einlöse und daß ich Euch mit allen Kräften helfen solle.«
»Und warum ausgerechnet du?«
»Ich wurde ihm empfohlen«, erwiderte Philipp vorsichtig. Radolf runzelte die Brauen, aber die Antwort schien ihm zu genügen. Er überlegte eine Weile, bevor er sagte: »Komm herein und nimm dein Pferd mit; du kannst es im Stall am hinteren Ende des Hofs unterbringen. Einer von den Bauern kommt jeden Abend und kümmert sich um meine Tiere; er wird deines mit versorgen.«
Philipp holte sein Pferd, während Radolf auf ihn wartete. Bis er wieder bei ihm ankam, hatte sich das Verhalten des Burgherrn grundlegend geändert. Statt ihn überrascht und mißtrauisch anzustarren, blickte er zu Boden und rieb den Staub mit einem Fuß auseinander. Seine Hände hingen an den Seiten herab und klopften unablässig gegen seine

Oberschenkel. Als Philipp vor ihm stand, blickte er zu ihm auf, nickte schroff und ging ihm dann hastig voran.
»Glaubst du daran, daß die Toten zurückkehren können?« fragte Radolf ihn unvermittelt über die Schulter. Philipp starrte ihn verblüfft an und spürte, wie ein Schauer seinen Rücken hinunterlief.
»Nein«, erwiderte er spröde.
»Gut«, sagte Radolf und schritt weiter voran.
Und so betrat Philipp Radolf Vacillarius' Reich.

Später, nachdem Philipp sein Pferd in den baufälligen Stall gebracht hatte, der sich am jenseitigen Ende des umböschten Grundes gegen eine Holzpalisade lehnte, die ebenso baufällig war und mit grausilbernen, lückenhaften Zähnen gegen den Schatten des Waldes ankämpfte; nachdem er durch das Gras gestapft war, das an allen Stellen emporschoß und mit den Pfaden der sich auf dem Grundstück bewegenden Menschen wirr durchkreuzt war; nachdem er das Gebäude durch den ebenerdigen Eingang des *donjons* betreten hatte, eine Treppe in den ersten Stock hinaufgeklettert war und durch ein enges Tor den Saal des Hauptgebäudes erreicht hatte; nachdem ihm klargeworden war, daß er sich mit Radolf, seiner Tochter und der alten Frau allein innerhalb der befestigten Anlage befand; danach traf Philipp mit dem Burgherrn zusammen, um offiziell empfangen zu werden.
Radolf saß auf einer Truhe vor dem Kamin. Die Truhe wiederum stand auf einem niedrigen Podium aus Holzbrettern, das gerade groß genug war, zwei Menschen aufzunehmen; die Sitzgelegenheit wirkte dadurch erhöht wie der Thronsessel eines Fürsten. Radolf schien die Versiche-

rung, die dieser Platz bedeutete, nämlich daß er der Herr des Hauses war, zu benötigen. War er am Tor unsicher und mißtrauisch gewesen, so gab er sich jetzt hochfahrend und beleidigend sarkastisch. Dionisia stand neben Radolf auf dem Platz, der ihrer toten Mutter gehört hatte; ein wenig zu weit weg von ihm vielleicht, so daß sie sich nicht hätten berühren können, aber dies mochte an der Unsicherheit liegen, die sie bei ihrer Rolle empfand. Nach allem, was der Kardinal gesagt hatte, war Radolfs Frau noch nicht allzu lange tot.

»Du siehst noch immer nicht älter und reifer aus als vorhin«, sagte Radolf ohne Einleitung. »Ich hatte mir eingebildet, es hätte vielleicht daran gelegen, daß du außerhalb des Tores standest wie ein Bettler, daß du so klein und unwichtig gewirkt hast; aber ich sehe, daß du innerhalb dieser Mauern auch kein besseres Bild abgibst.«

Philipp schwieg.

»Nichtsdestotrotz hat dich der Kardinal zu mir geschickt. ich bin gespannt; fang an, …?«

»Er heißt Philipp«, sagte Dionisia.

»Philipp«, sagte Radolf. »Du Freund der Pferde. Und ich hatte gedacht, der Kardinal würde mir einen Freund der Verratenen und Verkauften schicken. Aber vielleicht paßt es ganz gut; was war ich mehr als ein Ackergaul, der sich widerstandslos ins Geschirr spannen läßt. Also gut!« Er bückte sich, um einen Becher aufzuheben, der neben der Truhe auf dem Boden stand. Er griff daneben, und als er ihn endlich hatte, balancierte er ihn mit steifem Handgelenk nach oben, bis er ihn endlich an den Mund setzte und mit großen Zügen daraus trank. Er war mehr als nur ein wenig betrunken. Unwillkürlich dachte Philipp an Minstrel, und seine Abneigung gegen Radolf wurde noch ein

Stück größer. Auf seine eigene Art und Weise war Minstrel wenigstens ein eleganter Betrunkener gewesen; Radolf war nur gewöhnlich.

Radolf hob den Becher Philipp entgegen.

»Auf dein Wohl, Philipp, und auf meines und die Zeit meiner Knechtschaft: Laß sie nun zu Ende sein, o Herr.« Er grinste und stellte den Becher wieder zurück. Etwas schwappte heraus und bildete eine kleine Pfütze, als der Becher auf das Podium knallte: Radolf hätte beinahe das Gleichgewicht verloren, als er sich hinabbeugte. »Der Kardinal will mir also meine Mitgift zurückgeben. Was hat er getan? Hat er diese Bastarde enteignen lassen und dir die Besitzurkunden mitgegeben?«

»Die Besitzurkunden an den Eisenminen?«

»Nein, die Besitzurkunden an hundert Pfund Pferdemist«, grollte Radolf. »Natürlich die Dokumente für das Bergwerk. Was denkst du denn, du Tölpel?«

»Nein«, sagte Philipp. Er unterdrückte ein Lächeln und versuchte Radolfs verblüfftes Gesicht nicht zu genießen.

»Was soll das?« rief Radolf aufgebracht. »Wozu hat er dich dann geschickt? Denkt er vielleicht, ich drücke dir einen Knüppel in die Hand, und dann besetzen wir beide die Mine mit Gewalt?«

»Das ist auch nicht sein Plan«, erklärte Philipp.

»Und wie lautet sein verdammter Plan?«

Philipp warf einen Blick auf Dionisia, aber da sie mit selbstverständlicher Miene neben Radolf stand und dieser keine Anstalten machte, sie wegzuschicken, entschloß er sich, offen zu sprechen.

»Der Kardinal will, daß ich die Familienurkunden fälsche, so daß Ihr Euren Anspruch vor Gericht belegen und ihn so durchsetzen könnt.«

Radolf starrte ihn eine lähmende Sekunde lang sprachlos an. Dann stahl sich ein Grinsen auf sein Gesicht, und plötzlich warf er den Kopf zurück und lachte schallend. Dionisia betrachtete ihn befremdet; sie schoß Philipp einen Blick zu, der gleichzeitig eine Entschuldigung und einen Vorwurf zu enthalten schien.
»Hervorragend!« keuchte Radolf. »Ich hätte wissen müssen, daß er über mich spottet; es ist mir recht geschehen.« Er setzte sich zurecht und sah Philipp wieder ins Gesicht. Philipp gab den Blick steinern zurück. Radolfs Züge sackten langsam nach unten: Zuerst verschwand das Lächeln aus seinen Augen, dann von seinen Lippen. Seine Brauen senkten sich, aber anstatt daß sein Gesicht wütend wurde, schien es plötzlich resigniert.
»Du solltest gehen«, sagte er tonlos zu Philipp. »Bevor ich dich anstelle des Kardinals in Stücke reiße.«
»Ich bin hier, weil man mich geschickt hat, Euch zu helfen«, platzte Philipp heraus. »Ihr solltet nicht glauben, daß ich mich um diese Aufgabe gerissen habe.«
Radolf starrte ihn düster an und antwortete nicht. Philipp ließ sich von seiner Empörung über Radolfs Abfälligkeiten davonreißen und rief: »Ich bin der Truchseß Raimunds von Siebeneich und habe ein florierendes Gut verlassen, um mich Eurem Problem zu widmen. Ihr habt mich einen Tölpel genannt, über meinen Namen gelacht, mich behandelt wie einen Bettler, der vor Euch im Staub kriecht, und jetzt wollt Ihr mich auch noch bedrohen. Ich bin nicht von Adel, aber ich bin auch kein Niemand, und wenn ihr gerecht urteilen wollt, dann beurteilt mich nach dem, was ich kann, und nicht danach, was Ihr in mir zu sehen beliebt.« Er machte den Mund zu und preßte die Lippen aufeinander, damit nicht noch mehr herauskam.

Es war, als hätte er nichts gesagt. Radolf wandte schon bei Philipps ersten Worten den Blick von ihm ab und begann den Kopf zu schütteln. Das Haar fiel ihm ins Gesicht, aber man konnte sehen, daß er wild mit den Kiefern mahlte. Noch während Philipp Atem holte, um sich wieder zu beruhigen, stemmte er sich in die Höhe und stolperte auf den Durchgang zu, der in den *donjon* hinausführte. Beim Hindurchgehen hieb er mit aller Kraft gegen das Mauerwerk; er schien den Schmerz nicht zu spüren. Seine Schritte polterten die Stufen hinunter ins Freie.
»Ich entschuldige mich für meinen Vater«, sagte Dionisia. Philipp riß verblüfft die Augen auf. Er hatte jede andere Reaktion von ihr erwartet.
»Ich bitte aber auch um Verständnis für ihn«, fuhr sie fort. »Heute ist der Todestag meiner Mutter; dieses Datum bringt ihn noch immer aus dem Gleichgewicht.«
»Das wußte ich nicht«, sagte Philipp. »Hätte man es mir gesagt, wäre ich erst später angereist.«
»Früher oder später hätte sich der Tag wiederholt. Er wiederholt sich jeden Monat«, sagte Dionisia ohne Gefühlsregung. »Wir hatten am Morgen eine Gedenkmesse – nur mein Vater und ich, denn es gibt keinen Priester im Dorf – und ein Essen am Mittag. Seitdem hat mein Vater den Weinkrug nicht mehr aus der Hand gegeben.«
»Gewährt Ihr mir für die Nacht Gastfreundschaft?« fragte Philipp. »Ich kann im Stall bei meinem Pferd schlafen. Morgen werde ich aufbrechen, sobald die Sonne aufgeht.«
Dionisia seufzte.
»Natürlich erhaltet Ihr Gastfreiheit unter diesem Dach«, sagte sie. »Und was Euren Aufbruch betrifft, so würde ich damit warten, bis Ihr morgen mit meinem Vater gespro-

chen habt. Ich bin sicher, bis dahin hat er es sich überlegt und nimmt Euer Angebot an.«
Ich habe kein Angebot zu unterbreiten, dachte Philipp. *Es ist der Kardinal, der ihm einen kleinen Finger reicht, und wenn er nicht danach greifen mag, bin ich darüber nicht böse.* Etwas von seinen Gedanken mußte sich in seinen Zügen gespiegelt haben, denn Dionisia lächelte traurig. Sie streckte plötzlich eine Hand aus, und Philipp griff unwillkürlich danach und half ihr von dem Podium. Als sie unten stand, schien sie es nicht eilig zu haben, ihre Hand zurückzuziehen.
»Was müßt Ihr nur für einen Eindruck von uns haben«, sagte sie. »Ich habe Euch draußen so hochfahrend behandelt wie eine Prinzessin, und gleich darauf kündigt Euch mein Vater an, Euch in Stücke zu reißen.« Sie legte den Kopf schief und lächelte zu ihm empor. »Meinen Vater habe ich bereits entschuldigt. Nun komme wohl ich an die Reihe.«
Sie faßte an den Rock ihres Gewandes und deutete einen leichten Knicks an. Ihr Gesicht war dabei spitzbübisch genug, so daß ihre Geste nicht peinlich war, und dennoch so bemüht, daß man ihre Entschuldigung ernst nahm. Langsam stahl sich ein Lächeln auf sein Gesicht, und er verbeugte sich, um ihre Geste zu ehren.
Dionisia hob eine Hand und hielt sie vor Philipps Brust. Er starrte sie einen Augenblick an, bevor ihm einfiel, was er zu tun hatte. Er hob seine Linke und wartete, bis sie ihre rechte Hand leicht daraufgelegt hatte.
»Ich hatte Angst draußen unter den schweigsamen Bauern«, erklärte sie unverblümt. »Deswegen habe ich Euch so kurz abgefertigt. Ich wollte zurück hinter das Tor. Keiner von ihnen hat auch nur ein Wort mit mir gesprochen; nicht der alte Mann, den sie ihren Vorsteher nennen, und

erst recht nicht der Mann, dessen Weib gestorben ist. Sie haben mich nur alle beobachtet, als ich das Kleidchen des Kindes an mich nahm, und ich wußte nicht, ob sie mich verabscheuten oder meinen Tod wünschten.« Sie erschauerte und legte ihren freien Arm um ihren Bauch.
»Schweigsamkeit kann auch ein Zeichen von Respekt sein«, sagte Philipp. »Ihr seid die Herrin, und Ihr habt nur Euer Recht in Anspruch genommen. Sie hatten keinen Grund, zornig auf Euch zu sein.«
Dionisia sah ihn zweifelnd an, und er fühlte sich zur Wahrheit genötigt: »Auf der anderen Seite zeugt es nicht eben von Feingefühl, einem Mann, dessen Frau und Kind soeben gestorben sind, noch etwas aus seiner Hinterlassenschaft wegzunehmen, nur weil das Recht des Herrn Euch diesen Schritt erlaubt.«
»Aber sie sind doch alle draußen gestanden und haben gewartet, daß ich mir mein Teil nahm, damit sie sich ihren Teil danach holen konnten. Sie sind nicht besser als ich.«
»Sie sind seine Leute«, erwiderte Philipp. »Ihr gehört nicht dazu.«
»Ebensowenig wie Ihr.«
»Ich bin vielleicht ein freier Mann, aber von niedriger Geburt wie sie«, sagte Philipp, und Dionisia errötete.
»Ihr seid anders als diese stumpfen Wesen«, erwiderte sie.
»Diese stumpfen Wesen haben bereits den Boden bestellt und mit ihrem Brot die Krieger ernährt, als beide Schichten noch gleichberechtigt nebeneinander gelebt haben. Sie können nichts dafür, daß die einen nun als die Herren gelten und sie selbst als Knechte. Sie tun nur das, was sie immer getan haben: Sie ernähren diejenigen, die keine Zeit für den Pflug haben, weil sie ständig das Schwert in ihren Händen führen.«

Dionisia wandte den Blick ab und biß sich auf die Lippen. Er konnte deutlich sehen, daß Zorn und Betroffenheit sich in ihrem Gesicht stritten. Er schüttelte den Kopf und seufzte im stillen.
»Wieso wagt Ihr es, so zu sprechen?« flüsterte sie.
»Weil ich in Wirklichkeit der König eines gewaltigen Reiches unter dem Meer bin. Ich warte nur auf den Tag, an dem eine Froschprinzessin mich küßt, damit ich mich wieder in eine Kröte zurückverwandle und in mein Reich heimkehren kann, wo ich den ganzen Tag gebratene Fliegen esse und wohlgeformte Meerjungfrauen beobachte.«
Dionisia starrte ihn mit einer derartigen Mischung aus Verblüffung und Entsetzen an, daß er sich das Lachen verbeißen mußte.
»Vielleicht ist es auch ganz anders«, sagte er und grinste.
»Ihr habt mich verspottet«, sagte sie und entzog ihm ihre Hand. »Zuerst macht Ihr mir Vorwürfe über mein Verhalten den Bauern im Dorf gegenüber, und dann gießt Ihr Euren Spott über mir aus. Ist das die Anmaßung eines einfachen Mannes einer Frau gegenüber? Meinem Vater gegenüber habt Ihr Euch mehr zurückgehalten!«
»Ich wollte Euch nicht beleidigen«, erklärte Philipp betroffen. »Mir lag nur daran, Euch ein wenig aufzuheitern.«
»Warum?«
»Weil ich das Gefühl hatte, Euch mit meinen Worten über die Bauern und die Herren verletzt zu haben. Ich habe es nicht als persönlichen Vorwurf gegen Euch gemeint; ich habe nur ausgesprochen, was jedem der Menschen dort draußen klar ist und woraus sie den kleinen Stolz beziehen, der ihnen zu eigen ist.«
Sie straffte sich und sah ihm ins Gesicht. Der Widerstreit der Gefühle darin veranlaßte ihn hinzuzufügen: »Ich war

nur ehrlich mit Euch. Ich dachte, es wäre Euch lieber als Schöntuerei. Ich bedaure aufrichtig, wenn ich mir zu große Freiheiten angemaßt und Euch beleidigt habe.«

Dionisia warf den Kopf zurück; er wußte, daß sie nicht vollkommen ehrlich mit sich selbst war, als sie sagte: »In diesem Fall braucht Ihr Euch nicht zu entschuldigen. Für die Wahrheit braucht sich niemand zu rechtfertigen.«

»Ich werde mich in Zukunft zusammennehmen«, versprach Philipp. Sie lächelte schief und reichte ihm wieder die Hand. Es klang bereits ein wenig wahrheitsgemäßer, als sie sagte: »Dann werde ich Euch ermahnen müssen, offen zu mir zu sein. Kommt jetzt, ich will Euch das Haus zeigen. Ihr sollt wenigstens wissen, wo Ihr Euch aufhaltet.«

»Wo ist Euer Vater hingegangen?«

»Ich denke, er ist auf dem Friedhof hinter der Kapelle. Wir wollen ihn dort nicht stören; aber was schicklich ist, werde ich Euch vorstellen.«

Dionisia führte ihn durch das Haus; durch den Saal, der neben dem Kamin noch eine mit Bretterwänden und Teppichen abgeteilte Ecke besaß, die sie als Radolfs Kammer bezeichnete, die rückwärtige Treppe hinunter in den verwilderten Obstgarten; und zuletzt in die Küche, die zu ebener Erde lag und einen wuchtigen Herd, einen Brunnen und eine Vorratskammer enthielt. Was sie ihm nicht zeigte, sondern nur erklärte, war der Trockenspeicher unter dem Dach; dort lag die Kammer, in der sie mit der alten Frau zusammen schlief. Philipp akzeptierte es: Keiner Frau wäre es eingefallen, allein mit einem fremden Mann in ihre Kammer zu gehen, und kein vernünftiger Mann wäre einer solchen Aufforderung gefolgt. Abgesehen davon hätte er alles akzeptiert, was sie ihm bot, während er sie durch das Haus und den Besitz begleitete wie ein höfischer

Galan, jedem Druck ihrer Hand folgend, wenn sie um eine Ecke bog oder die Richtung änderte. Ihre Hand lag leicht auf seiner, und die Berührung machte das Ziehen in seiner Schulter wieder wett, das er bald wegen seines steifen Wamses und wegen seiner unnatürlichen Haltung verspürte.

Nach dem Ende der Tour forderte Dionisia ihn auf, sich sein Lager in der Küche zu bereiten, da dies der wärmste Raum im Gebäude sei, und er gehorchte. Schließlich ließ sie ihn allein, als sich bereits die Düsterkeit des Abends über das Haus legte und die alte Frau schweigend durch die Räume schlurfte, um die Kaminfeuer nachzuschüren und am Fuß der Treppe ein Becken mit glühenden Kohlen abstellte, in dem man Fackeln aus Fett anzünden konnte, wenn man während der Dunkelheit das Treppenhaus benutzen mußte. Philipp richtete sich sein Lager in einer Nische neben dem Kamin und dachte daran, daß er Dionisia möglicherweise zu vorschnell beurteilt hatte. Am meisten hatte ihn beeindruckt, wie sie versucht hatte, seine offenen Worte als positiv zu empfinden. Er wußte, daß er sich ihr gegenüber viel mehr herausgenommen hatte, als ihm zustand; er mochte noch soviel über die Beziehungen zwischen den Herren und ihren Knechten philosophieren, letztlich war ihm doch bewußt, daß es diese Unterscheidung gab und daß er zu den letzteren gehörte. Er dachte an Dionisias erste Worte, die sie draußen im Dorf zu ihm gesprochen hatte, und es fiel ihm auf, daß ihre Anrede jetzt wieder höflich war, noch mehr als das bedeutete die Geste, mit der sie sich von ihm wie von einem Edelmann durch das Gebäude geleiten ließ, daß sie bereit war, ihn tatsächlich zu respektieren. Er seufzte und warf das Stroh auf den Boden, häufte es mit dem Fuß zusammen und legte sich zuletzt darauf. Vielleicht gab es doch einen Grund, Radolf zu vergeben und hierzubleiben, wenn der Burgherr dies wünschte.

Daß er eingeschlafen war, merkte er erst, als ihn eine zögernde Berührung an der Schulter weckte. Er blinzelte in den unsicheren Lichtschein einer Fackel und das Gesicht eines der Dörfler, das halb von der Fackel beleuchtet wurde.
»Was gibt es denn?« krächzte er mit steifen Lippen.
»Die Herrin hat mir aufgetragen, Euch zu wecken«, sagte der Mann ruhig. »Wir brauchen Eure Hilfe.«
Philipp starrte ihn an; er schüttelte den Kopf, um seine Gedanken zu klären, fuhr sich mit den Händen durch die Haare, die danach wild zu Berge standen, und kam endlich auf die Beine. In seinem Mund war ein Geschmack wie Blei.
»Hilfe wobei?« fragte er schließlich und musterte den Mann, der ihn geweckt hatte, mit verkniffenem Gesicht. »Brennt das Haus, oder greifen die Tataren an?«
»Es geht um den Herrn«, sagte der Mann. Philipp seufzte und setzte sich noch immer halb schlaftrunken in Bewegung. Es bedurfte der ersten Schritte, damit sein Gehirn vollends erwachte und damit auch eine gewisse Beunruhigung. Die Worte sickerten in sein Bewußtsein.
»Was ist mit ihm?« fragte er argwöhnisch.
Der Mann preßte die Lippen zusammen und schien nach Worten zu suchen. Philipp packte plötzliche Beklommenheit. In der nächsten Sekunde würde der Mann sagen: Der Herr hat seinem Leben ein Ende gesetzt. Er sah Radolf zusammengekrümmt in einer Lache Blut auf dem Boden

der Kapelle liegen, den Knauf und den kleineren Teil der Klinge seines Schwertes aus dem Leib ragend. Er riß die Augen auf und spürte, wie sein Herz einen erschrockenen Sprung tat.
»Ich glaube, er ist sinnlos betrunken«, sagte der Mann. »Verratet ihm nicht, daß ich das gesagt habe.«
»Was redest du da?« stammelte Philipp.
»Er liegt draußen vor dem Eingang zum Haus und ... nun, am besten seht Ihr es Euch selbst an«, erklärte der Mann. Philipp schloß die Augen und holte Atem; so plötzlich, wie er gekommen war, klang der Schreck ab und ließ ihn in einer gewissen Verlegenheit über seine Reaktion zurück.
»Also dann: nach dir«, sagte er und wies auf den Treppenaufgang. »Du hast die Fackel. Leuchte mir hinaus, und wenn du genau aufpaßt, wirst du sehen, wie Philipp der Unerschrockene einen Betrunkenen aufweckt.«
»Oh, er ist wach«, sagte der Mann. »Darum geht es nicht.« Er schritt an Philipp vorbei und stieg die Treppe hinauf, ohne seine Worte näher zu erläutern, und Philipp folgte ihm notgedrungen nach.
»Worum geht es dann?« rief er.
»Ihr werdet es gleich sehen.«
»Was soll diese Geheimniskrämerei? Was tut er denn da draußen, wenn er nicht seinen Rausch ausschläft?«
»Es ist ein wenig schwer zu beschreiben. Bitte wartet ab, bis Ihr es mit eigenen Augen sehen könnt.«
Philipp stapfte verärgert die Treppe hinauf und durchquerte hinter seinem Führer den Saal, in dem ihn Radolf heute abend empfangen hatte. Der Mann führte ihn in den *donjon* hinaus und die Treppe dort wieder hinunter. Er bewegte sich mit der Sicherheit dessen, der die Örtlichkeit kennt.

»Wer bist du?« fragte ihn Philipp schließlich. »Ich habe dich nicht gesehen, als ich angekommen bin.«
»Ich bin der Pferdeknecht. Normalerweise wäre ich nicht mehr hier, aber Euer Pferd mußte gestriegelt und gefüttert werden, und ich kam heute etwas später als sonst vom Feld zurück; deshalb bin ich noch da.«
»Bist du aus dem Dorf?«
»Natürlich«, sagte der Mann. Sein Tonfall verriet, daß er genau wußte, was Philipp damit gemeint hatte. Er war nicht verlegen; er erklärte leichthin: »Ich habe Euch gesehen, als wir vor Walters Haus standen und darauf warteten, daß die Herrin wieder herauskam.«
»Warum schläfst du nicht hier, wenn du die Pferde des Herrn versorgst?« fragte Philipp. Der Mann antwortete ihm nicht; sie waren am Ende der Treppe angelangt und traten in die kühle Nacht hinaus. Die Fackel erleuchtete einen kleinen Teil des Bodens vor dem *donjon* und die liegende Gestalt eines Mannes. Philipp sah ihn und wußte, weshalb der Pferdeknecht ihm keine nähere Auskunft über Radolfs Befindlichkeit gegeben hatte. Der Burgherr lag kichernd auf dem Bauch; er war vollkommen nackt.
Philipp starrte ungläubig auf Radolf hinunter. Dieser schien weder ihn noch den Pferdeknecht bemerkt zu haben; er grinste mit halbgeschlossenen Augen und wand sich langsam über den Boden, als versuche er wie eine Schlange auf dem Bauch kriechend vorwärtszukommen. Statt zu Philipp hochzusehen, stierte Radolf in die Dunkelheit außerhalb des Fackelscheins.
»Komm heran«, murmelte er. »Komm, mein Täubchen. Es geschieht dir nichts. Ich tu dir nichts. Komm schon, es ist kalt. Ich friere.«

»Herr Radolf«, rief Philipp. Radolf zeigte keine Reaktion. Er wand sich und kicherte dabei.

»Wo bleibst du denn?« rief er. »Warum wärmst du mich nicht? Komm endlich.« Er streckte einen seiner Arme nach der Dunkelheit aus. Philipp spürte, wie sich auf seinem Rücken eine Gänsehaut bildete.

»Was ist dort drüben?« flüsterte Philipp dem Pferdeknecht zu.

»Der Friedhof«, sagte der Pferdeknecht.

»O mein Gott«, sagte Philipp und nahm dem Pferdeknecht die Fackel ab. Er hielt sie in die Richtung, in die Radolf stierte.

Ein weißes Gesicht schwamm in der Finsternis.

Philipp stieß einen Schrei aus und ließ die Fackel fallen. Sie landete auf dem Boden und flackerte auf und zeigte ein langes grünes Gewand, vor dem sich zwei weiße Hände krampfhaft umschlungen hielten.

»Dionisia«, stöhnte Philipp und bückte sich wieder nach der Fackel. »Ihr habt mich zu Tode erschreckt. Was macht Ihr dort?«

»Ich habe ... auf Euch gewartet«, sagte sie mit zitternden Lippen.

Sie blickte Philipp nicht an; ihre Augen waren auf den nackten Mann auf dem Boden gerichtet.

»Ich brauche dich«, flüsterte Radolf. »Jetzt brauche ich dich noch mehr als zuvor. Komm zu mir; ich werde dir nicht weh tun.«

»Helft dem Knecht, ihn ins Haus zu tragen«, sagte sie tonlos und wandte sich endlich ab. Philipp drehte sich zu dem Pferdeknecht um, der ihn ansah und mit den Schultern zuckte. Philipp rammte die Fackel in den weichen Grasboden neben dem Weg und trat zu Radolf, gemeinsam pack-

ten sie ihn an den Armen. Radolf schien sie nicht zu bemerken. Sein Kopf fiel zurück, als sie ihn auf die Seite wandten, und das Murmeln hörte auf. Mit der Plötzlichkeit des Betrunkenen war er eingeschlafen. Sie legten ihn auf den Rücken. Der Pferdeknecht sog die Luft zwischen den Zähnen ein. Philipp hatte es auch gesehen: Das Geschlecht des Burgherrn war erregt und so dick und prall wie ein Pfahl. Mit unangenehmer Deutlichkeit wurde Philipp bewußt, weshalb Radolf sich derart auf dem Boden gewunden hatte.
»Dionisia«, sagte er rauh. »Bitte dreht Euch nicht um.«
»Er lag auf dem Rücken, als ich ihn fand«, erwiderte sie undeutlich und als ob sie krampfhaft ein Schluchzen unterdrücken würde. »Es gibt nichts zu sehen, was ich nicht schon gesehen hätte.«
Philipp stöhnte und verdrehte die Augen. »Dann gebt mir bitte das Tuch, das Ihr um die Schultern tragt, damit wir seine Blöße bedecken können.«
Sie schüttelte den Kopf und zog das Tuch fester, als fürchte sie, Philipp könne es ihr wegnehmen.
»Er holt sich noch das Fieber, wenn wir ihn nicht hineinschaffen«, brummte der Pferdeknecht.
Philipp wandte sich ab und griff unter Radolfs Kniekehlen. Gemeinsam hoben sie den schweren Körper vom Boden. Philipp klemmte sich Radolfs Kniegelenke unter die Achseln und hielt seine Beine an der Unterseite der Oberschenkel fest, damit er ihm nicht entschlüpfte. Der Geruch von Radolfs Geschlecht stieg ihm in die Nase, und er verfluchte sich dafür, dem Pferdeknecht die angenehmere Aufgabe überlassen zu haben, Radolfs Oberkörper zu tragen; auch wenn dieser ihn dazu an seine eigene Brust pressen mußte wie ein Liebhaber. Als Radolf auf halbem Weg

sich zu übergeben begann, nahm er seine Flüche wieder zurück und pries sich als den Glücklicheren von beiden. Sie schleppten ihn mühsam über die Treppe in den ersten Stock des *donjon*, pausierten dort, weil der schlüpfrig gewordene Oberkörper dem Griff des Pferdeknechtes zu entgleiten begann, und vollendeten keuchend den Weg in Radolfs Kammer am Ende des Saals, wo sie den Burgherrn auf sein Lager fallen ließen. Radolf brummte und drehte sich auf die Seite. Schweratmend sahen sie sich an. Der Pferdeknecht zupfte an seinem besudelten Kittel und machte ein grimmiges Gesicht.
»Weißt du, wo sich Decken finden lassen?« fragte Philipp. Der Pferdeknecht schüttelte den Kopf.
»In der Truhe neben dem Kamin«, sagte Dionisia vom Eingang der Kammer her. Philipp fuhr herum. Sie stand bleich unter der Decke, die den Eingang verhängte, und hielt ihren Oberkörper mit beiden Armen umschlungen.
»Geht nach oben«, sagte er sanft. »Wir kümmern uns um ihn.«
Sie nickte langsam und schritt aus der Kammer. Im Licht der Fackel, die an der Wand neben dem Kammereingang steckte, sah Philipp, daß ihr Haar aufgelöst war und ihre Augen unnatürlich glitzerten.
Als er sich wieder dem Pferdeknecht zuwandte, stand dieser bereits im Eingang zu Radolfs Kammer. »Ich gehe jetzt«, sagte er. »Ihr kommt ja ohne mich zurecht.«
Philipp machte den Mund auf, aber der Pferdeknecht wartete nicht auf seine Antwort. Er schlüpfte hinaus und verschwand lautlos.
Philipp holte die Decke aus der Truhe und warf sie über Radolfs säuerlich stinkenden Körper. Er dachte daran, das Gesicht und den Oberkörper des Burgherrn zu säubern,

aber er brachte es nicht über sich. Schließlich zog er ihm nur die Decke bis über die Schultern, und Radolf griff im Schlaf danach und rollte sich hinein.

Die Geräusche, mit denen in der Küche der neue Tag begrüßt wurde, weckten Philipp zum zweitenmal. Der Geruch frisch entfachten Kaminfeuers und von erhitzten Kräutern stieg ihm in die Nase. Gähnend richtete er sich aus seiner Ecke auf und starrte in das trübe Halblicht, das durch das Kaminfeuer und eine brennende Öllampe, die an einer langen Kette von der Decke hing, geschaffen wurde. Die alte Frau stapfte in der Küche herum und machte ein finsteres Gesicht; diesmal war ein Mädchen in ihrer Begleitung, das seiner Kleidung nach aus dem Dorf stammen mußte. Das Mädchen drehte sich zu Philipp um, als es ihn hörte, und betrachtete ihn gleichmütig; ihr Gesicht war noch nicht so altjung wie die der Erwachsenen ihres Dorfes, aber die Stumpfheit ihres Daseins hatte bereits erste Spuren hineingeprägt. Philipp versuchte, sie anzulächeln, aber ihre Züge zeigten keine Reaktion. Schließlich wandte sie sich ab und ging wieder ihrer Beschäftigung nach.
Philipp seufzte und stand auf. In seinem Wams staken einzelne Strohhalme, und er zupfte sie gewissenhaft heraus. Selbst in seinem Mund schien Stroh zu sein, und er kaute mißmutig auf dem schlechten Geschmack herum. Er folgte dem Duft der heißen Kräuter und sah, daß das Mädchen ein Büschel davon auf der Bank liegen hatte, die sich an einer der Seitenwände der Küche entlangzog. In einer tiefen Schüssel schwammen weitere Kräuter in Wasser herum, das so heiß war, daß es dampfte. Philipp zupfte ein

paar Minzenblätter aus dem unberührten Kräuterbüschel heraus und steckte sie in den Mund; das Mädchen griff hastig nach dem Rest des Büschels und warf es in das heiße Wasser. Philipp grinste sie mit den Blättern zwischen den Zähnen an.
»Was machst du hier?« fragte er sie. »Ein Fußbad?«
»Einen Aufguß«, murmelte das Mädchen scheu.
»Hier, das ist für Euch«, krächzte die alte Frau neben ihm. Sie schob ihm eine Schale Wasser zu, und er tauchte dankbar seine Hände hinein und spritzte sich das Wasser ins Gesicht. Er fühlte sich schmutzig und hätte sich gerne gewaschen, aber die Anwesenheit der beiden weiblichen Wesen machte es unmöglich. Er ließ sein Gesicht und sein Haar über der Schüssel abtropfen und schüttelte den Kopf wie ein nasser Hund, um die letzten Tropfen loszuwerden. Als er wieder aufsah, reichte ihm die alte Frau einen weißen Käsebrocken.
»Danke«, sagte Philipp und erntete ein schwaches Lächeln, das weniger ein Lächeln als vielmehr ein verringerter Grad an Mißmutigkeit im Gesicht der alten Frau war. Er biß auf den Käse, der in seinem Mund vor Dürre zu zersplittern schien und sofort sämtliche Feuchtigkeit auf seiner Zunge austrocknete. Nach dem frischen Geschmack der Minze lag er in Philipps Mund wie ein Brocken Mörtel.
»Sehr gut«, mümmelte Philipp mit vollen Backen und machte, daß er aus der Küche kam.
Das Licht in der Aula im ersten Geschoß war nur geringfügig besser als in der Küche. Durch die Fensteröffnungen konnte der Tag hereindringen, aber es war noch zu früh am Morgen, als daß er den düsteren Saal wirklich erhellt hätte. Das Licht sickerte grau durch die hohen Öffnungen. Schriller Vogelgesang war von draußen zu hören. Philipp

ging zögernd an der Decke vorbei, die den Zugang zu Radolfs Kammer verhängte, und trat zu einem der Fenster. Als er den Kopf nach draußen streckte, spürte er die beginnende Wärme des Tages auf seinem Gesicht, die noch nicht bis in das klamme Innere des Hauses vorgedrungen war. Der Vogelgesang war jetzt noch lauter. Er blickte nach rechts und sah die dunkle Mauer des Waldes, die hinter der Hauswand aufragte, noch gestaltlos im Morgendämmer und von einzelnen Nebelschwaden durchzogen. Direkt unter sich sah er die Abfallöffnung der Küche; Philipp ließ das Stückchen Käse auf den kleinen Haufen fallen, der sich dort bereits befand. Die Kapelle, nicht mehr als ein schmuckloser, viereckiger Klotz von der Größe eines Ziegenstalls mit einem weiß gekalkten Kreuz auf den beiden Längswänden, drängte sich gegen die Böschung, die den Hof von außen her umgab. Daneben befand sich ein vielfach begangenes Stückchen Hof, auf dem zwischen niedergetretenen Gräsern die flachen Erdhügel mehrerer Gräber lagen. Einer der Hügel schien noch relativ frisch zu sein; die anderen waren eingesunken und bereits von Gras und Unkraut überwuchert.
Philipp hörte ein Geräusch hinter sich und blickte sich um. Radolf kam gebückt aus seiner Kammer und sah ihn mit einem zusammengekniffenen Auge an. Er war so bleich, daß es selbst im schlechten Licht auffiel; seine unrasierten Wangen hoben sich so deutlich von der fahlen Haut ab, daß sie schmutzig wirkten. Er schlurfte auf Philipp zu und blieb vor ihm stehen. Er hatte die Decke um sich gewickelt, mit der ihn Philipp gestern bedeckt hatte, aber Philipp sah zu seiner Erleichterung, daß er darunter sein Wams trug. Er schien sich auch gewaschen zu haben; statt nach Erbrochenem roch er nur nach schalem Wein.

»Der Freund der Pferde ist noch da«, murmelte er. »Was hat dich aufgehalten?«
Philipp überlegte einen kurzen Augenblick, ob er eine bissige Antwort geben sollte, und entschied sich dagegen.
»Die Nacht«, sagte er wahrheitsgemäß. »Eure Tochter hat mir ein Lager in der Küche angeboten.«
Radolf grunzte und nickte langsam, als wäre es ohne Bedeutung, was Philipp tat. Er zog geräuschvoll die Nase hoch. Bei alledem musterte er Philipp unablässig mit einem starren Blick.
»Ich kann mich noch an das erinnern, was du mir gestern erzählt hast«, sagte er. »Der Kardinal hat dich geschickt. Er ist in meiner Schuld. Sagt er. Und zum Teufel, damit hat er recht. Aber alles andere ist vollkommener Blödsinn.«
»Was? Die Mitgiftsache?«
»Nein, die Idee, die Dokumente zu fälschen.«
»Es ist der einzige Ausweg, den der Kardinal sieht.«
Radolf schüttelte wütend den Kopf.
»Warum hat er nicht einfach ... ?« knirschte er. »Er hätte doch die Macht dazu ...« Plötzlich wurde sein Gesicht finster. »Er will auf keinen Fall in der Sache mit drinstecken, habe ich recht?«
Philipp nickte.
»Der verdammte alte Fuchs. So wie er immer war. Gibt dir was, aber nur wenn es keiner merkt und du dir vorher das Bein dafür ausgerissen hast.«
»Ich hatte leider nicht das Vergnügen seiner näheren Bekanntschaft«, erklärte Philipp, den Radolfs wütende Reaktion amüsierte. Darin zumindest erkannte er seine eigene Reaktion auf des Kardinals Anmutung wieder.
»Was ist deine Meinung?« fragte Radolf nach einer Weile.
»Die wollt Ihr sicher nicht hören.«

»Du bist von der Idee nicht begeistert«, erklärte Radolf mit bemerkenswertem Scharfsinn. Philipp verzichtete auf einen Widerspruch, sondern gab Radolfs Blick nur zurück, ohne zu blinzeln.

»Erzähl mir, wie du es anstellen willst«, sagte Radolf.

Philipp zögerte, unschlüssig, ob Radolf ihn in die Privatheit seiner Kammer führen wollte, aber der Burgherr machte keine Anstalten dazu. Philipp sah an ihm herunter und bemerkte, daß Radolf mit bloßen Füßen auf dem kalten Holzboden stand; er schien es nicht zu bemerken.

»Die Familie Eurer verstorbenen Frau hat die vorliegenden Dokumente so abgeändert, daß Euch keine Rechte mehr auf die Anteile der Erzmine zufallen«, sagte Philipp.

»Das ist es, was der Kardinal mir mitgeteilt hat.« Radolf nickte ungeduldig. »Es macht daher keinen Sinn, wenn Ihr mit Dokumenten auftretet, die einfach nur das Gegenteil aussagen. In diesem Fall wäre es klar ersichtlich, daß eine der beiden Seiten Fälschungen vorlegt, und das Gericht wird immer der Partei glauben, die die Unterlagen zuerst vorgelegt hat; also Euren Gegnern.«

»Was soll dieser Unsinn mit dem Gericht?«

»Nur vor einem Gericht könnt Ihr Eure Ansprüche durchsetzen«, erwiderte Philipp erstaunt. »Was habt Ihr geglaubt? Daß Eure Schwäger die Dokumente vergleichen und sagen: Oh, Eure Fälschung sieht viel schöner aus als unsere – Ihr habt gewonnen?«

Radolf biß die Zähne zusammen und stierte finster vor sich hin. Philipp verfluchte seine spöttische Art und wartete darauf, daß Radolf ihn zurechtwies. Radolf seufzte nur und sagte: »Also vor das Gericht. Du machst einem Mann den Weg dornig zu dem, was ihm zusteht, Kardinal.« Er sah

Philipp an. »Was muß geschehen, damit das Gericht mir glaubt?«
»Ihr müßt sie mit ihren eigenen Fallstricken fangen. Was Ihr braucht, sind Unterlagen, die die Echtheit der gegnerischen Dokumente noch zusätzlich bestätigen, die Tatsachen jedoch so darstellen, daß Euch ein anderer Vorteil über sie entsteht. Dann haben sie keine Chance, gegen Eure Unterlagen Einspruch zu erheben, weil sie damit gleichzeitig die ihren für nichtig erklären. Ihr aber könnt den neuen Vorteil – über dessen Aussehen man sich beraten müßte – nützen oder ihn gegen Eure ursprünglichen Rechte eintauschen.« Philipp erlaubte sich ein Grinsen. »Stellt es Euch so vor: Wenn ich wüßte, daß ein Fürst sich die Legitimation seiner Herrschaft durch gefälschte Dokumente erschlichen hat, die er von einem fiktiven Würdenträger – sagen wir: einem erfundenen Heiligen, der vor ein paar Generationen gestorben sein soll – ›beglaubigen‹ ließ, würde ich mit einem weiteren Dokument, das auf die Legitimierung Bezug nimmt, eine ebenfalls von diesem Heiligen beglaubigte Schenkung aus dem Vermögen jenes Fürsten zu meinen Gunsten anfertigen. Entweder er zahlt, oder er erklärt seinen Heiligen für nicht existent, was jedoch seine ganze Herrschaft in Frage stellen würde.«
Radolf sah ihn mit entsetzten Augen an. Sein Mund öffnete und schloß sich mehrmals, ohne daß er ein Wort sagte.
»Wie kommst du auf eine solche Idee?« fragte er endlich rauh.
Philipp zuckte mit den Schultern und betrachtete Radolf argwöhnisch.
»Es ist nur ein Beispiel unter vielen«, erklärte er. »Ich könnte mir auch etwas anderes ausdenken. Nehmen wir an ...«

»Es ist gut«, unterbrach Radolf und schüttelte den Kopf. »Es ist schon gut.« Er war schon vorher bleich gewesen, aber jetzt sah er krank aus. Als er auf der Treppe ein Geräusch hörte, drehte er sich müde um. Das Mädchen aus der Küche erschien und schleppte einen Eimer mit heißer Flüssigkeit. Der Duft der erhitzten Kräuter stieg daraus auf. Sie sah Radolf fragend an. »Stell es vor meine Kammer«, krächzte er. Das Mädchen stellte den Eimer ab und lief die Treppe wieder hinunter, sichtlich froh, aus Radolfs Gegenwart zu entkommen. Der Burgherr schlurfte auf den Eimer zu. Mit einem Arm winkte er Philipp, ihm zu folgen. Er hob die Decke beiseite und ging in seine Kammer; Philipp nahm den Eimer auf und trat nach ihm ein.
Radolf ließ sich ächzend auf sein Lager fallen. Er wickelte sich aus der Decke und warf sie hinter sich. Seine Hose war bis zu den Knien aufgerollt. Er gestikulierte nach dem Eimer, und Philipp stellte ihn vor seinen Beinen ab. Radolf hob die Füße und stellte sie vorsichtig in das heiße Wasser. Der Kräuterdampf stieg auf und erfüllte die kühle Kammer mit dem angenehmen Geruch eines warmen Frühlingstags. Mit vielem Zurückzucken und Platschen senkte Radolf seine Füße schließlich in das heiße Wasser. Aufseufzend beugte er sich nach vorne und atmete mit geschlossenen Augen den Dampf ein, der ihm entgegenwallte.
»Ich habe verstanden, was du meinst«, sagte er aus dem Dampf hervor.
»Ich muß dazu nur Einsicht in die Unterlagen nehmen, die gegen Euch vorliegen«, erklärte Philipp. Radolf schüttelte den Kopf, ohne die Augen zu öffnen.
»Ich habe sie nicht bei mir.«
»Sicherlich liegen sie irgendwo vor – beim Lehnsherrn der

Mine oder in der Kanzlei des Bischofs oder beim Rat der Stadt.«
»Wahrscheinlich«, knurrte Radolf. »Aber wir kommen nicht daran.«
»Weshalb nicht? Man kann Euch doch den Einblick nicht verwehren ...«
»Das ist damals alles sehr unsauber abgelaufen«, erklärte Radolf langsam, als müsse er sich die Details erst Stück für Stück in sein Gedächtnis rufen. »Es sollte mich nicht wundern, wenn sie überhaupt keine derartigen Dokumente angefertigt hätten. Eine Menge Gold hat den Besitzer gewechselt. Ich konnte nichts dagegen unternehmen, da ich außer Landes war.«
»Das macht die Angelegenheit etwas schwierig.«
Radolf lachte unlustig.
»Gibt es noch Unterlagen von seiten Eurer Frau, die wir verwenden könnten? Vielleicht läßt sich daraus etwas fabrizieren.«
»Die Unterlagen meiner Frau«, sagte Radolf zähneknirschend, »sind verbrannt.«
»Verbrannt?« echote Philipp fassungslos.
»Es gab ein Feuer in der Kammer meiner Frau«, murmelte Radolf. »Schon vor Jahren. Es war nicht groß; wir konnten es selbst löschen; nur ein paar Truhen, die davon verzehrt wurden. Vielleicht ist eine Ölschale umgestürzt oder etwas ähnliches. Jedenfalls sind keinerlei Mitgiftdokumente mehr erhalten.«
Philipp schwieg. Er fühlte sich enttäuscht. Er hatte erwartet, daß er über das offensichtliche Ende dieses unliebsamen Auftrags, noch bevor er richtig begonnen hatte, erfreut sein müßte, aber er war es nicht. Erstaunt erkannte er, daß er gerne noch in Dionisias Nähe geblieben wäre.

So bissig sie sich bei ihrer ersten Begegnung im Dorf gezeigt hatte, so hilflos und verwundbar war sie ihm gestern nacht erschienen. Er fragte sich, was sie tun würde, wenn Radolf wieder nackt und erregt vor dem Haus auf dem Boden läge und er nicht da wäre. Radolf schniefte und sah zu Philipp auf. Sein Gesicht war jetzt feucht von Dampf und Schweiß.
»Hat Dionisia dir gestern nacht noch alles gezeigt, was sie zu zeigen hatte?« fragte er.
Philipp schüttelte überrascht seine immer konfuser werdenden Gedanken ab.
»Wie meint Ihr das?« erkundigte er sich argwöhnisch.
»Na, sie hat dir immerhin ein Lager in der Küche angeboten. Ich nehme an, sie hat dir erklärt, wo du alles in meinem Haus finden kannst.« Radolf grinste freudlos zwischen seinen Fingern hindurch.
»Eure Tochter war sehr freundlich«, sagte Philipp in Ermangelung irgendeiner geistreicheren Antwort.
»Sie kann außergewöhnlich … *freundlich* sein«, murmelte Radolf kryptisch. »Wenn dir das eine Belohnung für deine Arbeit hier ist.«
Er wischte sich mit beiden Händen über das feuchte Gesicht, als würde er damit seinen kurzen Ausflug zu Philipps Wohlergehen wegwischen und wieder zur Sache kommen; Philipp ließ er dabei mit einem Wirbel halbgedachter Vermutungen zurück, die allesamt nicht besonders erfreulich waren und sich weigerten, zu Ende gedacht zu werden.
»Sonst noch eine gute Idee, was die Dokumente betrifft, Pferdefreund?« brummte Radolf.
»Nein«, sagte Philipp wie betäubt.
»Du kannst zum Morgenmahl bleiben«, sagte Radolf

zusammenhanglos. Philipp wandte sich zum Gehen. Der Kräutergeruch wurde ihm plötzlich zuviel. Radolfs Gegenwart wurde ihm zuviel.
»Pack das hier weg«, sagte Radolf und reichte ihm die Decke, in die er sich gewickelt hatte. »Sie gehört in die Truhe dort.«
Beinahe hätte Philipp hervorgestoßen: *Ich weiß; ich hab' sie dort herausgeholt, während du in deiner eigenen Kotze lagst.* Er schluckte es hinunter, öffnete den Deckel der Truhe und faltete die Decke wieder dort hinein, wo er sie gestern nacht entnommen hatte. Dann verließ er die Kammer. Insgesamt war ihm nach diesem Gespräch nur eines vollkommen klar geworden: daß Radolf sich nicht mehr erinnern konnte, was in der Nacht vorgefallen war. Irgendwie diente diese Entdeckung nicht dazu, Philipps Unruhe zu lindern.

Er stolperte in den Saal hinaus, und als dieser ihm noch zu eng erschien, durch den *donjon* ins Freie. Der Morgen war mittlerweile angebrochen, die Sonne ein heller Ball über den Baumwipfeln des Waldes. Der Himmel im Osten war frei und leuchtete golden, aber im Westen lagen die dichten Wolkenfelder übereinander, die der kalte Wind herangeführt hatte. Es war nur ein Wolkenloch, das der Morgensonne erlaubte, zur Erde durchzudringen, und das goldfarbene Licht, das sie ausstrahlte, ließ die Regenwolken auf der anderen Seite des Firmaments in drohendem Indigo erstrahlen. In der warmen Morgensonne bemerkte Philipp, daß er im Inneren des Hauses gefroren hatte; er streckte die Arme aus und drehte sich um, damit ihn die Sonne überall bescheinen konnte.

Dionisia stand auf dem Weg und betrachtete ihn.
Das hohe, ungepflegte Gras, das den Hof bis zur Böschung bedeckte, funkelte im Licht, das die unzähligen Tautropfen widerspiegelten, und machte es schwierig, sie anzusehen, ohne die Augen zusammenzukneifen. Um ihr Haar lag ein strahlender Lichtsaum und hob ihren Oberkörper wie einen bunten Scherenschnitt aus dem rauchblauen Hintergrund heraus, in dem sich Felder und Bäume außerhalb des befestigten Bereichs verloren. Der lange Rock ihres Kleides verlor sich im Glitzern der Tautropfen. Philipp räusperte sich und ließ die Arme sinken.
»Wolltet Ihr gerade fliegen?« fragte sie, ohne sich ihm zu nähern. Er hörte, wie sie über ihre eigene Frage lachte.
»Ich bin gelandet«, erwiderte er. »Eben noch saß ich auf dem Dach des Hauses und betrachtete die Tautropfen und sah darunter ein besonders helles Funkeln. Ich flog hinab und sah, daß Ihr es wart.« Er errötete. *Was wirst du als nächstes tun, Philipp*, dachte er voller Scham; *eine Leier nehmen und Minnesang dichten?*
»Wie ehrlich pflegt Ihr zu sein, wenn Ihr einer Dame schmeichelt?« fragte sie lächelnd. Philipp seufzte und zuckte mit den Schultern. Sie winkte ihm zu.
»Kommt doch etwas näher, damit wir uns nicht ständig zurufen müssen«, sagte sie. Philipp trottete folgsam über das feuchte Gras und blieb vor ihr stehen. Ihre Wangen waren frisch und leicht gerötet, und sie schien fröhlich zu sein; nur ihre Augen waren bekümmert. Sie sahen sich an. Plötzlich wußte er, daß sie etwas zu der letzten Nacht sagen wollte, und sie wußte, daß er es wußte. Sie sagte nichts, und es schien nicht nötig. Philipp war darüber erleichtert; er wollte die dunklen Gedanken, die ihn in Radolfs Kammer befallen hatten, nicht nochmals durchdenken, wäh-

rend die Morgensonne auf ihn herabschien und alles wirkte, als sei nichts Befremdliches vorgefallen. Doch Dionisia senkte den Kopf und zupfte nervös an ihrem Rock, und seine friedliche Stimmung verging und mit ihr das Einvernehmen, das er plötzlich gespürt hatte.
»Hat man Euch etwas zu essen gegeben?« fragte sie.
»Ja«, erwiderte er. »Und ich habe eine Einladung zum Morgenmahl.«
»Von meinem Vater?«
Philipp nickte. Dionisia schien sich über seine Aussage zu freuen; sie lächelte ihn an. »Ich habe Euch gleich gesagt, er ist nur halb so schlimm, wie er tut.« Im Licht der gestrigen Nacht schien ihm diese Erklärung deplaziert.
»Habt Ihr noch gut geschlafen?« erkundigte er sich unwillkürlich und verfluchte sich gleich darauf, denn ihr Gesicht umwölkte sich.
»Ich habe geträumt«, sagte sie abwesend. »Es ist ein Traum, der von Zeit zu Zeit wiederkehrt. Wollt Ihr ihn hören?«
Philipp wußte, daß dem Menschen im Traum das gezeigt wird, woran er im Wachen zuletzt gedacht hat. Woran mochte Dionisia nach dem Anblick ihres Vaters gedacht haben? Er hatte das Gefühl, daß er es lieber nicht wissen wollte.
»Im Traum sitze ich an einem Tisch und warte darauf, daß das Essen ausgeteilt wird. Meine Mutter und mein Vater sitzen neben mir und noch ein weiterer Mann, der der Gast meines Vaters ist. Ich möchte mit meiner Mutter sprechen, aber sie hört mich nicht, da sie mit meinem Vater spricht. Sie sieht nur ihn an, und ich kann sie nicht dazu bewegen, mir ihre Aufmerksamkeit zu schenken. Mein Vater sagt schließlich, daß kleine Mädchen bei Tisch zu

schweigen haben. Ich kann mich erinnern, daß er dies tatsächlich immer sagte, wenn ich nicht stillsitzen wollte, aber er blinzelte mir dabei immer zu. Ich kann mich auch in meinem Traum stets daran erinnern, aber wenn ich versuche, in sein Gesicht zu sehen, ob er es ernst meint und wütend auf mich ist, gelingt es mir nicht: Eine Kerzenflamme brennt davor, und ich sehe nur seine Gestalt, niemals sein Antlitz. Schließlich wendet sich der zweite Mann mir zu und verspricht, mir zuzuhören. Sein Gesicht kann ich erkennen: Es ist blaß, hager und freundlich. Ich mag es, wenn er lächelt. Es ist jedesmal das gleiche Gesicht, und es kehrt immer wieder, obwohl ich es nicht kenne. Ich weiß nicht, was ich ihm sagen will, denn mir scheint, als ob ich es aussprechen müßte, damit es mir auch klar wird. Aber ich kann es niemals aussprechen: Plötzlich bin ich völlig allein in dem Raum, der ein loderndes Flammenmeer ist, und ich erwache vor Entsetzen.«

Sie sah ihm ins Gesicht. Philipp verzog den Mund und suchte nach einer Antwort. Dionisia wandte entschlossen den Kopf ab und richtete ihren Blick auf den Eingang des *donjon*.

»Das ist mein Traum«, sagte sie kurz. »Jetzt habe ich zu arbeiten; Ihr entschuldigt mich, Philipp.«

Das Morgenmahl verlief schweigsam. Philipp schrieb es Radolfs schlechter Laune zu. Es zeigte sich jedoch, daß dieser die Zeit des Essens damit verbracht hatte nachzudenken. Nachdem die alte Frau den Tisch abgeräumt hatte und gefolgt von Dionisia in die Küche hinuntergetrottet war, lehnte er sich zurück und musterte Philipp aus halbgeschlossenen Augen. Seine Zunge fuhr zwischen seinen

Zähnen hin und her, während er mit den Fingern in der bereitgestellten Wasserschüssel eher rührte, anstatt sich zu waschen.

Schließlich sagte er: »Ich habe eine Möglichkeit gefunden, wie du mir doch noch von Nutzen sein könntest.« Er räusperte sich. »Da es keine Dokumente mehr gibt, die meine Frau betreffen, fertigst du einfach alle Unterlagen neu an.«

Philipp riß die Augen auf »Das ist eine große Aufgabe«, sagte er schließlich. »Es kann Wochen dauern. Ich bezweifle, daß mein Herr mich so lange freigibt.«

»Dann kehrst du immer wieder zu ihm zurück und erledigst deine Aufgaben auf seinem Gut, bleibst ein oder zwei Tage und kommst wieder hierher.«

Philipp verzichtete darauf, Radolf mitzuteilen, welche Strapazen dies für ihn bedeuten würde. Statt dessen sagte er: »Ich dachte, es brennt Euch die Zeit auf den Nägeln.«

»Ich habe nachgedacht«, sagte Radolf und breitete die Arme aus. »Lieber komme ich spät zu meinem Recht als niemals.«

»Der Kardinal hat mich ebenfalls zur Eile angehalten.«

»Der Kardinal«, knurrte Radolf, »hat mir gerade einmal den kleinen Finger gegeben, wo er mir den ganzen Arm schuldet. Es geht ihn überhaupt nichts an, was ich aus seiner sogenannten Hilfe mache!«

»Ich bin sicher, er freut sich zu hören, daß Ihr überhaupt etwas damit anfangen könnt«, sagte Philipp. Radolf reagierte nicht auf die Spitze.

»Da du schon sagst, daß es lange dauern wird, bis du die Dokumente angefertigt hast, fängst du am besten gleich an. Was brauchst du für deine Arbeit?«

»Was ich zum Schreiben brauche, habe ich bei mir. Von Euch brauche ich zunächst die Angaben, welche Doku-

mente Ihr in Eurem Besitz hattet, wie sie aussahen, welche Siegel und Unterschriften darauf waren, wo sich Abschriften befinden könnten, auf die Bezug zu nehmen ist, und natürlich die entsprechenden zeitlichen Angaben, die Eure Gattin betreffen: Jahresangaben, Tagesdaten und so fort.«
»Woher soll ich das wissen?« rief Radolf.
»Ohne diese Angaben wird alles, was ich anfertige, ziemlich wertlos sein.«
»Wieso?«
»Weil man die Fälschung ohne weiteres aufdecken wird. Vielleicht hat es der Kardinal Euch gegenüber nicht so deutlich ausgedrückt, aber mir selbst hat er klar zu erkennen gegeben, daß er sich nicht einmischen wird. Euer künftiges Glück – und meine persönliche Freiheit und Unversehrtheit – hängen ganz allein von der Qualität der Unterlagen ab, die ich anfertige. Rechnet also nicht damit, daß der Kardinal zu Euren Gunsten eingreift oder gar eine Entscheidung herbeiführt, die nicht durch hieb- und stichfeste Dokumente belegt ist. Sollte die Fälschung auffliegen, wird Seine Exzellenz nicht einmal den kleinen Finger rühren, den Ihr angesprochen habt, um uns zu helfen.«
»Dieser Bastard«, knirschte Radolf.
»Was meint Ihr, wie ich mich fühle?«
Zum erstenmal, seit er in Radolfs Haus weilte, schien der Burgherr Philipp richtig zu sehen. Er starrte ihm in die Augen, als hoffe er darin etwas zu erkennen.
»Warum tust du das?« fragte er schließlich. »Welche Macht hat er über dich?«
»Der Kardinal? Keine.«
»Was hat dich dann bewogen, seinen Auftrag anzunehmen? Bezahlt er dich so gut dafür?«

»Niemand hat über Bezahlung gesprochen. Mein Herr hat mich für diesen Auftrag empfohlen und mich gebeten, ihn nicht abzulehnen.«

»Ich kenne deinen Herrn nicht. Warum verzichtet er auf seinen Truchseß, nur um mir zu helfen?«

»Ich kenne seine Gründe nicht«, log Philipp, und Radolf schien seine Lüge zu durchschauen. Etwas wie ein Schatten huschte über sein Gesicht. Philipp hatte den Eindruck, daß es Angst war. Angst davor, daß etwas hinter seinem Rücken geschah, auf das er keinen Einfluß hatte und das er nicht verstehen konnte. Fast schien es, als horche er, ob da eine Stimme wäre, die ihm zuflüsterte: Ratschläge etwa, oder auch Drohungen. Er zog die Schultern hoch.

»Wie du meinst«, sagte er. »Ich werde eine Weile brauchen, bis ich alle Daten beisammen habe. Ich schreibe sie dir auf.«

»Könnt Ihr schreiben?« fragte Philipp erstaunt. Radolf schnaubte.

»Gut genug«, sagte er und stand auf. »Ich lasse dich holen, wenn ich soweit bin.«

Er verließ die Aula, und Dionisia betrat sie. An der Treppe neben Radolfs Kammer begegneten sie sich. Radolf blieb stehen und nickte ihr unbeholfen zu; Dionisia erwiderte das Nicken, aber es blieb Philipp nicht verborgen, daß sie Radolf unwillkürlich auswich. Radolf verschwand die Treppe hinab.

Philipp war am Tisch stehengeblieben, wie er sich erhoben hatte, als Radolf aufgestanden war. Er trat beiseite, als sich Dionisia näherte. Sie machte sich an den Bänken zu schaffen, und Philipp half ihr, die Eßmöbel wieder aus der Mitte des Saales zu entfernen. Er hob die Tischplatte von den Böcken und sah Dionisia fragend an.

»Neben den Kamin«, sagte sie. »Lehnt sie einfach gegen die Mauer.«
Als Philipp die Platte absetzte, sah er, daß ihre Unterseite bemalt war. Er drehte sie um und stellte sie so, daß die Bemalung nicht mehr auf dem Kopf stand. Dann trat er einen Schritt zurück. Die Bemalung bestand aus zwei Tieren auf dunkelrotem Grund: ein Raubvogel, der auf dem Rücken eines Fuchses saß. Erst nach einem Moment wurde Philipp klar, daß die Malerei etwas wie ein Wappen darstellte. Die Tiere waren fein ausgeführt, mit Spitzlichtern in den Augen und Andeutungen von Schatten dort, wo die Körperrundungen sie gezeichnet hätten. Die Krallen des Raubvogels klammerten sich um den Rücken des Fuchses. Feine Blutspuren zogen sich über das Fell des Tieres, kaum sichtbar im Rot der Behaarung.
»Dies ist das Wappen meines Vaters«, sagte Dionisia, die an seine Seite getreten war.
»Warum hängt es nicht am *donjon*?«
Dionisia zuckte mit den Schultern. »Ich kann mich erinnern, daß es früher draußen hing«, sagte sie stirnrunzelnd. »Als ich noch ein sehr kleines Mädchen war. Vielleicht wurde es von der Witterung zerstört, und mein Vater hat es restauriert und will nicht, daß es nochmals beschädigt wird. Ich habe ihn nie gefragt; jedenfalls ist es schon lange nicht mehr draußen aufgehängt worden. Ich verwende es jetzt als Tischplatte.«
»Euer Vater hat das Bild selbst gemalt?« fragte Philipp erstaunt.
»Ihr solltet die Bilder sehen, die er mir gemalt hat«, sagte Dionisia. »Kleine Mönche und Päpste, die auf Eseln reiten und von Affen umtanzt werden, während mächtige Buchstaben wie Portale und Mauern um sie herum aufragen;

Schlangen, die sich um Bäume ringeln, die wiederum die Füße von anderen Buchstaben sind; Sänger, die sich aus einem Fenster lehnen und einer Dame in einem anderen Fenster ein Ständchen bringen, und die Fenster sind nur die Öffnungen in wieder neuen Buchstaben.«

»Buchillustrationen«, sagte Philipp. »Euer Vater beherrscht die Kunst der Buchillustration. Ist er in einem Kloster aufgewachsen?« *Unsinn*, dachte er gleich darauf selbst. *Niemand, der seine Jugend im Kloster verbracht hat, sitzt als Erwachsener als Burgherr auf einem Gut. Allenfalls als sein Truchseß, und auch das nur mit einer Menge Glück.*

»Ich weiß nicht, wo mein Vater aufgewachsen ist.« Sie zuckte mit den Schultern. »Ich weiß nur, daß ich seine Bilder gemocht habe. Meine Mutter hat mir erzählt, daß ich mich vor ihm fürchtete, als er von der Pilgerfahrt zurückkehrte. Ich erkannte ihn wohl nicht mehr wieder. Erst als er mir die kleinen Bilder malte, faßte ich wieder Zutrauen.«

Philipp sah sie an, ohne darauf zu antworten. Ein Vater, der seiner Tochter ein Fremder war, als er nach dem Kriegszug wieder heimkehrte, und der ihr Vertrauen mit seinen wortlosen Bildchen erringen mußte; und ein kleines Mädchen, das sich voller Schrecken an die ständige Gegenwart eines Menschen gewöhnen mußte, dem die Mutter plötzlich all die Aufmerksamkeit schenkte, die bisher ihm zuteil geworden war.

»Wollt Ihr mir helfen, die Bänke in den *donjon* hinauszutragen?« fragte Dionisia. Sie stellten die Bänke an den Wänden links und rechts neben der Treppe auf, die vom Erdgeschoß in das Obergeschoß des *donjon* führte; dort waren sie gestanden, als Philipp das Gebäude zum erstenmal betreten hatte, deutliche Anzeichen dafür, daß das Leben

auf dem Gut einst vielschichtiger gewesen sein mußte. Man konnte sich vorstellen, daß die Bewaffneten des Gutes ihre Schwerter und Spieße darauf ablegten, bevor sie vor ihren Herrn traten. In der Decke war eine geöffnete Klappe, eine lange Leiter lag an der Wand, die *donjon* und Halle miteinander verband. Philipp wies darauf.
»Ist das die Leiter zur Plattform des Turms?« fragte er.
»Ja.«
»Die Klappe ist offen, als hätte jemand Ausschau gehalten.«
Dionisia errötete. »Ich halte oftmals Ausschau«, gestand sie. »Ist das nicht töricht? Wie die edlen Frauen in den Geschichten, die nach einem Ritter ausschauen, der ihnen sein Herz schenkt.« Philipp lauschte mit klopfendem Herzen, als sie mit einem abwesenden Lächeln fortfuhr, ohne ihn anzusehen: »Vielleicht ist der Ritter ja nicht mehr so weit, wie ich dachte.«
Sie drehte sich mit fliegendem Rocksaum herum und sah ihm ins Gesicht. »Habt Ihr eine Möglichkeit gefunden, wie ihr uns helfen könnt?«
»Euer Vater hat mir einen diesbezüglichen Vorschlag gemacht«, stieß Philipp hervor und wagte sich kaum zu fragen, ob die rasche Überleitung von ihrem romantischen Traum zu seiner Aufgabe ein Themenwechsel war oder der Traum mit ihm in Verbindung gebracht werden konnte?
»Läßt er sich durchführen?«
»Um ehrlich zu sein, ich weiß es nicht. Es scheinen keinerlei Unterlagen mehr von seiten Eurer Mutter zu existieren. Euer Vater hat mir vorgeschlagen, sie alle neu anzufertigen, aber es dürfte ihm schwerfallen, sich an alle wichtigen Daten zu erinnern.«
»Vielleicht hat er sich etwas aufgeschrieben. Ich weiß, daß

er lange Zeit damit beschäftigt war, Dinge zu notieren. Er hat dazu immer wieder Seiten aus unseren Büchern gerissen und die ursprüngliche Schrift mit Stein abgerieben, damit er die Blätter wieder benutzen konnte.«
»Er sagte, er wolle mir die wichtigsten Daten aufschreiben. Das klingt nicht danach, als würden sie bereits als Niederschrift existieren. Am wichtigsten sind die Daten der Hochzeit Eurer Eltern. Die Mitgiftdokumente sind der Schlüssel zu der ganzen Angelegenheit. Wenn wir sie entsprechend anfertigen können, haben wir vor Gericht gute Chancen.«
»Leider weiß ich auch nicht allzuviel darüber. Meine Mutter hat mir erzählt, daß sie meinen Vater in einer kleinen Zeremonie hier auf dem Gut heiratete. Mein Vater wußte bereits, daß er dem Kaiser ins Gelobte Land folgen müßte, und es war keine Zeit mehr, ein Fest auszurichten. Ein Priester, den mein Vater kannte, hielt die Zeremonie ab, und zwei Mönche aus dem Kloster der Zisterzienser waren die Zeugen und besorgten die Niederschriften.«
»Meint Ihr das Kloster im Süden der Stadt?« fragte Philipp erstaunt. »Das letzte, das noch außerhalb der neuen Stadtmauern liegt? Sankt Peter?«
»Gibt es noch weitere Zisterzienserklöster im Umkreis? Ich weiß es nicht.«
Philipp begann plötzlich zu grinsen.
»Warum freut Ihr Euch darüber so sehr?« fragte Dionisia.
»Ich bin in diesem Kloster aufgewachsen«, sagte Philipp. »Vielleicht kenne ich sogar die Brüder, die bei der Hochzeit Zeugen waren.«
»Ihr wart im Kloster? Warum seid ihr ausgetreten?«
»Das Essen war mir zu schlecht«, sagte Philipp. Dionisia sah ihn entgeistert an.

»Das war ein Scherz«, erklärte er und zuckte mit den Schultern. Nach ein paar Momenten versuchte sie zu lächeln.

»Ich habe Mühe, Eure Scherze zu verstehen«, gestand sie, und Philipp verabschiedete sich, um nicht noch weiter in die Klemme zu geraten.

Danach suchte er vergeblich nach Radolf. Er vermutete ihn im Inneren des Gebäudes, aber außer ihm und Dionisia schien sich nur die alte Frau darin aufzuhalten, die auf den letzten Treppenstufen vor dem Eingang in den Trockenspeicher saß und schlummerte. Zuletzt trat Philipp nach draußen. Aus dem Stall ertönten die Schritte von Pferden und die leisen Geräusche, die ein Mensch erzeugt, der sich dort mit der Pflege der Tiere beschäftigt. Philipp schob die Tür auf und spähte hinein.

Der Pferdeknecht trug eine Garbe Heu unter der Armbeuge und nickte ihm zu. Die Pferde reckten gierig die Hälse nach ihm. Das Licht des Tages fiel nur gedämpft in den Stall; aber es herrschte ein tröstliches Halbdunkel darin, in dem der Geruch der Pferde, der alten Bretter und des Pferdefutters anheimelnd wirkten. Die Pferde, fünf an der Zahl mit Philipps Gaul, traten von einem Bein auf das andere und schienen über die Anwesenheit der beiden Menschen eher erfreut als belästigt zu sein. Eines davon war ein gutes Stück größer als alle anderen, ein Streitroß von mächtigem Bau. Es schnaubte nervös und warf den Kopf hoch. Über der Tür gurrten Brieftauben in einem Käfig.

»Immer noch da?« fragte Philipp.

»Wieder.«

»Was hast du getan? In die Furche des Dorfältesten gepinkelt?«

»Man hat mir die Arbeit auf dem Feld erlassen, weil ich mich verletzt habe«, sagte der Pferdeknecht würdevoll und hob seinen linken Arm. Um den Unterarm war eine Binde von undefinierbarer Farbe gewickelt. Angetrocknete Heilerde und gestocktes Blut hatten sie erstarren lassen. »Wir haben eine Hecke niedergelegt«, erklärte er, ohne gefragt worden zu sein. »Ein knorriger Ast hat mir das Fleisch aufgerissen.«

»Hast du Herrn Radolf gesehen?«

Der Pferdeknecht schüttelte den Kopf. Philipp nickte und wollte wieder ins Freie treten; plötzlich sagte der Pferdeknecht: »Habt ihr die Nacht gut verbracht?«

»Warum fragst du?«

»Heute morgen kam mir der Gedanke, daß ich Euch vielleicht hätte helfen sollen.«

»Ein praktischer Kopf, der solche Gedanken erst erzeugt, wenn die Arbeit längst getan ist«, bemerkte Philipp trocken. Der Pferdeknecht verzog das Gesicht.

»Ich konnte nicht bleiben«, erklärte er leise. Philipp musterte ihn. Es war erkennbar, daß der Pferdeknecht ein schlechtes Gewissen hatte. Es war auch erkennbar, daß er sich fürchtete; Philipp sah es mit Staunen, um so mehr, da ersichtlich war, daß der Mann sich nicht vor ihm ängstigte.

»Kannst du mir etwas beantworten?« fragte Philipp bedächtig. »Weshalb wohnt Radolf allein auf seinem Gut?«

Der Pferdeknecht drehte den Kopf, als würde ihn etwas am Hals zwicken.

»Er wohnt doch nicht allein: Die junge Herrin ist da, die alte Frau, ab und zu das Küchenmädchen und die Männer, die den Frondienst leisten ...«

»Aber er hat keine Vertrauten. Wo sind seine Burgmannen,

die mit ihm im Haus wohnen? Wo ist sein Kämmerer? Sein Knappe?«
Der Pferdeknecht druckste herum.
»Niemand ... wurde ausgewählt«, sagte er schließlich, aber es klang, als habe er sagen wollen: Niemand will sich hier aufhalten.
Philipp nickte. Er verzichtete darauf zu fragen, was nach Ansicht des Pferdeknechts passieren würde, wenn feindliche Kräfte das Haus und das Dorf angriffen.
»Der Herr ist ein guter Herr«, sagte der Pferdeknecht, als sehe er das Bedürfnis, Radolf trotz allem zu verteidigen. »Er füttert seine Pferde nicht auf unseren Weiden und lädt keine Freunde ein, in unseren Häusern die Gastfreiheit zu genießen, er hat auch noch niemals das Recht der ersten Nacht für sich in Anspruch genommen.« Er machte eine Pause. »Sein Vorgänger war in dieser Hinsicht weniger zimperlich.«
»Sein Vorgänger? Ich dachte, Radolf hätte dieses Haus erbaut?«
»Nein, es saß vor ihm ein anderer Herr auf dem Gut.«
»Was ist mit ihm geschehen?«
»Ich glaube, er ist von der Pilgerfahrt gegen die Heiden nicht zurückgekehrt. Ich weiß es nicht genau; ich lebte zu diesem Zeitpunkt noch nicht hier. Meine Familie hat sich erst vor kurzem in einem leerstehenden Haus im Dorf niedergelassen. Wir hatten das Umherziehen satt.«
»Wenn Radolf ein so freundlicher Herr sein soll, wundert es mich, daß sein Gut derartig verlassen ist. Es müßte hier von fröhlichen Leibeigenen, singenden Dienstboten und lustig zechenden Gefährten des Herrn geradezu wimmeln.«
Der Pferdeknecht erwiderte darauf nichts; er zupfte mit

seiner verletzten Hand an den Strohhalmen, die aus der Garbe unter seinem anderen Arm herausragten.
»Schmerzt dein Arm noch?« fragte Philipp.
Der Pferdeknecht nickte.
»Bis deine Kinder alt sind, ist er wieder in Ordnung.«
»Ich glaube nicht«, erwiderte der Pferdeknecht düster.
»Was meinst du damit?«
»Es ist eine böse Wunde.«
»Viele böse Wunden heilen wieder.«
»Ich habe es anders gemeint.«
Philipp hob beide Brauen und sah den Pferdeknecht fragend an. Der finstere Ausdruck in den Augen des Mannes alarmierte ihn. Draußen schob sich die herandrängende Wolkenwand über die Sonne und löschte das goldfarbene Licht im Stall aus.
»Es ist ein Omen«, sagte der Pferdeknecht.
»Natürlich; ein Omen dafür, daß du das nächste Mal besser aufpassen solltest.«
Der Pferdeknecht schüttelte den Kopf, ohne das Gesicht über Philipps Bemerkung zu verziehen. »Gestern habe ich den Herrn in seine Kammer getragen. Heute in aller Frühe reißt mir ein fauliger Ast das Fleisch von den Knochen«, sagte er.
»Soweit ich mich erinnere, hattest du mit beiden Armen zu tun, um Radolf die Treppe hinaufzutransportieren. Wenn dein Unfall schon ein Omen sein soll, dann bestenfalls ein halbes.«
»Vielleicht werde ich den anderen Arm morgen verlieren.«
»Das ist nur ein Zufall«, sagte Philipp unwillig. »Ich habe ihn ebenso wie du getragen, und mir ist nichts geschehen.«
»Die Vorsehung arbeitet nicht immer gleich schnell«,

erklärte der Pferdeknecht. Er wandte sich brüsk ab und versuchte, mit dem gesunden Arm Heu in die Krippe zu stopfen, in die die Pferde ihre Nasen steckten. Philipp nahm ihm das Heu aus der Armbeuge und erledigte die Arbeit, während der Pferdeknecht mit verkniffenem Gesicht danebenstand und den steifen Verband befühlte, der seinen aufgeschundenen Arm umfing.
»Danke«, sagte er schließlich.
»Weshalb glaubst du, daß es dir Unglück bringt, Radolf zu berühren?«
»Das habe ich nicht gesagt«, erwiderte der Pferdeknecht vorsichtig.
»Dann mußt du eine andere Sprache sprechen als ich.«
»Es hat nichts mit Herrn Radolf zu tun. Wenn es so wäre, müßte ich bereits tot sein. Ich berühre sein Pferd, und ich berühre ihn, wenn ich ihm hinaufhelfe.«
»Und das Omen?«
Der Pferdeknecht seufzte.
»Ihr wißt doch, was er gestern getan hat. Ihr habt es doch selbst gesehen.«
»Ich habe gesehen, daß er betrunken und ... nun ... nackt war. Wenn dir immer gleich der halbe Arm abfällt, sobald du nackte Haut berührst, solltest du dir am besten noch heute einen Platz in einem Kloster suchen.«
»Er hat versucht, *sie* herbeizuholen«, flüsterte der Pferdeknecht.
Nach seinen Worten entstand eine kleine Pause. Mit den Wolken war Wind gekommen, der Wind, den ein Regenschauer vor sich hertreibt und der eine Ahnung von Feuchtigkeit und Kälte mit sich bringt. Philipp konnte hören, wie er vorsichtig an der Stalltür rüttelte. Noch beschützte die Wärme der Pferdeleiber sie vor der Kühle.

»Wer ist *sie*?« fragte Philipp schließlich.
»Die Herrin«, flüsterte der Pferdeknecht.
»Die Herrin ist tot.«
Der Pferdeknecht erwiderte nichts darauf. Philipp schob sich an ihn heran und sah ihm in die Augen. Der Mann gab den Blick trotzig zurück, aber seine Augenlider flackerten.
»Knoblauch über den Türen«, sagte Philipp. »Gekreuzigte Vögel an der Scheune. Johanneskraut im Garten.«
»Sie war eine Hexe«, stieß der Pferdeknecht hervor. »Sie hat sieben Söhne auf die Welt gebracht, aber alle waren tot, noch bevor sie zu atmen angefangen hatten. Als sie starb, lagen sieben tote Vögel auf dem Weg von ihrer Kammer zu ihrem Grab. Ich weiß, was das bedeutet: Sie hat sie allesamt getötet – mit der Nabelschnur erwürgt. Seit man sie in die Erde gesenkt hat, versiegt der Brunnen.«
Philipp zuckte zurück. Der Pferdeknecht setzte ihm nach. Der Wind warf sich mit der ersten Bö gegen die Tür.
»Sie will wieder heraus aus der Erde«, sagte der Pferdeknecht. »Sie ruft den Herrn, und er antwortet ihr. An jedem neuen Mond nach ihrem Tod streicht er wie ein heulender Wolf um ihr Grab.«
»Er betrinkt sich, weil er um sie trauert.«
»Sie braucht nur noch ein wenig Zeit«, fuhr der Pferdeknecht unbeirrt fort. »Noch ist sie nicht stark genug, um auf die Erde zurückzukehren, aber sie hat ihr Grab bereits verlassen. Ich habe gesehen, wie der Herr in der Nacht den Totenacker nach ihr abgesucht hat. Gestern nacht hat er sie zurückerwartet. Sie wird zu ihm kommen, um sich zu ihm zu legen und ein weiteres Kind zu empfangen, um die seelenlose Kreatur zu gebären, die nur ein toter Leib erzeugen kann und die des Teufels Diener sein wird. Sie hat ihn

verhext. Fragt ihn doch, was er in der Kapelle treibt, zu der er die Tür stets abgeriegelt hat. Er gehört ihr, er ist ihr Ankerstein in die Welt der Lebenden, und wer ihn in der Nacht berührt, in der er auf sie wartet, den hat sie erkannt und wird ihn sich holen.«
Der Pferdeknecht starrte ihn mit weitaufgerissenen Augen an. Der Regen kam über dem Burghof an und senkte sich prasselnd auf das Bretterdach des Stalls. Die Pferde wieherten erschrocken und trampelten vor der Krippe hin und her. Die Tauben flatterten in ihrem Käfig.
»Warum hast du ihn dann überhaupt angefaßt, wenn du schon an diesen Unsinn glaubst?« schrie Philipp über das Prasseln des Regens. »Warum arbeitest du hier?«
»Weil ich es gestern noch nicht wußte!« heulte der Pferdeknecht. »Sie haben es mir erst gesagt, als sie mich unter dem Baum hervorzogen.«
Er warf sich herum und drückte die Tür des Stalles auf. Die Nässe peitschte herein und ließ die Pferde noch weiter zurückscheuen. Im dichten Vorhang des Regens war Radolfs Haus ein grauer Schatten und der Burghof eine zuckende Masse aus gepeitschten Grasbüscheln. Der Pferdeknecht rannte in den Regen hinaus, riß das Tor auf und verschwand ins Freie, ohne das Tor wieder hinter sich zu schließen. Der Torflügel schwang träge hin und her und blieb zuletzt offen stehen. Es war das letzte, was nach dem Regen noch gefehlt hatte, um Radolfs Besitz endgültig wie ein Geisterhaus wirken zu lassen: ein offenstehendes Tor, hinter dem es nichts mehr zu behüten gab.

Der Regen hielt bis Mittag an, ein steter Guß, der an- und abschwoll, als müßten die schweren Wolken, aus denen er kam, zwischendurch Atem schöpfen. Gegen Mittag verebbte das Rauschen. Radolfs Haus wirkte nach dem Regen noch düsterer als zuvor. Der graue Stein war nicht von der Art, die nach einem Guß sauber und rein erschien: Dunkelgraue, fast schwarze Streifen zogen sich daran herab und ließen die Mauern verschmutzt wirken, wie beschmiert von unsauberen Händen.

Als das fade Licht des Nachmittags in eine verfrühte Dämmerung überging, schlenderte Philipp zu dem kleinen Friedhof hinüber, der sich zwischen die Kapelle und den düsteren Saum des Waldes duckte. Die vergangenen Stunden hatte er im Pferdestall zugebracht, wo er das Pferd, das sein Herr ihm mitgegeben hatte, versorgte und schließlich – immerhin mochte der treulose Pferdeknecht aufgrund der Fragen davongelaufen sein, die er ihm gestellt hatte – auch den anderen Tieren Heu vorlegte, ihre Flanken mit dem groben Striegel bearbeitete und die verflochtenen Mähnen und Schweife kämmte. Die Arbeit beruhigte ihn und gab ihm das Gefühl, die erste wertvolle Tätigkeit zu verrichten, seit er von zu Hause aufgebrochen war. Radolfs Pferd schien das schwergebaute Roß zu sein, mit zotteligem Fell um die starken Fesseln und einer breiten Brust; es ließ sich nur ungern von Philipp striegeln und versuchte ihn mehrmals zu treten, bis er von ihm abließ. Die beiden schlanker gebauten Tiere mit den zu Zöpfen geflochtenen Mähnen gehörten wohl Dionisia, und die unscheinbare, niedrig gebaute Mähre, unter deren Vorfahren zumindest ein Maultier gewesen sein mußte, war das Packpferd. Zuletzt verließ Philipp den Stall und sah sich im trüben Zwielicht des späten Nachmittags um. Als er die Gestalt Dionisias um die Ecke des *donjons* verschwinden sah, beschloß er, ihr zu folgen.

Er hatte den Friedhof bisher noch nicht betreten; näherkommend sah er, daß er aus nichts weiter als mehreren halb überwucherten Erdhügeln bestand. Zu einem der Hügel führte eine fast blanke Spur, und Philipp schloß daraus, daß es sich um das Grab von Dionisias Mutter handelte. Das Mädchen stand davor und hatte Philipp noch nicht gesehen. Philipp zählte sieben Erdhügel, sechs davon niedriger und kürzer als der siebte. *Soweit zu den Fabeln des Pferdeknechts*, dachte er, *darunter liegen die Körper von sechs Kleinkindern, nicht von sieben.* Zuletzt sah er die frisch aufgebrochene Stelle in einiger Entfernung zu den alten Gräbern, ein paar Schritte weit in Richtung des Waldsaumes, ein Fleck ausgerissenen Grases und blanker Erde, über den sich keinerlei Hügel erhob. Wenn es ein Grab war, dann keines, das in der Erinnerung der Burgbewohner bleiben sollte.

Philipp hustete höflich, und Dionisia drehte sich um. Sie hatte die Hände vor dem Körper verschränkt und hielt ein Sträußlein nasser Blumen darin: Wiesenblumen, die sie aus dem Obstgarten gepflückt haben mochte. Sie lächelte ihn an, und er lächelte zurück.

»Habt Ihr meinen Vater bereits gesprochen?« fragte sie.

»Ich habe ihn bis jetzt noch nicht gefunden.«

»Vielleicht ist er ausgeritten.«

»Wenn er dabei nicht einen Packesel verwendet, muß er noch hier sein: Im Stall steht ein Streitroß, das mir das seine zu sein scheint.«

Dionisia schnupperte und lachte ihn an.

»Ihr scheint Euch sehr lange im Stall aufgehalten zu haben, um diese Tatsache festzustellen. Ihr habt den Geruch der Pferde angenommen.«

Philipp zupfte verlegen an seinem Wams.

»Ich habe den Pferdeknecht verjagt«, erklärte er schließlich. »Da mußte ich wohl oder übel seine Aufgabe übernehmen.«
»Verjagt?«
»Ich habe ihn so lange über seinen Aberglauben erzählen lassen, bis er sich zuletzt selbst davor zu fürchten begann.«
Dionisia lachte auf
»Jedes zweite Wort von Euch ist ein Scherz«, sagte sie. Philipp fühlte sich nicht nach Späßen, aber die Unruhe, die die Worte des Pferdeknechts geweckt hatten, war gewichen. Die sanfte Arbeit mit den Pferden war daran schuld; und das Lachen, das Dionisias Gesicht erhellte. Er wies auf das Grab.
»Eure Mutter, nehme ich an?«
Sie nickte und legte die Blumen auf den Erdhügel. Philipp sah, daß dort bereits ein verwelkter Strauß lag. Sie nahm ihn fort und trat ein paar Schritte beiseite, um ihn neben der Mauer der Kapelle zu Boden zu streuen. Dann faßte sie in eine Tasche ihres Kleides und tat etwas Erstaunliches: Sie legte ein Stück trockenen Gebäcks auf das Grab. Als sie sich aufrichtete, begegneten ihre Augen denen Philipps.
»Ich bringe ihr zu essen«, sagte sie. »Und Blumen. Nicht immer, nur wenn ich daran denke. Als sie bereits krank war, freute sie sich darüber.«
Philipp starrte sie an. Ihr Gesicht war völlig frei von Argwohn. Wenn sie es schon öfter getan hatte und der Pferdeknecht sie dabei beobachtet hatte, schien ihm dessen Aberglauben nicht mehr erstaunlich.
»Wie ist sie gestorben?« fragte er.
»Ich glaube, sie hat den Tod meines letzten Brüderchens nicht verkraftet«, sagte Dionisia nüchtern und wies auf den

Erdhügel, der dem Grab ihrer Mutter am nächsten lag. »Es dauerte jeweils sehr lange, bis sie schwanger wurde, und jedes der Kinder starb schon während der Geburt. Ich glaube, zuletzt verließ sie der Mut. Und sie war sehr schwach nach der vorletzten Geburt; es wären Zwillinge gewesen.«
»Sie starb im Kindbett?«
»Nein; die letzte Schwangerschaft liegt schon eine ganze Weile zurück. Aber sie schien danach nicht mehr richtig leben zu wollen, wenn Ihr mich versteht. Sie verwelkte wie eine gepflückte Blume.«
Sie schluckte.
»Es tut mir leid«, sagte Philipp. »Ich wollte Euren Kummer nicht wecken.«
Sie schniefte und zuckte mit den Schultern. Philipp wandte sich ab und suchte nach einem anderen Thema. Die frisch aufgebrochene Stelle fiel ihm ins Auge.
»Ist kürzlich noch jemand verstorben?« fragte er. *Sehr taktvoll*, dachte er gleich darauf; *tröste nur immer mit dem einen Tod über den anderen hinweg*.
Dionisia folgte seinem ausgestreckten Finger mit den Augen, aber eine andere Stimme antwortete hinter ihm: »Das ist der verdammte Versuch, einen neuen Brunnen zu graben.«
Philipp drehte sich um. Radolf stand hinter ihm und musterte die aufgebrochene Erde mit gefurchter Stirn und zusammengebissenen Zähnen. Er wirkte erhitzt, aber sein Wams war trocken, und Philipp fragte sich, wo er während des Regens gewesen sein mochte.
»Der alte Brunnen in der Küche versiegt«, erklärte Radolf. »Schon seit Monaten; er tut es langsam, aber sicher. Als ich sah, daß die Alte beim Wasserschöpfen beinahe hineinfiel,

so tief mußte sie sich darüberbeugen, begann ich damit, einen neuen zu graben.«

»Weshalb trocknet er aus?« fragte Philipp und bemühte sich, nicht an die Worte des Pferdeknechts zu denken.

»Einen Gulden für den, der es mir sagen kann. Während des letzten Herbstes hat der Fluß seinen Lauf geändert; nicht weit, nur ein paar hundert Fuß. Vielleicht liegt es daran.«

»Und der neue Brunnen?«

»Ein vergebliches Loch im Boden«, knurrte Radolf.

»Wer hat Euch die Stelle gezeigt? Habt Ihr einen Rutengänger im Dorf?«

»Nein«, sagte Radolf nach einer kleinen Pause. Er sprach fast widerwillig. »Ich habe mir die Stelle selbst ausgesucht.« Dionisia öffnete den Mund, aber Radolf warf ihr einen scharfen Blick zu, und sie schwieg. Sie schürzte die Lippen und blickte trotzig zu Boden. Radolf starrte mit finsterem Blick auf das Grab seiner Frau, auf dem sich die frischen Blumen wie bunte Tränen von der feuchten, dunklen Erde abhoben. Seine Brauen zogen sich zusammen, als er das Stück Kuchen erblickte, und sein Gesicht wurde bleich.

»Was ist das?« fragte er rauh.

»Es ist von mir«, erklärte Dionisia und warf den Kopf in den Nacken.

»Dionisia, sie ist tot!« flüsterte Radolf erstickt.

»Es heißt, daß auch die Toten der Nahrung bedürfen«, erwiderte sie ungestüm. »Sie war meine Mutter: Wenn es stimmt, will ich sie nicht hungern lassen.«

Radolf antwortete ihr nicht, wenngleich sein Mund arbeitete. Seine Augen zuckten zwischen ihr und dem Grab hin und her.

»Ich habe an die Knochen gedacht, die ich letztens hinter dem Friedhof fand«, fuhr sie leiser fort. »Etwas wurde dort gegessen. Vielleicht war sie es; vielleicht war es einer meiner Brüder.«

»Dionisia!« schrie Radolf auf und erschauerte. Er schlang nur die Arme um den Körper und drehte sich so brüsk um, daß er fast gestolpert wäre. Dann hetzte er aus der Gegenwart seiner Tochter und der Opfergabe auf dem Grab seiner Frau davon. Philipp und Dionisia folgten ihm langsam.

»Was meinen Auftrag betrifft ...«, begann Philipp, als sie ihn auf der Treppe zum *donjon* wieder eingeholt hatten.

»Richtig, dein Auftrag«, erwiderte Radolf heiser. Er schaute ihn einen Augenblick an, ohne etwas zu sehen, dann griff er in sein Wams. Er zog ein altes, vielfach abgeschabtes Pergament hervor.

»Ich habe dir aufgeschrieben, was mir einfiel«, sagte er. »Damit kannst du nach Hause zurückkehren und zu arbeiten beginnen.«

Philipp nahm das Pergament und warf einen Blick darauf. Radolf hatte in hastigen Zeilen ein paar Daten und Namen daraufgeworfen.

»Reicht das?« fragte er.

»Es reicht zumindest soweit, um mir die Suche nach den Originaldokumenten zu erleichtern.«

»Wofür brauchst du die?«

»Beinahe jede Schreibstube verwendet für ihre Dokumente eine eigene Schrift, um Fälschungen zu vermeiden. Die Unterschiede sind oftmals nicht groß: eine Unterlänge bei diesem Buchstaben, ein Schnörkel bei einem anderen. Wenn man eine Fälschung anfertigen will, die auch vor kritischen Augen Bestand haben soll, braucht man solche Details. Die finde ich nur in den originalen Dokumenten.«

»Ich sage dir doch, daß alles verbrannt ist.«
Philipp warf Dionisia einen kurzen Blick zu. Er wollte Radolf nicht verraten, daß sie mit ihm über Radolfs Dilemma gesprochen hatte. Langsam sagte er: »Es muß noch anderswo Unterlagen geben. Bei den Hochzeitsdokumenten beispielsweise; es hat doch sicherlich Zeugen und einen Priester bei Eurer Hochzeit gegeben.«
»Natürlich hat es das.«
»Vielleicht könnte ich dort einmal nachsehen.«
Radolf starrte ihn so lange an, daß Philipp glaubte, er habe den Sinn seiner Worte nicht verstanden. Aber dann seufzte der Burgherr.
»Die Dokumente, die verbrannten, waren alle Originaldokumente, die irgendwo existierten. Ich hatte sie zusammengetragen – zum Teil gekauft, zum Teil entwendet, ich gebe es zu – um sie für den Tag bei mir aufzubewahren, an dem meinem Recht Genüge getan würde. Für den heutigen Tag. Es ist alles Asche.«
»Seid Ihr da sicher?«
»Katharina und ich heirateten im Beisein zweier Mönche aus dem Kloster Sankt Peter. Dionisia wurde dort getauft. Sie besaßen alle Dokumente über beide Ereignisse. Ich wußte über ein paar Schwächen des Archivars Bescheid und konnte ihn überreden, sie mir zu geben. Ich wünschte, ich hätte es nicht getan.«
Philipp, der sich an den Archivar nur zu gut erinnern konnte, konnte sich nicht vorstellen, daß dieser freiwillig ein Dokument herausgegeben hätte. Außerdem wußte er um keine seiner Schwächen. Aber vielleicht war das die Stelle gewesen, an der Radolf den Hebel seiner Forderung angesetzt hatte: an einer Schwäche, die so geheim war, daß wirklich niemand davon erfahren durfte. Vom damaligen

Standpunkt aus hatte Radolf mit mitleidloser Umsicht gehandelt; vom heutigen Standpunkt aus war er ein Narr gewesen. Alles an diesem Auftrag war Narretei.

»Aber Radolf, habt Ihr im Ernst geglaubt, ich würde mit ein paar dürren Daten glaubwürdige Urkunden anfertigen können?« stieß er heftig hervor. »Ich brauche die Originalunterlagen oder zumindest Abschriften davon.«

»Wozu denn? Da sie vernichtet sind, kann sie niemand mehr zu einem Vergleich heranziehen.«

»Wir wissen doch nur, daß die Dokumente aus dem Kloster vernichtet sind. Seid Ihr sicher, daß Eure Gegner nicht vielleicht noch Abschriften davon haben? Sie werden ihren Raub damals bestimmt mit allen möglichen Unterlagen abgesichert haben.«

»Unfug«, stieß Radolf barsch hervor.

»Kein Unfug. Ich habe Euch bereits geschildert, was passiert, wenn wir nicht mit größter Sorgfalt arbeiten.«

»Ach was! Arbeite mit den Daten, die ich dir aufgeschrieben habe, oder arbeite gar nicht. Wenn du nicht fähig bist, ein bißchen Phantasie aufzubringen, solltest du besser gehen. Ich werde auch alleine mit dem Gesindel fertig. Kriech zum Kardinal und sag ihm, daß du zu dumm für deine Aufgabe warst.«

»Dumm ist nur der, der sehenden Auges in sein Unglück rennt«, rief Philipp voller Zorn. Radolf reagierte nicht darauf. Er wandte sich ab und stieg ein paar Stufen empor. Sein Rücken wirkte verkrampft, aber er hielt nicht an. »Komm schon, Dionisia!« bellte er, ohne sich umzudrehen. Dionisia ging langsam an Philipp vorbei. Sie sah ihm stumm ins Gesicht, aber er glaubte in ihren Augen lesen zu können: *Geh nicht. Bleib und hilf uns.* Ohne sich zu beeilen, folgte sie Radolf ins Innere des Hauses hinein.

Philipp blieb draußen stehen, den nutzlosen Pergamentabriß in den Fingern. Er vermeinte nun zu verstehen, warum Radolf so lange gezögert hatte, seine Mitgift zurückzuholen, bis er es beinahe selbst vergessen hatte. Es lag nicht an irgendwelchen Rücksichtnahmen der Familie seiner Frau gegenüber, solange diese noch am Leben war. Dazu war seine Gier auf den Besitz zu offensichtlich. Doch er stand von vornherein auf verlorenem Posten. Und seiner Barschheit nach zu schließen, war es ihm bewußt. Er gab nur die hohle Vorstellung eines sinnlosen Stolzes, wie ein Eber, der, von den Hunden gegen eine Felswand gedrängt, eindrucksvolle Drohgebärden macht. Aber bis Philipp nicht selbst alle Möglichkeiten untersucht hatte, wollte er sich nicht geschlagen geben. Er war es seinem Herrn schuldig. Er war es seinem eigenen Stolz schuldig. Und Dionisias drängenden Augen.
Und vielleicht war er es auch, auf irgendeine geheimnisvolle, nicht ganz ergründbare Weise, Radolf schuldig. Oder seinem überraschenden Mitgefühl mit ihm. Es war Radolfs Gesichtsausdruck gewesen, der auf einmal Philipps Mitleid mit dem Burgherrn geweckt hatte, Radolfs Gesichtsausdruck, als Dionisia von den Mahlzeiten der Toten berichtet hatte. Es war das Gesicht eines Mannes gewesen, der die Verdammnis vor sich sieht. Philipp hatte einen derartigen Ausdruck bereits einmal gesehen: auf dem Gesicht eines Mannes, der des Verrates an seinem Herrn wegen zum Tode verurteilt gewesen war.
Der Verurteilte war zum Tod durch Sturz von einem Felsen verdammt worden: die übliche Strafe für einen Mann, der seinen Herrn verraten hatte. In Ermangelung eines Felsen, der hoch genug gewesen wäre, hatte man ihn von der höchsten Plattform des *donjons* gestoßen. Vielleicht

fühlte sich Radolf angesichts seiner Zukunft wie der Verurteilte, der in die sechzig Fuß Tiefe blickte, die sich vor ihm auftat, die Hand des Henkers bereits auf seiner Schulter. Der Priester murmelte ein Gebet und nickte dem Henker zu. Eine Gestalt stürzte schreiend durch die Luft.
Der Aufprall beendete das Schreien.
In dieser Nacht träumte Philipp, daß er am Fuß eines hohen Turms stand und nach oben blickte. Vom Turmkranz blickte Dionisias Gesicht herab. Er wußte, daß er dringend zu ihr nach oben gelangen mußte, aber die Tür am Fuß des Turms wurde von einem Mann blockiert, der ihm den Rücken zuwandte. Der Mann war nicht Radolf. Er sprach ihn an, und der Mann drehte sich um und starrte ihn reglos an. Sein Gesicht war Philipp unbekannt; aber mit der Träumen eigenen Klarsichtigkeit wußte er, daß er es schon einmal gesehen hatte und daß er es bereuen würde, wenn er sich nicht schnellstens erinnerte. Über seinem verzweifelten Bemühen erwachte er und lag verwirrt blinzelnd in der Dunkelheit, für eine längere Weile zwischen Realität und Traum verloren.
Radolf träumte, daß er am Rand eines schnell fließenden Gewässers stand. Eine niedrige, steile Böschung, die vom Wasser ausgespült war, führte hinab. Er wußte, daß sich ihm etwas von hinten näherte, aber er konnte sich nicht umdrehen. Ein Tier näherte sich ihm. Das Tier stieß ihn an, und er stürzte die Böschung hinunter. Er hörte sich vor Angst schreien, und seine Eingeweide hoben sich. Er fiel minutenlang, obwohl die Böschung niedrig war, und er fiel ebenso langsam wie unaufhaltsam. Zuletzt berührte er die Wasseroberfläche und wurde sofort von der Strömung davongerissen. Er erwachte schwitzend und mit einem entsetzten Schrei auf den Lippen, den niemand hörte.

Dionisia träumte davon, daß der Saal im Haus ihres Vaters in Flammen stand. Die Flammen lachten. Dionisia erwachte nicht. Der Alptraum war ein alter Bekannter.

Liebe und Betrug

Philipp brach nach dem Morgenmahl auf. Das Wetter hatte sich zum Guten gewandt, und wie es oft im Frühsommer geschieht, war zusammen mit der Sonne auch eine überraschende Hitze gekommen, die jedoch nur verhieß, daß ihr ein heftiges Gewitter nachfolgen würde. Die Luft über den Feldern flimmerte bereits am frühen Vormittag, und Philipp, der wie jeder allein Reisende den Wald fürchtete, war doch froh, schließlich in seinen Schatten einzutauchen. Die Straße war eng und holprig, fast zugewachsen, selten beritten, noch weniger befahren, und zog sich auf diese Weise etliche Meilen unter den Bäumen dahin, bis sie den Wald wieder verließ und zuerst auf die Lichtungen von Köhlern, dann auf die Felder stieß, die bereits zu den Besitzungen diesseits des Rheins gehörten. Der Wald schien dazu beizutragen, daß ein Besucher von Radolfs Besitz sich wie in einer anderen Welt fühlte, die nur einen verwunschenen, wenig bekannten Zugang besaß. Wiederum nach einigen Meilen, etwa der Hälfte der Strecke zwischen Radolfs Haus und der Stadt, wurde die Straße breiter und traf schließlich auf eine Kreuzung, lang vorher angekündigt durch die hochragende Eiche, die dort wuchs und die den glaubenseifrigen Äxten der frühen Missionare entgangen war; ihr heidnischer Zauber aber unschädlich gemacht durch die drei Kruzifixe, die davor aufgestellt waren. Philipp zügelte sein Pferd und schaute unschlüssig der Straße nach, die in Rich-

tung Süden von der Kreuzung wegführte. Sein Ziel, die Stadt und dahinter Raimunds Gut, lagen im Westen. Im Süden lag Sankt Peter, der Ort von Philipps Jugend. Radolf hatte gesagt, es würden sich keine Originaldokumente mehr dort finden, aber Philipp, dessen Bekanntschaft mit dem Archivar nicht nur so dahingesagt gewesen war, glaubte nicht daran. Bruder Fredgar hatte kaum etwas aus der Hand gegeben, ohne davon Abschriften zu machen. Andererseits hätte Philipp auch gewettet, daß der Archivar keinerlei ausnutzbare Schwäche besaß, und doch schien Radolf eine gefunden zu haben. Er scheute den Umweg ins Kloster, der umsonst sein mochte. Mehr noch aber scheute er davor zurück, auf seine früheren Mitbrüder zu treffen. Er hatte die Brücken verbrannt, die ihn mit seinem früheren Leben verbanden, und die Länder der Erinnerung dahinter so gut wie möglich dazu. Er wußte nicht, was auf diesen verbrannten Feldern gewachsen war; er fürchtete aber, daß es blanke Abneigung war.
Außer einem Grüpplein Bauern, die weit entfernt auf einer der Brachflächen die zweite Mahd des Jahres vornahmen und sich als bewegte Schatten durch das Flimmern hindurch über das Feld mühten, war Philipp allein. Dann sah er das Zucken auf dem Weg, der von der Stadt her führte; das Zucken verwandelte sich in eine undeutlich wabernde Gestalt, die an Größe, aber nicht an Deutlichkeit zunahm. Die dunkle Farbe wich nicht von der Gestalt, als sie sich näherte, ebensowenig das ruckartige Hüpfen, das halb durch die flimmernde Luft und halb durch ihren beschwingten Gang hervorgerufen wurde. Philipp setzte sich in seinem Sattel zurecht und kniff die Augen zusammen.
Als die Gestalt so nahe herangekommen war, daß sie trotz

des Gegenlichts den Reiter erkennen konnte, blieb sie stehen und legte überrascht den Kopf schief.

»Hast du dich auf dem Morgenspaziergang verlaufen, Bruder Thomas?« fragte Philipp.

»Hast du den Weg zu deinem neuen Herrn nicht gefunden, Philipp?« fragte der Kaplan zurück. Philipp grinste und stieg von seinem Pferd; Thomas kam auf ihn zu und schüttelte ihm die Hand.

»Was tust du hier?« erkundigte er sich.

»Ich bin auf dem Weg zurück zu unserem Gut.«

»Ist deine Aufgabe schon beendet?«

»Sie fängt grade erst an«, seufzte Philipp. »Wie kommst du hierher so früh am Tag?«

»Ich bin gestern morgen von Herrn Raimund aufgebrochen und habe im Dominikanerkloster in der Stadt übernachtet. Von da bin ich heute morgen aufgebrochen.«

»Was hast du so Dringendes zu erledigen? Wohin führt dich dein Weg überhaupt?«

Der Kaplan kniff die Lippen zusammen und machte ein ernstes Gesicht.

»Ich will zum Kloster von Sankt Peter; wegen des Vorfalls in dem Dorf, von dem ich erzählte, als Seine Exzellenz zu Besuch war.«

»Die Frau, die an den Pfahl gestellt wurde? Die Strafe ist doch längst vorbei und die Unglückliche wieder bei ihrer Familie.«

»Ich weiß, daß ich ihr Leid nicht verhindern konnte«, sagte der Kaplan düster. »Ich bin hier, damit so etwas nicht wieder geschieht.«

»Du willst etwas gegen den Dorfpriester unternehmen?«

»Ich will, daß ihm der rechte Weg gezeigt wird, mit dem Glauben umzugehen.«

»Da wärst du wohl besser zum Bischof gegangen«, seufzte Philipp.
Thomas schüttelte energisch den Kopf.
»Ich glaube nicht, daß der Priester die Strafe mit böser Absicht ausgesprochen hat. Ich denke vielmehr, daß er – und das bedauernswerte Weib – die Opfer seines Eifers wurden. Deshalb möchte ich nicht, daß der Bischof ihn bestraft.«
Philipp zuckte mit den Schultern. Mit halbem Interesse fragte er: »Wieso glaubst du, daß der Abt auf den Mann Einfluß nehmen kann?«
»Der Priester stammt aus diesem Kloster. Er war erst kurze Zeit hier und wurde dann in das Dorf geschickt. Wenn der Abt es zugelassen hat, daß sich ein so blindwütiger Fanatismus in diesem Bruder gebildet hat, dann liegt es auch in seiner Verantwortung, diesen Fanatismus wieder zu mildern. Außerdem darf es nicht geschehen, daß noch einmal ein Hirte über das einfache Volk eingesetzt wird, der nicht unterscheiden kann zwischen seiner Verpflichtung für die Schrift und dem Wohl seiner Herde.«
»Warum hat man nicht einen der älteren Mönche ausgewählt anstatt einen Bruder, der das Noviziat gerade beendet hat?«
»Er hat das Noviziat nicht erst seit kurzem beendet. So jung ist er nicht mehr; ich habe ihn im Dorf gesprochen. Ich meinte, daß der Abt ihm vielleicht Zeit hätte lassen sollen, sich einzugewöhnen. Der Bruder kam erst an Ostern aus dem Kloster Cluny hierher.«
»Na, dann wünsche ich dir viel Glück. Ich will dich nicht länger aufhalten; du hast noch eine ganze Strecke vor dir.«
Thomas wischte sich über die Stirn und lächelte müde.

»Bei dieser Hitze laß ich mich gern eine Weile aufhalten. Du reitest nicht zufällig zum Kloster?«
»Warum sollte ich?«
»Du hättest mir Gesellschaft leisten können. Und mir nebenbei einen Platz auf dem Hintern deines Pferdes anbieten.«
»Damit du halbnackt im Kloster ankommst, so wie auf dem Hof? Schäm dich, Bruder Thomas. Sind dort etwa seit neuestem Nonnen untergebracht, denen du deine Beine zeigen willst?«
»Nein«, knurrte der Kaplan. »Wenn ich mit dir unterwegs bin, habe ich das gar nicht nötig, Sobald die Frauen dich sehen, wenden sie sich sofort vor Schreck mir zu.«
»Ja, weil sie wollen, daß du sie mit mir verheiratest.«
Thomas winkte ab.
»Verschwinde jetzt; du hast ohnehin schon einen Sonnenstich«, brummte er.
Philipp nestelte den halbvollen Wasserschlauch los und reichte ihn dem Kaplan. »Nimm ihn«, sagte er. »Ich bin in einem halben Tag zu Hause und werde es aushalten.«
»Danke. Ich habe natürlich wieder vergessen, mich entsprechend auszurüsten.«
»Der Herr ernährt zwar die Vögel auf dem Feld, aber ob er das auch mit den Pfaffen auf der Straße tut, weiß ich nicht. Nun, ich verabschiede mich.« Er vollführte eine elegante Handbewegung, die er einem von Raimunds Gefährten abgeschaut hatte, dann wurde er ernst. »Paß auf dich auf«, sagte er. »Die Straßen sind nicht sicher.«
»Wer tut schon einem einsamen Geistlichen etwas, der nicht einen Ring an seinen Fingern hat?«
»Dennoch.«
Der Kaplan nickte und winkte zum Abschied. Philipp sah

einen Moment auf ihn hinunter und dachte unvermittelt an Minstrel. Wenn ihm der Sänger einen Abschied wie diesen gegönnt hätte, wäre es ihm lieber gewesen. Er fühlte den mittlerweile bekannten Zorn auf Minstrel in sich aufsteigen; er zog sein Pferd herum und wollte es antreiben, als ihn der Kaplan nochmals zurückrief.
»Das muß ich dir noch berichten: Auf dem Gut ist jemand angekommen, der nach dir gefragt hat.«
Minstrel? »Wer ist es?«
»Eine Frau. Der Herr hat sie und ihre Begleitung auf dem Gut untergebracht.«
»Ich wüßte nicht, wer das sein soll«, brummte Philipp.
»Soweit ich weiß, hat sie sich nach dir erkundigt. Der Herr hat ihr Logis gewährt, bis du zurückkommst.«
»Dann paßt es ja ganz gut, daß ich nach Hause reite.«
Der Kaplan drohte mit dem Finger, aber er grinste. »Welch verdächtige Eile, Meister Philipp, Was hast du angestellt?«
»Den Harem des Sultans von Cordoba besucht und einen unvergeßlichen Eindruck hinterlassen. Seitdem verfolgen mich die Frauen des Sultans um die ganze Welt. Wahrscheinlich ist sie eine davon. Ich muß sie nach Hause schicken, bevor es der Sultan bemerkt und dem Abendland den Heiligen Krieg erklärt.«
»Na, dann gratuliere ich«, erklärte Thomas trocken. »Deine Besucherin ist alt wie der Teufel und zweimal so häßlich.« Er zwinkerte Philipp zu.
»Das ist nur ein Schutzzauber, damit ihr die lüsterne Geistlichkeit nicht nachsteigt«, erwiderte Philipp halbherzig. Seine Gedanken waren bereits bei der Frau. *Ich kenne keine alten Frauen,* dachte er mit einem Anflug von Bitterkeit. *Noch nicht einmal meine eigene Mutter.*

Als Philipp seinen Herrn begrüßt und ihm die bisherigen Entwicklungen in Radolfs Angelegenheit auseinandergelegt hatte, drückte er seine Verwunderung darüber aus, daß eine betagte Besucherin für ihn gekommen sei – zusammen mit der Bemerkung, daß sein Herr ihm zu Hilfe eilen möge, falls sich die Besucherin auf Brautschau befände und Philipp als Gemahl ausgewählt habe. Raimund begann zu lachen.
»Der Kaplan hat dir einen Bären aufgebunden; und einen recht hübschen dazu, möchte ich meinen. Ich lasse sie holen.« Auf einen Wink Raimunds eilte eine der Mägde hinaus.
»Ich habe keine Ahnung, wer diese Frau ist«, erklärte Philipp. »Ich habe auch niemanden eingeladen, hierherzukommen und Eure Gastfreundschaft zu mißbrauchen.«
»Oh, ich fühle mich nicht mißbraucht. Sie hat mir im Gegenteil angeboten, für ihren Aufenthalt aufzukommen. Als ich ihr Angebot ablehnte, schlug sie mir vor, sich auf dem Hof nützlich zu machen; sie wolle sich nicht wie eine Almosenempfängerin fühlen. Sie ist eine außergewöhnliche Frau.«
»Wie heißt sie überhaupt? Und was will sie von mir?«
»Ihr Name ist Aude Cantat. Sie kommt aus dem Fränkischen. Sie hat mir erklärt, daß du ihren Gemahl kennst.«
»Ich kenne niemanden, der so heißt.«
»Nun, am besten besprichst du dich mit ihr selbst. Da kommt sie.«
Philipp drehte sich um. Der Kaplan hatte tatsächlich gelogen, als er sie beschrieben hatte; Aude Cantat war weder alt noch häßlich. Sie mochte etwa Philipps Alter haben, vielleicht ein oder zwei Jahre mehr. Und was ihr Aussehen

betraf: Schönheit ist immer subjektiv, aber in Philipps subjektivem Blick *war* sie eine Schönheit. Sie besaß die blasse Gesichtshaut aller rothaarigen Menschen, doch ihr Haar war nicht von der rostroten Farbe, wie man sie gewöhnlich findet, sondern von einem tiefen, leuchtenden Herbstrot. Es glänzte in all seiner Üppigkeit und verriet, daß es sorgfältig mit Öl gepflegt wurde. Sie trug es kurz, kürzer als Philipp es zu sehen gewöhnt war. Auf den zweiten Blick konnte man erkennen, daß sie es selbst abgeschnitten hatte: Es drängte hinter dem Schleier, mit dem sie eine einfache helle Kappe unter ihrem Kinn festgebunden hatte, in zwei reichen Wellen hervor und endete abrupt noch oberhalb ihrer Schultern, und wo es endete, machte es den Eindruck, daß sie es einfach gepackt und alles mit einem scharfen Messer abgetrennt hatte. Das kurze Haar tat ihrem Gesicht keinen Abbruch; tatsächlich hob es die scharf geschnittenen Brauen, die hohen Wangenknochen und die gerade Nase hervor. Sie hatte keine Farbe auf ihr Gesicht gelegt, aber ihre Augen leuchteten hell zwischen dichten, dunklen Wimpern hervor, und daß ihre Lippen blaß waren, ließ ihre Züge um so feiner erscheinen. Sie hatte energische Kiefer und ein festes Kinn, und was unter einem bequemen, leinenweißen Reisekleid von ihrer Gestalt zu sehen war, schien das Versprechen zu erfüllen, das ihr Antlitz gab. Philipp schluckte. Er hatte die Frau noch nie gesehen. Ihm fiel auf, daß sie allein in den Saal des Wohnhauses gekommen war, ohne eine Dienerin oder wenigstens eine Begleiterin.
»Dies ist Aude Cantat«, sagte Philipps Herr und stellte danach ihn vor. »Der Mann, auf den Ihr gewartet habt, meine Liebe.«
Sie verbeugte sich leicht und sagte mit einem deutlichen

fränkischen Akzent: »Es ist ein Vergnügen, Euch kennenzulernen, Meister Philipp.«
Philipp neigte den Kopf und musterte sie erneut, nachdem seine Überraschung abgeklungen war. Er sagte nichts.
Aude wartete ein paar Momente auf eine Antwort, dann fuhr sie fort: »Mir ist mitgeteilt worden, daß Ihr meinen Gatten kennengelernt habt. Ich möchte fragen, ob Ihr wißt, wo er sich aufhält.«
Sie wählte ihre Worte langsam und schien bemüht, sie richtig aus der komplizierten Satzstellung der fränkischen Sprache zu übertragen.
»Es tut mir leid«, sagte Philipp. »Ich habe meinem Herrn bereits mitgeteilt, daß ich Euren Gatten nicht kenne.«
Sie schüttelte verwundert den Kopf.
»Ich habe gefragt in einer Herberge in der Stadt. Der Mann ... der Wirt sagte mir, ihr hättet Euch mit ihm unterhalten.«
»Ich habe mich mit ein paar englischen Kaufleuten unterhalten«, erklärte Philipp. »Ich dachte nicht, daß einer davon Euer Gemahl gewesen sein könnte.«
»Mein Mann ist kein Händler. Er ist ein ... ein Freimann?« Philipp schüttelte den Kopf, »Ihr meint: ein Gefolgsmann?«
»Nein; ich meine damit: Er ist sein eigener Herr.« Sie blickte zu Philipps Herrn. »So wie Ihr. Nur, daß unser Besitz kleiner ist. Viel kleiner. Wir haben nur wenige Bedienstete.« Sie sah wieder Philipp an. »Er handelt nicht mit Waren.«
»Die einzigen Menschen, mit denen ich mich sonst noch im ›Kaiserelefanten‹ unterhalten habe, waren die Händler, die mich ein Stück des Weges mitnahmen, und«, Philipps Gesicht verschloß sich, »der verdammte Sänger. Der Wirt muß sich getäuscht haben.«

»Er sagte, Ihr wart die längste Zeit des Abends mit meinem Gemahl zusammengesessen.«
Philipp warf die Arme in die Luft und sagte ärgerlich: »Ich habe Euch doch erklärt, daß er sich täuschen muß. Der einzige, bei dem ich längere Zeit gesessen bin ...« Er brach ab und fixierte Aude von neuem. Seine Brauen zogen sich zusammen. »Beschreibt mir bitte Euren Gemahl.«
»Er ist groß, größer als Ihr und bestimmt etliche Jahre älter. Sein Haar ist dunkel. Er ist ...«, sie suchte nach dem Wort: »... dünn. Als würde er zuwenig essen.«
Fassungslos sagte Philipp: »Das ist Minstrel.«
»Der Name meines Mannes ist Geoffroi.«
»Zu mir hat er ...« Philipp unterbrach sich, als er spürte, wie der Zorn auf den Sänger erneut in ihm hochstieg. Nun gut, scheinbar war er gar kein Sänger, und offenbar war sein Name auch nicht Minstrel gewesen (was Philipp gleich hätte klarwerden sollen, denn es bedeutete nichts anderes als eben das: Sänger). Was blieb, war seine betrügerische Natur. *Hier steht seine Frau; laß dir sofort den Schaden ersetzen, der deinem Herrn entstanden ist*, dachte er. Aber er hielt sich zurück und sagte nichts. Es war eine Sache, einem diebischen Trunkenbold aufzusitzen; den Verlust von seiner Frau einzufordern, die über sein Treiben offensichtlich nicht Bescheid wußte, war etwas anderes. Es gehörte sich nicht, einer Frau die Fehler ihres Mannes vorzuwerfen.
»Zu Euch hat er ...?« fragte Aude.
»... nichts davon gesagt, wohin er sich wenden wolle«, vollendete Philipp lahm. »Ich kann Euch nicht helfen.«
Aude starrte ihn an und wandte sich dann ab. »Seid Ihr sicher?« fragte sie. »Ich habe schon in der ganzen Stadt herumgefragt, aber niemand scheint Geoffroi getroffen zu haben; niemand außer Euch. Hat der Wirt mich belogen?«

»Nein, er hat Euch nicht belogen. Ich habe mich mit Eurem Mann unterhalten.«
»Ich verstehe nicht, daß er Euch nicht hat erzählt, wohin er will. Er ist so ... er redet so gerne.« *Das habe ich allerdings gemerkt, und dabei trinkt er gern einen über den Durst.* »Ich kenne ihn. Wenn er glaubt, daß er jemandem vertrauen kann, dann tut er das auch.«
»Vielleicht hat er mir nicht vertraut«, sagte Philipp wütend.
»Dann hätte er sich nicht mit Euch unterhalten. Er ist freundlich, aber er ist kein aufdringlicher Mann.«
Soll ich dir sagen, warum er sich mit mir unterhalten hat, fränkisches Täubchen? Weil ich seine Zeche bezahlt habe.
»Wie es scheint, hat er Euch auch nicht vertraut, sonst hätte er Euch gesagt, was er vorhat.«
Aude sah verletzt aus. »Er *hat* es mir gesagt«, stieß sie hervor. »Er wollte sich hier in dieser Stadt mit einem Freund treffen und etwas besprechen, was ihn schon seit einiger Zeit beschäftigte. Ich bin ihm nachgereist, als er nicht zurückkam in der rechten Zeit.«
»Ich weiß jedenfalls nicht, wo er sich jetzt aufhält«, sagte Philipp unwirsch.
Aude seufzte und ließ die Schultern sinken.
»Nun«, mischte sich Philipps Herr ein, »mein Truchseß ist gerade eben nach Hause zurückgekehrt und sicherlich erschöpft von seinem Ritt. Vielleicht fällt ihm morgen etwas ein, das Eurer Sache dienlicher ist.«
Philipp schüttelte finster den Kopf, aber sein Herr beachtete ihn nicht. Er klatschte in die Hände und rief nach dem Mann, der in Philipps Abwesenheit für die Geschäfte auf dem Gut verantwortlich war.
»Jeder, der in der nächsten Zeit in die Stadt kommt, soll sich ein wenig nach einem Mann umhören, dessen

Beschreibung du gleich hören wirst und dessen Name Geoffroi Cantat ist«, sagte Philipps Herr mit einem Seitenblick auf Aude. »Wer auf ihn selbst trifft, soll ihn einladen, zu mir zu kommen.«
Philipps Vertreter nickte. »Schoffra Kantah«, radebrechte er. Philipp hörte zum wiederholten Mal Minstrels Beschreibung, seine hochgewachsene Gestalt, seine dunklen Haare, sein blasses Antlitz, seine hageren Gesichtszüge. Aude sprach langsam und konzentriert und gab sich Mühe, kein Detail auszulassen; es klang, als würde sie einen Traum rezitieren. Philipp lauschte ihren Worten mit wachsendem Entsetzen. Wie sehr ihre Beschreibung dem Mann aus Dionisias Alptraum ähnelte; dem Mann, dessen Lachen Dionisias Welt in Brand gesteckt hatte!
»Ich hoffe, daß meine Leute etwas über Euren Mann in Erfahrung bringen«, sagte Philipps Herr, nachdem Aude ihre Beschreibung beendet hatte. »Ihr seid selbstverständlich auf meinem Besitz willkommen, Aude Cantat. Bleibt, solange Ihr es wünscht.«
»Ich bin Euch sehr verpflichtet«, erwiderte sie. Mit einem Kopfnicken wandte sie sich von ihm ab und musterte Philipps finsteres Gesicht.
»Ist Euch noch etwas eingefallen?« fragte sie ihn. »Ihr seht so nachdenklich aus auf einmal.«
Philipp bemerkte zum erstenmal die Unruhe hinter ihrem selbstbewußten, beherrschten Auftreten. Wenn Minstrel nicht mehr zurückkam, würde sie früher oder später ihren Besitz verlieren oder, sollte er für tot erklärt werden, von jedem tölpelhaften Schlagetot, der sein eigener Herr war, mit Heiratsabsichten verfolgt werden. Sie war zu schön, um auf Dauer unbelästigt zu bleiben. Sie konnte sich entweder neu verheiraten, zu ihren Verwandten zurückkeh-

ren oder in ein Kloster eintreten. In allen Fällen würde sie ihre Habe und ihre persönliche Freiheit verlieren. Und nicht zuletzt mochte es sein, daß sie Minstrel liebte und sein Verlust ihr auch das Herz brechen würde. *Sie ist auch nur jemand, dessen Vertrauen dieser Schurke mißbraucht hat,* dachte er. *Sie weiß gar nichts über ihn.*
»Nein«, erwiderte er knapp und beschloß im selben Atemzug, ihr nichts über seinen Verdacht betreffs Minstrel zu verraten. *Das ist keine Frauensache,* dachte er. Aber tief in seinem Herzen wußte er, daß er kein Recht hatte, Aude die Wahrheit vorzuenthalten. *Welche Wahrheit?* fragte er sich. *Daß eine Gestalt aus dem Alptraum eines Mädchens Ähnlichkeit mit deinem Mann hat?*
Aude schritt aus dem Raum, begleitet von dem Mann, dem sie Minstrels Beschreibung gegeben hatte. Als sie wieder allein waren, wandte sich Philipps Herr zu ihm und fragte: »Da du sie nicht kennst und sie dir also nichts angetan haben kann, würde ich zu gerne wissen, was ihr Mann dir getan hat.«
Philipp, den die Hellsichtigkeit seines Herrn, was seine Gefühle anging, kaum mehr überraschte, winkte heftig ab. »Er hat mich hereingelegt, das ist alles. Leider ist Euch dadurch Schaden entstanden. Ich hätte es Euch noch erzählt, aber bis jetzt war keine Zeit dazu.«
»Was ist passiert?«
Philipp schilderte sein Treffen mit Minstrel und den Ausgang ihrer kurzen Bekanntschaft. Seine Stimme war scharf vor Sarkasmus, als er zu schildern versuchte, warum er dem Mann sein Vertrauen geschenkt hatte und es doch nicht erklären konnte. Raimund nickte nachdenklich. »Sie kann nichts für das, was ihr Mann dir angetan hat.«
»Ich weiß«, grollte Philipp.

»Dennoch hast du dich so verhalten, als wolltest du es ihr zur Last legen.«
»Das ist es nicht«, verteidigte sich Philipp aufgebracht. »Es ist nur ...«, er suchte krampfhaft nach einer Ausrede, um seine Grobheit zu bemänteln. »Es ist nur, daß sie sich ehrlos verhält. Es gehört sich nicht für eine Frau, ohne Eskorte zu verreisen und vor einen fremden Herrn zu treten – es sei denn, sie legt es darauf an, verführt zu werden.«
Philipps Herr lächelte nachsichtig.
»Ich habe nicht den Eindruck, daß eine Frau mit ihrem Aussehen es nötig hat, jemanden auf sich aufmerksam zu machen. Eher glaube ich das Gegenteil. Abgesehen davon hatte sie eine Eskorte bis hierher: zwei alte Weiblein von zu Hause und einen aufgeblasenen fränkischen Kaplan.«
»Warum läuft sie dann hier alleine umher?«
»Weil ich den beiden alten Weibern sich auszuruhen befohlen und den Pfaffen nach Hause geschickt habe.«
»Dann sollte sie in ihrer Kammer bleiben, bis ihre Dienerinnen wieder bei Kräften sind.«
»Philipp«, sagte der Herr geduldig, »das ist das erste Mal, daß ich dich davon sprechen höre, was sich schickt und was nicht. Geht es auf Radolfs Besitz so wüst zu, daß du dich innerhalb von zwei Tagen in einen Moralapostel verwandelt hast?«
Philipp schwieg verdrossen.
»Aude sucht nach ihrem Gatten, denn sie fürchtet, daß ihm etwas zugestoßen sein könnte. Das ist ein ehrbares Unterfangen, ganz gleich, was du für Erlebnisse mit dem Kerl hattest. Es gibt nicht viele Frauen, die die Gefahren einer Reise auf sich nehmen würden, um nach ihrem Gatten zu suchen. Ich will es mir nicht anmaßen, ihre Suche zu verzögern. Tatsächlich – und um dein Gewissen bezüglich der

Schicklichkeit zu beruhigen – werde ich ihr eine Eskorte anbieten. Die beste und edelste, die mir eingefallen ist.«
»Wen habt Ihr im Sinn?« *Der Kaplan hält sich im Kloster auf und versucht im nachhinein Gerechtigkeit in einem Fall zu erwirken, der niemanden mehr interessiert.*
»Dich.«
Philipp starrte seinen Herrn mit offenem Mund an.
»Darüber kannst du nicht mehr diskutieren. Ich habe es bereits beschlossen«, warnte dieser.
»Aber ich muß mich doch um Radolf ...«
»Es wird sich bald herausstellen, ob sich Audes Mann noch in der Stadt aufhält oder nicht. Es kostet dich kaum Zeit, wenn du dich ein wenig um sie kümmerst. Und denk daran«, sagte Philipps Herr mit der ihm üblichen Einsicht in die Gedankengänge seines Truchseß, »wenn ihr Mann wirklich ein so übler Kerl ist, wie du es glaubst, ist sie vielleicht ebenso eine Betrogene wie du.«
»Ich füge mich«, brummte Philipp.
»Das freut mich. Nun ruh dich aus und erzähle mir beim Abendmahl, was du bisher bei Radolf Vacillarius erreicht hast.«

Philipp verließ das Wohngebäude, um sich nach seinem Vertreter umzusehen und mit ihm zu besprechen, was während seiner Abwesenheit vorgefallen war; seine Müdigkeit, die er bei der Ankunft auf dem Gut tatsächlich verspürt hatte, war nach dem wiedererwachten Ärger auf Minstrel verflogen. Als er aus der Tür trat, stieß er auf Aude, die dort scheinbar auf ihn gewartet hatte.
»Verzeiht«, sagte sie. »Würdet Ihr mir noch ein paar Augenblicke Eurer Zeit gewähren?«

»Was kann ich für Euch tun?«
Aude ging ein paar Schritte beiseite und bog um die Ecke des Wohnhauses, wo niemand ihre Unterhaltung stören würde. Über dem westlichen Horizont hingen dichte Reihen grober Wolken wie eine gigantische Schafherde, die über den Himmel weideten und die noch nicht dagewesen waren, als Philipp das Gut betreten hatte.
»Es wird einen Sturm geben«, sagte Aude. »Wie sagt man bei Euch: ein Ge-Wetter?«
»Ein Gewitter. Ja, das ist üblich um diese Jahreszeit.«
»Wahrscheinlich regnet es bei uns zu Hause bereits.«
Philipp lächelte fast gegen seinen Willen.
»Ich werde unseren Wetterpropheten holen lassen, wenn Ihr Euch darüber zu unterhalten wünscht«, sagte er. »Ich selbst kann leider nur dann zuverlässig sagen, daß es regnet, wenn es mir bereits auf den Kopf tröpfelt.«
»Ich wünsche mich nicht über das Wetter zu unterhalten«, erklärte sie. »Das wißt Ihr genau.«
»Das habe ich schon befürchtet«, seufzte Philipp.
»Seid Ihr der Mann, mit dem sich Geoffroi hier treffen wollte?« fragte sie.
»Nein, Ich habe ihn nie vorher gesehen.«
»Ich dachte, das sei der Grund, warum Ihr drinnen im Beisein Eures Herrn so kurz angebunden wart.«
Philipp schüttelte den Kopf. »Wenn ich ihn kennen würde, wüßte mein Herr darüber Bescheid. Ich habe vor ihm keine Geheimnisse.«
»Weshalb wart Ihr dann so schweigsam? Ich sah es doch Eurem Gesicht an, daß Ihr nicht die Hälfte von dem sagtet, was Ihr wißt.«
»Tatsächlich?« Philipp tat, als müßte er seine Gesichtszüge

mit der Hand ergründen. »Ich sollte mir einen Eimer überstülpen, bevor ich mich mit Euch unterhalte.«
»Ich bin nicht in der Laune zum Scherzen«, erwiderte sie aufgebracht. »Ich bin tagelang gereist und habe mich in Eurer Stadt herumgetrieben, immer voller Angst, von Gesindel belästigt zu werden, und voller Sorge um meinen Gemahl. Ihr scheint der einzige zu sein, der mehr über ihn weiß; warum sagt Ihr mir nicht, was Ihr mit ihm zu schaffen hattet? Wenn Ihr mich nicht mögt, kann ich das nicht ändern. Aber Ihr könntet wenigstens um Eurer eigenen Mannesehre willen der Bitte einer Frau um Hilfe nachkommen.«
Philipp ließ die Schultern sinken und schaute zu Boden. Bevor er antworten konnte, fuhr Aude sanfter fort: »Er war betrunken, habe ich recht? So sehr betrunken, daß er sich nicht mehr wie ein vernünftiger Mensch fortbewegen konnte. Deshalb sagte mir der Wirt, daß er über Euer Erscheinen froh war: Ihr habt ihm geholfen.«
»Man hatte ihm das Geld gestohlen, als er nach dem Markt seinen Rausch ausschlief. Er bemerkte es erst, als er in der Herberge bereits etliche Becher getrunken hatte«, sagte Philipp.
»Ihr habt ihm Geld geliehen.«
Philipp nickte.
»Seht Ihr, ich weiß Bescheid«, sagte sie. »Ich kenne das: Die Männer wollen sich und ihre Torheiten immer gegenseitig vor den Frauen beschützen. Aber ich bin schon einige Jahre seine Frau, und ich kenne seine Fehler. Es tut mir leid, daß ich Euch vorhin angefahren habe. Ihr habt nur versucht, seine Ehre in Schutz zu nehmen.«
Philipp räusperte sich, ohne ihr zu antworten.
»Hat er Euch das Geld wieder zurückgegeben?«

»Ich habe ihn eingeladen«, brachte Philipp hervor.
»Das ist sehr freundlich von Euch. Ich danke Euch.« Aude lächelte ihn an, aber dann verfinsterte sich ihr Gesicht wieder. »Hat er denn nicht gesagt, was er danach tun wollte? Ohne Geld? Wie weit kommt man denn mit einem leeren Beutel?«
Ein Dieb holt sich sein Geld schon wieder, verlaß dich drauf, dachte Philipp. Wer weiß, ob die Münzen, die man ihm gestohlen hat, überhaupt die seinen waren.
»Er hat gesagt, er würde sich am nächsten Morgen mit einem Mann treffen, der ihm Geld schulde«, erklärte Philipp.
»Hat er seinen Namen gesagt?«
»Nein.«
Aude schüttelte den Kopf. »Ich greife ständig ins Leere«, murmelte sie.
»Ihr müßtet doch die Freunde Eures Mannes kennen«, platzte Philipp heraus. »Hat er Euch gegenüber denn keinen Namen erwähnt?«
»Nein«, sagte sie und etwas leiser: »Er hat niemals von irgendwelchen Freunden gesprochen.«
Philipp erwiderte nichts darauf, und Aude seufzte und blickte in den Himmel, der schon zu einem Viertel mit Wolken bezogen war. Die Abendsonne war hinter den Wolken verschwunden, aber es wurde nicht kühler.
»Wißt Ihr, er war nicht immer so«, erklärte Aude. »Er hat mit dem Trinken angefangen, als er das erste Mal hier war.«
»Hier? Ihr meint hier in der Stadt?«
»Es ist schon etliche Jahre her. Ich war noch ein Mädchen und wartete darauf, daß er mich würde heiraten, so wie seine und meine Eltern es einander versprochen hatten. Er

schob es ständig hinaus und scherzte, daß ich viel zu jung sei für ihn; dabei ist er nur zehn Jahre älter als ich. Ich glaube, er wollte sich noch nicht niederlassen. Seine Eltern waren in der Zwischenzeit gestorben, und er war der einzige Sohn, der das Kindesalter überlebt hatte, also hatten sie ihm ihren Hof vererbt – aber das unstete Leben, das er in den letzten Jahren geführt hatte, übte eine große Verlockung auf ihn aus.«
»Unstetes Leben?« fragte Philipp. »Als Sänger?«
Aude starrte ihn an, sichtbar aus ihren Gedanken gerissen.
»Als Sänger? Wie kommt Ihr darauf?«
»Er hat in der Herberge gesungen«, erklärte Philipp und verfluchte sich gleich darauf dafür, daß er sich wieder ein Detail aus seiner Begegnung mit Minstrel hatte entlocken lassen. Aude schlug die Augen nieder.
»Er hat eine schöne Stimme, aber daß er einmal in der Öffentlichkeit gesungen hätte ... Er muß sehr betrunken gewesen sein.« Sie machte ein verlegenes Gesicht. »Nun, um Eure Frage zu beantworten: Er zog nicht als Sänger umher, sondern als ... ein Mann, der schön schreibt? Ein Kalligraph? Niemand kann so schöne Schriften malen wie er. Man glaubt nicht, daß er es geschrieben hat, wenn man eine Seite sieht, selbst wenn man ihn dabei beobachtet hat. Um seinetwillen habe ich gelernt, die verschiedenen Schriften auseinanderzuhalten, damit ich seine Arbeit würdigen konnte.«
Philipp schüttelte ungläubig den Kopf »Ich hatte geglaubt, nur in den Klöstern würde kalligraphisch gearbeitet. Ich selbst habe ...«, er brach ab.
»In den Klöstern werden die geistlichen Schriften kopiert und bearbeitet – jedenfalls ist das bei uns so«, erwiderte Aude. »Was aber ist mit den weltlichen Urkunden? Mit

Belobigungen, Mitgifturkunden, Besitzüberschreibungen und dergleichen? Jeder, der etwas auf sich hält, möchte bewundernswerte Dokumente der Nachwelt hinterlassen. Etwas notieren kann jeder, aber etwas Dauerhaftes schaffen, das seinen Wert auch über Generationen nicht verliert – dazu bedarf es eines Künstlers. Geoffroi ist ein Künstler. Und als Künstler zog er im Land umher. Er sagte immer, die Arbeit kommt nicht zu einem; man muß ihr nachreisen, dann heißt sie einen willkommen.«
»Und dabei reiste er auch hierher.«
»Ich weiß nicht, wo er überall war; anfangs interessierte mich nicht mehr von ihm außer, daß er mein Ehemann würde, wenn ich das nötige Alter erreicht hätte. Als wir heirateten, wurde er ruhiger. Dann, vor drei oder vier Jahren, teilte er mir mit, er habe eine Botschaft erhalten, daß eine große Aufgabe jenseits der Grenze auf ihn warte.«
»Da ist die Arbeit doch einmal zu ihm gekommen«, sagte Philipp trocken.
»Ja; aber er schien nicht besonders begeistert. Ich hatte das Gefühl, er war beunruhigt. Ich glaube, er hatte schon einmal für diesen Auftraggeber gearbeitet. Vielleicht hatte er eine Arbeit nicht zu seiner Zufriedenheit ausgeführt und wurde nun aufgefordert, sie in Ordnung zu bringen – jedenfalls machte er ein nachdenkliches Gesicht, bevor er davonritt. Er kam erst nach vielen Tagen wieder, wortkarg und still.« Sie stockte und sah Philipp an, und er glaubte, Verletztheit und Verwunderung in ihrem Blick zu bemerken. »Er sagte mir nicht, was passiert war. Er fing nur an zu trinken. Und schrieb keine einzige Zeile mehr.«
»Ich verstehe«, sagte Philipp. »Ihr denkt, was immer ihm damals hier passiert ist, könnte sich jetzt wiederholen und die ganze Sache noch schlimmer machen.«

Plötzlich entstand ein Szenario vor seinen Augen: Minstrel, der von Radolf angeworben wurde, seine Mitgiftstreitigkeiten auf demselben Weg zu klären, den Kardinal da Uzzano schließlich mit Hilfe Philipps zu beschreiben begann. Doch Minstrels Künste hatten vor dieser heiklen Aufgabe versagt, und er hatte ein unvollendetes Werk hinterlassen. Vielleicht war er geflohen. Nach Jahren spürte Radolf ihn auf und forderte ihn auf, seine Arbeit zu beenden. Minstrel lieferte auch beim zweiten Mal nichts Brauchbares ab, und er kehrte zurück und begann an sich und seiner Kunst zu verzweifeln. Schließlich brach er ein drittes Mal zu Radolf auf – um ihn zu erpressen oder um einen letzten Versuch zu machen, seine Arbeit abzuschließen. Auf einmal war es Philipp klar, wo er wieder auf Minstrel stoßen mußte, früher oder später: auf Radolfs Besitz – dort, wohin er sowieso in der nächsten Zeit zurückkehren mußte. Er fühlte grimmige Befriedigung bei diesem Gedanken.

»So ist es«, sagte Aude. »Er ist schon lange nicht mehr der Mann, der er war. Ich fürchte um seine Gesundheit.«

Das solltest du, wenn ich ihn erst zu fassen kriege.

»Es bleibt mir nichts übrig, als mich weiterhin umzuhorchen.«

»Ihr solltet vielleicht vorsichtig sein«, erwiderte Philipp und dachte: *Er ist es nicht wert, daß du dich für ihn in Gefahr begibst. Wer weiß, mit welchem Gesindel er sich mittlerweile umgibt.*

»Weshalb?« fragte sie scharf und kniff die Augen zusammen.

»Na ja, eine Stadt ... eine Stadt ist gefährlich ...«, stotterte Philipp.

»Ich werde Euren Herrn bitten, mir eine ausreichende

Eskorte zu gewähren, solange ich mich hier aufhalte. Ich danke Euch für Eure Sorge.«
»Er hat Euch bereits eine Eskorte zugeteilt«, seufzte Philipp.
»Wen?«
»Sie steht vor Euch.«
Aude sah ihn ungläubig an, dann verzog ein Lächeln ihr Gesicht; das erste Lächeln, das sich auch in ihren Augen widerspiegelte.
»Einen besseren Begleiter kann ich mir nicht wünschen«, rief sie. »Den Mann, der meinem Gemahl in einer schwierigen Situation geholfen und der seine Ehre vor seiner Frau bis zuletzt verteidigt hat.«
Wenn du wüßtest, dachte Philipp und sagte: »Laßt uns ins Haus zurückkehren. Das Gewitter wird bald hier sein.«

Nach dem Abendmahl zog Philipp sich mit seinem Herrn in dessen Kammer zurück, um mehr über seine Fortschritte bei Radolf zu berichten.
»Sofern man von Fortschritten sprechen kann«, erklärte Philipp. »Die Dokumente, die seine Frau besessen hat, sind angeblich bei einem Brand vernichtet worden, und woran Radolf sich erinnern kann, ist bestenfalls lückenhaft und läßt sich außerdem nicht belegen. Ich weiß nicht, wo ich ansetzen soll. Man möchte denken, daß über einem, der im Auftrag eines Kardinals handelt, der Geist Gottes schwebt. Aber der hat sich scheinbar verflogen.«
»Du kannst nicht alles neu erfinden«, warnte Raimund. »Ein solches Lügengebäude hält nicht stand.«
»Wem sagt Ihr das.«
»Es gibt noch eine Möglichkeit, wie du an Abschriften der

Hochzeits- und Mitgifturkunden gelangen könntest«, sagte Raimund langsam. »Ich erinnere mich, daß ich, als ich zur Pilgerfahrt aufbrach, nicht all meine Ausrüstung selbst finanzieren konnte. Also ging ich zu einem jüdischen Geldverleiher in der Stadt, dessen Namen mir ein Freund genannt hatte. Ich nahm gegen Zins ein Darlehen. Vielleicht stand Radolf damals vor demselben Problem.«
»Was würde mir das weiterhelfen? Daß Radolf gegen die Heiden in den Krieg zog, stellt ja niemand in Abrede.«
»Die Juden verleihen nicht an jeden Hergelaufenen ihr Geld. Sie verlangen ein Faustpfand: zur Not in der Form von Beglaubigungen, Unterlagen, Dokumenten. Immerhin müssen sie sicherstellen, daß der Schuldner ihre Zinsen auch bezahlen kann, und dazu erkundigen sie sich, welchen Besitz der Schuldner vorzuweisen hat.«
Philipp begann zu lächeln.
»Radolfs Mitgiftpapiere. Sie waren das einzige, was er vorzuweisen hatte.«
»In der Regel geben die Wucherer sich mit Abschriften zufrieden. Vielleicht lassen sie sich noch finden. Man sagt den Juden nach, daß sie sich nicht von ihren alten Sachen trennen können.«
Philipp grinste jetzt. Insgeheim fragte er sich, weshalb es ihm Freude machte, einen Ausweg für Radolf gefunden zu haben, aber es fiel ihm nur Dionisia ein.
»Morgen reite ich in die Stadt und suche die *platea Judeorum* auf.«
»Erkundige dich beim Judenbischof, dem Vorsteher der Judengemeinde. Er kann dir vermutlich am besten weiterhelfen.«
Philipp nickte und stand von der Truhe auf, auf die er sich gesetzt hatte. »Ich danke Euch für Euren Rat«, sagte er.

»Danke lieber meiner Erinnerung an ein Unternehmen, das mir außer einem teuren Darlehen und Strapazen nichts eingebracht hat.«

»Ich hoffe, Ihr habt das Geld, das Ihr Euch damals geliehen habt, nicht mit Zinsen zurückgezahlt?« fragte Philipp.

»Wegen des Zinserlasses, den der Papst für alle Teilnehmer an der Pilgerfahrt aussprach? Natürlich habe ich meine Zinsen bezahlt; der Jude war gerecht. Er hatte einen anständigen Zinssatz mit mir vereinbart, obwohl er meine Zwangslage erkannte, und so empfand ich es im Gegenzug nur als gerecht, ihm diesen Satz auch zu zahlen.«

»Von den gerechten Juden hat es vermutlich nicht gerade viele gegeben«, sagte Philipp nüchtern. »Ich habe gehört, daß damals Zinssätze von mehr als den erlaubten sechsundachtzig Prozent keine Seltenheit waren.«

»Es gab auch nicht sonderlich viele Gerechte unter den christlichen Schuldnern«, sagte Raimund.

Philipp wandte sich zum Gehen, dann schlug er sich vor die Stirn und drehte sich wieder um. »Das hätte ich beinahe vergessen«, sagte er. »Auf dem Markt habe ich einen Knecht von Rasmus, dem flandrischen Händler, übernommen. Ein Mann namens Lambert mit einer Narbe auf der Stirn.«

Raimund nickte. »Er kam mit Galbert und Seifrid und dem Stoff, den du eingekauft hattest, und bat um die *commendatio*. Ich habe sie ihm gegeben.«

»Was haltet Ihr von ihm?«

»Du hast ihn eingekauft. Was hältst du von ihm?«

»Rasmus sagte, er hielte ihn für unbedenklich. Da auf etlichen Pächterhöfen Männer fehlen und Lambert zu jeder Arbeit bereit war, dachte ich, es wäre eine gute Idee, den Mann in Eure Dienste zu nehmen.«

»Jetzt weiß ich, was Rasmus von ihm hält«, schmunzelte Raimund.

»Warum soll ich um den Busch herumschleichen? Je länger ich mit ihm sprach, desto weniger mochte ich ihn. Ich fürchte, ich habe Euch eine Laus in den Pelz gesetzt. Vielleicht hatte ich an diesem Tag keine so glückliche Hand, was neue Bekanntschaften betrifft.«

»Immer mit der Ruhe. Wenn er seine Arbeit nicht zur Zufriedenheit erledigt, werden wir es spätestens bei der nächsten Ernte erfahren. Solange will ich ihm eine Chance geben.« Raimund musterte Philipp neugierig. »Was hast du an ihm nicht gemocht?«

»Seine hochfahrende Art. Und daß er seine Augen nicht stillhalten kann.«

»Ja«, sagte Raimund, »das habe ich auch bemerkt. Der Kerl hat entsetzliche Angst.«

Die Bewahrer der Vergangenheit

Philipp, der in der Geselligkeit der nächtlichen Aula seines Herrn, umgeben vom Rest des Gesindes auf der großen Strohschütte liegend, merkwürdig schlecht geschlafen hatte, fand sich kurz nach dem Morgengrauen bei den Stallungen ein, um ein Pferd zu holen und in die Stadt zu reiten, erschöpft und schlecht gelaunt. Galbert, dazu ausersehen, ihn in die Stadt zu begleiten und dort auf ihn zu warten, war noch früher aufgestanden und beschäftigte sich mit einem zweiten Pferd anstatt des Maultiers, auf dem er gewöhnlich zu reiten pflegte. Philipp sah den zierlichen Sattel und fragte mißmutig: »Für wen sattelst du auf?«

»Die Frau, die beim Herrn zu Besuch ist, wird uns begleiten.«

»Wer hat das angeordnet?«

»Der Herr selbst; noch gestern nacht.«

Philipp wandte sich verärgert ab. Aude betrat den Stall und nickte ihm zu; als sie sein übellauniges Gesicht sah, zogen sich ihre Augenbrauen zusammen.

»Stimmt etwas nicht?« fragte sie.

»Ihr wollt mit in die Stadt reiten«, sagte er. Es klang wie ein Vorwurf, nicht wie eine Frage. Aude schloß den Halsausschnitt einer mit großen blauen Rauten gemusterten *gonna*, die sie über ihrem Kleid von gestern trug, mit einer Spange und sagte: »Natürlich; Ihr seid doch mein Begleiter, stimmt es nicht? Ich muß herausfinden, was mit Geoff-

229

roi geschehen ist, und das kann ich nur in der Stadt. Wenn Ihr ohnehin dorthin reitet, spart Ihr Euch einen zweiten Weg.«
»Ich habe selbst zu tun in der Stadt. Ich kann mich nicht auch noch um Euch kümmern.«
»Oh, ich kann warten, bis Ihr Euer Geschäft erledigt habt.«
»Das kann lange dauern«, erwiderte Philipp garstig.
»Ich verlange ja nicht mehr, als daß Ihr mich danach zu ein paar Stellen begleitet, von denen ich hoffe, daß mein Mann dort gewesen ist: weitere Herbergen, die Ratsstube der Stadtschöffen, den Markt ...«
»... und noch hundert andere Plätze, vermute ich.«
»Wo sich die Männer eben aufhalten, wenn die Frauen nicht auf sie aufpassen«, sagte Aude spitz.
»Und was wollt Ihr tun, solange ich meine Geschäfte erledige? Die Zügel meines Pferdes halten?« brummte Philipp und beschloß, nicht auf Audes letzte Aussage einzugehen.
»Da werde ich eben Euch begleiten und Euch auf Frauenart die Ohren vollsingen, bis Ihr nicht mehr wißt, wo Euer Kopf steht.«
Philipp erkannte, daß sie wütend war. Er seufzte.
»Ihr braucht nicht gleich auf mich loszugehen«, sagte er.
»Nachdem Ihr seid auf mich losgegangen zuerst, soll ich jetzt meinen Mund halten, ist es so? Ihr habt Eure schlechte Laune abreagiert an mir, und – *voilà* – alles ist gut, und es ist Frieden?« rief sie aufgebracht.
Philipp warf Galbert einen Seitenblick zu; dieser schien eifrig damit beschäftigt, die bereits glänzende Flanke von Audes Pferd zu striegeln.
»He«, sagte Philipp. »Willst du den Gaul blankscheuern? Wenn du hier nichts mehr zu tun hast, dann geh dein verdammtes Maultier holen.«

Galbert grinste, aber er legte den Striegel beiseite und machte eilig, daß er davonkam. Philipp sah ihm ungnädig hinterher.
»Ich wollte Euch nicht den Mund verbieten«, sagte er dann heftig zu Aude. »Es gibt nur nichts mehr über das Thema zu bereden.«
»Es gibt immer dann nichts mehr über etwas zu bereden, wenn den Männern nichts mehr dazu einfällt.«
Philipp schnaubte und stellte fest, daß Aude ihm auf die Nerven ging. Sie mochte eine schöne Frau sein, aber ihr hartnäckiges Verlangen danach, unter allen Umständen das letzte Wort zu behalten, verdroß ihn. Er dachte an Dionisia, die ihre aussichtslose Lage mit tapferer Melancholie ertrug, anstatt so zänkisch zu sein wie Minstrels Frau.
»Was wollt Ihr von mir?« rief er. »Wollt ihr mir die Kehle durchschneiden? Hier!« Er deutete zornig auf seinen Hals.
»Wenn Ihr kein Messer habt, könnt ihr es ja mit Eurer scharfen Zunge versuchen.«
Aude sah trotzig an ihm vorbei. Galbert näherte sich mit einem Maultier am Zügel und einem möglichst unbeteiligten Gesicht.
»Reiten wir jetzt los oder nicht?« fragte sie.
»Ja, wir reiten los.«
Aude stapfte zu ihrem Pferd und faßte in seine Mähne. Philipp machte einen widerwilligen Schritt auf sie zu, um ihr in den Sattel zu helfen, aber sie zog sich alleine hinauf und setzte sich zurecht. Sie zupfte am weiten Rock ihres Kleides. Die ärmellose *gonna*, fußlang mit einem langen Schlitz vorn und hinten, erlaubte ihr, den Leib ihrer schlanken Stute zwischen die Beine zu nehmen, aber das Kleid rutschte dennoch nach oben. Philipp versuchte, den

Blick abzuwenden, damit er ihre Fesseln nicht sah. Es waren schlanke Fesseln, die in festen, halbhohen Schuhen steckten. Aude tat so, als habe sie seinen Seitenblick nicht gesehen. Sie sah auf ihn hinunter, noch immer verärgert.
»Da Eure Geschäfte so lange dauern werden, solltet Ihr endlich auch aufsitzen«, forderte sie ihn auf.
Philipp kletterte in den Sattel. Aude lenkte ihr Pferd an ihm vorbei aus dem Stall und trabte voran, ohne sich nach ihm umzusehen. Philipp warf Galbert einen besiegten Blick zu und folgte ihr.
Auf dem Weg zur Stadt verflog sein Zorn auf Aude, und auch ihr schien es ähnlich zu gehen. Nach einer Weile zügelte sie ihr Pferd und wartete, daß Philipp sie einholte. Ein Weile ritten sie schweigend nebeneinander her, während Galbert einige Schritte hinter ihnen blieb und so tat, als würde ihr Gespräch ihn nicht im mindesten interessieren. Das Gewitter des gestrigen Abends hatte noch verstreute Wolkenfetzen am Himmel zurückgelassen, und die Pferdehufe wirbelten mit dem trocknenden Staub der Straße eine Erinnerung an den Regengeruch der Nacht auf. Aude fuhr sich mit der Hand über ihren Nacken und rückte danach die Kappe mit dem Kinnschleier wieder zurecht. Das helle Licht ließ Philipp erkennen, daß sie blaß war und dunkle Schatten unter ihren Augen lagen. Er beugte sich zu ihr hinüber.
»Fühlt Ihr Euch wohl?« fragte er.
Sie zuckte mit den Schultern. »Ich habe nicht viel geschlafen. Ich mußte über Geoffroi nachdenken.« Sie seufzte und rieb sich über den Leib. »Außerdem bin ich hungrig.«
»Habt Ihr vor unserem Aufbruch nichts gegessen?«
»Als ich in den Saal hinunterkam, sagte man mir, Ihr wärt

schon zusammen mit – *Galbért*, das ist sein Name, richtig? – aufgebrochen. Ich mußte mich beeilen.«
»Das tut mir leid. Ich habe auch nichts bei mir, was ich Euch anbieten könnte, und ich fürchte, es wird ein langer Tag.« Er drehte sich im Sattel zu Galbert um. »Hast du etwas zu essen eingesteckt?«
»Warum, kracht dir jetzt schon der Magen?«
»Nicht mir, du Dummkopf, sondern Frau Aude.«
»Meine Taschen sind so leer wie ...«
»... wie dein Kopf, das hab' ich mir gedacht«, brummte Philipp. Aude winkte ab.
»Ich habe ein paar Münzen eingesteckt. Vielleicht kann ich auf dem Markt etwas kaufen.« Sie lächelte plötzlich. »Wenn Ihr eine Herberge wißt, in der man sich etwas zu essen zubereiten kann, kann ich für uns kochen. Ich bin keine schlechte Köchin. Daß Geoffroi so dünn ist, liegt nicht an meinem Essen.«
»Ihr kocht das Essen selbst?«
»Zuweilen, wenn ich Lust dazu habe. Es macht mir Spaß.« Philipp schüttelte den Kopf. »Das ist die Arbeit der Küchenmägde«, sagte er belustigt.
»Wer führt im Haus Eures Herrn die Frauengeschäfte? Die Überwachung der Vorratsspeicher und die Erhebung der Abgaben der Bauern? Euer Herr ist nicht verheiratet.«
»Ich selbst«, erklärte Philipp erstaunt.
»Und warum tut Ihr das?«
»Na ja ... weil es sonst niemand macht«, sagte Philipp und fragte sich, worauf sie hinauswollte.
»Ihr könntet ja jemanden damit beauftragen. Eine der Frauen aus dem Gesinde; oder die Gattin eines der Gefährten Eures Herrn bitten, sich darum zu kümmern.«

233

»Damit gerade dann die Vorräte ausgehen, wenn der Herr seine Gefährten zum Mahl einladen will? Damit den Bauern jedesmal etwas anderes abverlangt wird, bis sie ganz wirr im Kopf werden? Nein danke«, sagte Philipp und winkte ab. »Da mache ich es lieber selbst.«

»Seht Ihr, da verrichtet Ihr auch eine Tätigkeit, die eigentlich nicht die Eure ist. Ebenso geht es mir mit dem Kochen.«

»Ihr meint damit, daß Ihr das Essen selbst zubereitet, weil Ihr besser kochen könnt als Eure Küchenmägde?«

»Nein«, lachte sie. »Da schließt Ihr von Euch auf andere. Ihr tut Eure Arbeit selbst, weil Ihr glaubt, keiner kann sie so gut wie Ihr erledigen. Ich tue meine Arbeit, weil ich Spaß daran habe.«

Philipp schob die Lippen nach vorn, aber er war nicht wirklich gekränkt. Er sah Aude abschätzend an, und sie gab seinen Blick frei zurück.

»Der Herr erhalte die Einbildungskraft der Männer«, sagte sie fröhlich. »Ich hoffe bloß, Ihr haltet Euch nicht auch noch für prädestiniert, die Kinder der Gefährten Eures Herrn zu erziehen und die schwangeren Dienerinnen zu verheiraten.«

»Nein, das ist mir zu gefährlich. Am Ende wollen die schwangeren Dienerinnen alle mich heiraten.«

Aude lachte und ritt dann ein paar Momente schweigend neben Philipp entlang.

»Ist Euch noch etwas eingefallen?«

»Zu welchem Thema?«

»Zu Geoffroi, Euer Herr sagte, Ihr würdet Euch heute morgen vielleicht noch an mehr Einzelheiten zu Eurer Begegnung mit ihm erinnern.«

»Das ist leider nicht der Fall.«

»Warum belügt Ihr mich?« fragte sie sanft. Philipp starrte sie an und merkte, daß er rot wurde.
»Ich lüge nicht«, krächzte er.
Sie seufzte und blickte wieder geradeaus.

Der *vicus* der Judengemeinde lag östlich des Alten Marktes, zwischen der Marspforte und der Judenpforte, und begann hart hinter dem Rathaus. Im Unterschied zu den Judenvierteln anderer Städte bildete der *vicus* keine eigene kleine Stadt innerhalb der Stadtgrenzen, auch wenn dies von etlichen Patriziern bereits gewünscht und angeregt wurde. Die Mauern und Tore, die in den anderen Städten sowohl dazu dienten, die jüdischen Bewohner des Viertels in ihrem eigenen Bereich zu halten als auch etwaigen christlichen Besuchern von einem Aufenthalt in der Judengemeinde abzuraten, fehlten in Köln. Die Berührung der christlichen mit der jüdischen Einwohnerschaft war auf beiden Seiten zumindest geduldet. Dennoch bewegten sich wenige jüdische Bürger in den christlichen Wohnvierteln und umgekehrt; erstere hatten die Stätten ihres Verdienstes inmitten ihrer eigenen Leute und sahen kaum einen Anlaß, diese zu verlassen, letztere begaben sich nur in den Bereich der jüdischen Gemeinde, wenn dringende Geschäfte (in der Regel Kreditaufnahmen) sie dorthin führten. So war auf eine ungewisse Weise doch ein Ghetto entstanden, mit einer nicht ganz scharfen und dennoch spürbaren Abgrenzung der beiden Glaubensrichtungen untereinander, und wenn eine der beiden Bürgerschaften davon einen Nachteil hatte, dann waren es die Juden. Ghettomauern bilden auch einen gewissen Schutz, und Tore lassen sich gegen christliche Fanatiker verschließen, solange der Stadtherr geneigt ist, seine Juden zu schützen. In Köln hatte der Stadtherr zwar über die Generationen hinweg seine Hand über das Judenviertel gehalten (motiviert durch die Judenregal, die Gebühr, die die Juden für die Erlaubnis zum Wohnen und Arbeiten innerhalb der Stadtmauern entrichteten und die in die Tasche des Stadtherrn floß), aber ein handfester Schutz wie eine Mauer war nicht vorhanden. So hatte die Judengemeinde die allfälligen Pogrome ebenso erleiden müssen wie andere jüdische Gemeinden in anderen Städten, mit ihrem bisherigen Höhepunkt während der Morde und Plünderungen anläßlich des Aufbruchs des Pilgerheeres von Peter von Amiens vor hundertfünfzig Jahren. Den jüdischen Bürgern, im allgemeinen fröhlich und aufgeschlossen, eignete deswegen eine gewisse unterschwellige Fähigkeit zum Argwohn, die um so dramatischer zum Vorschein kam, je unruhiger die Zeiten waren. Zeiten, in denen der weltliche und der geistige Führer der Christenheit offen miteinander im Krieg lagen, hatten als besonders unruhig zu gelten. Und diejenigen, die das tausendjährige Reich Christi bereits herandämmern sahen und die Ansicht hegten, daß darin kein Platz war für die angeblichen Mörder des Heilands, würden dafür sorgen, daß sie noch unruhiger würden.

Auch ohne die architektonische Trennung zwischen der *platea Judeorum* und der übrigen Stadt schien es, als würde man eine andere Welt betreten, sobald man, vom Rhein her kommend, durch die Marspforte oder, von Westen wie Philipp und Aude, durch die Judenpforte geritten war. Aude hatte darauf bestanden, ihn zu begleiten, während Galbert sich ohne viel Murren im »Kaiserelefanten« absetzen ließ, wo er dem Wirt um den Bart und den Schankdirnen um ihre drallen Hinterteile gehen würde, um von dem einen ein paar Schluck Wein und von den anderen ein paar zärtliche Gunstbeweise geschenkt zu bekommen. Aude schien über den abrupten Übergang von den christlichen zu den jüdischen Gassen erstaunt zu sein; sie drehte den Kopf mit einer gewissen Aufmerksamkeit hin und her. Das vierte Laterankonzil hatte den Juden vorgeschrieben, einen hohen spitzen Hut zu tragen, um sich von den christlichen Bürgern ihrer Stadt zu unterscheiden, und die weltlichen Herrscher hatten sich den Geboten angeschlossen, indem sie den männlichen Juden zudem untersagten, sich prächtig herauszuputzen. Da sich nur wenige Christen in der Judengemeinde aufhielten, war das Leben in den Gassen demzufolge von den nüchternen, schwarzen Kaftanen und den seltsam anmutenden Kopfbedeckungen bestimmt und wirkte in seiner gepflegten Uniformität ungewohnt im Vergleich zu der bunten, vielfältigen (und unterschiedlich abgerissenen) Kleidung der christlichen Einwohner der Stadt. Die Abfallhaufen in der Mitte der Straße waren niedriger und vereinzelter, als ob die jüdischen Hausbesitzer die Verordnungen der Stadtbehörden, ihren Abfall selbst zu den Sammelgruben zu schaffen, ernster nahmen als die Christen.

Ungewohnt wirkte auch die Stille, in der das Leben im Judenviertel abzulaufen schien. Die Falte zwischen Audes Augenbrauen mochte darauf hindeuten, daß ihr die merkwürdige Stimmung auffiel, während Philipp, der sich schon des öfteren in der Nähe des *vicus* aufgehalten hatte, wenn er auch noch niemals darin gewesen war, unbefangen durch die Menge ritt. Es fiel ihm jedoch auf, daß er und Aude die einzigen Berittenen innerhalb einer großen Menge von Fußgängern waren. Die Menschen, die dem langsamen Schritt ihrer Pferde mit unbewegten Gesichtern

auswichen oder ihnen kurze neugierige Blicke zuwarfen, sahen nicht anders aus als diejenigen außerhalb des Viertels, hatte man sich erst einmal an ihre Kleidung gewöhnt. Der Anteil an schlank gebauten, dunkelhaarigen Männern und zarten, hübschen Frauen mochte im Vergleich zum christlichen Teil der Stadt vielleicht überwiegen und ebenso der Putz der Frauen, der in verschwenderischer Pracht die aufgezwungene Schlichtheit der männlichen Kleidung ausglich, aber ansonsten war die Bevölkerung ebenso bunt gemischt wie anderswo. Philipp sah in die hübschen Gesichter der jungen Frauen und dachte an Dionisia.
»Wohin müssen wir uns wenden?« fragte Aude.
»An ihren Gemeindevorsteher. Ich brauche ein paar Namen und Adressen von ihm.«
»Wißt Ihr, wo er zu finden ist?«
Philipp schüttelte den Kopf. »In der Nähe des Rathauses, vermute ich. Sie haben dort ein Gemeindezentrum mit einer Synagoge, einem Backhaus, einem Bad und was weiß ich noch alles.« Er beugte sich zu einem Mann in mittlerem Alter, der eben ihren Pferden aus dem Weg gegangen war, hinunter und sprach ihn an.
»Könnt Ihr mir den Weg zu Eurem Gemeindevorsteher zeigen?«
Der Mann blickte ihm ins Gesicht, und Philipp zuckte betroffen vor der Ablehnung zurück, die dem Mann aus den Augen sprach. Als hätte er zu laut geredet, schienen sich gleichzeitig alle anderen Passanten um sie herum umzudrehen und sie anzustarren. Aude lenkte ihr Pferd näher an seines heran und machte ein besorgtes Gesicht.
»Ihr wollt zu Parnes Josef?« fragte der Mann mit kalter Höflichkeit.
»Wißt Ihr, wo sein Haus steht?«

Der Mann drehte sich zu zwei anderen Juden um, die neben ihn getreten waren und Philipp mit dem gleichen Mißtrauen musterten. Sie bewegten in einer beredten Geste die Hände: Wir wissen nicht, was von diesem *gojim* zu halten ist.

Zögernd beschrieb der erste Mann ihm den Weg. »Seid Ihr in offizieller Angelegenheit hier?« fragte er schließlich.

Was ist eine offizielle Angelegenheit? dachte Philipp. Er schüttelte den Kopf. »Ich möchte nur ein paar Dokumente einsehen, und ich hoffe, Euer Parnes kann mir weiterhelfen.« Die Augen des Mannes weiteten sich. Er preßte die Kiefer zusammen und tauschte mit den beiden anderen Blicke aus. Inzwischen hatten sich weitere Menschen um sie geschart. Philipp spürte, wie die Flanke von Audes Pferd sein Bein berührte. Er wandte sich zu ihr um und wurde gewahr, daß wenigstens zwei Dutzend Menschen um ihre Pferde standen und einen dichten Ring bildeten. Verschlossene Gesichter waren ihnen zugewandt. Die Pferde schnaubten nervös angesichts der vielen Fremden um sie herum. Es wäre ein leichtes gewesen, ihn und Aude zu packen und von ihren Rücken zu ziehen.

»Ihr werdet nicht willkommen sein«, erklärte der Mann und wandte sich ab. Als hätte er ein Zeichen gegeben, begann sich die Menge zu zerstreuen. Nach wenigen Augenblicken waren Aude und Philipp wieder allein. Philipp atmete aus.

»Was liegt den guten Leuten denn hier im Magen?« fragte er Aude und probierte einen Scherz: »Hat Euer Pferd einem der Bürger ein paar Äpfel auf den Kopf fallen lassen?« Aude sah ihn ernst an.

»Sie haben Angst«, sagte sie.

»Was? Angst? Das sah mir eher nach Zorn aus.« Er drehte

sich um, aber die Menschen um sie herum ignorierten sie wieder. Nur aus den Augenwinkeln sah er, wie ihnen verstohlene Blicke zugeworfen wurden; Augen wurden hastig gesenkt, sobald er sich in ihre Richtung wandte.
»Das ist nur die Wut, hinter der sich die Angst versteckt.«
Philipp war nicht in der Laune, ihr zu widersprechen. Sein Herz schlug schneller als zuvor, und seine Unbefangenheit war verflogen. Er verwünschte sich dafür, Aude hierher mitgenommen zu haben. Unwillkürlich wandte er sich zum weit offenen Bogen der Judenpforte um, durch den sie eingetreten waren; die Gasse war leicht gekrümmt, und er war nicht mehr zu sehen, aber der niedrige Torturm ragte hinter den Hausdächern hervor. Es war nicht zu weit entfernt, um umzukehren.
Aude folgte seinem Blick. »Wollt Ihr wieder zurück?« fragte sie.
Auf irgendeine Weise regte ihre unschuldige Frage Ärger in ihm.
»Nein«, knurrte er. »Ich habe hier ein Geschäft zu erledigen. Gehen wir zum Gemeindevorsteher, bevor sie ihm noch alle möglichen Schauergeschichten über uns erzählen.«
»Das ist schon lange geschehen.«
Sie hatte recht; als sie das Gemeindezentrum erreichten, stand der Parnes vor der Tür, umgeben von einem Teil des Judenrates. Man hatte offensichtlich einen Boten zu ihm gesandt, noch während Philipp und Aude sich mit der Menge auseinandergesetzt hatten. Der Gemeindevorsteher trug den gelben Hut und einen weiten Mantel, auf dem der gelbe Judenfleck wie ein Fanal leuchtete. So wie er ihn zur Schau trug, wirkte er fast trotzig. Er hatte langes, fast weißes Haar, das an beiden Wangen herabwallte und wie

nahtlos in einen ebenfalls weißen Bart überging. Der Bart reichte ihm bis zum Schlüsselbein. Sein Gesicht war finster, aber nicht finsterer als die der sieben Männer, die sich um ihn geschart hatten.
»Was wollt Ihr?« fragte er.
Philipp, durch Audes Bemerkung über die mögliche Angst der Juden aufmerksam gemacht, versuchte, durch die Ablehnung im Gesicht des Gemeindevorstehers hindurchzublicken. Es schien ihm, daß er wie Aude imstande war, Furcht dahinter zu entdecken.
Der Gemeindevorsteher sah düster zu ihm hinauf. Philipp stieg vom Pferd, um den Größenunterschied zu beenden. Als er auf dem Boden stand, ließ er die Zügel seines Pferdes los; ein paar der Gemeinderäte kommentierten diese Demonstration mit einem erstaunten Blick. Ein Mann, der die Zügel seines Pferdes fahren läßt, begibt sich in die Hand derer, die ihn umringen. Philipp setzte ein Lächeln auf. Es fiel ihm schwer genug.
»Es muß sich um ein Mißverständnis handeln«, sagte er. »Ich möchte nur einige Eurer Gemeindemitglieder etwas fragen.«
»Was?«
»Ich suche Auskünfte über einen Mann, der vor dem letzten Pilgerzug nach Jerusalem bei einem Eurer Verleiher ein Darlehen genommen hat.«
Die Augen des Gemeindevorstehers verengten sich womöglich noch mehr.
»Wozu?« fragte er.
»Er hat seine Familiendokumente verloren, und ich hoffe, Abschriften wiederzufinden.«
»Warum fragt Ihr nicht in Euren Kirchen und Klöstern nach?«

»Ich ziehe die Sachkenntnis der jüdischen Bürger vor«, sagte Philipp mit einem treuherzigen Augenaufschlag.
Der Parnes wechselte nachdenkliche Blicke mit seinen Räten. Die Mehrzahl von ihnen hatte ihre Gesichter wieder geglättet und nickte. Der Parnes kaute unentschlossen auf seinem Bart, dann nickte er Philipp zu.
»Kommt herein«, sagte er und deutete auf die offenstehende Tür des Gemeindehauses.
Philipp dankte ihm und trat ein paar Schritte auf Audes Pferd zu.
»Ich glaube, es ist alles in Ordnung«, sagte er leise und grinste erleichtert. »Vielleicht haben wir einen ihrer Bräuche verletzt, als wir so mir nichts dir nichts in ihr Viertel geritten kamen.«
Aude schüttelte den Kopf, schickte sich aber an abzusteigen. Philipp hielt sie auf.
»Es wäre mir lieber, wenn Ihr draußen warten würdet«, sagte er.
Aude riß die Augen auf.
»Weshalb denn?« fragte sie ungehalten.
»Ich weiß, daß bei den Juden die öffentliche Unterhaltung zwischen den Geschlechtern verboten ist«, erklärte Philipp. »Daher glaube ich nicht, daß der Parnes sehr erbaut wäre, wenn ich Euch in sein Haus mit hineinschleppte, als wäret Ihr ein Mann und hättet alle seine Rechte.«
»Das sagt Ihr mir erst jetzt? Warum habt Ihr mich dann hierhergebracht?«
»Ihr habt Euch an meine Fersen gehängt«, gab Philipp zu bedenken und versuchte nicht zu grinsen. Zu seinem Erstaunen blieb Aude friedlich. »Ich werde mich beeilen«, versprach er. »Und ihr braucht Euch nicht zu ängstigen. Niemand wird Euch etwas antun.«

Aude machte ein verächtliches Geräusch. Philipp drehte sich nochmals um.
»Tut mir auch bitte den Gefallen, hier nicht herumzulaufen. Es gehört sich nicht für eine Frau, ohne Begleitung unterwegs zu sein. Das gilt im Judenviertel genauso wie außerhalb.«
»Paßt nur auf, daß Ihr Euch nicht daneben benehmt«, zischte Aude wütend.
Philipp konnte seine gute Laune nicht mehr zurückhalten. Er grinste Aude breit an. »Ich bin der Anstand in Person«, sagte er und schlüpfte in das Haus hinein.
Aude seufzte und setzte sich im Sattel zurecht. Ihr Zorn auf Philipp verrauchte ebenso schnell, wie er gekommen war, und machte einer leisen Erheiterung Platz. Sichtlich war ihm erst vor dem Haus des Gemeindevorstehers wieder eingefallen, daß jüdische Männer sich im Umgang mit den Frauen noch unnatürlicher benahmen als der Rest der Welt, und daß er es als Mittel genommen hatte, ihr ihre Hartnäckigkeit heimzuzahlen, belustigte sie eher, als daß sie sich darüber ärgerte. Auf seine Art wirkte seine Rache harmlos und wie ein Spiel, von dem er selbst nicht wußte, daß er es spielte. Die Fähigkeit zur wahren Boshaftigkeit fehlte ihm. Sie dachte, daß er darin in gewisser Weise Geoffroi ähnelte; dem Geoffroi, der er vor langer Zeit einmal gewesen war, bevor er die Arbeit jenseits der Grenze angenommen hatte und verändert davon zurückgekommen war. Nun, um ehrlich zu sein: Auch jener Geoffroi war nicht in Wirklichkeit so gewesen. Woran sie sich erinnerte, war das Wunschbild von Geoffroi Cantat, das sich in ihr geformt hatte, während sie auf die Hochzeit mit ihm wartete, und das er niemals völlig hatte erfüllen können.
Aude verspürte wieder die Sorge um Geoffroi, die sie

schon zu spüren begonnen hatte, kaum daß sie verheiratet gewesen waren, und die sie weder jemals hatte benennen noch aus ihren Gedanken verbannen können, so daß sie ein steter Begleiter ihrer Gemeinsamkeit geworden war. Sie erkannte erstaunt, daß sie sich beinahe mit Erleichterung auf die Suche nach ihm gemacht hatte, obwohl die Dauer seines Fortbleibens noch durchaus keinen Anlaß zu ernsten Bedenken gegeben hätte. Die Erleichterung rührte daher, daß sich erstmals ein Weg gefunden hatte, ihrer Sorge einen Namen zu geben: Geoffroi ist etwas zugestoßen. Keine Angst ist so schlimm wie die vor etwas, das man nicht benennen kann.
Sie richtete den Blick auf ihre Umgebung. Mittlerweile hatte sie sich an das fremdartige Erscheinungsbild der Menschen im Judenviertel gewöhnt, aber das Gefühl, in eine andere Sphäre inmitten der Normalität einer abendländischen Stadt (*was immer am Treiben in einer Stadt als normal betrachtet werden kann*, spottete sie im stillen) geraten zu sein, verging nicht. Im Gegenteil – das abweisende Verhalten der Bewohner hatte es noch verstärkt. Selbst die Häuser wirkten beklommen. Sie mochten auf den ersten Blick nicht anders aussehen als außerhalb der Gemeinde, aber ein genaueres Hinsehen verriet ein unterschiedliches Lebensgefühl: Die Enge des Viertels und der Drang seiner Einwohner, ihre Behausungen in der Nähe der zentralen Synagoge zu suchen, hatte dazu geführt, daß die Gebäude noch dichter als draußen zueinander standen und den Eindruck einer Bienenwabe vermittelten, in der jede Biene ihre eigenen Bauvorstellungen verwirklicht hat. Die ständigen Enteignungen und Vertreibungen in der Vergangenheit hatten den Juden jedoch eine achtlose Einstellung zu unbeweglichem Eigentum aufgezwungen, und in dement-

sprechendem Zustand befanden sich die Bauten. Die Wände waren schief, die Dachschindeln voller Lücken, das Holz des Fachwerks moderte, und an vielen Stellen sah das lehmverbackene Stroh hinter dem Putz hervor. Die Quartiere sahen nicht viel besser aus als in einem Elendsviertel im christlichen Teil der Stadt. *Sie sollten anfangen, die Frauen mitreden zu lassen,* dachte Aude, *dann wären ihre Häuser mehr als baufällige Steinhaufen und Bretterbuden.* Aber sie war ungerecht, und sie wußte es. Die meisten der jüdischen Einwohner würden damit rechnen, wenigstens einmal im Leben aus ihrem Haus vertrieben zu werden, und so machte es keinen Sinn, seinen Stolz dareinzulegen; um so mehr, als ein reiches Haus unausweichlich den Schluß nahelegt, es befände sich ein wohlhabender Bewohner darin, und die Reichtümer der Juden hatten schon immer die Begehrlichkeit ihres Herrn, des Königs, ebenso erweckt wie den Haß des besitzlosen christlichen Pöbels.

Schließlich trat Philipp wieder aus der Tür und stellte sich vor ihr Pferd. Obwohl Aude die Zeit nicht lang geworden war, während sie ihren Gedanken nachhing, fühlte sie sich bemüßigt zu sagen: »Nennt Ihr das vielleicht sich zu beeilen? Ich fürchtete schon, hier Schimmel anzusetzen.«

»Er hat mir die Namen aller Geldverleiher im *vicus* aufgezählt, die vor dem letzten Pilgerzug ihr Geschäft hier führten, und ihre Genealogie, angefangen bei Aschkenaz, von dem die Juden hier allesamt abzustammen glauben«, seufzte Philipp. »Ihr könnt noch froh sein, daß seitdem erst ein paar tausend Jahre vergangen sind.«

»Was wollt Ihr von den Geldverleihern? Muß Euer Herr ein Darlehen aufnehmen?«

»Nein; es geht nicht um meinen Herrn. Einer seiner Freunde ist ein Kardinal, und ich kümmere mich in dessen

Auftrag um die Eigentumsdokumente eines Ritters eine Tagesreise von hier entfernt. Ich will versuchen, Abschriften dieser Dokumente bei den Geldverleihern zu finden. Er hat wahrscheinlich für seinen Zug ins Heilige Land Geld geliehen und dafür die Dokumente hinterlegt.«
»Und wie viele Namen hat der Gemeindevorsteher Euch genannt?«
»Acht.«
»Meine Güte. Habt Ihr schon bemerkt, daß es bereits nach dem Mittag ist? Wollt Ihr die alle heute noch aufsuchen?«
»Zwei davon sind mittlerweile gestorben; drei waren durch die Aufhebung der Zinspflicht für die Pilgerfahrer nachher ruiniert und haben die Stadt schon lange verlassen; es bleiben also drei Männer, die ich aufsuchen muß.«
»Das hört sich etwas besser an.«
»Allerdings werde ich die Dokumente erst beim letzten der drei finden, wenn überhaupt«, wandte Philipp ein.
»Woher wollt Ihr das wissen?«
»Weil es mir immer so geht. Wenn der Bäcker aus Versehen einen Stein ins Brot gebacken hat, bin ich garantiert derjenige, der darauf beißt.«
»Pech macht widerstandsfähig«, sagte Aude mitleidlos.
»Ja; und es klebt. Also werdet Ihr an mir kleben bleiben müssen, bis ich meine Geschäfte zu Ende gebracht habe.«

»Ist Euch nun klargeworden, weshalb die Leute hier so ablehnend waren uns gegenüber?« fragte Aude, als sie nebeneinander in eine der Gassen ritten. Der Verkehr war bei weitem geringer als vorher. Es mochte an der dunklen Enge der Gasse liegen oder daran, daß die meisten Bürger

ihre Behausungen aufgesucht hatten, um sich auszuruhen.
»Sie haben Angst; das habt Ihr ganz richtig erkannt.«
»Das war mir schon klar. Wovor haben sie Angst?«
Philipp zuckte mit den Schultern.
»Was weiß ich? Vielleicht, daß ihre Häuser zusammenbrechen, wenn die Tritte eines Pferdes den Boden erschüttern. Ehrlich gesagt beschäftigt mich diese Frage auch.«
»Hört doch auf herumzualbern«, sagte Aude. »Haben sie nichts zu Euch gesagt, was sie bedrückt?«
»Nein. Sie waren am Ende unserer Unterhaltung zwar mehr als höflich, aber darüber haben sie nicht gesprochen.«
»Und Ihr habt auch nicht gefragt, nehme ich an.«
»Ich hatte nicht das Gefühl, vor dem Gralskönig zu stehen, als ich mich mit dem Parnes unterhielt«, erklärte Philipp bissig. »Oder hätte ich fragen sollen: wo drückt der Schuh, edler Parnes Titurel?«
»Der leidende Gralskönig hieß Amfortas«, sagte Aude herablassend. »Titurel war sein Vater. Ihr allerdings würdet einen trefflichen Parzival abgeben.«
»Wie auch immer«, seufzte Philipp friedlich und breitete die Arme aus. »Was glaubt Ihr denn, wovor die guten Leute hier Angst haben?«
»Vor uns.«
»Vor uns beiden? Ich weiß, ich sehe furchterregend aus, aber Ihr ...«
»Vor den Christen und ihren Greueltaten«, erwiderte Aude ungeduldig. »Überall in Frankreich hört man von Überfällen und Brandschatzungen auf die Judenviertel; sogar davon, daß christliche Pöbelhaufen die Juden auf offener Straße erschlagen. Vor ein paar Jahren wurden ganze Wagenladungen ihrer Schriften öffentlich verbrannt.«
»Das habe ich allerdings auch gehört.«

»Unser allerchristlichster König hat die Männer dazu aufgerufen, jedem, der Falsches über den christlichen Glauben sagt, das Schwert in den Wanst zu stoßen. Es wird nicht lange dauern, dann wird er die Juden bei uns entweder alle umbringen lassen oder sie zumindest aus dem Land werfen. Natürlich wird er ihnen vorher noch jeglichen Besitz wegnehmen. Und überall tauchen Fanatiker und Prediger auf und führen Hetzreden. Ich habe sogar schon gehört, daß manche aufstehen und ankündigen, das Ende der Zeiten wäre nahe und die Wiederkehr Christi stünde bevor und man müsse die Juden ausrotten, damit Christus nicht seiner Mörder ansichtig würde, wenn er auf die Welt zurückkäme.«

Audes Worte weckten eine Erinnerung in Philipp: der Prophet, der auf dem Marktplatz über das Kommen des Weltuntergangs berichtet hatte, die Pilger, die seine Worte unterbinden wollten. Wäre auch er noch auf die Vernichtung der Juden zu sprechen gekommen, wenn ihm die Pilger die Zeit dazu gelassen hätten?

»Laßt uns die Geldverleiher aufsuchen«, sagte er düster.

Der Gemeindevorsteher hatte Philipp die Häuser beschrieben, in denen die Geldverleiher ihrer Tätigkeit nachgingen; in der Enge des Judenviertels waren sie nicht schwer zu finden. Vor einem Eingang, der mit wenigen Stufen in das vollkommen finstere Innere eines Hauses hinunterführte, dessen Fensteröffnungen mit Sackleinen verhängt waren, befand sich der Stand des ersten Mannes: ein niedriger Tisch mit einer bunten, abgestoßenen Platte, hinter der ein älterer Mann mit dem üblichen gelben Hut und einem dichten Kinnbart stand. Der schwarze Kaftan verhüllte seinen Bauch und ließ ihn imposant erscheinen, wo er nur dickleibig war. Seine Augen waren von einem kahlen Grün unter gekräuselten grauen Augenbrauen; gekräuselt war auch das graue Haar, das unter dem Hut hervor bis in seinen Nacken fiel und über den Ohren in zwei widerspenstigen Büscheln abstand. Er hatte die Hände auf dem Rücken zusammengeschlagen und blickte Philipp und Aude unbewegt entgegen. Ein Knabe stand hinter ihm, barhäuptig, ein Buch in beiden Armen. Er schien gleichzeitig über das Buch und über die wenigen Gegenstände zu wachen, die von einer Stange im Rücken des Geldverleihers baumelten und offensichtlich Faustpfänder waren, deren Zeit abgelaufen war und die zum Verkauf standen. Philipp entdeckte eine Anzahl von Krügen, zwei oder drei mit Nieten geschmückte Gürtel und zu seinem Erstaunen auch ein Schwert samt Gehänge in einer abgetragenen Scheide. Der Junge faßte das Buch fester, als Philipp von seinem Pferd stieg und vor den Tisch trat: Es schien größere Schätze zu beherbergen, als die kümmerliche Ansammlung von Pfandstücken darstellte.

»Yohai ben David?« fragte Philipp den älteren Mann. Aus der Nähe wirkte er jünger; es war der Bart, der sein Gesicht alt gemacht hatte. Er mochte das Alter von Philipps Herrn besitzen. Der Mann nickte. Philipp fragte sich, ob sein Herr damals bei diesem Mann Geld geliehen hatte und wie er sich dabei gefühlt haben mochte, von einem Gleichaltrigen ein Darlehen aufzunehmen.

»Der Parnes hat mir Euren Namen genannt. Ich benötige eine Auskunft.«

Die Augenbrauen ben Davids zuckten in die Höhe. Er neigte den Kopf zur Seite.

»Die Christen kommen gewöhnlich zu mir, weil sie Geld benötigen«, sagte er trocken. Seine Stimme war voll und rauh; sie paßte zu seiner Statur.

»Wenn es einmal soweit ist, werde ich mich Eurer erinnern«, versprach Philipp. »Einstweilen reicht es mir, wenn Ihr mir sagt, ob ein bestimmter Mann Geld bei Euch geliehen hat und welche Unterlagen er als Pfand hinterlegte.«
»Woher wißt Ihr, daß er sich an mich wandte?«
»Ich weiß es nicht. Ihr seid eine Möglichkeit von dreien.«
»Dann solltet Ihr die anderen beiden Möglichkeiten vorziehen.«
»Weshalb?«
»Weil es nicht meine Gewohnheit ist, Auskünfte über meine Kunden zu erteilen.«
Philipp starrte ihn einen Augenblick ungläubig an.
»Ihr könntet ihm damit helfen«, brachte er hervor.
»Ich pflege nur mit Darlehen zu helfen.«
»Dann könnt Ihr heute die Gelegenheit ergreifen, Euer Repertoire zu erweitern«, sagte Philipp mit erwachendem Ärger.
»Darauf lege ich keinen Wert.«
Philipp wandte sich unwillkürlich zu Aude um, die auf ihrem Pferd sitzen geblieben war, aber sie zuckte nur mit den Schultern. Er faßte den Geldverleiher genauer ins Auge, aber an seiner Miene hatte sich nichts geändert. Unter seinen autoritären Augenbrauen hervor blickte er Philipp regungslos an.
»Vielleicht werde ich Euch doch nicht in Betracht ziehen, sollte ich mir jemals ein Darlehen nehmen müssen«, sagte Philipp.
»Das steht Euch frei.«
»Wenn es darum geht, daß Ihr fürchtet, Geheimnisse zu verraten«, versuchte Philipp sein Glück noch einmal, »könnt Ihr beruhigt sein. Ich ordne eine Familienangele-

genheit für diesen Mann, und ich bin in seine Verhältnisse vollkommen eingeweiht.«
Der Geldverleiher zuckte mit den Schultern, ohne sich dazu zu äußern.
»Ihr könntet mir zumindest sagen, ob er damals bei Euch vorgesprochen hat; wenn er es tat, erspare ich mir wenigstens den Weg zu den anderen beiden Adressen.«
»Wie lautet der Name?«
»Radolf Vacillarius.«
Yohai ben David sah Philipp einen Augenblick schweigend an. Sein Blick verlor sich ins Leere. Philipp hatte den Eindruck, daß sich vor den Augen des Geldverleihers Listen entrollten, die nur er sehen konnte. Der Junge runzelte die Stirn und trat einen Schritt nach vorn. Er hielt das Buch in Reichweite seines Vaters.
»Diesen Namen kenne ich nicht«, sagte ben David und schenkte dem Jungen einen Blick, der diesen erstarren ließ. Er zog das Buch wieder zu sich heran und versuchte, mit der Hausmauer in seinem Rücken zu verschmelzen.
»Seid Ihr sicher?« fragte Philipp unwillkürlich. Der Geldverleiher richtete seinen vernichtenden Blick auf Philipp.
»Absolut«, sagte er zwischen den Zähnen.
»Der Mann zog als Pilgerfahrer ins Heilige Land.«
Yohai ben David zeigte daraufhin zum erstenmal eine Art Mienenspiel. Er verzog die Lippen und senkte die Brauen über seine Augen herab.
»Dann kann er ohnehin nicht zu meinen Kunden gehört haben. Geht nun und hört auf, meine Zeit zu verschwenden.«
»Weshalb kann er nicht bei Euch gewesen sein?« fragte Philipp hartnäckig.
»Weil ich niemals Geld an Christen verliehen habe, die

sich mit dem Schwert in der Hand nach Jerusalem aufmachten.«
Philipp sah betroffen zu Boden und verwünschte den Gemeindevorsteher im stillen. Aber es war sein Fehler; er hatte nach Geldverleihern gefragt, die vor dem letzten Kreuzzug tätig gewesen waren, nicht, wer zu ihren Kunden gezählt hatte.
»Ich lege mein Geld nicht bei Leuten an, die es nur verwenden, um damit zu brandschatzen und zu plündern – und dabei aller Wahrscheinlichkeit nach auch noch ums Leben kommen. Das wäre schlechter Geschäftssinn«, erklärte Yohai ben David mit erstaunlicher Redseligkeit. Er verzog den Mund.
»Unter welchen Umständen verleiht Ihr dann Euer Geld?«
»Hauptsächlich für Hochzeiten. Wenn zwei Menschen heiraten, tun sie das, um sich gemeinsam ein Vermögen zu schaffen. So ist mein Geld günstig angelegt: wenn es sich bei meinen Kunden vermehrt.« Seine finstere Miene schien sich für einen Augenblick aufzuhellen, als er sich im Glanz seiner eigenen Klugheit sonnte. Dann sanken seine Augenbrauen wieder herab.
»Nun wünsche ich Euch noch einen guten Tag«, sagte er und trat demonstrativ von seinem Tisch zurück. Er blickte in die Ferne und machte keine Anstalten mehr, seine Augen auf Philipp zu richten.
»Das war vielleicht ein unfreundlicher Kerl«, knurrte Philipp, als er und Aude außer Hörweite ben Davids waren.
»Er hatte auch nur Angst, wie alle anderen.«
»Wenn sich die Angst bei diesen Leuten immer so äußert, wünschte ich, etwas zu ihrer Aufheiterung tun zu können.«
»Wahrhaft christlich gedacht.«

»Hat Euch schon einmal jemand gesagt, daß Eure Zunge so spitz ist wie der Giftzahn einer Schlange?« fragte Philipp, weil er sich noch immer über den Geldverleiher ärgerte.
»Mehrfach«, erklärte Aude vergnügt. Philipp seufzte und wußte zum wiederholten Mal nicht, was er ihr antworten sollte.

Der Name des zweiten Geldverleihers lautete Jehuda Meir. Anders als Yohai ben David betrieb er sein Geschäft nicht auf der Straße, sondern vom Inneren seines Hauses aus. Neben einer verschlossenen Tür war ein Mauerdurchbruch geschaffen worden, in dem eine halbhohe, schwere Truhe mit flachem Deckel stand und das Loch in seiner ganzen Breite ausfüllte. Jehuda Meir stand dahinter, in einem Zimmer, das den Eindruck machte, jeder Passant habe durch die Maueröffnung etwas hineingeworfen, das er nicht mehr brauchte. Bei genauerem Hinsehen ergab sich so etwas wie ein Muster in der Unordnung, und wenn es auch nur darin bestand, daß zwischen den Gebrauchsgegenständen, Schriftrollen und Stoffbahnen kleine Wege zu sehen waren, die dem Geldverleiher die Bewegung in seinem chaotischen Reich ermöglichten. Philipp raunte Aude ins Ohr: »Wenn Radolf bei diesem Kerl gewesen ist, dann können wir gleich aufgeben; er kann froh sein, wenn er am Abend noch den Weg in seine Schlafkammer findet.« Er verzog das Gesicht und näherte sich dem Geldverleiher mit der Skepsis, die die Begegnung mit Yohai ben David in ihm geweckt hatte. Jehuda Meir nickte ihm erwartungsvoll zu. Mit beginnender Erleichterung erkannte Philipp, daß dieser Mann nicht von der Atmosphäre der Düsterkeit umfangen war, die seine bisherigen Begegnungen geprägt hatte.

»Ich möchte Euch um eine Auskunft bitten«, begann Philipp sein Verslein von neuem.

Jehuda Meir, der sich äußerlich nicht sehr von seinem Vorgänger unterschied, wenngleich er tatsächlich so alt zu sein schien, wie sein Bart ihn machte, war Philipps Ansinnen gegenüber nichtsdestotrotz aufgeschlossener. Er verlangte von Philipp einige Daten über Radolf Vacillarius, um sich davon zu überzeugen, daß Philipp die Lebensumstände des Burgherrn kannte, und krächzte dann: »Wenn das, was Ihr mir geschildert habt, mit dem übereinstimmt, was sich in meinen Unterlagen befindet, betrachte ich Euch als legitimiert. Dann könnt Ihr Einblick in alles erhalten, was mir vorliegt.«

»So sagt Euch der Name etwas?« rief Philipp hoffnungsvoll.

»Durchaus nicht. Ich wollte nur klarlegen, wie sich die Dinge verhalten.«

»Gut«, sagte Philipp.

»Wie war der Name noch mal?«

»Radolf Vacillarius.«

»Ah ja.« Der Geldverleiher brummte etwas und blieb hinter seiner Truhe stehen. Nachdem einige Augenblicke vergangen waren, ohne daß er sich geregt hätte, fragte Philipp: »Was ist los?«

»Ich denke nach«, erklärte Jehuda Meir.

»Ob Ihr den Namen nicht doch kennt?«

»Nein; wohin ich die Dokumente gelegt haben könnte.«

»Du liebe Güte«, murmelte Philipp leise. Er sah zu Aude hinüber, die außerhalb Meirs Blickwinkel stand und sich vor Lachen schüttelte.

Der Geldverleiher kraulte sich den Bart und krauste die Stirn. Schließlich leuchteten seine Augen auf. Er hob den Finger und lächelte Philipp an.
»Ah ja!« rief er. Er schlurfte mit schnellen Schritten zu einem der Haufen und nahm einen Stoß Dokumente, die zwischen zwei hölzernen Deckeln zusammengebunden waren, von seinem Gipfel. Zufrieden lächelnd brachte er ihn zu der Truhe und fädelte die Schnüre auf. Philipp betrachtete ihn erwartungsvoll. Er warf Aude einen zweiten Blick zu, und diese verzog anerkennend den Mund. Jehuda Meir legte den oberen Deckel beiseite und überflog die spärlichen Zeilen auf dem ersten Dokument. Er nickte bedeutungsschwer.
»Ist das eine von Radolfs Abschriften?« fragte Philipp fassungslos. Meir blickte auf.
»Was?« sagte er. »Aber nein. Das gehört zu den Dokumenten über die *bar mizwah* meines Neffen Jochanan. Plötzlich ist mir wieder eingefallen, wo ich es hingetan habe.« Er brummte zufrieden, nahm das Pergament und band den Stapel wieder zusammen. Erschüttert beobachtete Philipp, wie er den gebundenen Stoß auf einen ganz anderen Haufen zurücklegte. Als er wieder zur Truhe zurückkam, schenkte er Philipp erneut sein freundliches Lächeln.
»Radolf Vacillarius«, erklärte Philipp hilfreich.
»Natürlich, natürlich«, brummte Meir. »Habt Ihr vielleicht gedacht, ich hätte den Namen vergessen?« Er blickte nachdenklich auf den Deckel der Truhe nieder. Das Dokument über die Aufnahme seines Neffen in die Erwachsenengemeinschaft geriet in sein Blickfeld, und er musterte es mit ungnädigem Erstaunen.
Dann packte er es und legte es auf einen Stoß unterschiedlich großer Dokumente zu seiner Rechten, die nicht

gebunden waren. Das Dokument rutschte hinter den Stapel und flatterte in einen dunklen Winkel, ohne daß Meir es bemerkt hätte.
»Also«, sagte er. »Radolf ...?«
Philipp schloß die Augen. »Vacillarius.« Er hörte die erstickten Geräusche, mit denen Aude ihr Gelächter zu dämpfen versuchte, und sagte im stillen ein paar lateinische Formeln auf.
»Ich hab's«, erklärte Meir. »Radolf Vacillarius. Selbstverständlich.«
Er eilte zu einem der am weitesten entfernten Stapel und kramte dort herum. Undeutlich konnte Philipp sehen, wie er Stöße von Pergamenten und lederne Rollen riskant aufeinandertürmte, bis ein wackliger Turm von mehr als einer Elle Höhe entstanden war. Mit einem dünnen, staubigen und an den Kanten eingerissenen Stoß Dokumente kam Meir wieder zum Vorschein. Er schwenkte sie triumphierend und legte sie vor Philipp ab.
»Da!« sagte er.
Philipp schnürte den Packen auf. Er sah Meir mißtrauisch an, aber dieser blickte voller Erwartung auf das Bündel nieder. Plötzliche Erregung begann Philipp zu erfüllen. Er zerrte hastiger an den Knoten. Selbst Aude trat heran und schaute ihm über die Schultern. Endlich gab der Knoten nach; Philipp legte den Deckel beiseite und musterte das zuoberst liegende Schriftstück.
»Das ist ja alles völlig unleserlich«, rief er enttäuscht.
»Arabische Schriftzeichen«, kommentierte Aude.
Meir blickte ihn erwartungsvoll an. »Nicht das, was Ihr gesucht habt?«
»Nein, zum Henker!« rief Philipp.
»Schade.«

»Warum habt Ihr mir das überhaupt gezeigt?«
»Ich hoffte, es wäre das, wonach Ihr sucht.«
»Wißt Ihr denn selber nicht, was das ist?«
»Ich habe keine Ahnung«, gestand der Geldverleiher.
Philipp hörte, wie Aude schnell ein paar Schritte beiseite trat und erstickt zu prusten begann. Er ließ den dünnen Deckel des Stoßes auf die Truhe fallen.
Im Hintergrund der Stube ertönte ein scharrendes Geräusch. Meir drehte sich um und sah gerade noch, wie sein Turm in sich zusammenstürzte. Er schlug die Hände zusammen.
»Oje!« rief er und eilte an die Stätte des Unglücks. »Oje!« Er raffte die überall herumliegenden Bündel und Rollen zusammen und verteilte sie auf den nächstliegenden Stapeln. »Das finde ich nie wieder zusammen«, jammerte er. Als er sich endlich wieder umdrehte, waren seine beiden Kunden verschwunden. Er schüttelte verwundert den Kopf und trat wieder an seine Truhe heran. Daß ihre Oberfläche leer war, schien ihn zu verwundern. Er kratzte sich am Kopf und kniff die Augen zusammen. Wo war das Dokument über Jochanans *bar mizwah*?

Die Stube von Benjamin ben Petachya lag abseits, am düsteren Ende eines Seitengäßchens, das sich gegenüber von Sankt Laurenz befand. Die Hausmauern, die das Gäßchen einrahmten, waren schmucklos, grob und nur da und dort durch Fenster oder Türen aufgelockert, so daß man an der Mauer einer abweisenden Festung entlangzulaufen glaubte. Der Boden bestand aus festgestampftem Erdreich, das stets feucht und weich war, weil die Sonne es niemals lange genug erreichte, um es auszutrocknen. In den Schat-

ten schwammen Pfützen wie stumpf glänzende Augen, die einen unsichtbaren Himmel widerspiegelten. Philipp spähte den Lauf des Gäßchens hinauf. Es waren keinerlei Tische oder Stände darin zu sehen und auch keine Menschenseele.
»Hat der Gemeindevorsteher Euch diese Adresse mitgeteilt?« fragte Aude zweifelnd.
»Leider.«
»Ich dachte, wenn man ein Geschäft hat, will man auch von den Kunden gesehen werden.«
»Kommt darauf an, ob die Kunden beim Geschäftemachen gern gesehen werden.« Sie folgten der Mauer bis zu einer niedrigen Tür, die erstaunlich massiv im verfallenden Putz wirkte. Philipp stieg ab und faßte die Klinke, um einzutreten, bedachte sich eines Besseren und klopfte lautstark gegen die Tür. Nach wenigen Augenblicken öffnete ein mittelgroßer, schlanker Mann, der seinen Judenhut nur in der Hand hielt und Philipp musterte. Das Ergebnis der Musterung schien zu sein, daß er Philipp und seine Begleiterin, für die er kaum einen Blick übrig hatte, als nicht besonders wichtig einstufte. Er machte sich nicht einmal die Mühe, seinen Hut aufzusetzen.
»Bitte?« fragte er mit mäßigem Interesse.
Philipp brachte eine an die Erfordernisse mittlerweile angepaßte Version seines Spruchs zum besten: daß er Unterlagen über Kredite an einen Teilnehmer des letzten Pilgerzugs suche, dem er bei der Ordnung seiner Familienangelegenheiten helfe und dessen volles Vertrauen er genieße.
»Ein Pilgerfahrer ins Heilige Land?« Der Geldverleiher schüttelte den Kopf. »Ich habe so gut wie nie an diese Leute Geld verliehen. Die Rechtslage bei der Rückforderung war mir zu unsicher.«

Philipp ließ die Schultern sinken. »Das habe ich heute schon einmal gehört.«
»Jeder Mann, der seine Sinne beieinander hat, überlegt es sich zweimal, ob er ein solches Geschäft eingeht.«
»Ihr wart meine letzte Hoffnung«, seufzte Philipp.
»Was ist mit meinen Zunftgenossen? Habt Ihr die schon befragt?«
»Ich war bei allen, die bereits vor der letzten Pilgerfahrt einen Geldverleih besaßen; das heißt bei allen, die sich noch in der Stadt befinden. Mit Euch sind es drei, die noch ihre Tätigkeit aufrechterhalten. Ich hoffte wider alle Vernunft, bei einem von Euch die benötigten Unterlagen zu finden.«
»Da stand die Wahrscheinlichkeit gegen Euch.«
»Ihr habt recht.« Philipp seufzte. »Könntet Ihr mir wenigstens die Unterlagen über die wenigen Pilgerfahrer zeigen, denen Ihr Geld geliehen habt?«
»Es waren nur zwei, wenn ich mich recht erinnere. Ich glaube nicht, daß ich Euch die Dokumente von Leuten zeigen will, die Euch nichts angehen. Sagt mir den Namen des Mannes, dem Ihr helfen wollt. Ich kann mich entsinnen, wer damals bei mir war.«
Philipp sagte Radolfs Namen. Benjamin ben Petachya schüttelte sofort den Kopf. »Wie ich Euch sagte.«
»Wieso wart Ihr Eurer Sache so sicher?« fragte Philipp und versuchte, die Gereiztheit in seinen Worten zu unterdrücken. Daß es ihm nicht gelang, sah er daran, wie die Augen des Geldverleihers kühl wurden.
»Weil die beiden Männer, denen ich damals Geld lieh, aufrechte Edelmänner waren, die heute bestimmt keine Hilfe dabei bräuchten, ihre Dokumente zusammenzufinden. Beide haben mir mein Geld mit den korrekten

Zinsen zurückbezahlt, sobald sie wieder zu Hause waren.«
Philipp starrte ihn an. Zögernd nannte er den Namen seines Herrn. Die Augen des Geldverleihers leuchteten auf.
»Raimund von Siebeneich. Das war einer davon!« rief er. »Woher kennt Ihr seinen Namen?«
»Er ist mein Herr.«
Ben Petachya schnaubte überrascht. »Er ist aber nicht der Mann, für den Ihr auf der Suche nach den Dokumenten seid.«
»Nein«, sagte Philipp und erklärte die Zusammenhänge aufs neue. Als er am Ende angekommen war, schüttelte der Geldverleiher den Kopf.
»Entschuldigt, daß ich so wenig hilfsbereit war«, erklärte er. »Ich kannte Euch nicht. Aber der Name Eures Herrn hat bei mir einen guten Klang.«
»Ihr wart entgegenkommender als all Eure Genossen«, versicherte Philipp und spürte den vertrauten Stich, daß er selbst keinen Namen besaß, der ihm Legitimation war. Es war bei derartigen Gelegenheiten, daß ihm seine Herkunft deutlich bewußt wurde: ein Findelkind, ein ungewolltes Balg, dem seine Eltern nicht einmal einen Namen geben wollten. »Ich werde Euch beim Kaiser empfehlen, wenn ich ihn das nächste Mal sehe«, sagte er gezwungen lächelnd.
Er wandte sich zum Gehen, und auch Aude drehte sich um und faßte ihrem Pferd in die Mähne.
»Wartet!« rief der Geldverleiher. Philipp blieb stehen.
»Vielleicht kann ich Euch doch helfen.«
»Wie?«
Benjamin ben Petachya blickte sich um, als wollte er sichergehen, daß niemand ihn belauschte. »Vielleicht kann ich

in den Schriften der anderen Zunftgenossen nachsehen.«
Philipp trat einen schnellen Schritt auf den Geldverleiher
zu. Fast hätte er ihn an den Armen gepackt. »Was sagt Ihr
da?« stieß er hervor.
»Wir Aschkenasim sind ein Volk, das seine Schriften liebt«,
erläuterte der Geldverleiher mit einem traurigen Blick.
»Aus unserer Heimat vertrieben und über die gesamte
Welt verstreut, haben wir nur unsere Bücher, um unsere
Traditionen zu bewahren. Wir wissen um die Macht, die
Vergangenheit zu bewahren, welche die Dokumente besitzen, und deshalb bewundern wir sie. Ihr Christen wißt es
auch, aber Ihr fürchtet Euch davor, weil die Schriften
Dinge von gestern aufzeigen könnten, die Euren Führern
heute nicht mehr genehm sind, und deshalb hegt Ihr keine
Liebe für die Schriften. Eure eigenen Dokumente schließt
ihr weg und versiegelt sie, als hättet Ihr Angst, der Inhalt
könnte herauskommen und Euch bei Euren vielen Erfindungen ertappen, die Ihr ersinnt, nur um Euch nicht mehr
danach richten zu müssen, was Ihr niedergeschrieben
habt – oder legt sie wie Reliquien auf den Altar und betet
sie von der Ferne an, ohne daß Ihr versteht, was darin
geschrieben steht. Die Schriften der anderen Völker werden hingegen zerstört, um ihnen ihre eigene Vergangenheit zu nehmen.« Er sah Philipps betretene Miene und
fuhr sich mit der Hand über das Gesicht.
»Ich wollte Euch nicht angreifen«, erklärte er. »Wartet
einen Augenblick auf mich; ich werde nachsehen, ob ich
etwas über Euren Mann finde.«
»Habt Ihr die ganzen Dokumente des Judenviertels
gesammelt?« fragte Philipp unwillkürlich.
Benjamin sah ihn einen Moment lang starr an, ohne etwas
zu antworten.

»Wir Juden haben Respekt vor dem Geschriebenen«, sagte er dann. »Respekt vor dem Herrn, der aus uns das Volk des Buches gemacht hat. Auch Ihr seid ein Volk des Buches, aber Ihr seid dabei, Eure Vergangenheit zu vergessen. Wir tun dies nicht; und weil unsere Vergangenheit auch die Eure ist, weil wir, ob wir es wollten oder nicht, unsere Wege gemeinsam zurückgelegt haben, können wir Euch vielleicht Eure eigene Vergangenheit zurückgeben, und dann kann der Haß aufhören, der Euch immer wieder gegen uns wendet.«

Der Geldverleiher machte eine resignierte Geste. »Wir haben viel gemeinsam, und doch behandelt Ihr uns wie eine Krankheit. Wir dürfen nicht die Dienste Eurer Hebammen und Ammen in Anspruch nehmen, und Ihr dürft nicht zu unseren Ärzten gehen, selbst wenn wir die einzigen sind, die helfen könnten. Wenn ein Christ eine Jüdin heiratet und zu unserem Glauben übertritt, wird er am Pfahl verbrannt. Wenn Euer Papst ins Horn gegen die Muselmanen stößt, fallt Ihr zuerst über die jüdische Bevölkerung in Euren eigenen Städten her. Und in den letzten Jahren häufen sich die Schandtaten, wohin man blickt. In Baden hat man erst vor kurzem ein Massaker unter der jüdischen Bevölkerung verübt unter dem Vorwand, sie hätten einen Mord begangen. In Belitz hat man vor zwei Jahren sämtliche jüdischen Bewohner bei lebendigem Leibe verbrannt, weil sie angeblich Eure Hostie geschändet hätten. Im Süden des Frankenreichs wurden die Juden in den Städten zusammengetrieben und alle, die sich nicht taufen lassen wollten, mit den Pferden zusammengeritten und zertrampelt.«

»Der Papst hat diese Gemetzel verurteilt«, verteidigte sich Philipp.

»Er kann die Toten nicht wieder lebendig machen. Aber ich will Euch recht geben, es finden sich immer wieder welche unter Euch, die den Idealen gemäß handeln, auf welche Ihr Euren Glauben gründet, und den Verfolgten helfen. Die Schikanen jedoch zeigen sich nicht nur im Großen; auch im Kleinen nehmt Ihr uns die Luft zum Atmen, wo immer Ihr könnt. Wir werden enteignet, wenn wir zuviel besitzen, vertrieben, wenn wir nichts mehr besitzen, und straflos umgebracht, wenn wir auf der Flucht sind. Und seit einigen Jahren verbrennt Ihr auch unsere Bücher. Früher habt ihr uns wenigstens noch unsere Schriften gelassen.« Ben Petachya erhob seine Stimme. »Wir sind ein Volk ohne Heimat, und unsere Bücher und Dokumente sind alles, was wir haben, um unsere Identität zu bewahren und unsere Erinnerungen lebendig zu halten. Ihr stützt Euren Glauben selbst auf ein Buch und haltet nicht ein, unser Schrifttum zu zerstören.«

Der Geldverleiher schwieg und starrte Philipp an, als würde er von ihm eine Antwort erwarten. Philipp versuchte, seinem Blick nicht auszuweichen. Endlich drehte sich Benjamin ben Petachya um und murmelte: »Wartet hier.« Er schloß die Tür und schob hörbar einen Riegel vor.

»Warum komme ich mir jetzt vor wie der Prügelknabe der Christenheit?« brummte Philipp.

»Er hat Vertrauen zu Euch gefaßt, aber trotzdem läßt er Euch vor der Tür stehen wie einen Hausierer«, sagte Aude nach einer Weile trocken. Philipp wandte sich ab und trat gegen den unebenen Boden.

»Er hat kein Vertrauen gefaßt«, sagte er ungehalten. »Er hält mich nur für weniger verbrecherisch als den Rest der Christenheit, weil er meinen Herrn als ehrlich kennenge-

lernt hat. Zu einer Einladung, seine Sammlung an Schrifttum zu begutachten, reicht das noch lange nicht.« Er kniff die Augen zusammen und musterte die bröckelnde Fassade, die sich ihm sanft entgegenneigte. »Wahrscheinlich ist es sowieso gesünder, draußen zu bleiben.«
»Es hat mir gefallen, als er das mit unserer Vergangenheit erwähnte, die sein Volk uns wiedergeben könne. Es war poetisch.«
»Es war hirnrissig, sonst nichts. Glaubt Ihr vielleicht, die armen Schweine haben eine Chance, wenn sich ein Fürst in den Kopf setzt, sie auszuräuchern? Jedermann wird sich sofort über die Papiere der Juden hermachen. Es könnte ja was über ihn selbst und seine Geldgeschäfte mit ihnen drinstehen.«
»Ihr seid garstig, wenn Ihr so redet.«
»Die Welt ist garstig, nicht ich.«
»Du lieber Himmel«, rief Aude. »Was ist Euch denn plötzlich über die Leber gelaufen?«
»Nichts«, sagte er. »Hoffe ich wenigstens. Ich hätte es gar nicht gerne, wenn etwas da drin umherlaufen würde. Am Ende fällt es noch in meine Galle und ersäuft darin.« Er grinste unfreundlich.
Aude verzog das Gesicht, ohne zu lachen. Sie warf ihm einen nachdenklichen Blick zu, bevor sie sich abwandte. Philipp schwieg verdrießlich. Das Schweigen breitete sich aus, bis es wie ein zäher Lufthauch zwischen ihnen hing. Aude flocht an ein paar Strähnen in der Mähne ihres Pferdes, und Philipp marschierte mit kleinen Schritten vor der geschlossenen Tür des Geldverleihers auf und ab.
»Vermutlich hat er die Unterlagen so gut versteckt, daß er sie selbst nicht mehr findet«, knurrte er schließlich.
»Ich hoffe nur, Ihr stoßt hier auf die Informationen, die Ihr

sucht«, erwiderte Aude. »Ich habe auch noch etwas in der Stadt zu erledigen.«
»Sobald er mir die Abschriften von Radolfs Unterlagen bringt, stehe ich Euch zur Verfügung«, sagte Philipp.
Aude nickte.
Schließlich scharrte der Riegel hinter der Tür wieder, und Benjamin ben Petachya bückte sich unter dem Türsturz hindurch. Er hielt eine Rolle in der Hand. Die Rolle war mit einem Lederriemen zusammengebunden und an einem Ende mit bräunlichem Staub bedeckt, als sei sie in einem Tongefäß untergebracht gewesen. Er sah dem Geldverleiher ins Gesicht, und dieser schüttelte den Kopf.
»Euer Mann ist nicht dabei«, sagte er.
Philipp stieß den Atem aus. »Das gibt es nicht«, sagte er ungläubig.
»Seht her.« Ben Petachya knüpfte das Band auf und entrollte das Pergament. Es war umfangreich und eng beschrieben. Zu Philipps Erstaunen waren die Schriftzeichen leserlich; er hatte bereits die eleganten, aber unleserlichen Buchstaben der hebräischen Schrift erwartet. »Hier sind alle Namen aller Männer zusammengefaßt, die seit dem Aufruf zur letzten Pilgerfahrt bis zum Friedensschluß des Kaisers mit dem Sultan hier in der Stadt Geld geliehen haben. Wer auf die Fahrt ging, hat hinter seinem Namen ein kleines Schwert – wie dieser Name hier.«
»Ich hielt es für ein Kreuz«, sagte Philipp unwillkürlich.
»Wenn man es nicht genau zeichnet, wird aus dem Kreuz ein Schwert«, erklärte ben Petachya und blickte Philipp scharf an. »Erkennt Ihr die Ironie, die Euren Glauben begleitet?«
»Ich erkenne, daß es nicht allzu viele Pilgerfahrer waren, die bei Euch Geld geliehen haben.«

»Das ist richtig. Es sind auch nicht besonders viele Herren aus der Umgebung dem Aufruf gefolgt. Seht Ihr? Hier ist der Name Eures Herrn.«

Philipp nickte und folgte den Namenskolonnen mit den Augen. Wer immer die Liste geschrieben hatte, hatte über eine klare, gleichmäßige Handschrift verfügt. Es war einfach, die Namen zu überfliegen.

»Seid Ihr sicher, daß diese Liste lückenlos ist?«

»Ja.«

»Haltet Ihr es für möglich, daß Radolf sich in einer anderen Stadt Geld geliehen hat?«

»Die nächste größere Judengemeinde ist in Aachen. Ein weiter Weg, besonders wenn er unnötig ist. Er hätte auch hier ein Darlehen erhalten.«

»Vielleicht nicht. Zumindest einer von Euren Genossen hätte an einen Pilgerfahrer niemals Geld verliehen, wie er mir selbst sagte. Möglicherweise fiel es Radolf schwer, einen Kredit zu bekommen.«

Benjamin ben Petachya lächelte Philipp mitleidig an.

»Er brauchte nur einen anderen Grund anzugeben, das war alles.«

Philipp sah ihm überrascht ins Gesicht. »Wenn er das getan hätte, wäre ihm der Zinserlaß des Papstes nicht zugute gekommen. Das wäre eine dumme Idee gewesen.«

»Erstens«, sagte der Geldverleiher, »kann er zu den ehrlichen Christen gehört haben, die auf jeden Fall vorhatten, ihre Zinsen zu bezahlen. Zweitens hätte er im Fall einer Zahlungsunfähigkeit nur vor einem Eurer Gerichte anzugeben brauchen, daß er zur Erlangung des Kredits falsche Angaben machen mußte, um von den betrügerischen Juden ein paar Münzen zu bekommen, und man hätte ihm den Zinserlaß noch nachträglich anerkannt.« Er bleckte die Zähne. »Nicht, daß ich so etwas nicht schon erlebt hätte.«

Philipp griff mit neu erwachter Hoffnung nach dem Pergament.

»Hier stehen alle Darlehensaufnahmen verzeichnet, egal aus welchem Grund?« fragte er nochmals.

»Von allen Zunftgenossen, die nicht mehr in der Stadt tätig sind. Ihr braucht Euch nicht die Mühe zu machen, ein zweites Mal darüber zu lesen. Der Name von Radolf Vacillarius steht nirgends auf der Liste.«

»Das verstehe ich nicht«, sagte Philipp fassungslos.

»Weiter kann ich Euch nicht helfen. Ich würde nun gerne wieder an meine Geschäfte zurückkehren.«

»Ich danke Euch für Eure Hilfe«, murmelte Philipp.

»Was wollt Ihr jetzt tun?« fragte Aude, als sie die enge Gasse verließen, in der das Geräusch von Benjamin ben Petachyas zuschlagender Tür noch widerzuhallen schien.

»Wir besuchen Yohai ben David ein zweites Mal.«

Aude sah ihn erstaunt an. »Er hat Euch doch gesagt, daß er den Namen nicht kennt.«

»Ich habe ihn das Falsche gefragt«, murmelte Philipp. »Radolf ist bei keinem der Geldverleiher bekannt als jemand, der sich für die Teilnahme am Pilgerzug ein Darlehen aufgenommen hätte. Was bedeutet das?«

»Daß er kein Geld geliehen hat; oder daß die Unterlagen der Geldverleiher beklagenswert unvollständig sind.«

»Nein. Habt Ihr nicht gehört, was der Geldverleiher über die verschiedenen Möglichkeiten gesagt hat, ein Darlehen aufzunehmen? Es bedeutet ganz einfach, daß er einen falschen Grund für die Kreditaufnahme angegeben hat!

Soweit ich weiß, hat Radolf nicht allzulange vor dem Beginn der Vorbereitungen zur Pilgerfahrt geheiratet. Ich denke, er hat das Darlehen als Hochzeitsdarlehen aufgenommen. Ihr habt ja gehört, daß zwei von den drei Geldverleihern, die wir befragt haben, nicht daran interessiert waren, an Pilgerfahrer Geld zu leihen – sie hatten keine Lust, wieder ihre Zinsen zu verlieren, so wie die verschiedenen Male davor. Und genau das ist schließlich ja passiert. Vermutlich war Radolf schlau genug, dies in Betracht zu ziehen und den Grund seiner Kreditaufnahme einfach umzuwidmen. Natürlich«, Philipp hämmerte sich mit der Faust gegen die Stirn. »Darauf hätte ich schon viel eher kommen können.«
»Vielleicht hat er auch einfach nur genug Geld besessen und mußte keines aufnehmen?« schlug Aude vor, Philipp schüttelte den Kopf.
»Wenn Ihr sein Gut gesehen hättet, würdet ihr das nicht sagen. Er hat nicht einmal Torwächter, die auf seinen Besitz aufpassen.«
»Es kann doch sein, daß es ihm früher besser ging.«
»Besser als meinem Herrn, der nicht als armer Mann ins Heilige Land fuhr und dennoch ein Darlehen aufnehmen mußte? Wenn das der Fall wäre, hätte Radolf heute nicht so viele Schwierigkeiten. Nein, ich bin sicher, daß er noch nie zu den Wohlhabenden gezählt hat. Selbst der Kardinal hat das erwähnt, als er mir den Auftrag erteilte.«
»Aber der Geldverleiher konnte sich an den Namen nicht erinnern.«
»Weil die einzigen Dokumente, die er zur Sicherheit vorlegen konnte, die Mitgiftdokumente seiner Frau waren. Wenn sich der Verleiher einen Namen gemerkt hat, dann ihren.«

»Es sollte mich schon sehr wundern, wenn der Name einer Frau einem Mann so viel bedeutet, daß er ihn sich über Jahre hinweg einprägt.«

Philipp sah Aude überrascht an, aber ihre Miene war unleserlich.

»Ihr meint wegen der Einstellung der Juden zu Frauen?«

»Darin haben die Juden mit den Christen etwas gemeinsam.«

»Könnten wir das vielleicht zu einer anderen Zeit erörtern?« stöhnte Philipp.

»Na gut; dann gebe ich Euch etwas anderes zum Nachdenken. Woher nehmt Ihr die Sicherheit, daß Herr Vacillarius sich bei Yohai ben David Geld geliehen hat?«

»Weil die Kunden der anderen Geldverleiher, bei denen er das Darlehen noch hätte aufnehmen können, auf ben Petachyas Liste verzeichnet sind; und dort war Radolf nirgends zu finden.«

»Er könnte ja auch bei dem etwas verwirrten Mann gewesen sein, den wir als zweites aufsuchten.«

»Das könnte natürlich auch sein«, knurrte Philipp mißvergnügt. »In diesem Fall sind die Dokumente besser aufbewahrt als unter der Matratze des Papstes – und ungleich schwerer in die Hand zu bekommen.«

»Ich hoffe, Ihr kommt jetzt endlich zum Ziel. Ich muß Euch nicht ein zweites Mal daran erinnern, daß ich auch noch eine Verpflichtung habe.«

»Wenn wir bei Yohai ben David kein Glück haben, komme ich morgen wieder vorbei und versuche mein Glück bei Jehuda Meir allein«, versprach Philipp.

Sie verließen die Gasse, in der Benjamin ben Petachyas heruntergekommenes Haus lag, und wandten sich zum Gemeindezentrum neben der Synagoge. Die Menge der

eilig in die gleiche Richtung hastenden Menschen überraschte Philipp. Er zügelte sein Pferd und blickte sich zu Aude um. Ein paar Männer liefen an ihnen vorbei, ihre spitzkegeligen Hüte in den Händen, und warfen ihnen sowohl zornige als auch ängstliche Blicke zu.
»Es stimmt etwas nicht«, sagte Aude. Sie wies mit dem Kopf auf eine Gruppe junger Männer, die sich in einiger Entfernung zu ihnen aufgestellt hatten und mit den Fingern auf sie zeigten. Philipp wandte sich ihnen zu und sah überrascht, wie zwei von ihnen die Fäuste gegen sie erhoben. Er hörte undeutlich einen aufgebrachten Ruf.
»Was haben sie auf einmal?« fragte Aude. Philipp verfluchte sich dafür, daß er sich von der Höflichkeit, in die das anfängliche Mißtrauen der Juden umgeschlagen war, hatte in Sicherheit wiegen lassen. Es gab Berichte von Christen, die allein in ein Judenviertel geraten und dort erschlagen worden waren. Es gab Zeugenaussagen, wonach die Juden für ihre Rituale Christenblut brauchten. Zumindest zwei der drei Geldverleiher waren freundlich gewesen, aber das konnte auch Täuschung gewesen sein.
»Ich weiß es nicht«, erwiderte er rauh. Er beobachtete die jungen Männer, die erregt miteinander debattierten und ihnen immer wieder finstere Blicke zuwarfen. Bis jetzt waren sie noch nicht näher gekommen. Die Menge der Vorüberhastenden wurde spärlicher. Sie verschwanden alle in der Portalsgasse, in die auch Aude und Philipp reiten mußten, wenn sie zum östlichen Ausgang des Judenviertels beim Rathausplatz wollten. Die Juden wußten dies; sie mochten sich hinter der Ecke zusammenrotten und darauf warten, daß die jungen Kerle ihnen die beiden Christen in die Arme trieben. Philipp biß die Zähne zusammen. Yohai ben Davids Stube lag in der Portals-

gasse, aber es schien, als sei die Zeit für Auskünfte im Moment vorüber.
»Wir verschieben unseren Höflichkeitsbesuch besser auf einen anderen Termin«, sagte er. »Reiten wir los.«
Er trieb sein Pferd an, und Aude folgte ihm. Philipp betrachtete die steile Falte zwischen ihren Augenbrauen und ihre verschlossene Miene und wußte, daß sie sich Sorgen machte; er wußte auch, daß sie nicht deswegen schreien oder vor Furcht zur Salzsäule erstarren würde. Wenn sie zum Tor hinaus würden flüchten müssen, würde sie wahrscheinlich entschlossener als er jeden in Grund und Boden reiten, der sie aufzuhalten versuchte. Ihr Anblick minderte seine eigene Unruhe beträchtlich.
Die Stimmen der jungen Männer in ihrem Rücken erhoben sich. Es gelang Philipp noch immer nicht, ihre Worte zu verstehen, aber es war ihm klar, daß sie ihnen gefolgt waren. Ihre Pferde schritten langsam weiter. Er fragte sich, ob er sich umdrehen sollte; er wußte nicht, ob sie den Abstand zwischen sich und ihnen nicht etwa verkleinert hatten.
»Sie folgen uns«, raunte Aude. »Inzwischen sind es doppelt so viele wie vorher.«
»Wahrscheinlich wollen sie uns nur zum Abendessen einladen«, erwiderte er.
»Und wir sollen dabei als Hauptgericht herhalten«, sagte Aude und sprach damit seine eigenen Gedanken aus. Er blickte ihr überrascht ins Gesicht und lächelte unwillkürlich. Sie lächelte dünn zurück.
Etwas flog an Philipp vorbei und prallte von der Mauer des nächststehenden Hauses ab. Ein weiterer Stein fiel seinem Pferd klappernd vor die Hufe. Es zuckte zurück und wieherte. Philipp riß erschrocken an den Zügeln; das Pferd

fuhr herum und stellte sich einen Augenblick lang auf die Hinterhand. Philipp kämpfte um seinen Halt auf dem Pferderücken.

Die jungen Männer wichen gemeinsam zurück. Sie hatten sich ihnen bis auf wenige Dutzend Schritte genähert. Ein paar von ihnen wogen weitere Wurfgeschosse in den Händen.

Philipps Gaul sank zur Erde zurück und machte einen Satz auf die Männer zu, bevor Philipp die Zügel wieder anziehen konnte. Diejenigen, die noch Steine in den Händen gehalten hatten, schleuderten diese von sich und liefen davon; in Sekundenschnelle schlossen sich ihnen die restlichen an. Sie bogen in die nächste Gasse ein. Philipp hörte sie davonlaufen.

»Nichts wie weg von hier«, keuchte er und wandte sein Pferd wieder um. Aude nickte. Sie schnalzte mit den Zügeln, und ihr Pferd setzte sich mit einem schnellen Trab in Bewegung. Philipp überholte sie. Sie bogen in die Portalsgasse ein, ohne zu wissen, was sie erwartete. Philipp fürchtete einen entsetzten Augenblick lang, daß Seile quer über die Gasse hochschnellen und sie beide von ihren Pferden fegen würden; er verkrampfte sich und war bereit, sich jeden Moment tief über den Hals seines Reittiers zu beugen. Die Pferde rannten um die Ecke.

Eine Menschenansammlung befand sich am jenseitigen Ende der Portalsgasse und bewegte sich erregt durcheinander. Die gesamte Breite der Gasse wurde von ihnen versperrt. Sie blickten alle zu einem Hauseingang hin und gaben keinerlei Geräusch von sich. Niemand wandte sich zu ihnen um. Philipp bemerkte, daß Aude ihr Pferd gezügelt hatte, und brachte auch seines zum Stehen. Die Szene auf dem Marktplatz vor wenigen Tagen erstand in seiner

Erinnerung. Er musterte die Menge halb erleichtert, halb bestürzt. In der plötzlichen Stille vernahm er das Krachen und Klirren, das aus der Richtung kam, in der sich die Menschentraube befand. Unwillkürlich ließ er die Zügel locker, und sein Pferd machte einen Schritt nach vorn.
»Wartet«, sagte Aude atemlos. »Was geht da vorne vor sich?«
Die Menge weiter vorn teilte sich an einer Stelle und ließ drei Männer durch, die einheitlich gekleidet waren und Helme trugen. Augenblicke später erkannte Philipp die quergehaltenen Spieße. Die drei Männer bildeten ein Dreieck, in dessen Zentrum, gefangen durch die Spieße, Yohai ben David nach vorn stolperte. In der Düsternis des späten Nachmittagslichts, das in die Gasse fiel, leuchtete sein gelber Judenhut wie ein Ausruf der Panik. Seine Hände waren vor dem Leib zusammengelegt und gefesselt. Er versuchte sich zum Eingang seines Hauses umzudrehen, aus dem noch immer Geräusche der Verwüstung drangen. Einer der Männer stieß ihn vorwärts.
»Eine Verhaftung«, stieß Philipp hervor. »Sie verhaften den Geldverleiher.«
Er trieb sein Pferd vorwärts, bis die Büttel aufsahen und ihm und Aude entgegenblickten. Ihre Griffe an den Spießen wechselten. Philipp hob vorsichtig eine Hand zum Zeichen, daß sie in friedlicher Absicht kamen. Die Bewaffneten tauschten Blicke untereinander aus.
Vor dem Eingang zu ben Davids Haus lag der bunte Tisch. Jemand hatte ihn umgeworfen; die Platte war geborsten, und eines der Beine stak schief in seiner Halterung. Ebenfalls auf dem Boden lagen die kläglichen Faustpfänder, die ben David ausgestellt hatte. Drei weitere Büttel waren damit beschäftigt, Bücher und Rollen, die ihnen aus dem

offenen Eingang entgegengeworfen wurden, in einen Sack zu stecken. Ein zweiter Sack, bereits gefüllt und oben zugebunden, stand an der Hausmauer. Der Junge lehnte neben ihm, kalkweiß im Gesicht und sein Buch noch immer mit beiden Armen umklammernd. Die Menge sah den Bemühungen der Büttel mit finsterer Stummheit zu.
Ein behelmter Kopf streckte sich zur Türöffnung heraus und sagte: »Das ist alles.« Einer der drei Büttel vor dem Haus blickte auf. Er trug statt des Spießes ein kurzes Schwert an der Seite.
»Zerschlagt alle Tonkrüge, die ihr finden könnt. Manchmal verstecken sie darin ihre Pergamente.«
»Rutger«, murmelte Philipp erstaunt, ohne daß ihn jemand gehört hätte.
Der Kopf zog sich zurück, und erneut war dumpfes Klirren und das Zerbrechen von Gegenständen zu hören. Das Jammern einer Frau ertönte dazwischen, auf die niemand zu achten schien. Zuletzt traten zwei Büttel aus der Tür. Einer davon bearbeitete fluchend sein Wams.
»Es war nichts in den Tonkrügen außer Öl«, sagte der andere der Männer. Er wies grinsend mit dem Daumen auf seinen Gesellen. »Und eingelegtem Fisch, der bestialisch stinkt.«
Der Anführer der Büttel nickte. »Gehen wir«, sagte er. Sein Blick fiel auf den Jungen, der ihn mit weit aufgerissenen Augen ansah. »Und vergeßt das Buch des Burschen nicht.«
Einer der Büttel trat auf den Jungen zu und faßte das Buch. Der Junge ließ es scheinbar geschehen. Als der Büttel daran zu ziehen begann, löste er jedoch seinen Griff nicht. Ohne seinen entsetzten Blick von den Augen des Anführers zu wenden, umklammerte er den Band mit aller Kraft, die die Angst ihm zur Verfügung stellte.

Der Büttel fluchte. »Laß los!« schrie er laut.
Der Blick des Jungen irrte ab und suchte den von Yohai ben David.
Rutger wandte sich zu dem Geldverleiher um.
»Sag ihm, er soll das Buch loslassen«, knurrte er.
Ben David reagierte nicht. Sein Gesicht war nicht weniger bleich als das des Jungen. Er blinzelte, ohne eine Antwort zu geben.
Rutger machte eine Handbewegung, und der Büttel, der nach dem Buch gegriffen hatte, trat zurück. Er hob seinen Spieß vom Boden auf und drehte ihn so, daß sein unteres Ende nach vorne sah. Er holte aus, um mit dem Eisenfuß zuzustoßen.
»Nein!« brüllte Philipp.
Die Büttel wirbelten herum; die Menge seufzte laut. Selbst Aude auf ihrem Pferd zuckte zusammen und starrte Philipp erschrocken an.
»Philipp«, rief der Anführer der Büttel. »Was mischst du dich ein? Was hast du hier zu suchen?« Er lachte plötzlich. »Hat dein Sängerfreund dir so viel gestohlen, daß du dir jetzt Geld leihen mußt?« Mit einer Handbewegung brachte er den Büttel dazu, seinen Spieß wieder zu senken.
Philipp sprang vom Pferd. Rutger nahm den Helm ab; sein junges, verschmitztes Gesicht mit kurzgeschorenen blonden Haaren kam darunter zum Vorschein. Er lächelte Philipp mit freundlichem Spott an.
»Geschäfte für meinen Herrn«, sagte Philipp atemlos. »Was tust du hier, Rutger? Du bist doch für die Herbergen und die Badestuben in der Stadt zuständig.«
»Das ist richtig; in einer Herberge sah und hörte ein Zeuge, wie jener hier«, er deutete auf den Geldverleiher, »verbotenerweise eine heilige Monstranz erwarb. Er benachrich-

tigte den Wirt, dieser benachrichtigte die Verwaltung Seiner Exzellenz des Bischofs, und ich wurde in die Herberge und danach hierher gesandt, um mich um den Fall zu kümmern.« Er nickte Philipp zu und wandte sich wieder an seinen Untergebenen. »Was ist nun?« rief er ungeduldig.
»Gibt er das Buch her oder nicht?«
»Das ist mein Buch«, sagte Philipp rasch.
Rutger sah ihn ungläubig an.
»Mein Buch. Besser gesagt, es gehört meinem Herrn. Er hat es vor kurzem erstanden und mich hierher geschickt, um seinen Wert bestimmen zu lassen. Ich hatte das Buch ben David zur Schätzung überlassen und wollte eben wiederkommen, um seine Antwort abzuholen.« Philipp lächelte den Anführer der Büttel an und spürte, wie sich in seinen Handflächen der Schweiß sammelte. »Ich denke, das Buch ist sehr wertvoll, deshalb will er es nicht hergeben. Mein Herr ist sicherlich sehr darauf bedacht, es unbeschädigt wiederzubekommen.«
»Da hast du aber Glück gehabt, mein Junge. Wir haben den Auftrag, sämtliches Schrifttum dieses Schurken mitzunehmen und auf weitere unehrliche Geschäfte zu überprüfen, bevor wir es verbrennen.« Rutger stieß Philipp mit kameradschaftlichem Spott vor den Bauch. »Ich will nicht daran schuld sein, daß dir noch mal etwas abhanden kommt, was deinem Herrn gehört.« Er deutete auf den Jungen. »Nun hol's dir schon, damit ich endlich weitermachen kann.«
Philipp stakte auf tauben Beinen zu dem Jungen hinüber. Er hoffte, daß die kurze Unterhaltung mit Rutger durch die Angst gedrungen war, die in den verzerrten Zügen des Jungen zu lesen war.
»Gib mir das Buch, damit es nicht zu Schaden kommt«,

sagte er eindringlich und faßte ebenso wie der Büttel danach. Der Junge ließ es sich widerstandslos abnehmen. Es war nicht zu erkennen, ob er Philipps Finte verstanden hatte oder ob seine Kraft einfach erlahmt war. Philipp trat einen Schritt zurück und sah, daß der Junge zu weinen begann. Er preßte die Kiefer aufeinander. Als er sich umdrehte, begegnete er dem Blick des Geldverleihers. Dessen Augen, zwei runde, stumpfe Kreise in seinem bleichen Gesicht, ruhten starr auf Philipp. Philipp nickte ihm unmerklich zu. Ben David nickte nach einem kurzen Zögern ebenso unmerklich zurück.

Mittlerweile war ein Büttel mit einem christlich gekleideten Mann auf Rutger zugetreten. Der Mann straffte sich.

»Zeigt mir den Juden, der die Monstranz gekauft hat«, sagte Rutger. Der Mann hob eine Hand und zeigte ohne zu zögern mit dem Finger auf Yohai ben David.

»Dies ist er.«

Ben David schüttelte heftig den Kopf. Es dauerte einige Augenblicke, bis er die Bewegung wieder unter Kontrolle bringen konnte. Seine Brust hob sich unter einem angestrengten Atemzug. »Vielleicht würdet Ihr ihn endlich anfassen, damit alles seine Rechtmäßigkeit hat«, sagte Rutger beißend.

Der Zeuge schritt auf den Geldverleiher zu, beugte sich über einen der quergehaltenen Spieße und faßte ihn am Oberarm.

»Das ist der Mann, der die Monstranz erstanden hat«, sagte er hastig. Er blickte dem Geldverleiher nicht in die Augen; er zog seine Hand schnell fort und trat wieder zurück.

»Dieser Mensch lügt«, krächzte Yohai ben David.

Rutger nahm einen ledernen Beutel entgegen und nestelte ihn auf. Er nahm eine goldglänzende Monstranz heraus.
»Hör zu, Jude«, sagte er kalt, »das hier haben meine Männer bei der Durchsuchung deines Hauses gefunden. Leugne also nicht. Oder willst du mir vielleicht erzählen, daß wir es dir dort hineingelegt haben?«
Der Geldverleiher schloß die Augen und mahlte mit den Kiefern. Als er die Augen wieder öffnete, hatte Zorn den Schrecken daraus vertrieben.
»Offensichtlich verhält es sich so, da ich diesen Kelch jetzt zum erstenmal sehe«, erklärte er.
»Natürlich«, brummte Rutger und verstaute die Monstranz vorsichtig wieder in ihrem Beutel. »In Wahrheit geschehen gar keine Verbrechen außer denen, die wir verüben und die wir dann den anderen Leuten in die Schuhe schieben.«
Er grinste und befahl seinen Männern mit einer Geste, sich zu sammeln. Dann wandte er sich zu den Umstehenden und rief laut: »Das Haus des Geldverleihers Yohai ben David ist hiermit beschlagnahmt und darf von keiner Person im Judenviertel betreten werden. Die Personen, die sich noch darin befinden, haben es bis zum Anbruch der Dunkelheit zu verlassen.«
Aus der Menge der Zuschauer protestierte niemand. Die meisten schlugen die Augen nieder und blickten mit stummer Wut zu Boden.
»Was ist mir dir, Philipp? Begleitest du uns?« fragte Rutger.
»Ich ... ich muß noch jemand anderen im Judenviertel aufsuchen«, stotterte Philipp.
Rutger warf Aude einen Blick zu, der halb anzüglich und halb amüsiert schien, als mache er sich Gedanken, ob Philipp einen weiteren Geldverleiher aufsuchen wolle und was Aude damit zu tun haben könne, dann nickte er ihr zu.

Aude, die seinen Gesichtsausdruck richtig interpretiert hatte, warf den Kopf zurück. Rutger grinste und klopfte Philipp auf die Schulter.

»Viel Glück bei deinen Geschäften.« Er brachte seinen Mund an Philipps Ohr und flüsterte: »Und laß keine Leute zu dir in die Kammer, die du nicht kennst.« Rutger lachte laut und befahl seinen Männern, Yohai ben David abzuführen. Er stülpte sich den Helm über den Kopf und setzte sich an die Spitze seines kleinen Trupps. Die Büttel stapften mit festen Tritten davon; der Geldverleiher in ihrer Mitte begleitete sie widerstandslos. Zwei von ihnen zerrten die Säcke mit den Unterlagen ben Davids hinter sich her. Philipp öffnete die Fäuste und atmete tief aus. Er sah an sich hinunter und bemerkte, daß er das Buch mit der gleichen beschützenden Geste wie der Junge an sich gedrückt hielt.

Die Zuschauer begannen sich zu zerstreuen. Einige von ihnen gingen zu dem Jungen hinüber, der mit der Wand in seinem Rücken auf dem Boden hockte. Er schniefte und wischte sich mit den Händen über die Tränenspuren in seinem Gesicht, aber er nickte zu dem, was ihm leise gesagt wurde. Aus dem Haus ertönte das ziellose Scheppern von jemandem, der versucht, resigniert Ordnung in ein hoffnungsloses Chaos zu bringen, und das unterdrückte Weinen einer Frau.

Philipp marschierte zu dem Jungen hinüber und sah auf ihn hinunter. Nach einem kurzen Augenblick setzte er sich neben ihn auf den Boden und legte ihm das Buch vor die Füße. Der Junge starrte zuerst ihn und dann den Folianten an.

»Würdest du mir erlauben, etwas darin nachzusehen?« fragte Philipp. Der Junge zuckte mit den Achseln.

Philipp nahm das Buch wieder vom Boden und schlug es auf. Aude sah ihm dabei zu, wie er mit dem Finger flink über die Seiten fuhr und die Einträge musterte. Er murmelte etwas zu dem Jungen, und dieser erwachte weit genug aus seiner Betäubung, um ebenfalls in das Buch hineinzusehen und ihm anscheinend eine Erklärung zu geben, wonach er zu suchen hatte. Philipp befeuchtete mit der beiläufigen Bewegung des Geübten seine Finger und blätterte mehrere Seiten um. Der Junge faßte zu ihm hinüber und schlug noch einige Seiten weiter, dann beugten sie beide die Köpfe über das Buch und lasen die Einträge. Die Unbefangenheit, mit der Philipp Schulter an Schulter mit dem Knaben saß, bewegte Aude, ohne daß ihr recht bewußt wurde, warum. Philipp warf dem Jungen einen Seitenblick zu und brummte eine halblaute Bemerkung; an der Art, wie er den Mund spitzte, erkannte Aude, daß er einen seiner Scherze gemacht hatte. Der Junge verzog tatsächlich die Lippen und lächelte. Philipp klappte das Buch zu und tat so, als brauche er die Schulter des Knaben als Stütze, um vom Boden aufzustehen. Der Junge richtete sich mit ihm zusammen auf. Philipp drückte ihm das Buch in die Hände.
»Du weißt, daß du es zu Benjamin ben Petachya bringen mußt, nicht wahr?« fragte er. Der Junge nickte zögernd und offenbar verwirrt, daß auch Philipp es wußte. Philipp hielt ihm die offene Hand hin, und der Knabe schlug nach einigen Momenten der Unsicherheit ein. Er straffte sich; daß ihm diese erwachsene Geste entgegengebracht wurde, gab ihm für ein paar kleine Augenblicke Sicherheit.
Philipp bestieg sein Pferd. Er nickte Aude zu und trieb es an. Der Junge winkte ihm zu, und er winkte zurück. Er schwieg, bis sie langsam durch die Marspforte hinausge-

ritten waren. Aude fühlte, wie eine Beklemmung von ihr wich, nachdem sie das Judenviertel verlassen hatten. Daß sie sich im christlichen Teil der Stadt wohler fühlte, erschien ihr plötzlich wie ein Hohn.
»Habt Ihr gefunden, was Ihr wolltet?« fragte sie.
Philipp wandte sich zu ihr um; sein Gesicht war so finster, daß sie darüber erschrak.
»Der Name von Radolfs Frau war Katharina«, sagte er. »Ich habe ein Darlehen für eine Hochzeit gefunden, bei der ihr Name als der der Braut auftaucht. Ich habe auch einen weiteren kleinen Kredit für die Tauffeierlichkeiten eines neugeborenen Mädchens gefunden, das auf den Namen Dionisia getauft wurde. Radolfs Tochter heißt Dionisia.«
»Dann seid Ihr doch am Ziel«, erwiderte Aude zögernd.
»In beiden Fällen hat Radolf nicht seinen eigenen Namen angegeben. Es ist zwar jedesmal der gleiche Name, aber er ist falsch. Gottfried von Als. Ich frage mich, warum er das getan hat.«

Während des restlichen Nachmittags begleitete Philipp Aude bei ihrer Suche nach den Spuren ihres Mannes. Sie suchten die Stadtbehörden auf, fragten auf dem Marktplatz, bei den Torwachen und im Pilgerhospiz. Aude drang selbst in das Hospital vor und suchte mit besorgtem Gesicht nach Geoffroi unter den Kranken und Verletzten. Als das Nachmittagslicht allmählich zu schwinden drohte, wußte Philipp, daß Minstrel außer zu ihm zu niemandem Kontakt aufgenommen zu haben schien. Wen immer er zu treffen in der Stadt gewünscht hatte – er hatte ihn verfehlt, oder der Mann hielt sich verborgen, oder es war von vornherein nur eine Geschichte gewesen, die Minstrel sich ausgedacht hatte. Philipp geleitete Aude zum Stift der heiligen Ursula und bat um eine Unterkunft für die Nacht für sie; ein Dienst, den sie schweigend akzeptierte. Die Kameradschaft aus ihrem gemeinsamen Besuch des Judenviertels war verschwunden. Minstrel, der Sänger, der Dieb, der Schurke, Audes Gatte, stand wieder zwischen ihnen.

Um sich im »Drachen« in die Kammer zurückzuziehen, war es noch zu früh, und sich zu Galbert in die laute, rauchige Trinkstube des »Kaiserelefanten« zu setzen, dazu hatte Philipp trotz seines hungrigen Magens keine Lust. Seine Gedanken waren seit dem Nachmittag wie verklebt. Er wollte sich mit den Erkenntnissen befassen, die die Besuche bei den Geldverleihern ihm beschert hatten; statt dessen kreisten sie immer wieder um seine Begegnung mit Minstrel. Er wollte an Dionisia denken, die dunkeläugige, zarte, rehgleiche Dionisia, deren bisheriges Schicksal so verworren, dramatisch und mitleiderregend war; an ihre Stelle schob sich jedoch immer aufs neue das entschlossene Gesicht Audes, deren Zukunft in nicht geringem Maß vom Verbleib ihres schurkischen Ehemanns abhing. Ziellos trieb er sich auf dem Marktplatz und den angrenzenden Gassen herum und fand sich plötzlich im Viertel bei der Stadtmauer und vor dem Eingang eines Frauenhauses wieder.

Er fühlte eine vage Versuchung, dort einzukehren und seine Gedanken auf einen ganz anderen Pfad zu führen, um sein Gehirn zu klären. Seine Lenden regten sich träge, und er versuchte den Zweifel von sich zu schieben, ob denn die Freude auf die gezwungene, kalte, verächtliche Lust mit einer der Hübschlerinnen überhaupt eine Freude sein konnte, als ein gewaltiges Lärmen im Inneren des Hauses anhob.

Ein Mann sprang aus dem Eingang hervor, stutzte bei Philipps Anblick, dann rannte er mit fliegender Hast in Richtung zur Vogtei hinüber. Philipp zögerte, ob er ihm hinterhersetzen sollte, aber das Kreischen der Frauen und dazwischen das Zerbrechen von Möbeln und Gläsern ließ ihn wieder herumfahren. Ein Schwung kräftig geschminkter Frauen quoll aus der offenen Tür und stolperte ein paar Schritte vorwärts.
»Helft uns«, rief eine von ihnen bei Philipps Anblick sofort. »Sie hauen alles kurz und klein.« Eine andere stieß sie grob in die Seite. »Das ist keiner von den Bütteln«, sagte sie mit verächtlich verzogenem Mund. »Otto ist doch grade erst losgelaufen, um sie zu holen.« Zu Philipp gewandt, stieß sie hervor: »Verschwinde lieber von hier, Kleiner, bevor du dir noch eine blutige Nase holst.« Ein lauter Schrei aus dem Inneren des Badehauses unterstrich ihre Worte auf dramatische Weise.
Philipp schwang sich aus dem Sattel und führte sein Pferd am Zügel ein paar Schritte vom Eingang weg, damit es keinen Schaden nahm. Das Toben im Badehaus ließ nicht wesentlich nach. Drei Männer taumelten ins Freie, nackt, hastig zusammengeraffte Kleidungsstücke vor sich haltend; offensichtlich Freier, die durch den Tumult um ihr Vergnügen gebracht worden waren. Sie sahen sich gehetzt um, prallten beim Anblick der draußen versammelten Hübscherinnen (die ihnen verächtlich nachzischten) und dann bei Philipps Anblick erschrocken zurück und rannten mit schamhaft an ihren Unterleib gepreßten Wämsern in die nächste Gasse hinein. Ihre hellen Kehrseiten wackelten im Gleichmaß ihrer panischen Schritte. Philipp sah ihnen nach und grinste bis über beide Ohren.
Mit dem Eintreffen der Büttel, die von einem ungeduldig

voranlaufenden Otto hergeführt wurden, scharten sich auch die ersten Nachbarn aus den angrenzenden Gassen zusammen, um etwas über das Spektakel zu erfahren. Die Büttel kamen in Truppstärke, zwölf Männer, die ohne zu zögern in das dunkle Innere des Hauses tauchten und von den Frauen kreischend angefeuert wurden. Schon nach wenigen Augenblicken verstärkte sich der Aufruhr im Inneren erheblich. Die Büttel, angestellt in einer Stadt, in der drei Viertel des Jahres Pilgersaison herrschte und in der die Anzahl der öffentlichen und heimlichen Badehäuser noch die Anzahl der Reliquienschreine übertraf, waren Kummer in jenen Stätten gewöhnt. Sie mischten sich mit erbarmungsloser Präzision in den Kampf. Es dauerte nur kurze Zeit, dann erreichte der Lärm seinen Höhepunkt, bevor er abflaute und endlich Stille zurückließ. Aus dem Inneren des Hauses war ein leises Stöhnen zu hören.
Während die Büttel die Streithähne und jene, die unschuldig in den Konflikt geraten waren, aus dem Haus schafften und draußen in die schwerer und leichter Verletzten sortierten, erfuhr die neugierig herandrängende Menge die ersten Einzelheiten. Es hatten sich, vom Wein angefeuert, plötzlich zwei Gruppen unter den Trinkenden gebildet, deren eine mit der Kürze ihres künftigen Verweilens im Fegefeuer prahlte, so oft hätten sie den Hetzpredigten gegen den Kaiser gelauscht; während die andere weder die Aussicht auf den Ablaß noch die Hetzreden selbst besonders lustig fand und für den Kaiser Front machte. Nachdem sich die beiden Lager gebildet hatten, entbrannten sie an der Frage, die auch die beiden Hauptpersonen ihrer Erörterungen ausweglos beschäftigte: Wer war wem untertan, der Kaiser dem Papst oder der Papst dem Kaiser? Die Kaiserlichen hielten dafür, daß das Beispiel von Karolus

Magnus, welcher sich selbst gekrönt hatte, deutlich die Vorzugsstellung des Kaisers hervorhob. Die Päpstlichen ziehen sie ob dieser Aussage der Lüge und drohten, man werde schon noch sehen, was die Heerscharen der offiziell mit der Klärung dieser Frage betrauten Schriftgelehrten aus den Archiven hervorholen würden. Wer mit den Gewalttätigkeiten angefangen hatte, ließ sich nicht mehr zweifelsfrei klären. Die Büttel jedoch waren keine Ratsbüttel, sondern handelten im Auftrag des bischöflichen Vogtes, und es war klar zu erkennen, daß sie auf der Seite der päpstlichen Partei standen und die Schuld bei den Kaiserlichen suchten. Das Rudel herbeistürzender Bader wurde von ihnen in Richtung der verletzten Päpstlichen geleitet, während die Kaiserlichen auf ihre Hilfe warten mußten.

Plötzlich richtete sich einer von den angeschlagenen Päpstlichen auf und rief zum Lager der Kaiserlichen hinüber:

»Der Ketzer kann die Wahrheit nicht ewig in seinen Archiven verborgen halten. Gott wird ihm seine finsteren Geheimnisse entreißen.«

»Kratz ab!« schimpften ein paar von den Kaiserlichen zurück, doch angesichts der massiv vor ihnen lauernden Büttel war ihr Kampfgeist gebrochen. Der Päpstliche schien es zu spüren.

»Es nützt ihm gar nichts, daß er Klöster geplündert hat und alle Schätze und Schriften in sein Teufelsreich nach Apulien verbringen ließ. Er hat auf keinen Fall alles in seine Schwefelkrallen bekommen, und was gute Mönche mit ihrem Leben in den Regalen beschützt haben, wird ihm endlich das Genick brechen.«

Die Menge lief langsam wieder auseinander; zur Abwechslung nicht geneigt, in den Streit einzugreifen. Vielleicht war es die drohende Anwesenheit der Büttel, vielleicht war es die Tatsache, daß dieser Ausbruch von Feindseligkeiten nur ein Symptom des Siedens war, unter dem das gesamte Reich sich zusammenzukauern schien wie ein Tier kurz vor dem Sprung und die Bürger sich vor dem abzusehenden Ausbruch des Tieres ängstigten und ihn auf keine Weise beschleunigen wollten. Sie hatten noch Partei ergriffen, als der Prophet den Zorn der beiden Fraktionen kurzfristig in seiner Person akkumuliert hatte; jetzt taten sie es nicht mehr. Die Zeichen wurden zu deutlich. Die Bürger kehrten in ihre Häuser, die Hübschlerinnen zu Lagern und Philipp zu seinem Pferd zurück, während ein weiteres Kontingent Büttel die Kombattanten abführte.

Philipp war nachdenklich. Der Päpstliche hatte etwas gesagt, das einen schon die ganze Zeit nagenden Gedanken wieder an die Oberfläche gebracht hatte. Gute Mönche hatten Unterlagen in ihren Regalen verborgen. Was das für den Kaiser bedeutete, kümmerte Philipp im Moment nur peripher. Was es für Radolf oder besser gesagt für Dionisia bedeuten konnte, war, was ihn interessierte. Gute Mönche hatten Unterlagen in ihren Regalen verborgen.

Er konnte sich gut an die Eigenheiten von Bruder Fredgar, dem Archivar von Sankt Peter, erinnern. Die Dokumente waren sein Augapfel gewesen, und hätte es in seinem Archiv gebrannt, er hätte eher die Bücher gerettet und seine Novizen in den Flammen umkommen lassen als umgekehrt. Was immer Radolf gegen ihn in der Hand gehabt hatte, Fredgar hätte ihm keinesfalls die originalen Dokumente überlassen, und sei ihr Inhalt von noch so marginaler Natur. Er hatte sich Abschriften gemacht und Radolf diese übereignet, was Radolf zweifellos für die Originalunterlagen gehalten haben mußte. Philipp brauchte sich nur Einsicht in sie zu verschaffen. Radolf mochte sich ärgern, wenn es ihm klar wurde, daß der Archivar ihn hereingelegt hatte, aber er würde rasch erkennen, daß ihm nun ein Vorteil daraus erwuchs.

Und was Philipps Abneigung dagegen betraf, in das Kloster zurückzukehren: Er dachte an Dionisia und daß sein Gang für sie sein würde und bildete sich ein, daß ihm danach leichter ums Herz war.

Jugendfreunde

Das Kloster Sankt Peter lag im Süden der Stadt, von ihr eine lange Tagesreise flußabwärts entfernt, wenn man ein Pferd oder einen Esel besaß und es nicht eilig hatte, und zwei Tagesmärsche für diejenigen, die zu Fuß dorthin aufbrachen. Es lag am östlichen Rheinufer, etwa in der Mitte zwischen den Besitzen von Raimund von Siebeneich und Radolf Vacillarius. Philipp, der Galbert spät am Morgen aufgetragen hatte, sich an seiner Stelle um Aude zu kümmern und davongeritten war, ohne sich von ihr zu verabschieden (in der naheliegenden Annahme, daß sie darauf bestanden hätte, ihn zum Kloster zu begleiten), und der es eilig hatte, erreichte es kurz vor dem Abendläuten. Während der letzten Stunde seiner Reise hatte er den gedrungenen Turm der Klosterkirche als vagen Umriß in den Feldern gesehen und erfreut die kultivierten Äcker betrachtet, die das Kloster weiträumig umgaben. Die Äcker bedeuteten die Anwesenheit von Menschen und die relative Sicherheit vor Strauchdieben. Jetzt fühlte Philipp das Klopfen seines Herzens, während er sich dem Haupttor in der Westmauer näherte. In den Jahren seit seinem Austritt aus dem Kloster als Jüngling war er nicht mehr zurückgekehrt an diesen Ort, der ihm seine gesamte Kindheit über als Heimat gedient hatte – ungeliebt zwar, aber doch der einzige, den er mit diesem Begriff verbunden hatte, bis er achtzehn Jahre alt geworden war. *Wie werden sie mich empfangen?* dachte er und war sich nicht mehr ganz so sicher, daß sein Einfall hierherzukommen gut gewesen war. Es war nichts Illegales an seiner Demission gewesen; sein jetziger Herr, dem Kloster seit Jahren verbunden, war auf ihn aufmerksam geworden und hatte ihm angeboten, ihn aus dem Kloster freizukaufen und ihm eine Stelle an seinem Hof zu verschaffen. Er hatte ihm darüber hinaus nichts zugesichert, aber Philipp hatte die Gelegenheit ergriffen und zur Feier seiner Volljährigkeit den Abt gebeten, das Kloster verlassen zu dürfen. Der Abt verordnete ihm zwei Tage des Betens und Fastens in der Abgeschiedenheit der Kapelle, um seinen Entschluß zu überdenken, und Philipp verbrachte achtundvierzig Stunden in der Hölle seiner eigenen Entschlußlosigkeit, da ihm nach kurzer Zeit bewußt wurde, daß er mit diesem Schritt zu allem Lebewohl sagen würde, was bisher seine Persönlichkeit ausgemacht hatte. Zuletzt kroch er, geschwächt von Hunger und Durst und Schlaflosigkeit, in das Sprechzimmer des Abtes und hörte sich dabei zu, wie er mit brüchiger Stimme seinen Entschluß bekräftigte. Der Abt erteilte ihm seinen Segen, bat ihn, sich auch in der Verderbtheit der Welt nicht vom rechten Pfad abbringen zu lassen, und entließ ihn. Als Philipp vor der Mauer stand und das Tor sich hinter ihm schloß, war er sich sicher, den größten Fehler seines Lebens gemacht zu haben. Er wußte, daß er sich nur hätte umzudrehen und gegen das Tor zu klopfen brauchen, um wieder eingelassen zu werden und erneute Aufnahme zu finden in die Gemeinschaft der Brüder, die er niemals richtig verstanden hatte. Statt dessen wandte er sich ab, schlug die Kapuze seiner Kutte zurück, die sein einziges Eigentum war, und tat den ersten Schritt auf der Straße, die ihn schließlich zum Gut seines neuen Herrn führen würde. Er zog die Kleidungsstücke an, die sein Herr ihm übergab, faltete die Hände und hörte den Spruch, mit dem er in die Schar der Gefährten seines Herrn aufgenommen wurde (erst später wurde ihm klar, daß er nicht in den Leibeigenenstatus übernommen worden war, sondern ebensoviel galt wie die Bewaffneten, die ihm das Tor geöffnet hatten – wenngleich seine Waffen aus Feder und Pergamenten bestehen sollten). In den ersten Tagen war der Griff zur nun fehlenden Kapuze mechanisch, sobald er ins Freie trat, dann verlor sich dieser Mechanismus ebenso wie die gebeugte Haltung und das instinktive Erwachen mitten in der Nacht zur Complet. Was sich hingegen niemals verlor, war das Gefühl, nicht zu wissen wohin mit den Händen, nachdem er sie nicht mehr in die Ärmel der Kutte stecken konnte. Das Atmen schien auf einmal freier zu sein. Selbst die Haare auf seinem Kopf schienen schneller nachzuwachsen als im Kloster, und nach einem Vierteljahr wußte nur noch er selbst, wo die Tonsur gewesen war. Was ihn jedoch am meisten bewegte, war das Lachen. Zu jeder Tageszeit war aus irgendeiner Ecke des Gutes ein Lachen zu hören: das Lachen von Kindern, die ihre Arbeit noch als Spiel begriffen, das Lachen von Mädchen (sowohl dies als auch ihre Gegenwart hörten schneller auf, ihn zu beunruhigen, als er selbst für möglich gehalten hatte), wenn einer der stolzen Torwächter wie ein Gockel an ihnen vorbeischritt, das Lachen von Männern, die sich einen Scherz zuriefen und sich dabei gegenseitig auf die Schulter klopften. Er saugte diesen im Kloster unbekannten Laut gierig in sich auf; ja, er stellte fest, daß allein das Hören von Gelächter ihn unwillkürlich dazu bewegte mitzulachen, als bräche sich all das Lachen nun Bahn, das achtzehn Jahre unterdrückt worden war. Vielleicht lag es an seiner Freude,

mit anderen mitzulachen, daß er auf dem Gut innerhalb kürzester Zeit anerkannt und beliebt war, und vielleicht lag es im weiteren daran, daß er sich selbst in die Rolle des Spaßmachers hineindrängte. Er war sich dessen kaum bewußt, da er mit den ernsthaften, trockenen Gebräuchen des Klosters auch die wertvolle Kunst verloren hatte, in Ruhe über sich selbst und seine Motive nachzudenken. Statt dessen fühlte er sich bestätigt, wenn sich die Augen der Menschen bei seinem Erscheinen erwartungsvoll auf ihn richteten und er sie in ihrer Erwartung nicht enttäuschte, indem er sie mit seinen ironischen Bemerkungen und Späßen zum Lachen brachte.
Die kleine Sichtluke im Tor tat sich auf und zeigte das Gesicht des Bruder Torwächter.
»Gott sei mit Euch, Fremder«, sagte er. »Sucht Ihr Speisung und Ruhe im Herrn, dann tretet ein.«
»Ich danke Euch«, sagte Philipp.
Die Klappe schloß sich; es öffnete sich der untere Teil des einen Torflügels, in dem sich auch das Sichtfenster befand – das obere Drittel des Tores blieb geschlossen. Beide Flügel würden nur ganz geöffnet werden, wenn jemand vor dem Tor war, den der Torhüter kannte und für den diese Ehrung vorgeschrieben war: der Abt, der Bischof oder ein weltlicher Fürst, der dem Kloster wohlgesinnt war. Philipp überließ einem herbeieilenden Pferdeknecht sein Tier und folgte der unnötigen Weisung des Torwächters zur Herberge. Er registrierte mit vagem Amüsement, daß er zu der Herberge für Pilger und Arme gewiesen wurde; mit konsequenter Logik hatte der Torhüter aus seiner fehlenden Entourage geschlossen, daß er es nicht mit einem bedeutenden oder vermögenden Mann zu tun hatte.

Der Speisesaal in der Herberge war menschenleer, aber als Philipp sich auf eine der Bänke setzte, kam eine hagere Gestalt aus der Küche hervor und auf ihn zu. Es war ein junger Mann, der etwa Philipps Alter hatte, und mit einem kleinen Sprung seines Herzens merkte Philipp, daß er das Gesicht kannte. Der Mann trug eine Schüssel mit Suppe und einen Kanten Brot und hatte einen tönernen Krug unter den Arm geklemmt. Zweifellos hatte er eine Botschaft des Bruder Torhüter empfangen, daß ein Gast eingetroffen sei.
»Du bist ebenso dünn, wie ich dich in Erinnerung habe, Bastulf«, sagte Philipp lächelnd. »Gibst du immer noch die Hälfte des Essens deinem Köter?«
Der Mann starrte ihn mit aufgerissenen Augen und einem ebensolchen Mund an.
»Woher wißt Ihr meinen Namen?« stotterte er.
»Weil ich mich an ihn erinnert habe. Ich weiß selbst den Namen deines Hundes: Schwarzohr, stimmt's?«
Bastulf sah Philipp mit zusammengekniffenen Augen an. Das Halbdunkel des Speisesaales war nicht hilfreich, aber plötzlich ging doch ein Erkennen durch seine Miene.
»Bruder Philipp!« rief er und verbesserte sich sofort: »Nein, nicht Bruder ... ich meine ...«
»›Philipp‹ reicht völlig«, erklärte Philipp und erhob sich, um dem Klosterbediensteten die Hand zu reichen. Bastulf schüttelte sie energisch.
»Ich freue mich, daß du dich an mich erinnerst«, sagte Philipp. »Das bringt einem das Herz zum Lachen, wenn man einen solchen Eindruck hinterlassen hat.«
»Weniger deine Person als dein plötzlicher Abgang aus dem Kloster«, erklärte Bastulf trocken. »Du warst einer der besten Skribenten; man hat dich eine Weile im Scriptorium vermißt.«

Philipp zuckte mit den Schultern. »Kannst du dich ein wenig zu mir setzen?« fragte er. »Oder läßt dich der Wirt nicht aus den Augen?«
»Beides«, erklärte Bastulf und setzte sich. Philipp zog eine Braue in die Höhe.
»Ich kann mich zu dir setzen, wann immer ich will«, erläuterte Bastulf. »Und der Wirt läßt mich deshalb nicht aus den Augen, weil ich selbst der Wirt bin, und ich lasse niemals die Augen von meiner Person.«
»Du solltest deine Augen öfter einmal auf einen Braten richten, damit deine Person ein wenig deutlicher sichtbar wird«, lachte Philipp und klopfte ihm vor den flachen Bauch. »Ich freue mich für dich. Ich hatte mich schon gefragt, warum du noch immer keine Kutte trägst. Damals hast du uns Novizen immer sehr beneidet.«
»Mein Vater ließ mich nicht gehen«, seufzte Bastulf. »Er sagte, er brauche mich nötiger hier in der Herberge als der Abt im Oratorium. Dann starb er, und ich hatte die Wahl, die Pacht entweder weiterzuführen oder tatsächlich in die Kutte zu schlüpfen. Du siehst ja, welche Wahl ich getroffen habe.«
»Tut es dir leid?« fragte Philipp mit ehrlichem Interesse.
»Nein«, sagte Bastulf. »Eigentlich nicht. Ich lebe hier ruhig und in einer heiligen Umgebung, die Brüder mögen mich und beten für mich, die Gäste mögen mich auch und zahlen mir zuweilen mehr, als ich verlange, und dennoch bin ich nicht den Ordensregeln unterworfen – ich bin ein freier Mann.«
»Dann geht es dir also gut?«
»Ich sehe nur so dünn aus«, knurrte Bastulf gut gelaunt. »Es ist nicht so, daß ich am Verhungern wäre. Es geht mir tatsächlich gut, Br ... Philipp. Und du selbst?«

»Ich bin der Truchseß des Herrn, der mich damals aus dem Kloster geholt hat.«

Bastulf verzog anerkennend das Gesicht. »Nicht schlecht«, sagte er. Er lehnte sich zurück und betrachtete Philipp. »Du hast ein bißchen Gewicht zugelegt. Aber das paßt zu dir; hier im Kloster warst du zu mager. Was mir jedoch noch mehr auffällt, ist deine gute Laune.«

»Wie meinst du das?«

»Ich kann mich nicht erinnern, daß du hier im Kloster zu den Spaßmachern gehört hättest – so wie Bruder Otho oder wie dieser verrückte Irländer. Columban hieß er, genauso wie ihr kriegerischer Heiliger, und darüber platzte er jedesmal vor Stolz, wenn sein Name genannt wurde. Kannst du dich an ihn erinnern?«

»Ist das nicht der, der einmal während der Osterpredigt des Abtes an eine Säule gelehnt einschlief und im Stehen zu schnarchen begann?«

»Derselbe.«

»Ich kann mich erinnern, daß der Abt seinen Namen laut rief, und als Columban erwachte, sagte er zu ihm: ›Ich weiß, mein Sohn, daß dein Namensgeber die Stütze der irischen Kirche genannt wird, aber glaube mir, die Säulen in dieser Kirche stehen noch gut genug. Du brauchst sie nicht weiter zu stützen.‹«

Bastulf begann zu kichern. »Und was sagte Columban darauf?«

»Columban sagte – du kannst dich sicher noch an seinen schweren Akzent erinnern –, er sagte: ›Ehwwüdikche Abt, wenn diesa Säula das Gewikcht eines Irischmannes auskchält, dann wied diesa Kirkcha bis zum Jüngste Gerikcht stehan.‹«

»Siehst du, das meinte ich damit«, sagte Bastulf plötzlich

ernst. »Früher hättest du einen solchen Spaß niemals gemacht.«
»Die Menschen ändern sich«, sagte Philipp nüchtern.
»Draußen vielleicht; hier drinnen nicht. Warte, bis du ein paar von deinen früheren Mitbrüdern triffst. Was führt dich überhaupt hierher?«
»Ich muß etwas im Archiv einsehen.«
»Viel Glück dabei. Ich kann mir nicht vorstellen, daß das so einfach sein wird.«
»Ist Bruder Fredgar noch der Archivar?«
»Nein, er ist vor einem Jahr oder so gestorben.«
»Fredgar ist tot?« Philipp machte ein betroffenes Gesicht. »Ich hatte geglaubt, er würde ewig leben. Wer ist sein Nachfolger?«
»Ein Bruder namens Pio.«
»Wo kommt er her? Aus dem Kloster hier?«
»Nein. Er ist Römer. Er ist noch sehr jung für seinen Posten; mehr weiß ich nicht über ihn.«
Philipp verzog das Gesicht. Nachdenklich brach er ein Stück von dem Brotkanten ab, den Bastulf mitgebracht hatte, und tunkte ihn in die Suppe. »Ich hatte gehofft, Bruder Fredgar wäre noch immer für das Archiv verantwortlich«, murmelte er.
»Was willst du überhaupt einsehen?« fragte Bastulf.
Philipp überlegte einen Moment. Er kam zu dem Schluß, daß es nicht schaden konnte, wenn er Bastulf einen Teil der Wahrheit enthüllte.
»Mein Herr hat mich gebeten, für einen Ritter die Aktenlage zu klären«, sagte er vorsichtig. »Die Familie seiner Frau hat ihn um ein paar Besitztümer betrogen, indem Dokumente gefälscht wurden. Ich hoffe, hier im Archiv die ursprünglichen Unterlagen zu finden und einzusehen. Er

hatte bei seiner Hochzeit zwei Mönche aus dem Kloster als Zeugen, also müßten Abschriften der eigentlichen Mitgiftdokumente hier einlagern.«

»Nun, das ist nichts, was das Kloster selbst betrifft. Vielleicht hast du Glück. Sie werden dich jetzt allerdings nicht mehr in den Klosterbereich selbst vorlassen.«

»Das brauchst du mir nicht zu sagen. Ich müßte einen meiner damaligen Gefährten auffinden.« Er hatte das Wort »Freunde« mit Bedacht vermieden. Er durfte sich trotz des freundschaftlichen Empfangs durch Bastulf nicht der Illusion hingeben, daß er damals im Kloster Freunde unter seinen Brüdern gehabt hätte. *Bastulf hätte mein Freund sein können*, dachte er mit verspäteter Betroffenheit; *aber zwischen seinem Leben und meinem lagen Welten, und ich hatte ihn damals bestenfalls als den Sohn des Herbergpächters bemerkt und nicht als eigenständigen Menschen.*

»Ist Bruder Johannes noch im Kloster?« fragte er.

»Ich weiß, wen du meinst. Ein großer, knochiger Junge mit Tausenden von Sommersprossen und blauen Augen, die das Herz jedes alten Bruders schmelzen lassen konnten.«

»Das ist Johannes«, knurrte Philipp. »Er sah aus wie ein Modell für eine Heiligenfigur. Ihn kannte ich näher.« Johannes war einer der Jungen gewesen, der ihn zu dem Gang in die Latrine überredet hatte; seinerzeit der Rädelsführer jener Aktivitäten. Es war ihm damals schwergefallen, ihm am nächsten Tag wieder in die Augen zu sehen, aber Johannes hatte so getan, als sei nichts gewesen. Mit einem unguten Gefühl fragte er sich, ob es ihm heute leichter fallen würde, seinem ehemaligen Mitbruder zu begegnen. Aber Bruder Johannes war der einzige, dem er sich nahe genug gefühlt hatte.

»Es gibt ihn noch. Er hat allerdings nichts mit dem Archiv zu tun.«
Bastulf machte ein verschmitztes Gesicht, so daß Philipp sich gedrängt fühlte nachzufragen: »Und was macht er?«
»Das gleiche wie du, könnte man sagen. Er ist die rechte Hand des Abtes.«
»Du lieber Himmel«, sagte Philipp und sah, wie Bastulf sich bekreuzigte. Er hatte vergessen, daß einiges im Kloster bereits als Fluchen galt, was draußen zur täglichen Sprache gehörte. Er entschuldigte sich; Bastulf nickte ernsthaft.
»Du kommst in den innersten Bezirk des Klosters hinein, Bastulf«, sagte Philipp. »Kannst du Johannes ausrichten, daß ich ihn sprechen möchte?«
»Es ist schon ziemlich spät; ich weiß nicht, ob es heute noch gehen wird«, erklärte Bastulf, nach einem Blick in Philipps Gesicht setzte er hinzu. »Ich werde es versuchen.«
»Danke.«
Bastulf erhob sich und blickte sich im leeren Speisesaal um. »Ich gehe am besten gleich«, murmelte er. »Iß jetzt deine Suppe, bevor sie vollkommen kalt geworden ist.«
Philipp nickte. Er packte den hölzernen Löffel und tauchte ihn in die Schüssel. Bastulf sah ihm zu, wie er den Löffel in den Mund schob; sichtlich wartete er auf eine Antwort.
»Deine Suppe schmeckt gut«, sagte Philipp. »Dein Vater hat schon gewußt, was er tat.«
»Freut mich zu hören«, erwiderte Bastulf, aber sein stolzes Grinsen strafte seine gelassenen Worte Lügen. Er nickte Philipp noch einmal zu und schritt davon.
»Grüße mir deinen Hund«, rief ihm Philipp hinterher. »Ist er immer noch dicker als du?«
»Der Hund ist tot«, sagte Bastulf im Gehen.

»Das tut mir leid.«
»Ja«, sagte Bastulf und ging durch die Tür hinaus ins Freie. Philipp schüttelte den Kopf und widmete sich wieder seiner Mahlzeit. Die Begegnung mit Bastulf war wie das Wiedersehen zweier guter Bekannter verlaufen. Erst nach einer Weile wurde ihm bewußt, daß er während seiner ganzen Zeit im Kloster niemals auch nur ein Wort mit Bastulf gesprochen hatte.

Er legte ein paar Münzen neben die leere Schüssel, von denen er hoffte, daß Bastulf sie annehmen würde. Dann begab er sich wieder in den Westhof hinaus und schritt ungeduldig darin auf und ab. Er dachte an das bevorstehende Zusammentreffen mit Bruder Johannes. Damals hatte er um Johannes' Freundschaft gebuhlt und gleichzeitig eine vage Angst vor dem virilen, aufgekratzten Novizen empfunden, der (im Gegensatz zu Philipp) sowohl seine Eltern kannte als auch den Betrag, den diese dem Kloster übergeben hatten, damit ihr Sohn dort ausgebildet werde. Zusätzlich zu seinem Charakter mochte es dieser Umstand gewesen sein, der ihn zu so etwas wie einem Führer all jener Jungen gemacht hatte, die vom Klosterbetrieb nicht so sehr verschüchtert waren, daß sie nicht ab und zu eigene Gedanken gehegt hätten. Er wußte, woher er kam, und er wußte, welcher Weg ihm vorgezeichnet war. Wenn er sich dennoch nahtloser in die Gemeinschaft einfügte als zum Beispiel Philipp, lag es daran, daß er diesen Weg auch gehen wollte. Er wußte, was er wollte; Philipp hatte immer nur gewußt, was er nicht wollte. Philipp erkannte, daß er die Unruhe noch immer in sich spürte, wenn er an die bevorstehende Begegnung mit dem Assistenten des Abtes dachte. *Alte Laster sterben schwer*, dachte er spöttisch. *Er hat mir nichts mehr zu sagen; wenn ich will, kann ich ihm ins Gesicht lachen.* Aber er wußte, daß er ihn brauchte, und zusätzlich zu seiner Unruhe fühlte er leisen Ärger darüber, daß er sich gegenüber Bruder Johannes schon wieder in einer unterlegenen Position befand.

Er blickte auf, als er einen hochgewachsenen Mönch aus dem Portal des Kirchenvorbaus treten sah, bei dessen Anblick sich die Klosterbediensteten sofort verneigten, bevor sie mit ihrer Arbeit fortfuhren. Der Mönch unterschied sich auf den ersten Blick nicht von allen anderen Brüdern; Philipp jedoch, der die Kutte schon getragen hatte, erkannte auch aus der Ferne, daß das Material seiner Kleidung reiner und leichter war als die üblichen groben Wollstoffe. Der Bruder hatte die Kapuze über den Kopf gezogen, wie es die Regel vorschrieb, und im Abendlicht war sein Gesicht nicht zu sehen; aber statt demütig gebeugt stand er mit deutlichem Selbstbewußtsein im Hof und wandte den Kopf hin und her, als suche oder examiniere er etwas. Er hielt die Hände hinter dem Rücken und wippte ungeduldig auf den Füßen.

Etwas machte »Kssst!« aus der Richtung der Herberge, und Philipp wandte sich um. Bastulf stand im Eingang und deutete auf den neu angekommenen Mönch. Auch dieser hatte das Zischen gehört; der dunkle Schatten, der sein Gesicht unter der Kapuze war, richtete sich auf Philipp, dann gab er sich einen Ruck und schritt auf den Stall zu. Philipp stieß sich von der Wand ab und ertappte sich dabei, wie er mit den Händen über sein Wams fuhr, um es zu ordnen.

Als sie voreinander standen, war es Philipp möglich, in die Kapuze zu spähen. Er mußte den Kopf dazu heben; Johan-

nes war größer als er. Das Gesicht des Mönchs hatte sich kaum verändert, seit er ihn zum letzten Mal gesehen hatte; die Sommersprossen machten seine Züge jungenhaft, und der Schutz vor Sonne und Witterung, den die Kapuze und das Leben im Inneren des Klosters gewährte, hatten seine Haut rein und frisch erhalten. Die Augen strahlten selbst im Schatten der Kapuze in ungewöhnlich hellem Blau.
»Philipp«, sagte Johannes; und, als ob er Gedanken lesen könnte: »Der verlorene Sohn macht einen Besuch.«
»Ich hoffte, du würdest so etwas sagen«, erwiderte Philipp. »Ich fürchtete schon, du würdest dich freuen.«
Johannes blinzelte überrascht. Sein Mund formte an einer Entgegnung, ohne daß er sie gefunden hätte.
Philipp lächelte zu ihm hoch. »Du hast etwas aus dir gemacht«, sagte er. »Ich gratuliere dir.«
»Ich kann dem Vater Abt behilflich sein, das ist alles«, erklärte Johannes langsam, als müsse er sich noch immer von den bissigen Worten Philipps erholen. Philipp erkannte die falsche Bescheidenheit dahinter.
»Ohne Zweifel hast du ihm diesen Umstand eindringlich deutlich gemacht«, sagte er.
Johannes senkte den Kopf, bis der Schatten der Kapuze seine Gesichtszüge verbarg. Als er ihn wieder hob und Philipp ansah, wirkte er in sich gefestigter, als er es bis jetzt gewesen war.
»Niemand hegt Groll gegen dich, Philipp«, sagte er. »Ich am allerwenigsten. Es besteht kein Grund, mich anzugreifen.«
Philipp hatte diese Direktheit nicht erwartet; *aber ich hätte sie erwarten sollen*, dachte er, zornig auf sich selbst. Er räusperte sich.
»Deine Begrüßung hörte sich feindselig an.«

»Sie war nicht so gemeint; wenngleich ich dir recht gebe, daß ich meine Worte hätte anders wählen sollen.«
Philipp zuckte mit den Schultern, und Johannes sah ihn einen Augenblick lang schweigend an. Dann tat er etwas Erstaunliches: Er legte Philipp die Hand auf die Schulter und sagte: »Willkommen. Ob du nun innerhalb des Ordens oder außerhalb dein Leben in Gott lebst, zählt nicht; ich betrachte dich nach wie vor als meinen Bruder.«
»Wer sagt dir, daß mein Leben in Gott verläuft?«
»Die Tatsache, daß du hierhergekommen bist, um Hilfe zu suchen.«
Philipp verzog den Mund zu einem schiefen Lächeln. Johannes preßte seine Schulter leicht zusammen und nahm seine Hand dann zurück. Er sah ihm offen ins Gesicht.
»Bastulf sagte mir, daß du Dokumente einsehen willst«, fuhr er fort. Philipp sah sich unschlüssig um, und Johannes deutete seinen Blick richtig.
»Laß uns in die Kirche gehen«, schlug er vor. »Es ist jetzt niemand mehr dort, und du kannst mir in Ruhe erzählen, worum es geht.«
Das Innere der Kirche war leer bis auf die Bänke links und rechts des Altars, auf denen die mit Ämtern betrauten Brüder während der Messe saßen, und den Altar selbst. Johannes trat ein paar Schritte in das kühle, hallende Innere des Kirchenschiffs hinein, kniete im Mittelgang nieder und bekreuzigte sich. Philipp fragte sich, ob Johannes ihn in die Kirche geführt hatte, damit er keine Lügen erzählte. Schätzte Johannes seinen Respekt vor den kirchlichen und klösterlichen Riten noch immer so hoch ein, daß er erwartete, der Anblick des Altars würde Philipp zur absoluten Offenheit zwingen? Überrascht erkannte Philipp, daß es

sich tatsächlich so verhielt; noch ehe es ihm selbst recht bewußt war, hatte er Johannes die gesamte Geschichte erzählt. Er besaß nur soviel Geistesgegenwart, Dionisia und seine Hoffnungen in bezug auf ihre Person auszulassen.

Das Gesicht des Mönchs war während seiner Erzählung beinahe unbewegt geblieben. Nun kniff Johannes die Augen zusammen und sagte: »Es ist nicht recht, eine Lüge mit einer anderen ungeschehen machen zu wollen.«

Philipp, der gefürchtet hatte, daß er sich auf Spitzfindigkeiten würde einlassen müssen, erwiderte: »Ich will keine Lüge fabrizieren, sondern die Wahrheit wiederherstellen.«

»Die Wahrheit muß nicht erst hergestellt werden; die Wahrheit ist immer da.«

»Aber in verschiedenen Stadien der Sichtbarkeit.«

»Wer sagt dir denn, daß es das richtige Stadium ist, das du verfolgst?«

Wie schön, dachte Philipp; *da bist du also genau auf das Problem gestoßen, das auch mich beschäftigt, allerdings in bedeutend kürzerer Zeit.*

»Das kann ich nur herausfinden, indem ich die ursprünglichen Dokumente einsehe«, erklärte er.

Johannes nickte langsam; wie es schien, konnte er sich diesem Argument nicht entziehen. »Also gut«, sagte er. »Ich werde dich zum Bruder Archivar begleiten. Natürlich nicht mehr heute. Morgen, nach der Prim. Reicht dir das?«

»Muß es wohl.«

»Wie lange, glaubst du, wird deine Suche dauern?«

»Das kommt darauf an, ob die Unterlagen überhaupt da sind. Wenn nicht – so wie Radolf glaubt –, dann dauert es nur ein paar Augenblicke. Wenn ich aber Fredgar richtig eingeschätzt habe, wird es zwei oder drei Stunden dauern,

bis ich Daten kopiert und Schriftproben angefertigt habe.«
Johannes verengte die Augen, während Philipp sprach, aber er erwiderte nichts.
»Was ist?« fragte Philipp.
»Nichts, nichts. Nun, wenn alles soweit geklärt ist, schlage ich vor, du hältst dich morgen nach der Frühmesse bereit. Ich hole dich ab. Selbstverständlich bist du zur Messe eingeladen.«
»Danke. Die Einladung nehme ich gerne an. Mußt du nicht vorher dem Abt Bescheid sagen, daß du mich ins Archiv mitnehmen willst?«
»Der Abt ist nicht im Kloster; er ist auf Reisen.«
»Pech für unseren Kaplan; dann hat er ihn wahrscheinlich gar nicht mehr erreicht.«
»Wer ist das?«
»Bruder Thomas. Er müßte vorgestern hier eingetroffen sein. Ich wollte dich ohnehin fragen, ob er sich noch im Kloster aufhält.«
»Ich habe keine Ahnung. Der Abt ist erst gestern mittag aufgebrochen. Bei mir hat kein Bruder Thomas vorgesprochen – er scheint ihn also noch angetroffen und uns danach gleich wieder verlassen zu haben. Jedenfalls befindet sich auch kein fremder Mönch dieses Namens unter den Gästen im Inneren des Klosters. Was ist mit ihm?«
»Nichts, ich dachte nur, ich könnte mit ihm sprechen. Er wollte etwas für ihn sehr Bedeutsames hier regeln, und es hätte mich interessiert, was daraus geworden ist.«
Johannes zuckte mit den Schultern und stieß sich von der Säule ab. »Wir sehen uns morgen bei der Messe«, sagte er abschließend. »Ich wünsche dir eine gute Nacht.«
»Danke«, sagte Philipp und wandte sich ebenfalls ab. Er kam nur ein paar Schritte weit, dann rief Johannes ihm

nach. »Ich kann dir leider nicht anbieten, im *dormitorium* zu schlafen«, sagte er wie entschuldigend. »Du bist keiner mehr von uns.«
Philipp sah ihn einen Augenblick lang überrascht an. *Das wäre das letzte, was ich gewollt hätte.* Er fragte sich, ob Johannes mit seinen Worten eine bestimmte Absicht verfolgte. Dachte er, Philipp würde danach aus Nostalgie wieder der Gemeinschaft beitreten? *Immer auf der Lauer, dem Herrn ein entsprungenes Schäfchen wieder zurückzuholen, der eifrige Bruder Johannes.* Philipp dachte an die Latrinenszene.
»Ich fürchte mich nicht vor Bastulfs Schlafsaal«, sagte er schnell.

Der Prior, der zu Füßen des Altars den demütigen *introitus* anstimmte: *Ich werde eingehen zum Altare Gottes*; der Meßdiener, ein Novize, der erwiderte: *Zu Gott, der meiner Jugend Freude gibt*; der Kuß auf den Altar; das *Kyrie eleison*; das *Gloria*; das *Credo*; das *Ave Maria*; die Gebete, Lesestücke, Psalmen und Hymnen, die aus unterschiedlich rauhen Kehlen zum Himmel stiegen; *Hoc est corpus meum* und *Hic est sanguis meus*; *Sursum Corda* und *Habemus ad Dominum*; *Sanctus, Agnus Dei, Pater noster*; und schließlich *Ite, missa est*. Nichts von den Bedeutungen, die den Handlungen und Worten unterlagen, hatte Philipp vergessen. Der Gottesdienst umfing ihn mit stärkerer Wirkung, als er es seit seinem Austritt aus dem Kloster in allen Kirchen und Kathedralen der Stadt vermocht hatte. Es lag nicht nur an der Andacht, die die Brüder hier demonstrierten und die bei einer Messe außerhalb des Klosters mit ihrem Lachen, Geschäftemachen, Betteleien und ungenierten Unterhaltungen während des Gottesdienstes kaum vorhanden war. Es lag vielmehr daran, daß er hier an dieser Stätte zum erstenmal in seinem Leben mit dem Ritual bekanntgeworden war. Er schlurfte mit den Brüdern und den wenigen Gästen, die noch im Lauf des gestrigen Abends angekommen waren, hinaus in den Westhof, der im Schatten der Gebäude lag und kühl und blau auf den Sonnenaufgang wartete. Die anderen Reisenden, eine kleine Handvoll Pilger und ein finanziell schlechtgestellter Ritter mit übersichtlichem Gefolge, stolperten gähnend zu Bastulfs Herberge hinüber, während sich die Brüder an ihre jeweilige Arbeit begaben. Philipp, noch im Bann des Rituals, blieb stehen und sah wie traumverloren an der Fassade der Kirche empor, bis sich eine Gestalt zu ihm gesellte und nach einigen Augenblicken der gemeinsamen Stille räusperte. Philipp schüttelte seine Gedanken ab und wandte sich um; Johannes sah freundlich auf ihn hinunter.

»Wenn es nicht zu respektlos wäre, würde ich erklären, daß wir alle zuweilen froh sind, wenn unser guter Vater Abt nicht im Kloster weilt«, sagte Johannes leichthin. »Der Prior hält die Messe viel schöner und feierlicher als er.«

»Ich kann ein Geheimnis für mich behalten«, versetzte Philipp. »Besonders ein so wichtiges.«

»Ich bringe dich jetzt ins Archiv«, erklärte Johannes.

»Hast du vom Prior die Erlaubnis erhalten?«

»Ich habe ihn gar nicht gefragt.«

Philipp schwieg einen Moment lang, dann sagte er: »Na, es ist ja dein Kopf, nicht meiner.«

»Alles, was in dieses Kloster hereinkommt oder es verläßt, geht durch meine Hände«, sagte Johannes selbstbewußt. »Ohne mich würde der Puls dieser bescheidenen Klause aufhören zu schlagen. Glaubst du, der Prior würde mir einen Wunsch abschlagen? Noch dazu, wenn es sich

darum handelt, einem ehemaligen Mitbruder, der sich zu seiner Zeit um das Archiv verdient gemacht hat, unsere Schriften zu zeigen? Von den wenigen weltlichen Herren, die klug genug sind, um lesen zu können, kommen ja auch immer wieder welche und verlangen das Archiv zu sehen.«
Philipp zuckte mit den Schultern. »Ich dachte, ich würde den Prior noch kennen, aber ich habe ihn noch nie gesehen. Was ist mit Bruder Aimar geschehen, dem damaligen Prior?«
»Er hat seinen Aufgaben entsagt und genießt jetzt die Kontemplation des hohen Alters in einem anderen Kloster.«
»Von den anderen Helfern des Abtes, die während der Messe vorne neben dem Altar stehen durften, kenne ich auch keinen mehr – außer dir. Welcher ist der Archivar?«
»Bruder Pio hat die Messe nicht besucht.« Johannes machte ein verschlossenes Gesicht. »Wahrscheinlich hatte er zu tun. Er ist sehr fleißig.«
Johannes drehte sich um. Ohne Philipp zu fragen, ob er ihm folgen wolle, ging er in die nun leergewordene Kirche zurück, durch das Atrium hinaus und von dort durch eine Seitentür in das Vorratsgebäude. Im obersten seiner drei Stockwerke, direkt unter dem Dach, um die trockene Wärme zu nutzen, die dort die meiste Zeit des Jahres über herrschte, befand sich das Archiv. Während Philipp dem Kämmerer folgte, versuchte er sich darüber klarzuwerden, welches Motiv Johannes dazu trieb, sich über die Rangfolge im Kloster hinwegzusetzen und Philipp ohne weitere Nachfrage beim Prior in das Archiv mitzunehmen (es sei denn, er wollte ihn beeindrucken, was ihm zum Teil auch gelang). Es wurde ihm deutlich, als sie vor dem jungen Bruder standen, der dem Archivar bei seiner täglichen Arbeit half und der mit unsicherer Miene sagte, Bruder Pio

sei bereits vor dem Morgengrauen in einer wichtigen Angelegenheit weggeritten: Johannes haßte den Archivar.
»Weggeritten?« echote er. »Was fällt ihm ein? Weshalb hat er mir nichts davon mitgeteilt?«
»Ich denke, er hat es dem Prior gesagt.«
»Dem Prior, dem Prior! Wenn er sich nach draußen in die Welt begibt, braucht er Geld, um etwas erstehen zu können, oder zumindest Vorräte. Für beides bin ich zuständig; er hätte sich bei mir melden müssen. Wann erwartest du ihn zurück?«
»Er hat gesagt, er käme nicht vor übermorgen zurück.«
»Dieser römische ... Mönch!« flüsterte Johannes unterdrückt. »Er will sich einfach nicht in die Ordensdisziplin einordnen!«
Der andere warf Philipp einen unsicheren Blick zu. Seine Tonsur war noch zerdrückt vom Schlaf, eine Seite flach an den Schädel gepreßt, die andere abstehend. Die Frage, ob Johannes Erlaubnis hatte, Philipp mit in das Archiv zu nehmen, stand klar auf seine Stirn geschrieben; ebenso klar stand dort die Angst vor dem Zorn des Kämmerers. Schließlich entschloß er sich dazu, dem unmittelbaren Druck nachzugeben.
»Kann ich dir helfen?« fragte er Johannes. »Ich kenne mich im Archiv ebenso gut aus wie Bruder Pio.«
Der Raum, den der Helfer des Archivars aufsperrte, roch nach Hitze, nach Holz und vor allem nach Leder und Pergament. Philipp schloß die Augen und sog den bekannten Geruch ein. Als Skribent hatte er die Kopierstube des Klosters kennengelernt, aber als junger Novize war er oft im Archiv gewesen. Die Jungen waren leicht genug, um auf die Regale zu klettern und das Stroh zu erneuern, das im Herbst zwischen die Dachsparren gestopft wurde, um die

Wärme im Inneren des Raumes zu halten. Er öffnete die Augen wieder und erblickte die Regalreihen, die dicht an dicht in die Tiefe des Raumes führten.

»Wie werden die Abschriften der Heiratsdokumente aufbewahrt?« fragte Philipp.

»Nach dem Hochzeitsjahr und dem Namen des Mannes«, erwiderte der Helfer des Archivars.

Johannes schritt mit finsterer Miene an beiden vorbei und schlenderte tiefer in das Archiv hinein. Der Helfer des Archivars folgte ihm mit Blicken und war sich offensichtlich nicht schlüssig, ob er dem Kämmerer folgen oder bei Philipp bleiben sollte. Philipp nannte das Jahr – es war das Jahr, in dem der Zug ins Heilige Land begonnen hatte – und den Namen Radolfs.

»War der Mann ein Teilnehmer des Pilgerzugs?«

»Soweit ich weiß, ja.«

»Dann werden die Unterlagen bei all denen sein, die über die Pilgerfahrer gesondert aufbewahrt werden.« Der Helfer überlegte einen Moment, dann setzte er sich in Bewegung. »Kommt mit. Ich zeige Euch das Regal.« Über die Schulter versetzte er: »Die Pilgerfahrer konnten nichts dafür, daß sie von einem Ketzer angeführt wurden. Ihre Mission war edel. Sie waren von Gott auserwählt.«

Philipp folgte ihm in das Archiv hinein. Sie hatten nicht weit zu gehen; schon bei der vierten Regalreihe bog der Mönch ab und kroch in einen der Gänge hinein. Er rumorte darin herum. Philipp sah sich nach Johannes um. Dieser stand in der entferntesten Ecke des Archivs und betrachtete einen Stapel zusammengerollter Pergamente, ledergefaßter Kodizes und zwischen zwei Deckeln gebundener Blätter, der unordentlich auf dem Boden lag. Der

Archivar oder sein Helfer hatten den Stapel in einer dunklen Ecke des Archivs aufgebaut; wäre Johannes nicht davorgestanden, wäre der Blick achtlos darüber hinweggeglitten – von der Ferne sah der Stapel nur aus wie ein dunklerer Fleck zwischen den Schatten.
»Bruder Severin«, ertönte die Stimme des Kämmerers. Sie war schneidend genug, daß auch Philipp sich umwandte.
Der Helfer des Archivars kam aus dem Gang heraus; er hielt zwei dicke, in brüchiges Leder gebundene Folianten auf den Armen. Sein Gesicht war beunruhigt. Philipp nahm ihm die Bücher ab, die er sich widerstandslos nehmen ließ. Johannes war bis in die Mitte des Archivs hervorgekommen und deutete hinter sich.
»Was ist das?« fragte er.
Bruder Severin folgte seinem ausgestreckten Finger. Sein Gesicht hellte sich plötzlich auf. »Das sind Unterlagen, die Bruder Pio vor kurzem hier im Archiv gefunden hat. Ich weiß, was du meinst: Sie sind nicht einsortiert. Wir kamen noch nicht dazu; wir mußten sie erst sichten, um zu wissen, was sie enthalten.«
»Im Archiv *gefunden*?« fragte Johannes, ohne auf die Worte Severins weiter einzugehen. Er wechselte einen raschen Blick mit Philipp.
»Man muß sie früher einmal übersehen haben; sie lagen unter einer Ansammlung schlecht gebundener Blätter über die Bekehrung der heidnischen Bauern durch irische Wandermönche«, erklärte Bruder Severin. »Bruder Pio stieß darauf, kurz nachdem er seine Stellung hier angetreten hatte. Er arbeitete mehrmals in der Nacht, um sich mit dem Inhalt des Archivs vertraut zu machen, und so fand er die Dokumente.«
»Das ist der Inhalt eines halben Regalfachs«, protestierte

Johannes. »Wie kann man so eine Menge Unterlagen einfach übersehen?«

»Bruder Fredgar hatte sehr viele Dokumente zu überblicken«, sagte Severin zögernd.

Johannes schnaubte verächtlich, ohne etwas zu erwidern. Der Helfer des Archivars nutzte das Schweigen, um einen Punkt für sich und den Archivar zu machen. »Was in diesen Dokumenten steht, ist sensationell«, erklärte er hastig. »Wir können uns glücklich schätzen, daß sie gefunden wurden.«

»Eine neue Schenkung irgendeines Kaisers an die Kirche?« fragte Philipp sarkastisch. Johannes sah ihn mißbilligend an.

»Fast«, lächelte Bruder Severin. »Bruder Pio sagte, dieser Fund sei mehr wert als jede Besitzurkunde, denn er wird den Kampf zwischen dem Ketzer und dem Heiligen Vater ein für allemal beenden.«

Philipp horchte unwillkürlich auf. »Wenn das richtig ist, wird man diese Dokumente in Gold fassen oder eine neue Religion darauf gründen.« Er wurde sich eines zweiten mißbilligenden Blicks von Johannes bewußt. Doch der Kämmerer wandte sich Bruder Severin zu.

»Was steht denn darin?« fragte er ungeduldig.

»Ich habe sie nicht selbst gelesen; ich weiß nur, was Bruder Pio mir erzählt hat.«

Johannes schüttelte den Kopf. Er wanderte zu dem Stapel zurück; Severin und Philipp mit den beiden dicken Büchern auf den Armen folgten ihm. Aus der Nähe besehen, handelte es sich nicht nur um einen Stapel aus Folianten; ein großer Teil davon bestand aus zylindrischen Tonröhren, die an einem Ende mit einem dicken Wachstuch zugebunden waren. Die Tonröhren waren so dick,

daß man sie mit beiden Händen nicht umspannen konnte. Sie würden eine große Anzahl zusammengerollter Pergamente enthalten. Johannes kniete daneben nieder und wandte ein paar der Röhren müßig um. Sie waren zerstoßen und schmutzig.
»Sie sind nicht beschriftet«, sagte er zu Severin. »Weder ist etwas in den Ton geritzt, noch hängt ein Siegel oder ähnliches daran.«
»Das dürfte auch der Grund sein, weshalb sie nicht katalogisiert sind«, erklärte Severin hilfreich.
Johannes nahm kurz entschlossen zwei der Röhren und klemmte sie sich unter den Arm, nachdem er aufgestanden war. »Ich werde mir die Dokumente sofort ansehen«, sagte er. Er warf Severin einen scharfen Blick zu, aber der Helfer des Archivars protestierte nicht. Er sagte nur: »Ich werde vermerken, daß du sie mitgenommen hast.«
Johannes wandte sich an Philipp, wie um die Diskussion zu beenden: »Hast du deine Unterlagen gefunden?«
Philipp hob die beiden Bände in die Höhe. »Ich weiß es noch nicht. Ich muß das hier erst durchstöbern; das wird eine kleine Weile dauern. Ich kann es hier an Ort und Stelle erledigen. Vielleicht leiht mir der gute Bruder Severin ein Stück Kohle – einen Fetzen Leinen für meine Notizen habe ich bei mir.« Den Klumpen Wachs in seinem Wams, den er unauffällig in eventuell vorhandene Siegel drucken wollte, um diese später kopieren lassen zu können, verschwieg er.
Philipp wartete, bis Severin außer Hörweite war, dann brachte er seinen Mund nahe an Johannes' Ohr und flüsterte: »Hüte diese neuen Dokumente gut. Wenn euer Archivar recht hat, trägst du etwas in der Hand, mit dem sich

die gesamte Geschichte des Christentums neu bestimmen läßt.«

Johannes sah ihn mißtrauisch an. »Willst du dich schon wieder lustig machen?« fragte er verärgert.

»Weiß ich nicht. Ich weiß nur, daß Sankt Peter anscheinend ganz vorn in der Gnade Gottes stehen muß, wenn sich gerade hier so sensationelle Unterlagen finden lassen.«

»Was willst du eigentlich mit deinen Andeutungen sagen, Philipp?«

»Ich kann mir genausowenig vorstellen, daß Fredgar so einen Fehler gemacht und Dutzende von Schriftrollen übersehen hätte, wie ich glaube, daß er Originaldokumente in die schwierige Hand eines heruntergekommenen Ritters gegeben hätte. Du weißt, wie er uns getriezt hat, wenn wir beim Isolieren des Daches auch nur ein Buch verschoben und es nachher nicht wieder ordentlich zurücklegten.«

»Fredgar war ein Säufer«, sagte Johannes hart. Philipp blickte ihn schockiert an.

»Ich habe ihn niemals ...«, begann Philipp und brach wieder ab. *War es das, was Radolf gegen den alten Archivar in der Hand gehabt hat?*

»Als er gestorben war und Pio hier sein Amt antrat, holte er uns nach ein paar Tagen in das Archiv: den Abt, den Prior, den Sakristan, den Kellerer, den Herbergsaufseher und mich. Er zeigte uns eine lose Bodensparre; darin fanden wir ein halbes Dutzend Fäßchen mit Wein und Bier. Er sagte niemals ein Wort gegen Fredgar. Er äußerte seine Ansicht, daß irgend jemand die Fässer hier wohl versteckt haben mochte, der einen Überfall von Wikingern oder etwas ähnliches fürchtete.«

»Damals stand das Kloster noch gar nicht.«
»Natürlich nicht«, brummte Johannes. »Aber er hätte es nicht geschickter anstellen können, Fredgar anzuklagen, ohne jemals das Wort gegen ihn zu erheben.«
Philipp seufzte. »Was habt ihr daraufhin getan?«
»Was wohl – nichts. Bruder Fredgar war tot, und niemand hatte die Absicht, sein Andenken zu beschmutzen. Wir brachten die unangebrochenen Fässer zurück in den Vorratsraum, das war alles.«
»Und daraus schließt du jetzt, daß Fredgar im Rausch die Unterlagen verlegt hat und sich niemals mehr daran erinnerte, wohin sie verschwunden waren.«
»Es ist nicht unwahrscheinlich«, sagte Johannes.
»Es ist auch nicht unwahrscheinlich, daß Bruder Pio sich nur wichtig machen will.«
»Du verurteilst ihn, ohne daß du ihn kennst.«
Philipp grinste. »Und du verurteilst ihn, weil du ihn kennst. Gib dir jetzt bloß keinen Anschein der Nächstenliebe; allein der Name des Archivars läßt dir die Haare zu Berge stehen.«
»Du hast recht«, murmelte Johannes und ließ den Kopf sinken. »Ich schäme mich dafür. Aber er ist so ... so ... wie eine Schlange. Lächelt den ganzen Tag mit kalten schwarzen Augen.«
»Dann hat er sich ja den richtigen Platz ausgesucht«, sagte Philipp leichthin. Vielleicht lag es an der trockenen Hitze und dem Geruch im Raum, der die Erinnerung wieder hervorbrachte an die vielen Stunden des Kopierens alter Dokumente, an die demütigenden Zurechtweisungen der älteren Mönche, wenn seine Sorgfalt über seiner Müdigkeit nachließ, an den zermürbenden, freundlich lächelnd ausgetragenen Wettkampf unter den Skribenten, wer die

schönsten Schriften fertigen konnte. Mit der Erinnerung stieg die Abneigung gegen jene Stunden wieder in ihm auf.
»Immerhin hat der Namenspatron dieses Hauses seinen Herrn dreimal verraten.«
»Philipp«, stieß Johannes betroffen hervor. »Das darfst du nicht sagen.«
»Hör doch auf. Sensationelle Dokumente, die unverhofft im Archiv auftauchen. Irgendwelche Geburts- oder Todesdokumente ließe ich mir eingehen, meinetwegen auch eine Abschrift eines griechischen Philosophen – aber Unterlagen, die über das Schicksal des Christentums entscheiden ...«
»Ich rede nicht von den Dokumenten. Ich rede von deiner Bitterkeit.«
»Manchmal kommt sie eben eher zu Wort als meine vergebende Erinnerung.«
»Ich wußte nicht, daß du so gefühlt hast.«
»Ich wußte es auch nicht, bis ich endlich diese Mauern verlassen hatte.«
»Philipp, es kann nicht alles schlecht gewesen sein. Deine Bitterkeit ist nur so groß, weil du von hier geflohen bist, ohne dich mit deinem Schmerz auseinanderzusetzen. Damit hast du diese Pflanze wachsen lassen, statt sie auszugraben und zu vernichten.«
»Ich kann mir lebhaft vorstellen, wie ihr reagiert hättet, wenn ich nach einem Jahr wiedergekommen wäre, um euch Vorwürfe an den Kopf zu schmeißen. Ihr hättet mich mitsamt meinem bitteren Pflänzchen an die Luft gesetzt.«
»Ich nicht«, sagte Johannes zu Philipps Überraschung. »Ich hätte dir zugehört.«
»Ach was«, stieß Philipp hervor und winkte ab.

»Ich würde es auch heute noch tun.«
»Du solltest dich lieber mit dem Fund befassen, der die Christenheit insgesamt in den Himmel führen wird«, brummte Philipp und wies auf die Unterlagen in Johannes' Armen. Der Kämmerer starrte ihn eine lange Weile an, scheinbar nicht willens, Philipp mit seiner Änderung des Themas davonkommen zu lassen. Dann näherten sich die Schritte von Bruder Severin, und er preßte die Kiefer zusammen und sah zu Boden.
»Ich werde Pio eingehend befragen, wenn er von seinem Ausflug zurück ist«, sagte er und wandte sich zum Gehen. »Mach dich jetzt an deine Arbeit. Ich werde dich vor der Mittagsruhe hier wieder abholen. Reicht dir die Zeit?«
Während Severin nach einigen Momenten unschlüssigen Hin- und Hertretens von Philipps Seite wich und wieder an sein Pult zurückkehrte, an dem er offensichtlich an einer Katalogisierung der archivierten Unterlagen arbeitete – vielleicht fügte er die neu gefundenen Dokumente in die Listen ein –, setzte sich Philipp auf den Boden unter eines der Dachfenster und begann, in den Büchern zu blättern. Die Unterlagen waren mannigfacher Natur: Neben Hochzeitsdokumenten, die eher selten waren, fanden sich Nachlaßerklärungen, Dokumente über Klostereintritte und Schenkungen und Akten über die dem Kloster als *oblati* überantworteten zweiten und dritten Söhne reicher Grundherren. Philipp war daran gewöhnt, in derartigen Unterlagen zu blättern; er war ein schneller und sicherer Leser und überdies mit den Eigenheiten der klösterlichen Listenführung vertraut, so daß er in kurzer Zeit beide Bücher beendet hatte. Auf den Namen Radolfs oder seine Hochzeitsunterlagen war er dabei nicht gestoßen.
Severin, den er nach weiteren Bänden befragte, schüttelte

den Kopf. Philipp arbeitete daraufhin die Folianten ein zweites Mal durch, aber seine Feder blieb weiterhin untätig. Es gab keinerlei Unterlagen über Radolf Vacillarius, über seine Heirat oder auch nur seinen Zug ins Heilige Land. Er hatte sich in Fredgar getäuscht.
»Kann es sein, daß die Unterlagen über Radolf in einem anderen Kloster aufbewahrt sind; vielleicht dort, wo er ursprünglich hergekommen ist? Ich weiß zwar nicht, an welchem Ort er geboren wurde, aber es kann durchaus sein, daß es weit entfernt von hier war.«
»Das tut nichts zur Sache«, erklärte Severin, der über die weitere Störung durch Philipp nicht unerfreut schien; die Arbeit an den Listen ermüdete ihn offensichtlich. »Es wären dann nur seine Taufunterlagen, die sich an seinem Geburtsort befänden. Da seine Heirat vor Zeugen aus unserem Kloster stattgefunden hat, müssen auch seine Unterlagen hier sein.«
»Ist es möglich, daß man die Dokumente unter dem Namen seiner Frau aufbewahrt hat?«
»Habt Ihr den Namen der Frau gefunden?«
»In den Büchern über die Pilgerfahrer nicht ...«
»Ich verstehe; die Frau wäre ja nicht unter den Pilgerfahrern zu finden. Nun, in diesem Fall stehen die Kodizes, die Ihr braucht, dort.«
Es war eine ebenso vergebliche Arbeit. Zuletzt saß Philipp inmitten der Bände, die sich um ihn herum auftürmten, und war ratlos. Radolf hatte die Originale aus dem Kloster geholt und zugelassen, daß sie verbrannten. Sein Pech. Und Philipp hatte einen alten Säufer bei weitem überschätzt – so wie er sich generell in Säufern zu täuschen schien. Wütend biß er die Zähne zusammen, stand auf und gab dem nächstliegenden Regal einen Tritt.

»Ihr müßt ein paar Angaben falsch verstanden haben«, sagte Severin mit der Unbekümmertheit seiner Jugend.
»Vermutlich«, brummte Philipp, der genau wußte, daß kein derartiger Fehler vorlag. Er faßte unwillkürlich an die Gürteltasche, in der das Pergament Radolfs mit den dürren Daten lag, an die der Burgherr sich erinnert hatte.
»Oder die Unterlagen sind nicht richtig einsortiert; genauso wie die Dokumente, die Bruder Pio gefunden hat. Wenn Ihr ein paar Wochen Zeit habt, kann ich mich für Euch auf eine systematische Suche machen.«
»Soviel Zeit habe ich nicht«, erklärte Philipp, und Severin ließ den Kopf hängen.
Philipp starrte die Regalreihen entlang, die sich am Ende des Archivs in der Dunkelheit verloren. Bis jetzt hatte er ausschließlich Fehlschläge angehäuft. Die Dokumente, die Yohai ben David besessen haben mochte, befanden sich in den Händen der Stadtbehörden und waren unerreichbar (wenn sie überhaupt aufgrund Radolfs falscher Namensangaben verwendbar gewesen wären). Die Unterlagen aus dem Kloster waren verschwunden. Radolf hatte es versehentlich vermocht, seine Vergangenheit so sehr zu verschleiern, daß ihm nicht zu helfen war. Er würde zu Radolf reiten und ihm mitteilen müssen, daß er seinen Auftrag nicht erfüllen konnte.
Ohne es zu merken, war Philipp langsam durch das Archiv gegangen, dabei seinen Gedanken nachhängend. Er fand sich an der gegenüberliegenden Stirnwand des Archivs wieder. Vor ihm auf dem Boden lag der fast kniehohe Stapel mit den sensationellen Dokumenten, die Bruder Pio gefunden haben wollte. Er hätte beinahe mit dem Fuß dagegengetreten und hielt sich nur im letzten Augenblick zurück. Sensationell wäre tatsächlich gewesen, wenn er die

Heiratsdokumente von Radolf Vacillarius gefunden hätte. Bruder Severin war ihm langsam gefolgt und sagte nun: »Wollt Ihr einen Blick hineinwerfen? Die Dokumente sind hochinteressant.«

Philipp zögerte; die unvermutet aufgetauchten Unterlagen interessierten ihn keineswegs. Er war wütend wegen seiner fehlgeschlagenen Mission. Severin sah ihn voller Erwartung an, und schließlich nickte er eher, um dem jungen Bruder einen Gefallen zum Dank für seine Hilfsbereitschaft zu erweisen und um die Zeit bis zu Johannes' Wiederkehr herumzubringen. Er ging in die Hocke und faßte nach einer der tönernen Rollen, entschied sich aber dann für einen zwischen zwei harten ledernen Deckeln zusammengebundenen Stoß und schnürte ihn auf. Er fuhr mit der Hand müßig durch die losen Blätter.

Die Pergamente waren unterschiedlich groß, wenn sie auch allesamt ungefähr dieselben Maße besaßen. Einige von ihnen waren dick und steif, andere dünn und fast durchscheinend, so oft waren sie mit Bimsstein bearbeitet worden, um frühere Einträge auszulöschen. Soweit sich aus den Schriftzügen und dem Zustand der Pergamente erkennen ließ, umfaßte das Alter der gesamten Dokumente einen Zeitraum von mehreren Generationen. Philipp, der während seiner Zeit im Scriptorium auch die alten Schriften zu entziffern und einzuordnen gelernt hatte, begann damit, sie ihrem Alter entsprechend zu sortieren. Severin sah ihm mit gerunzelter Stirn zu.

»Bringt sie bitte nicht durcheinander«, sagte er. »Bruder Pio hat sie bereits geordnet.«

»Dann hat Bruder Pio ein schlechtes Augenlicht«, sagte Philipp. »Die Minuskeln können einem in der Regel sagen, von wann die Pergamente stammen, abgesehen

vom Zustand der Pergamente selbst ...« Er zögerte plötzlich und hielt sich eines der Pergamente vor die Nase.
»Was ist damit? Habt ihr es zerrissen?« fragte Severin alarmiert.
Philipp richtete sich auf und schritt zur Mitte des Archivs, wo der Lichtstrahl aus einem der Dachfenster einen hellen Fleck auf den Boden malte.
»Wo wollt Ihr hin?« rief Severin. »Ihr dürft die Ordnung nicht durcheinanderbringen.«
Philipp antwortete nicht. Er hielt das Pergament ins Licht und studierte es eingehend. Er war sicher, die Schrift schon einmal gesehen zu haben.
»Was ist mit dem Dokument?« rief Severin, der ihm nachgelaufen war und ihn jetzt wie ein Huhn umflatterte.
»Das hier ist... merkwürdig«, brummte Philipp und starrte einen Augenblick ins Leere. »Ich dachte zuerst, es sei... aber hier im Licht... Es ist nichts«, sagte er entschlossen und reichte Severin das Blatt zurück, der angesichts dessen Unversehrtheit unverhohlen aufatmete. Er trug es zurück und begann, den auseinandergenommenen Stapel wieder zusammenzuraffen. Philipp kniete sich neben ihn auf den Boden, um ihm zu helfen. Schon nach wenigen Augenblicken legte er die Hand auf den Stapel und deutete auf ein Blatt, das Severin in der Hand hielt.
»Warum wollt Ihr dieses Blatt hier einsortieren?« fragte er.
»Weil es hier hineingehört«, erklärte Severin steif.
Philipp schüttelte den Kopf. »Es war weiter unten; seht ...«
Er faßte nach dem Stapel und pflückte ihn in Windeseile auseinander, um Severin zu demonstrieren, wohin das Blatt gehörte. Der Mönch riß die Augen auf, dann stürzte er sich fast auf den Dokumentenstapel, um Philipp an einem weiteren Umsortieren zu hindern.

»Laßt mich es tun, bitte«, sagte er mühsam beherrscht.
»Wie Ihr wollt«, sagte Philipp und breitete die Hände auseinander.
Severin warf ihm einen Seitenblick zu, und Philipp stand auf und trat ein paar Schritte zurück. Er deutete auf ein leeres Fach in einem der Regale, das in der Dunkelheit zwischen zwei Fenstern lag. »Warum ist hier eine Lücke?« fragte er.
»Das ist das Fach, in dem Bruder Pio die Dokumente fand«, erklärte Severin. »Seht Ihr, wie dunkel es ist? Man kann Bruder Fredgar wirklich keinen Vorwurf machen, daß er sie übersehen hat.«
Philipp trat näher an das Fach heran und studierte die leere Stelle, so gut es in der Dunkelheit ging. Er fuhr mit dem Finger über den Fachboden und kam mit einer grauschwarzen Fingerkuppe zurück. Selbst im schlechten Licht war die Spur zu sehen, die er in den Staub gezogen hatte.
»Habt Ihr nicht gesagt, es wären andere Unterlagen auf den neu gefundenen gelegen?« fragte er. Severin nickte und deutete auf einen unordentlichen Stapel, der in einem Fach daneben lag.
»Wir haben sie dort hingelegt, um nicht aus den Augen zu verlieren, wohin sie gehören.«
Philipp faßte den Stapel mit spitzen Fingern an; er erwartete halb einen neuerlichen Protest von seiten Severins, aber diese Papiere waren offensichtlich nicht wichtig genug. Philipp hob den Stapel hoch und drehte ihn um. Die Schmutzspuren aus dem Fachboden waren auf dem untersten Blatt deutlich zu sehen. Er legte den Stapel wieder zurück.
»Ich bewundere die Findigkeit von Bruder Pio«, erklärte er. »Ich hätte diese Unterlagen niemals gefunden, geschweige denn ihre Wichtigkeit erkannt.«

Bruder Severin lächelte, und der Groll, den er eben noch gegen Philipp gehegt hatte, verschwand aus seinem Gesicht. »Er ist ein guter Archivar«, sagte er. »Ich bin stolz, für ihn zu arbeiten.«
»Dann sollten wir auch wieder an die Arbeit gehen. Laßt uns die Taufbücher nochmals durchstöbern. Ich möchte sichergehen, daß wir auch hier nichts übersehen haben.«

Das Ergebnis der zweiten Untersuchung der Taufbücher war vorhersehbar gewesen. Sie hatten sie gerade beendet, als Johannes im Eingang des Archivs erschien. Severin richtete sich auf.
»Laßt die Bücher ruhig liegen«, sagte er zu Philipp. »Ich ordne sie wieder ein.«
»Ihr wart mir eine große Hilfe«, erwiderte Philipp. »Der Herr segne Euch.«
»Geht in Frieden«, sagte Severin.
Philipp schloß sich Johannes an, der wortlos auf ihn gewartet hatte. Gemeinsam schritten sie die Treppe hinunter. Aber anstatt ihn in den Westhof hinauszuführen, öffnete Johannes die Tür zum einsam daliegenden Kreuzgang. Philipp folgte ihm überrascht.
»Warst du erfolgreich?« fragte Johannes.
Philipp schüttelte den Kopf. Johannes war offensichtlich mit anderen Dingen beschäftigt als Philipps Suche. Er ging ohne anzuhalten weiter und brummte: »Ich schon.«
»Hast du etwas über Bruder Pios sensationelle Unterlagen herausgefunden?« fragte Philipp. Johannes blickte ihn einen Moment lang unentschlossen an. Schließlich antwortete er: »Es sind Schenkungsurkunden an die Kirche: Gold, Vollmachten, vor allem aber Landschenkungen.

Selbst der Grund, auf dem dieses Kloster steht, ist darin verzeichnet. Er gehörte dem Orden schon, lange bevor das Kloster erbaut wurde.«

»Das ist alles? Ich dachte, Bruder Pio hätte gesagt, es handle sich um mehr als nur um Schenkungsurkunden.«

»Ich habe nur einen Teil der Unterlagen durchgesehen, die ich mitgenommen habe, und diese sind wiederum nur ein Bruchteil des gesamten Fundes.«

»Eine ganz besonders spannende Lektüre steht dir da noch bevor.«

»Eine Reihe der Schenkungen wurde von Kaiser Otto dem Großen durchgeführt«, knurrte Johannes. »Aber es sind auch welche dabei, die von zwei alten fränkischen Herrschern stammen: Pippinus und Karolus Magnus.«

»Der gute alte Karolus. *Augustus.* Augustus *Maximus.* In letzter Zeit stolpert man über ihn, wohin man geht.«

»Sein Vater Pippinus und später auch er haben die Konstantinischen Schenkungen nochmals bestätigt. Das legitimiert den Anspruch der Kirche auf die Ländereien des Kirchenstaats. Ein Teil der Unterlagen handelte davon. Ich fand sogar ein schwierig zu entzifferndes Dokument mit einer ganzen Girlande von Originalsiegeln.«

»Was für ein Glück, daß der große Karolus, vor dessen Erinnerung der halbe Hofstaat des Kaisers im Staub zu liegen scheint, ausgerechnet die Schenkungen von Kaiser Konstantin an die Kirche bestätigt. Da kann der Kaiser wohl nicht mehr hergehen und dem Papst die Rübenäcker streitig machen, die das Reich in zwei Teile zerschneiden – schade für ihn, sonst untermauert er ja fast jedes Wort, das er sagt, mit dem alten Franken.«

Johannes grinste freudlos und strich sich mit der Hand

über das Kinn. Er sah aus, als wäre er mit seinen Neuigkeiten noch nicht am Ende.

»Was hast du noch gefunden?«

»Nichts Großartiges. Nur ein kleiner Satz in einem Brief, den ein Schreiber am Hof von Karolus verfaßt hat und in dem es um Anordnungen zu den Liedern geht, welche in der Messe zu singen seien. Sieh dir das an.«

Er blickte sich um, als ob er einen Beobachter fürchte, und zog dann ein dünnes Pergament aus der Kutte. Mit dem Finger wies er auf einen Absatz in dem in krausem Latein angefertigten Text. Philipp entzifferte ihn mühsam und blickte Johannes an.

»Wenn ich das richtig verstanden habe«, sagte er, »geht es hier darum, daß ein paar Lieder in der Messe auszutauschen seien, seit Karolus sich zum Kaiser gekrönt hat. Na und?«

»Es heißt: seit Karolus zum Kaiser gekrönt *wurde*.«

»Was willst du für eine Theorie auf diesem Schrieb aufbauen? Du hast doch gesehen, wie weit die Lateinkenntnisse unseres unbekannten, längst zu Staub gewordenen Schreibers waren. Lies nur das hier mal: ›Zusätzlich haben mußten alle lesbaren Laien im Reiche angewiesen sind, ihren Beitrag geleistet zu werden.‹ Was hältst du denn davon?«

»Mag sein, daß du recht hast. Aber es macht mich trotzdem stutzig. Ich werde sehen, ob ich noch weitere Hinweise dazu finde.«

»Paß nur auf, daß du Bruder Pios Ordnung dabei nicht durcheinander bringst.«

»Philipp«, sagte Johannes drängend, »wie kannst du so unbeteiligt reden? Verstehst du nicht, was dieser Satz bedeuten kann? Alle Kaiser haben ihre Macht bislang auf ihre Vorgänger zurückgeführt, zu guter Letzt bis zum großen Konstantin. Wenn sich erweist, daß unter Konstantins Nachfolgern einer war, der sich nicht selbst gekrönt hat, sondern gekrönt wurde, dann erkennt das die Herrschaft eines anderen über den Thron des Kaisers an. Und wer sollte das anderes sein als der Heilige Stuhl? Wenn es auch noch bei einem Kaiser offenkundig wird, den der Ketzer Frederico über alles verehrt, dann muß er sich dem Heiligen Vater endlich beugen.«

»Nun, Friede der Christenheit«, sagte Philipp obenhin. »Es wurde auch Zeit.«

»Ja«, sagte Johannes, »und hiermit könnten wir ihn endlich herbeiführen. Schon in diesem Augenblick werden sich alle Kirchengelehrten eifrig auf diesen Fund stürzen.«

»Ein Glück für den Papst. Der Kaiser hat ihn bislang in allen Schlachten besiegt; er sitzt in Lyon und wartet darauf, daß Frederico ihn an den Haaren aus seiner Festung herauszieht.«

Johannes schüttelte den Kopf. »Deine Rede ist wie immer respektlos«, sagte er, aber er lächelte dabei.

»Was bringt dich auf den Gedanken, daß man jetzt schon etwas über diese Schriften erfahren haben könnte?«

»Weil Bruder Pio zu demselben Schluß gekommen ist wie ich, das habe ich Severins Worten entnommen. Und weil ich annehme, daß er das Kloster Hals über Kopf verlassen hat, um dem Vater Abt nachzureisen und ihn zu informieren. Ich habe nachgefragt; tatsächlich hat er nicht einmal den Prior von seinem Weggang informiert. Er hat Severin angelogen, damit dieser nicht mißtrauisch wurde.«

»Weshalb dieser Alleingang? Warum hat er niemanden eingeweiht?«

»Das kann ich dir erklären: Bruder Pio ist der jüngste

Archivar, den ich jemals gesehen habe; er kann das Noviziat noch nicht lange hinter sich haben. Jemand hat ihn protegiert, und er will dieser Protektion gerecht werden. Wenn er als der alleinige Entdecker und Verbreiter von Dokumenten bekannt wird, die den jahrhundertelangen Streit zwischen Papst und Kaiser beenden können, und das noch zu Gunsten des Heiligen Stuhles, dann ...«

»... heißt der nächste Papst Bruder Pio.« Johannes schnaubte.

»Die Tugenden des Mönchs seien Gottesfurcht, Demut und Bescheidenheit«, zitierte Philipp. »Aber wer ist schon perfekt?«

»Du solltest damit keine Späße machen.«

»Und du solltest noch etwas wissen.«

Johannes wandte ihm den Kopf zu. Sein Gesicht spannte sich.

»Ich habe mir das Regal angesehen, in dem die Dokumente angeblich gefunden wurden. Wie erklärst du dir, daß die Unterseite des Dokumentenstapels über die Missionare, der angeblich ganz oben auf den neu gefundenen Dokumenten lag und diese verdeckte, ebenso schmutzig war wie der Regalboden? Wenn er auf anderen Dokumenten gelegen wäre, hätte er sauber sein müssen.«

Johannes blieb stehen. Sie hatten den Kreuzgang mittlerweile einmal umrundet.

»Was willst du damit andeuten?« zischte er.

»Daß die Dokumente vielleicht gar nicht hier eingelagert waren. Es gibt nur Bruder Pios Aussage, daß er sie eines Nachts zufällig auffand, oder nicht? Niemand kann das bestätigen. Sie können ebenso gut von draußen kommen.«

»Du meinst, Bruder Pio hat sie von Anfang an hier eingeschmuggelt? Dazu hätte er Helfer haben müssen; das konnte er nicht alleine.«

»Helfer?« fragte Philipp und lächelte. »Braucht es nicht auch Helfer, um mit einem Pferd aus dem Kloster zu reiten, ohne daß der Kämmerer etwas davon erfährt?«

Johannes zog erregt die Luft ein. Seine Augen funkelten. »Was hätte er davon, diese Dokumente hier hereinzubringen?« stieß er hervor. Philipp ahmte mit beiden Händen über seinem Kopf eine hohe Kopfbedeckung nach: eine Tiara.

»Und wer hätte sie dann ursprünglich gefunden?«

»Was weiß ich? Vielleicht er selbst, irgendwo in Rom, während er Unterlagen sortierte und sich auf seine Berufung als Archivar vorbereitete. Vielleicht hat er sie gar nicht von draußen, sondern nur von einem anderen Platz aus dem Inneren dieses Klosters? Wie ist Bruder Fredgar gestorben?« Johannes blinzelte ob des plötzlichen Themenwechsels verwirrt. »Er war noch nicht so alt, wenn ich mich recht erinnere.«

»Er ist die Treppe vom Archiv hinuntergefallen. Er war sofort tot.«

»Hinuntergefallen? Nachdem er sie wer weiß wie viele Jahre ohne Unfall passiert hatte?«

»Diese Frage haben sich mehrere hier im Kloster gestellt. Aber es hatte in den Tagen vorher geregnet, und auf der Treppe waren einige Pfützen, die vom Dach hereingetropft waren oder die jemand mit seiner nassen Kutte ins Innere des Hauses getragen hatte. Zuletzt – nachdem Bruder Pio das Getränkelager Fredgars fand – schrieb es jeder einem Rausch zu.«

»Habt ihr euch nicht einmal überlegt, ob Fredgar wirklich ein Säufer war?« fragte Philipp und gab sich gleich darauf selbst die Antwort: »Nein – jeder mußte es für den Grund seiner ständigen cholerischen Anfälle halten. Dann war es wohl ein Unfall.«

»Natürlich war es das«, sagte Johannes dumpf. »Ich will nicht daran denken, was deine Worte sonst andeuten würden.«

Sie waren vor dem Eingang zum Kreuzgang stehengeblieben, und Johannes trat hindurch und führte ihn wieder hinaus. Von der Glocke des Kirchturms begann das Sextläuten.

»Ich muß dich nun verlassen, Philipp«, sagte Johannes. »Übernachtest du nochmals hier im Kloster?«

»Wenn Bastulf mich läßt; um mich auf den Weg zu Radolf zu machen ist es viel zu spät.«

»Sag ihm, ich hätte dir eine zweite Übernachtung gestattet. Und verabschiede dich morgen von mir, bevor du gehst. Auch wenn du es nicht glaubst: Ich habe mich tatsächlich gefreut, dich wiederzusehen.«

»Ich auch«, sagte Philipp und lächelte. »Ich werde noch ein wenig über das nachdenken, was wir heute besprochen haben.«

»Weshalb interessierst du dich so sehr für diese Angelegenheit? Ich dachte, du hast genügend Probleme, nachdem du deine wichtigen Unterlagen hier nicht gefunden hast.«

»Vielleicht aus alter Verbundenheit?«

Als er während der Mittagsruhe schlaflos im *dormitorium* der Herberge lag und den ruhigen Atemzügen der wenigen anderen Schläfer lauschte, holte er aus seiner Gürteltasche den Fetzen Papier, den Radolf ihm gegeben hatte. Aus seinem Wams fischte er das Pergament, das er unter dem Dachfenster im Archiv betrachtet hatte. Er hatte es

Severin entwendet, während er ihn mit dem Sortierungsproblem abgelenkt hatte. Er grinste in das Halbdunkel, gegen das die kleinen Fensteröffnungen in den Wänden ankämpften; es war nützlich gewesen, diesen kleinen Taschenspielertrick zu lernen, den ihm ausgerechnet der Kaplan beigebracht hatte. Den benutze ich, wenn ich Kinder besuche, deren Eltern soeben gestorben sind, hatte der Kaplan gesagt. Ein *joculator* hat ihn mir einmal beigebracht. Man kann Hühnereier damit verschwinden lassen und sie hinter den Ohren der Kinder wieder hervorziehen. Der Grund für Philipps Interesse an den von Bruder Pio aus dem Nichts herbeigezauberten Dokumenten – *ein noch größerer Taschenspielertrick als mein eigener,* dachte Philipp mit widerwilliger Bewunderung – war selbst im Halblicht zu sehen, als er Radolfs Fetzen und das Pergament aus dem Archiv übereinanderhielt. Die abgeriebenen Buchstaben auf Radolfs Abriß hatten die gleiche Gestalt wie die auf dem Pergament. Sie hatten das gleiche Alter. Da es nicht anzunehmen war, daß Radolf in seinem Haus zufällig Fetzen von Pergamenten aufbewahrte, die im Alter dem Fund im Klosterarchiv glichen, konnte dies nur bedeuten, daß Radolfs Pergamentabriß tatsächlich aus dem Fund Bruder Pios stammte. Und da Radolf nicht vor kurzem im Kloster gewesen war, mußte er ihn schon besessen haben, seit er von Fredgar die Originaldokumente seiner Heirat verlangt hatte.

Vielleicht war es gar nicht Fredgars Säuferei gewesen, die ihn Radolf in die Hände gespielt hatte. Vielleicht war es eher so, daß Fredgar (in seinem Herzen ein Kaisertreuer, wer mochte das wissen?) damals jene Unterlagen gefunden und versteckt hatte, um Schaden vom Kaiser abzuwenden; und Radolf hatte sie durch Zufall entdeckt, als er seine

eigenen Dokumente suchte, ein paar Pergamente als Beweis eingesteckt und Fredgar damit erpreßt.
Philipp wußte nicht, was die übereinstimmenden Buchstaben bedeuten konnten. Aber es mochte interessant sein, Radolf damit zu konfrontieren, wenn er versuchte, seine Enttäuschung über das Mißlingen des Auftrags an Philipp auszulassen. Mit dem beruhigenden Gedanken daran schlief Philipp ein.
Als er wieder erwachte, herrschte reges Treiben im Westhof des Klosters. Der Himmel hatte sich in den letzten Stunden mit einem Schleier bezogen und leuchtete nun in grellem Weiß. Im Westen war etwas wie eine Verdichtung der Wolken zu ahnen, und die Insekten waren peinlich lästig. Philipp warf dem Himmel einen mißmutigen Blick zu, während er über den Hof zum Eingang von Bastulfs Herberge schritt.
Bastulf begrüßte ihn flüchtiger als gestern: Der Herbergsraum war heute beinahe zum Bersten mit Männern gefüllt, und er eilte zwischen den Tischen umher und teilte Suppe aus. Philipp stand in der Tür, bis seine Augen sich an die Düsternis des Raumes gewöhnt hatten, dann spähte er auf der Suche nach einem Sitzplatz umher. Zu seinem Erstaunen entdeckte er ein bekanntes Gesicht: Galbert. Dieser wandte ihm im gleichen Augenblick das Gesicht zu, begann überrascht zu lächeln und erhob sich.
»Hierher, Philipp«, rief er und winkte. Philipp drängte sich durch die Sitzenden und nahm neben ihm Platz.
»Was machst du denn hier, Galbert?«
Galbert verzog das Gesicht zu einem Lächeln, das über den Dingen stehend aussehen sollte und doch nur seinen Stolz bekräftigte. »Ich bin die Eskorte für die fränkische Dame, die auf unserem Hof wohnt, solange du nicht da bist.«

»Aude«, sagte Philipp. »Was um alles in der Welt hat sie vor?«
»Ich glaube, sie sucht nach ihrem Mann, oder nicht?«
»Ich weiß. Ich meine, wieso sucht sie ihn hier? Glaubt sie etwa, daß er unter die Mönche gegangen ist?«
Galbert kicherte. »Ich habe keine Ahnung«, bekannte er. »Ich weiß nur, daß ich, wenn diese Frau mein Weib wäre, auf gar keinen Fall ins Kloster wollte.«
»Wo ist sie jetzt?«
»Drüben, im anderen Flügel der Herberge, der für die Frauen vorbehalten ist.«
»Wie seid ihr hergekommen? Doch nicht allein?«
»Nein, sie hat gestern in der Stadt mit einigen Pilgern verabredet, daß wir uns ihnen anschließen dürften. Heute sind wir in ihrer Begleitung hierhergereist.«
Philipp schüttelte den Kopf. Bastulf näherte sich mit einem Kessel, aus dem die Suppe dampfte, und blickte auf Philipp hinunter.
»Ich sehe, es fängt an, dir hier zu gefallen«, sagte er.
»Daran ist nur deine Suppe schuld, Bastulf. Und ich habe noch ein paar Dinge mit Johannes zu besprechen. Er läßt dir ausrichten, ich könne eine weitere Nacht die Gastfreundschaft des Klosters mißbrauchen.«
»Johannes ist noch während der Mittagsruhe weggeritten. Kurz zuvor kam ein Pächter und meldete, daß er einen toten Mann auf seinem Acker gefunden habe, und Johannes ist sofort mit dem Prior und dem Sakristan aufgebrochen, um die Leiche zu sehen und hierherzubringen.«
Bastulf wies mit einer tropfenden Schöpfkelle auf den Tisch. »Du mußt dir vorne einen Teller holen. Soll ich die Suppe vielleicht auf den Tisch gießen?«
Galbert schob seinen Teller zu Philipp hinüber. »Nimm

meinen«, sagte er. »Seit wir hier eingetroffen sind, bin ich am Essen. Ich platze bald.«

»Du mußt ja nicht jedesmal den Teller hochhalten, wenn ich mit der Suppe komme«, brummte Bastulf. »Die Speisung ist ein Almosen.«

»Du mußt ihn ja nicht jedesmal füllen«, versetzte Galbert schlagfertig.

»Ich werd's mir merken«, erklärte Bastulf und füllte Philipps Teller auf. »Wenn du was übrigläßt, gib es ja nicht diesem Kerl«, warnte er.

Philipp zuckte mit den Schultern. »Ich muß sehen, daß es meinen Leuten gutgeht«, sagte er.

»Gehört er vielleicht zu dir?«

»Er gehört zu meinem Herrn und untersteht meiner Aufsicht.«

»Ich dachte, er sei der Diener der schönen Dame.«

»Die Dame wohnt für einige Zeit auf dem Hof meines Herrn.«

Bastulf grinste plötzlich und drohte mit dem Finger. »Und ich soll jetzt glauben, daß es der reine Zufall ist, der euch hier zusammenführt?«

Von einem anderen Tisch rief jemand nach Bastulf, und dieser machte Anstalten, dem Ruf nachzukommen. Philipp hielt ihn auf. »Ich möchte mit ihr sprechen«, sagte er.

»Das kann ich mir denken. Aber du darfst nicht so einfach in den Frauentrakt hinübergehen.«

»Wie soll ich es bewerkstelligen?«

»Geh zum Bruder Torhüter. Er läßt dich hinaus. Ich werde ihr ausrichten lassen, daß du mit ihr reden willst, und sie zu dir hinausschicken.«

»Ich danke dir.«

»Ich muß jetzt weiterarbeiten«, sagte Bastulf.

»Eines noch: Wenn Johannes zurück ist, möchte ich ihn nochmals sprechen. Kannst du ihm das von mir bestellen?«

»Was täte ich nicht für dich?« seufzte Bastulf und schleppte seinen Kessel davon.

»Der Wirt ist ein aufrechter Kerl«, fand Galbert. »Er hat mich schon dreimal ermahnt, nicht soviel zu essen, und gibt mir doch jedesmal von neuem etwas.«

»Ich weiß.«

»Ist er ein alter Freund von dir, als du noch im Kloster warst?«

»Ja«, erwiderte Philipp. Er löffelte seine Suppe ohne großen Appetit aus, verabschiedete sich von Galbert und ließ sich vom Bruder Torhüter nach draußen befördern.

Das Tor öffnete sich nur wenige Minuten nach Philipp erneut, und Aude trat hindurch. Sie eilte lächelnd auf ihn zu. »Ein unerwartetes Wiedersehen«, sagte sie.

»Was tut Ihr denn hier?«

»Nachdem Ihr Euch davongemacht hattet, habe ich gestern nochmals in der Stadt nach Spuren Geoffrois herumgefragt. Jemand teilte mir mit, er habe sich nach diesem Kloster erkundigt.«

»Was heißt hier: davongemacht?« erkundigte sich Philipp aufgebracht.

»Sagt man nicht so? Ich meinte damit, Ihr wäret ausgewichen, geflohen oder etwas in der Art.«

»Weshalb hätte ich das tun sollen?« Philipp bekämpfte eine dumpfe Ahnung, als ihr Lächeln eine Spur wehmütiger wurde. »Wollt Ihr mir vorwerfen, ich hätte mein Versprechen nicht gehalten? Ich habe einen ganzen Nachmittag mit Euch in der Stadt verbracht auf der Suche nach Eurem Gatten.«

»Ja, und dabei habt Ihr mich die ganze Zeit über an der Herberge vorbeigeführt, in der Ihr übernachtet habt.«
»Hätte ich Euch vielleicht mein Lager zeigen sollen? Und dies hier, werte Aude Cantat aus der schönen Grafschaft Vermandois, ist das Lager, in dem der berühmte, unvergleichliche Philipp zu nächtigen pflegt, wenn er sich in der Stadt aufhält?«
»Philipp, ich weiß alles«, sagte sie. Philipp verstummte und preßte die Lippen zusammen.
»Ich habe mich ein zweitesmal mit dem Wirt unterhalten, in dessen Speisesaal Ihr Geoffroi getroffen habt. Ich fragte ihn, ob er wisse, wohin Geoffroi nach dem Treffen mit Euch gegangen sei. Er verwies mich ganz verdutzt zu jener anderen Herberge, in der Euer Herr eine Kammer besitzt, und wunderte sich, daß Ihr mir nicht davon erzählt hattet. Ob Geoffroi Euch dort nicht mehr hätte angetroffen? Ich begab mich in die andere Herberge. Der dortige Wirt erzählte mir, was vorgefallen war. Er war noch immer wütend.«
Philipp trat gegen den Boden und brummte etwas Unverständliches.
»Warum habt Ihr es mir nicht gesagt?« fragte sie.
»Es geht nur mich und Minstr ... und Geoffroi etwas an«, erwiderte Philipp trotzig.
»Es geht auch mich etwas an, wenn man annimmt, mein Mann sei ein Trunkenbold, ein Betrüger und ein Dieb«, rief sie scharf.
Philipp schwieg dazu. Sie sah ihn eine Weile an und schien auf eine Erwiderung zu warten. Schließlich senkte sie den Kopf. »Erklärt Ihr mir wenigstens, warum Ihr es mir verschwiegen habt?«
»Es ist Männersache.«

Aude lachte ungläubig. »Wann immer eine Dummheit begangen wird, heißt es: Das ist Männersache«, sagte sie mit ätzendem Spott. »Es war nicht recht von Euch zu schweigen. Auch wenn Eure Gründe wahrscheinlich edler waren, als Ihr wollt zugeben.«
Philipp blickte peinlich berührt auf. Betroffen erkannte er, daß das Aufflammen ihrer Wut nur dazu gedient hatte, ihre Trauer zu bemänteln. Ihre Augen waren feucht.
»Ihr seid ein guter Mensch, Philipp; selbst wenn man Euch verletzt«, sagte sie. »Ihr wolltet schützen die Ehre von Geoffroi, weil man die Fehler eines Mannes nicht vor den Ohren seiner Frau beklagt. Ihr wolltet mich schützen, weil das Ansehen einer Frau vom Betragen Ihres Gemahls abhängt und weil ihr dachtet: Sie hat unter diesem Unhold schon genug zu leiden.«
Philipp wollte protestieren, aber ihre Einsicht in seine Motive war zu scharf. Er bewegte seine Schultern und wünschte, er hätte dieses Gespräch nicht gesucht.
»Geoffroi ist nicht so, wie Ihr denkt«, sagte sie nach einer Weile. »Ich glaube, daß Euer Eindruck von ihm weit falscher ist als meiner. Was immer er getan hat, während Ihr ihn in Eurer Kammer zurückgelassen habt, muß auf einem Mißverständnis beruhen.«
Was kann man an einer zerwühlten Kammer groß mißverstehen, wollte Philipp sagen. Aber Audes offensichtliches Bemühen, an die Güte in ihrem Mann zu glauben, rührte ihn. Er erwiderte nur: »Ich weiß nicht.«
»Philipp, wenn Ihr noch etwas wißt, bitte sagt es mir«, drängte sie ihn. »Ich bin bis hier heraus geritten, weil ich hoffte, eine Spur von ihm zu finden. Es war vergebens. Er ist niemals hiergewesen. Ihr seid derjenige, der Geoffroi zuletzt gesehen hat. Ich werde noch verrückt vor Sorge,

besonders wenn ich höre, was er getan haben soll. Bitte sagt mir alles, was Ihr wißt.« Sie blinzelte eine Träne zurück, aber die Träne war zu groß und lief statt dessen ihre Wange hinunter. Mit einer beinahe wütenden Handbewegung wischte sie sie weg.

»Ihr liebt ihn sehr«, hörte Philipp sich sagen und fühlte einen schmerzlichen Stich wegen Dionisia dabei.

Ein leises Grollen war zu hören, und Aude blickte statt einer Antwort in den Himmel. Philipp tat es ihr gleich. Die Wand im Westen hatte sich weiter verdichtet und eine stumpfe Farbe angenommen, aber es war noch nicht Zeit für das Gewitter. Über der Straße hing eine Staubfahne. Das Grollen wurde lauter und entpuppte sich als das Geräusch von mehreren Pferden, die in schnellem Trab vorwärtsgetrieben wurden. Hinter ihnen, auf dem Kranz der Mauer, die das Kloster umgab, rief jemand mit heller Stimme in den Westhof hinab: »Es sind der Prior, der Sakristan und der Kämmerer. Macht das Tor auf.«

Philipp verengte die Augen und trat gleichzeitig mit Aude beiseite. Das Tor bewegte sich ächzend und schwang beide Flügel auf. In der Staubfahne waren jetzt die Gestalten von mehreren Reitern erkennbar, die ein reiterloses Pferd mit sich führten. Etwas Großes, Schlaffes hing über dem Rücken des Pferdes und bewegte sich matt zum Rhythmus des Trabs.

»Wer ist das?« fragte Aude.

»Wie ihr gehört habt: Prior, Sakristan und Kämmerer. Ich kenne den Kämmerer; sein Name ist Johannes. Wir waren beide Novizen im Kloster, aber er ist geblieben, während ich das Kloster verlassen habe. Er hat mich ins Archiv gebracht.«

»Ihr sucht noch immer nach Unterlagen über diesen Radon, stimmt es?«

»Radolf. Aber ich habe nichts Vernünftiges gefunden.«
»Und was nun?«
»Ich werde morgen zu Radolf reiten und ihm mitteilen, daß ich nicht mehr weiter weiß. Voraussichtlich wird er sich auf mich stürzen.«
»Eine beunruhigende Vorstellung.«
»Nicht allzusehr. Ich habe statt seiner Unterlagen etwas gefunden, das ihn in einem ziemlich schlechten Licht zeigt. Er hat scheinbar den früheren Archivar erpreßt. Ich möchte deshalb nachher nochmals mit Johannes sprechen und ihn darüber informieren. Ich brauche ihn als Verbündeten.«
»Wird er zu Euch halten?«
»Er hat eine mächtige Wut auf den jetzigen Archivar und konnte als Novize auch den alten Archivar nicht leiden. Was immer mit dem Archiv zusammenhängt, verursacht ihm Magenschmerzen. Und da Radolf auch mit seinen Pfoten im Archiv herumgemischt hat, wird ihn sein Ärger sicher auf meine Seite bringen.«
»Es ist nicht schön, auf den fortdauernden Ärger eines Menschen zu hoffen.«
»Da habt Ihr recht«, sagte Philipp, der keinerlei Lust verspürte, sich schon wieder auf einen der vielen Kriegsschauplätze zu begeben, die ihre Bekanntschaft begleiteten. Aude war scheinbar überrascht, daß er ihr nicht widersprach.
Die Reiter hatten das Tor jetzt erreicht und hielten an. Ein paar Mönche liefen nach draußen. Das Geläut der Torglocke setzte plötzlich ein, als wollte es die Ankömmlinge und ihre tote Fracht willkommen heißen. Philipp erkannte die lange Gestalt von Bruder Johannes, der mit steifen Beinen von seinem Pferd sprang und sich den Staub aus der

Kutte klopfte. Er hatte Philipp noch keinen Blick zugeworfen. Statt dessen schüttelte er seine Gliedmaßen aus und trat dann auf das Pferd zu, das den Leichnam trug.
Es war Kaplan Thomas.
»Erschlagen«, sagte Johannes, »mit einem Knüppel ins Genick. Wie man einen Hund erschlägt; oder ein angestochenes Schwein.«
Philipp hörte ihm mit halbem Ohr zu. Seine Blicke ruhten auf dem Leichnam, den man auf einem Lager in einer Ecke des Hospizes aufgebahrt hatte. Thomas blickte mit leeren Augen nach oben, eines weiter geöffnet als das andere. In einem Nasenwinkel stand ein getrockneter, brauner Bluthalbmond. Sein Körper lag nackt den Blicken der Mönche ausgesetzt auf der Bettstatt, die Kutte zusammengeknüllt über seiner Scham, aber sein Oberkörper und seine langen Beine waren so unbekleidet, wie der Bruder Apotheker sie gelassen hatte, nachdem er den Leichnam untersucht hatte. Philipp erinnerte sich der Schamhaftigkeit des Kaplans und wünschte sich, jemand möge vortreten und seinem toten Körper die Würde der Kleidung zurückgeben.
Aude war vermutlich wieder in den Frauentrakt der Herberge zurückgekehrt. Er wollte, sie wäre mit ihm ins Hospiz gekommen. Thomas' wächsernes Gesicht starrte unbewegt an die Decke, während der Bruder Apotheker mit unverständlichen Worten seine aufgeschlagenen Knie und seine aufgeschürften Handflächen beschrieb und wie der oder die Mörder den Kaplan seiner Ansicht nach mit dem ersten Knüppelschlag auf die Knie gezwungen und mit dem zweiten sein Genick gebrochen hatten. Philipp wünschte, Thomas würde blinzeln und sich erheben und die ganze Angelegenheit als schlechten Scherz abtun. Der

Apotheker beendete seine Erklärung und drückte Thomas die Augen zu. Philipp schluckte und spürte einen heißen Schmerz, der in seine Eingeweide und hinter seine Augen schoß. Thomas war tot.

Johannes berührte Philipps Arm, und Philipp erkannte, daß die anderen Männer sich bereits abgewandt hatten und den Raum verließen. Er folgte dem Kämmerer. Auf halber Strecke wandte er sich nochmals um. Der Bruder Apotheker faltete Thomas' Kutte auseinander und bedeckte seinen Körper damit.

»Er ist vorgestern in das Kloster gekommen, wie du sagtest«, erklärte Johannes. »Er bat darum, vor dem Abt und den wichtigsten Amtsinhabern gehört zu werden. Ich habe die Geschichte nachgeprüft.«

»Ich weiß, was er vorhatte«, sagte Philipp heiser. »Ein Dorfpriester hatte eine seiner Meinung nach ungerechte Verurteilung ausgesprochen, und er wollte verhindern, daß so etwas noch einmal vorkommt.«

»Ich bin mir nicht sicher, ob die Verurteilung wirklich ungerecht war.«

»Was weißt du wohl davon?«

»Der Prior war bei dem Gespräch zugegen und hat es mir geschildert. Sagen wir es so: Die Fakten hatten eine größere Überzeugungskraft als seine Worte. Die Frau, die dem Gottesurteil ausgesetzt wurde, ist gestorben: an Staub und Straßendreck erstickt.«

Philipp verzog das Gesicht. »Hat sie selbst ...?«

»Nein, das wäre nicht möglich gewesen. Alles sieht danach aus, als habe der Herr das Urteil selbst vollstreckt, und zwar gemäß der Schrift, daß die Worte von Ketzern nichts seien als Staub im Mund.« Johannes bekreuzigte sich und murmelte: »*Quia peccavi nimis cogitatione, verbo et opere.*«

Philipp fühlte einen kalten Schauer, der selbst durch die Masse aus Taubheit drang, die ihn seit dem Anblick des toten Kaplans auszufüllen schien. Der Schauer entpuppte sich bei näherem Hinsehen als Wut.
»Denn ich habe gesündigt in Gedanken, Worten und Taten?« wiederholte er. »Schuldig, nur weil sie tot ist? Wahrscheinlich bist du auch noch der Meinung, Gott der Herr hat ihr selbst den Dreck in den Hals geschaufelt.«
»Wenn ich es auch mit weniger groben Worten ausdrücken würde – ja. In jedem Gottesurteil hat der Herr die Hand im Spiel, wie direkt oder indirekt auch immer.«
»Aber in so einem Fall! Jeder, der durch das Dorf kam, konnte mit der Frau anstellen, was er wollte. Sie war an einen Pfahl gefesselt, und über den Tag war das Dorf vermutlich menschenleer.«
»Richtig. Aber wer hätte sich die Mühe gemacht, sie festzuhalten und ihr Straßendreck in den Mund zu schütten? Ich glaube, daß sie als Ketzerin verurteilt und einem Gottesgericht ausgesetzt wurde und daß sie so gestorben ist, wie sie es ihrem Urteil nach verdiente.«
Sie traten hinaus ins Freie. Johannes zog die Kapuze über seinen Kopf und steckte die Hände in die Ärmel der Kutte. Philipp spürte die Wut rasch in sich wachsen. Er wußte, daß es nur eine Reaktion auf den Schock war, den der Anblick des Toten ausgelöst hatte, aber er konnte sich nicht dagegen wehren.
»Was ist mit Thomas?« zischte er. »Hat er deiner Meinung nach auch verdient, was ihm zugestoßen ist, weil er das Urteil gegen eine Ketzerin angezweifelt hat? Hat ein Engel einen Stein aus dem Himmelsgewölbe gebrochen und ihm in den Nacken geworfen?«
Johannes wandte ihm sein beschattetes Gesicht zu und

betrachtete ihn einen Moment lang ausdruckslos. »Du redest lästerliche Worte«, sagte er ruhig. »Vermutlich wurde er von einer Bande Straßenräuber erschlagen.«
»Straßenräuber, natürlich«, höhnte Philipp. »Die sich reiche Beute von einem Mann versprechen, der zu Fuß unterwegs ist und den seine Kleidung deutlich als Geistlichen ausweist.«
»Du hast die Wunde in seinem Nacken gesehen. Sie wurde nicht von einem fallenden Ast verursacht, ganz abgesehen davon, daß kein Baum in der Nähe war, wo er gefunden wurde. Sie stammt von einem Streitkolben. Ein einzelner Wegelagerer würde keine derartige Waffe besitzen: Er hätte sie schon längst zu Geld gemacht, um Essen zu kaufen, und sich auf eine Steinschleuder verlassen. Richtige Waffen besitzen nur organisierte Banden von Gesetzlosen.«
»Ich frage dich nochmals: Was hätten Straßenräuber bei Thomas finden wollen?«
»Philipp«, seufzte Johannes, »was hätte irgend jemand bei Thomas finden wollen, das einen Mord rechtfertige? Wir wissen nicht, wer ihn umgebracht hat.«
»Vielleicht hat es mit seinem Einsatz für die Verurteilte zu tun?«
»Und wer hätte ein Interesse daran, ihn dafür zu bestrafen, wenn nicht der Herr selbst?«
»Ich weiß, daß er den Fall vor den Bischof bringen wollte, wenn es nötig wäre. So wie ich ihn kenne, hat er damit auch vor dem Abt und dem Prior nicht hinter dem Berg gehalten.«
»Willst du damit sagen, daß jemand hier aus dem Kloster ihn beseitigen wollte, weil ihm seine Einmischung unwillkommen war und er eine Anzeige beim Bischof fürch-

tete?« Johannes sah ihn fassungslos an, und auf seiner Stirn erschienen ärgerliche Falten. Philipp achtete nicht darauf.
»Entweder das«, erklärte er ungehalten, »oder der Dorfpriester hat ihn auf dem Gewissen.«
»Philipp, du weißt nicht, was du redest.«
»Aber ich weiß, was ich denke. Wenn Thomas zum Bischof gegangen wäre und ihn von seiner Ansicht überzeugt hätte, hätte der Dorfpriester zumindest eine unangenehme Zeit gehabt. Und ihr hättet euch fragen lassen müssen, ob aus euren Reihen noch mehr Fanatikern und Hitzköpfen die Aufsicht über die Seelen eines armen Dorfes gegeben wurde. Unter Umständen hätte sich sogar noch eine Untersuchung der weltlichen Behörden wegen Anmaßung der Rechtsgewalt ergeben.«
»Und weil wir uns davor fürchteten, erschlugen wir den Kaplan deines Herrn?« rief Johannes aufgebracht.
»Ihr oder der Dorfpriester! Warum holt ihr ihn nicht ins Kloster und befragt ihn dazu?«
»Wir wissen selbst, was wir zu tun haben«, versetzte Johannes wütend.
»Ganz offensichtlich.«
»Was willst du damit sagen?«
»Nichts, was du dir nicht denken kannst«, stieß Philipp hervor und wandte sich brüsk ab. Johannes sprang ihm nach und hielt ihn fest.
»Wir haben nichts zu verbergen«, sagte er, aber der unterdrückte Zorn war trotz seiner beherrschten Worte deutlich zu hören. Philipp, in seine eigene Wut gehüllt, wollte es nicht bemerken. Er riß sich los.
»Jetzt nicht mehr«, sagte er heiser und stapfte davon.
»Du bist verrückt!« rief ihm Johannes hinterher. »Du verurteilst, bevor du nachdenkst, und du steigerst dich in

etwas hinein, das völlig ohne Hand und Fuß ist. Genau wie damals, als du dir in den Kopf gesetzt hast, das Kloster verlassen zu müssen. Was hat es dir gebracht? Schon bei der ersten schwierigen Aufgabe bist du wieder hier und verlangst nach unserer Hilfe! Ich gebe sie dir gegen alle Regeln und Verordnungen des Ordens, und zum Dank verdächtigst du uns, einen Menschen ermordet zu haben. Denk doch einmal darüber nach, Philipp!«
»Laß mich in Ruhe«, brummte Philipp, ohne sich umzudrehen. Seine Schritte beschleunigten sich, um aus dem Hof vor dem Hospiz zu entkommen. Sein Zorn war schon wieder verraucht. Er wußte, daß er sich hatte hinreißen lassen, aber er brachte es nicht über sich, sich umzuwenden und mit Johannes Frieden zu schließen. Er sah das tote Gesicht des Kaplans vor sich. Ohne anzuhalten stürmte er hinaus in den Westhof.

In der Nähe der Klosterherberge war eine kleine Kapelle errichtet worden, um den Gästen des Klosters, die man nicht in seinen Innenbereich einzulassen gewillt war, dennoch die Möglichkeit zur Andacht zu geben. Es war ein kleines Gebäude, nicht unähnlich der Kapelle, die neben dem Friedhof auf Radolfs Besitz stand, ein fensterloser Bau mit einer großen Pforte, durch die er sein einziges Licht bezog. Der Regen plätscherte jetzt daran herab, wob einen dichten Vorhang vor der Eingangsöffnung und wehte in Schleiern über den menschenleeren Westhof. In der Kapelle war es düster und kühl; Philipp fröstelte, während er blicklos nach draußen schaute und sich an den Gedanken zu gewöhnen suchte, daß Kaplan Thomas nicht mehr am Leben war.

Zwei Gestalten hasteten über den Hof auf die Kapelle zu. Eine hielt eine Decke über den Kopf der anderen. Die beiden erreichten die Kapelle.

»Du kannst zurückgehen in die Herberge«, sagte Aude zu Galbert. »Philipp wird mich dann in den Frauentrakt begleiten.«

Galbert nickte, grinste Philipp zu – *es hat ihm noch niemand gesagt, daß Thomas tot ist*, dachte dieser unwillkürlich –, wickelte sich in die Decke und sprang über die Pfützen zurück in die Trockenheit der Herberge. Aude trat vom Eingang zurück, bis sie einen Platz erreichte, an dem die aufspritzende Nässe sie nicht mehr erreichen konnte. Sie sah Philipp in die Augen. »Was tut Ihr hier?« fragte sie.

»Ich warte darauf, daß der Tag vergeht«, knurrte Philipp.

»Ich will Euch nicht stören ...«

»Dann hättet Ihr nicht kommen sollen.«

»... aber ich dachte mir, Ihr könntet ein wenig Gesellschaft brauchen.«

Philipp bemühte sich, nicht zu ungehalten zu sein. »Ich würde es vorziehen, allein zu sein«, erklärte er.

Aude zuckte mit den Schultern und sah sich scheinbar interessiert in der Kapelle um. »Der Tote war ein guter Freund von Euch?« fragte sie wie nebenbei.

»So etwas Ähnliches.«

»Es sieht Euch ähnlich, Euch zu verbergen, wenn Ihr leidet, und niemanden an Euch heranzulassen. Aber das ist falsch, Philipp. Es gibt immer jemanden, der bereit ist, Euren Schmerz zu teilen. Ihr müßt nicht in einen Busch kriechen und allein den Mond anheulen wie ein verstoßener Wolf.«

»Ich danke Euch für Eure Ratschläge«, sagte Philipp sarkastisch. »Leider ist alles ganz anders, als Ihr denkt.«

»Wie war der Name Eures Freundes?«
»Thomas«, antwortete Philipp unwillig. »Er war nicht mein Freund. Ich mochte ihn, das ist alles.«
»Woher kennt Ihr ihn?«
»Er war der Kaplan meines Herrn.«
Aude lächelte. »Wieso sagt Ihr, daß er nicht Euer Freund war?«
»Weil es die Wahrheit ist. Ich habe keine ...«, er unterbrach sich.
»Ihr habt keine Freunde am Hof Eures Herrn? Ihr müßtet hören, wie Galbert über Euch spricht. Man möchte glauben, Ihr seid sein Bruder.«
»Galbert ist ein Tor«, brummte Philipp.
Sie lächelte wieder. »Erzählt mir ein wenig von Eurem Freund, dem Kaplan«, sagte sie. »Was war er für ein Mensch?«
Philipp sah sie ungläubig an. »Wollt Ihr das wirklich wissen?«
»Natürlich. Immerhin bin ich durch den Regen gelaufen, um es zu hören.«
»Ihr wollt mir nur die Zeit vertreiben, weil Ihr glaubt, es geht mir nicht gut.«
Aude seufzte und ging ein paar Schritte in der Kapelle auf und ab. Das Tuch auf ihrem Kopf war durchnäßt, und sie hatte es um die Schultern gelegt. Ihr abgeschnittenes Haar leuchtete dunkel im Halblicht der Kapelle, eine zerzauste Kappe um ihr helles Gesicht. In ihren Augen war die helle Türöffnung als Spiegelbild zu sehen und ließ sie intensiv blau erscheinen. Zusammenhanglos dachte Philipp daran, daß ihre Augenfarbe sich mit dem Licht änderte: Bei Sonneneinfall waren sie grün, bei Regen blau und im goldenen Licht einer Fackel von einem hellen, wissenden Grau.
»Und wenn es so ist?« rief sie. »Warum akzeptiert Ihr es

nicht? Ich weiß, daß es Euch nicht gut geht, und Ihr wißt es auch. Wie nahe Euch der Kaplan auch immer stand, Ihr betrauert seinen Tod. Ich will nichts weiter, als Euch zur Seite stehen und Euch dabei helfen.«
»Warum?«
Sie zögerte mit ihrer Antwort. Philipp stand wie angewurzelt in der Türöffnung.
»Weil ich sehe, daß es falsch ist, was Ihr tut. Ihr zeigt den Menschen nur die Oberfläche Eures Wesens, die so unkompliziert scheint, daß jeder sie mag. Ihr macht ständig Scherze, und Ihr gebt vor, für jedes Problem eine Lösung zu kennen. Ich glaube aber, daß darunter ein anderer Mensch steckt, einer, dem nicht immer nach Scherzen zumute ist, einer, der statt zu spotten oftmals schreien möchte und der manchmal keinen Rat weiß. Ich möchte der Freund dieses Menschen sein. Gebt ihm eine Chance. Gebt mir eine Chance.«
Vorsichtig sagte Philipp: »Niemand möchte der Freund eines Schwächlings sein.«
»Ist es das, was Ihr denkt? Daß ein Schwächling unter der Haut steckt, die Ihr über Euch gezogen habt? Wißt Ihr nicht, daß unter jeder Oberfläche ein solcher Schwächling steckt? Unter meiner wie unter der Galberts, unter der Eures Herrn ebenso wie unter der Geoffrois ... Ihr denkt, keine Freunde zu haben. Vielleicht ist das richtig; vielleicht umgeben Euch nur Menschen, die Eure Stärke bewundern und sich an Euch anlehnen. Das ist aber Eure Schuld, denn niemand will einen Menschen zum Freund, der ihm ständig überlegen ist und ihn nicht an sich heranläßt. Die Menschen wollen nicht nur gestützt werden – sie wollen auch helfen. Ihr gebt allen immer nur Eure Stärke und stützt sie. Gebt ihnen auch einmal Eure Schwäche. Ihr werdet sehen,

daß niemand deshalb schlecht von Euch denkt, im Gegenteil: Es werden sich viele Hände nach Euch ausstrecken.«
»Eine Hand hat sich heute schon zurückgezogen«, sagte Philipp.
»Wie meint Ihr das?«
»Ich habe es mit Johannes verdorben. Ich fürchte, ich habe ihn unsterblich beleidigt.«
Aude seufzte. Philipp sah, daß sie seinen Themenwechsel klar erkannte, aber er starrte sie nur an und hoffte, daß sie darauf einging. Schließlich gab sie nach.
»Womit habt Ihr ihn beleidigt?«
»Ich habe den Verdacht ausgesprochen, daß irgend jemand im Kloster mit der Ermordung Thomas' zu tun haben könnte.«
»Und glaubt Ihr das?«
»Nein«, stieß Philipp ungehalten hervor.
»Was werdet Ihr tun? Ihn um Verzeihung bitten?«
»Ich sollte wohl; aber es wird nicht viel nützen. Nach dem zu schließen, was er mir an den Kopf geworfen hat, als ich ihn verließ, ist er wirklich wütend.«
»Noch wütender als auf den Archivar?«
Philipp kniff die Augen zusammen und musterte sie. »Was meint Ihr damit?«
»Wenn ich Euch nun sagte, daß ich heute während der Mittagsruhe ein Gespräch zwischen zwei Mönchen gehört habe, während ich mich im Frauenteil der Herberge aufhielt? Die beiden standen direkt neben der Tür und rechneten vermutlich nicht damit, daß sich jemand im Inneren befand. Der eine fragte, wann sie die Dokumente für den Abtransport sollten bündeln, und der andere antwortete, daß jetzt die beste Möglichkeit dazu bestehe. ›Der Kämmerer ist unterwegs, um eine arme Seele vom Erdboden

zu kratzen‹, sagte er. ›Ich habe Bruder Severin vor dem Archiv abgelöst. Der naive Kerl war mir noch dankbar dafür. Wenn Bruder Pio wiederkommt, will er sicher so bald wie möglich wieder mit den Unterlagen fort.‹ Ich habe herumgefragt ein wenig und herausgefunden, daß Bruder Pio der Archivar ist.«

Philipp schlug sich plötzlich aufgeregt mit der Faust in die hohle Hand. »Johannes dachte, Pio wolle nur seinem Ehrgeiz etwas Gutes tun und den Abt von seinem Dokumentenfund berichten. Dabei schafft er die Unterlagen aus dem Kloster, ohne daß Johannes davon erfährt. Was immer er damit bezweckt, es dürfte Johannes auf jeden Fall interessieren. Wißt Ihr, daß Ihr mir eben eine Möglichkeit gegeben habt, mit ihm wieder ins Gespräch zu kommen?«

»Natürlich.«

»Warum habt Ihr mir das nicht schon früher gesagt?«

»Es reicht doch, daß Ihr es zu dem Zeitpunkt erfahrt, an dem es für Euch wichtig ist.« Sie lachte. »Aber die Wahrheit ist, daß es mir eben erst wieder eingefallen ist.«

Philipp erwiderte ihr Lachen. »Ich danke Euch«, sagte er und vollführte eine bemüht elegante Verbeugung. Aude neigte den Kopf. Philipp sah sie an und erblickte die Schatten unter ihren Augen, die ihm zuerst nicht aufgefallen waren. Ihre Haut war von Natur aus hell, aber sie war bleicher als sonst. Das Lachen verschwand langsam aus ihrem Gesicht, während er sie betrachtete. Plötzlich wünschte er sich, er könnte die Schatten aus ihrem Gesicht verbannen. Er wußte, daß sie bei ihrer Suche nach ihrem Mann an einem toten Punkt angekommen war, aber er wußte nicht, wie er ihr helfen konnte. Er stand neben ihr und schaute in den Regen hinaus.

»Ich möchte, daß ihr mir einen Gefallen tut dafür, daß ich

Euch von dem Vorhaben des Archivars erzählt habe«, sagte Aude schließlich. »Ich möchte mit dem Kämmerer sprechen. Vielleicht weiß er etwas über Geoffroi.«
Philipp riß erstaunt die Augen auf und machte eine abwehrende Handbewegung. Audes Gesicht verschloß sich.
»Das ist völlig unmöglich. Es steht eine Strafe darauf, als Mönch mit einer Frau zu sprechen.«
»Philipp, seit ich hier bin, haben nur drei Menschen zu mir gesprochen: Galbert, der Wirt der Herberge und Ihr. Informationen über meinen Gemahl habe ich dabei nicht erhalten. Wenn Geoffroi hierher wollte, dann nicht wegen der besinnlichen Ruhe zwischen den Klostermauern. Er muß im Sinn gehabt haben, jemanden zu treffen. Wer weiß – vielleicht den Kämmerer?«
»Was sollte er mit Johannes zu tun haben?« fragte Philipp und vermochte nicht, den verächtlichen Ton ganz aus seinen Worten zu verbannen.
»Ich weiß es nicht. Der Kämmerer könnte zumindest von seinem Besuch erfahren haben, wenn sonst schon niemand davon weiß.«
»Wahrscheinlich war er niemals hier.«
»Genauso wahrscheinlich ist es, daß er sich gerade eben hier aufhält, nur durch ein paar Mauern von mir getrennt«, stieß Aude hitzig hervor. »Vielleicht muß er sich verstecken und ist in das Kloster geflohen.«
»Verstecken? Vor wem denn?«
»Ich weiß es doch nicht. Womöglich hat er sich jemanden zum Feind gemacht. Ihr könnt mich wenigstens zu Eurem Gespräch mit dem Kämmerer mitnehmen. Das seid Ihr mir schuldig.«
»Niemand wird Euch in das Innere des Klosters hineinlassen.«

»Euch auch nicht, bevor Ihr Euch nicht mit dem Kämmerer ausgesöhnt habt. Also bittet ihn zu einem Gespräch nach draußen.«
Philipp sah sie nachdenklich an. Ihre Augen blitzten. Sicher hatte sie ihm die Unterhaltung zwischen den Mönchen nicht verraten, um damit einen Gefallen von ihm zu erkaufen. Die Möglichkeit, daß sie die Situation auch zu ihren Gunsten nutzen könnte, war ihr eben erst in den Sinn gekommen. Er fragte sich, was an ihrem Ansinnen unstatthaft war. Vielleicht war es nur ihre Selbständigkeit, die ihn immer wieder dazu verleitete, ihr zu widersprechen. Eben noch hatte er bedauert, nichts für sie tun zu können.
»Ich werde ihn so lange an der Kutte festhalten, bis Ihr ihn alles gefragt habt, was Ihr wissen wollt«, versprach er.
»Danke«, erwiderte sie.
»Dankt mir nicht. Vermutlich wird er uns danach beide aus dem Kloster werfen, verlangen, daß wir Bastulf die Suppe bezahlen, einen Brief an den Bischof schreiben, unsere Exkommunizierung fordern und zu einem Pilgerzug gegen alle Männer aufrufen, die einer schönen Frau einen Gefallen tun wollen.«
Sie lächelte. »Wißt ihr, daß Ihr mir zum erstenmal ein Kompliment gemacht habt?«
»Tatsächlich?« brummte Philipp und wandte sich halb verlegen ab.
Sie legte ihm leicht die Hand auf den Arm, eine kurze Berührung nur, die nicht so lange dauerte wie das Heben und Zurückziehen ihrer Hand.
»Es hat fast aufgehört zu regnen«, sagte sie. »Vielleicht ist der Kämmerer bereit, noch heute mit uns zu sprechen. Wollt ihr ihm Bescheid geben?«

Bruder Johannes erschien zu Philipps Erstaunen nur wenig später. Philipps Botschaft, einem wortkargen Mönch mitgegeben, der sich als einer der ersten nach dem Ende des Regens wieder in den durchnäßten Westhof gewagt hatte, schien ihm Beine gemacht zu haben. Aude und Philipp standen in der Nähe der Kapelle und beobachteten das Versickern der Wasserpfützen, die wie beständig kleiner werdende Spiegel den grauweißen, nachgewitterlichen Abendhimmel wiedergaben.

»Dies ist Aude Cantat«, sagte Philipp. »Sie wohnt auf dem Gut meines Herrn und reist ihrem Gemahl hinterher. Aude, dies ist Bruder Johannes, der Kämmerer des Klosters.«

Aude verneigte sich und erhielt ein kurzes Nicken als Antwort. Johannes' helle Augen musterten sie ebenso kurz wie undurchdringlich, bevor er den Blick auf Philipp richtete. Er steckte seine Hände in die Ärmel der Kutte und schien darauf zu warten, daß Aude sich verabschiedete.

»Aude glaubt, daß ihr Gemahl hier im Kloster gewesen ist oder sich vielleicht noch aufhält«, erklärte Philipp und hängte eine kurze Beschreibung Minstrels an. Er stellte fest, daß es ihm langsam zum Halse heraushing, die Gestalt von Audes Mann in ihren Einzelheiten beschrieben zu hören. Johannes starrte ihn unverwandt an und sagte schließlich: »Ich nehme an, sie hat in der Herberge nachgefragt.«

»Ja. Bastulf kann sich nicht an ihn erinnern. Ihr Gemahl – sein Name ist Geoffroi – steckt möglicherweise in Schwierigkeiten. Es kann sein, daß er darum gebeten hat, eine Weile hier unterzutauchen.« Philipp war erstaunt, wie glatt und emotionslos ihm die Worte über die Lippen gingen. Johannes zog ein mißtrauisches Gesicht.

»In Schwierigkeiten? Weshalb? Hat er ein Verbrechen begangen?«

Aude holte Luft, aber Philipp gebot ihr mit einer kurzen Handbewegung zu schweigen. Anders als im Judenviertel hielt sie sich diesmal daran.

»Wenn, dann keines, das gegen dieses Kloster oder den Orden gerichtet gewesen wäre. Er wäre als Asylsuchender hierhergekommen – jemand, dem ihr die Aufnahme nicht verweigert hättet.«

»So jemand ist nicht im Kloster«, knurrte Johannes.

»Er könnte sich auch Minstrel genannt haben. Er kann singen wie ein Troubadour.«

»Er wird diese Teufelskunst kaum hier ausgeübt haben.«

»Bist du sicher, daß er niemals hier war?«

Johannes stieß ungeduldig die Luft aus. »Ich weiß nichts von ihm, Bastulf weiß nichts von ihm – wie könnte er dann hier sein?« Dann beruhigte er sich wieder. »Es tut mir leid. Ich wollte nicht heftig werden. Ich bin sicher, der Mann, den du beschrieben hast, hat niemals in diesem Kloster vorgesprochen. Aber ich kann zusätzlich den Bruder Herbergsaufseher fragen, wenn dir viel daran liegt.«

»Ich wäre dir sehr verbunden.«

»Willst du mit mir nur über den Gemahl dieses Weibs sprechen?« fragte Johannes schließlich. »Ich dachte, du wolltest mir etwas über Bruder Pio mitteilen?«

»Doch, das will ich durchaus«, erklärte Philipp. »Aber nicht hier, sondern im Archiv.«

»Warum dort?« rief Johannes ehrlich erstaunt. Philipp, der sich zu ausgelaugt fühlte, um noch eine überzeugende Ausrede zu ersinnen, sagte: »Weil ich dort noch einmal dringend etwas nachsehen muß und ich nicht weiß, wie ich dich sonst dazu bringen soll, mich ein zweitesmal einzulassen.«

Johannes starrte ihn verblüfft an. Sein Starren dauerte so lange, daß Philipp zu fürchten begann, der Kämmerer

würde nur durch seine Sprachlosigkeit seine aufsteigende Wut bekämpfen können. Doch dann verzogen sich die Lippen in Johannes' schmalem Gesicht, und er begann zu kichern. Aude wandte sich wortlos ab und schritt zum Eingang der Herberge hinüber.
»Ist das die beste Überredungskunst, die dir zur Verfügung steht?« prustete Johannes.
»Ja«, rief Philipp beunruhigt.
»Überwältigend. Benutze sie niemals wieder.«
»Weshalb?«
»Weil sie dir nur hier und heute zum Erfolg verhilft, alter Freund.«
Johannes hörte auf zu kichern und fing statt dessen herzhaft zu lachen an. Philipp musterte ihn mit verkniffenem Gesicht und wußte nicht, ob er sich freuen sollte oder nicht, während Johannes sich auf die Schenkel schlug und etwas winselte wie: »... nicht mal einen Stein dazu überreden, aus dem Himmel zu fallen ...« Aude, am anderen Ende des Innenhofs an der Tür zur Herberge angelangt, drehte sich einmal kurz um und sah zu ihnen herüber, bevor sie durch die Türöffnung verschwand. Philipp konnte nicht erkennen, ob ihr Gesicht noch immer so enttäuscht war wie nach Johannes' ersten Worten.
»Willst du mich jetzt hineinlassen oder nicht?« stieß Philipp ungeduldig hervor. Johannes zog die Nase hoch und wurde mühsam wieder ernst. Als er Philipps Gesicht sah, begannen seine Lippen verdächtig zu zittern. Diesmal spürte Philipp, wie ihn das Gelächter anzustecken drohte. Er versuchte nicht zu grinsen und brachte es nicht fertig. »Was soll der Unsinn?« rief er lachend. »Was ist daran bloß so komisch?«
»Dein Gesicht«, keuchte Johannes. »Dein Gesicht, als du

sagtest, es fiele dir sonst nichts ein, womit du mich überzeugen könntest. So sieht ein Huhn drein, wenn es das erste Ei gelegt hat und sich fragt, woher es wohl gekommen sein mag.«

»Na, vielen Dank«, knurrte Philipp ernüchtert. »Es freut mich, daß du an meinem Ei soviel Vergnügen hast.«

»Ich danke *dir*«, sagte Johannes und wurde endgültig ernst. »Vor allem für deine Ehrlichkeit. Du hättest es auch anders beginnen können.«

»Ich war zu müde dazu, um noch ehrlicher zu sein.«

»Und ich will auch ehrlich sein und dir sagen, daß ich deine Bitte, noch einmal das Archiv aufzusuchen, auch dann nicht abgeschlagen hätte, wenn du mir nichts über Bruder Pio angeboten hättest.«

»Ich dachte, du wärest auf ewig beleidigt.«

»Wegen deiner Worte heute nachmittag? Aber Philipp, ich konnte doch den Schmerz sehen, den du nach dem Tod von Bruder Thomas fühltest. Da habe ich deine Worte nicht auf die Goldwaage gelegt. Ich war zwar zornig, aber mein Zorn verrauchte schneller, als du brauchtest, um nach draußen zu schlüpfen.«

»Du überraschst mich«, sagte Philipp offen und hielt ihm die Hand hin. »Es tut mir leid, daß ich schlecht von dir gedacht habe.«

Johannes ergriff seine Hand und schüttelte sie. »Ich habe immer bedauert, daß wir einander nicht näherkamen damals«, sagte er. »Ich wäre gern dein Freund gewesen.«

Ich habe die Probe nicht bestanden, dachte Philipp und biß die Zähne zusammen. Er hätte es gerne laut ausgesprochen, aber das damalige Erlebnis schien ihm noch immer zu intim, um darüber zu reden.

Das Archiv war leer, als Johannes die Tür aufschloß und Philipp hineinführte. Er gab sich keine besondere Mühe, leise zu sein oder sich gar nur mit verstohlenen Bewegungen in das Archiv zu schleichen. Der Platz vor der Tür war nicht besetzt; aber es war zu bezweifeln, ob Johannes sich hätte aufhalten lassen, wenn der Helfer des Archivars oder jemand anderer auf seinem Posten gewesen wäre. Johannes entzündete ein Talglicht und spähte in dem großen Raum herum. Der geduckte Schatten am anderen Ende, den der Haufen neu gefundener Unterlagen gebildet hatte, war verschwunden.
»Bruder Severin hat sie einsortiert«, erwiderte Johannes. »Soviel zumindest weiß ich. Ich habe vor dem Mittagläuten noch ein paarmal etwas hier nachgesehen, und er hat mich ohne Widerstand zu den jeweiligen Regalen geführt. Er ist stolz wie ein Pfau darauf, daß Pio sie gefunden hat.«
»Zeig mir, wohin er sie sortiert hat. Genau diese Unterlagen sind es, die ich nachsehen möchte.«
»Was willst du denn damit?«
»Nur etwas nachprüfen«, erwiderte Philipp und dachte an die beiden Pergamente in seiner Tasche, Radolfs Abriß und die Urkunde, die er Severin gestohlen hatte.
»Etwas nachprüfen?«
»Ich werde es dir gleich erklären.«
Johannes führte ihn zu den Regalen und erklärte ihm, wohin Severin die Dokumente gelegt hatte. Philipp, auf der Suche nach dem gebundenen Stapel, aus dem er das Blatt entwendet hatte, fand ihn erst im letzten der bezeichneten Fächer. Er war nicht sehr darüber erstaunt.
Als Johannes ihm das Talglicht reichte, fiel das trübe Licht auf die anderen Fächer des Regals. Trotz aller Düsterkeit war zu erkennen, daß einige der Fachböden geräumt

waren. Er kniete sich nieder, um die Bretter genauer in Augenschein zu nehmen. Sie waren leidlich sauber, ein Beweis, daß sie noch nicht lange leer waren. Hier hatten sich die Unterlagen über die Teilnehmer am Pilgerzug befunden. Philipp legte die Hände in den Schoß und suchte das Regal mit den Augen ab, ob Severin sie umgeschichtet hatte, aber die Erkenntnis war unvermeidlich – die Dokumente waren verschwunden. Er sah zu Johannes auf.

»Was willst du mir nun zeigen?« fragte der Kämmerer.
»Die leeren Fächer?«
»Aude hat zufällig ein Gespräch zwischen zwei Brüdern mitangehört. Sie unterhielten sich darüber, daß der eine, sobald er Severin abgelöst habe, Dokumente zusammenbündeln würde, damit Pio sie aus dem Kloster schaffen könne. Ich dachte, es handelte sich um die neu gefundenen Unterlagen. Aber wie es scheint, ging es ihm gar nicht darum. Er hat andere Dokumente beiseite geschafft, zum Beispiel hier die Unterlagen über die Pilgerfahrer.«

Johannes griff sich das Talglicht und lief mit hastigen Schritten durch das Archiv. Schon nach kurzer Zeit drang seine aufgebrachte Stimme zu Philipp: »Hier fehlen etliche Regalfächer voll. Was hat er nur damit vor?«

Philipp richtete sich auf und säuberte seine Knie. »Ich kann es mir nicht im Traum vorstellen. Vielleicht müssen sie kopiert werden, weil sie beschädigt sind.«

»Wenn sie kopiert würden, dann nur hier. Bessere Kopisten finden sich so leicht nirgends. Das weißt du besser als ich.«

»Wenn du es herausfinden willst, mußt du den Abtransport verhindern.«

»Bevor ich zu dir nach draußen kam, habe ich ein paar Wagen aus dem Osttor abfahren lassen, auf denen sich Lebensmittel für die verstreuten Klausen und ein paar Schmuckarbeiten aus der Klosterschmiede für Bischof Konrad befanden.« Johannes machte ein grimmiges Gesicht. »Ich bin sicher, unter den Säcken und Beuteln lagen die Dokumente. Die Wagen haben sogar eine bewaffnete Eskorte, wegen der Straßenräuber.«
»Laß sie verfolgen. Sie sind noch nicht weit gekommen.«
»Wer sollte ihnen nachreiten? Du und ich? Oder ein paar von den Brüdern?«
»Sag's dem Prior.«
»Dann müßte ich Bruder Pio schwer beschuldigen.«
Philipp schwieg betroffen. »Glaubst du, er steckt mit Pio unter einer Decke?« fragte er schließlich.
»Darum geht es nicht. Wenn ich zum Prior gehe, muß ich ihm von deinen und meinen Vermutungen erzählen. Das würde Bruder Pio schwer belasten. Sollte sich aber herausstellen, daß er nichts Unrechtes getan hat, dann wäre sein Ansehen zu Unrecht schwer beschädigt, und ich würde bestraft werden.«
»Du glaubst doch selber, daß der Archivar Dreck am Stecken hat.«
»Laß es mich auf meine Weise machen, Philipp. Die Angelegenheit ist für dich sowieso nicht von Belang.«
»Das ist richtig.«
»Was war es, was du mir zeigen wolltest?«
Philipp schlüpfte zwischen die Regalreihen hinein und holte den Stapel Blätter hervor. Er legte ihn auf den Boden, band ihn auf und kramte dann das gestohlene Pergament aus seiner Tasche.

»Das hier hat sich in diesem Stapel befunden; genau an dieser Stelle. Es bildet das fehlende Glied zwischen diesem Dokument und jenem hier, siehst du das?«
»Natürlich.«
Philipp holte den von Radolf bekritzelten Abriß hervor und hielt beide Dokumente dicht vor das Talglicht.
»Diesen Fetzen hat mir Radolf mitgegeben und darauf die Daten seiner Eheschließung vermerkt. Er glaubte, ich könnte daraus so ohne weiteres Unterlagen fälschen, die seinen Anspruch auf die Mitgift seiner Frau untermauerten. Sieh dir einmal die Schrift an, die auf Radolfs Pergamentfetzen abgerieben wurde.«
Johannes ließ sich Zeit mit der Inspektion der beiden Dokumente. Schließlich zog er die anderen Unterlagen zu Rate, aus denen Philipp sein Vergleichsblatt entnommen hatte. Seine Augen waren eng zusammengekniffen. Er hielt alle Unterlagen gegen das Talglicht und studierte Schrift, Pergamentbeschaffenheit und ihren Zustand im schwach durchscheinenden Gegenlicht. Endlich blickte er auf. »Es scheint die gleiche Schrift zu sein.«
»Johannes, es *ist* die gleiche Schrift. Der Zettel, den Radolf mir gab, stammt aus den Unterlagen, die Bruder Pio hier zufälligerweise gefunden haben will.«
»Das müßte bedeuten, daß Radolf vor kurzem hier im Kloster war.«
»War er aber nicht. Er war das letzte Mal hier, als er Fredgar seine Originaldokumente abtrotzte. Zuerst dachte ich, er hätte etwas über seine Sauferei gewußt und den alten Archivar damit erpreßt. Aber nun glaube ich, daß Fredgar zu seiner Zeit die Unterlagen bewußt versteckt hatte. Radolf kam dahinter und setzte ihn mit seinem Wissen unter Druck.«

»Aber weshalb hätte Fredgar die Unterlagen verstecken sollen?«
»Bevor ich aus der Stadt aufbrach, um hierherzukommen, wurde ich Zeuge einer Rauferei zwischen Anhängern des Papstes und Anhängern des Kaisers. Einer davon sagte etwas, das mir zu denken gab: Er beschuldigte den Kaiser, Unterlagen zu unterdrücken, aus denen der Herrschaftsanspruch der Kirche über den Kaiser hervorginge. Wenn es nun genauso gewesen ist? Fredgar, über dessen geheime politische Ansichten nicht notwendigerweise jeder Bescheid wußte, stieß auf die Schenkungsurkunden, die ein paar Besitzansprüche der Kirche endgültig verfestigten, sah den Schaden für den Kaiser und versteckte sie.«
»Der Bericht über die Krönung«, rief Johannes.
»Auch der. Wer weiß, vielleicht findet sich irgendwo hier drin ein noch deutlicherer Hinweis darauf, wie jener sagenhafte Karolus, nach dessen Vorbild sich alle zu richten haben, in Wirklichkeit zu seiner Kaiserwürde kam?«
»Was hat Radolf mit der ganzen Geschichte zu tun?«
»Nichts. Er hat nur seine Chance erkannt, Fredgar in seine Hand zu bekommen.«
»Was lag ihm denn daran, die Originaldokumente zu besitzen, wenn in den Abschriften genau das gleiche gestanden hätte?«
»Ich habe keine Ahnung. Noch nicht.«
Sie packten die Unterlagen wieder zusammen und legten den Stapel zurück in sein Fach. Philipp hatte auch das gestohlene Dokument wieder an seinen Platz zurücksortiert. »Warum hast du mir das unbedingt zeigen wollen?« fragte Johannes.
»Weil ich einen Zeugen haben will. Was immer es zu bedeuten hat, daß Radolf vom Vorhandensein dieser

Dokumente weiß, ich will nicht der einzige sein, dem diese Tatsache bekannt ist.«
»Du fürchtest, daß Radolf dir etwas antut, wenn du ihn mit deinem Wissen konfrontierst.«
»Ich halte ihn zu vielem für fähig.«
»Weshalb arbeitest du für ihn, wenn du ihn so wenig leiden kannst?«
»Ich tue es nicht für ihn. Er hat eine Tochter ...«
Johannes' Gesicht verschloß sich. Er wandte sich ab und schritt zur Tür des Archivs. Philipp folgte ihm hinaus. Johannes verriegelte den Zugang.
»Sie ist die Tochter eines Adligen«, sagte er schließlich. »Du solltest dir nicht zu viele Hoffnungen machen.«
»Es reicht mir, sie von der Ferne anzubeten wie ein Troubadour seine Herrin und ihr zuweilen etwas Gutes zu tun.«
»Innerhalb dieser Mauern solltest du nicht lügen.«
»Na gut! Ich könnte meinen Herrn bitten, mich einem seiner Gefährten als Knappen zu verantworten und mich nach einiger Zeit, wenn ich mir genügend habe gefallen lassen, in den Ritterstand zu erheben. Das würde die Schranke zwischen uns niederreißen. Ich wäre zwar noch ärmer als Radolf, aber wenn ich ihm den Anteil an den Eisenminen verschaffe, den sie erben wird, dann sieht sie mich vielleicht als Freund und pfeift auf meinen Besitz.«
Johannes stieg die Treppe hinunter, ohne Philipp zu antworten. Philipp, der sich nach seinen Worten reichlich töricht vorkam, lief ihm hinterdrein. Sie sprachen nicht mehr, bis Johannes sich von ihm am Portal der Kirche verabschiedete.
»Du hast nie gewußt, wo du nach Freunden suchen mußt«, sagte er und schlüpfte durch das Portal zurück in die Kirche, ohne Philipp Gelegenheit zur Erwiderung zu geben.

Philipp trat mit dem Fuß halbherzig gegen den geschlossenen Türflügel.
Als er sich umdrehte, standen Galbert und vier Bewaffnete aus dem Troß seines Herrn im Westhof. Philipp starrte sie verblüfft an.
»Wir eskortieren die fremde Dame und Galbert; dich natürlich auch, wenn du möchtest«, erklärte ihr Anführer.
»Wart ihr schon den ganzen Tag über hier?« fragte Philipp erstaunt.
»Nein, wir sind gerade eben eingetroffen. Der Herr hat uns der Dame hinterhergeschickt.«
»Warum denn das?«
»Aus Sicherheitsgründen. Es gab einen Überfall von Gesetzlosen auf einen unserer Pächterhöfe«, sagte Galbert. Er machte ein bedrücktes Gesicht.
»Tote?«
»Eine ganze Pächterfamilie; bis auf ein junges Mädchen wurden alle erschlagen. Scheinbar konnte sie ihnen weglaufen.«
»Was haben die Strauchdiebe sich nur von einem Pächterhof erhofft? Wie hieß der Pächter?«
»Es war Lambert mit der Blesse«, krächzte Galbert. »Der, den du aus der Stadt mitgebracht hattest.«

Am Morgen wurde der Leichnam von Kaplan Thomas für die Beisetzung vorbereitet, die für den folgenden Tag angesetzt war. Philipp verabschiedete sich zusammen mit Galbert von dem Toten; er wollte nicht auf die Beerdigung warten, sondern zu Radolf aufbrechen. In seinem Herzen stritten sich ein schlechtes Gewissen über diese Art der Flucht mit seiner Überzeugung, daß er mit dem Gebet, das er jetzt an der Seite des umwickelten Leichnams sprach, bereits seinen Abschied nahm und alles andere nur noch Zeremonie war. Nach dem Gebet verharrte er noch eine Weile neben dem Toten, während Galbert, weniger niedergeschlagen über den Tod des Kaplans als über den Tod Lamberts, für den er eine gewisse Verantwortung empfunden hatte (der alteingesessene Knecht gegenüber dem neuen), wieder hinausging, um Audes Abreise in die Wege zu leiten. Philipp dachte an Thomas, aber dann drifteten seine Gedanken ab, befaßten sich mit dem Tod Lamberts, um den er sich lieber gekümmert hätte, als sich mit Radolf auseinanderzusetzen, wanderten über Radolfs Angelegenheiten zu Dionisia, hielten sich dort jedoch auch nicht auf und endeten schließlich bei Aude. Sie hatte die beschwerliche Reise zum Kloster heraus für nichts unternommen. Johannes war nach dem Morgengebet nochmals auf Philipp zugekommen, ohne eine Spur seiner gestrigen Verdrießlichkeit zu zeigen, und hatte ihn darüber informiert, daß Minstrel tatsächlich niemals im Kloster eingetroffen war. Philipp wünschte dringend, ihr einen Gefallen tun zu können, aber er hatte keine Ahnung, welchen. Er hätte ihr deutlicher als bisher sagen können, daß er ihre Freundschaft annahm und auch seinerseits ihr Freund sein wollte, aber es war schwierig, dies einer Frau gegenüber auszusprechen, die verheiratet war. Sie hatte ihm auf die Frage, ob sie ihren Gemahl liebe, nicht geantwortet, aber er nahm an, daß es so war. Weshalb sonst hätte sie sich auf die gefährliche und mühsame Suche nach ihm begeben sollen. Plötzlich hatte er es eilig, Aude vor ihrer Rückreise auf das Gut noch einmal zu sehen und ihr eine gute Reise zu wünschen. Mit unguten Gefühlen dachte er an seine eigene, einsame Reise zu Radolfs Besitz. Lambert war Strauchdieben zum Opfer gefallen, und mit Thomas verhielt es sich wohl, entgegen seinen wilden Anschuldigungen, ebenso. Es war jener schreckliche Streit zwischen dem Kaiser und dem Papst, der die Ordnung derart verfallen ließ und immer roherer Gewalt Vorschub leistete. Der Vorfall nach der Rede des Propheten war nicht der Anfang davon gewesen, und die zunehmenden Übergriffe der Gesetzlosen nicht das Ende. Das Ende war vielleicht das Ende von allem, das Ende der Zeiten, das Ende der Menschheit, das Ende des Christentums, das Ende des Reichs – und das Ende Philipps. Er schüttelte diese Gedanken mühsam ab, aber sie hatten sich bereits mit den Toden von Lambert und Thomas verbunden, und es waren diese beiden Namen, die ihm am häufigsten durch den Kopf gingen, nachdem er endlich zu Radolfs Besitz hin aufgebrochen war.

zwischenspiel

Lioba hatte es kommen sehen; aber wie immer hatte niemand auf sie gehört. Dabei war das Unglück dem neuen Mann ihrer Schwester Gertrud klar auf die Stirn gezeichnet gewesen, deutlich wie ein Feuerzeichen, das ihm der Satan selbst in die Haut gebrannt hatte – ein brandroter Striemen, der dort entstanden war, wo der Verleumder ihn berührt und gesagt hatte: Du bist mein.
Wenn man es nüchtern betrachtete, war es nichts weiter als eine Narbe, die von einem Schlag oder vom Tritt eines Pferdes herrühren konnte, aber Lioba war selten geneigt, die Dinge nüchtern zu betrachten. In dieser Hinsicht unterschied sie sich von ihrer Zwillingsschwester Renata, und wenn sie auf sonst nichts stolz war, dann doch auf diesen Unterschied. Sie hatte ihn fein herausgearbeitet, aus ihrem Charakter modelliert gewissermaßen, und sie hielt ihm jedem vor das Gesicht, der die Frechheit hatte zu behaupten, sie und Renata würden sich gleichen wie ein Ei dem anderen und sie besäßen zusammen wohl nur eine einzige Seele. Lioba war sich nicht ganz sicher, was der Besitz einer Seele genau zur Folge hatte, aber sie wußte exakt, was es bedeutete, wenn man keine hatte, und sie legte Wert darauf, sich und der Welt zu beweisen, daß sie eine Seele ganz allein für sich selbst besaß.
Sie war zehn Jahre alt, und seit der erste Mann ihrer großen Schwester (der im übrigen nur ein Auge besessen hatte – es ließ sich eine gewisse Gesetzmäßigkeit ausmachen,

was Gertruds Ehemänner betraf) ihr kurz vor seinem Tod angedroht hatte, sie zu verloben und nach ihrer Mannbarkeit sofort zu verheiraten, und ihre Schwester nach dessen Tod die Drohung wiederholt hatte (ein wenig kleinlauter allerdings und mit dem sanften Hinweis, daß auch für Renata schon Bewerber vorgesprochen hätten und sie es sich nicht leisten könne, neben ihren Kindern auch noch ihre Schwestern zu füttern), hatte sie sich gerne romantischen Vorstellungen hingegeben, wie das Verheiratetsein wohl wäre.

Sie hatte vage Vorstellungen von Liebesliedern und heimlichen Fluchten durch blütenregnende Obstgärten gehegt, die auch von den nächtlichen Schauspielen nicht totzukriegen waren, die Ulrich Einaug und Gertrud zu bieten pflegten. Das fensterlose Haus mit seinem Rauchabzug im Dach war in der Nacht nicht dunkler als am Tag, doch wenn sich die Augen an die rauchige Finsternis gewöhnt hatten, konnte man deutlich erkennen, wie ihre Schwester ihren Kittel hochstreifte, ihre Beine öffnete und Ulrich sich auf sie wälzte, um seinen Schwanz? (so nannte er es, aber es war einmal groß und einmal klein, und Lioba hatte derlei Verhalten an den Schwänzen der Hunde und Ziegen noch nie gesehen) umständlich und mit viel Gegrunze in Gertrud zu schieben und danach zu stoßen anzufangen wie ein Hund, den man nicht rechtzeitig von der Hündin weggetreten hatte. Hören konnte man es sowieso. Lioba wußte auf ungenaue Weise, daß diese Aktionen etwas mit dem Verheiratetsein zu tun hatten und daß sich auch in den Hütten im Dorf hinter dem Wald nichts anderes abspielte, aber es mit ihr selbst in Verbindung zu bringen, schien ihr zu abwegig, deshalb ignorierte sie dieses Wissen und nährte süßere Vorstellungen von ihrer Zukunft mit einem Mann.

Es gab sogar ein paar Burschen im Dorf, die ihre Vorstellung von einem Ehemann ganz passabel erfüllt hätten. Als sie aber hörte, der Herr habe einen neuen Mann für Gertrud ausgesucht, konzentrierten sich ihre Erwartungen plötzlich auf diesen Unbekannten. Instinktiv wußte sie, daß er großgewachsen, schlank, schön und bartlos sein und sich auf der Stelle in sie verlieben würde, woraufhin er Gertrud verstoßen und mit ihr den Landstrich verlassen würde. Es konnte gar nicht anders sein.
Natürlich war Lambert eine Enttäuschung, als er endlich eintraf. Natürlich fühlte sich Lioba bei seinem Anblick beschämt, insbesondere da ihm Gertrud so egal zu sein schien wie Lioba selbst und er dennoch Gertrud ganz ungezwungen zur Frau nahm und Lioba verschmähte. Natürlich verschwanden die romantischen Vorstellungen, die sie auf Lambert projiziert hatte, auf der Stelle.
Und natürlich verwandelten sie sich mit der gleichen Geschwindigkeit in tiefe Abneigung und eine simple Narbe in ein Teufelsmal.
»Warum schläft der neue Mann nicht in unserem Haus?« hatte Renata gefragt, nachdem der Älteste Gertrud ihren neuen Mann zum ersten Mal vorgestellt hatte.
»Weil der Kaplan uns noch nicht getraut hat«, hatte Gertrud geantwortet.
»Und warum muß er das zuerst tun?«
Lioba hatte sich eingeschaltet: »Weil er ihr sonst nicht den Schwanz reinstecken kann.« Renata hatte sie nur groß angesehen. Wahrscheinlich war ihr gar nicht klar gewesen, wovon Lioba gesprochen hatte. Sie hatte auch zeit ihres Lebens die ganze Nacht hindurch tief und fest geschlafen. Man war gestraft mit einer so dämlichen Zwillingsschwester.

Am Tag darauf kamen alle aus dem Dorf zu ihrem Haus heraus. Die Frauen trugen Kränze in den Haaren und drückten auch Gertrud einen lächerlichen Kranz aus grünen Ähren, Kornblumen und Mistelzweigen auf den Kopf. Zuvor kämmten sie ihr das Haar, steckten es zu einem dicken Zopf zusammen und schmierten es mit Schmalz ein, damit es glänzte. Lioba wurde die Prozedur zu langweilig; sie schlenderte um das Haus herum und sah zu ihrem Erstaunen, daß Lambert und der Kaplan im Schatten dahinter auf dem Boden knieten und sich unterhielten. Der Kaplan hatte die Augen geschlossen, und Lambert drehte ihr den Rücken zu. Das Geschrei und fröhliche Gekreische vor dem Haus machte ihre barfüßigen Schritte unhörbar. Sie huschte zur Hausecke zurück und lugte daran vorbei. Sie konnte jedes Wort hören, das die beiden Männer sprachen.
»Und dieser Frevel wurde auch im heiligen Kloster verübt?« fragte der Kaplan mit strenger Stimme. Aus der Nähe sah Lioba, daß seine Stirn gefurcht war.
»Es war nicht meine Schuld; ich habe nur getan, was mein Herr mir aufgetragen hat.«
»Aber es war eine Sünde!«
Lambert wand sich. Er hatte also mindestens eine Sünde begangen. Liobas Begriff von Sünde war nicht klarer als manches andere, von dem sie gehört hatte. Aber eine Sünde rief den Zorn des Kaplans hervor, und wenn der Kaplan zornig war, wurde es schlimm. Gott konnte dann ohne weiteres ein Unwetter schicken, das die Ernte vernichtete und die Menschen hungern ließ. Was das bedeutete, war ihr nicht im mindesten unklar.
»Ich bereue, Vater, ich bereue.«
»Was hast du sonst noch mit den heiligen Büchern angestellt?«

»Nichts, Vater, nichts, was mich betrifft. Ich habe die Schriften nur hin- und hertransportiert. Ich selbst habe nichts damit angestellt.«

Der Kaplan grunzte zornig. Schließlich murmelte er etwas, ohne die Augen zu öffnen, das sich anhörte wie: »Egodea Solvio.« Vielleicht war es jemand, den er kannte.

Lambert blieb weiterhin an seiner Seite auf dem Boden knien. Nach einem Augenblick hob der Kaplan den Kopf und sah ihn irritiert an.

»Gibt es noch etwas, mein Sohn?«

»Ja«, seufzte Lambert. »Ich habe meinem Herrn geholfen, einen Mann zu erschlagen.«

Der Kaplan riß die Augen weit auf, bevor er sie hastig wieder schloß und den Kopf wieder senkte.

»Gott sei seiner Seele gnädig«, flüsterte er. »Und deiner Seele auch. War es im Kampf?«

»Nein, wir haben ihn im Schlaf überrascht.«

»Gott sei seiner Seele gnädig.«

»Ich habe ihn nur festgehalten; mein Herr hat ihn mit seinem Mantel erstickt.«

»Glaubst du, das macht deine Tat besser, du Sünder?« keuchte der Kaplan.

»Aber mein Herr hat es mir befohlen.«

»Die Gebote Gottes sagen: Du sollst nicht töten, und die Gebote Gottes sind mächtiger als die deines Herrn.«

»Aber mein Herr hat gesagt, wenn ich ihm nicht helfe, komme ich als nächster dran.«

Der Kaplan schüttelte den Kopf. Lioba schüttelte ihn auch, aber über das Unverständnis des Kaplans. Wenn sein Herr Lambert befohlen hatte, einen Mann zu erschlagen, hatte es wohl seine Richtigkeit gehabt. Die Herren wußten in der Regel besser als die Knechte, was zu tun und zu lassen

war, und selbst wenn das nicht der Fall war, mußte man ihnen gehorchen. An Lamberts Stelle hätte sie den Kaplan daran erinnert, daß auch das von Gott so gewollt war. Näher besehen, hätte sie es doch nicht getan. Der Kaplan war schließlich der Kaplan. Abgesehen davon fand sie die Geschichte spannend. Sie lauschte weiter.
»Warum habt ihr diesen Mann erschlagen?«
»Er war meinem Herrn bei seinen Plänen im Wege.«
»Was für eine Sünde«, stöhnte der Kaplan.
»Ich wollte es nicht tun. Mein Herr hat es mir befohlen, und ich hatte Angst, daß er mich tötet, wenn ich ihm nicht zu Willen bin.«
»Du hättest ihm weglaufen können.«
»Was hätte ich für eine Chance gehabt als entsprungener Knappe? Außerdem wußte auch der Freund meines Herrn davon. Sie hätten mich zu zweit gejagt und zur Strecke gebracht.«
»Hältst du das für eine Rechtfertigung deiner Feigheit?«
»Bitte, gebt mir die Absolution, Vater. Ich wollte es nicht. Ich wurde dazu gezwungen. Ich fürchtete um mein Leben. Und der Mann, den wir erschlugen, war ohnehin schon krank. Er hatte den Ausfluß wie viele andere, die aus dem Heiligen Land zurückkehrten. Er wäre früher oder später ohnehin gestorben.«
»Du Kleingläubiger. Gott hätte ihn erretten können.«
»Aber die meisten sind daran zugrunde gegangen.«
»Du wirst eine große Buße tun müssen.«
»Jede, die Ihr mir auferlegt.«
»Du hast deinem Herrn geholfen, einen Mann zu töten, dessen Gefährte er war. Du hast dich mit Huren herumgetrieben und den Namen Gottes gelästert, und auch das sind Sünden, selbst wenn dein Herr es dir vorgemacht hat. Du

hast deinem Herrn geholfen, die Schriften im heiligen Kloster zu schänden. Und du bist ihm weggelaufen und versteckst dich hier, und das sind wiederum Sünden, auch wenn du sie aus Angst um dein Leben begangen hast.«
»Ich bekenne, Vater, ich bekenne.«
»Für den Tod jenes Mannes erlege ich dir auf, das erste neue Leben in deinem neuen Haus der heiligen Mutter Kirche zu vermachen, sei es ein Kalb, ein Schwein oder eine Ziege. Dies ist eine milde Strafe, denn ich will berücksichtigen, daß du unter Zwang gehandelt hast. Für deine Sünden der Fleischeslust erlege ich dir auf, an den nächsten zwanzig Festtagen zur Kapelle auf dem Fronhof zu gehen und dort Gott um Verzeihung zu bitten. Für die Flucht vor deinem Herrn erlege ich dir auf, zu deinem neuen Herrn zu gehen und ihm deine Verfehlung zu berichten.« (Lioba konnte hören, wie Lambert erschrocken die Luft einsog.) »Ich werde dir allerdings dabei zur Seite stehen und ein gutes Wort für dich einlegen, denn du hast es aus Furcht um dein Leben und deine Seele getan. Für deine Schwachheit schließlich, mit der du jedem Zwang und jeder Versuchung in deinem Leben nachgegeben hast, erlege ich dir auf, dich für die Dauer eines Jahres deinem neuen Weib nicht zu nähern, um deinen Willen zu prüfen.«
»Ich werde alles so tun, wie Ihr es mir befehlt, Vater«, flüsterte Lambert gebrochen. (Ha! In den wenigen Tagen, die danach folgten, konnte Lioba beobachten, wie Lambert gar nichts davon tat. Am wenigsten nahm er davon Abstand, sich seinem neuen Weib zu nähern!)
»Was die Schändung der Schriften betrifft ...«
»Ja, Vater?«
»Nichts, Egodea Solvio.«

»Amen«, flüsterte Lambert.
»Was hat er nur mit all dem gemeint?« flüsterte Renata in Liobas Ohr.

Lioba sprang in die Höhe und quiekte vor Schreck. Dann fuhr sie herum und packte ihre Schwester am Hals.
»Bist du verrückt?« zischte sie und dämpfte gleich darauf entsetzt ihre Stimme. Renata starrte sie erschrocken an. Lioba ließ ihren Hals los und schob sie hastig vor sich her auf die belebte Seite des Hauses zu. Keine Sekunde zu früh – schon kamen Lambert und der Kaplan um das Haus herum. Sie schritten an den beiden Mädchen vorbei, ohne sie zu beachten.
»Wie lange hast du schon gelauscht?« stieß Lioba hervor.
»Schon länger als du. Ich mußte nur mal zwischendurch hinter den Baum.«
Lioba klappte den Mund auf und wieder zu. Es mochte geraten sein, sich Renatas Sympathie zu erhalten, wenigstens im Moment. Sie war dazu imstande, Gertrud die Lauscherei zu beichten, und wenn sie ihre eigene Verfehlung gestand, würde sie vermutlich auch Liobas Schandtat mit ausplaudern. Sie schluckte die wütenden Worte wieder hinunter, die sich auf ihre Zunge gedrängt hatten.
»Lambert hat einen Mann umgebracht«, sagte sie statt dessen.
»Sein Herr hat einen Mann umgebracht«, korrigierte Renata. »Er hat ihm nur geholfen.«
»Der Kaplan sagt, das ist das gleiche.«
Renata zuckte mit den Schultern. Lioba sah sich um. Vermutlich würde man im nächsten Moment nach ihnen

suchen, und sie hatte noch nichts gefunden, mit dem sich Renatas Schweigen erzwingen ließ. Gleich danach fiel ihr etwas ein.

»Lambert ist seinem Herrn weggelaufen«, sagte sie. Renata nickte gleichmütig. »Weißt du, was passiert, wenn Lamberts Herr erfährt, daß er hier ist?«

»Er nimmt ihn wieder mit.«

»Ja, aber uns nimmt er auch mit.«

»Warum sollte er?« fragte Renata erstaunt und riß die Augen auf.

»Weil wir zwei schöne junge Frauen sind« (nun, es blieb ihr wohl nichts anderes übrig, als auch Renata in das selbstgemachte Kompliment mit einzuschließen, die häßliche Ziege), »und schöne junge Frauen immer von den bösen Herren mitgenommen und an die Heiden verkauft werden.«

»An die Heiden? Glaubst du wirklich?«

»Natürlich«, sagte Lioba mit aller Weisheit, die ihr zur Verfügung stand.

»Was machen die Heiden mit uns, wenn wir an sie verkauft werden?«

Lioba starrte sie einen Moment ratlos an. »Wir müssen arbeiten ...«, sagte sie dann zögernd.

»Das müssen wir hier auch. Gestern ist mir auf dem Feld sogar ein Stein auf die Zehen gefallen.«

»Weil du dich blöd angestellt hast.«

»Hab' ich gar nicht. Er war einfach zu schwer.«

»Wenn wir an die Heiden verkauft werden, stecken sie uns ihre Schwänze rein«, sprudelte Lioba plötzlich den Gedanken heraus, der sie in der letzten Zeit am meisten beschäftigt und geängstigt hatte. Sicherlich würde Renata gleich vor Schreck erblassen.

»Dann muß aber der Kaplan uns vorher verheiraten«, widersprach Renata nüchtern. »Hast du selbst gesagt.«
»Die Heiden heiraten nicht«, flüsterte Lioba und machte ein grimmiges Gesicht. »Die Heiden stecken dir ihre Schwänze rein, ob du verheiratet bist oder nicht.« Sie schluckte; ihre eigene Unkerei verursachte ihr plötzliches Herzklopfen. Wer wollte sagen, ob es nicht tatsächlich so war? »Und nachher fressen sie dich auf«, vollendete sie schwach.
»Auffressen?« wisperte Renata mit großen Augen.
»Und deshalb ist es ganz wichtig, daß niemand erfährt, daß Lambert seinem Herrn weggelaufen ist. Und deshalb dürfen wir beide es niemandem erzählen, nicht einmal Gertrud, hast du gehört?«
»Wenn du meinst ...«
»Natürlich meine ich. Schwöre es mir.«
»Ich schwöre«, sagte Renata kleinlaut. Na also, das war geschafft.

Einige Tage später erschien ein Reiter vor dem Haus. Es war noch früh am Morgen, dem Pferd stand die Luft in Wölkchen vor den Nüstern, und Lioba trat ungeduldig mit ihren nackten Füßen auf dem kalten Erdboden herum, während Lambert sich dem Reiter vorsichtig näherte.
Es stellte sich heraus, daß das Pferd verletzt war. Der Reiter verlangte von Lambert, daß er sich darum kümmere, und warf ihm eine kleine Münze hin. Dann stieg er ab, streckte die Beine und stampfte, knarrend und klirrend in seinem Waffenzeug, vor dem Haus herum. Lioba starrte ihn an, bis er ihre Blicke bemerkte und seine kalten Augen auf sie richtete. Sie wich seinem Blick nach wenigen

Momenten aus und wünschte sich, Lambert hätte den Reiter fortgeschickt. Eine Kälte kroch an ihren Beinen herauf, die nicht nur von der frischen Luft und dem kalten Boden stammte.
Lambert zog das Pferd neben das Haus und untersuchte alle Hufe. Schließlich ließ er von dem Tier ab, tätschelte es am Hals und fuhr mit den Händen über die Flanken.
»Ich kann nichts erkennen«, sagte er.
»Der Gaul hinkt aber wie der Teufel. Sieh noch mal genau nach«, brummte der fremde Reiter. Lambert machte sich erneut ans Werk. Der Reiter trat gelangweilt mit dem Fuß gegen die geflochtene Wand des Hauses, dann bückte er sich plötzlich und schlüpfte durch die niedrige Türöffnung hinein. Lioba fühlte sich versucht, ihm zu folgen, aber seine ausdruckslosen Augen gruselten sie. Sie beobachtete die dunkle Türöffnung mißtrauisch und erwartete, jeden Moment den Lärm aus dem Haus zu hören, der bedeutete, daß die Ziegen und Hühner darin abgeschlachtet wurden. Unverständlicherweise kam der Mann wieder zum Vorschein, ohne daß dergleichen passiert wäre. Er warf ihr einen weiteren ausdruckslosen Blick zu und baute sich dann neben Lambert auf, der die zweite Untersuchung des Pferdes abgeschlossen hatte.
»Dem Pferd fehlt nichts«, sagte er.
Der Reiter zuckte mit den Achseln und faßte Lambert genauer ins Auge.
»Eine schöne Blesse hast du da auf der Stirn«, erklärte er mitleidlos. Lambert preßte die Lippen zusammen und erwiderte nichts.
»Pferdetritt?« fragte der Reiter.
Lambert grunzte etwas Unverständliches. Der Reiter hielt Lambert den Steigbügel hin, und dieser packte ihn und

hielt ihn fest, damit der Mann sich in den Sattel schwingen konnte. Er ließ das Pferd auf der Stelle tänzeln.
»Jetzt lahmt es nicht mehr.« Er nickte anerkennend. »Du hast eine gute Hand mit Pferden. Woher hat ein Bauer dieses Wissen?«
»Dem Pferd hat nichts gefehlt, es war keine Kunst«, brummte Lambert, aber sein Gesicht hatte sich ein kleines bißchen aufgehellt. Der Reiter lächelte, und aus irgendeinem Grund wurde es Lioba noch ein wenig kälter. Er nickte Lambert zu und sprengte davon.

Lioba erwachte von einem Druck auf ihrer Blase und schlug die Augen auf. Von der Türöffnung drang bereits graublaues Licht herein und holte vage Umrisse im Inneren des Hauses aus dem Dunkeln: die Tiere, die im hinteren Teil des Raumes schliefen oder träge in ihrem abgepferchten Bereich herumstolzierten; die eingerollten Leiber ihrer Neffen und Nichten, ein unordentlicher Haufen magerer Gliedmaßen, zwischen denen sie die Umrisse ihrer Schwester Renata erkannte; der blankgescheuerte Baumstamm, auf den man sich beim Essen setzen konnte. Die Geräusche waren der frühen Dämmerstunde angemessen; die Kinder atmeten oder schnarchten leise, die Tiere schnoberten und grunzten, und eines der Schweine schien asthmatisch zu keuchen. Nach einer Weile, in der sie endgültig wach geworden war, erkannte sie, daß das Keuchen nicht von den Schweinen kam. Sie drehte den Kopf herum und sah, daß Lambert wieder auf Gertrud lag. Sein Hintern pumpte auf und ab, Lioba verdrehte die Augen, richtete sich leise auf und kletterte über die Leiber der Kinder hinweg aus dem Haus. Die Kälte draußen

umfing sie wie mit einer groben Decke, und sie schlang die Arme um ihren Oberkörper und huschte über den Weg zu dem Baum, den noch Ulrich Einaug gefällt und den Lambert aus irgendwelchen Gründen noch nicht zerhackt und weggeschafft hatte. Mittlerweile hatte er sich zur bevorzugten Latrine des Hauses Lambert entwickelt. Lioba tänzelte auf Zehenspitzen hinüber, in ihrem dünnen Kittel fröstelnd, und suchte sich eine Stelle, an der noch keine Überreste der gestrigen Abendmahlzeit lagen. Sie schürzte den Kittel, hockte sich nieder und verschaffte sich seufzend Erleichterung. Sie hatte wieder zuviel Wasser getrunken nach der Arbeit auf ihrem kümmerlichen Feld.
Die Schritte der Pferde spürte sie eher, als daß sie sie hörte. Sie spähte über die Schulter zum Weg und sah, daß sich drei Reiter näherten. Die Hufe der Pferde waren mit Lumpen umwickelt. Die drei Reiter hielten unmißverständlich auf das Haus zu, und Lioba fühlte den ersten Ruck der Sorge und verfluchte ihre Blase dafür, daß sie noch nicht zum Ende gekommen war. Die Reiter näherten sich mit erstaunlicher Geschwindigkeit. Binnen weniger Augenblicke drängten sie sich vor dem Haus zusammen. Einer der Reiter riß an den Zügeln, und sein Pferd wieherte grell. Aus dem Inneren des Hauses ertönten erschreckte Aufschreie. Ein zweiter Reiter wandte den Kopf suchend um. Lioba duckte sich reaktionsschnell hinter den Baum. Sie hatte sein Gesicht gesehen: Es war der Mann, der gestern sein Pferd hatte nachsehen lassen.
»Lambert, komm raus!« brüllte einer der Männer.
Es war einen Moment lang still, dann begann das erste Kinderweinen. Die Leiber der Pferde verhinderten, daß jemand aus dem Haus kam. Von innen mußte es aussehen, als ob die Bestien der Apokalypse das schwache Licht des

Morgens verdunkelten. Lioba hörte das Weinen der Bälger; von Lambert oder ihrer Schwester war nichts zu vernehmen. Sie schienen verstummt vor Schreck. Lioba jedenfalls war es. Sie spähte hinter dem Baumstamm hervor und hätte nicht einmal um Hilfe rufen können, wenn die Bewohner des Dorfes nur ein paar Fuß weit entfernt gewesen wären.
Einer der Reiter stieg ab und leuchtete mit seiner Fackel in das Haus hinein. Nach einem kleinen Moment trat er durch die Türöffnung. Das Kreischen der Kinder wurde lauter.
»Das sind ja nur verlauste Bauern«, rief er nach draußen. »Hermann muß sich getäuscht haben.«
»Sieh dir den Kerl an, und bring ihn mit nach draußen«, erwiderte derjenige, der bereits gestern hier gewesen war. Lioba hörte gedämpftes Scharren und über das Weinen nun doch die Schreckensschreie der anderen im Haus. Eine Männerstimme schrie gedämpft auf, dann flog Lambert durch die Tür und rollte vor die Pferdehufe der anderen Reiter. Er war nackt. Der abgestiegene Reiter folgte ihm gemächlich. Durch die offene Tür hörte Lioba, wie ihre Schwester laut um Hilfe rief. Der Reiter drehte sich ebenso gemächlich wieder um und verschwand in der Hütte. Lioba hörte einen saftigen Schlag, und die Hilferufe verstummten abrupt. Bis der Mann das Haus zum zweitenmal verließ, waren sie von schmerzlichem Stöhnen abgelöst worden.
Lambert richtete sich wie betäubt auf und versuchte, seine Blöße zu bedecken.
»Ich glaube, wir haben ihn gerade gestört«, grinste der abgestiegene Reiter. »Man könnte sagen, wir mußten ihn förmlich aus seiner Liebsten *herausziehen.*«

Die anderen brüllten vor Lachen. Einer erwiderte: »Glücklicher Bastard. Direkt nach einem Fick zu sterben – was für ein beneidenswerter Tod.« Die anderen brüllten noch lauter. Lambert fiel auf die Knie und hob die Hände, ohne einen Ton herauszubringen.

»Schluß jetzt«, sagte einer der Reiter schließlich. »Wir sind nicht zu Albernheiten hergekommen. Ich denke, das ist der Kerl. Was denkt ihr?«

»Er hat die Narbe an seinem Schädel und kann mit Pferden umgehen«, erklärte der Mann von gestern. »Ich hab' euch doch gesagt, daß er es ist. Haltet ihr mich für blöde?«

Der dritte Reiter, der, der abgestiegen war, nickte langsam und sah zu ihm hinauf. »Ich bin auch der Meinung, daß wir die Ratte endlich gefunden haben.« Er schlenderte zu Lambert hinüber, hob den Stiefel und trat ihm nachlässig in die Seite. Lambert keuchte und fiel zu Boden.

»Bist du Lambert, den sie den mit der Blesse nennen und der seinem Herrn davongelaufen ist?« fragte er und trat zur Bekräftigung nochmals nach. Lambert krümmte sich zusammen.

»Langsam«, sagte der Anführer der Reiter. Er beugte sich zu Lambert hinab. »Gib Antwort.«

Lambert richtete sich wieder halb auf. Er hielt sich die Seite.

Lioba sah zu ihrem Entsetzen, daß Tränen über seine Wangen liefen. Bis jetzt hatte die gesamte Szene wie ein Alptraum gewirkt, aus dem sie irgendwann aufwachen würde. Lamberts Tränen machten ihr auf einen Schlag begreiflich, daß es die Realität war, die sie beobachtete. Ihre Blase, soeben geleert, gab nach, und ein letzter Rest heißer Flüssigkeit lief an ihren Beinen hinab. Sie keuchte, aber sie war weit genug entfernt, so daß niemand sie hörte.

»Ich habe nichts gesagt«, stammelte Lambert. »Bitte, das ist die Wahrheit, ich habe nichts gesagt.«
»Dann sag jetzt was. Bist du Lambert?«
»Ja, ja, aber ich ...«
»Du hast deinen Herrn verraten, Lambert«, erklärte der Anführer der Reiter sanft und betrachtete dabei interessiert seinen Daumennagel.
»Nein, nein, Herr, ich hatte Angst und ...«
»Jemand, der seinen Herrn verrät, verrät alle und jeden.«
»Ich habe nichts verraten«, schluchzte Lambert. »Ich schwöre es.«
»Scheiß drauf«, bellte der Reiter grob. »Woher hat wohl das Pfäfflein Bescheid gewußt, wenn nicht von dir, he?«
Lambert starrte ihn mit zitternden Lippen an und versuchte vergeblich, etwas zu sagen. Der Reiter seufzte und wandte sich an denjenigen seiner Genossen, der abgestiegen war. »Wie viele sind da drin?« fragte er.
»Seine Schlampe und eine Herde Bälger.«
»Wie alt?«
»Alles noch Hemdenscheißer.«
»Verdammter Mist«, brummte der Anführer. »Ich hasse diese Aufträge. Die Kuh in dem anderen Dorf und der Pfaffe, das war in Ordnung. Aber ich hasse es, Bälger aufzuspießen.«
»Wir können sie ja am Leben lassen«, schlug der Mann vor, der gestern dagewesen war und den sie Hermann nannten.
»Nein, es muß aussehen wie ein Überfall von Gesetzlosen. Und die würden die Kleinen nicht verschonen. Eher noch würden sie sie auffressen.«
Hermann zuckte mit den Schultern. »Was immer du meinst.«

Der Anführer beugte sich wieder zu Lambert hinunter, der dem Gespräch mit hin und her zuckendem Kopf gefolgt war.

»Lambert, hiermit spreche ich das Urteil über dich«, sagte er ungerührt. »Du bist des Todes.«

Lamberts Augen öffneten sich noch weiter. Der abgestiegene Reiter hob sein Schwert hoch über den Kopf. Lambert fuhr herum und stierte ihn mit hervorquellenden Augen an. Der Mann mit dem Schwert zögerte und stieß einen Fluch aus. »Er sieht mich an!«

»Hierher, Lambert«, rief der Anführer der Reiter. Lambert zuckte wieder herum und richtete seinen entsetzten Blick auf ihn.

Der Mann mit dem Schwert holte nochmals weiter aus und schlug zu. Lioba hörte das Geräusch und hörte gleichzeitig den wilden Schrei, mit dem ihre Schwester Gertrud aus der Tür stürzte. Dann schien alles förmlich zu explodieren. Gertrud fiel dem Mann mit dem Schwert in den Arm, als dieser zum zweitenmal zuschlagen wollte. Lambert klappte langsam von seiner knienden Position auf die Arme. Die Kinder kreischten im Inneren des Hauses im Falsett. Der Mann mit dem Schwert fluchte und schüttelte Gertrud zu Boden. Auf Lamberts Rücken erblühte ein grellroter Blutstrom. Gertrud sprang wieder auf und stürzte sich auf den Mann mit dem Schwert. Dieser taumelte und prallte gegen das Pferd des Anführers. Hermann ließ sein Pferd steigen und einen Satz zu Gertrud hinüber vollführen. Der schwere Aufprall schleuderte sie ein paar Fuß weit entfernt zu Boden. Der Mann mit dem Schwert trat zum drittenmal auf Lambert zu. Hermann stellte sich mit seinem Pferd zwischen Gertrud und Lambert. Er zog mit verzerrtem Gesicht sein Schwert aus der Scheide. Gertruds dreijähriger Junge stol-

perte aus dem Haus und versuchte zu flüchten, blieb aber wie angewurzelt stehen, als er den blutüberströmten Lambert erblickte. Der Mann mit dem Schwert vollführte seinen zweiten Streich, und Lambert fiel endgültig auf sein Gesicht. Gertrud kam wieder auf die Beine, griff wild um sich und erwischte Hermanns Bein. Sein Pferd tänzelte nervös auf und ab. Gertrud hielt sich an seinem Bein fest und schrie und knurrte gleichzeitig wie ein wütender Hund. Aus ihrem Mund sprühten Blutstropfen; Blut lief an ihrem Hals entlang in ihren Kittel hinein. Hermann befreite seinen Fuß und stieß Gertrud von sich. Der Mann mit dem Schwert zog die Klinge aus Lamberts Nacken, trat über ihn hinweg und mähte mit einer fließenden Bewegung den Jungen nieder; er stürzte nach hinten wie eine Puppe und verschwand im Dunkel der Türöffnung. Der Mann mit dem Schwert fluchte laut und sprang in das Haus hinein, empfangen von einem vielstimmigen Schrei. Der Anführer der Reiter schwang sich vom Pferd, riß ebenfalls sein Schwert aus dem Gürtel und folgte ihm auf dem Fuß. Hermann hob seine eigene Klinge und spaltete Gertrud den Schädel. Sie fiel nicht anders zu Boden als der kleine Junge ein paar Sekunden vor ihr. Lambert lag in einer größer werdenden Lache seines Blutes und bewegte sich nicht mehr. Aus dem Inneren des Hauses ertönte Kreischen und Krachen und die lauten Flüche der beiden Männer. Hermann riß sein Pferd herum und setzte damit den Pferden seiner Gefährten nach, die mit wild schüttelnden Köpfen davonzulaufen versuchten. Er holte sie ein und zerrte sie mit sich zurück. Als er wieder vor dem Haus ankam, traten die anderen Männer bereits ins Freie und wischten ihre Schwerter mit Büscheln Stroh ab. Ihre Gesichter waren finster.
Lioba starrte, unfähig zu atmen, unfähig zu denken, unfä-

hig zu hören, wie ihre Kehle kleine Wimmerlaute von sich gab. Der Anführer der Reiter gab sich einen Ruck und steckte sein Schwert zurück. Er schlug dem anderen Mann auf die Schulter und sagte: »Gute Arbeit. Widerlich, aber schnell.« Der andere nickte. »Bringen wir die zwei hier draußen ins Innere des Hauses und zünden es an.« Dann sah er zu Hermann hinauf und grinste.
»Ich dachte, sie schmeißt dich aus dem Sattel.«
Hermann grunzte unzufrieden. »Und ich dachte, sie reißt mir das Bein aus«, knurrte er. Der Anführer lachte. Der dritte Mann, der, der Lambert erschlagen hatte, trat zu seinem Leichnam und machte das Zeichen gegen den bösen Blick in seine Richtung. Dann stieg er über ihn hinweg zu Gertrud. Er sah auf ihren Körper hinunter.
»Du hättest sie noch nicht kaltmachen sollen«, sagte er. »Wir hätten sie vorher rannehmen können.«
»Du schreckst vor nichts zurück«, sagte der Anführer. »Du wolltest sogar die Schlampe an dem Pfahl ficken. Sieh mich an, ich warte lieber, bis mir eine unterkommt, die sich lohnt.«
»Warum soll ich nicht eine Gelegenheit nutzen, meinen Schwanz in eine Fut zu stecken?« fragte der Reiter.
Auf geheimnisvolle Weise war dies ein Stichwort für Lioba. Sie sprang mit einem Keuchen auf und rannte über die Wiese davon, dem rettenden Wald zu. Hinter sich hörte sie die überraschten Ausrufe der Männer und das Stampfen der Pferde. Ihre Beine flogen, und ihr Herz raste.

Natürlich holten sie sie ein. Und eine schrecklich lange, schrecklich kurze Zeit erhielt Lioba ausreichend Gelegenheit, alle Erfahrungen nachzuholen, die ihr in bezug auf männliche Schwänze noch fehlten, bevor sie ihr den Schädel einschlugen.

Während die gedämpften Geräusche vom Waldrand ertönten, kroch Renata, die sich unter einem Heuhaufen in der finstersten Ecke des Hauses versteckt hatte, hervor und taumelte, ungehört und körperlich unverletzt, in die andere Richtung. Sie näherte sich der Stelle erst wieder, als das Haus und die Leichen darin längst verbrannt waren und die Dörfler mit betretenen Gesichtern in den Überresten herumstocherten.

ERDE ZU ERDE

Mein Bruder hat mich erschlagen,
unter der Brücke begraben,
um das wilde Schwein
für des Königs Töchterlein.
Der singende Knochen (Volksmärchen)

Die Rückkehr des Ritters

Auf dem Weg zu Radolfs Besitz versuchte Philipp sich auf die Vorfreude zu konzentrieren, die er in den letzten Tagen gehegt hatte – die Vorfreude auf sein Wiedersehen mit Dionisia. Aber es wollte ihm nicht gelingen, während er auf der inzwischen bekannten Straße voranritt, die ihn zu dem bedeutungslosen Dorf zwischen den Feldern und schließlich zu Radolfs düsterem Bau führen würde. Thomas, Lambert und dazwischen immer wieder Aude wirbelten durch seine Gedanken. Galbert hatte ihm noch in der Nacht, wohl unter dem Eindruck von Lamberts plötzlichem Ende, gebeichtet, daß er in Philipps Abwesenheit etwas mit Frida angefangen hatte, einer hübschen jungen Magd, die in der Vergangenheit regelmäßig Philipps Strohlager geteilt hatte. Philipp, dem das Mädchen nichts bedeutet hatte (und der davon überzeugt war, daß es Frida in bezug auf ihn nicht anders hielt), verzieh Galbert, ohne mit der Wimper zu zucken. Scheinbar hatte ihm Galbert seine Teilnahmslosigkeit nicht abgenommen, denn er war beim Abschied zurückhaltender als üblich und wagte Philipp kaum ins Gesicht zu sehen. So war Philipp aufgebrochen, und so hatte sich sein Stimmungsbild erhalten.

Als er in einem Feld neben der Straße ein Pferd stehen sah, zügelte er seinen eigenen Gaul und spähte mißtrauisch nach vorne. Der Wald zwischen ihm und Radolfs Haus lag noch ein paar Meilen entfernt, ein dunkler Saum, der sich am Horizont erstreckte, und es war eher unwahrscheinlich, daß man bereits hier, inmitten des kultivierten Landes, von Vagabunden überfallen wurde. Dennoch mochten einige Elemente ihr Glück schon jetzt versuchen. Philipp richtete sich im Sattel auf und gewahrte zu seiner Besorgnis eine Gestalt, die ein paar Schritte abseits des Pferdes ausgestreckt auf der Erde lag. Ein Opfer eines Überfalls; ein Reisender, der unachtsam vom Pferd gestürzt und verletzt war; oder eine Falle für einen arglosen Mann. Soweit Philipp sehen konnte, bewegte sich die am Boden liegende Gestalt nicht. Er trieb sein Pferd an und näherte sich vorsichtig. Die lichten, schmalen Waldstücke, die zwischen den Feldern verblieben waren, waren zu weit von der Straße entfernt, als daß eine Gruppe keulenschwingenden Raubgesindels effektiv daraus hätte hervorstürzen können; aber in der Sonnenhitze flimmerte die Luft über den hellen Feldern, so daß durchaus ein paar erdfarben gekleidete Gestalten seinen Blicken entgehen konnten, wenn sie sich eng an den Boden preßten.

Nähergekommen, hörte er ein Geräusch, das die am Boden liegende Gestalt von sich gab. Er hielt sein Pferd an und stellte fest, daß es ein Schnarchen war.

Dann sah er, daß das einsame Pferd durchaus keine Schindmähre, sondern ein gepflegter, wuchtiger Gaul war, dessen Gegenwert sicherlich mehrere Dutzend Ochsen betrug. Kein Wegelagerer, dessen Alternativen nur im Verhungern oder in einem Überfall auf einen Reisenden lagen, hätte dieses Pferd behalten. Philipp lenkte sein Tier neben den Schläfer, bis sein Schatten auf ihn fiel, und rief ihn an.

Der Mann sprang mit verblüffender Schnelligkeit auf die Beine; tatsächlich bewegte er sich so behende, daß Philipp

sich eine Schrecksekunde lang fragte, ob er die Situation nicht falsch eingeschätzt hatte. Ein Schwert fuhr scharrend aus einer Scheide, die unter einem dicken Reisemantel verborgen gewesen war. Das Schwert mit beiden Händen ausgestreckt vor sich haltend, wirbelte der Mann einmal um seine eigene Achse, bevor er die Spitze der Waffe wieder auf den wie erstarrten Philipp richtete.
»Mach keine Dummheiten, Bürschchen«, zischte der Mann. »Ich haue dich mitsamt deiner Mähre entzwei.« Er schwang das Schwert mit einer raschen Bewegung einmal um seinen Kopf und trat dabei einen Schritt nach vorn; danach ruhte die Spitze der Klinge mit einigem Nachdruck auf Philipps Bauch. Philipp schob jeden Gedanken, das lange Messer aus seinem Gürtel zu reißen, von sich. Er schluckte trocken und schwieg.
Der Mann musterte ihn von Kopf bis Fuß. Er ließ sich Zeit damit, und auch Philipp erhielt die unerwünschte Gelegenheit, seinen Widersacher in Augenschein zu nehmen. Er mochte etwa das Alter von Philipps Herrn haben, war aber im Gegensatz zu dessen behäbig gewordener Gestalt von der bulligen Gedrungenheit eines Mannes, der seine Körperkräfte noch immer zu benutzen wußte. Er hatte kleine, gegen die Sonne eng zusammengekniffene Augen mit einem Strahlenkranz von Falten um die Augenwinkel, die von einem leichten Sonnenbrand deutlich hervortraten. Unter seinem Mantel offenbarte sich ein langer, lederner Waffenrock mit angenähten Metallplättchen. Der Mann beendete seine Musterung und grinste Philipp mit einer Reihe erstaunlich gesunder, kräftig gelber Zähne an.
»Freund oder Feind?« fragte er.
»Was meint Ihr?« krächzte Philipp.
»Bist du ein Wegelagerer, dem ich den Bauch aufschlitzen

muß, oder ein harmloser Weggefährte, dem ich statt dessen einen Schluck Wein anbieten kann?« Der Mann wies mit dem Kopf auf einen Schlauch, der dort auf dem Boden lag, wo er sich eben noch selbst befunden hatte. Er grinste noch immer von einem Ohr zum anderen. Bei alldem fiel es ihm jedoch nicht ein, das Schwert herunterzunehmen.
»Ich bin ein Freund, schätze ich«, sagte Philipp endlich.
»Hast Glück gehabt, schätze ich«, ahmte ihn der Mann mit gutmütigem Spott nach. Er senkte die Klinge. Philipp massierte sich unbewußt die Druckstelle auf seinem Magen.
»Ich könnte natürlich auch gelogen haben«, sagte Philipp, um sein Gesicht zu wahren. Der Mann lachte herzlich.
»Wenn es so ist, haben deine Kumpane schon lange die Beine in die Hand genommen«, erklärte er. »Du bist mir also auf Gedeih und Verderb ausgeliefert. Und solange du die Hände schön da läßt, wo ich sie sehen kann, ist dein Verderb noch nicht allzu nahe.« Er steckte sein Schwert zurück in die Scheide und hakte die Daumen in den beschlagenen Gürtel, der sich um seine Hüfte schlang. Er blinzelte. »Sollte allerdings noch einer zurückgeblieben sein, um mir einen Pfeil in den Rücken zu schießen, so wird das dem Pfeil schlecht bekommen.« Er klopfte selbstbewußt auf die Metallplättchen an seinem Wams.
»Ich bin kein Wegelagerer«, sagte Philipp. »Tatsächlich dachte ich, Ihr wärt einer.«
»Woraus hast du das geschlossen? Weil ich am Wege lagerte?« fragte der Mann und brach gleich darauf in weiteres Gelächter über sein Wortspiel aus. Philipp begann unwillkürlich zu lächeln; sein neuer Bekannter amüsierte ihn.
»Es wird Zeit, daß ein bißchen Farbe in dein Gesicht zurückkehrt. Trink einen Schluck Wein.«

Philipp stieg ab, nahm den Weinschlauch entgegen, entkorkte ihn und trank daraus. Während der warme Wein in seine Kehle lief, spürte er eine Berührung in seinem Rücken. Bestürzt ließ er den Schlauch sinken und starrte auf sein Messer.

»Kleine Vorsichtsmaßnahme«, brummte der andere und betrachtete es interessiert. Schließlich wirbelte er es mit einer nachlässigen Handbewegung davon, so daß es sich zwischen Philipps Füßen in den Boden bohrte. Der Mann lächelte, sichtlich erfreut über seine eigene Geschicklichkeit. »Nimm's dir ruhig wieder«, sagte er. »Damit bist du so harmlos wie ein Säugling.« Er schnappte sich den Weinschlauch und trank sorglos einen tiefen Schluck. Philipp bückte sich langsam und zog das Messer aus der Erde. Er erwartete jeden Moment, daß der Mann ihm den Fuß in den Nacken stellen würde, aber nichts geschah. Mit geröteten Wangen steckte er das Messer zurück.

»Ich bin Ernst Guett'heure«, sagte der Mann und machte eine nachlässige Verbeugung. »Ich bin der Herr des absolut schönsten, reichsten und am meisten beneideten Gutes jenseits der Grenze; und um ehrlich zu sein, es fehlt mir jeden Tag, an dem ich nicht dort sein kann.« Er kniff ein Auge zusammen und blinzelte Philipp zu. »Mit wem habe ich die Ehre?«

»Mein Name ist Philipp.«

»Philipp? Und was noch?«

»Nichts weiter. Ich bin der Truchseß meines Herrn.« Philipp räusperte sich und bemerkte, daß er allmählich in seine alte Form zurückfand. »Ihm gehört das absolut schönste, reichste und am meisten beneidete Gut diesseits der Grenze; und um ehrlich zu sein: Ich fehle ihm jeden Tag, den ich nicht dort sein kann.«

Ernst schlug sich auf die Schenkel und brüllte vor Lachen. Er bot Philipp die ausgestreckte Hand an.
»Du gefällst mir. Schlag ein, Philipp der Schwervermißte.«
»Ich freue mich, Euch kennenzulernen, Herr Guett-'heure.«
»Nenn mich Ernst. Immerhin haben wir uns gemeinsam gegen die schrecklichsten Wegelagerer behauptet, die die Welt gesehen hat.«
»Ich bin nicht von Stand«, erklärte Philipp steif.
»Na und? Mein Pferd ist auch nicht von Stand, und trotzdem tritt es mich in den Hintern, wenn ich nicht aufpasse.« Er wandte sich unbeschwert ab und bückte sich, um einen ledernen Beutel und eine zerschlissene Decke vom Boden aufzusammeln. Darunter lag eine kurze Lanze, ein mit einem farbenfrohen Wappen bemalter Schild und ein zweites, blankes Schwert. Philip erkannte, daß Ernst Guett'heure mit seiner Bewaffnung, seiner nachlässig demonstrierten Geschicklichkeit und vor allem seiner kühlen Umsicht imstande gewesen wäre, sich durchaus erfolgreich gegen ein Pack von Wegelagerern zur Wehr zu setzen. Seine Befremdung darüber, daß der Mann allein reiste, verschwand. Gewiß war er kein vom Reichtum verwöhnter Gutsherr, der sich auf seine bewaffneten Gefährten verließ; wenn sich auch am Zustand seiner Waffen ablesen ließ, daß er ebenso gewiß kein armer Mann war. Philipp dachte an Ernsts Angebot, ihn wie einen Gefährten zu behandeln, und beschloß, sich so lange wie möglich um eine vertrauliche Anrede herumzudrücken.
Ernst packte seine Sachen dem Pferd auf. Der Gaul ertrug es lammfromm, ohne Anstalten zu machen, seinem Herrn in den Hintern treten zu wollen. Aus der Nähe besehen,

wirkte er trotz seiner Massigkeit klein für das Streitroß eines bewaffneten Herrn. Philipp war sicher, daß Ernst zu Hause noch ein zweites Pferd besaß, das so groß wie ein Elefant und so gemein wie ein Bulle war, den eine Wespe in das Gemächt gestochen hat.
»In welche Richtung führt dich dein Weg, Philipp?« fragte Ernst.
Philipp deutete den Weg entlang. »Dorthin? Gibt's da noch etwas, wohin sich zu reisen lohnt? Ich war mir sicher, bei Radolfs Hütte sei die Welt zu Ende.«
»Ich will zu Radolf Vacillarius«, erwiderte Philipp bestürzt.
Ernst stutzte.
»Ich auch«, sagte er dann und musterte Philipp nochmals eingehend. »Sag jetzt nicht, Radolf ist der Herr, von dem du gesprochen hast.«
»Nein. Ich führe nur eine Aufgabe für ihn aus.«
»Und welche Aufgabe wäre das?«
»In welcher Verbindung steht ... *Ihr* ... zu Radolf?«
Ernsts Gesicht spannte sich, dann verzog es sich wieder zu einem Lächeln. Philipp fühlte einen Anflug von Unwohlsein wegen der berechnenden Kühle, die er für einen Moment in den Augen Ernsts gesehen hatte, und war fast froh, daß er sich gegen die vertrauliche Anrede entschieden hatte. Dann schlug ihm Ernst auf die Schulter.
»Recht so«, rief er. »Geht mich überhaupt nichts an; und wenn ich es wissen will, sollte ich lieber Radolf selbst fragen. Nun, was mich betrifft: Radolf und ich haben gemeinsam die Köpfe der Heiden zusammengeschlagen im Heiligen Land. Ich habe für eine Weile in der Stadt zu tun und schlafe während dieser Zeit unter seinem Dach. Du weißt schon – es geht nichts darüber, bei einem üppigen Essen alte Schlachten nachzuerzählen. Ich habe ihm sogar eine

Wildsau mitgebracht, die ich unterwegs erlegt hatte, damit wir ordentlich schmausen konnten.«
»Das zweite Roß in seinem Stall: Es gehört Euch«, sagte Philipp.
»Was ist damit? Hat es den Stall schon zu Klump geschlagen? Nicht, daß viel dazugehören würde.«
»Es ist nichts. Ich habe es nur dort gesehen. Es verhielt sich vollkommen normal.«
»Das hoffe ich doch nicht; normal bedeutet bei dieser Bestie, daß sie sich mit uns an einen Tisch setzt, rohes Fleisch frißt und Blut säuft.« Ernst schwang sich in den Sattel und sah ungeduldig auf Philipp hinunter.
»Worauf wartest du? Laß uns zu Radolf reiten. Er und sein hübsches Töchterchen erwarten uns sicherlich mit Ungeduld.«
»Dionisia?«
»Genau die. Wer hätte geglaubt, daß so ein häßlicher Kerl wie Radolf eine so schöne Tochter zeugen kann?« Er grinste boshaft. »Los jetzt«, sagte er.
»Nach Euch. Ich decke Euch den Rücken.«
Ernst lachte auf. »Ich verlasse mich darauf«, rief er und trieb sein Pferd an; es rannte sofort los. Philipp folgte ihm in dem für ihn ungewohnten Tempo und hatte für den Rest der Reise Gelegenheit, Ernsts breiten Rücken zu studieren und darüber nachzudenken, ob ihm die Art des Mannes gefiel oder nicht.
In Wahrheit dachte er darüber nach, ob sie Dionisia gefiel.

Der scharfe Trab, den sie hielten, führte dazu, daß sie viel früher als von Philipp erwartet am Ziel ankamen. Es war noch heller Tag. Ernst ritt ohne zu zögern über den kleinen Graben, stieß das Tor auf und betrat Radolfs Hof, als würde er ihm gehören. Die Hufe des Pferdes klangen laut auf dem festen Erdreich. Philipp fühlte wieder das bekannte Unbehagen angesichts des offenen Tores und der Schutzlosigkeit von Radolfs Besitz. Er schloß das Tor hinter sich. Ernst war schon vor dem Eingang des *donjon* angekommen und sprang aus dem Sattel.

»He, Radolf!« brüllte er aus Leibeskräften. »Bist du zu Hause? Zählst du dein Gold, oder liegst du auf einer deiner Dorfschlampen?« Er blinzelte Philipp grinsend zu, und dieser fragte sich, was Radolf in seiner schwermütigen Verfassung von Ernsts unbekümmerten Grobheiten halten mochte.

Einige Augenblicke verstrichen, in denen Ernst sich an seinem Pferd zu schaffen machte und Philipp mit steifen Beinen von seinem Reittier kletterte. Schließlich kam Radolf Vacillarius die Treppe herunter. Sein Gesichtsausdruck war nichtssagend; wenn er sich über die Rückkehr seines ehemaligen Gefährten freute, zeigte er es nicht, und wenn er sich über seine Art ärgerte, ließ er es ebensowenig sehen. Er warf Philipp einen raschen Blick zu und verengte die Augen, aber er sagte nichts.

»Wo ist der Pferdeknecht?« fragte Ernst.

»Auf dem Feld«, erklärte Radolf und machte eine unbestimmte Handbewegung zum Tor hinaus.

Ernst verzog das Gesicht. »Ich hoffe, er kommt bald. Die Pferde müssen abgerieben werden, sonst werden sie krank.«

»Er weiß, daß ich ihn brauche. Sobald die Dämmerung beginnt, kommt er.«

»Das waren Zeiten, als du noch deinen Knappen hattest ...«

»Er ist weg, und das weißt du so gut wie ich«, versetzte Radolf mit plötzlich aufwallendem Zorn.
»Ja, und hoffentlich hat ihn der Teufel schon auf seinem Bratenteller – mit einem Apfel im Maul.« Ernst seufzte. »Dann bringe ich meinen Gaul selber in den Stall. Ich muß ohnehin die Bestie begrüßen.« Er packte die Zügel seines Pferds mit einer Hand und streckte die andere Hand zu Philipp aus. »Na komm schon, gib mir die Zügel deines Schinders. Wenn ich ein Pferd wegbringe, kann ich ebensogut auch zwei wegbringen.« Er nahm Philipp die Zügel ungeduldig aus der Hand und stapfte zum Stall hinüber.
Radolf blickte ihm mit kalter Miene hinterher. Schließlich wandte er sich zu Philipp um. »Hast du schon angefangen?« fragte er ihn knapp.
»Wenn Ihr es so nennen wollt …«
»Was soll das heißen?«
»Wir haben ein Problem …«
»Ist das schon wieder ein neues oder noch immer das alte Problem?«
»Bei der Menge von Problemen, die mit Eurem Fall verhaftet sind, weiß ich das nicht mehr«, erklärte Philipp.
Radolf funkelte ihn aufgebracht an. »Wir müssen uns unbedingt unterhalten.«
Hastige Schritte ertönten auf der Treppe; Dionisia kam mit einem breiten Lächeln heruntergelaufen. Als sie Philipp neben Radolf stehen sah, spannte sich ihr Gesicht. Philipp lächelte sie an. Sie straffte die Schultern und lächelte zurück.
»Später«, knurrte Radolf und deutete auf den Stall, aus dem Ernst soeben wieder aufgetaucht war. »Ah, Prinzessin Dionisia!« rief dieser. »Die Sonne geht nochmals auf.« Phil-

ipp warf Dionisia einen schnellen Blick zu; sie war bis über beide Ohren errötet.
»Prinzessin, habt Ihr meinen Hund gesehen?«
Dionisia sah ihn erschrocken an. »Der Welpe, den Ihr mitgebracht habt? Ist er nicht bei Euch?«
Ernst breitete die Arme aus und drehte sich einmal im Kreis. »Ich habe ihn nicht in meiner Tasche und nicht in meinem Mantel«, sagte er.
»Er war an dem Morgen verschwunden, an dem Ihr aufgebrochen seid. Ich dachte, Ihr hättet ihn mitgenommen.«
»Nein, habe ich nicht«, knurrte Ernst. »Soll das heißen, das Miststück ist davongelaufen?«
»Ich habe ihn seitdem nicht mehr gesehen. Wißt Ihr etwas darüber, Vater?«
»Ich habe mich nicht darum gekümmert, wo sein Köter hinpinkelt«, brummte Radolf grob.
Ernst machte ein langes Gesicht und sah sich wie suchend um.
Dionisia trat auf ihn zu und legte ihm sanft die Hand auf den Arm. »Es tut mir leid, Herr Ernst«, sagte sie traurig. »Er muß Euch gesucht haben und ist weggelaufen. Wenn Ihr mir gesagt hättet, ich solle auf ihn aufpassen, dann hätte ich ihn angebunden.«
»Na ja«, brummte Ernst. »Er war sowieso der schwächste des ganzen Wurfs. Aber irgendwie war er mir ans Herz gewachsen.« Er machte eine abfällige Geste und stieg die Treppenstufen hoch. Dionisia sah ihm mit einem zärtlichen Gesichtsausdruck hinterher, als würde sie ermessen können, ob der Verlust des Hundes Ernst wirklich traf.
Philipp wandte sich wieder zu Radolf um und wollte ihn drängen, sich sofort mit ihm zu besprechen. Aber der

Burgherr hatte sich bereits umgedreht und stapfte schweigend hinter seinem ehemaligen Kampfgefährten die Treppe hinauf.

Ernst Guett'heure im Saal von Radolfs Haus: Plötzlich wirkte der Saal zu klein für den Mann und die rastlose Art, mit der er auf und ab schritt, grob-lustige Bemerkungen äußerte und das Gebäude in Besitz nahm, ohne es zu merken. Es verlangte ihn nach Wein, denn der Vorrat in seinem Schlauch war schal und schmeckte »nach Ziegendarm, und zwar dem letzten Stück davon«; und die alte Frau stapfte mit wütenden Schritten in die Küche hinunter. Es hungerte ihn, und diesmal eilte Dionisia davon und brachte ihm eine Schüssel mit geröstetem Hafer und Pökelfleisch, die er mit hastigen Fingern leerte. Wenn er nicht aß oder trank, redete er darüber, wie er mit Philipp zusammengetroffen war und sie sich gegenseitig »um Haaresbreite an die Gurgel gefahren wären: Das heißt, ihm sträubten sich die Haare, und ich packte seine Gurgel«, und sein dröhnendes Lachen hallte mit einem falschen Echo von den Wänden des Saales wider. Ernst Guett'heure in Radolfs Saal: Ebenso plötzlich wurde es Philipp klar, daß er nun nicht mehr der erste Gast in diesem Haus war, und er kletterte in die Küche hinunter und wartete darauf, daß Ernst sich endlich zurückziehen würde.
Zuletzt rief Dionisia nach der Alten, die mit finsterer Miene irgendwelchen Verrichtungen nachgegangen war, während Philipp auf dem steinernen Block in der Mitte der Küche saß und ihr dabei zusah. Die alte Frau verließ die Küche. Oben im Saal trat Schweigen ein. Philipp stieg langsam die Treppe hinauf, um mit Radolf zu sprechen, als

er Ernsts Stimme hörte. Radolfs Gefährte schien vor der Kammer zu stehen, in der Radolf zu nächtigen pflegte. Ernst sprach halblaut, aber die Wendung des Treppenhauses trug seine Worte wie das Horn eines Bläsers zu Philipp hinunter.

»Ich habe den Knappen nicht erwähnt, um dich zu ärgern«, sagte er.

»Es fehlte nicht viel, und du hättest noch vor Dionisia über ihn gesprochen«, erwiderte Radolf.

»Für wie dumm hältst du mich? Ich kann mir schon denken, daß du ihr irgendeine Geschichte über sein Verschwinden eingeblasen hast.«

»Tatsächlich habe ich ihr gesagt, er hätte sich den Geißlern angeschlossen. Ich mußte schließlich auch den Leuten im Dorf eine Geschichte präsentieren.«

»Den Geißlern?« prustete Ernst. »Eines muß man dir lassen, alter Freund: Wenn du dich wirklich einmal zu denken anstrengst, ist das Ergebnis immer eine Überraschung.«

Philipp stand auf der Treppe und überlegte, ob er wieder zurück in die Küche gehen sollte. Das Gespräch war nicht für seine Ohren bestimmt. Er trat vorsichtig von einem Fuß auf den anderen. Gerade hatte er beschlossen, sich zurückzuziehen, als Radolf sagte:

»Was ist so schlecht an dieser Idee? Innozenz muß den Geißlern an den Kragen gehen, bevor ihre Prophezeiungen von der Wiederkehr Christi und dem Kommen des tausendjährigen Reiches das ganze Volk aufmerksam machen. Das wird nicht ohne Tote abgehen. So wird sich der Bauerntrottel eben unter den Toten finden. Das heißt, wenn du ihn demnächst aufspüren kannst und dafür sorgst, daß er niemals wieder zum Vorschein kommt.«

»Mach dir keine Sorgen.«
»Mach dir keine Sorgen, pah! Der Kerl war *mein* Knappe; ich kann nicht zulassen, daß er sich so davonmacht, wie er es getan hat. Denk an den Schaden, den er angerichtet hat. Und denk daran, was für mich auf dem Spiel steht.«
»Er kann sich verstecken wie eine Ratte, doch ich habe die richtigen Hunde für diese Ratte«, brummte Ernst. »Hör also endlich auf, ein saures Gesicht zu machen. Vielleicht freut es dich zu hören, daß das Kloster zufriedenstellend arbeitet, seitdem der alte Pergamentfresser tot ist. Ein oder zwei Betbrüder sind noch vorhanden, die der Abt für unzuverlässig hält, aber sie sind nicht mehr von Bedeutung.«
Radolf erwiderte nichts darauf.
»Ich dachte mir schon, daß du in Freudengeheul ausbrechen würdest«, sagte Ernst sarkastisch.
»Es gibt keinen Grund zur Freude«, zischte Radolf. »*Mein* Kopf steckt in der Schlinge.«
»Unser aller Köpfe stecken drin!«
Radolf stampfte wütend mit dem Fuß auf. »Was war in der Stadt?« fragte er schließlich.
Ernst räusperte sich demonstrativ. »Ah, Prinzessin Dionisia. Und den Arm voller Kräuter. Unverzeihlich, daß wir hier herumstehen. Ich werde sofort zur Jagd ausreiten und ein zartes Reh für Eure Küche schießen.«
»Es ist noch genügend von dem Wildschwein da, das Ihr mitgebracht habt«, rief Dionisia lachend. »Wenn Ihr uns den Weg in die Küche freigebt, kann die Zubereitung sofort beginnen.«
Ihre flinken Schritte klapperten die Treppe hinab, gefolgt von dem müden Tritt der alten Frau. Sie lief mit lachendem Gesicht in die Küche hinein und lächelte Philipp an,

der mit einem höflichen Nicken von dem Block herunterglitt, als wäre er niemals an einem anderen Ort gewesen.

Ernst und Dionisia flankierten Radolf auf der einen Seite der Tafel; Philipp saß gegenüber auf einer Truhe, die er sich herangezogen hatte. Die alte Frau kauerte in der Ecke und wartete darauf, daß für sie ein paar Brocken abfielen. Dionisia hatte drei schlanke Kerzen gefunden, und Ernst steckte sie in Brotlaibe, zündete sie an und schob zwei davon vor Dionisias und Radolfs Platz.
»Für den König und die Prinzessin«, sagte er grinsend, und Radolf verzog mürrisch das Gesicht, während Dionisia errötete und Ernst einen halb verlegenen, halb geschmeichelten Blick zuwarf. Philipp bekam keine Kerze; zu Hause hätte er als Truchseß seines Herrn eine erhalten. Sein Schmerz darüber blieb gering. Das sanfte Kerzenlicht schimmerte auf Dionisias Wangen, und die Kerze, die direkt vor ihr stand, spiegelte sich in ihren dunklen Augen. Sie trug ihr Haar wieder nach der Art der unverheirateten Frauen und Mädchen offen, aber sie hatte eine *crispinette* gefunden, die ihr Haar mit einem feinen Netz aus Silberdraht umfaßte und bei jeder Kopfbewegung fein aufblitzte. Sie lauschte den wilden Erzählungen, die Ernst mit der lässigen Attitüde des weitgereisten Abenteurers zum besten gab: von den gehörnten Zwergmenschen im Fernen Osten, die in Herden lebten und Bäume bewohnten; von Menschen mit Hundeköpfen und sechs Zehen und einäugigen Zyklopen; von den Silbertränen weinenden Amazonen am Fuß des Gebirges, das die Welt vom Garten Eden trennte; von den weisen Panthern in Indien, die mit ihren

Krallen Geburtshilfe leisten konnten; von den hundert Meter langen Schlangen im Urwald, die Musik liebten und deren Augen aus Edelsteinen bestanden; und von Bäumen, auf denen Wolle wuchs wie auf den Rücken von Schafen und die auf dieselbe Weise geerntet wurden. Dionisia drückte ihre romantische Bewunderung für die Schlangen aus und weigerte sich, an die Wollbäume zu glauben. Ihr Lachen und Kopfnicken ließen das Haarnetz aufleuchten, während der dunkle Glanz des Haares auf- und niedertanzte.

»Da pferchten sie uns also in die Schiffe«, erklärte Ernst, der auf dem Umweg über Indien bei seinen Erlebnissen während der Pilgerfahrt ins Heilige Land angekommen war. »Den Kaiser und seine Barone ebenso wie uns Ritter mit unseren Knappen. Niemand hat eine rechte Ahnung von den Verhältnissen an Bord: Hunderte von Männern pro Schiff und weit und breit kein Platz zum ... na ja ... haltet Euch die Ohren zu, Prinzessin: zum Kacken.« Dionisia hielt sich nicht die Ohren zu und kicherte mit vorgehaltener Hand, während sie so tat, als wäre sie entrüstet über Ernsts Wortwahl. »Wenn man in der Nacht mal mußte, hatte man entweder die Wahl, auf ein Dutzend Kameraden zu treten, bevor man das Heck erreichte und seinen Hintern in das Netz hängen konnte, das sie dort installiert hatten; oder man balancierte über die Ruderstangen nach hinten. Das paßte aber denen, die unter Deck an den Rudern saßen, überhaupt nicht, weil die Ruderstangen, über denen sie dösten, innen hochschnellten, wenn man außen darauf trat, und ihren Besitzern die herrlichsten Nasenstüber verpaßten. Was soll's, ich war sowieso nicht so geschickt darin und stieg lieber einem anderen auf die Ohren, anstatt ins Wasser zu fallen. Als wir in Palästina ankamen (nach einer wahrlich *beschissenen* Reise), verweigerten die dortigen Christen uns ihren Beistand, weil der Kaiser ja vom Papst exkommuniziert war. Noch während wir nachdachten, was nun zu tun sei, erreichte ein Sendbote des Befehlshabers der Sarazenen unser Lager und bat darum, daß unser Herr Friedrich mit seinem Herrn al-Kamil in Kontakt treten wolle. Der Kaiser stellte eine Gesandtschaft aus seinen edelsten Rittern zusammen und schickte sie in das feindliche Lager. Was glaubt Ihr, wer an dieser Gesandtschaft teilnahm? Natürlich Radolf, der Held des christlichen Abendlandes, und meine unbedeutende Person.«

Dionisia klatschte begeistert in die Hände. »Vater, warum habt Ihr mir nie davon erzählt? Es ist so aufregend zu hören, was Ihr getan habt, als Ihr jung wart!« Philipp wandte den Blick von ihr ab und musterte Ernst mit erwachendem Interesse.

»Also«, fuhr dieser fort, »wir kommen in das Lager dieses Heiden, das sie in einem Stückchen Wald mitten in der Wüste aufgeschlagen haben. Eine Oase nennen sie so etwas. Außen herum nur Felsen und Steine und Sand, und plötzlich ist da ein Tümpel mit Wasser und einem Riesenhaufen schmutziger Heiden, die drumherum krakeelen. Es stehen eine Menge Zelte herum, große Zelte mit bunten Stoffbahnen und Troddeln daran, und kreischende schwarze Kinder wimmeln pudelnackt dazwischen umher, verfolgt von ebensolaut kreischenden schwarzen Weibern, die ebensowenig ...«, er brach ab und räusperte sich. »Wie auch immer, die Führer unserer Gesandtschaft, der Bischof von Dorset und der Großmeister der Deutschritter, machen sich auf zum Sultan der Sarazenen, um mit ihm zu sprechen. Es dauert eine ganze Weile, dieses Gespräch, weil sie dazu natürlich Dolmetscher brauchen, und wir stehen uns draußen die Beine in den Bauch, schwitzen unter unseren Rüstungen und beneiden die nackten Bälger. Plötzlich kommt so ein Riesenkerl von Heide auf uns zu, groß wie ein Baum und fett wie eine Sau.« Er blies die Backen auf und demonstrierte, wie der Sarazene ausgesehen hatte. »Als er ankam, sah es aus, als hätte eines ihrer Zelte zu wandeln begonnen. Er hat noch einen anderen Burschen im Schlepptau, so einen von diesen krummbeinigen, kleinen Kerlen, die Augen wie Kohlen haben und Zähne so schief wie das Gitter in einem Verlies. Bei dem hier konnte man es allerdings nicht sehen, denn er trug einen Helm mit einem geschlossenen Visier und einem Mondgesicht darauf. Der kleine Bursche schleppt jedenfalls einen gewaltigen Bogen mit sich herum und marschiert im Windschatten des Dicken. Der stellt sich vor uns auf und sagt ganz klar verständlich: ›Hier haben wir also die Blume der christlichen Ritterschaft.‹«

»Er wollte Euch etwas verkaufen«, sagte Dionisia hellsichtig. »Ja, wie die Hölle wollte er das«, entgegnete Ernst. »Er wollte uns beleidigen, dieses Mastschwein, das war alles. Stellt sich vor uns hin, verbeugt sich, dreht sich dann um zu ihrem verdammten Tümpel und tut ganz erstaunt, als er dort einen Haufen Gänse sieht, die im Wasser herumpaddeln. ›Oh‹, ruft er, ›oder ist das dort die Blume der christlichen Ritter? Also, die Ähnlichkeit ist wirklich verblüffend.‹

Ein paar von uns fingen zu murren an. Euer Vater trat einen Schritt nach vorn und wollte sein Schwert packen, aber die Waffen hatte man uns ja abgenommen, bevor wir das Lager betraten. Der Dicke schob die Lippen vor und betrachtete Radolf, als wäre er ein Straßenköter.

»Ich muß Euch berichtigen‹, sagte Radolf. ›Das dort drüben ist die Blume der sarazenischen Krieger.‹
›Oh, aber ja, selbstverständlich‹, erklärte Schmerbauch.
›Ein Irrtum. Das dort ist tatsächlich ein Kontingent unserer Krieger. Die christlichen Ritter‹, und er rupft einen Zweig mit Datteln vom nächsten Baum, ›habe ich hier in meiner Hand.‹ Und er schmeißt die verdammten Datteln den Viechern hin, und diese stürzen sich natürlich wie verrückt darauf und fressen sie alle mit großem Gezeter auf. Nach ein paar Augenblicken treiben nur noch die Fetzen der Datteln zwischen der Gänsescheiße herum.
Euer Vater sah aus, als würde er gleich platzen. Der Dicke sah sich um, bis er eine von diesen komischen roten Früchten fand, die bei den Heiden wachsen und die sie Punischer Apfel nennen. Er pflückte sie und schmiß sie ebenfalls ins Wasser. Dann sagte er zu Radolf: ›Das dort seid Ihr. Die Farbe stimmt auffällig mit der Eures Gesichtes überein. Und jetzt seht, was mit Euch passiert, wenn Euresgleichen nicht auf sarazenische Gänse, sondern auf wirkliche Krieger trifft.‹
Er schnappte, und das Eisengesicht sprang in die Höhe und fiel beinahe über seine eigenen Füße vor lauter Eifer, dem Dicken seinen Bogen auszuhändigen. Der Dicke grinste uns an, nahm einen Pfeil und legte ihn auf Radolf an. Wir waren alle auf einmal ganz still; auch Radolf fand fürs erste keine Worte.« Ernst lächelte Radolf gutmütig an. Das Gesicht des Burgherrn war steinern.
»Der Dicke drehte sich herum und zielte auf den Apfel, der friedlich im Tümpel trieb. ›Aufgespießt wie ein Schwein‹, sagte er leise und drohend und ließ den Pfeil fliegen. Er tauchte zwei Ellen neben dem Apfel ins Wasser ein und verschwand auf Nimmerwiedersehen.

Der Dicke zog die Augenbrauen zusammen. Wir standen noch immer alle fassungslos und wußten nicht, was von der Sache zu halten war. Der Apfel schaukelte ein bißchen und war ansonsten so unversehrt wie zuvor. Schweinebauch schnappte sich einen zweiten Pfeil von Eisengesicht, legte ihn an und schoß auf der anderen Seite des Apfels ebensoweit vorbei.

Jetzt schien er wütend zu werden, denn er holte sich einen dritten Pfeil, ermordete uns alle mit seinen Blicken, spannte und zielte, bis seine Arme zu beben begannen. Der Pfeil fuhr harmlos vor dem Apfel ins Wasser, zog einen dünnen Strahl aus Luftblasen hinter sich her und verschwand. Der Apfel rollte einmal träge um seine Achse und lag dann wieder genauso ruhig auf dem Wasser wie vorher.

›Noch einen Pfeil‹, sagte er zu Eisengesicht; oder jedenfalls nehme ich an, daß es das war, was er in seiner heidnischen Sprache grunzte, denn der kleine Kerl beeilte sich, einen weiteren Pfeil aus seinem Köcher zu produzieren. Der Dicke griff danach, und Eisengesicht ließ los; irgendwie hatten sie das aber nicht richtig koordiniert, denn der Pfeil fiel auf den Boden. Beide bückten sich danach und rannten mit den Köpfen zusammen. Eisengesicht schwankte sichtlich unter dem Aufprall. Dann fiel er auf die Knie und klaubte den Pfeil auf, er reichte ihn dem Dicken dar, als wäre er eine Opfergabe. Der Dicke konzentrierte sich mächtig, bis die Adern auf seinem Gesicht hervortraten, und schickte den Pfeil auf die Reise. Der Pfeil flog über den Apfel hinweg, prallte in einem spitzen Winkel auf die Wasseroberfläche, sprang davon in die Höhe und fuhr mit einem unmißverständlichen Geräusch einer der Gänse durch den Hals.

Schmerbauch und Eisengesicht starrten ungläubig auf die durchbohrte Gans; wir starrten ungläubig auf die durchbohrte Gans; die Gans starrte zurück und verschied dann ohne großes Aufhebens.
Radolf sank mit rotem Gesicht auf die Erde und begann lauthals zu lachen. ›Es hat einen Eurer Krieger erwischt!‹ kreischte er voller Vergnügen. ›Die Blüte der sarazenischen Kämpferschar!‹
Der Dicke betrachtete mit Würde, wie Radolf auf dem Boden herumrollte und mit den Fäusten vor Lachen auf die Erde schlug. Dann machte er eine Kopfbewegung zu Eisengesicht. Dieser ließ den Köcher fallen, rannte um den Tümpel herum, watete mit viel Geplatsche hinein und barg die erschossene Gans. Er brachte sie dem Dicken und legte sie ihm vor die Füße.
›Den Apfel‹, sagte der Dicke.
Eisengesicht watete dienstfertig ein zweites Mal in den Tümpel. Als er endlich wieder auf dem Trockenen stand und dem Dicken den Apfel reichte, lief das Wasser in zwei kleinen Fontänen aus seinen Stiefeln heraus.
Der Dicke nahm den Apfel in seine Pranke, hielt ihn uns vor die Nasen und verzog das Gesicht zu einem drohenden Grinsen. Das Grinsen vertiefte sich, während sein Gesicht allmählich blaurot anlief. Die ersten Schweißtropfen bildeten sich auf seiner Stirn. Uns wurde klar, daß er bemüht war, den Apfel in seiner Hand zu zerquetschen. Der Apfel jedoch zeigte sich so unüberwindlich wie zuvor. Schließlich gab er auf, warf ihn uns vor die Füße, räusperte sich, zog einen Schleimbatzen hoch und spuckte auf den Apfel.« Ernst grinste voller Genuß. »Der Hering landete natürlich auf einem seiner hübsch nach oben gebogenen Schuhe.«

Dionisia, die sich schon die ganze Zeit über vor Lachen schier ausgeschüttet hatte, hielt sich am Tisch fest und lachte, bis ihr die Tränen kamen. Ernst lachte herzhaft mit ihr.

»Was geschah dann?« keuchte sie atemlos.

»Er starrte auf den Fleck auf seinem Stiefel, dann grunzte er Eisengesicht etwas zu, und dieser drehte sich um, bückte sich und hielt ihm beflissen den Hintern hin. Der Dicke trat ihm mit dem beschmutzten Schuh mächtig in den Arsch, beäugte dann seinen Fuß und schien ihn wieder sauber genug zu finden. Er drehte sich noch einmal zu uns um und sagte: ›Nun wißt Ihr, woran Ihr seid‹, und wogte dann wieder dorthin, von wo er gekommen war. Der einzige, der in der ganzen Geschichte eine Blessur davontrug (außer der getöteten Gans), war Radolf. Vor lauter Lachen tat ihm drei Tage der Bauch weh.« Ernst sah Radolf ins Gesicht und fragte: »Stimmt's etwa nicht, alter Freund?«

»Wenn du es sagst«, antwortete Radolf ohne die Spur eines Lächelns in seinem Gesicht. Ernst schüttelte amüsiert den Kopf und klopfte ihm dann auf die Schulter.

Während seiner Erzählung hatte er scheinbar das Essen vergessen; jetzt langte er, noch immer fröhlich lächelnd, zu und häufte sich einen Batzen Fleisch auf die Brotscheibe, die vor ihm lag. Radolf sah währenddessen finster auf seine eigenen Hände nieder, die untätig auf dem Tisch lagen. Er wirkte, als sei seine Geduld mit Ernsts Erzählung schwer strapaziert worden. Philipp wandte den Blick von ihm ab und betrachtete Dionisia. Sie sah Radolf mit einer Mischung aus Vergnügen und gleichzeitigem Bedauern an. Offenbar fragte sie sich, warum erst ein alter Gefährte von Radolf hatte kommen müssen, damit sie diese Geschichte erfuhr. Als sie Philipps Blick bemerkte, warf sie ihm ein

scheues Lächeln zu. Ihre Wangen waren rot entflammt vor Lachen, und ihre Augen funkelten.
»Da fällt mir noch was ein«, sagte Ernst mit vollem Mund. Radolf seufzte und fragte nach einer unangenehm langen Pause: »Und was ist das?«
Ernst tat so, als würde er sich nicht an Radolfs unhöflichem Verhalten stören. Er wischte sich den Mund ab und sagte undeutlich: »In der Stadt läuft alles bestens. Sie haben wieder einen von den Kerlen gekriegt.«
Radolf nickte verdrießlich.
»Etwas mehr Begeisterung hätte ich schon erwartet«, erklärte Ernst enttäuscht. Er warf Philipp und Dionisia einen raschen Blick zu. »Wir sind jetzt so gut wie am Ziel«, sagte er schnell und halblaut.
»So gut wie am Ziel«, stieß Radolf gequält hervor. »Verkauf das Fell nicht, bevor du den Bären gefangen hast.«
»Was kann jetzt noch passieren ...«
»Das hat es zuerst auch geheißen.«
»Ich weiß; der verfluchte Verräter hätte uns beinahe zu Würmerfutter werden lassen.«
»Sprich nicht so!« zischte Radolf, der sichtlich erblaßt war.
»Was willst du? Der Kerl ist weg. Langsam solltest du dich wieder von einer Maus in einen Mann zurückverwandeln.«
Radolf knurrte Ernst wütend an, aber dieser lehnte sich nur zurück und lächelte. Philipp lauschte dem Gespräch verständnislos. Auffällig waren die raschen, prüfenden Blicke, die Ernst ihm zuweilen zuwarf. Er versuchte, ein unbefangenes Gesicht zu machen. Während er sich mit vorgegebener Begeisterung dem Essen widmete, bemühte er sich, aus dem jetzigen Gespräch und dem, welches er vor dem Essen belauscht hatte, Schlüsse zu ziehen.

»Du hast leicht reden«, brummte Radolf. »Du bist weit weg.«

»Das hättest du auch haben können; aber nein, du mußtest ja unbedingt ...«, Ernst zuckte mit den Schultern und vertiefte sich wieder in sein Essen. Radolf starrte ihn mit hilflosem Zorn an. Seine Hände umklammerten die Tischplatte.

»Von welchen Kerlen habt Ihr gesprochen?« erkundigte sich Philipp bei Ernst. Dieser fixierte ihn wieder mit seinem kühlen, nachdenklichen Blick. Überrascht erkannte Philipp diesmal, daß Ernst sich darüber klarzuwerden versuchte, ob er ihm trauen konnte. Ernst schoß einen Blick zu Radolf hinüber, aber er schien in dessen versteinerter Miene nichts lesen zu können.

»Von den – Juden«, antwortete Ernst schließlich gedehnt. »Vor ein paar Tagen wurde einer von den Burschen in der Stadt verhaftet.«

»Ich weiß«, erklärte Philipp erstaunt. »Ich habe es miterlebt.«

Ernst sah ihn wie vom Donner gerührt an. »Na, da soll mir doch ...!« rief er und schlug mit der Faust auf den Tisch. Sein Gesicht verzog sich langsam zu einem Grinsen. »Da sitzt er mit einer Miene wie ein Unschuldsengel und hat die ganze Sache mit angesehen.«

»Woher wißt Ihr davon?«

»Ich war nicht in der Stadt, um mit den Schankdirnen und den Stallknechten zu verkehren«, erwiderte Ernst herablassend.

»Also von höheren Kreisen.«

»Wenn man so will. Der Judenkerl hatte eine Monstranz angekauft, die irgendein gewissenloser Dieb – wahrscheinlich auch ein Jude – aus einer christlichen Kirche gestoh-

len hatte. Ich hoffe, sie machen kurzen Prozeß mit ihm.«
»Aber das ist eine Lüge.«
»Was?«
»Das mit der Monstranz.«
Ernst setzte sich verblüfft zurecht und beugte sich dann über den Tisch, wie um Philipp genauer betrachten zu können.
»Woher willst du das wohl wissen?« fragte er mit deutlichem Hohn.
»Ich wette um alles, was Ihr wollt, daß man ihm diese Monstranz untergeschoben hat. Ich bin mir sogar sicher, daß es die Büttel in dem Augenblick taten, in dem sie ihn verhafteten.«
Ernst drehte sich zu Radolf um, der ihn nur finster anstarrte, dann zu Dionisia, die mit den Schultern zuckte. Als er sich wieder Philipp zuwandte, lag ein ungläubiges Grinsen auf seinem Gesicht.
»Jeder Jude, der eine Monstranz ankauft, weiß genau, in welche Gefahr er sich begibt«, rief Philipp. »Wie wahrscheinlich ist es da wohl, daß er sie so schlecht versteckt, daß selbst ein tumber Büttel sie findet, ohne länger als ein paar Minuten danach zu suchen?«
»Das liegt daran, daß die Juden noch dämlicher sind als die Büttel«, erklärte Ernst lachend.
»Das ist nicht wahr. Sie wissen sehr wohl, was ihnen von uns alles droht. Wenn einer von ihnen imstande ist, ihre Schriften vor der Vernichtung zu verbergen, dann würden sie wohl auch dazu imstande sein, gekauftes Kirchengut zu verstecken.« Er schwieg erschrocken und starrte Ernst an. Dieser hatte die Augen zusammengekniffen und musterte ihn stumm. *Verdammt*, dachte Philipp, *du und dein loses Mundwerk*. Plötzlich schüttelte Ernst den Kopf und lachte wieder.

»Ist dir bei unserem schnellen Ritt die Luft ausgegangen?« rief er. »Die Juden verstecken ihre Schriften? Was verstecken sie sonst noch alles? Ihre abgeschnittenen Vorhäute?«
»Ich habe einmal so etwas gehört«, brummte Philipp lahm.
»Und darauf willst du um alles wetten, was ich möchte?« Ernst lachte gutmütig und faßte zu Philipp hinüber, um ihm durch die Haare zu fahren. Philipp ließ es zähneknirschend geschehen. »Mein Junge, wenn du eine hübsche Jungfrau wärst und unterhalb deines Halses statt dieser Wolle zwei ansehnliche Titten gewachsen wären, dann wüßtest du, was du jetzt verloren hättest.« Er machte eine kleine Verbeugung zu Dionisia hinüber. »Verzeiht meine Sprache«, sagte er würdevoll.
»Schon gut«, erwiderte Dionisia und lächelte ihn fröhlich an.
Philipp gab sich geschlagen; er war erleichtert, daß Benjamin ben Petachyas Geheimnis keine größere Aufmerksamkeit gefunden hatte.
»Also gut«, sagte er. »Dann würde mich nur noch interessieren, was Ihr gegen die Geldverleiher habt?«
Ernst breitete die Arme aus und grinste ihn an.
»Na, was wohl?« fragte er. Doch plötzlich hieb Radolf mit der flachen Hand auf die Tischplatte und rief laut: »Genug davon! Ich will nichts mehr von den Juden oder von sonst irgendwelchem Gesindel hören!« Er funkelte Philipp und Ernst gleichermaßen an. Ernst zuckte mit den Schultern und faßte wieder nach dem Weinkrug. Dionisia klatschte in die Hände und sagte: »Genau, Vater. Ich will auch nichts mehr von diesen langweiligen Geschichten hören. Ich möchte ein Spiel spielen.«
Radolf verdrehte die Augen. Ernst fragte mit mäßigem Interesse: »Was für ein Spiel, Prinzessin Dionisia?«

»Das Spiel: ›Der König, der nicht lügt‹.«
»Ach du lieber Himmel«, entfuhr es Ernst. Dionisia sah ihn nachdenklich an, dann richtete sie ihren Blick auf Philipp. Er erkannte, daß sie enttäuscht war.
»Was ist das für ein Spiel?« fragte er.
Sie sah ihn unverwandt an, während sie erklärte: »Eine der anwesenden Damen wird zur Königin gewählt. Alle Männer sind Könige und müssen ihr ein Liebesgeheimnis anvertrauen. Die Königin entscheidet dann, welches Geheimnis ihr besser gefällt, und kürt so den Sieger.« Philipp errötete, als er ihren Blick auf sich fühlte. Er räusperte sich.
»Das ist Unsinn«, erklärte Radolf ungehalten.
»Wieso, Vater? Ihr braucht es doch nicht mitzuspielen. Nur Ernst und Philipp sind die Spieler.« Sie lächelte beide an.
»Nun, meine Herren. Wollt Ihr?«
»Ja«, sagte Philipp. Ernst betrachtete ihn voll ehrlicher Verblüffung, dann sagte er: »Was habe ich noch für eine Wahl? Also gut, ich spiele mit.« Er spähte in den Weinkrug, den er in Hand hielt. »Dazu brauche ich aber ein wenig Stärkung. Radolf, ist noch Wein da?«
»Ist der Krug schon leer?«
»Völlig leer«, sagte Ernst und drehte den Krug um. Ein paar Tropfen liefen heraus und fielen auf die Tischplatte.
»Nicht, daß das dein Verdienst wäre, mein Freund. Du solltest etwas trinken, damit deine sauertöpfische Miene vergeht.«
Radolf reagierte nicht auf Ernsts Anspielung. Er sah sich im Saal um.
»Wo ist die Alte?« fragte er.
»Sie schläft bereits«, erwiderte Dionisia. Radolf hob den Krug und hielt ihn Dionisia entgegen.

»Vielleicht wäre die Königin dann so freundlich, neuen Wein zu holen?« sagte er sarkastisch. Dionisia erhob sich.
»Vater, ihr wißt, daß ich den Deckel des Fasses nicht allein hochheben kann. Er ist zu schwer.«
Philipp sprang auf und erbot sich, an ihrer Stelle zu gehen.
»Weißt du, wo sich das Faß befindet?« knurrte Radolf. Philipp schüttelte den Kopf.
»In der jenseitigen Wand der Küche ist eine halbhohe Tür. Sie ist verschlossen. Den Schlüssel habe ich hier ...«
»Wie wär's, wenn du einfach selbst gehen würdest?« unterbrach Ernst. »Ich versichere dir, daß dich keiner von uns deswegen schief ansehen wird.«
Radolf starrte ihn an. Langsam überzog eine wächserne Blässe sein Gesicht. »Nein«, krächzte er.
Ernst zog die Augenbrauen hoch. »Was denn?« fragte er spöttisch. »Hast du einen Geist im Keller?«
Radolf fuhr so heftig auf, daß die Tischplatte verschoben wurde. Der leere Weinkrug stürzte um und polterte zu Boden. Radolfs Gesicht leuchtete vor Blässe. Dionisia trat erschrocken einen Schritt zurück. Ernsts Augen wurden schmal.
»Es ist genug!« brüllte Radolf und hieb mit der Faust so hart auf die Tischplatte, daß noch ein Holzbecher dem Krug auf den Boden hinunter folgte. »Es gibt keinen Wein mehr! Das Mahl ist zu Ende!«
Seine Augen flackerten unstet. Die Angst, die hinter seinem Zornesausbruch lag, teilte sich Philipp mit würgender Intensität mit. Radolf wandte sich brüsk ab, marschierte steifbeinig zu seiner Kammer und riß die Decke beiseite, die den Eingang versperrte.
Sie hörten ihn, wie er drinnen wütend gegen die Truhen und gegen seine Schlafstelle trat.

»Wünsche eine gute Nachtruhe«, sagte Ernst ungerührt und stand auf.

Am nächsten Morgen lungerte Philipp im Saal herum, um auf Radolf und die Gelegenheit zu warten, sich endlich mit ihm zu beraten, doch er erschien nicht; ebensowenig war Ernst Guett'heure zu finden. Als Philipp sich schließlich mit höflichem Husten vor Radolfs Kammer aufstellte und die Decke beiseite schob, sah er, daß die Kammer leer war. Er stand unschlüssig im Saal, als Dionisia hereinkam.
»Mein Vater ist nicht da«, erklärte sie überflüssigerweise. Sie blieb stehen, um auf eine Erwiderung zu warten, und er beschloß, einen Gedanken mit ihr zu teilen, der seit dem Abendessen an ihm fraß und der ausnahmsweise nichts mit seinen Gefühlen für sie zu tun hatte.
»Hat Euch die Geschichte von Herrn Guett'heure gefallen?« fragte er vorsichtig.
»Er kam doch nicht mehr dazu, sie mir zu erzählen.«
»Nein, ich meine nicht sein – äh – Liebesgeheimnis. Ich meine die Geschichte über das Erlebnis mit dem dicken Sarazenen.«
Sie lachte in der Erinnerung daran. »Der famose Pfeilschütze? Natürlich. Ich dachte, mir platzen die Seiten vor Lachen.«
»Dionisia«, sagte er langsam. »An dieser Geschichte stimmt einiges nicht.«
Sie winkte ab und lächelte ihn fröhlich an. »Es mag schon sein, daß Ernst ein wenig übertrieben hat. Was kümmert es mich? Er hat uns zum Lachen gebracht, das ist die Hauptsache.«
»Darauf kommt es mir nicht an. Mein Herr hat selbst am

Kriegszug gegen die Heiden teilgenommen und mir viel darüber erzählt. Es stimmt nicht, daß die Sarazenen dem Heer von Herrn Friedrich ein Friedensangebot machten; tatsächlich war es umgekehrt: Der Sultan erhielt ein Schreiben mit einem Verhandlungsangebot von der christlichen Seite.«

Dionisia zuckte mit den Schultern. Ihr Lächeln war um wenige Grade kühler geworden. »Woher wollt Ihr das so genau wissen?« fragte sie. Philipp erkannte die Ablehnung in ihrer Stimme, aber er fühlte sich gezwungen fortzufahren.

»Mein Herr bewegte sich in der unmittelbaren Umgebung von Herrn Friedrich und war über die Schritte des Kaisers gut informiert. Ich weiß außerdem, daß in Palästina, wo das Heer landete und mit dem Sultan verhandelte, keine solche Wüste ist, wie sie von Ernst beschrieben wurde. Die Römer haben seinerzeit dort viel Wald abgeholzt, um ihre Flotte zu bauen, aber es besteht dennoch nicht alles nur aus Stein und Sand. Demzufolge gibt es auch diese Oasen nicht, die wie grüne Punkte mitten in der Wildnis liegen. Tatsächlich gibt es dort sogar Flüsse.«

»Vielleicht hat Ernst die Orte verwechselt. Er ist ja wohl viel herumgekommen dort.« Was Dionisia nicht dazusagte, war dennoch deutlich zu hören: Ganz im Gegensatz zu Euch. Philipp seufzte.

»Die Anführer der Gesandtschaft, die mit al-Kamil verhandelten und schließlich den Vertrag bezeugten, waren der Großmeister der Deutschritter und die Bischöfe von Exeter und Winchester. Herr Ernst hat dagegen neben dem Großmeister nur den Bischof von Dorset genannt, der überhaupt nicht dazugehörte. Zu guter Letzt bezweifle ich, daß es dort Gänse gibt.«

»Aber die Datteln und den Punischen Apfel, daran glaubt Ihr wohl?« fragte Dionisia mit ätzender Schärfe. »Ich weiß nicht, worauf Ihr hinauswollt, Philipp. Wenn Ihr sagen möchtet, daß Ernst ein Lügner ist, dann bedenkt, daß er sich unter unserem Dach als Gast befindet – ebenso wie Ihr. Und bedenkt weiterhin, daß Ihr den Gastgeber zusammen mit dem Gast beleidigt.« Sie stampfte mit dem Fuß auf, und Philipp erkannte überrascht, wie wütend sie wirklich war. »Es ist eine Unverschämtheit von Euch, so schlecht über Ernst zu sprechen, besonders wenn man denkt, wie freundlich er sich Euch gegenüber verhält.«
»Ich wollte Euch nur auf die Punkte aufmerksam machen ...«
»Ihr wolltet nur vor mir aufschneiden mit Eurem angeblichen Wissen, das Ihr doch nirgendwo anders her haben könnt als aus Büchern oder«, sie schnaubte verächtlich, »aus den Erzählungen Eures Herrn, der ja wohl der Heilige Vater in Rom sein muß, wenn seine Worte so unbedingt der Wahrheit entsprechen.«
»Warum seid Ihr denn so wütend? Ich hatte doch nicht vor, jemanden zu beleidigen. Schon gar nicht Euch.«
»Ihr habt mich aber beleidigt!« rief sie laut. Plötzlich füllten sich ihre Augen mit Tränen. Philipp sah bestürzt, wie sie sich grob mit der Hand durch das Gesicht wischte. Sie wandte sich mit einer brüsken Bewegung ab und lief an ihm vorbei zur Treppe.
»Dionisia!« rief er hinterher.
»Laßt mich in Ruhe. Ich will Euch niemals wiedersehen.« Sie lief die Treppe hinauf zu ihrer Kammer und ließ Philipp allein im Saal stehen, mit einem dummen Gesicht und dem scharfen Schmerz des Bedauerns im Herzen.

Im Stall fehlten das Pferd, auf dem Ernst gestern hergekommen war, und das Roß, das scheinbar Radolf gehörte. Der Pferdeknecht war anwesend und machte sich mit zerknittertem Gesicht bei den übrigen Tieren zu schaffen. Bei Philipps Eintreten sah er auf und nickte ihm zu; dann erst schien er ihn zu erkennen. Verlegene Röte kroch seinen Hals herauf. *Keine Sorge*, dachte Philipp und erinnerte sich unwillkürlich an Radolfs Blässe, als Ernst die Bemerkung über den Geist im Keller gemacht hatte. *Du bist hier nicht der einzige, der sich vor Gespenstern fürchtet.*
»Wie geht's dem Arm?« fragte er.
Die Befangenheit in den Zügen des Mannes lockerte sich ein wenig, als würde es ihm guttun, daß sich Philipp an seine Verletzung erinnerte.
»Viel besser«, sagte er strahlend. »Ich habe fast keine Schmerzen mehr, und das Fleisch wächst bereits zusammen.«
»Herr Radolf und sein Freund sind bereits ausgeritten?«
»Noch vor der Dämmerung.« Er gähnte herzhaft. »Die Alte mußte mich wecken, damit ich ihre Pferde sattle und für den Ausritt bereit mache.«
»Weißt du, wohin sie wollten?«
»Ich nehme an, auf die Jagd. Sie haben es mir nicht gesagt.«
Philipp schüttelte verdrossen den Kopf. »Wieso geht er mit Ernst auf die Jagd?« murmelte er halblaut. *Ich bin eigens hergekommen, um mit ihm zu sprechen.*
»Das verstehe ich auch nicht«, erklärte der Pferdeknecht. »Ich dachte, man geht nur mit einem guten Gefährten auf die Jagd.«
»Weshalb glaubst du, die beiden sind keine guten Gefährten?«
»Na, weil sie sich die ganze Zeit über streiten. Als der

fremde Herr vor ein paar Tagen ankam, schien Herr Radolf schon nicht besonders erfreut, und seitdem ist es ständig schlimmer geworden. Ihr habt das nur nicht mitbekommen, weil während Eures ersten Besuchs der fremde Herr nicht da war.«

»Soweit ich weiß, waren Radolf und Ernst Kampfgefährten während des Pilgerzugs.«

»Jetzt mag Herr Radolf seinen Gefährten jedenfalls nicht mehr«, stellte der Pferdeknecht mit seltsamer Befriedigung fest. Philipp entging der Unterton nicht.

»Du meinst, er schickt ihn nur wegen des Gebots der Gastfreundschaft nicht fort?« fragte er vorsichtig. »Aber welchen Grund hätte er dann, ihn auf die Jagd zu begleiten?«

»Vielleicht mußte er.« Da war dieser Unterton wieder; er bedeutete: Frag mich nur, und ich werde dir meine Meinung sagen. Und du wirst dich wundern.

»Wie sollte Ernst Radolf dazu zwingen können?«

Der Pferdeknecht trat einen Schritt auf ihn zu und sagte leise: »Der fremde Herr ist, glaube ich, ein gefährlicher Mann. Ich glaube, er ist«, er vollführte eine komplizierte Geste, indem er gleichzeitig zwei Finger der rechten Hand abspreizte, das Kreuzzeichen schlug und mit der Hand vor seiner Brust wedelte, »ein Zauberer.«

Philipp verdrehte innerlich die Augen.

»Und ich glaube, die Hexe hat ihn noch vor ihrem Tod beauftragt, sie wieder aus dem Totenreich zurückzuholen. Herr Radolf steht unter ihrem und seinem Bann.« Der Pferdeknecht erschauerte. »Wenn der Mond beim nächsten Mal voll ist, wird es geschehen. Ihr könnt mir glauben, daß ich dann weit weg sein werde. Und Ihr solltet es auch sein.« Er trat noch näher an Philipp heran und flüsterte: »Ihr ganz besonders.«

Ein kalter Schauer rann Philipp den Rücken hinunter. »Weshalb ich?« fragte er rauh.

»Sie haben sich heute über Euch unterhalten. Der fremde Herr ...«

»Sein Name ist Ernst Guett'heure.«

Der Pferdeknecht hielt sich die Ohren zu. »Ich will seinen Namen gar nicht hören. Namen haben Macht. Hört mir zu. Der fremde Herr sagte: Was zum Teufel hat eigentlich dieser Philipp bei dir zu suchen?, und Herr Radolf sagte: Der Kardinal hat ihn geschickt. Der Zauberer tat ganz erstaunt und sagte. Der Kardinal, ist das wirklich wahr? Herr Radolf darauf ganz wütend: Nein, ich habe das nur gesagt, weil mir nichts anderes eingefallen ist. In Wahrheit soll er mir den Obstgarten umgraben. Der Zauberer: Was will der Kardinal? Ich sage Euch, Herr Philipp, jedesmal wenn er ›Kardinal‹ sagte, klang es, als wolle er auf den Boden spucken. Herr Radolf sagte: Er hat ihn zu mir geschickt, damit ich endlich bekomme, was mir zusteht. Der Zauberer fing an zu lachen und rief: Immer noch die alte Geschichte? Du wirst wahrlich nicht klüger. Herr Radolf knurrte ärgerlich und erwiderte nichts. Der Zauberer daraufhin: Wir können den Kerl hier nicht gebrauchen. Schick ihn fort. Du weißt, daß es jetzt um alles oder nichts geht.«

»Woraus du geschlossen hast ...«

»... daß sie die Hexe aufwecken wollen. Das liegt doch auf der Hand. Wenn Euch wirklich ein Kardinal geschickt hat, Herr Philipp, dann paßt auf Euch auf. Sie hassen alles, was mit dem rechten Glauben zusammenhängt. Ihr wart nicht das erste Opfer, das der fremde Zauberer verlangt.«

Philipp riß die Augen auf. »Was ist das mit dem Opfer?« Bei sich dachte er: *Und ich habe schon bei seiner ersten Spuk-*

geschichte geglaubt, daß der Kerl abergläubisch ist. Aber du meine Güte – er besteht ja ausschließlich aus Aberglauben!
»Sie haben ein Tier geopfert; einen kleinen Hund. Das nächste Opfer vergießt in der Regel Menschenblut.«
»Einen kleinen Hund!? Das war der Hund, den Ernst mitgebracht hatte. Er ist davongelaufen!«
»Ich habe im Wald etwas gefunden, das wie ein kleiner toter Hund aussah«, flüsterte der Pferdeknecht und schauderte noch nachträglich. »In seinem Körper war kein Tropfen Blut mehr, und seine Augen waren weit aufgerissen, als habe er etwas Entsetzliches gesehen.«
»Weil ihn ein Wolf oder ein Fuchs gerissen hat.«
»Aber seine Kehle war durchgeschnitten ...«
»Zeig mir den Kadaver«, sagte Philipp argwöhnisch.
»Er ist nicht mehr da. Tatsächlich wollte ich ihn Euch heute zeigen. Aber sie haben ihn fortgeschafft.«
Philipp sah den Pferdeknecht starr an und bemühte sich, eine sarkastische Bemerkung hinunterzuschlucken.
»Und was ist mit den Dämonen, die den Zauberer begleiten? Er kam des Nachts hier an, zusammen mit zwei düsteren Gestalten in Mänteln und Kapuzen. Ich erwachte vom Hufgetrappel der Pferde, weil ich eben erst vom Stall zurückgekommen war und mich hingelegt hatte. Ich spähte hinaus: Es waren keine Gesichter unter den Kapuzen zu sehen, nur Schwärze und das Funkeln von teuflischen Augen. Als sie vor dem Tor zu Herrn Radolfs Haus angekommen waren, raunte der Zauberer den beiden Dämonen etwas zu, und sie ritten mit feuersprühendem Galopp in die Felder hinein. Seitdem habe ich sie nicht mehr gesehen. Er hat sie zurückgeschickt in das Reich der Finsternis, wo sie sich bereithalten, bis er oder die Hexe sie benötigen.«

Plötzlich bäumte sich Ernsts Streitroß auf und stieß ein durchdringendes Wiehern aus. Philipp und der Pferdeknecht fuhren zusammen.

»Da«, sagte der Pferdeknecht entsetzt. »Sein Teufelsroß hat alles gehört, was ich gesagt habe. Zweifelt Ihr noch an meinen Worten? Ich bleibe hier nicht; ich will nicht, daß es mir ergeht wie Herrn Radolfs Knappen.«

»Was ist mit ihm geschehen?«

»Er hat sich um die Pferde gekümmert. Eines Tages war er verschwunden. Der Dorfälteste sagte, ich solle mich an seiner Stelle der Pferde annehmen.« Er lachte bitter. »Was war ich stolz darauf! Ich dachte, vielleicht macht mich der Herr eines Tages zu seinem neuen Knappen. Aber da wußte ich auch noch nichts. Und ich habe mich noch gewundert, warum sich keiner um diese Arbeit gerissen hat.« Er stieß die Tür auf und eilte hinaus. Philipp lief ihm nach und hielt ihn am Arm fest.

»Warum hast du mir das Ganze nicht schon letztesmal erzählt?« rief er.

»Ich wußte nicht, ob ich Euch trauen kann. Ihr habt Herrn Radolf ohne Zögern angefaßt, und es ist Euch auch nichts passiert. Ich dachte, Ihr gehört vielleicht zu Ihnen. Aber seitdem ich gehört habe, wie der Zauberer über Euch gesprochen hat ...«

»Ich danke dir für deine Warnung«, sagte Philipp.

»Bleibt weg von diesem Haus«, sagte der Pferdeknecht düster. »Oder Ihr werdet Dinge sehen, die Euren Tod bedeuten.«

Philipp vertrieb sich den Tag damit, in der Umgebung von Radolfs Haus herumzuwandern. Er machte sich auf eine müßige Suche nach dem Hundekadaver, ohne mehr zu finden als die bereits vorher dagewesene Gewißheit, daß er nichts dergleichen entdecken würde. Eine Weile stand er auf dem kleinen Friedhof, betrachtete das Grab Katharinas und hoffte vergebens, Dionisia möge ebenfalls die Grabstelle aufsuchen und in der Stimmung sein, ihm zu vergeben. Zuletzt trat er prüfend auf der Stelle herum, wo Radolf einen Brunnen zu graben versucht hatte, ein vage rechteckiger Fleck auf dem Boden, dessen unordentlich an ihren Platz zurückgetrampelte Grassoden da zu welken und dort neu zu sprießen begannen. Wer immer gegraben hatte, hatte den Aushub nicht wieder vollständig im Schacht untergebracht: Ein niedriger Haufen bereits trocken gewordener Erde und Lehm ruhte abseits unter dem Palisadenzaun. Ob der enttäuschte Graber es nicht mehr der Mühe für nötig befunden hatte, das zurückgeworfene Material festzustampfen? In etlichen Monaten, spätestens während der Herbstregen, würde das lockere Erdreich sicher in der Grube in sich zusammensinken und einen mehrere Handspannen tiefen Krater an der Oberfläche bilden – ein weiteres Beispiel für den desolaten Zustand des Besitzes. Seufzend wandte sich Philipp ab.

Kurz vor der Dämmerung kehrten Ernst und Radolf zurück, begleitet vom Pferdeknecht, den sie offensichtlich bei ihrem Ritt durch das Dorf mitgenommen hatten und der in deutlichem Abstand hinter ihnen hertrottete. Philipp hatte die Ankunft einer Schar von Männern erwartet, die die Jagdgehilfen für die beiden gespielt hatten und eine Anzahl von Vögeln, Hasen und das eine oder andere größere Wild zurücktransportierten, aber Ernst und Radolf waren allein. Um ihre Jagdbeute war es ebenso bestellt wie

um ihre Eskorte. Beide Männer ritten schweigend in den Hof, sprangen von den Pferden und marschierten steifbeinig in das Gebäude, ohne daß sie mit Philipp oder auch nur miteinander ein Wort gesprochen hätten.
Philipp folgte ihnen nach; einerseits, um eine Gelegenheit zu bekommen, das bislang aufgeschobene Gespräch mit Radolf zu führen, andererseits, weil ihre Ankunft eine willkommene Möglichkeit war, Dionisia wieder unter die Augen zu treten. Radolf hatte sich bereits in seine Kammer zurückgezogen, als Philipp den Saal betrat; man hörte ihn drinnen rumoren. Ernst beschäftigte sich in einer Ecke des Saales damit, sein Lederwams abzulegen, und machte ein ungewohnt mürrisches Gesicht. Der Saal selbst war eine Überraschung: Ohne daß er sie gesehen hatte, mußte Dionisia draußen gewesen sein, um Blumen und Gräser zu pflücken und diese dort auf dem Steinboden zu verstreuen, wo sie die Tischplatte auf die Böcke gestellt hatte. Es wäre warm genug gewesen, draußen zu essen, wie es der allgemeinen Mode entsprach, aber Philipp war mittlerweile nicht mehr über die Angewohnheit sowohl des Burgherrn als auch seiner Tochter erstaunt, sich nach Möglichkeit im Inneren des düsteren Gebäudes aufzuhalten. Immerhin schien zumindest Dionisia genug Schönheitsbedürfnis zu besitzen, um dessen Schmucklosigkeit aufzulockern. Sie eilte aus der Küche nach oben, noch während Philipp den Saal betrachtete, und erklärte Ernst, daß er zusammen mit Radolf baden könne, wenn ihm der Sinn danach stünde: Sie habe heißes Wasser vorbereitet. Ihr Gesicht war gerötet und ihr Haar aufgelöst.
»Habt Ihr den Pferdeknecht mitgebracht?« fragte sie. »Jemand muß den Zuber hinaustragen.«
»Er ist draußen und krault den Pferden die Bärte«,

brummte Ernst in einem schwachen Versuch, seine gute Laune wiederherzustellen.

Dionisia wandte sich um und erblickte Philipp. Er lächelte ihr vorsichtig zu, aber sie lächelte mit einer derartig fröhlichen Offenheit zurück, daß Philipp anzunehmen bereit war, ihre Meinungsverschiedenheit sei vergessen.

»Wo wart Ihr nur den ganzen Tag, Meister Philipp?« fragte sie. »Ich habe Euch vermißt.«

»Ich habe die Wolken am Himmel gezählt.«

»Und wie viele sind es?«

»Mehr als drei«, erwiderte Philipp und tat so, als könne er nicht weiter zählen. Dionisia lachte und huschte an ihm vorbei, um dem Pferdeknecht seine zusätzliche Aufgabe mitzuteilen. »Ich hoffe, Ihr seid hungrig«, rief sie Philipp im Hinauslaufen zu. »Ich habe heute selbst gekocht.«

Ernst hatte sich in der Zwischenzeit halbwegs von seinem Wams befreit und grunzte angestrengt bei dem Versuch, es über den Kopf zu ziehen. Philipp trat zu ihm und zerrte daran, bis er es endlich in der Hand hielt. Er sah mit Erstaunen, daß Ernst darunter ein ärmelloses Kettenhemd getragen hatte, und wunderte sich einmal mehr über die ständige Kampfbereitschaft, die den Mann auszuzeichnen schien. Ernst schniefte und wand sich aus dem Kettenhemd, wobei er ein zweitesmal Philipps Hilfe annahm.

»Wo habt Ihr eigentlich Euren Knappen gelassen?« fragte Philipp.

»Zu Hause. Er hat sich einen Tag vor meiner Abreise ein Bein gebrochen und war nicht reisefähig.«

»Ihr hättet doch bestimmt Ersatz mitnehmen können. Wer soll Euch mit Euren Waffen und den Pferden helfen?«

»Damit komme ich auch alleine zurecht«, brummte Ernst und schnappte sich das Kettenhemd aus Philipps Griff.

»Lieber mach ich es selbst, als daß ich einen ungeschickten Tölpel überall mit hin schleife.«
»Und Eure beiden Gefährten?« erkundigte sich Philipp betont harmlos.
»Das sind doch keine Knappen!« dröhnte Ernst. »Sie haben mich nur von zu Hause nach hier begleitet. Abgesehen davon brauche ich sie in der Stadt, um meine Geschäfte abzuschließen; dort sind sie mir nützlicher als hier.«
Er setzte sich auf eine Truhe und streckte Philipp mit einem auffordernden Grinsen einen Fuß entgegen. »Außerdem machst du das sehr gut«, sagte er.
Philipp kämpfte einen kurzen Kampf gegen seinen Stolz und gewann; er begann damit, Ernsts Schuh aufzuschnüren, während dieser behaglich seufzte und sich zurücklehnte.
»Kein Glück bei der Jagd gehabt?« fragte Philipp.
»Ach was«, sagte Ernst vage. »Nichts weit und breit zu sehen, in was einen Pfeil zu schießen es sich gelohnt hätte.«
Er sprang auf, als Philipp beide Schuhe von seinen bloßen Füßen gezogen hatte, und trat wegen der überraschenden Kühle des Bodens von einem Bein aufs andere. Mit einem Lächeln, das anzuzeigen schien, daß er seine gute Laune wiedergewonnen hatte, schlug er Philipp auf die Schulter.
»Hast du Lust zu baden?« fragte er. »Wenn du mir schon die Schuhe ausziehst, will ich dich wenigstens in meinen Zuber einladen. Vorausgesetzt, der Nichtsnutz von Roßknecht hat ihn schon nach draußen geschafft und gefüllt.«
»Danke«, lehnte Philipp ab. »Es schadet der Gesundheit, zu oft zu baden.«
Ernst zuckte mit den Schultern; einen Moment schien er unschlüssig, dann wandte er sich um und rief über die

Schulter: »He, Radolf. Deine Tochter hat heißes Wasser bereitet. Nimmst du ein Bad?«
Radolf brummte etwas Unverständliches in seiner Kammer zur Antwort, kam aber nicht heraus. Ernst machte ein mißbilligendes Gesicht und patschte schließlich auf nackten Füßen hinaus.
Philipp wartete, bis Ernst draußen war, dann trat er vor Radolfs Kammer und hustete. Da keine Antwort kam, schob er den Vorhang beiseite und trat ein. Radolf saß mit finsterer Miene auf einer Truhe, noch immer so bekleidet, wie er in die Kammer eingetreten war.
»Wir müssen reden«, sagte Philipp.
Radolf sah nicht auf. »Willst du mir deine andauernde Erfolglosigkeit im Detail schildern?« fragte er.
»Ich will Euch schildern, was ich schon alles versucht habe, ohne auf Ergebnisse zu stoßen.«
»Kommt das nicht auf das gleiche heraus?«
»Was herauskommt, werden hoffentlich ein paar bessere Antworten als die sein, die Ihr mir bisher gegeben habt.«
Radolf sah auf, und über die Schwermütigkeit seiner Züge schob sich langsam ein gewisses Erstaunen. Philipp ließ ihn nicht zu Wort kommen; während des langsam verstreichenden Tages hatte er nicht nur fruchtlosen Gedanken an Dionisia nachgehangen, sondern auch die vergangenen Tage betrachtet.
»Zuerst habe ich die jüdischen Geldverleiher in der Stadt aufgesucht, um nach Unterlagen über eventuelle Darlehen zu fahnden, für die Ihr Urkunden hinterlegt hättet. Diese Urkunden hätte ich kopieren können.« Radolfs Erstaunen war jetzt einem Ausdruck des Entsetzens gewichen. Er starrte Philipp mit offenen Mund an. Philipp fühlte darüber eine grimmige Befriedigung. »Dann bin ich zum Klo-

ster Sankt Peter geritten und habe mich im Archiv umgesehen. Bei all dem habe ich zweierlei festgestellt. Erstens: Es gibt Unterlagen über eine Kreditaufnahme anläßlich der Hochzeit einer Frau Katharina von Als und anläßlich der Taufe eines Mädchens namens Dionisia. In beiden Fällen lautet der Name des Familienvorstands nicht auf Euren Namen. Zweitens: Es gibt wahrhaftig keine Unterlagen über Eure Eheschließung im Kloster. Ich wollte es nicht glauben, als Ihr es sagtet, aber Ihr habt Bruder Fredgar tatsächlich die Originaldokumente abnehmen können. Welcher Name steht statt dem Euren auf den Dokumenten aus dem Kloster, daß Ihr Euch genötigt fühltet, sie Fredgar abzupressen und zu verbrennen?«

»Was willst du damit sagen?« zischte Radolf, aber es klang weniger bedrohlich als vielmehr resigniert.

»Ich weiß nicht, was ich damit sagen will!« rief Philipp. »Erklärt Ihr es mir.«

»Es gibt nichts zu erklären. Mach, daß du rauskommst.«

»Radolf«, sagte Philipp drängend, »erklärt es mir. Ich bin hier, um Euch zu helfen.«

Radolf antwortete nichts. Er starrte Philipp mit zusammengepreßten Kiefern ins Gesicht. Nach einigen Sekunden wandte Philipp den Blick ab und drehte sich um.

»Ich bitte Euch um eine weitere Nacht Quartier«, sagte er förmlich. »Morgen früh werde ich zurückreiten und meinen Auftrag niederlegen.«

Er schritt hinaus und verfluchte sich für das, was er gesagt hatte.

Wenn er Radolfs Besitz morgen verließ, würde das bedeuten, daß er Dionisia niemals wiedersah. Er hoffte, daß Radolf ihn zurückrufen würde, aber dieser sagte kein Wort. Plötzlich wurde es Philipp im Saal zu eng. Er stolperte auf den Eingang zu, um ins Freie hinaus zu gelangen. Undeutlich hörte er das Scheppern von Küchengeräten, mit denen Dionisia hantierte. Über die Außentreppe herauf klang das rauhe Singen von Ernst, der direkt vor dem Eingang in seinem Zuber saß und trotz seiner Differenzen mit Radolf im Moment mit sich und der Welt im reinen schien.

»He, Philipp!« rief Radolf. Philipp blieb stehen und drehte sich um. Radolf stand neben seiner Kammer, die herabhängende Decke halb beiseite geschoben und winkte ihm mit dem Kopf zu. Philipp ging zögernd zurück.

»Dionisia ist nicht meine Tochter«, sagte er, als Philipp wieder in die Kammer getreten war und Radolf die Decke hatte zurückfallen lassen. »Ich habe ihre Mutter geheiratet, kurz nachdem ich aus dem Heiligen Land zurückgekommen war. Ich hatte ihren Vater gekannt; er starb in einem Hospiz auf dem Lager neben mir, an der Ruhr. Ich überlebte und schwor mir, die Witwe zu heiraten.«

Philipp holte tief Luft. Sein Erstaunen war zu groß, als daß er es hätte in Worte fassen können. Radolf sah ihn prüfend an.

»Das ist der Grund, warum ich alle Unterlagen aus dem Kloster geholt und vernichtet habe. Ich wollte sichergehen, daß niemand darauf stößt; ich wollte vor allem sichergehen, daß sie es niemals erfährt. Dionisia weiß es nicht; sie war noch zu klein, als ich ihre Mutter zur Frau nahm.« *Sie weiß es doch*, dachte Philipp unzusammenhängend. *Sie ist sich nur nicht im klaren darüber. Sie erinnert sich, daß ihr Vater ein Fremder für sie war, als er vom Pilgerzug zurückkam.* Er sprach seine flüchtigen Gedanken nicht aus. Er starrte in Radolfs regungsloses Gesicht, als dieser fortfuhr:

»Die Verwandten meiner Frau waren mit dieser Heirat nicht einverstanden. Ich gehörte nicht zum Haus ihrer

Sippe, was bedeutet, daß sie mich nicht zum Vasallendienst verpflichten konnten; und ich stand geringer als ihr verstorbener Mann. Ich war für sie völlig ohne Nutzen; dazu kam, daß ich über keinerlei Geldmittel mehr verfügte. Ich war jung und dumm in den Krieg gegen die Heiden gezogen und hatte das gesamte Vermögen eingesetzt, das mein Vater und mein Bruder mir vermacht hatten. An einen Kredit hatte ich niemals gedacht und auch niemals einen genommen – anders als Katharinas erster Mann, der sowohl für die Hochzeit als auch für die Tauffeier Geld aufnehmen mußte, wie du festgestellt hast. Mein Vermögen war nicht gering, und es reichte für meine Ausrüstung. Ich lernte erst von meinen Kameraden, daß der richtige Weg gewesen wäre, für die Pilgerfahrt von den Juden Geld zu leihen und darauf zu bauen, daß der Papst die Rückzahlung erlassen würde. Als ich zurückkam, besaß ich nichts mehr.« Er zuckte mit den Schultern, eine Geste, die zu der Resignation zu passen schien, die er damals empfunden haben mußte. »Das ist auch der Grund, warum Katharinas Sippschaft ihre Mitgift zurücknahm. Tatsächlich haben sie sie verstoßen – so sieht die Sachlage aus.«

»Dann ist die Geschichte von der widerrechtlichen Erschleichung der Mitgift durch die Verwandten Eurer Frau ...«

»... nicht wahr«, vollendete Radolf. »Der Kardinal weiß darüber nicht Bescheid. Alles, was er weiß, ist meine Version der Geschichte. Bestenfalls glaubt er nicht recht daran, aber er kann die Wahrheit nicht ermessen.«

»Natürlich glaubt er nicht daran«, murmelte Philipp. »Jetzt verstehe ich auch seine Vorsicht. Er weiß zwar, daß etwas faul ist an Eurer Darstellung, aber er kann nicht aus seiner

Verpflichtung Euch gegenüber heraus. Also versucht er sich nach Kräften herauszuhalten. Deshalb hat er auch mich engagiert.«

»Aber die Mitgift gehört Dionisia!« rief Radolf und ballte die Faust. »Ich will sie nicht für mich – ich wollte sie niemals für mich. Sie soll aus Dionisia eine interessante Partie machen und ihr einen standesgemäßen Ehemann ermöglichen. Das ist mein Ziel.«

»Woher kennt Ihr den Kardinal?«

»Ich habe ihm einmal einen großen Gefallen getan. Er schuldet mir seine Unterstützung.«

»Während des Pilgerzugs? Habt Ihr ihm das Leben gerettet?«

»Nach dem Pilgerzug«, erklärte Radolf widerwillig. »Und es ging zwar nicht um sein Leben, aber doch um seinen Wanst, wenn man so will. Es gehört sich nicht, darüber zu sprechen; es geht nur ihn und mich etwas an.«

»Ihr hättet mir reinen Wein einschenken sollen«, erklärte Philipp nach einer Pause. »Es hätte uns viel Zeit erspart.«

»Ich wollte Dionisia schützen. Sie darf es niemals erfahren. Ich hätte es ihr sagen sollen, als ihre Mutter starb, aber ich konnte es nicht übers Herz bringen. Ich weiß nicht, was sie tun würde, und ich will nicht das Risiko eingehen, sie zu verlieren.« Plötzlich stand er auf und trat auf Philipp zu. Er sah ihm mit flackerndem Blick in die Augen. »Eines sollte dir klar sein: Wenn du Dionisia etwas über ihre Herkunft verrätst, schneide ich dir die Zunge raus und stopfe sie dir in den Hals.«

»Keine Sorge«, sagte Philipp rauh. »An solcher Kost liegt mir nichts.«

»Wirst du mir helfen?«

Radolfs letzte Drohung hatte die Abneigung gegen den

Mann wieder in Philipp aufsteigen lassen. »Ich werde *Dionisia* helfen«, sagte er fest.
»Wie immer du es ausdrücken willst.« Radolf kratzte sich am Kinn und fragte dann: »Was wirst du jetzt tun?«
»Ich weiß noch nicht. Die Sachlage ist völlig verändert. Ich muß darüber nachdenken.«
»Denk schnell. Wenn du was gefunden hast, komm wieder hierher.«
»Ihr wollt, daß ich Euch verlasse?«
»Kannst du hier etwas tun für mich?«
»Vorerst nicht.«
»Na also.«
»Wie Ihr wünscht«, sagte Philipp und verließ die Kammer, wütend und enttäuscht. Wegzureiten bedeutete, Dionisia zu verlassen. Von der anderen Seite betrachtet, mochte es von Vorteil sein, Dionisia und sich selbst ein wenig Zeit zum Nachdenken zu geben. *Trennung steigert das Verlangen*, dachte er, ohne diesem Spruch rechte Freude abgewinnen zu können.
Zumindest kam das Wissen, eine Weile nicht in der Nähe von Radolf sein zu müssen, so etwas wie Freude gleich. Philipp war tatsächlich ratlos, wie er weiter verfahren sollte. Der ursprüngliche Plan war nicht mehr aufrechtzuerhalten: Was immer er anfertigen konnte, würde nicht nur sehr gut sein, sondern auch mit echten Dokumenten konkurrieren müssen. Um unter diesen Umständen einigermaßen erfolgversprechend arbeiten zu können, brauchte er aber mehr Daten, als Radolf ihm liefern konnte. Vielleicht würde er darauf zurückgreifen müssen, was er am zweiten Tag leichthin zu Radolf gesagt hatte; einen Kniff, mit dem die echten Unterlagen die falschen legitimierten. Er hatte keine Ahnung, womit er dies erreichen könnte.

Dionisia hatte es selbst übernommen, aus einem kleinen Kessel Suppe in die hölzernen Schüsseln zu schöpfen, die vor jedem Platz standen. Sie begann bei Ernst, der ihr mit deutlich hungriger Miene dabei zusah. Er schlürfte die Suppe, noch bevor sich Dionisia den Rest des Kessels in ihre Schüssel gefüllt und gesetzt hatte. Sein Gesicht zog sich ein wenig in die Länge und nahm einen befremdeten Ausdruck an, bevor er dem Geschmack in seinem Mund ein wenig nachzukosten schien und schließlich mit einem beruhigten Schulterzucken den Löffel ein zweitesmal eintauchte. Philipp kostete vorsichtig: Die Suppe hatte den vordergründigen, eisernen Geschmack von Blut. Er rührte darin um. Sie war leer. Radolf löffelte bereits mit ausdruckslosem Gesicht. Dionisia hatte ihre Suppe noch nicht berührt. Als Philipp zu ihr blickte, sah sie mit gespanntem Gesichtsausdruck zu Ernst hinüber.
»Die Suppe schmeckt sehr gut«, sagte er. Dionisia wandte die Augen von Ernst ab und lächelte ihn dankbar an. In der darauffolgenden, erwartungsvollen Stille blickte Ernst auf und begegnete Dionisias Blick.
»Ausgezeichnet«, nuschelte er mit vollem Mund. »Nur ...«, er kaute angestrengt auf etwas herum und schob es schließlich mit der Zunge zwischen seinen Lippen heraus. Er griff danach und hielt es sich vor die Augen: ein fast weißer, zähfasrig aussehender Fleischlappen von der Größe eines Daumennagels, den er vergeblich zu zerkauen versucht hatte. Er legte ihn neben seinen Teller.
»Nur das hier ist ein wenig flechsig«, sagte er schließlich.
»Das tut mir leid«, sagte Dionisia und schien ehrlich besorgt. »Könnt Ihr es wirklich nicht essen?«
»Ich habe schon eines davon aufgegessen«, beruhigte er sie. Philipp rührte nochmals in seiner Schüssel, ohne etwas

Handfesteres als die wolkige Suppe zutage zu fördern. Scheinbar waren die Fleischstücke zur Gänze in Ernsts Portion gelandet. Er warf einen Blick auf das zerkaute, speichelnasse Stück, das neben Ernsts Teller lag, und entschied, daß es das Schicksal vielleicht nicht allzu schlecht mit ihm gemeint hatte. Ernst grinste Dionisia an. »Was ist das eigentlich?«

»Schweineohren«, sagte Dionisia nach kurzem Zögern und bemühte sich, Ernst gerade in die Augen zu schauen.

»Schweineohren?«

»Ich habe eine Blutsuppe gemacht und sie darin gekocht.«

»Dem Himmel sei Dank, daß nichts davon in meinem Teller gelandet ist«, knurrte Radolf.

»Ernst hat eine große Portion verdient; immerhin hat er fast allein den Brunnen gegraben«, erwiderte Dionisia spitz. Ernst sah verblüfft von ihr zu Radolf und zurück.

»Na und? Hat er dabei nur einen Tropfen Wasser gefunden?«

»Ich wollte, ich wäre auf Wein gestoßen«, erklärte Ernst.

»Ich wollte, du wärst auf eine vernünftige Suppe gestoßen.«

»Vater, Ihr beleidigt mich!« rief Dionisia.

»Liebe Prinzessin«, sagte Ernst begütigend. »Die Schweineohrensuppe schmeckt vorzüglich. Nur laßt mich Euch für das nächste Mal ein Rezept verraten, bei dem die Ohren geröstet werden. Ihr werdet sehen, daß man auch daran Gefallen finden kann.« Er tauchte den Löffel wieder ein und schaufelte mit einer so deutlich zur Schau getragenen Begeisterung weitere Suppe in seinen Mund, daß Dionisia erleichtert zurücksank und endlich begann, ihre Kreation selbst zu essen. Philipp warf einen vorsichtigen Blick über den Rand seiner Schüssel zu Ernst hinüber und

versuchte, sich das Lachen zu verbeißen. Ernst erwiderte seinen Blick und rollte unauffällig mit den Augen.
Zu Philipps Erstaunen blieb dies der einzige Zwischenfall während des Essens.

Philipp fand nach dem Essen nur schwer Schlaf, die Anspannung wollte nicht von seinem Körper weichen. Als ein unruhiger Traum, in dem er sich mit Aude zusammen in einer Stadt voll enger Gassen durch die Nacht bewegte, plötzlich von Licht gestört wurde, schlug er erschrocken die Augen auf. Die zitternde, dünne Flamme einer Kerze bewegte sich auf der Treppe, die vom Saal in die Küche führte, herab. Sie beschien Dionisias Gesicht und leuchtete matt auf einem hellen Gewand, das sie trug. Philipp schloß die Augen und dachte verzweifelt: *Nicht schon wieder!* Doch als er sich erheben wollte, bemerkte er, daß Dionisia noch kein Wort an ihn gerichtet hatte. Er öffnete die Augen wieder. Sie schlich mit vorsichtigen Schritten Stufe um Stufe herab und sah sich ständig in der Küche um. Überrascht erkannte Philipp, daß das helle Gewand, das sie trug, ein Nachtgewand war. Es war dünn; die Kontur ihres Beins zeichnete sich darunter ab, als sie es hob, um den nackten Fuß leise auf die nächste Treppenstufe zu setzen. Er schluckte. Die Kerze warf matte Schatten in die Falten des Gewandes, und ihre bedachtsamen Bewegungen modellierten den Umriß ihres Körpers. Die Falten des Kragens verwischten die Form ihrer Brüste, aber das Gewand schmiegte sich eng um ihre Hüften, als sie sich vorwärtsbewegte, und ließ die sanfte Kurve ihres Leibs und den weichen Schatten ihres Schoßes deutlich hervortreten. Philipp beobachtete sie mit weitaufgerissenen Augen. Sein

Herz begann wild zu klopfen, als ihm der Gedanke kam, daß sie dabei war, ihn aufzusuchen. Sie erreichte das Ende der Treppe, hob die Kerze ein wenig höher und bewegte sich langsam und vorsichtig auf Philipp in seiner Kaminecke zu. Doch sie wollte ihn nicht wecken; im Gegenteil, sie bemühte sich nach Kräften, ihn *nicht* aus dem Schlaf zu reißen. Sie hielt eine Hand hinter die Kerze, um das Licht ein wenig auf ihn zu reflektieren, und reflexartig schloß er die Augen und tat so, als ob er schliefe. Er bemühte sich, gleichmäßig zu atmen. Dann fühlte er die leise Wärme, die von der Kerze ausging und sein Gesicht berührte. Der Gedanke, daß sie ihm in ihrem dünnen Nachtgewand so nahe war, sandte einen Schauer in seine Eingeweide; einen Schauer, der sogleich tiefer sank und sich in einer höchst unwillkommenen Erregung in seinen Lenden festsetzte. Er war froh darüber, daß er sich in eine Decke gehüllt hatte und an die Kaminwand gekauert lag. Verzweifelt versuchte er, nicht zu blinzeln. Seine Augen begannen bereits zu schmerzen, als endlich ein kühler Lufthauch über seine Haut strich und das Licht auf seinen Lidern sich zu entfernen begann. Er öffnete die Augen einen vorsichtigen Spalt weit: Dionisia schlich wieder zurück zur Treppe, mit sorgloseren Schritten und schneller diesmal. Der Lichtschein verschwand mit ihr zusammen die Biegung der Treppe hinauf. Ebenso leise wie sie schälte er seine Beine aus der Decke und kroch ihr nach. Was hatte sie vor?

Philipp hörte das leise Wischen, mit dem sie die Decke zur Seite bewegte, die die Kammer Radolfs vom Saal abtrennte. Das Licht verschwand, als sie die Kammer betrat. Philipp drückte sich gegen die Mauer, gerade außerhalb des Sichtbereichs zum Ende der Treppe, und fluchte, von Wut und Entsetzen gleichermaßen erfüllt. Dionisia ging zu

Radolf in die Kammer, und es brauchte ihn keiner zu fragen, was sie dort tat. Er wußte nun, daß Radolf nicht ihr Vater war, aber sie wußte es nicht, und das machte den Akt gleich schlimm. Er kämpfte mit sich, ob er sich zurückziehen oder in die Kammer stürzen sollte.

Beinahe hätte er den schwachen Schimmer übersehen, der Dionisia begleitete, als sie wenige Augenblicke später wieder in den Saal trat. Noch während sie sich offenbar quer durch den Saal bewegte, wurde Philipp klar, daß sie auch bei Radolf nur überprüft hatte, ob er schlief. Er wartete, bis der Schein der Kerze kaum mehr zu sehen war, dann kroch er die restlichen Treppenstufen nach oben und spähte um den Eingang zum Saal herum.

Dionisia befand sich vor der Kaminöffnung und sah auf ein Bündel hinunter, das neben dem Kamin lag in der gleichen Art und Weise und fast an derselben Stelle, an der Philipp sich seinen Schlafplatz in der Küche darunter gesucht hatte. Dionisia beugte sich nach unten, und der Lichtschein der Kerze fiel auf Ernsts zerrauften Schopf, eine muskulöse Schulter und einen mit Sehnen und Muskeln dick bepackten Arm, der über einem dichtbehaarten Bärenfell lag. Dionisia hielt ihm die Kerze vor sein in das Fell vergrabene Gesicht.

Mit einer Bewegung, die einer Explosion glich, fuhr Ernst nach oben. Philipp zuckte erschrocken zusammen und sah das Fell davonwirbeln, bevor Ernst mit zwei geschmeidigen Bewegungen in die Hocke kam, aufsprang, die Kerze packte und davonschleuderte und gleichzeitig mit seinem ganzen Körpergewicht Dionisia niederrang. Er lag schon keuchend auf ihr, als Philipp die Kerze an der jenseitigen Wand des Saales abprallen und zu Boden fallen hörte. Seine Augen waren wie blind in der plötzlichen Dunkelheit.

»Hört auf«, wisperte Dionisia entsetzt. »Ich bin es nur.«
Philipp hörte Ernst erstaunt grunzen. Einen Moment lang herrschte Stille, dann wälzte sich Ernst von Dionisia herunter. Die Dunkelheit war noch immer zu tief, als daß Philipp mehr als zwei unkenntliche Gestalten hätte sehen können, die sich im Schatten neben dem Kamin bewegten. Dionisia in ihrem hellen Gewand war ein etwas lichterer Umriß, der sich aus der liegenden Position in eine sitzende aufrichtete.
»Was macht Ihr hier, zum Teufel noch mal?« grollte Ernst leise. »Fast hätte ich Euch den Hals umgedreht.«
»Ich wollte Euch nicht erschrecken.«
Ernst brummte etwas Undefinierbares. Ein schabendes Geräusch erklang: Er fuhr sich mit der Hand grob über die Bartstoppeln in seinem Gesicht. Scheinbar war er wirklich erschrocken und ärgerte sich nun darüber.
»Ihr seid nackt«, sagte Dionisia. Vom Kamin war das hastige Rascheln zu hören, mit dem Ernst versuchte, seine Blöße zu bedecken.
»Dann verschwindet«, knurrte er.
»Keine Angst, es ist sehr dunkel«, erklärte Dionisia. »Man kann fast nichts erkennen.« Ihre Stimme zitterte, aber Philipp wurde unangenehm klar, daß es nicht aus Furcht oder Scham geschah. Er glaubte seinen Ohren nicht zu trauen, als sie weitersprach: »Es ist keine Schande, wenn ich Euch so sehe, wie Ihr seid. Ich will es Euch sogar gleichtun.«
Voll ungläubigem Entsetzen lauschte er den Geräuschen, mit denen Dionisia ihr Kleid über den Kopf zog. Dionisias dunklerer, nackter Körper war nun ebensoschwer auszumachen wie Ernst Guett'heure.
»Hier«, sagte sie leise. »Wenn du mich nicht sehen kannst, fühle mich.«

Ernst keuchte. Die Laute, die an Philipps Ohren drangen, und seine eigene Phantasie ersetzten das, was seine Augen nicht sahen.

»Dionisia ...«, krächzte Ernst.

»Es ist dunkel«, flüsterte sie. »Draußen herrscht die Nacht. Dies ist die Zeit für die Liebe.« Knistern im Stroh; sie legte sich auf den Rücken. »Liebe mich.«

»Dionisia, nein ...«

»Doch«, drängte sie ihn. »Ich bin bereit für dich. Fühle mich. Fühle, wie meine Brüste auf dich warten.« Weiteres Knistern. Ihre Stimme wurde verschwommen, als die Erregung sie überschwemmte. »Fühle, wie mein Schoß vor Hitze glüht und dich aufnehmen will.«

Erneutes Rascheln und Knistern, diesmal heftiger, und unmißverständliches Stöhnen aus Dionisias Mund, als Ernst ihrer Aufforderung nachkam. *Verschwinde!* dröhnte es in Philipps Kopf. *Geh hinunter in die Küche und halte dir die Ohren zu. Verschwinde von hier!* Er blieb wie gelähmt dort, wo er war. Nur seine Lider schlossen sich, schlossen sich über seinen in der Dunkelheit nutzlosen Augen wie auch über der Leere, die er plötzlich in seiner Brust fühlte.

Ein rasches Geräusch, und Dionisias überraschtes Keuchen. Jetzt hatte er sich auf sie gewälzt, ihre Schenkel auseinandergedrückt und sich in sie gebohrt. Philipp riß krampfhaft die Augen auf.

Vor dem vagen Grau des hellen Fußbodens, mindestens einen Schritt entfernt von dem dunklen Schatten, in dem Dionisia lag, kauerte eine massive Gestalt: Ernst.

»Nein«, sagte er deutlich.

»Was hast du? Wenn du es nicht hier willst, dann folge ich dir, wohin du wünschst. Unsere Liebe ist keine verbotene Liebe; aber wenn es dir so vorkommt, dann laß uns dorthin gehen, wo sie verbotenerweise passiert. Komm mit hinauf in den Speicher; die alte Frau liegt in meiner Kammer und schnarcht.«

Inzwischen hatten sich Philipps Augen so sehr an die Düsterkeit im nächtlichen Saal gewöhnt, daß er mehr als nur Umrisse ausmachen konnte. Dionisia, eine vage schimmernde Gestalt auf dem Strohlager, hatte sich halb aufgerichtet. Mit einem Entsetzen, das ebensogroß war wie seine widersinnig aufsteigende Wollust, erkannte Philipp die halbmondförmigen Schatten unter ihren Brüsten, die sanfte Wölbung ihres Leibs und das dunkle Dreieck ihres Geschlechts. Philipps Augen wurden von diesem Anblick zwanghaft festgehalten; und jetzt sah er auch, was ihm die ganze Zeit über entgangen war, was jeder andere Beobachter längst erkannt hätte! Dionisias Erregung, Dionisias Aufgewühltheit, Dionisias Freude, seit Ernst Guett'heure in Radolfs Haus zurückgekehrt war – Dionisias strahlende Augen, mit denen sie jede seiner Bewegungen verfolgt hatte.

»Geh zurück in deine Kammer«, sagte Ernst ruhig.

»Aber nein«, hauchte Dionisia. »Komm zu mir. Ich brauche dich. Ich liebe dich. Ich spüre, daß auch du mich liebst. Warum läßt du mich unsere Liebe nicht vollenden? Ich sehe deine Männlichkeit.«

Ernst schüttelte langsam den Kopf. *Sie bettelt, daß er sie bespringt*, dachte Philipp. *O mein Gott, sie fleht darum.* »Ich will dich aufnehmen. Füll mich aus. Ergieße dich in mich. Leugne unsere Liebe nicht.«

»Schluß damit«, sagte Ernst deutlich. »Wie klar willst du es hören? Ich liebe dich nicht. Ich will nichts von dir.«

»Aber ich sehe doch, wie du dich mir entgegenreckst ...«

»Natürlich. Jedem Mann reckt es sich, wenn ein junges

Mädchen ihm ihre Titten und ihre Fut unter die Nase hält, ganz gleich, was er davon hält. Deshalb muß man das Angebot noch lange nicht annehmen.«
»Aber ...«
»Nichts aber. Verschwinde, oder ich rufe deinen Vater und prügle dich vor seinen Augen grün und blau.« Philipps Ohren hallten, und sein Gesicht glühte. Ernsts gewollt grobe Worte über die Gefühle eines Mannes waren die Wahrheit; er hätte sie jederzeit unterschrieben. Zwischen seinen Beinen reckte sich, im Moment mehr als verhaßt, sein geschwollenes Organ hervor. Er kniff die Schenkel zusammen, bis es ihn schmerzte, aber noch größer war der Schmerz darüber, daß es in dieser Situation, während sein Herz brach, überhaupt anschwellen konnte. Ernsts Worte waren die absolute Wahrheit, und er haßte sich dafür.
Dionisia schwieg. Dann schloß sie langsam ihre Beine und richtete sich in eine sitzende Stellung auf. Ihre Arme umklammerten ihren Oberkörper; Philipp erkannte die Geste wieder, mit der sie ihn vor Tagen? (Es schienen Wochen zu sein!) im Dorf zum erstenmal begrüßt hatte.
»Was ist mit dir?« sagte sie klagend. »Du kannst mich nicht abweisen. Du liebst mich. Ich habe dir doch die Suppe gekocht.«
Ernst gab keine Antwort, und Philipp verzog verwirrt das Gesicht.
»Die Suppe mit den Ohrspitzen deines Hundes«, schluchzte Dionisia leise. »Das ist ein unfehlbarer Liebeszauber. Ich habe ihn getötet, so wie es geschehen soll. Ich habe davon gegessen. Du hast davon gegessen. Den anderen habe ich die leere Suppe gegeben. Du mußt mich lieben.«
Während Dionisias Worten war Ernst näher gekrochen;

unbewußt, unwillkürlich. Sein Gesicht, dunkler, härter, kantiger, näherte sich dem hellen Oval ihres Kopfes.
»Du hast meinen Hund getötet?« stammelte er. »Du hast ...?«
Dionisias Arme flogen auseinander. Ernst zuckte zurück. Aber sie wollte ihn nicht zu sich herabziehen: Sie griff nach seinem Gesicht, und diesmal war sie schneller als jede Bewegung, die der fassungslose Mann vor ihr auf dem Fußboden ausführen konnte. Sie verkrallte sich in seinem Haar und riß daran, als wollte sie ihm den Kopf von den Schultern reißen. Ihre Stimme brach und wurde zu einem hellen Zischen, und sie zerrte an Ernst Haaren und trommelte ihm gegen den Leib, während sie hervorstieß: »Du liebst mich, du leugnest es nur, du liebst mich, du kannst nicht anders, ich habe dich verhext, du bist mein ...« Philipp hörte Ernst ächzen und wußte, daß Dionisias Gefühle in einen so vollständigen Zorn übergegangen waren, daß sie ihn töten würde, gäbe er ihr die Gelegenheit dazu. Ihr Atem pfiff schrill.
Ernsts Fassungslosigkeit dauerte keinen Augenblick länger. Seine Hände tauchten unter Dionisias wirbelnden Beinen hindurch; seine Daumen fanden ihre Achselhöhlen und drückten zu. Keuchend vor Schmerz ließ Dionisia Ernsts Haar fahren. Er holte mit der rechten Hand aus, um sie zu schlagen; aber dann ließ er die Hand sinken. Sie bewegte sich nicht.
»Soll ich dich wegtragen?« fragte Ernst rauh.
Dionisia sprach kein Wort mehr. Sie raffte ihr Nachtgewand zu einem Knäuel zusammen und drückte es vor die Brust. Ohne sich die Mühe zu machen, es wieder anzulegen, erhob sie sich mühsam und schlurfte mit bloßen Füßen davon. Philipp war unfähig, sich zu bewegen. Sie

schritt an seinem Versteck vorbei, so nahe, daß er sie hätte berühren können, ohne den Arm auszustrecken. Er roch ihren Duft, als sie an ihm vorüberkam, eine bestürzend frauliche Mischung aus Schweiß, Haaröl und ihrem Geschlecht. Sie sah ihn nicht. Philipp wußte, daß sie überhaupt nichts sah. Ihre Beine trugen sie mechanisch zu ihrer Kammer zurück, ohne daß ihr Geist ihnen dabei geholfen hätte.

Aus Radolfs Kammer kam kein Laut. Es war beinahe unglaublich, daß er den ganzen Aufruhr nicht gehört haben sollte. Während Philipp die Treppe hinabtaumelte, fragte er sich mit dem Rest seines Verstandes, der nicht mit Dionisias Verlust beschäftigt war, ob der Burgherr nicht wach auf seinem Lager lag und mit weitaufgerissenen Augen der Szene gelauscht hatte, nur von einer seiner würgenden, unerklärlichen Ängste daran gehindert, aufzuspringen und einzugreifen.

Der Morgen ließ die Geschehnisse der Nacht als einen Alptraum erscheinen, der sich nur in Philipps Gehirn abgespielt hatte. Dionisias Verhalten tat ein übriges dazu: Sie begrüßte Philipp mit der gewohnten Fröhlichkeit und machte keinen Augenblick lang den Anschein einer Frau, die sich erst vor wenigen Stunden mit allen Mitteln und vergeblich einem Mann hinzugeben versucht hatte. (Andererseits waren seine Vergleichsmöglichkeiten gering, da er keine einzige Frau kannte, der ein derartiges Schicksal widerfahren war.) Auch von ihrem hysterischen Zornesausbruch war so gut wie nichts zu bemerken; sie rieb sich ab und zu unbewußt über die Arme, die sich noch wie taub anfühlten von Ernsts Befreiungsgriff, aber es waren keine weiteren Spuren geblieben. Auch Ernst war bemerkenswert unversehrt aus der Angelegenheit hervorgegangen. Daß Dionisia ihm Haare zu Büscheln ausgerissen hatte, sah man seinem Schopf nicht an, und die feuerroten Striemen links und rechts seines Nackens, die Spuren, die Dionisias Finger hinterlassen hatten, waren fast völlig unter dem hohen Kragen des Lederwamses verborgen. Er bemühte sich ebenfalls nach Kräften, so zu tun, als sei nichts vorgefallen, und warf Dionisia nur aus dem Augenwinkel mißtrauische Blicke zu. Sein Gesicht sah älter aus als gewöhnlich; seinem aufgesetzten Gleichmut zum Trotz schien er nicht mehr viel Schlaf gefunden zu haben. Philipp vermochte beiden nicht in die Augen zu sehen. Er murmelte unverbindliche Grüße, als er zuerst an Dionisia, dann an Ernst vorbei nach draußen eilte. Jetzt war er froh, daß das Gespräch mit Radolf ihm die Möglichkeit gab, den Hof zu verlassen. Er wußte, daß es nicht mehr als Flucht war. Er hatte die restliche Nacht in einer Mischung aus Entsetzen, Zorn und Trauer verbracht und dabei kaum ein Auge zugetan.

Radolf stand zwischen der Böschung, die seinen Besitz umgab, und dem Mauerstück, in dem die Torflügel hingen. Er starrte die Mauer an; selbst von der Ferne war sein Gesicht so weiß wie ein Laken. Philipp hielt sein Pferd neben ihm an und beugte sich zu ihm hinab. Radolf reagierte nicht. Sein Blick ruhte auf einer Zeichnung, die jemand offenbar mit dem Ruß einer Fackel auf den hellen Stein gemacht hatte: zwei Striche, die einander in der Mitte kreuzten und ein X ergaben; in jedem der vier Dreiecksfelder, die sich um das X gruppierten, saß ein Punkt. Radolf atmete schwer.

»Was ist das?« fragte Philipp.

Radolf schaute nicht auf. »Das Symbol des Todes. ⌞...⌟
den Verdammten gezeigt, wenn sie vor den Höllenthr⌞...⌟
geführt werden.«

»Und was für eine Bedeutung hat es hier, auf Eurer Mauer?«

»Die gleiche«, sagte Radolf dumpf.

Philipp versuchte sich gegen den Schauer zu wehren, der seine Arme hinauflief. »Wißt Ihr, wer es hier aufgemalt hat?«

Radolf bewegte langsam den Kopf von links nach rechts. Philipp wartete auf eine Antwort oder daß der Burgherr ihn ansehen würde, aber beides blieb aus. Schließlich sagte er: »Ich reite nach Hause, wie wir gestern vereinbart haben. Ich weiß nicht, wann ich wieder zurück sein werde.«

Radolf gab kein Zeichen, daß er Philipps Worte verstanden hatte. Philipp zog an den Zügeln und trabte über die Planken hinaus ins Freie. Nach ein paar Dutzend Metern drehte er sich um. Radolf stand noch immer bewegungslos vor der Mauer und starrte das Symbol an. In den Spalten und Sprüngen der steinernen Mauer sah er die Gestalt des Teufels, die das Symbol in den Krallen hielt und es vor seinen Augen schwenkte, während zwischen den gespreizten Hufen des Höllenfürsten das Feuer loderte und das Lachen Satans sich mit den Schreien der Verdammten mischte, die vor ihm diesen Weg gegangen waren.

Philipp war froh, als ihm die Biegung der Straße den Blick auf Radolfs einsame Gestalt nahm. Er kam beim Schuppen vorüber, und sein Blick fiel auf das gekreuzigte Käuzchen. Es hatte Gesellschaft bekommen: ein Wiesel, dessen helles Bauchfell scharf vom verwitterten Holz der Tür abstach. Philipp konnte die Augen nicht davon abwenden, während sein Pferd unbeeindruckt vorbeischritt. Das Fell des Tiers war unbeschädigt und wies ebenso wie die dünnen Blutspuren, die von den festgenagelten Pfoten an der Tür heruntergelaufen waren, und die im Todeskampf entblößten Fänge darauf hin, daß die Dorfbewohner das Wiesel lebend gekreuzigt hatten. Der schlangengleiche Kopf des Raubtiers hing seitlich auf die Brust nieder wie in einer gräßlichen Parodie auf den Heiland. Philipp wandte endlich den Blick ab und sah den Pferdeknecht, der zwischen zwei Bauernhäusern hervorkam und auf ihn zulief. Er hielt das Pferd an.

»Verlaßt Ihr die Gegend?« fragte der Pferdeknecht atemlos.

»Bis auf weiteres; aber ich komme zurück.« *Möglicherweise.*

»Wenn ich Ihr wäre, würde ich wegbleiben.«

»Und wenn Kühe Flügel hätten, müßten alle Menschen Dächer mit sich herumtragen, damit sie ihnen nicht auf die Köpfe kacken.«

»Nein, ich meine es ernst«, erklärte der Pferdeknecht unbeeindruckt. »Wißt ihr, was heute nacht passiert ist?«

Ich weiß es schon, aber ich bezweifle, daß du es weißt, dachte Philipp.

»Die Dämonen sind zurückgekommen«, flüsterte der Pferdeknecht. »Sie fuhren aus der Erde und umtanzten eine Flamme, die in der Luft schwebte.«

»Wer hat dir das erzählt? Das Wiesel, bevor es an der Schuppentür befestigt wurde?«

»Nein. Wigald, der unsere Ziegen hütet, hat es während seiner Nachtwache gesehen.«

»Ohne Zweifel können die Ziegen jedes seiner Worte bezeugen.«

»Ihr müßt mir glauben«, sagte der Pferdeknecht drängend.

»Also gut«, seufzte Philipp, um das Gespräch zu beenden. »Ich glaube dir.«

Er konnte sich kein sonderliches Interesse an des Pferdeknechts Geschichte abzwingen. *Ernsts Gefährten, die er in der Stadt zurückgelassen haben will, kampieren statt dessen im Wald. Na und?*

»Sie haben den Kadaver des Opfertieres gesucht«, flüsterte der Pferdeknecht. »Sie wollten sein Blut kosten.«

Ich kann dir verraten, wer das Blut des Opfertieres gekostet hat, dachte Philipp, und seine Eingeweide schlugen einen deutlichen Purzelbaum.

»Hier werden sich bald gräßliche Dinge ereignen. Denkt daran, was ich Euch über das Gespräch zwischen dem Herrn und dem Zauberer erzählt habe, und bringt Euch in Sicherheit. Der nächste Mond ist nicht mehr fern. Der Tod schreitet heran.«

Aus einem Einfall heraus fragte Philipp: »Hast du das Zeichen auf die Mauer von Herrn Radolf gemalt?«

»Welches Zeichen? Ist dort ein Zeichen sichtbar geworden?« Der Pferdeknecht bekreuzigte sich. »Was bedeutet es?«

»Nicht so wichtig«, winkte Philipp ab. »Ich muß mich beeilen, wenn ich nicht in die Dunkelheit geraten will.«

»Ihr solltet es Euch wirklich überlegen, ob Ihr zurückkommt«, sagte der Pferdeknecht kopfschüttelnd, aber er sagte es bereits zu Philipps Rücken.

Ein nasses Grab

Philipp kam bis kurz vor die Stadt, als das Gefühl ihn einzuholen begann; das Gefühl, das durch das Zeichen auf Radolfs Tor, seine entsetzte Erstarrung und durch das Geschwätz des Roßknechts ausgelöst worden war. Das Gefühl war eine Vorahnung. Etwas würde passieren. Der Vollmond rückte näher.
Ein oder zwei Meilen kämpfte er dagegen, während sein Pferd langsamer wurde und vom Trab in den Schritt wechselte, ohne daß er es bemerkte. Er schalt sich selbst für seine Beklommenheit, denn er war sicher, daß es keine Vorahnungen gab und daß alles nur mit den seltsamen Umständen auf Radolfs Besitz und vor allem mit seiner Verwirrung wegen Dionisia zusammenhing. Er versuchte sich darauf zu konzentrieren, was er für Radolf – *für Dionisia* – unternehmen würde und ob er noch immer für Dionisias künftiges Wohl den Hals in die Schlinge zu stecken bereit war. Doch das Todeszeichen ließ sich nicht mehr aus seinem Hirn vertreiben. Schließlich zügelte er sein Pferd und blieb auf dem Weg stehen.
Der Wald lag eine ganze Strecke hinter ihm; vor ihm sank die Sonne zur Stadt hin und beleuchtete die Wolkentürme, die sich im Nordwesten zu einem Nachtgewitter auftürmten. Die Glocke aus Rauch und Staub, die über Köln lag, war bereits undeutlich zu erkennen. Die Kammer im »Drachen« war noch vor Anbruch der Dunkelheit zu erreichen; der Hof Raimunds hingegen nicht

mehr. Philipp wandte sich unschlüssig im Sattel um und trommelte mit den Fingern auf dem hohen Sattelrand herum. Den Rückweg zu Radolf würde er auf keinen Fall bewältigen, bevor die Nacht anbrach, und er wußte, daß er den Weg durch den Wald bei Nacht alleine nicht wagte. Aber die Beklemmung, die seine Beine unruhig machte und in seinem Magen ein juckendes Gefühl verursachte, ließ sich nicht abstellen. Radolf war nicht in der Lage, vernünftig auf irgend etwas zu reagieren, was geschehen mochte, und Dionisias Unbefangenheit heute morgen mußte aufgesetzt gewesen sein, so überzeugend sie auch gewirkt hatte. Einzig Ernst schien Vernunft genug zu besitzen in jenem unseligen Trio in Radolfs düsterem Haus, aber auch darauf wollte Philipp sich nicht verlassen. Weshalb er gerade von sich erwartete, mit klarem Kopf zu handeln, fragte er sich ebensowenig wie was es denn war, was auf Radolfs Besitz in dieser Nacht geschehen sollte. Er wandte das Pferd um und ließ es ein paar Schritte laufen, dann zügelte er es wieder und drehte es zurück. Diesen Tanz vollführte er noch einmal, sich auf die Lippen beißend vor Unentschlossenheit. Er wußte, daß er nicht willkommen sein würde; Radolfs Worte hatten ihm deutlich gezeigt, daß er im Moment und ohne eine Lösung für sein Problem auf dem Besitz nicht erwünscht war. Auch Dionisia würde nicht vor Entzücken in Ohnmacht fallen, da war er sicher. Jeder wollte ihn an einem anderen Ort haben als in Radolfs Haus: Radolf, Dionisia, Ernst (der diesem Ansinnen vor den Ohren des Roßknechts deutlich Ausdruck verliehen hatte), der Roßknecht, wahrscheinlich auch die Alte, für die er nur zusätzliche Arbeit bedeutete.

Wahrscheinlich gab das den Ausschlag: daß ihn alle

anderswo hinwünschten. Abschieben ließ er sich nicht. Er wendete sein Pferd ein letztes Mal um und ritt zurück.
Am Rand des Waldes, nicht weit von der Straße entfernt, standen drei Köhlerhütten im Kreis zueinander, und Philipp schaffte es bis dorthin, als die Sonne endgültig im Westen hinter den Horizont tauchte. Die Familien scharten sich um ihn zusammen, als er absaß und um ein Nachtlager nachfragte. Die Köhler waren von freundlichem Mißtrauen und schienen nicht sicher zu sein, ob er der Spitzel von Banditen war, der sich bei ihnen einnisten wollte, um sie auszukundschaften. Ihm die Gastfreundschaft zu verweigern brachten sie jedoch nicht über sich, und so legten sich die meisten Männer der Familien mit ihm zusammen in der einen Hütte schlafen, während in den anderen beiden die Frauen und Mädchen schliefen, zwei Männer als Wächter vor den niedrigen Türen liegend. Philipp warf sich inmitten des Geruchs nach Rauch, verbranntem Holz und ungewaschenen Körpern hin und her, lauschte entnervt dem Trommeln des Regens und dem Schnarchen links und rechts neben sich und verwünschte sich dafür, überhaupt von Radolfs Besitz aufgebrochen zu sein. Die Nacht schien ihm endlos. Als die Köhler ihn in die Seite stießen und danach gähnend in den kalt-feuchten Morgen hinauskrochen, war er mehr als erstaunt, daß die Zeit dennoch vergangen war.

Der Pferdeknecht war wie üblich nicht anwesend. Philipp hastete über das Gras zum Eingang des *donjons* und die Treppenstufen hinauf, um der Nässe zu entkommen. Der Regen hatte die Temperatur abgekühlt; trotzdem war die Luft, die ihm aus dem Inneren des Gebäudes entgegen-

kam, noch um einige Grade klammer. Als er den Saal betrat, eine düstere Öffnung in der ebenfalls düsteren Vorkammer, begrüßte ihn das Haus mit dem üblichen Schweigen.
Radolf saß im Saal auf einer Truhe, den Blick zu Boden gerichtet. Dionisia war nirgends zu sehen. Radolfs Haar war wild zerzaust. Bei Philipps Eintreten blickte er auf. Sein Gesicht leuchtete vor Blässe. Ernst lag vor ihm auf dem Boden.
Philipp trat näher und stellte fest, daß Ernst tot war. Ein Rinnsal von Blut, lächerlich dünn für den wuchtigen Körper des Mannes, war auf den Holzbohlen getrocknet.
»Ich habe Dionisia oben eingesperrt«, erklärte Radolf mit erstaunlich klarer Stimme.
»Was ist passiert?« flüsterte Philipp.
Radolf deutete auf den leblosen Körper vor sich. Ernst trug sein Lederwams mit den Metallplättchen. Er lag halb auf der Seite, halb auf dem Bauch, die Beine angezogen. Sein Gesicht war gegen den Boden gerichtet und der Kopf zwischen die Schultern gezogen, seine Arme unter dem Leib versteckt. Er sah aus, als sei ihm kalt.
»Er hat mich angegriffen. Ich habe ihn erstochen.«
»Wann?«
»Heute morgen. Er stürzte sich auf mich. Ich konnte ihm das Messer entwenden.« Radolf stieß mit dem Fuß an einen Gegenstand zwischen seinen Füßen: Ernsts gewaltigen Dolch. Radolf mochte überrascht gewesen sein, aber er hatte soviel Geistesgegenwart besessen, die Waffe nach dem Stoß wieder herauszureißen. Die Klinge war mit dunklen Flecken bedeckt. »Es hat eine Zeitlang gedauert, bis er tot war. Ich habe das Herz nicht richtig getroffen.«
Philipp schluckte. Radolf wandte den Blick ab und ließ

den Kopf hängen. Über seinen Nacken zogen sich tiefe, blutverkrustete Kratzwunden wie Furchen in der blassen Erde eines Ackers. Der Kragen seines Wamses war dunkel vor Blut.
»Er hat Euch schlimm zugerichtet«, sagte Philipp. *Es ist ein Wunder, daß du überhaupt noch lebst. Warst du noch schneller als er, oder hat er nicht mit ernsthaftem Widerstand gerechnet?*
Radolf hob eine Hand und fuhr mit einem Finger über die Wunden.
»Das? Das war nicht Ernst. Das war Dionisia. Als sie sah, was passiert war, wurde sie schier rasend. Ich konnte sie nur mit Mühe überwältigen und in ihre Kammer bringen.«
Philipp dachte an die Nacht, in der Dionisia versucht hatte, sich Ernst hinzugeben. Was immer sie für ihn gefühlt hatte, für sie war es Liebe gewesen. »Sie wird sich etwas antun«, sagte er tonlos.
Radolf schüttelte den Kopf. »Ich habe sie gefesselt und angebunden. Sie hat erst vor kurzem zu schreien aufgehört. Vermutlich ist sie eingeschlafen.«
»Sie hat ihn ... geliebt«, würgte Philipp hervor. Radolf zuckte mit den Schultern und antwortete nicht.
»Warum hat er Euch angegriffen?« fragte Philipp schließlich. »Habt Ihr Euch gestritten?« Er trat noch einen weiteren Schritt auf die Leiche zu und ging neben ihr in die Hocke. Vorhin hatte er sich einen Moment davor gefürchtet, daß der Tote unvermittelt in die Höhe springen würde. Als er nun den Geruch von Leder und Schweiß aufnahm, der um Ernsts stille Gestalt lag und in dem das bleierne Aroma von Blut nur schwach bemerkbar war, fühlte er lediglich Mitleid mit dem bulligen Mann. Er berührte ihn sanft an der Schulter. In Ernsts Körper war die Schwere des Todes, und es gelang ihm schließlich nur mit beiden Hän-

den und mit größerer Anstrengung, seinen Oberkörper herumzudrehen. Die erschlafften Muskeln ließen den Leichnam in einer verdrehten Stellung zur Ruhe kommen, die mehr als das Blut auf der Vorderseite seines Wamses und das bleiche Gesicht vom Tod erzählte. Radolf, regungslos und ohne Philipp geholfen zu haben, gab ein kleines Geräusch von sich. Ernsts Augen waren nicht ganz geschlossen. Philipp brachte es nicht über sich, die kalte Haut zu berühren und die Lider zuzudrücken.
Der Schnitt im Vorderteil des Lederwamses schien unbedeutend. Zur Hälfte war er von einem der metallenen Plättchen zugedeckt. Die Klinge war auf dem Plättchen darunter aufgetroffen und nach oben abgelenkt worden. Dort war sie in den Zwischenraum eingedrungen und hatte Ernsts Leben beendet, ein schneller Stich, dem ein ebenso langsamer wie unerbittlicher Tod folgte. Der Lage des Stichs nach zu urteilen hatte Radolfs Stoß das Herz noch verletzt. Philipp warf einen Blick auf das Messer: Die Klinge war in ihrer ganzen Länge mit braunen Flecken bedeckt. Radolf hatte sie bis zum Heft hineingestoßen, mit einer Kraft, die vom Schreck ebenso wie vom Haß gelenkt worden sein mochte. Es hatte Ernsts Kraft bedurft, um ihn noch so lange leben zu lassen, wie Radolf gesagt hatte. Sein Mund stand offen, und in dessen Winkeln war blutiger Schaum angetrocknet.
»Ihr müßt seinen Tod melden«, erklärte Philipp, während Radolf gleichzeitig sagte: »Wir müssen ihn begraben.«
»Ihn begraben?« rief Philipp. »Ihr wollt ihn einfach so verschwinden lassen?«
Radolf nickte, ohne Philipp ins Gesicht zu sehen.
»Warum? Wenn es sich so zugetragen hat, wie Ihr sagtet, trifft Euch keinerlei Schuld!«

»Er wird draußen auf dem Friedhof begraben«, erklärte Radolf hartnäckig.
»Radolf, damit macht Ihr Euch nur verdächtig. Früher oder später wird man ihn auf seinem Hof vermissen. Ich weiß nicht einmal, ob er eine Familie hatte; wahrscheinlich warten eine Frau und Kinder auf seine Rückkehr. Man wird ihn suchen, und man wird auch zu Euch kommen. Wie wollt Ihr erklären, daß man ihn auf Euren Besitz hat kommen sehen, aber daß niemand sah, wie er ihn verließ?« Philipp dachte an den Pferdeknecht und daran, daß die Dörfler, sollten sie alle zusammen so denken wie jener, Ernst jegliche Art des Verschwindens zutrauen würden, einschließlich einer Fahrt durch die Lüfte auf den Schwingen eines feuerspeienden Drachen. »Als Euer Gast war Ernst ein Mitglied Eures Haushalts. Die Gerichtsbarkeit über ihn liegt damit bei Euch. Ihr braucht nur die öffentliche Ordnung anzurufen und anzugeben, daß er Euch angegriffen hat.«
Radolf verzog das Gesicht. »Jeder wird glauben, ich habe ihn hinterrücks ermordet.« Er sah auf und begegnete für einen kurzen Augenblick Philipps Blick. Seine Augen waren unstet und konnten Philipp nicht standhalten. »Warum glaubst *du* das nicht?« murmelte er.
»Weil ich gesehen habe, wie schnell er reagierte. Ihr hättet Euch ihm niemals von vorne nähern und sein eigenes Messer in die Brust stoßen können; er hätte Euch in der Luft zerrissen, noch bevor Eure Hand auf seinem Griff gelegen wäre.«
Radolf antwortete nicht auf die offene Annahme Philipps, er wäre Ernst nicht gewachsen gewesen. »Ich könnte es ihm von hinten in die Brust gestoßen haben«, sagte er leise.
»Dann wäre das Messer nach unten und nicht nach oben

abgelenkt worden. Er war ein paar Zoll kleiner als Ihr. Wenn Ihr ihn von hinten umklammert und zugestoßen hättet, wäre der Stoß nach unten gerichtet gewesen.«
Radolf schnaubte schwach.
»Wer immer Ernsts Tod untersucht, wird zu den gleichen Schlüssen kommen. Abgesehen davon, daß Ihr ohnehin nur von Eurem Hausrecht Gebrauch gemacht habt.«
Von Ernsts Gestalt ertönte plötzlich ein schabendes Geräusch. Radolf und Philipp fuhren gleichzeitig herum; Radolf sprang auf und zurück und fiel mit hervortretenden Augen rücklings über die Truhe. Irgendein Muskel in dem erstarrenden Körper hatte der Gewichtsverlagerung des Oberkörpers nachgegeben, und eines der angezogenen Beine streckte sich langsam, bis sich der Absatz des Stiefels an einer Holzbohle verfing. Mit entsetztem Gesicht verfolgte Philipp, wie das Bein zur Ruhe kam. Die Bewegung löste einen anderen Muskel in Ernsts Oberkörper, und mit einem schwachen Laut kam ein letzter, angestauter Hauch aus der toten Lunge.
»O Gott«, kreischte Radolf und kam in einem Wirbel aus Armen und Beinen in die Höhe. Er taumelte gegen Philipp; als dieser ihn unwillkürlich festhalten wollte, riß er sich los und stolperte davon. »Er kommt zurück«, keuchte er. »Er kommt zurück.« Als er die Wand des Saals erreichte, blieb er stehen und drückte sich mit dem Rücken dagegen, während seine Augen aufgerissen an Ernsts Leiche hingen, jetzt wieder still, wieder tot.
»Es hat nur ein Glied nachgegeben«, beruhigte Philipp ihn – und gleichzeitig sich selbst. »Der Mann ist tot.«
»Wir müssen ihn so schnell wie möglich begraben«, stieß Radolf hervor. »Am besten mit dem Gesicht nach unten, damit er sich nicht aus dem Grab wühlen kann. Du mußt

mir helfen. Ich darf ihn nicht berühren, damit mein Geruch nicht an seinem Körper haftet, wenn er zurückkommt und er mich so finden kann.«
Philipp trat einen Schritt auf Radolf zu, aber dessen Augen ließen den Leichnam nicht los. Philipp machte noch einen Schritt, bis er dicht vor Radolf stand und die Sicht auf Ernst verdeckte. Radolfs Blick änderte sich nicht; er ging durch Philipp hindurch, und gewiß sah er die verdrehte Gestalt des Toten noch so deutlich vor Augen wie vorher. Er zitterte am ganzen Körper, und auf seinem Gesicht schimmerte trotz der Kühle ein Schweißfilm. Er strömte einen durchdringenden Geruch nach Angst aus.
»Radolf«, sagte Philipp scharf. »Ihr müßt Euch beruhigen. Die Toten kommen nicht wieder. Höchstens in Träumen.«
Radolfs Blick fokussierte sich schlagartig auf Philipp.
»In Träumen?« stieß er hervor. »In Träumen? Was weißt du schon? Ich habe ihn gesehen, immer wieder, die ganze Zeit über habe ich ihn gesehen. Er stand im Schatten der Kapelle, in der Nacht auf dem Kranz des Turms, im Morgengrauen in einer Ecke meiner Kammer. Er wollte mich holen, aber alleine war er zu schwach. Jetzt ist er nicht mehr allein. Er hat Gefährten bekommen.«
Philipp kniff die Augen zusammen und bemühte sich, aus Radolfs entsetztem Gesicht den Sinn seiner Worte herauszufinden. »Von wem redet Ihr?«
»Wir müssen ihn so schnell wie möglich unter die Erde bringen. Das verwirrt sie. Es dauert eine Weile, bis sie in ihren Körper zurückkehren. Wenn sie sich dann im Grab finden, beginnen sie sich auszugraben. Deshalb müssen wir ihn mit dem Gesicht nach unten hineinlegen.«
»Ihr glaubt doch nicht im Ernst daran, daß die Toten sich aus der Erde herausschaufeln können!«

»Wenn es sie nach den Lebenden dürstet, schon.«
Dann scheinen die Toten nicht viel Verlangen nach den Lebenden zu haben, dachte Philipp, *sonst würden viel mehr von ihnen draußen herumlaufen. Wie herum mochte wohl Radolfs Frau in ihrem Grab liegen? Hat Radolf seinen Aberglauben von den Dörflern oder sie den ihren von ihm?*
»Tu nur noch dies eine für mich«, keuchte Radolf. »Hilf mir, ihn unter die Erde zu schaffen. Danach kannst du gehen.«
»Und Dionisias Erbteil?« fragte Philipp unwillkürlich.
»Es bedeutet nichts mehr«, murmelte Radolf. »Hilf mir, und danach kannst du uns verlassen.«
»Ich werde den Teufel tun«, versetzte Philipp. »Ihr solltet Euch endlich beruhigen. Danach überlegen wir gemeinsam, was wir mit Ernst anstellen. Ich sehe inzwischen nach Dionisia. Wo ist überhaupt das alte Weib?«
Radolf schüttelte den Kopf. Philipp wartete darauf, daß er das Kopfschütteln wieder einstellen würde, um ihm in die Augen zu sehen, aber die Bewegung nahm kein Ende mehr. Den Blick wieder durch Philipp hindurch gerichtet und sicherlich das Bild des Toten erneut vor Augen, schüttelte Radolf ohne Unterlaß den Kopf hin und her.
Die Alte saß auf dem Boden vor dem hölzernen Verschlag, der Dionisias Kammer bildete. Bei Philipps Näherkommen blickte sie auf und schenkte ihm einen feindseligen Blick. Philipp sah auf sie hinunter. Sie sprach ihn nicht an. Ihr Rücken lehnte an der Tür, vor der quer ein Balken in zwei Zwingen lag. Die Zwingen schienen sich schon seit langer Zeit an ihren Plätzen links und rechts neben der Tür zu befinden, als habe Radolf öfter eine Notwendigkeit gesehen, Dionisia einzusperren. Philipp seufzte; einem plötzlichen Einfall folgend, setzte er sich neben die alte

Frau auf den Boden. Ihr feindseliger Blick folgte ihm und blieb auf ihm ruhen; dies war das einzige Indiz, daß sie über seine Handlungsweise erstaunt war.

Philipp wies mit dem Kopf hinter sich auf die geschlossene Tür. »Geht es ihr gut da drin?« fragte er.

»Sie schläft jetzt«, erwiderte die Frau kurz.

Philipp nickte. »Gut.«

»Sie braucht danach viel Schlaf«, erklärte die Alte ungefragt.

»Was ist zwischen den Männern vorgefallen?« Philipp erwartete nicht wirklich eine Antwort. Daß die Alte ihm dennoch stockend Auskunft erteilte, wunderte ihn. Ihr Gesicht blieb dabei starr und abweisend. Vielleicht hatte sie das Gefühl, jemand müsse die wahren Geschehnisse erfahren, und es war leider nur Philipp in der Nähe.

»Sie haben sich gestritten; schlimmer denn je«, sagte sie. »Sie stritten sich jedesmal, wenn Herr Ernst hier war, aber dieser Streit war der übelste von allen.«

»Ernst war schon öfter hier?« unterbrach Philipp. Die Alte warf ihm einen ungehaltenen Blick zu. Ihr runzliger Mund verkniff sich, als wäre sie über die Unterbrechung zu verärgert, um weiterzusprechen. Endlich tat er sich doch wieder auf .

»Natürlich«, sagte sie. »Was glaubst du denn? Seit sie mich hierher befohlen haben, um mich um das Kind zu kümmern, ist er immer wieder dagewesen. Heute morgen begannen sie schon zu streiten, als sie gerade aufgewacht waren. Wahrscheinlich haben sie nur einen Streit von gestern nacht fortgesetzt; ich weiß es nicht, denn ich bin früh schlafen gegangen. Meine Hände schmerzen mich jeden Tag; schau bloß, wie aufgequollen die Knöchel sind, es beißt und wütet darin wie zehn kleine Teufel. Ich dachte,

wenn ich mich schlafen lege, dann spüre ich den Schmerz nicht. Außerdem war ich müde: den ganzen Tag herumgelaufen und Essen gemacht und Kräuter gepflückt. Auf mich nimmt man ja keine Rücksicht.«
Sie brach ab und funkelte Philipp zornig an, als wäre er für ihr Ungemach verantwortlich. Unvermittelt fuhr sie wieder zu sprechen fort: »Herr Ernst schalt ihn, er solle mit dem Geflenne aufhören, ihre Arbeit sei ja bald getan. Wenn jetzt noch jemand dahinterkäme, dann nur aus Dummheit. Und um Dummheiten zu verhindern, dazu halte er sich hier auf.«
»Welche Arbeit? Und wer solle hinter welches Geheimnis kommen?«
»Was weiß ich. Glaubst du, mir sagt jemand etwas in diesem Bau? Wer merkt denn überhaupt, daß ich da bin? Wie glaubst du habe ich das alles mitbekommen? Ich war mit den beiden im Saal, aber keiner sah mich auch nur an.«
Sie setzte sich schnaufend zurecht, so als ob sie ihrer Empörung durch eine andere Körperhaltung Ausdruck verleihen müßte. »Willst du nun hören, was ich zu erzählen habe, oder nicht?«
»Natürlich will ich es hören.«
»Dann rede mir nicht dauernd drein. Wo war ich?«
»Ernst sagte, er sei hier, um Dummheiten zu verhindern.«
»Ach ja. Mein armes Spätzchen«, seufzte sie scheinbar zusammenhanglos, »arme Dionisia, mit der jeder umgeht, wie es ihm gefällt. Herr Ernst sagte, es sei unter anderem eine Dummheit, das Mädchen hier zu lassen. Sie gehört schon lange unter die Haube, erklärte er, und Herr Radolf solle sie schleunigst mit irgendeinem Burschen verheiraten, bevor sie irgend etwas Unberechenbares anstelle.«
Philipp runzelte unwillig die Stirn.

»Sie würde nicht herumschnuppern und ihnen hinterherspionieren, sagte Herr Radolf, und ich kann dir sagen, da war er schon ganz schön wütend. Er verlangte, daß Herr Ernst seine Tochter aus dem Spiel lassen solle. Der verspottete ihn und sagte: Deine *Tochter*? Hör doch auf damit!«
Philipp hielt den Atem an und wartete, daß die Alte eine Bemerkung dazu machen würde. Aber nichts dergleichen geschah: Entweder wußte sie nicht, in welchem Verhältnis Radolf und Dionisia zueinander standen, oder es schien ihr keiner Bemerkung wert, daß er nur ihr Stiefvater war. Jedenfalls hatten sich die Bäckchen der alten Frau zornig gerötet, und als sie weitersprach, wurde Philipp klar, welche Aussage in dem Streit zwischen ihrem Herrn und seinem Gast ihren eigentlichen Zorn geweckt hatte: »Herr Radolf sagte, Herr Ernst solle ihm gefälligst erklären, was er damit meinte. Daß sie eine läufige Hündin ist, das meinte ich, sagte Herr Ernst. Aber scheinbar kannst du es ihr nicht mehr besorgen, so daß sie auf der Suche nach größeren Schwänzen ist ...« Sie preßte den Mund zusammen und schwieg wütend. Philipp wartete darauf, daß sie fortfuhr.

»Was sagte er dann?« fragte er zuletzt.

»Nichts mehr. Herr Radolf schlug ihn ins Gesicht, Herr Ernst stürzte sich auf ihn, und plötzlich fiel er zu Boden und begann zu husten und sich zu krümmen wie ein Fisch.« Sie schüttelte den Kopf. »Dionisia lief aus der Küche nach oben und begann zu schreien. Ich wußte schon, daß genau das passieren würde. Es hat sich ja lange genug angekündigt. Sie sprang Herrn Radolf an, und ich dachte schon, sie reißt ihm den Kopf ab. Er wehrte sie nur ab, ohne ihr weh zu tun. Sie umklammerte seinen Hals und schrie wie eine Wilde. Ich konnte überhaupt nichts

tun. Ich meine, ich bin alt, und meine Hände tun mir höllisch weh; außerdem wußte ich, daß es nicht lang dauern würde. Sie ließ schließlich von ihm ab und brach zusammen, wie ich es erwartet hatte. Nur hörte sie diesmal nicht zu schreien auf. Schließlich hob er sie auf und trug sie in die Kammer. Ich folgte ihm hinauf, aber wenn sie in diesem Stadium ist, kann man nichts für sie tun. Herr Radolf band sie auf dem Lager fest, drängte mich hinaus und legte den Riegel vor die Tür.
Seitdem sitze ich hier. Wenn sie wieder erwacht, wird sie mich brauchen, und ich will sie hören, wenn sie nach mir ruft.«
»Woher wußtest du, was mit ihr geschehen würde? War sie schon öfter in einem solchen Zustand?«
»Hast du denn überhaupt nicht aufgepaßt? Wofür erzähle ich dir das alles eigentlich?«
»Also lautet die Antwort ja.«
Die Alte zuckte mit den Schultern.
»Ist sie ... besessen?«
»Ja, besessen, freilich. So ein Unsinn. Ein Besessener sieht schon anders aus, das kannst du mir glauben.« Sie beugte sich zu ihm hinüber, um ihm ins Ohr zu flüstern: »Willst du mal einen Besessenen sehen? Geh runter und sieh dir den Herrn an.«
»Was fehlt Dionisia dann?«
»Es ist dieser Ort, dieser düstere, kalte, feuchte Kasten, in dem die Erinnerungen nicht von der Gegenwart zu unterscheiden sind und in dem man die Toten zu hören glaubt. Ich sage immer, sie braucht Menschen um sich herum und eine anderes Zuhause als dieses, aber wer hört schon auf mich.«
»Seit wann hat sie diese ... diese Zustände?«

»Seit sie mannbar wurde. Wenn der Herr nicht so um sie besorgt wäre, wäre es wahrscheinlich noch schlimmer. Als die Herrin gestorben war, fürchtete ich dauernd, er würde Dionisia zu seinem Weib nehmen. Er sah sie manchmal so seltsam an. Und als die Herrin noch lebte, war er ständig unter ihrem Rock. Ich meine, was hätte ich dagegen unternehmen sollen? Ich bin ein altes Weib, und auf mich hört niemand. Aber er versank nur in Trauer; er ging nicht mal hinaus ins Dorf und holte sich die Jungfrauen vor ihrer Heirat ins Bett, wie es sein Recht wäre; er tat es vor dem Tod der Herrin nicht und auch nachher nicht.« Sie verzog verdrossen das Gesicht. »Vielleicht hatte Herr Ernst ja recht damit, als er sagte, Herr Radolf würde seinen Mann nicht mehr stehen. Nur daß er es mit Dionisia in Bezug brachte, war unrecht. Jedenfalls hat sich der Herr stets um Dionisia bemüht wie so schnell kein zweiter Vater um seine Tochter.«
Philipp sah sie an und überlegte lange, bevor er sagte: »Sie ist nicht seine Tochter.«
»Ach, das weißt du also doch? Ich dachte schon, du hast überhaupt keine Ahnung.«
»Was ist mit Dionisias richtigem Vater passiert?«
»Er ist auf der Wallfahrt ins Heilige Land gestorben. Mehr weiß ich nicht. Als Herr Radolf zurückkam, überbrachte er die Neuigkeit.«
»Als er *zurück*kam?«
Die Alte schnaubte ungeduldig. »Er hat schon vorher hier gelebt; er war doch der Waffengefährte von Herrn Gottfried. Du weißt ja wirklich so gut wie gar nichts.«
»Sein Waffengefährte? Du meinst, er war einer seiner Verbündeten?« *Gottfried von Als stand auf den Heirats- und Taufdokumenten des Geldverleihers*, dachte Philipp; *und ich glaubte, Radolf hätte diesen Namen erfunden.*

»Aber nein. Herr Radolf hatte einen kleinen Hof von Herrn Gottfried erhalten, damals, als der Besitz noch größer war. Herr Gottfried war gerade dabei, seinen Einfluß zu vergrößern. Radolf war der erste Gefährte, den er zu sich holte. Dann ging er auf die Wallfahrt, und – pffft – alles war umsonst. Radolf schaffte es nie, das Ziel von Herrn Gottfried zu verwirklichen.«

»Radolf war der Lehnsmann des ersten Mannes seiner Frau«, murmelte Philipp wie vor den Kopf geschlagen. Die alte Frau grunzte verächtlich über seine Dummheit. Aus Dionisias Kammer ertönte ein Rascheln und ein Stöhnen, und die Alte hob den Kopf und lauschte.

»Sie wird bald zu sich kommen. Ich muß mich um sie kümmern.« Sie starrte Philipp ungnädig an, bis dieser sich erhob, obwohl er lieber geblieben wäre. Es verlangte ihn, nach Dionisia zu sehen, aber die Alte würde ihn nicht in die Kammer lassen, dessen war er sicher.

»Ich sehe nach Radolf«, sagte er und kletterte die Treppe hinunter. Unten wartete eine Überraschung auf ihn: Ernst Guett'heure war verschwunden.

Philipp, der nicht den Aberglauben Radolfs teilte und davon überzeugt war, daß die Toten tot waren und dies auch blieben, blieb dennoch wie angewurzelt stehen. Der kleine Blutfleck auf dem Boden war noch vorhanden und gab ihm die Sicherheit, daß er sich die Szene nicht nur eingebildet hatte. Während er ihn anstarrte, hörte er das Schaben und Schleifen von der Treppe. Seine Haare stellten sich auf. Doch dann schüttelte er seine Gänsehaut ab und trat nach draußen.

Ernst lag auf den Stufen; um seine Beine war ein Strick

geschlungen. Am anderen Ende des Stricks befand sich Radolf, der mit kreidebleichem, schweißüberströmtem Gesicht daran zog. Auf seinen Wangenknochen brannten zwei rote Flecken, als habe ihm jemand ins Gesicht geschlagen. Ernsts Körper widerstand zunächst dem Zug, dann rutschte er doch die nächste Treppenstufe hinab. Sein Kopf schlug mit einem kranken Geräusch auf der Kante der Stufe auf, Radolf blinzelte krampfhaft dabei. Ernsts Kopf rollte ein wenig hin und her; seine Arme folgten dem Körper auf die nächste Stufe nach. Bei alldem verharrte das tote Gesicht in seiner natürlichen Indifferenz und wirkte um so gespenstischer. Radolf keuchte und stolperte ebenfalls eine Stufe tiefer. Ernst lag wieder still und betrachtete weiterhin die Decke des Treppenhauses.
»Was macht Ihr hier?« stieß Philipp hervor. Radolf sah mit geröteten Augen zu ihm hinauf.
»Ich begrabe ihn draußen ...«, keuchte Radolf schweratmend. »Du willst mir ja nicht dabei helfen.« In seiner Stimme war ein winselnder Unterton, der offenlegte, daß er sich immer noch am Rand eines hysterischen Zusammenbruchs befand. Wie er in seinem Zustand einen Strick gefunden, ihn Ernst um die Füße geschlungen (sicherlich dabei jede Berührung mit dem Leichnam krampfhaft vermeidend) und den Toten dann durch den Saal und bereits die halbe Treppe hinunter geschleift hatte, war Philipp ein Rätsel. Radolf zog mit einem dumpfen Ächzen erneut am Strick, und der Leichnam vollführte den gleichen kleinen Tanz wie eben. Radolf zuckte und blinzelte aufs neue.
»Hört auf mit diesem unwürdigen Gezerre«, rief Philipp. »Wenn Ihr es schon nicht anders wollt, dann helfe ich Euch eben. Aber es wird nicht gut aussehen, wenn man Euch

befragt, warum Ihr den Leichnam einfach verscharrt habt.«

Er sprang die wenigen Schritte zu Ernsts Leichnam hinab. Eine Sekunde lang zuckte auch er davor zurück, ihn zu berühren, dann nahm er seine Arme und legte sie entlang seines Körpers auf die Stufen. Er sah sich um.

»Wir brauchen etwas, worauf wir ihn legen können«, sagte er. »Oder würdet Ihr seine Beine packen und ihn so ins Freie tragen?«

Radolf schüttelte wild den Kopf. Philipp verzog den Mund und richtete sich auf. »Ich bin gleich wieder zurück«, sagte er und lief in den Saal, ohne recht zu wissen, wonach er suchen sollte. Er schlug die Decke zu Radolfs Kammer zurück und fand auch dort nichts, was sich verwenden ließ. Das einzige von adäquater Größe war das Brett, auf dem Radolfs Strohmatratze lag, und Philipp war sicher, daß Radolf niemals wieder Schlaf finden würde, wenn sie Ernsts Leiche damit hinunterschafften. Als er Schritte die Treppe vom Dachgeschoß herunterschlurfen hörte, verließ er die Kammer wieder. Die alte Frau kroch mit finsterem Gesicht über die Stufen nach unten. Sie warf Philipp einen kurzen Blick zu.

»Was ist mit Dionisia?« rief er. »Ist sie wieder erwacht?«

»Halbwegs«, brummte die Alte. »Ich mache ihr was Heißes zu trinken.«

»Geht es ihr gut?«

Scheinbar war es eine törichte Frage; die Alte erwiderte nichts darauf, sondern betrat mit einem vorsichtigen ersten Schritt die Treppe zur Küche hinunter.

Philipp wandte sich ab. Sein Blick fiel auf die Tischplatte, auf deren Unterseite Radolf sein merkwürdiges Wappen gemalt hatte. Er zögerte. Den Tisch, an dem sie gegessen

hatten und es wieder tun würden, zu einem zeitweiligen Totenbett zu machen, brachte er nicht über sich. Es blieb ihm nichts übrig, als Ernst unter den Armen hochzuheben und Radolf dazu zu überreden, seine Beine an dem kürzer gebundenen Strick zu packen. Mißmutig sah er aus dem Fenster. Der Regen fiel mit unverminderter Heftigkeit herab und verwischte den Wald hinter dem Hof zu einem einheitsgrauen Tuch. *Wir werden triefen, bis wir ihn nur halbwegs zum Friedhof geschafft haben.*
Radolf schien die Wartezeit auf der Treppe zu lang geworden zu sein. Er und der Leichnam waren verschwunden, als Philipp zurückkam. Philipp zerdrückte einen Fluch zwischen den Zähnen und hastete die letzten Stufen hinunter. Ernsts Arme verschwanden um die Ecke des *donjons*. Radolf stemmte sich in den Strick wie ein Zugochse und schleifte den Toten mühsam durch das hohe, nasse Gras zum Friedhof hinüber, eine breite Spur aus niedergedrückten Halmen hinterlassend. Der Regen fiel in Ernsts offene Augen. Philipp sprang an ihm vorbei und packte den Strick. Als er in Radolfs Gesicht sah, verschluckte er die Frage, warum er nicht auf ihn gewartet hatte; er war nicht mehr sicher, ob Radolf überhaupt verstanden hatte, daß er es hätte tun sollen. Er nahm den Strick auf die Schulter und half Radolf, Ernst durch den Regen zu ziehen.
Als sie die Gräber erreichten, war Philipp vom Regen ebenso naß wie von seinem Schweiß. Radolf schien noch ein kleines Stück Vernunft besessen zu haben, bevor er damit begonnen hatte, Ernst die Treppe hinunterzuschaffen: Er hatte einen Spaten zum Friedhof hinausgeschafft und in die Erde neben der Böschung gerammt. Er ließ den Strick sofort los, als sie den Spaten erreicht hatten, taumelte auf ihn zu und zerrte ihn aus der nassen Erde.

»Wartet doch wenigstens, bis wir wieder zu Atem gekommen sind«, keuchte Philipp. Radolf achtete nicht auf ihn. Er stieß den Spaten in die Erde und tat den ersten Schnitt durch das hohe Gras und die zähen Wurzeln. Die Adern an seinem Hals traten hervor, als er versuchte, das Stück Erde herauszuhebeln. Der Spatenstiel knarrte bedenklich. Ungeduldig zog Radolf den Spaten zurück, trieb ihn zwei Handbreit vor dem ersten Schnitt erneut in den Boden und stemmte sich wieder ein. Schweiß und Regen hatten die tiefen Kratzer in seinem Nacken reingewaschen. Vor Anstrengung begann nun wieder Blut hervorzusickern. Radolf ächzte laut, und ein Kloben Erde löste sich schmatzend aus dem Boden und klebte am Spaten. Radolf schüttelte ihn ab und stieß das Blatt zum drittenmal in den Boden.
»Radolf«, sagte Philipp eindringlich. »Ihr bringt Euch noch selbst um.«
»Keine ... Zeit ...«, stieß der Burgherr hervor. »Keine ... Zeit!«
»Habt Ihr noch einen zweiten Spaten? Ich helfe Euch graben.«
Radolf schüttelte verbissen den Kopf und schleuderte den zweiten Batzen Erde von sich. Philipp trat einen Schritt zurück. Radolfs Gesicht glich mittlerweile der Maske eines Gauklers, mit brennenden Flecken auf seiner fahlen Haut und dumpfblauen Lippen, auf denen vor Anstrengung schaumiger Speichel stand. Er stieß den Spaten mit solcher Geschwindigkeit und Verbissenheit in die schwere Erde, daß er es nicht lange würde durchhalten können. Sein Atem ging bereits pfeifend. Ernst lag wenige Schritte entfernt davon auf dem Rücken im hohen Gras, sein Lederwams dunkel vor Nässe und sein Gesicht nicht viel blasser

als dasjenige des Mannes, der ihn getötet hatte. Er schien größer denn je zu sein, wenn man ihn mit dem Loch verglich, das Radolf bereits gegraben hatte und das ihn zuletzt aufnehmen sollte.
Philipp wies zu der Stelle hinüber, an der Radolf den Brunnen hatte graben wollen. »Warum schaufelt Ihr nicht da drüben, wo bereits ein Loch war? Die Erde ist dort viel lockerer. Hier gibt es außerdem Baumwurzeln und jede Menge Gras.«
Radolf blickte nicht auf, aber er schaufelte noch eine Spur verbissener weiter. Philipp seufzte und schlang die Arme um den Körper, während er darauf wartete, daß Radolf erschöpft aufgab. Sein Blick irrte zum Haus hinüber und an den Fensteröffnungen empor. Er fragte sich, ob Dionisia ihre Kammer bereits verlassen hatte und sie jetzt beobachtete. Die Fensteröffnungen waren dunkel und undurchdringlich.
Radolf schaffte es, ein knietiefes Loch von ungefähr der Länge von Ernsts Körper zu graben, bevor er zu taumeln begann – eine Leistung, die in Philipp gelinde Fassungslosigkeit hervorrief. In der frischen Luft und der Kälte des herabprasselnden Regens hatte sich seine eigene Bedrückung nach und nach gelegt, und er war dazu übergegangen, Radolfs manische Besessenheit zu beobachten, mit der er, rücksichtslos seiner Erschöpfung gegenüber, Ernsts Grab schaufelte. Schließlich aber unterbrach er sich, taumelte ein paar Schritte in der Grube hin und her und stützte sich endlich schwer auf den Spatenstiel. Seine Schultern waren gebeugt, und sein Atem rasselte. Plötzlich würgte er trocken. Die Beine gaben nach, und er setzte sich hart auf den Rand der Grube nieder. Seine Augen waren stumpf.

Philipp bewegte seine erstarrten Beine und sprang in die Grube hinein.

»Laßt mich weitermachen«, sagte er beinahe sanft. »Ihr müßt Euch ausruhen.«

Radolf streckte wie ein Betäubter den Arm aus und reichte ihm den Spatenstiel. Er war schlüpfrig von Schweiß und dem Blut aus Radolfs aufgerissenen Handflächen. Philipp wischte ihn ab und machte sich daran, das Grab zu vertiefen.

Die feuchte Erde war zäh und umfing ihn mit dem herben Duft frisch aufgebrochenen Bodens, und es dauerte eine Weile, bis Philipp seinen Rhythmus fand. Schon nach kurzer Zeit schmerzten seine Arme. Sein Atem beschleunigte sich. Wenn ein Vorteil daran zu finden war, daß er Radolf abgelöst hatte, dann nur der, daß er schon bald zu frösteln aufhörte. Er warf Radolf einen Blick zu: Dieser saß, wie er sich hatte niederfallen lassen, auf dem Boden – er hatte nur darauf geachtet, daß er Ernsts Leichnam nicht im Rücken hatte. Radolf ließ den Kopf hängen und starrte auf die Erde zwischen seinen Füßen. Der Regen lief ihm aus den Haaren über das Gesicht, sammelte sich an seiner Nasenspitze und an seinem Kinn und tropfte daran herab. Er begann in immer kürzeren Abständen zu erschauern, ohne seine Stellung zu ändern. Seine Hände baumelten zwischen seinen Knien herab, fleckig und mit blau verfärbten Knöcheln. Schließlich schüttelte es ihn so heftig, daß er unfreiwillig keuchte. Philipp stieß den Spaten in den Boden und kauerte sich vor Radolf nieder, um ihm ins Gesicht zu sehen; er erschrak, als er die Blässe der Wangen sah und wie farblos seine Lippen waren.

»Ihr müßt hineingehen«, sagte er. Radolf bewegte sich nicht; nur seine Augen rollten in seinen Höhlen nach oben

und schenkten Philipp einen ausdruckslosen Blick. »Ihr werdet Euch das Fieber holen. Ich begrabe Ernst alleine; das Grab ist fast fertig.«
Radolf nickte kaum merkbar. Inmitten eines weiteren Fieberschauers raffte er sich taumelnd auf und stolperte zum Eingang des Hauses davon, dabei einen weiten Bogen um Ernsts Leiche schlagend.

Als Philipp endlich selbst den Saal wieder betrat, erschien er ihm beinahe warm. Dionisia saß auf einer Truhe, eine Decke fest um die Schultern gezogen und mit bleichem Gesicht auf den Haufen starrend, der Ernsts Besitz gewesen war. Philipp seufzte und wischte sich die Hände an seiner Hose ab, bevor er sich Dionisia näherte.
»Wo ist Radolf?« fragte er. Dionisia nickte mit dem Kopf zu seiner Kammer, ohne die Augen von Ernsts Sachen zu nehmen.
»Was wollt Ihr mit seinen Besitztümern anfangen? Habt Ihr sie schon durchgesehen?«
Sie schüttelte den Kopf und antwortete endlich tonlos: »Seht Ihr sie durch.«
»Seid Ihr sicher, daß Ihr das wollt?«
Sie zuckte mit den Schultern.
Philipp kniete sich neben den Sachen auf den Boden und sortierte sie vorsichtig auseinander. Er war sich des Blicks von Dionisia bewußt, der durch seinen Körper hindurchging und auf den Dingen lag, die er auf den Holzdielen ausbreitete: die beiden Schwerter, die kurze Lanze, der lange Dolch mit der schlanken Klinge und eine kurze, breite Ochsenzunge, ein Streitkolben, dessen Stahlzähne den Schnäbeln von sechs in alle Richtungen starrenden

Raubvögeln nachgebildet war, sowie eine schwere Reiteraxt; Ernsts bunter Schild, das Bärenfell und schließlich, unter Decken, Gurtzeug, Lederriemen, Handschuhen und einem zweiten Paar Stiefeln eine große lederne Tasche, deren Klappe mit silbernen Nieten gefaßt war. Philipp drehte sich zu Dionisia um und warf ihr einen fragenden Blick zu. Als sie nicht reagierte, band er die Lederschnur auf, die die Klappe zuhielt, und drehte die geöffnete Tasche kurzerhand um. Es fielen nur wenige Einzelteile heraus.

Zu seinem Erstaunen fand er einen Tintenstein, eine Anzahl Federn – ungebraucht und gebraucht – und verschieden große Stücke von Pergament und dünnem, weichem Leder. Dazwischen lagen kleine, harte, lederne Rollen, an denen dünne Schnüre befestigt waren: Transportbehälter für Botschaften, die mit Brieftauben verschickt wurden. Dionisia gab weder ein Zeichen des Erkennens noch des Befremdens von sich. Schulterzuckend sammelte Philipp die Dinge wieder ein und warf sie in die Tasche zurück. Eines der Röllchen enthielt eine Botschaft. Er zog sie heraus und hielt sie Dionisia hin.

»Hier ist eine Nachricht, die er nicht abgeschickt hat. Möchtet Ihr sie lesen?«

»Lest sie mir vor«, sagte sie und klammerte sich an ihre Decke.

Philipp faltete den Pergamentfetzen auseinander; er war so eng beschrieben, wie es mit einer kratzenden Feder und mühsam aus einem Stein geriebener Tinte möglich war. Er stand auf und stellte sich zu einem Fenster, um die Botschaft in das trübe Tageslicht zu halten. Er setzte laut zu lesen an, aber schon nach wenigen Worten erstarb seine Stimme. Dionisia schien es nicht zu bemerken; ihr Blick

ruhte weiterhin auf den von Philipp säuberlich auf dem Boden ausgebreiteten Habseligkeiten des Toten.
»Exzellenz, Radolf wird immer mehr zu einer Gefahr. Ich werde morgen einen letzten Versuch machen, an seine Vernunft zu appellieren. Die Unterlagen habe ich nicht gefunden, obwohl ich alles absuchte. Das Mädchen ist vollkommen verrückt. Ich habe ihm vorgeschlagen, sie wegzuschicken oder sie mit dem Einfaltspinsel zu verheiraten, der die Mitgiftdokumente fälschen soll, aber er ist zu halsstarrig. Ich habe auch, wie Ihr mir geraten habt, versucht, seine Angst auszunutzen, und zuletzt ein Todessymbol auf seine Tormauer gemalt; aber leider hat er sich in dieser Hinsicht geändert und wird in der Angst nicht mehr gefügig, sondern eher trotzig. Wenn Ihr nicht wollt, daß ich handle, wie wir es vereinbart haben, müßt ihr mir so schnell wie möglich Nachricht senden.«
Philipp blickte wie betäubt von dem Schreiben auf. Ohne daß er es bemerkt hatte, war Dionisia aufgestanden und hatte sich neben Ernsts Sachen auf den Boden gekniet. Mit dem Bärenfell in den Armen wiegte sie sich hin und her, und ein lautloses Schluchzen schüttelte ihren Körper.

Noch vor dem Morgengrauen des folgenden Tages weckte Radolf ihn und erklärte, daß er seiner nicht mehr bedürfe und daß er seine Aufgabe, wiewohl ungelöst, dennoch als beendet ansehen sollte. Philipp ging erst, als auch Dionisia ihn inständig darum bat, den Besitz zu verlassen.
Zu spät fiel ihm ein, daß er Ernst nun doch mit dem Gesicht nach oben beerdigt hatte.

Hinterlassenschaften

Auf dem Hof Raimunds hielten sich etliche Gäste auf, die gekommen waren, um die Reliquien der Heiligen Drei Könige im Dom zu besuchen. Aude bewegte sich mit ungezwungener Freundlichkeit unter ihnen, aber als sie sah, wie Philipp mit dem letzten Licht des Tages durch das Tor ritt, löste sie sich von der Gruppe der Frauen und wartete auf ihn, bis er aus dem Stall wieder ins Freie trat.
»Habt Ihr Eure Aufgabe erfüllt?« fragte sie ihn. Philipp schüttelte den Kopf.
»Abgebrochen, nicht erfüllt«, erwiderte er. »Auf Wunsch des Empfängers meiner Hilfeleistung.«
»Warum hat er Euch weggeschickt?«
»Ich nehme an, er konnte die Farbe meiner Beinkleider nicht mehr ertragen.«
»Und was ist der wirkliche Grund?«
Philipp hob die Schultern und ließ sie wieder fallen. Sein Gesicht war gerötet von der Anstrengung des schnellen Ritts, und seine Haare standen wild zu Berge. Auf dem Rücken seines Wamses stand ein dunkler Schweißstreifen.
»Ich weiß es nicht. Es herrscht große Verwirrung in seinem Haus.«
Er dachte daran, daß er gestern umgekehrt war und heute nicht mehr. »Ich frage mich, ob ich nicht gegen seinen Willen hätte bleiben sollen.«

»Was hättet Ihr dort als unwillkommener Gast ausrichten können?«

»Sie ... beschützen.« Noch während er es sagte, dachte Philipp, daß es ihm nicht gelungen war, Dionisia auch nur vor dem kleinsten bißchen Unbill zu bewahren. *Ich hätte versuchen können, sie wieder zum Lachen zu bringen, so wie am ersten Tag*, dachte er. Aber es wäre nicht das gewesen, was sie gewollt hätte. Philipp hatte sie zum Lachen gebracht, Ernst aber zum Träumen, und sie hatte das Träumen eindeutig vorgezogen. Ernst war tot. Er verzog das Gesicht.

»Vor einem Drachen zum Beispiel, der angekrochen käme, um das ganze Haus aufzufressen. Ich bin der zehntbeste Drachentöter der Welt.«

»Und der Allerbeste, wenn es darum geht, Eurem Kummer ein spaßiges Mäntelchen umzuhängen.«

»Von welchem Kummer sprecht ihr? Ich bin froh, wieder hier zu sein.«

Aude schnaubte ärgerlich. »Darüber wäre ich nicht so sicher. Es wartet eine Menge Arbeit hier auf Euch«, sagte sie sarkastisch.

»Ich stehe Euch jetzt uneingeschränkter als zuvor zur Verfügung.«

»Ich meine nicht mich damit.«

Philipp schüttelte den Kopf. Nach einer kleinen Pause sagte er: »Es tut mir leid. Ich hätte gleich danach fragen sollen: Wie geht es Euch bei Eurer Suche nach Eurem Mann? Habt Ihr etwas Neues herausgefunden?« Seine Frage war ohne echte Anteilnahme; in seiner Enttäuschung und seiner Grübelei über Dionisia und die Entwicklung der Dinge auf Radolfs Besitz gelang es ihm nicht, Interesse für Minstrel aufzubringen.

»Nein. Ich habe aber in jeder Herberge, im Magistrat und

auf dem Marktplatz seine Beschreibung verbreiten lassen. Vielleicht meldet sich der Mann, mit dem er sich treffen wollte.«
»Ja, vielleicht.«
»Nun, Ihr solltet jetzt gehen und Euch bei Eurem Herrn zurückmelden. Er möchte, daß Ihr Euch um den Tod der Pächterfamilie kümmert.«
»Lambert. Der Mann, den ich vom Markt mitgebracht hatte. Ich hätte ihn beinahe vergessen. In der letzten Zeit sind zu viele Tote um mich herum.«

Lambert mit der Blesse war tot, und sein Tod machte keinen Sinn. Während Philipp mit vier Männern von der Wache des Hofs am nächsten Tag in die Felder hinausritt, überlegte er, weshalb eine Gruppe von Banditen – und eine Gruppe mußte es gewesen sein, der Beschreibung zufolge, die Raimund ihm von ihrem Wüten gegeben hatte – ausgerechnet die einzelstehende Kate eines unfreien Landpächters überfallen hatte. Es gab weiß Gott lohnendere Ziele.
Die einzige Überlebende des Überfalls war eine Schwester der Frau, die Lambert zum Weib gegeben worden war. Ein anderer Pächter hatte sich bereit erklärt, sie für eine Weile aufzunehmen. Philipp war es lieb gewesen, sich sofort in die neue Aufgabe zu stürzen und zu versuchen, mehr Informationen aus der Überlebenden und den Nachbarn Lamberts herauszuholen.
Die Menschen in den verstreut zwischen den Feldern liegenden Hütten, deren Ansammlung man wohl als Dorf hätte bezeichnen können, liefen beim Klang der Pferdehufe zusammen. Ihre Gesichter waren ängstlich, obwohl man

ihnen das Kommen einiger Männer ihres Herrn angekündigt hatte. Flüchtig dachte Philipp daran, daß Galbert aus diesem Weiler stammte. Er fragte sich, ob jemand unter den Umstehenden Galberts Bruder oder Schwester war und was aus Galbert geworden wäre, wenn sein Herr ihn nicht auf den Hof geholt hätte. Die Bauern trotteten scheu näher, und einige Tapfere wagten sich bis an die Neuankömmlinge heran. Sie hielten die Pferde, und ein verwitterter, kurzhaariger Mann faßte den Steigbügel, um Philipp das Absteigen zu erleichtern. Er begrüßte ihn höflich.
»Wie ist dein Name?« fragte Philipp, während seine Bewaffneten sich stumm hinter ihm zusammenscharten und die ängstlich-ehrfurchtsvollen Blicke der Bauern genossen. Plötzlich kam ihm der Gedanke, daß sein Auftritt auf die Pächter nicht anders wirken mochte als der Auftritt Rutgers mit seinen Büttel auf die Juden in der Stadt. Er bemühte sich zu lächeln.
»Ich bin Wernher. Ich bin der Älteste hier«, erklärte der Pächter.
»Bist du derjenige, der die Überlebende des Überfalls zu sich genommen hat?«
Wernher schüttelte den Kopf und winkte einem der anderen Männer zu, die sich in einigen Schritten Entfernung aufhielten. Der Mann schlurfte mit mißmutigem Gesicht näher. Aus der Nähe erkannte Philipp, daß seine finstere Miene zum großen Teil von seiner eingeschlagenen Nase verursacht wurde: Sie zog seine Stirn nach unten und verlieh den Gesichtszügen einen Ausdruck ständiger Angriffslust. »Das ist Schiefnase«, sagte Wernher und setzte keinen weiteren Namen hinzu. *Nomen est omen.*
»Ich möchte mit dem Mädchen sprechen«, sagte Philipp. Schiefnase zuckte mit den Schultern.

»Sie redet nicht«, sagte er.
»Sie redet nicht? Ist sie stumm?«
Schiefnase zuckte erneut mit den Schultern. »Sie redet nicht, aber sie ißt«, erklärte er. Philipp nickte und kramte in seiner Tasche; sein Herr hatte ihm ein paar Pfennige mitgegeben, um sie der Familie zu geben, die das Kind aufgenommen hatte. Schiefnase bekam ein begehrliches Gesicht, und die Umstehenden rückten einen zögerlichen Schritt nach vorn, als wollten sie Zeugen der Geldübergabe werden. Philipp holte eine kleine Münze hervor und hielt sie Schiefnase vor das Gesicht.
»Ißt sie mehr, als dies hier wert ist?«
Schiefnase überlegte; seinem markanten Gesicht waren deutlich die Gedanken abzulesen: Sage ich nein, wird er mir die Münze nicht geben oder eine geringere suchen; sage ich ja, wird er mich fragen, wie ich zu soviel Nahrungsvorräten gekommen bin, daß ein Kind den Wert dieser Münze verzehren kann. Hin und her gerissen, preßte er die Lippen zusammen und schwieg. Philipp, den das natürliche Mißtrauen der Bauern zugleich abstieß und mit Verständnis erfüllte, betrachtete das innere Ringen Schiefnases. *Sie erwarten nichts anderes, als daß man sie übervorteilt und betrügt,* dachte er. *Die Erfahrung hat sie das gelehrt, und ein guter Herr löscht nicht die Erinnerung an zehn seiner schlechten Vorgänger aus.* Er packte die Hand des Bauern und drückte ihm die Münze hinein. Schiefnase betrachtete den Reichtum in seiner schwieligen Handfläche und schloß dann mit ängstlicher Schnelligkeit die Faust.
»Kann ich das Mädchen sehen?« fragte Philipp.
»Sie ist in meinem Haus.«
»Gehen wir.« Philipp wandte sich um und rief den anderen Pächtern zu: »Ich möchte, daß ihr den Männern hier

alles erzählt, was ihr von dem Überfall wißt. Je mehr wir wissen, desto eher können wir die Gesetzlosen in den Hintern treten.« Er grinste bemüht. »Bevor sie noch eure Hintern zum Hineintreten entdecken.«
Das Mädchen saß auf dem Boden neben dem niedrigen Eingang zu Schiefnases Pächterhütte und flocht einen Korb. Sie hielt mit der Arbeit nicht inne, als Philipp und Schiefnase vor ihr stehenblieben und ihre Schatten auf sie fielen, und sie sah auch nicht auf, nur ihre Hände arbeiteten plötzlich fieberhafter als zuvor. Ihre Haare fielen in ihr Gesicht, so daß man ihre Gesichtszüge nicht erkennen konnte. Ihre Finger waren stark und schrundig wie die einer erwachsenen Frau.
»He, Mädchen«, sagte Schiefnase.
»Hat sie keinen Namen?« fragte Philipp erstaunt.
»Natürlich hat sie einen Namen. Ich kenne ihn aber nicht.«
»So weit wohnte Lambert doch nicht von eurem Dorf entfernt, daß ihr die Namen nicht kennt. Außerdem stammte seine Frau aus eurem Dorf.«
Schiefnase betrachtete ihn einen Augenblick, als bemühe er sich, dem Gedankenschluß Philipps zu folgen. Schließlich zuckte er zum wiederholten Mal mit den Schultern. »Einauges ... ich meine: Lamberts Weib hatte drei Schwestern; zwei davon waren Zwillinge. Die hier ist einer der Zwillinge. Keiner weiß, welcher.« Bevor Philipp dazu etwas sagen konnte, bückte sich Schiefauge und stieß das Mädchen mit dem Handrücken an die Schulter. Die Berührung war weniger grob, als Philipp erwartet hatte.
»He, Mädchen, der Truchseß unseres Herrn will mit dir reden«, sagte er. Das Mädchen blickte nun doch auf und sah Philipp ins Gesicht, und dieser zuckte zurück. Unter dem Schmutz und der Staubschicht erkannte er ein Kind

von zehn oder elf Jahren. Aber nicht die Diskrepanz zwischen den abgearbeiteten Händen und dem jungen Antlitz war es, die ihn zurückschrecken ließ. Das Entsetzen, das in ihren weitaufgerissenen Augen schimmerte, versetzte ihm einen körperlichen Schlag. *Sie hat gesehen, wie man ihre ganze Familie ausgelöscht hat, und alles, was man zu ihr sagt, ist: He, Mädchen, jemand will mit dir reden.* Ihre Augen ermaßen seine Gestalt, als würde von ihm Gefahr ausgehen. Ihre Hände arbeiteten blind weiter und flochten unablässig an ihrer Arbeit.
Philipp hockte sich vor ihr in den Sand und sah sie an. Er hob die Hand, um sie auf ihre rastlosen Finger zu legen und die sinnlose Tätigkeit zu unterbrechen, doch sie begann zu zittern, kaum daß er die Hand nach ihr ausstreckte, und so ließ er sie wieder fallen.
»Es wird wieder alles gut«, sagte er sanft das Erstbeste, das ihm in den Sinn kam. Sie reagierte nicht darauf. Philipp sah hilflos zu Schiefnase auf.
»War sie schon immer stumm?«
»Weiß nicht. Ich glaube nicht.«
»Wie heißt du, Mädchen? Kannst du mir etwas über die Männer erzählen, die euer Haus überfallen haben?«
Philipp betrachtete das Mädchen, dessen Hände nach der beinahe erfolgten Berührung grober flochten als zuvor. Neben ihr lagen unterschiedlich große Steine und Kiesel auf dem Boden. Ein Einfall stieg in Philipp auf oder besser: eine Erinnerung, so ungewünscht sie auch war. Eine Erinnerung an den kleinen Philipp, der, abgeschottet von den anderen Novizen durch das Gefühl seiner eigenen Minderwertigkeit und mitten unter ihnen ebenso einsam wie das Mädchen vor ihm unter ihresgleichen, im Schatten an der Klostermauer saß und Steine aufeinander-

schlug, bis sie auseinanderbrachen. Die meisten von ihnen wiesen an den Bruchflächen ein erstaunliches Muster auf, bunte Farbbänder, Kleckse oder schillernde Einsprengsel, Schönheiten, die man unter ihrer matten, nichtssagenden äußeren Hülle niemals vermutet hätte. Er nahm vorsichtig zwei Steine, legte den kleineren von ihnen auf die Straße und schlug mit dem größeren kräftig darauf. Aus dem Augenwinkel beobachtete er das Mädchen. Sie zuckte bei dem Geräusch zusammen und richtete ihre Augen auf die Steine, ohne die fieberhafte Flechtarbeit zu unterbrechen. Ein zweiter Schlag; ein dritter. Philipp begann innerlich zu fluchen, als der untere Stein beim vierten Schlag endlich in drei Teile zerbrach. Es war ein halbwegs rundgeschliffener, ehemaliger Flußkiesel gewesen, braun mit grauen Flecken. Er hatte ihn mit Bedacht ausgesucht, mit dem Rest von Wissen, das noch aus seinen Kindertagen in ihm schlummerte. Tatsächlich offenbarten die Bruchflächen der Teile das erhoffte flirrende Muster aus metallischen Einsprengseln, die da und dort im Sonnenlicht aufblinkten. Er leckte seinen Daumen ab und polierte die Flächen. Die Augen des Mädchens folgten seinen Bewegungen. Schließlich streckte er die Hand aus und hielt ihr die glitzernden Bruchstücke in Reichweite vor das Gesicht. Sie starrte darauf, aber sie machte keine Anstalten, die Teile von seiner Hand zu nehmen. Philipp legte sie vorsichtig vor ihr auf den Boden und zog die Hand zurück. Er war sicher, daß sie das Geschenk annehmen würde, aber er sah sich getäuscht. Sie verlagerte ihre Aufmerksamkeit wieder auf den Korb und ihre hektische Flechtarbeit, ohne die Steine noch eines Blickes zu würdigen.
Philipp seufzte und richtete sich auf. Die Hände begannen langsamer zu flechten, als er sich von ihr entfernte, und er

trat noch einen Schritt zurück. Mit zunehmender Entfernung zwischen sich und ihr schien sie sich zu beruhigen. Philipp beobachtete die Wandlung betroffen. Schiefnase, der ihm gefolgt war, schüttelte den Kopf und verzog den Mund.
»Die wird nie wieder richtig«, murmelte er, und Philipp hatte den Eindruck, daß der Mann damit versuchte, ein gewisses Mitgefühl auszudrücken.
»Wer hat sie gefunden?« fragte er.
»Ich. Als wir den Rauch jenseits des Wäldchens sahen, rannten wir los. Ich kam als erster dort an. Die Kerle hatten ganz schön gehaust; alle mausetot.«
»Und das Kind?«
»Lief zwischen den Toten herum.«
»Ich will die Hütte sehen.«
»Ich müßte eigentlich zurück aufs Feld«, erklärte Schiefnase zögernd. Philipp holte eine weitere Münze heraus und gab sie ihm. »Das kauft mir deine Dienste für den restlichen Tag«, sagte er warnend. Schiefnase nickte heftig.
»Ich gehe voraus«, sagte er. »Es ist ein kleiner Fußmarsch.«
Ulrich Einauge hatte sich mit dem Geschäftssinn des klugen Pächters ein Landstück erbeten, das außerhalb der bisher gerodeten und bestellten Flächen des kleinen Dorfes lag. Es gehörte zwar Mut dazu, abseits des Dorfes zu leben, und sei das Dorf noch so klein; und darüber hinaus hatte seine Entscheidung mehr Arbeit bedeutet. Aber sie bedeutete auch geringere Abgaben und die Möglichkeit, das Abfallholz der gefällten Bäume zu behalten. Wenn man Glück hatte, ging die Rechnung auf. Ulrich hatte nicht lange genug gelebt, um sich darüber Gedanken zu machen; jedenfalls hatte seine Entscheidung den Tod für seine Familie und seinen Nachfolger bedeutet.

Die Hütte war nur mehr eine schwarze Wunde im Erdboden zwischen halbverbranntem Heu und geschwärzten Reisighaufen. Die Blutspuren auf dem Boden hatten die Tiere bereits beseitigt, und lediglich der zähe Rauchgeruch, der um die Reste der verkohlten Grassoden des Daches und der Strohmatten der Wände hing, verriet, daß sich hier vor kurzem eine Tragödie abgespielt hatte. In der knietiefen, halbwegs rechteckigen Grube, die die Grundfläche der Hütte und ihr Boden gewesen war, lagen Asche und fleckig gewordenes Holz.

»Das muß gebrannt haben wie die Hölle«, murmelte Philipp. Plötzlich drehte er sich um und sagte zu Schiefnase: »Was war mit Lambert? Habt ihr ihn näher gekannt? Was war er für ein Kerl?«

»Er war erst ein paar Tage hier«, erklärte Schiefnase. Das Mißtrauen flackerte wieder in seinen Augen: Philipp gehörte in seinen Augen zu den Herren, und es war immer besser, den Herren nicht alles zu sagen, was man wußte.

Philipp, der in seinen eigenen Augen nicht zu den Herren gehörte, wußte darüber Bescheid. »Die zweite Münze behältst du nur, wenn unser Herr mit dem zufrieden ist, was ich herausgefunden habe«, sagte er betont ausdruckslos. Schiefnase verzog unwillig den Mund.

»Er war ein Fehlgriff«, knurrte er schließlich.

»Wie meinst du das?«

»Er war kein Bauer.«

»Sondern?«

»Was weiß ich. Jedenfalls kein Bauer. Konnte nicht mal einen Baum vernünftig fällen und hat nicht gemerkt, daß seine Wassergräben ausgekratzt werden mußten.«

»Vielleicht ist alles ein wenig heruntergekommen, als sich Ulrich Einauges Witwe allein darum kümmern mußte«, sagte Philipp.
»Natürlich ist es da runtergekommen. Ein Weib mit ein paar kleinen Kindern und ihren Schwestern, die nicht viel älter waren. Aber dafür ist Lambert ja gekommen, oder nicht? Um wieder alles in Ordnung zu bringen.«
»Er hatte wohl zuwenig Zeit«, seufzte Philipp. Schiefnase prustete verächtlich.
»Zuwenig Zeit, ja! Der hätte es nie gelernt. Der konnte nur zwei Sachen.«
»Und das wären?«
»Pferde. Und sein Mundwerk wetzen.«
Philipp erinnerte sich an die Empfehlung, die der Händler Rasmus für Lambert abgegeben hatte. »Was meinst du damit: ›Pferde‹?«
»Er konnte es mit Pferden.«
»Mann, drück dich ein bißchen klarer aus«, stöhnte Philipp. »Wenn du willst, daß ich dir noch einen Pfennig zwischen die Zähne schiebe, mußt du sie schon weiter auseinanderkriegen.«
Schiefnase riß die Augen auf ob des unerwarteten Geldsegens, der über ihn hereinzubrechen drohte. Er schniefte und wischte sich mit dem Handrücken über die Nase. Nach diesem Akt der Sammlung erklärte er mühsam: »Lambert kam an und fragte nach unseren Pferden. Wir sagten ihm, daß wir keine haben – nur Ochsen, Kühe, Schweine, Ziegen und die Hühner, aber kein Pferd. Ich meine, was dachte er sich? Pferde haben nur die Herren, aber doch nicht wir. Jedenfalls machte er ein langes Gesicht. Als dann der fremde Herr mit seinem lahmen Gaul kam und nach einem Schmied fragte, schickte

481

ihn Wernher zu Lambert hinaus. Soweit ich weiß, hat er den kranken Fuß des Pferds wieder hingekriegt.«
»Ein fremder Herr? Ganz allein, ohne Reisegefährten?« unterbrach ihn Philipp. »Woher kam er?«
»Weiß nicht. War wahrscheinlich auf der Durchreise. Ich habe ihn nie zuvor gesehen. Ein großer Mann mit Waffen und lauter Stimme. Ein Herr eben.«
Philipp, der vor seinem Ritt zu Lamberts Hütte die Gelegenheit genutzt hatte, seinen Stellvertreter nach den Vorgängen auf dem Gut während seiner Abwesenheit zu fragen, schüttelte den Kopf. »Was hat ein Reisender auf dem Grund unseres Herrn zu suchen, ohne sich bei ihm zu melden? Auf dem Gut ist er jedenfalls nicht aufgetaucht«, brummte er. »Habt ihr ihm nicht gesagt, wer euer Herr ist?«
»Natürlich haben wir das. Er sagte, ihn interessiert nur, ob hier im Dorf jemand ist, der seinem Pferd helfen kann.«
Schiefnase trat von einem Fuß auf den anderen, während Philipp über seine Aussage nachdachte. Schließlich bemerkte Philipp seine Ungeduld und faßte abwesend in die Tasche, um einen weiteren Pfennig hervorzuholen. Schiefnases Hand streckte sich aus. Philipp schloß die Faust um das Geldstück.
»Was hast du damit gemeint, daß Lambert daneben nur sein Mundwerk wetzen würde?«
Schiefnase seufzte. »Er war verrückt. Wenn er mal was sagte, dann redete er den ganzen Tag davon, daß alles ohnehin sinnlos ist und nichts eine Bedeutung hat. So ein Narr. Als wenn es keine Bedeutung hätte, daß man im Frühjahr sät, im Sommer erntet und im Herbst die Vorräte einlagert.«
»Seine Themen haben sich nicht sonderlich verändert«,

murmelte Philipp. Er blickte auf und sah, daß sich seine Begleiter vom Dorf her näherten. Sie führten sein Pferd am Zügel mit sich. »Gibt es sonst noch etwas, das ich wissen müßte?«
Schiefnase zuckte mit den Schultern. »Wir haben sie hinter dem Dorf begraben, wo unsere anderen Toten liegen«, erklärte er. Philipp fühlte einen Stich, weil die Umstände ihres Todes die Toten selbst verdrängt hatten.
»Ich werde dafür sorgen, daß jemand den Segen über die Gräber spricht«, versprach er. »Du kannst wieder zurückgehen. Der Herr ist zufrieden mit dir.«
Schiefnase steckte den Pfennig ein, wandte sich grußlos ab und schlurfte davon. Philipp nahm die Zügel seines Pferdes in Empfang. Als er sich hinaufschwang und im Sattel zurechtsetzte, sahen ihn die Bewaffneten erwartungsvoll an.
»Haben sie euch noch etwas von Belang erzählt?« fragte er.
»Nein. Was hast du in Erfahrung gebracht?«
»Wenn man es zusammenzählt: daß sie tot sind, nicht mehr.«
»Verdammte Einfalt«, brummte einer der Männer. Ein anderer wandte sich um und sagte dann: »Meister Philipp, der Bauer steht noch am Waldrand. Vielleicht hat er was vergessen.«
Philipp drehte sich um. Schiefnase stand auf dem Weg und schaute zu ihnen herüber. Als Philipp die Hand hob und ihm zuwinkte, erwiderte er die Geste halbherzig und blieb danach weiterhin stehen; Philipp trieb sein Pferd an und lenkte es zu ihm hinüber. Schiefnase betrachtete die Bewaffneten argwöhnisch, bevor er zu Philipp hinaufblinzelte.

»Ich wollte nur fragen«, sagte er halblaut. »Stimmt es eigentlich, was Lambert noch erzählt hat?«
»Was denn?«
»Daß demnächst die Welt untergeht.«
Philipp musterte ihn sprachlos. »Wenn ich das wüßte«, seufzte er schließlich.

Philipp erstattete Raimund während des Abendmahls Bericht. Tische und Bänke standen vor dem Haus im Freien, und das Lachen der Gäste, die mehr oder weniger melodischen Töne, die eine Gruppe von drei Musikanten ihren Instrumenten entlockte, das Kläffen der Hunde und das allgemeine Lärmen eines fröhlichen Essens bildeten den unpassenden Hintergrund zu Philipps Geschichte. Nur ein Augenpaar befand sich unter den Gästen, das Philipp während seines Berichts beobachtete – Audes, die an einem der längsgestellten Tische saß. Sie lauschte mit halbem Ohr dem Gespräch einer Gruppe von Frauen, an dem sie sich vor Philipps Ankunft noch beteiligt hatte: Ob jemandem klar war, wieso die Sonne die Haut bräunte, während sie doch die zum Trocknen aufgehängten Leintücher bleichte? Sollte man das Haar mit Aschenlauge waschen und vor einem Feuer trocknen, bevor man Olivenöl hineinmassierte? Sollte man tatsächlich den Empfehlungen der Kirche folgen und seine Kinder selbst stillen wie die Armen, anstatt sie zu einer Milchamme zu geben? (Ein Thema, das Aude schmerzlich an die Schicksale ihrer Kinder erinnerte und das sie schweigend über sich ergehen ließ.) Die kichernde Unterhaltung mehrerer Männer an einem Nebentisch kreiste um andere, deftigere Fragen: Was war schlimmer, Raub, Mord oder Überfall?

Antwort: Keines von allen, am schlimmsten war die Sodomie; woraufhin sie sich darüber amüsierten, daß in England die Sodomie offensichtlich gang und gäbe war, so daß man dort die Tiere mit ihren menschlichen Liebhabern gemeinsam auf dem Scheiterhaufen verbrannte. Dies wiederum lenkte das Gespräch der Frauen zu den sittenlosen Verhältnissen, die den Niedergang der Welt bedeuten mußten. Die wenigen unter ihnen, die den Gerüchten vom bevorstehenden Jüngsten Gericht und dem Anbruch des tausendjährigen Reichs Christi Aufmerksamkeit gezollt hatten, gruselten sich wohlig bei den Geschichten von gewissenlosen Rittern, die auf den Altären Unzucht betrieben, den Dirnen, die ihre Dienste während des Gottesdienstes in der Kirche anboten, der raschen Ausbreitung von Bordellen und Prostitution in den Städten, die trotz aller Verderbtheit notwendig war, damit anständige Frauen und Töchter nicht auf offener Straße belästigt wurden – und waren mit den anderen der Überzeugung, daß es so nicht weitergehen könne und bestimmt der Tiefststand der gesellschaftlichen Moral erreicht war. Aude nickte und machte die richtigen Geräusche, so daß ihre Tischgenossinnen sie nicht aus ihrer lockeren Gemeinschaft ausschlossen, aber ihre Aufmerksamkeit war auf den erhöhten Tisch gerichtet, an dem sich Philipp, Raimund und der Anführer der Gutswache berieten.
Sie wußte, daß die Männer wegen der Überfälle besorgt waren. Aude versuchte, die Furcht zu unterdrücken, daß auch Geoffroi das Schicksal des Kaplans und der Pächterfamilie geteilt haben mochte. Gleichzeitig jedoch hielten sich die Gedanken an die Ungereimtheiten in beiden Vorfällen in ihr hartnäckig am Leben. Sie wußte, daß Philipp ähnliche Zweifel hatte, wenn er auch nicht mit ihr darüber

sprach. Sie hätte ihre Gedanken gerne mit jemandem geteilt, aber die Frauen links und rechts neben ihr schienen nicht die geeigneten Ansprechpartner zu sein, und Philipp war zu sehr in die Beratung mit seinem Herrn vertieft. Eine der Frauen seufzte in ihre Richtung, ob sie glaube, daß die Kriege jemals aufhörten, und sie antwortete: »Nicht, bevor der Krieg Gottes gegen das Böse beendet ist«, ohne darüber nachzusinnen. Sie dachte daran, daß sie ihre Gedanken mit Geoffroi hätte teilen können, wenn er hier gewesen wäre, aber in ihrem Herzen wußte sie, daß sie sich damit selbst belog. Wenn er jemals ihr Seelengefährte im besten Sinn des Begriffs gewesen war, dann war diese Zeit schnell vorübergegangen. Immer tiefer in seine eigenen Gedanken versinkend, war er nach außen ein fürsorglicher Gatte, ein ebenso zärtlicher wie unbeholfener Liebhaber gewesen, hatte wie die meisten Männer ohne großen Erfolg versucht, die Geschicke seines Besitzes zu lenken und dies dann doch seiner Gemahlin überlassen, hatte vor Freude bei der Geburt seiner Kinder geweint und wieder aus Trauer über ihren Tod – und hatte sie doch niemals an dem teilnehmen lassen, was tief in seinem Inneren vorging. In Zeiten des Zorns hatte sie manchmal gedacht, dort sei nichts, und der gesamte Mensch bestünde nur aus einem charmanten, liebenswerten Äußeren über einem hohlen Kern. Tatsächlich war dort etwas, aber es war ein Teil von ihm, den er ihr niemals zu sehen gestattete. Sie war nicht sicher, ob dieser Teil schon immer dagewesen war; sicher war sie nur über den Umstand, daß sein Schweigen und sein geschicktes Abwehren jedes Versuchs, diesen Teil ans Licht zu ziehen, ihn gestärkt hatten, als ob jenes Dunkle in ihm sich von der Dunkelheit ernährte, die er ihm zuteil werden ließ. Seitdem sie die

Wahrheit über Philipps Zusammentreffen mit Geoffroi erfahren hatte, wuchs in ihr die Furcht, ob ihr Mann nicht zuletzt von der Kreatur, die er in sich hatte reifen lassen, überwältigt worden war. Gewiß, sie hatte ihn verteidigt, wie dies einer Frau zustand, aber ihre Überzeugung war wankend gewesen. Sie kannte Geoffrois andere Seite nicht, und nach allem, was sie wußte, konnte sie einen Heiligen ebenso wie ein Ungeheuer beinhalten. *Verdammt sollst du sein*, dachte sie mit einer Heftigkeit, die sie selbst erschreckte, *warum hast du dich mir nicht geöffnet? Ich habe es nicht verdient, daß du mich derart aus deinem Leben ausgeschlossen hast.*

Das Essen zog sich über einen langen Zeitraum hin, ohne daß Aude eine Möglichkeit gefunden hätte, mit Philipp zu sprechen. Schließlich stand sie als eine der ersten auf und begab sich zu der Kammer im Dachgeschoß des Hauses, wohl wissend, daß das stückweise Eintreffen derjenigen Damen, die die Kammer mit ihr während ihres Besuchs teilten, sie die meiste Zeit wachhalten würde. Sie schritt über die Treppenstufen nach oben. Die kleine Fettlampe in ihren Händen riß vorbeihuschende Dienstboten, im Schlaf zusammengerollte Hunde und Kinder und den blanken Hintern eines Mannes aus dem Dunkel, der sich heftig zwischen zwei schlanken Frauenbeinen bewegte (das Keuchen hatte die beiden schon angekündigt, bevor das Licht auf sie fiel). Oben legte sie sich neben eine der Frauen, die schon vor ihr von Müdigkeit überwältigt worden war und leise schnarchend an einer Seite des breiten Lagers schlief, und fühlte sich hellwach, kaum daß sie eine der Decken über sich gezogen hatte. Als sie endlich doch vom Schlaf hinuntergezogen wurde, galt ihr letzter bewußter Gedanke dem Liebespaar, das ihre Lampe aus der Intimität des dunklen Treppenhauses gerissen hatte, und mit verblassendem Erstaunen stellte sie fest, daß sie sich ebenfalls danach sehnte, wieder einmal mit einem Mann zusammen die Lust zu genießen.

Nach einer unterbrechungsreichen Nacht stolperte sie die Augen reibend in den Saal hinunter und von dort ins Freie hinaus. Stimmen und die Geräusche von ungeduldigen Pferdehufen empfingen sie: diejenigen der Gäste, die dem Wein in einem weniger starken Maße zugesprochen hatten oder mehr davon vertrugen und die sich im Morgendämmer aufmachten, um in die Stadt zur Reliquienschau zu reiten. Man forderte sie auf, die Gruppe zu begleiten, und bot ihr an, auf sie zu warten, bis ein Pferd bereitgestellt wäre. Sie fragte nach Philipp und erfuhr, daß die wenigsten mit seinem Namen etwas anfangen konnten; als sie die Frage nach dem Verbleib des Truchseß stellte, wurde ihr endlich die Auskunft zuteil, daß er mit den ersten Gästen noch vor dem Morgengrauen in die Stadt geritten war, um die Mahlzeiten im »Kaiserelefanten« zu organisieren. Schließlich führte ein verschlafen aussehender Galbert ein Pferd und einen Maulesel aus dem Stall, ermunterte sich beim Anblick Audes und half ihr in den Sattel des Pferdes, bevor er sich selbst auf den Maulesel schwang. Die Sonne färbte den östlichen Horizont golden und ließ die tiefe Bläue des vergehenden Nachthimmels zurückweichen; und Aude fühlte die starke Hoffnung, daß inmitten der vielen Menschen, die zu der Zeremonie in die Stadt strömten, einer sein möge, der über Geoffrois Verbleib Bescheid wußte.

Wenn etwas sie mit Unruhe erfüllte, dann nur der Umstand, daß ihre Hoffnung, heute einige Zeit mit Philipp verbringen zu können, beinahe ebenso stark war.

Die Stadt wirkte, als würde sie belagert; bereits vor den Toren stauten sich die Menschen, und es waren sowohl außerhalb Kölns als auch auf den freien Flächen der Oursburg, der Westvorstadt und der letzten Stadterweiterung kleine Siedlungen aus Zelten, Strohdächern und ausgelegten Decken entstanden. Die Mehrzahl der Besucher schien sich seit mindestens zwei Tagen hier aufzuhalten. Den Hufgeräuschen der großen Gruppe machten die meisten bereitwillig Platz. Vor dem Tor ragte ein offenbar hastig errichteter Galgen auf. Zwei Körper hingen daran, umgeben von einer Anzahl von Menschen, die sich um die nur wenige Fuß hoch Gehenkten geschart hatten. Die Männer in Audes Gruppe machten grobe Bemerkungen über die Toten, aber Aude steckte das Entsetzen im Hals. Schon von weitem hatte sie die gelben Judenhüte gesehen, die auf den zur Seite geneigten Köpfen festgebunden waren. Der Weg führte dicht am Galgen vorbei, dicht genug, um den süßlichen Verwesungsgeruch wahrzunehmen, der von den Toten ausging. Einer von ihnen schien seit einigen Tagen dort zu hängen: Sein Gesicht war schwarz und der Hals von unnatürlicher Länge, und die Vögel hatten bereits Löcher in sein Fleisch gepickt. Der andere mochte gestern gehenkt worden sein – seine Züge waren vom Tod entstellt, aber noch nicht vom Verfall gezeichnet. Man hatte ihn ohne großes Aufhebens neben seinem Glaubensgenossen aufgeknüpft, und sein letzter Anblick mochte der des verfaulenden Antlitzes neben ihm gewesen sein. Daß niemand aus dem Judenviertel es bislang gewagt hatte, sie abzunehmen, zeigte die Gelähmtheit, die im Moment über dem *vicus* lag. Audes Mund war trocken, und ihre Beine fühlten sich weich an, während das Pferd sie sicher an den Toten vorübertrug. Sie hätte den schon länger Hängenden beinahe nicht erkannt, und erst das Gesicht des zweiten Gehenkten hatte ihr gesagt, um wen es sich bei dem ersten handelte: Yohai ben David, den herablassenden Geldverleiher, der vor ihren Augen verhaftet worden war. Der zweite Tote war Benjamin ben Petachya. Während eine Trauer in ihr brannte, die mit zuviel Entsetzten gemischt war, als daß sie Tränen hervorgerufen hätte, fragte sich Aude, wer nun die gesammelten Dokumente des Judenviertels überwachte. Sie hatte den niedrigen, von den Schaulustigen auseinandergetrampelten und über das Gras verstreuten Aschenhaufen nicht gesehen, sonst hätte sie sich diese Frage nicht gestellt. Die Menschen schlossen sich hinter der vorbeiziehenden Gruppe wieder zusammen, um die Betrachtung der Gehenkten von neuem aufzunehmen, mit der nie endenden Faszination, die Tod und Verfall auf die Lebenden ausüben und sie selbst dem Gestank der Verwesung trotzen lassen. Aude drehte sich unwillkürlich um und sah, kurz bevor sich die letzte Lücke in der Mauer aus neugierigen Leibern schloß, daß dem Leichnam von Yohai ben David ein Bein fehlte – heimlich abgeschnitten von einem Bettler, der seine gesunden Beine unter seinem Schurz verstecken und das verfaulende Bein des Leichnams darunter hervorschauen lassen würde. Beine waren für diesen Trick beliebt; man mußte sie nur früh genug abschneiden, dann würden sie mehrere Tage halten. Gebt, edle Herren, gebt, denn die Fäule frißt mein Bein bei lebendigem Leib auf. Aude senkte den Kopf und wünschte sich, sie wäre auf dem Gut geblieben.

Der Marktplatz war schwarz vor Menschen, und wenn Aude und ihre Begleiter nicht beritten gewesen wären, hätte es hier kein Durchkommen mehr gegeben. Aude trennte sich zusammen mit Galbert früh von der Gruppe

und kämpfte sich zum »Kaiserelefanten« durch. Sie schwieg und war Galbert dankbar dafür, daß er keinerlei Bemerkungen über die gehenkten Juden von sich gab. Die Gesichter der Toten traten erst in den Hintergrund ihres Denkens, als der Wirt ihr die Neuigkeiten unterbreitete.
»Ein paar Kerle haben gestern hier vorgesprochen und gesagt, sie würden Euren Mann kennen«, erklärte er.
»Wo sind sie? Was habt Ihr zu ihnen gesagt?« fragte Aude atemlos.
»Ich habe ihnen dasselbe gesagt wie Euch: daß Meister Philipp sich mit ihm unterhalten habe.«
»Warum habt Ihr ihnen nicht erzählt, daß ich nach ihm suche?« rief Aude verzweifelt.
»Die Kerle sahen nicht so aus, als würdet ihr gerne mit ihnen Bekanntschaft schließen«, brummte der Wirt. »Üble Gesellen. Mit Verlaub – wenn diese Burschen hinter Eurem Mann her sind, dann helfe ihm Gott ... und wenn sie seine Freunde sind, dann helfe Euch Gott«, vollendete er zögernd. »Ihr müßt meine Offenheit entschuldigen.«
Galbert verzog bedauernd den Mund. »Vielleicht haben ihn Wegelagerer entführt und wollen Lösegeld verlangen«, sagte er hilfreich. »Das würde auch erklären, warum sie sich so lange nicht gemeldet haben. Sie mußten erst feststellen, wer Euer Gatte ist und ob man Geld für seine Freilassung verlangen kann.«
»Das ist nicht sonderlich beruhigend, was du da sagst«, brachte Aude hervor. Galbert sah sie schuldbewußt an.
»Was mach' ich jetzt?« rief sie.
»Vielleicht weiß Philipp einen Rat.«
Aude wollte Galberts Ansinnen ablehnen, als ihr zu ihrer eigenen Überraschung klarwurde, daß es genau das war, was sie wollte: Philipp von der unerwarteten Wendung der

Dinge zu erzählen und seine Meinung darüber zu hören. Sie wäre sogar mit einem seiner Scherze zufrieden gewesen; alles, mit dem sich ihr aufgebracht klopfendes Herz beruhigen ließ. *Wenn man dir etwas angetan hat, Geoffroi ...*
»Wie sollen wir Philipp finden in all dem Gewühl?«
»Er wird beim Dom sein, wie die meisten. Wenn wir gleich gehen, kommen wir vielleicht noch hinein.« Galbert packte den Steigbügel von Audes Pferd und hielt ihn ihr einladend hin, um ihr wieder hinaufzuhelfen.
»Bist du so eifrig, weil du selbst gerne in den Dom möchtest?« fragte sie.
»Nun ja ...«, Galbert wand sich ein wenig, »es sind immerhin die Reliquien der Heiligen Drei Könige. Und jetzt, zu dieser Zeit, haben sie vielleicht eine stärkere Wirkung als sonst. Wer weiß, welche Wunder man sehen kann.«
»Was ist so besonders an dieser Gelegenheit?«
»Aber der Tag des Herrn ist doch nicht mehr fern. Vielleicht geben sie uns ein Zeichen, ob das Reich von Jesus Christus anbricht und ob unser Herr Kaiser tatsächlich berufen ist, uns in dieses Reich zu führen.«
Aude starrte ihn an. Vage dämmerte ihr, daß auch zu Hause da und dort ein kleiner Herd der Erregung aufgeflackert war (wenn ein Kalb mit Mißbildungen geboren worden war, wenn ein Gewittersturm einen besonders alten Baum gefällt hatte, wenn man von Reliquien und Heiligenbildnissen hörte, die blutige Tränen weinten) und die Menschen sich ängstlich unterhielten, was die nahe Zukunft bringen mochte. Es waren Ausnahmefälle gewesen, wenn die Ernte eingebracht war oder schlechtes Wetter die Bauern zur Untätigkeit verdammte; ansonsten war jeder zu beschäftigt, um sich darum zu kümmern, welchen großen Ereignissen die Christenheit entgegentreiben

mochte. Die Mutter Kirche würde sich schon um das Seelenheil ihrer Herde kümmern. Aude hatte stets ebenso gedacht. Vielleicht lag es an ihrer besonderen Situation, daß ihr zum erstenmal ein kalter Schauer über den Rücken lief. Galbert fuhr unbekümmert fort: »Den meisten ist überhaupt nicht klar, welchen Zeiten wir entgegengehen. Die zwei Schwerter werden ihren letzten großen Kampf ausfechten, und nur eines davon kann gewinnen.«
»Was für zwei Schwerter?«
»Na ... die Schwerter eben. Das Schwert der Hölle und das Schwert des Himmels.«
»Es gibt kein Schwert der Hölle«, erklärte Aude trocken. »Und ein Schwert des Himmels gibt es ebensowenig. Du hast dem Garn der alten Weiber hinter den Spinnrocken gelauscht.«
»Ich habe es von einem Mann gehört, der der Knappe eines wichtigen Herrn war«, sagte Galbert mit Würde.
»Und weshalb ist er nicht mehr der Knappe des wichtigen Herrn? Hat er zu tief in dessen Weinfaß geschaut?«
»Nein, er mußte fliehen.« Seine Stimme wurde unwillkürlich leiser. »Er hatte Furcht, verhext zu werden. Wo sich wichtige Dinge abspielen, ist auch die Macht des Bösen nicht weit. Er hat es mir erzählt, als ich ihn zu seinem Haus brachte, und beschwor mich, es niemandem weiterzusagen.«
»Das hat er getan, damit niemand seinen Unsinn aufdeckt.« Aude schob den Fuß in den Steigbügel. »Dein Freund hat dich verspottet. Du solltest ihn aufsuchen und ihn kräftig auslachen.«
»Das geht nicht«, murmelte Galbert und machte ein bedrücktes Gesicht. »Es ist der Mann, der von den Banditen getötet wurde.«

»Dort ist Philipp«, rief Galbert über den Lärm der Menge hinweg, während sie versuchten, sich durch das Haupttor in den Vorhof des Doms hindurchzudrängen. Es war nicht erlaubt, heute Markt zu halten, aber der Geräuschpegel hätte nicht schlimmer sein können. Händler mit Bauchläden zwängten sich in derselben Anzahl durch die Menschenmassen wie die Taschendiebe, und jeder schrie sein Angebot aus Leibeskräften heraus. Der Platz vor dem Dom war ein schmales Geviert, eingefaßt von der Flanke des Kirchenbaus im Norden, dem Geisthaus, dem Erzbischöflichen Palast und dem Hohen Gericht an den anderen Seiten, seit einiger Zeit noch enger gemacht durch die ersten Bauhütten für den geplanten Neubau. Er bebte förmlich vor Erwartung, und wenn der Erlöser persönlich auf dem Kirchturm erschienen wäre, hätte es die aufgeregt aufeinander einschreienden Menschen nicht verwundert. Die ersten Verzückungsanfälle hatte es bereits gegeben. In einer Ecke bildete ein Knäuel Menschen einen schreienden und händefuchtelnden Narrenhaufen. Im Vorbeireiten sah Aude, daß sie Wetten auf zwei Männer abschlossen, die mit auf den Rücken gebundenen Händen umhersprangen und versuchten, eine an einen Stock genagelte Katze mit Kopfstößen zu töten. Die Katze wehrte sich aus Leibeskräften – beiden Männer lief das Blut bereits in verschwitzten Fäden über die Gesichter. Aude sah sich um.
»Wo?«
»Dort drüben, beim Brunnen.«
Bei einem schmucklosen Brunnen, an der Wand des Gerichts, standen die Menschen dicht an dicht gedrängt und reckten sich die Hälse aus. Ihre Gesichter waren der Kirche zugewandt. Auf der Seite, die dem Kirchenbau abgewandt war, saß Philipp, den Rücken gegen den Sockel ge-

lehnt und auf den Boden starrend. Aude zog am Zügel ihres Pferdes, aber Galbert war schneller. Sein Maultier drängte sich an den Leibern vorbei und schuf eine Gasse, durch die Audes Pferd folgen konnte. Sie machten vor Philipp halt, als ihr Schatten auf ihn fiel. Philipp hob den Kopf und blinzelte in die Helligkeit; schließlich hielt er eine Hand vor sein Gesicht und kniff die Augen zusammen.

»Aude Cantat«, sagte er mit schwerer Zunge. »Ist es Eure Erscheinung, die mich so blendet?« Er grinste.

»Ihr seid betrunken«, rief Aude erstaunt.

»Wie eine Horde englischer Kaufleute.« Er suchte mit der Hand auf dem Boden neben sich und fand einen schlaffen Weinschlauch, den er tätschelte. Aude warf Galbert einen raschen Blick zu; ihr Begleiter sah mit einer Mischung aus Amüsement und Bedauern zu Philipp hinunter. Philipp spähte zu ihm hinauf und nickte ihm würdevoll zu. »Paßt du gut auf sie auf?« fragte er und nickte befriedigt, als Galbert dies lächelnd bejahte.

»Wenn du zum Dom gehen möchtest, bleibe ich hier bei Philipp«, sagte Aude. Galbert sah sie überrascht an. »Nun geh schon. Ich weiß doch, daß du gerne hineinmöchtest.«

»Soll ich Euch das Maultier für Philipp hierlassen?«

»Mein Pferd steht in der Herberge, du Tor«, erklärte Philipp erstaunlich nüchtern. »Womit willst du denn zurückkommen, wenn du uns den Maulesel läßt?«

Galbert starrte Philipp unschlüssig an. Aude schwang sich kurzerhand vom Pferd. Philipp beobachtete sie mit einem zusammengekniffenen Auge.

»Dann geh' ich jetzt«, sagte Galbert zögerlich.

»Huschhusch«, machte Philipp und wedelte mit der Hand.

»Schau dir die ehrwürdigen Knochen an, damit du auf die Wiederkehr des Herrn vorbereitet bist.«

Galbert nickte und lenkte sein Maultier in die Menge zurück. Aude sah ihm einen Augenblick hinterher, bevor sie sich Philipp zuwandte. Sie wußte nicht, ob sie seinen Zustand zum Lachen oder verächtlich fand. Noch während sie darüber nachdachte, murmelte Philipp: »Wißt Ihr, daß dies die Stelle ist, an der ich Euren Mann zum drittenmal sah?«

»Wie meint Ihr das?«

»Zum erstenmal traf ich ihn, als sich die Büttel und ein Pilger wegen eines verlausten Propheten in die Haare kriegten, auf dem Marktplatz. Beim zweitenmal sammelte ich ihn vom Boden auf und sagte ihm, er solle vor der Stadt seinen Rausch ausschlafen. Beim drittenmal lag er hier genau an dieser Stelle, und die Gassenjungen räumten seine Tasche aus, ohne daß ich etwas dagegen unternommen hätte.«

»Deshalb habt Ihr Euch in der Herberge seiner angenommen.«

»Ja, und jetzt sitze ich hier, und Ihr nehmt Euch meiner an. Ist es nicht wunderbar, wie sich der Kreis schließt?« Er schüttelte den Kopf und machte ein betroffenes Gesicht, das seine sarkastischen Worte Lügen strafte. Aude seufzte; plötzlich fragte sie sich, wie sie ihn lächerlich oder verächtlich hatte finden können. Er war nur betrunken, das war alles. Irgend etwas in ihm hatte für einen Moment nachgegeben und nach Betäubung verlangt. Sie zupfte ihren Rock zurecht und setzte sich kurzerhand neben ihn auf den Boden. Die wenigen Menschen, die sich auf dem unliebsamen Platz in der Nähe des spritzenden Brunnens befanden, rückten noch weiter auseinander und warfen ihnen mißtrauische Blicke zu, und das Pferd nutzte die Gelegenheit und stapfte ein paar Schritte beiseite. Auf einmal stand es zwischen ihnen und den Besuchern des Domhofes und gab ihnen eine seltsame Art von Intimität.

»Er schließt sich nicht«, sagte sie ernst. »Als ich in die Stadt kam, sah ich den Galgen. Man hat zwei der Geldverleiher aufgehängt, mit denen wir gesprochen haben.«

Philipp nickte. Sein Gesicht war plötzlich bitter. »Es heißt, ben Petachya und ben David hätten seit langem Gegenstände aus christlichen Kirchen stehlen lassen oder angekauft, um sie für ihre eigenen kultischen Zwecke zu entweihen. Durch den Fang des einen wäre man auch auf die Machenschaften des anderen gekommen. Alles Lüge.«

»Wieso seid Ihr da so sicher?«

»Weil ich weiß, weshalb man Benjamin ben Petachya getötet hat.«

»Und weshalb?«

»Weil er die Schriften seiner Glaubensgenossen verwahrt hat. Und weil ich mein verdammtes Maul nicht halten konnte.« Er holte aus und schlug sich grob mit der Faust auf den Mund. Als er zum zweitenmal ausholte, nahm Aude seine Hand und hielt sie fest. Widerwillig ließ er sie zu Boden sinken. Auf seinen Lippen formte sich ein roter Fleck. Er sah sie an, und Aude erkannte die Scham und die Verwirrung in seinem Blick.

»Was habt Ihr mit seinem Tod zu tun?«

»Ich habe vor ein paar Tagen in Radolfs Haus erwähnt, daß die Juden ihre Schriften versteckten. Ich dachte zuerst, Ernst hätte mir gar nicht zugehört. Aber er hat es wohl getan.«

»Wer ist Ernst?«

»Ernst Guett'heure. Radolfs Kampfgefährte aus dem Pil-

gerzug. Oder auch nicht, denn ich wette um alles, was ich besitze, daß keiner von den beiden das Heilige Land auch nur von weitem gesehen hat. Aber das ist egal. Jetzt ist er ohnehin tot.«
»Ich glaube nicht, daß ich Euch folgen kann.«
»Ich kann mir selbst nicht folgen«, erklärte Philipp und begann unmotiviert zu kichern. »Ich bin mir immer zwei Schritte voraus. Oder einen hinterher.«
»Wollt Ihr mir nicht trotzdem erläutern, wovon Ihr sprecht?«
»Da gibt's nichts zu erläutern, werte Aude. Ich habe Ernst verraten, daß jemand die Dokumente des Judenviertels aufbewahrt. Er hat dafür gesorgt, daß der Bewahrer beseitigt wurde und man die Dokumente verbrannte. Er hat schon die ganze Zeit nach den Unterlagen gesucht, deshalb hat er auch dafür gesorgt, daß man Yohai ben David die Monstranz unterschob. Da wußte er noch nicht, daß er an der falschen Stelle suchte. Ich bin sicher, daß Jehuda Meir das gleiche wie ben David passiert wäre, wenn er nicht Benjamin ben Petachya vorher gekriegt hätte und sich mit Meir nicht mehr abzugeben brauchte. Sonst hätte er einfach systematisch jeden von ihnen vernichtet, einen nach dem anderen.«
»Wollt Ihr damit sagen, daß dieser Ernst Guett'heure versucht hat, alle jüdischen Geldverleiher beiseite zu schaffen?«
»Ich will sagen, daß es ihm darauf ankam, ihre Dokumente zu zerstören«, stöhnte Philipp und vergrub das Gesicht in den Händen.
»Aber warum? Was hatte er davon, zum Teufel? Hatte er so hohe Schulden, daß sie ihm ein Mordkomplott wert waren? Das hätten ja ungeheure Summen sein müssen.«

Plötzlich sah er auf und fixierte Aude scharf. »Er sagte, sein Gut läge gleich jenseits der Grenze. Jemand, der so viel Geld verbraucht, muß landauf, landab bekannt sein. Sagt Euch der Name gar nichts: Guett'heure?«

Aude überlegte, aber es dauerte nicht lange. Sie schüttelte den Kopf. »Es gibt in der ganzen Champagne, in Vermandois und in Artois kein Gut, dessen Herr einen solchen Namen trüge«, sagte sie.

Philipp sagte etwas, aber seine Worte gingen in einem plötzlichen tausendstimmigen Aufschrei unter. Eine Bewegung ging durch die Menschenmassen auf dem Platz wie Wind, der durch ein Kornfeld fährt. Mit einem schweren Dröhnen begannen die Glocken des Doms zu schlagen. Die Leute um den Brunnen herum drängten vorwärts. Das Pferd begann erschrocken zu wiehern und zu stampfen. Aude sprang auf die Beine und faßte nach den Zügeln, um es zu beruhigen. Philipp kam taumelnd in die Höhe und mußte sich an der Hausmauer festhalten.

»Was ist los?« rief Aude und kämpfte mit dem Pferd.

»Sie sind alle verrückt geworden«, schrie Philipp mit zornigem Gesicht und machte eine Handbewegung, die die halbe Stadt umfaßte. »Sie wollen alle ein Stäubchen von den Reliquien ergattern, damit Gott sie beim Jüngsten Gericht als Gläubige wiedererkennt.«

Die weiter hinten Stehenden schoben die Menschen vor sich an und drückten sie zum Dom. Eine stolpernde, zähe Bewegung kam in die Menge und zerrte auch Aude, Philipp und das Pferd mit sich.

»Steigt auf das Pferd«, rief Aude und schob Philipp gegen die Flanke des Tieres, das mit rollenden Augen und wildem Schnauben gegen die Massen antrat, die es einschlossen.

»Es ist eine Stute«, lallte Philipp.
»Eure Mannesehre wird schon keinen Schaden erleiden.«
Philipp zog sich am Sattel in die Höhe und strampelte mit den Beinen; als das Pferd einen Satz zur Seite machte, verlor er den Halt und fiel bäuchlings über die Kruppe des Tieres. Aude packte seine Waden und versuchte zu verhindern, daß er auf der anderen Seite hinunterfiel, zog ihn aber fast wieder herunter. Philipp hielt sich verzweifelt an der Mähne fest. Aude hörte ihn unterdrückt fluchen; er schwang ein Bein über den hohen Rand des Sattels, schaffte es aber nicht, das zweite Bein nachzuziehen. Plötzlich überwältigte Aude die unfreiwillige Komik der Situation. Sie begann zu prusten, und als Philipp sie mit wütend rollenden Augen aus seiner erbärmlichen Lage anstarrte, brach sie in Lachen aus. Kurzerhand griff sie Philipp an den Hintern und schob ihn mit einer gewaltigen Anstrengung auf das Pferd, bis er vor dem Sattel auf der Kruppe saß.
»Was gibt es da zu lachen?« brüllte Philipp und begann im selben Augenblick noch lauter zu lachen als sie. Er beugte sich nach unten, hielt ihr die Hand hin und zog sie hinter sich in den Sattel. Aude klammerte sich an ihm fest und versuchte sich zu beruhigen. »Wie ein Sack Mehl«, beschwerte sich Philipp und rief einen neuerlichen Lachanfall hervor.
Das Pferd bewegte sich schwerfällig hin und her und versuchte, Platz zu gewinnen. Jemand schrie auf, als es ihm auf die Zehen trat, und ein anderer holte mit der Faust aus und schlug ihm voller Zorn auf die Flanke. Die Stute wieherte und machte einen Satz. Die ersten Flüche aus der Masse der Umstehenden wurden laut.
»Gleich werfen sie mit Steinen«, unkte Philipp und sah sich kämpferisch um. »Wir müssen verschwinden.«

»Wohin?« schrie ihm Aude ins Ohr.
»Irgendwohin. Zum ›Kaiserelefanten‹.«
Aude wendete das Pferd mit Mühe. Ein Mann wurde zu Boden gerempelt und versuchte sich mit furchtsamen Bewegungen vor den Pferdehufen in Sicherheit zu bringen, aber das Pferd stieg vorsichtiger über ihn hinweg als die anderen Menschen auf dem Platz. Philipp schwang wie wild beide Arme und brüllte den Leuten zu, aus dem Weg zu gehen, und half mit Tritten nach, wo seine Worte nichts nutzten. Die Glocken dröhnten mit ungeminderter Wucht zwischen den Wänden der Gebäude und über das Geschrei hinweg und verursachten Aude Kopfschmerzen. Dank Philipps Gezappel war es ihr fast unmöglich zu sehen, was voraus lag, aber das Pferd, das mittlerweile schnaubte und schäumte und an den Zügeln riß, bewegte sich von allein in jede Lücke, die ihm zuteil wurde. Schließlich hatten sie die Meute verlassen und lenkten das Pferd hinaus in die Gassen der Stadt. Als sie in die Bechergasse einbogen, milderte sich der Lärm der Glocken und der brüllenden Menschenmasse.
»Mir ist schlecht«, brummte Philipp.
»Ihr hättet nicht soviel Wein trinken sollen. Gut, daß Ihr den Schlauch nicht mehr habt.«
Philipp hob eine Hand und holte den Weinschlauch aus seinem Wams hervor. Mit einer müden Handbewegung zeigte er ihn nach hinten.
Der Alte Markt war ungewöhnlich ausgestorben, als sie ihn betraten und sich nach Osten in die Mühlengasse wandten, zum Eingang des »Kaiserelefanten«. Lärm drang heraus, während sie sich einig zu werden versuchten, wer als erster vom Pferd steigen sollte.
Ein Knecht kam in den Innenhof gelaufen und half Aude

abzusteigen, womit das Problem geklärt war. Der Knecht machte einen erhitzten Eindruck. Von der Eingangstür der Herberge drang Geschrei.
»Was ist da drin los?« fragte Philipp, der unsicher auf seinen Beinen stand, als er den Boden endlich erreicht hatte.
»Die Leute sind besoffen und haben zwei Haufen gebildet«, keuchte der Knecht. »Die einen grölen für den Kaiser, die anderen für den Papst. Alle miteinander werden sie jeden Moment anfangen, die Tische zu zerschlagen. Ich bringe nur Euer Pferd weg, dann hole ich die Büttel.«
»Hol sie lieber gleich«, brummte Philipp. Er dachte an die Szene im Frauenhaus. »Und gib mir den Zügel wieder.«
»Was habt Ihr vor?« fragte Aude.
»Wir gehen wieder. Ich habe so eine Situation schon vor ein paar Tagen in der Stadt erlebt. Danach gab es eine Menge brummende Köpfe und eingeschlagene Zähne.«
Aude starrte unschlüssig auf die Tür zur Herberge.
»Kommt, steigt auf«, drängte Philipp. »Ich hole mein eigenes Pferd.«
»Wo wollt Ihr denn hin?«
»Nach Hause.«
»Ich kann die Stadt nicht verlassen«, sagte Aude. »Der Wirt hat mir erklärt, es hätte jemand nach Geoffroi gefragt – zwei Männer. Er hat sie an Euch verwiesen.«
»Ist das wahr?«
»Er sagte allerdings, es hätte sich um zwei üble Burschen gehandelt.«
Aude sah, wie ein paar schnelle Gedanken über Philipps Gesicht huschten und seine Augen nachdenklich wurden. Sie kannte seine Mimik gut genug, um sie zu deuten. »Was ist Eure Meinung dazu?« fragte sie.
Sie erwartete nicht wirklich, daß er ihr die Wahrheit sagen

würde. Sie wußte, daß er sie in bezug auf ihren Mann nicht belog, weil er sie der Wahrheit nicht wert erachtete, sondern weil sein verqueres Ehrgefühl ihn trieb, sie zu schonen. Zu ihrem Erstaunen war er diesmal offen; vielleicht war es der Alkohol in ihm.
»Meine Meinung ist, daß es genau die Burschen waren, mit denen er sich die ganze Zeit treffen wollte.«
»Aber weshalb?«
»Vielleicht wollte er ihnen Diebesgut verkaufen.«
»Wie könnt Ihr das sagen?« empörte sie sich. Philipp machte eine beschwichtigende Handbewegung.
»Laßt uns das Thema nicht vertiefen«, sagte er. »Ihr wißt, wie er mir mitgespielt hat, und Ihr könnt das nicht wegdiskutieren, ganz gleich, wie sehr Ihr mir das Lied von seiner Güte singt.«
Aus dem Inneren des »Kaiserelefanten« ertönte ein wütender Schrei, der sich über das allgemeine Lärmen hinwegsetzte. Etwas zerbrach mit lautem Krach.
»Wenn der Wirt die Kerle zu mir geschickt hat, werden sie früher oder später auf dem Gut auftauchen«, sagte Philipp. »In diesem Tollhaus hier würdet Ihr sie ohnehin nicht finden.«
Aude stieg mit mißmutigem Gesicht auf ihr Pferd, Philipp atmete auf und lief, um seinen eigenen Gaul aus dem Stall zu holen. Während sie die Breite Straße zur Ehrenpforte hinauffritten, hörte er hinter sich das Getrappel der Büttel, die zum »Kaiserelefanten« liefen.
Sie kamen jedoch nicht weit. Als sie die Stadt hinter sich gelassen hatten, beunruhigte der zuckelnde Trab der Pferde Philipps Eingeweide in einem nicht mehr erträglichen Maß. Schließlich bat er Aude um eine Pause. Er lenkte sein Pferd von der Straße herunter einige Dutzend

Schritte in ein brachliegendes Feld hinein. In der Mitte des Feldes, als Grenzmarkierung wie als Windschutz gleichermaßen, erhoben sich Sträucher und eine kleine Gruppe von sommergrünen Birken, die um einen freien Platz herum wuchsen. Die Pferde zerteilten die Sträucher und blieben stehen, und Philipp glitt aufseufzend aus dem Sattel und sank zu Boden. Sein Magen war ein harter Knoten, und er bemühte sich, seinen Inhalt dort zu lassen, wo er war. Als der Krampf ein wenig nachließ, richtete er sich in sitzende Position auf und sah zu Aude hoch. Er spürte den Schweiß auf seiner Stirn.
»Tut mir leid, aber mir ist verdammt übel«, stieß er hervor. »Es geht gleich wieder.«
Zu seinem Erstaunen sagte Aude nüchtern: »Ihr solltet Euch übergeben, dann fällt es Euch leichter.«
»Es geht auch so. Der Wein muß erst noch gekeltert werden, der mich dazu bringt, mein Essen wieder von mir zu geben.« Er blinzelte, als seine Worte ein bestimmtes Bild in ihm entstehen ließen. In seiner Kehle stieg ein saurer Geschmack auf.
»Männerstolz«, seufzte Aude. Sie sah sich um. Die Sträucher wuchsen zu hoch, als daß man die Straße oder die Stadt hätte sehen können. Das kleine Fleckchen hätte meilenweit von jeder menschlichen Ansiedlung entfernt sein können, und wer auf der Straße vorbeiritt, würde nicht ahnen, daß sie hier waren. »Galbert wird uns suchen«, meinte sie.
»Wenn er uns nicht findet, reitet er nach Hause. Ich hoffe nur, er wird nicht in irgendwelche Schwierigkeiten verwickelt. Ihr habt gesehen, was im ›Kaiserelefanten‹ los ist; die ganze Stadt ist in dieser Stimmung.«
»Die Stadt ist in der Stimmung, das Jüngste Gericht zu

erwarten«, sagte Aude, erstaunt über den Sarkasmus in ihren Worten. Wie es schien, hatte Philipps Defätismus sie angesteckt.

»Nicht alle, nur die Pilger«, widersprach Philipp. »Die Bürger haben weltlichere Probleme: auf welche Seite sie sich schlagen sollen, Kaiser oder Papst.«

Aude trat ein wenig auf der Stelle herum, dann strich sie ihr Kleid glatt und setzte sich neben Philipp auf den Boden. Die Sonne und die leichte Brise hatten ihn von den vergangenen Regenfällen getrocknet, und die Birkenblätter des letzten Herbstes waren schwache goldene Einsprengsel im dichten, saftgrünen Gras.

»Galbert glaubt daran, daß bald die Welt untergeht«, sagte Aude.

»Da hat er eine Menge Gesinnungsgenossen.«

»Er sagte, der Mann, dessen Haus von den Gesetzlosen überfallen wurde, hätte ihn überzeugt.«

»Lambert?« Philipp sah auf. »Ich hätte es mir denken können. Daher sein Gerede, daß alles egal sei.«

»Angeblich soll jener Lambert vor seinem Herrn geflohen sein.«

»Ich hatte Lambert von einem Händler, den ich gut kenne, in den Dienst meines Herrn übernommen. Der Händler versicherte mir, er wüßte nichts Schlechtes über ihn.«

»Vielleicht tat er gut daran zu fliehen. Galbert sagte, er fürchtete um sein Leben. Er hatte Angst, verhext zu werden.«

»Verhext zu werden?« Philipp keuchte. »Lieber Himmel, ich weiß, welchem Herrn Lambert davongelaufen ist. Radolf!« Er schlug sich vor die Stirn. »Mein Gott. Lambert war Radolfs Knappe. Deshalb konnte er gut mit Pferden umgehen, und deshalb verstand er nichts von der Bauernarbeit. Und er lief vor seiner Furcht weg zu mir, und ich habe ihn aufgenommen und ihm so den Tod gebracht.«

Aude sah ihn überrascht an. Sein Gesicht war blaß und verkniffen, aber es kam nicht nur von seinen revoltierenden Eingeweiden.

»Wollt Ihr Euch auch seinen Tod aufladen? Nach dem Ende der jüdischen Geldverleiher?«

»Ich will ihn mir nicht aufladen, ich sage nur, was die Tatsachen sind.«

»Auf Eure so ganz rationale Weise.«

»Genau so«, versetzte Philipp bissig.

»Auf die gleiche Weise, wie Ihr ganz rational beschlossen habt, Euch zu betrinken. Für beide Tode auf einmal, damit Euch nur einmal schlecht wird.« Sie sah sofort, daß ihre Worte ihn mehr verletzt hatten, als sie beabsichtigt hatte.

»Das wollte ich nicht sagen«, erklärte sie.

»Und ich wollte es nicht hören.«

»Auf der anderen Seite«, rief sie mit wiedererwachendem Unmut, »seid Ihr selbst daran schuld, daß es mir herausgerutscht ist. Euer dauerndes Ausweichen macht mich wütend.«

»Wovor weiche ich denn aus?« murmelte Philipp. »Ich wollte, ich wäre dem verdammten Weinschlauch ausgewichen.«

»Da, Ihr fangt schon wieder an. Wann immer Euch etwas nahegeht, flüchtet Ihr Euch. Ihr flüchtet nach vorn in einen Scherz, eine dumme Bemerkung, und wenn das nicht geht, dann kauft Ihr Euch einen Schlauch voller Wein und flüchtet Euch dort hinein.«

»Ein Mann darf sich doch wohl einmal betrinken, wenn ihm danach ist.«

»Wenn ich das schon höre. Warum ist Euch denn nach

Trinken? Weil ihr fröhlich seid und Euch den guten Geschmack von Wein dazu leisten wollt?«

Philipp schüttelte verdrossen den Kopf. Aude beschloß, ihn nicht zu Wort kommen zu lassen.

»Warum seid Ihr aus dem Kloster ausgetreten?« fragte sie. Philipp hob den Kopf und sah sie verblüfft an. »Nun sagt schon: warum?« wiederholte sie.

Er antwortete ihr so lange nicht, daß sie zu befürchten begann, mit ihrer Frage die Grenze überschritten zu haben, die er ihr zubilligte.

»Weil ich nicht dorthin gehörte«, sagte er dann.

»Woher wißt Ihr das?«

»Da gibt es nichts zu wissen. Manche Dinge kann man fühlen.«

»Und was habt Ihr gefühlt?«

Er warf ihr einen prüfenden Seitenblick zu. Es dauerte wiederum lange, bis er sprach. Allmählich kehrte Farbe in sein Gesicht zurück.

»Die Brüder in einem Kloster sind Teil einer Gemeinschaft. Ich war es nicht. Das konnte ich fühlen.«

»Haben sie es Euch auch fühlen lassen?«

»Nein. Nein, nicht wirklich. Sie haben mir sogar angeboten dazuzugehören. Als ich noch ein Knabe war. Auf ihre Weise. Johannes ...«, er stockte. Aude beugte sich nach vorn.

»Was ist mit Johannes?« fragte sie sanft. »War er Euer Freund?«

»Nein. Ich hatte dort keine Freunde.«

»Da seid Ihr im gleichen Irrtum befangen wie immer. Ihr habt keine Freunde auf dem Hof, Ihr hattet keine Freunde im Kloster. Johannes wäre gern Euer Freund gewesen, Ihr habt nur nicht zugelassen, daß er es wurde.«

»Wie wollt Ihr das denn wissen?«
»Es gibt Dinge, die teilen sich einer Frau nach ein paar Momenten mit. Daß er sich dazu durchrang, wegen Geoffroi im Kloster herumzufragen, tat er nicht für mich. Daß er Euch trotz Eurer harten Worte nochmals in das Archiv führte.«
»Was weiß ich«, stieß Philipp hervor. »Ich weiß nur, als wir Knaben waren ...«
»Habt Ihr Euch geliebt? Ich meine: körperlich?« Sie hatte nicht gedacht, daß sie es herausbringen würde, was sie schon die ganze Zeit über von Johannes vermutet hatte. Sie merkte, daß sich ihre Wangen röteten, und sie hielt die Luft an. Es war nicht ihre Art, lange mit den Dingen, die sie sich dachte, hinter dem Berg zu halten, aber Philipp war doch ein Fremder und ihre Frage mehr als intim. Philipp starrte den Boden an und sah ihr nicht ins Gesicht. Sie war erstaunt, wie ruhig seine Stimme war, als er antwortete: »Er wollte es, glaube ich ... und einmal habe ich ...«, er schüttelte den Kopf in Erstaunen und Bestürzung gleichermaßen. Aude wartete, und wie sie gehofft hatte, begann er wieder zu sprechen.
»Er hatte eine Schar von Novizen um sich versammelt, als wir alle zwölf, dreizehn, vierzehn Jahre alt waren. Nur die klügsten Köpfe. Es gab ein Aufnahmeritual in diesen Kreis. Manche von den älteren Mönchen wußten davon, manche nicht.« Er räusperte sich. »Es bestand darin, nachts mit ihm und einem anderen der bereits Aufgenommenen zur Latrine zu schleichen und sich zu entblößen. Weiter nichts. Wenn man es tat, war man aufgenommen.«
»Ihr habt es nicht getan.«
Philipp biß die Zähne zusammen und antwortete nicht. Aude erkannte, daß er nicht darüber sprechen würde. »Ihr

habt es getan«, sagte sie hellsichtig, »aber etwas ging schief.«
»So kann man es nennen«, knurrte Philipp heiser. »Hört, Aude, ich will nicht darüber reden.«
»Warum?«
Er sah auf und starrte ihr verwundert ins Gesicht. »Es gehört sich nicht, so offen zu sprechen.«
»Weil ich eine Frau bin?«
»Weil Ihr nicht meine Frau seid.«
Sie seufzte; als sie in seine Augen sah, erkannte sie, wie ihm bewußt wurde, daß er zum zweitenmal ihre Freundschaft zurückgewiesen hatte. Sie sah, daß es ihn schockierte. Er suchte nach Worten.
»Als ich fünfzehn war, beobachtete ich einen der Knechte meiner Eltern beim Fischen im Fluß«, sagte sie im Erzählton. »Es war ein heißer Sommer. Er hatte seinen Kittel ausgezogen und stand mit entblößtem Oberkörper im Wasser, ein grobes Netz in den Händen. Er war ein junger Mann, vielleicht achtzehn oder neunzehn Jahre alt. Ich hatte ihn vorher nie eines Blickes gewürdigt, aber jetzt, während ich im Gebüsch lag und ihm zusah, begann er mir zu gefallen. Die Sonne brannte auf seinen Rücken, und er bewegte sich kaum, um die Fische in Sicherheit zu wiegen. Der Fluß warf zuckende Reflexe auf seinen Brustkorb und seinen Bauch; die Arme hielt er halb ausgestreckt, die Hände leicht gekrümmt, als würden sie das vom Wasser durchflutete Netz weniger halten als liebkosen. Ich stellte mir vor, seine Hände würden statt dessen auf meinen Hüften liegen, und dann stellte ich mir vor, wie es wäre, wenn diese Hände von meinen Hüften aus nach oben wandern würden, zu meinen Rippen, und von da zu meinen Brüsten, und ich stellte mir vor, wie es wäre, wenn andere Hände

als meine eigenen mich dort berühren würden. Ich wußte, daß dieser Gedanke sündig war und nicht sein durfte, und ich dachte an Geoffroi, der irgendwo im Herzogtum unterwegs war und dem ich versprochen war, und dann dachte ich daran, wie die Hände des Knechts von meinen Brüsten zu meinem Bauch hinunterwandern würden, von meinem Bauch zu meinen Schenkeln ...«, sie räusperte sich und wagte nicht, Philipp in die Augen zu sehen, aber sie fuhr mit ihrer Erzählung fort: »Ich spürte eine Berührung dort, wohin ich mir die Hände des Knechts wünschte, und ich erschrak beinahe, denn ohne daß ich es merkte, hatten sich meine eigenen Hände unter meinen Rock bewegt. Ich brachte es nicht über mich, sie fortzuziehen oder daran zu denken, daß die Strafe für mein Tun in einem ganzen Jahr strengen Fastens bestehen würde, wenn ich es dem Priester beichtete. Dann stellte ich plötzlich fest, daß der Knecht seine Fische schon lange gefangen hatte und aus dem Fluß gestiegen war und arglos auf das Gebüsch zukam, in dem ich lag. Voller Schreck sprang ich auf, anstatt mich zu verstecken, und stand direkt vor ihm. Er zuckte zurück und sah mich erschrocken an. Sein Oberkörper perlte vor Nässe und seine Hosen klebten eng an seinen Beinen. Er starrte mich an, und ich starrte zurück. Irgend etwas mußte sich ihm mitgeteilt haben, denn ich sah – ich kann nicht beschreiben, mit welchen Gefühlen –, wie sich hinter dem nassen Schamtuch etwas zu regen und anzuschwellen begann. Er tat nichts, um es zu unterdrücken, er sah mich nur an, mit erstaunten Augen und geöffnetem Mund.«

Aude seufzte und zuckte mit den Schultern. »Wir liebten uns im Gebüsch, drei- oder viermal, bis er nicht mehr imstande war, sich ein weiteres Mal zu regen. Danach

hatte ich meine Unschuld verloren, aber ich trauerte ihr nicht nach. Ich beichtete es auch nicht. Ich ängstigte mich eine Woche lang, daß er mich geschwängert haben könnte, aber ich hatte Glück. Später, als ich Geoffroi heiratete, nahm ich mir ein Herz und erzählte ihm noch vor unserem ersten Beisammensein, was passiert war. Er sagte, ich hätte recht getan. Ich hatte Angst davor gehabt, es ihm zu erzählen, aber ich war immer seiner Meinung gewesen: Ich hatte recht getan. Nichtsdestotrotz passierte es niemals wieder. Es gab nur diese eine Gelegenheit. Ich sah den Mann täglich, aber ich fühlte mich nicht mehr zu ihm hingezogen. Ich werde ihm aber ewig dankbar sein, daß er nie etwas davon weitergab.«
Philipp sagte: »Weshalb habt Ihr mir diese Geschichte erzählt?«
»Ich weiß nicht. Vielleicht wollte ich ein Geheimnis mit Euch teilen. Vielleicht wollte ich Euch erklären, daß vieles von dem, was man tut, nicht unrecht ist, wenn man es selbst akzeptiert und akzeptieren kann.« Sie lächelte schief. »Pierre Abaelard.«
»Es ist nichts passiert zwischen Johannes und mir«, sagte Philipp rauh.
»Das spielt keine Rolle. Vielleicht hättet Ihr gewollt, daß etwas passierte, vielleicht nicht – es ist vollkommen egal. Ich bin sicher, Johannes hätte es gewollt, aber was immer geschah, er hat es akzeptiert. Wer es nicht akzeptierte, wart Ihr. Er hätte Euch seine Liebe gegeben, auf die Art und Weise, wie er dazu fähig war, aber Ihr habt sie ausgeschlagen, weil Ihr Eure eigenen Gefühle dabei nicht annehmen konntet. Dabei waren Eure Gefühle da; Ihr konntet nichts dagegen tun. Ihr müßt die Gelassenheit finden, das anzunehmen, was Ihr nicht ändern könnt, und die Stärke, Euch

gegen das aufzulehnen, was zu ändern ist. Und die Weisheit«, schloß sie mit halbem Lächeln, »das eine vom anderen zu unterscheiden.«

»Was soll das?« rief Philipp. »Meine Eltern haben mich als Säugling vor der Klosterpforte ausgesetzt. Wollt Ihr mir einreden, ich hätte das auch akzeptieren sollen? *Ich* war es, der nicht akzeptiert wurde!«

»Sie haben Euch vermutlich nicht gern dort abgegeben. Vielleicht waren sie zu arm, um ein weiteres Kind zu haben.«

»Kinder sind der einzige Reichtum der armen Leute. Sie wollten mich nicht, das ist alles.«

»Ich denke, sie hatten einfach Angst.«

»Angst? Wovor?«

»Davor, daß sie Euch nicht aufziehen konnten. Davor, daß sie Euch nur ein Leben in Armut und Schmutz, ein Leben des Hungers, der Krankheiten und des frühen Todes hätten bieten können. Davor, daß Euer Leben in Schande verlaufen wäre. Habt Ihr schon einmal daran gedacht? Daß Eure Mutter Euch vielleicht in Schande empfangen hat? Hättet Ihr gern als namenloser Bastard eines namenlosen Hörigen gelebt?«

Philipp lachte ärgerlich. »Ich glaube, Ihr wollt mir wirklich noch einreden, daß ich auch das zu akzeptieren hätte. Warum nehmt Ihr sie in Schutz?«

»Weil ich glaube, daß vieles, was einem weh tut, nur aus der Angst der anderen Menschen entspringt.«

»Irgend jemand hat einmal gesagt, Schmerz und Unrecht entsprängen aus der Schwäche des Menschen.«

»Was ist Angst anderes als Schwäche? Und was ist Schwäche anderes als eines der Geschenke, die der Herr seinen Geschöpfen mitgegeben hat? Ja, ich bin der Meinung, daß

jeder seine eigene Schwäche akzeptieren muß. Und wenn Ihr es wissen wollt: Ja, ich bin der Meinung, daß Ihr es akzeptieren müßt, daß Eure Eltern Euch im Kloster ausgesetzt haben. Es ist nun einmal passiert. Es ist Euch sogar Gutes daraus erwachsen. Und selbst wenn es das nicht wäre, müßtet Ihr diesen Umstand annehmen. Er gehört unmittelbar zu Euch und Eurem Leben.«
Philipp schwieg. »Ihr haltet mir da eine ganz schöne Standpauke«, sagte er dann.
»Nein«, erwiderte Aude, »das tue ich nicht, wenn Standpauke das bedeutet, was ich meine. Ich wollte nur ehrlich sein.«
»Ihr wolltet ein Freund sein«, sagte Philipp. »Ich danke Euch dafür. Und ich danke Euch für Eure Geschichte. Ich wollte, ich könnte Eure Offenheit ebenso vergelten, aber es fällt mir zu schwer.«
»Ihr müßt nicht eine Offenheit mit der anderen vergelten. Hier geht es nicht um Geben und Nehmen.«
»Ich weiß. Ich will nur sagen: Ich möchte auch Euer Freund sein.«
Aude neigte den Kopf. Zu ihrer eigenen Überraschung machten seine Worte sie verlegen, aber sie zwang sich dazu, ihm ins Gesicht zu sehen. Als sie sah, daß seine Wangen sich röteten, konnte sie ein Lächeln nicht unterdrücken, aber es war kein spöttisches, sondern ein fröhliches Lächeln, und Philipp erwiderte es nach einem Augenblick.
Der Ring aus Sträuchern und Bäumen schirmte nicht nur gegen die Umgebung hin ab, er fing auch die Sonne unter den Zweigen der Birken und speicherte ihre Wärme. Aude und Philipp saßen nebeneinander, dichter, als sie es selbst gewahr wurden, und schwiegen. Nach einer Weile begann Philipp zu blinzeln, und der Kopf wurde ihm schwer.

»Warum ruht Ihr Euch nicht ein wenig aus?« fragte Aude sanft. »Es ist noch früh am Nachmittag, und der Hof Eures Herrn ist nicht mehr so weit entfernt. Wir sind nicht in Eile.«
Philipp schüttelte den Kopf.
»Ich kann doch nicht einfach einschlafen«, erklärte er hartnäckig.
Aude verzichtete darauf, ihm erneut seinen Männerstolz vorzuwerfen. Schließlich bequemte sich Philipp dazu, sich gegen eine der Birken zu lehnen – um seinen Rücken zu entlasten, wie er sagte. Erwartungsgemäß nickte er bald darauf ein, mit angezogenen Knien und an den Stamm gelehntem Kopf. Aude betrachtete ihn; seine Züge entspannten sich, als er tiefer in den Schlaf glitt, und verloren den sarkastischen Zug, den ihm die Falten um die Mundwinkel verliehen. Fast glaubte sie den Jungen zu sehen, in den der Knabe Johannes sich verliebt hatte. Sie dachte über das nach, was sie gesagt hatte, und versuchte Scham darüber zu empfinden, daß sie ihm etwas erzählt hatte, was vor ihm nur Geoffroi wußte. Wieder war sie erstaunt darüber, wie ähnlich sich die beiden Männer im Grunde waren. Ebenso wie Geoffroi hatte auch Philipp ihr Geständnis hingenommen, ohne sie zu verurteilen; und ebenso wie Geoffroi war Philipp nicht fähig, diesen Großmut auch bei sich selbst walten zu lassen. Geoffroi hatte sich von seiner Selbstverachtung dorthin stoßen lassen, von wo es schwer war zurückzukommen. Philipp war noch nicht dort angekommen; ohne sich darüber bewußt zu sein, lieferte er seinem Dämon einen harten Kampf. Eines hatte sie ihm nicht gesagt: Es war richtig, sich selbst mit allen Fehlern und Makeln zu akzeptieren; aber es war falsch, daraus zu schließen, daß man den Kampf gegen

jene Seite in sich, die einen die Fehler begehen ließ, aufgeben durfte. Es war ein Kampf, und es war in Ordnung, die eine oder andere Schlacht zu verlieren – aber den Kampf aufzugeben war eine Sünde. Philipp hatte den Kampf nicht aufgegeben.
Philipp stieß den Atem aus und schien in einen Traum geraten zu sein, der sein Gesicht wieder anspannte und härter, älter, sarkastischer werden ließ. Der Junge war verschwunden, und der Mann saß wieder vor ihr. Plötzlich fühlte sie das Bedürfnis, ihn zu küssen. Sie saß wie angewurzelt auf dem Boden und bewegte sich nicht. Dann ertönte so lautes Gelächter von der Straße, daß es selbst bis hierher drang, und der Moment ging vorbei.

Der Lärm kam von einer umfangreichen Gruppe Berittener. Aude spähte durch das Gebüsch und entdeckte Farben, die ihr bekannt waren. Als Philipp neben sie trat und sich gähnend mit der Hand durch das Gesicht fuhr, rückte sie beiseite. Er warf ihr einen schuldbewußten Blick zu und kniff die Augen zusammen, um zur Straße hinüberzusehen.
»Das sind die Gefährten meines Herrn«, sagte er. »Scheinbar ist der Trubel in der Stadt fürs erste vorbei.«
Sie holten die Gruppe eine Meile später ein; da ihre Pferde staubbedeckt waren, nahm jedermann an, sie seien ihnen schon die ganze Zeit auf der Straße gefolgt und hätten nun endlich aufgeschlossen. Es wurden keine Fragen gestellt, und Philipp und Aude sahen sich nicht gezwungen zu lügen.
Zu lügen? dachte Philipp. *Was hätte ich denn leugnen sollen? Daß ich mit meinem Rausch im Bauch in der Sonne eingeschlafen*

bin und die Frau eines verschwundenen Schurken meinen Schlaf bewacht hat? Er sah vorsichtig zu Aude hinüber, die mit gesenktem Kopf ein paar Schritte vor ihm ritt, umgeben von den plaudernden Frauen der Gefährten seines Herrn. Philipps Denken befaßte sich mit dem Anblick von Audes lächelndem Gesicht, eingerahmt von ihrem seltsam kurz, seltsam ungleichmäßig geschnittenem Haar. Unwillkürlich verglich er sie mit Dionisia, und der Vergleich verwirrte ihn. Der Wein pochte noch immer in seinem Kopf und verursachte ihm Unbehagen, und die tiefstehende Sonne brannte in seine Augen. Seufzend ließ er sich im Sattel zusammensinken und schrieb seine Verwirrung den Nachwirkungen des Rausches zu, wohl wissend, daß sie damit gar nichts zu tun hatte.
Es war noch jemand still und in sich gekehrt auf dem Heimweg: Galbert. Obwohl die Knappen und Knechte der Herren um ihn herum scherzten und alberten, blieb er schweigsam und mürrisch. Man hatte ihn nicht mehr in die Kirche hineingelassen. Statt dessen war eine Gruppe Mönche nach draußen gekommen und hatte die Menschen ermahnt, sich ruhig zu verhalten und nach Hause zu gehen. Von den nahenden Tagen der Wiederkehr Christi hatten sie nichts gesagt, und er fragte sich, wie er und die vielen hundert anderen einfachen Menschen, die mit ihm auf dem Platz standen, während des großen Umbruchs bestehen sollten, wenn ihre geistlichen Führer ihnen keinerlei Verhaltensmaßregeln nahelegten. Wäre er nicht zu enttäuscht zu einem Gespräch gewesen, hätte er die Knechte der Herren befragen und feststellen können, daß auch innerhalb der Kirche niemand die Wiederkunft Christi erwähnt hatte. Der Unterschied war nur der, daß dieser Umstand den Herren und Damen völlig egal war.

Während des gemeinsamen Abendmahles auf dem Hof näherte sich einer der Torwächter dem Tisch, an dem der einigermaßen wiederhergestellte Philipp mit Raimund und seinen nächsten Gefährten saß. Er trug eine Fackel und ein merkwürdiges Gesicht zur Schau und flüsterte Philipp etwas ins Ohr, woraufhin dieser die Brauen zusammenzog und hastig aufstand. Aude sah ihm nach, wie er zusammen mit dem Wächter mit großen Schritten zum Tor eilte.
»Bist du wirklich sicher, daß es das gleiche Mädchen ist?«
»Es ist die Kleine aus dem Dorf, mit der du reden wolltest und die nichts gesagt hat«, erklärte der Wächter. »Ich hab' sie doch gesehen, als wir dort waren.«
Das Mädchen stand verloren im Fackelschein gleich hinter dem Tor. Entweder hatten die Wächter ihre Ungefährlichkeit erkannt, oder die Angst, die sie ausstrahlte, hatte sich auch ihnen mitgeteilt – jedenfalls bildeten sie einen viel weiteren Kreis um sie herum, als sie es üblicherweise bei einem Neuankömmling taten, und betrachteten sie schweigend. Philipp nahm die Fackel, die ihm einer reichte, und näherte sich ihr langsam. »Laßt mich mit ihr allein.«
Philipp hockte sich auf den Boden, reckte die Fackel über den Kopf und sah das Mädchen an. Er hatte die Distanz gehalten, an die er sich von ihrer ersten Begegnung erinnerte: zu weit, um sie berühren oder gar einfangen zu können.
»Bist du allein gekommen?« fragte er und kam sich idiotisch vor. Sie würde nicht antworten. »Warum bist du gekommen?« fragte er wie unter Zwang hinterher. Er wandte sich zu den Wächtern um. »Ist sie ohne Begleitung aufgetaucht?«

»Wir haben draußen nachgesehen, als sie plötzlich vor dem Tor stand. Es war niemand zu sehen«, antwortete einer. Philipp kniff die Augen zusammen und musterte das Gesicht des Mädchens, das unverwandt auf ihn gerichtet war.
»Was willst du von mir?« fragte er leise.
Das Mädchen streckte zögernd eine Hand aus. Philipp verspürte einen plötzlichen Stich: Die Bruchstücke des Steins lagen darin. Er streckte ebenfalls die freie Hand aus. Sie waren noch immer zu weit voneinander entfernt, als daß sie sich hätten berühren können; zwei ausgestreckte Hände, die eines Kindes und die eines Mannes, die ein ganzer Schritt voneinander trennte. Unendlich langsam hob das Mädchen einen Fuß, schob ihn über den Boden nach vorne und zog den zweiten zögernd nach. Ihre Hand war jetzt über der Philipps; sie drehte sie und ließ die drei Teile in seine Hand fallen. Philipp schloß die Finger darüber und schluckte mit trockenem Hals.
»Willst du sie mir wiedergeben?« flüsterte er.
Das Mädchen ließ ihren Arm fallen und starrte ihn an. Ihre Lippen zitterten, als wollten sie Worte formen.
»Ich weiß nicht, was du von mir willst, wenn du es mir nicht sagst«, stieß Philipp hervor. »Ich kann dir nicht helfen.«
»Ihr wißt genau, was sie will und wie Ihr ihr helfen könnt«, sagte Aude in seinem Rücken. Philipp drehte sich um. Das Mädchen schaute jetzt zu Aude auf, die hinter ihm stand.
»Und was wäre das?« fragte er bissig.
»Geht zur Seite, Ihr gefühlloser Klotz«, sagte sie. Sie trat näher an das Mädchen heran, raffte ihre Röcke und hockte sich ebenfalls vor ihr auf den Boden. Zu Philipps Erstaunen wich das Kind nicht zurück, nicht einmal, als Aude

beide Arme ausstreckte. Er hörte sie etwas murmeln und erkannte plötzlich, daß es weniger eine Rede als vielmehr ein Lied war, das sie mit unterdrückter Stimme sang. Er konnte die Worte nicht verstehen; es schien in ihrer Muttersprache zu sein. Das Mädchen lauschte ihr mit aufgerissenen Augen. Sie trat einen Schritt auf Aude zu und befand sich jetzt in Reichweite ihrer Arme. Sie machte einen weiteren Schritt. Aude hätte sie jetzt umfangen können, aber sie tat es nicht. Schließlich trat das Mädchen so nahe an sie heran, daß ihr schmutzstarrender Kittel Audes Kleid berührte. Sie ließ die Arme steif an beiden Seiten ihres Körpers herabhängen und schwankte. Aude nahm sie vorsichtig in die Arme und drückte sie leicht an sich. Das Gesicht des Mädchens verschwand im Stoff ihrer Schulter.
»Das ist das Mädchen, das den Überfall auf Lamberts Familie überlebt hat«, sagte Philipp.
»Ich weiß. Die Wächter haben es mir gesagt.«
»Sie ist stumm.«
Aude antwortete nicht. Sie hielt das Mädchen noch immer leicht in ihren Armen. Dann hörte Philipp das Geräusch. Es klang wie das Keuchen eines kranken Tieres und wurde immer lauter. Aude drückte den mageren Körper fester an sich. Philipp machte einen Schritt auf sie zu. *Das Kind ist krank, es hat das Fieber*, dachte er erschrocken und überlegte, sie und Aude voneinander zu trennen. Aude wandte ihm ihr Gesicht zu, und Philipp sah, daß ihre Augen in Tränen schwammen. Er sah, daß der Körper des Mädchens zuckte. Ihre Hände waren jetzt zu Fäusten geballt und krallten sich in den Stoff von Audes Kleid. Plötzlich wurde Philipp klar, daß das Geräusch ein verzweifeltes Schluchzen war. Ohne nachzudenken, kniete er sich neben Aude auf den Boden und legte ebenfalls die Arme um den

zuckenden Körper. Er spürte die Bruchstücke des Steins in seiner Faust und ließ sie zu Boden fallen. Das Kind begann lauthals zu weinen und wühlte sich zwischen sie hinein, als wolle es sich dort eingraben und niemals wieder hervorkommen. Ihre Blicke trafen sich und hielten sich fest; Audes Gesicht war tränenüberströmt. Philipp wußte, daß ihm ebenfalls die Tränen in die Augen treten würden, wenn er sie noch lange ansah. Er schloß die Augen und senkte den Kopf und fragte sich nicht, was die Wächter im Hintergrund wohl aus ihrer Vorstellung machten.

Aufbruch

»Sie war nicht stumm; das Entsetzen hat sie nur verstummen lassen«, sagte Aude, während sie am folgenden Morgen in die Stadt ritten, Galbert, noch immer mit umwölktem Gemüt, hinter sich. »Nachdem sie geweint hatte, redete sie wie ein Buch.«
»Ja«, knurrte Philipp, »und so wissen wir jetzt, daß Radolf und Lambert das Heilige Land niemals betreten haben. Was sie während der Zeit des Pilgerzugs taten, kann niemand ahnen, aber daß sie zusammen einen Mord an einem der Heimkehrer verübt haben, steht fest. Ein Glück, daß sie seine Beichte belauscht hat.«
»Ich weiß nicht, was diese Information Euch nützen soll.«
»Sie erklärt mir einiges über Radolfs Charakter. Sein erstes Wort an mich war, ob ich mich vor den Toten fürchte. Später bezog ich diese Äußerung auf seine Frau. Dabei fürchtet er sich noch immer vor dem Geist des Mannes, den er damals umgebracht hat.«
»Ich bin froh, etwas über Geoffroi erfahren zu haben.«
»Wenn er es war, den Lambert mehrmals bei Radolf gesehen hat. Ihr solltet berücksichtigen, daß die Beschreibung des Mannes von einem Mädchen geliefert wurde, das wiederum die Beschreibung Lamberts nur belauschte und gleich danach das größte Entsetzen erlebte, das man sich vorstellen kann.«
»›Ein hagerer, blaßgesichtiger Franke, der immer zu singen begann, wenn er betrunken war‹«, zitierte Aude. »Das

war Lamberts Beschreibung, und sie beschreibt eindeutig Geoffroi.«

»Das war Renatas Beschreibung davon, was sie wiederum von Lambert gehört hat.«

»Ihr glaubt doch selbst, daß es sich um Geoffroi handelt, sonst würdet Ihr nicht mit mir in die Stadt reiten. Warum versucht Ihr mich vom Gegenteil zu überzeugen?«

»Weil ich nicht weiß, in welche dunklen Geschäfte Euer Mann und Radolf verwickelt sind.«

»Ihr wollt mich wieder vor unliebsamen Entdeckungen schützen. Das habt Ihr die ganze Zeit versucht, und was ist dabei herausgekommen? Außerdem ist es nur Eure eigene Überzeugung, daß Geoffroi ein schlechter Mensch ist, Ihr könnt Euch ebensogut täuschen.«

Philipp schnaubte unlustig und schwieg. Nach einer Weile hieb er mit der Faust wütend auf seinen Oberschenkel.

»Worüber ärgert Ihr Euch jetzt schon wieder?« fragte Aude.

»Lambert war der Schlüssel zu der ganzen Angelegenheit. Ich hätte ihn nur zu fragen brauchen. Jetzt ist es zu spät dazu. Wer weiß, worüber er noch Bescheid wußte und es mit ins Grab genommen hat.«

»Er hätte Euch nichts gesagt. Er hat doch den Ausweg der Beichte genommen, um sein Gewissen zu erleichtern.«

»Das ist richtig. Ich hätte auch Thomas fragen können. Nur daß er auch tot ist.«

»Philipp«, sagte Aude und verdrehte die Augen, »er hätte es Euch noch weniger gesagt. Lambert *beichtete* es ihm, versteht ihr nicht? Ein Priester würde niemals den Inhalt einer Beichte verraten. Er kann sich nur bei seinem Bischof oder dem Abt seines Klosters Rat holen, wenn ihn die Bürde beschwert.«

»Ihr habt ja recht. Ich ärgere mich auch nur, das ist alles.«
»Völlig sinnlos.«
»Wenn ich Euch nicht hätte, um mir zu sagen, was sinnlos ist und was nicht, würde ich vermutlich den ganzen Tag nur völligen Unsinn machen.«
»Das ist richtig«, bekräftigte Aude. Da Philipp erstaunlicherweise schwieg, sagte sie nach ein paar Momenten: »Was geschieht mit dem Mädchen?«
»Mit Renata? Der Herr wird sie auf dem Hof behalten, wie die Alten und Kranken, für die er zu sorgen hat. Er hat gesagt, er wolle sie nicht mehr dorthin schicken, wo sie täglich den Erinnerungen an den Mord an ihrer Familie ausgesetzt ist.«
»Ihr wißt, daß sie nur Euretwegen auf den Hof gekommen ist.«
»Meinetwegen?«
»Ihr habt mir erzählt, daß Ihr ihr die Steine geschenkt habt, die sie bei sich hatte. Ich nehme an, das war die erste freundliche Geste seit langem, die ihr jemand entgegenbrachte.«
»Ich dachte nicht, daß Ihr klargeworden wäre, daß ich mit ihr sprechen wollte.«
»Ihr dürft Kinder nicht unterschätzen. Sie bekommen fast alles mit, selbst wenn sie keine Verbindung mit der Außenwelt zu haben scheinen oder der Tod sie schon fast in seinen Armen hält ...« Ihre Stimme erstarb, und sie räusperte sich.
»Ihr denkt noch immer an Eure Kinder, habe ich recht?« fragte Philipp sanft.
»Als ich die Kleine gestern auf dem Hof stehen sah ... völlig verlassen unter dem großen Tor ... und Ihr versuchtet, zu ihr durchzudringen ...«, sie schüttelte den Kopf und

seufzte. »Wenn Kinder am Fieber sterben, ist es ähnlich. Sie starren einen unverwandt an, sagen nichts und reagieren nicht auf Fragen, und in ihren Augen brennt die Bitte: Hilf mir.« Aude wischte sich hastig über die Wange. »Entschuldigt.«
Philipp fühlte den Drang, zu ihr hinüberzugreifen und ihre Hand zu nehmen. Im letzten Moment hielt er sich zurück.
»Wie hat es Euer Mann ertragen?« fragte er.
»Daß die Kinder gestorben sind? Er war gebrochen. Aber er ließ sich nichts anmerken. Das Leben geht weiter, sagte er. Ihre Seelen sind jetzt frei. Daraus müssen wir Trost schöpfen.«
»Ist das Leben weitergegangen?«
»Natürlich, nach einer Weile. Irgendwann habe ich ihren Tod akzeptiert. Wenn ich heute noch weine, dann aus Liebe und weil ich sie vermisse, nicht mehr aus Verzweiflung.« Sie preßte die Lippen zusammen und schien nachzudenken. »Ich denke, wer in Wirklichkeit nicht darüber hinwegkam, ist Geoffroi. Er wollte mich stützen während dieser Zeit und auf andere Gedanken bringen, und darüber hat er vergessen, selbst mit seiner Trauer fertigzuwerden.«
»Ihr liebt ihn sehr, nicht wahr?«
Aude wandte ihm den Kopf zu und musterte sein Gesicht. Sie brauchte so lange mit der Antwort, daß Philipp sicher war, er würde sie ebensowenig erhalten wie beim erstenmal.
»Wenn Ihr die Wahrheit wissen wollt«, sagte sie schließlich, »er liebt mich viel mehr als ich ihn, denn ich liebe ihn nicht. Nicht mehr. Ich dachte einmal, ihn zu lieben, als er weit weg war und wir uns nur immer kurze Zeit sahen. Irgendwann ist meine Liebe schal geworden. Ich mag ihn;

ich halte ihn für einen guten Gefährten; und ich weiß, daß er ohne mich vergehen würde wie eine Flamme, die herunterbrennt, ohne neue Nahrung zu erhalten.«
»Das heißt, er nährt sich von Eurer Kraft.«
»Was ist daran so schlimm? Ich habe genügend Kraft für ihn und für mich.«
»Wenn Ihr ihn nicht liebt, warum nehmt Ihr dann die Suche nach ihm auf Euch?«
»Weil er aber all die Jahre hinweg mein bester Freund war. Er hat mir alles gegeben, was er geben konnte. Ich werde ihn nicht im Stich lassen. Er hat es nicht verdient. Genausowenig wie Euer Mißtrauen.«
Philipp wandte sich ab und blickte geradeaus. Aude hatte ihren Worten nichts mehr hinzuzufügen, und so schwiegen sie, bis sie die Stadt betraten und dabei versuchten, nicht zu den Gehängten mit ihren spitzen gelben Hüten hinzusehen.
Der »Kaiserelefant« war ihr erstes Ziel. Philipp half Aude vom Pferd. Galbert machte Anstalten, von seinem Maultier zu klettern, als Philipp ihn aufhielt und ihn zum »Drachen« sandte, wo Raimund die kleine Kammer unterhielt.
»Wenn die Kerle sich dort auch nach Eurem Mann erkundigt haben, erfahren wir es schneller; und Galbert wird man sicherlich bereitwilliger Auskunft geben als einer Frau.«
Die düstere Wirtsstube war nahezu menschenleer und wies keinerlei Spuren der gestrigen Schwierigkeiten auf. Offenbar waren die Büttel noch rechtzeitig gekommen. Direkt neben der Tür saßen auf Bänken noch ein paar Männer in den Wämsern der Büttel und warfen Philipp und Aude kurze Blicke zu, bevor sie sich wieder abwandten. Philipp achtete nicht auf sie. Der Wirt eilte aus dem Hintergrund

des Raumes herbei; als er Philipp erkannte, zogen sich seine Brauen zusammen.
»Meister Philipp ...«, begann er, aber eine Stimme in Philipps Rücken unterbrach ihn: »Meister Philipp, du bist verhaftet.«
Philipp drehte sich um und gewahrte, daß einer der Büttel aufgestanden war. Er hatte seinen Helm aufgesetzt und wirkte amtlich.
»Rutger«, sagte Philipp und grinste mühsam, »deine Späße werden von Mal zu Mal schlechter.«
»Kein Spaß, Philipp.« Rutger winkte mit dem Kopf, und die restlichen Büttel sprangen auf und scharten sich um Philipp herum. Sie drängten Aude höflich, aber bestimmt zur Seite und kreisten Philipp ein. »Wir warten schon seit gestern hier auf dich. Ich befürchtete bereits, dein Herr schickt dich nicht mehr in die Stadt, weil du dir dauernd etwas stehlen läßt.«
»Ich muß mich wiederholen: Deine Scherze lassen zu wünschen übrig«, knurrte Philipp zwischen den Zähnen. Er warf Aude einen kurzen Seitenblick zu und war erstaunt über die Sorge in ihrem Blick. Er lächelte und blinzelte ihr zu.
»Wessen bin ich denn angeklagt?« fragte er Rutger. »Oder hat man es dir nicht gesagt, weil du es ohnehin vergessen hättest?«
»Du hast einen Diener des Kaisers umgebracht«, erklärte Rutger gelangweilt. »Kommst du nun mit, oder müssen wir Gewalt anwenden?«
»Warte einen Augenblick«, stieß Philipp hervor, dem nun klarwurde, daß Rutger keinen Spaß mit ihm trieb. »Das ist ein Mißverständnis.«
Rutger winkte mit dem Kopf, und die Büttel nahmen ihn

auf die gleiche Weise in die Zange wie vor ein paar Tagen Yohai ben David. Die Erinnerung an die Szene vor dem Haus des Geldverleihers weckte gleichzeitig die Erinnerung an die offensichtliche Skrupellosigkeit, mit der Rutger dem Juden die Monstranz untergeschoben hatte. Seine Augen trafen erneut die von Aude, und er sah, daß sie die gleichen Überlegungen angestellt hatte. Ihre Gedanken waren sogar noch weiter geflogen als seine eigenen; er sah in ihrem Blick die zwei Gehängten vor dem Stadttor. Philipp suchte den Blick des Wirtes, aber dieser stand mit bleichem Gesicht abseits und machte keine Anstalten einzugreifen.
»Bist du verrückt?« rief Philipp. »Ich habe keinem Menschen etwas zuleide getan.«
Der Büttel hinter ihm drückte ihm den quergehaltenen Spieß in den Rücken, und Philipp taumelte einen Schritt nach vorn. Rutger wandte sich um und öffnete die Tür, und Philipp wurde auf die Öffnung zugedrängt. Es hatte keinen Sinn, sich zu wehren.
»Wartet hier auf Galbert«, sagte er hastig zu Aude, während sie ihn schon zur Tür hinausschoben. »Wenn er zurückkommt, reitet sofort hinaus zu meinem Herrn. Dort seid Ihr in Sicherheit.«
Aude nickte mit bleichem Gesicht. Der Schreck in ihren Augen war das letzte, was er von ihr sah.
Sie führten Philipp in raschem Marsch durch die Stadt bis in die weitläufigen Flächen von Oursburg hinaus, wo nur noch an den Ausfallstraßen zu den Stadttoren Gebäude standen. Der Weg verlief schweigsam; Rutger war in der Herberge zurückgeblieben, und die Büttel, die Philipp abführten, antworteten nicht auf seine Fragen. Philipps Herz klopfte heftig, während er versuchte, sich einen Reim

auf die Geschehnisse zu machen. Je weiter sie sich aus dem Zentrum der Stadt entfernten, desto hastiger wurden seine fruchtlosen Überlegungen, und desto schneller drehten sie sich im Kreis. Er nahm an, daß sein Schicksal plötzlich mit dem der beiden Geldverleiher verknüpft war, und dies nicht nur durch die Person Rutgers, der in beiden Fällen die Festnahme durchgeführt hatte – aber in welcher Weise, blieb ihm verschlossen. Bei der Pfarrkirche von Sankt Johann bogen sie nach Osten ab und steuerten nach wenigen Schritten auf ein wuchtiges Gebäude zu. Philipp sah daran empor. Er kannte den Bau; es war die Deutschordens-Kommende. Plötzlich wurde ihm klar, wohin er geführt wurde: Hier logierte der Großhofrichter des Kaisers, der sich seit einiger Zeit in der Stadt aufhielt. Das Tor der Kommende öffnete sein Mannloch, der Schatten des Torbaues fiel über ihn, Philipp schlüpfte hindurch, wurde innen von weiteren Bewaffneten in Empfang genommen und wortlos über den engen Hof getrieben. Sie trabten ein paar Stufen hoch in einen Eingang, durchquerten in rascher Folge einige kleine, düstere Säle und liefen tief im Herzen des Gebäudes eine andere Treppe hinab. Schließlich hielten sie an. Eine Klappe im Boden, die mit einer Kette über einem Galgen in die Höhe gezogen wurde; eine weitere, enge Treppe, die steil nach unten führte; der fahle Geruch von dunklen, feuchten Kellerräumen, der zäh über die Treppenstufen heraufkletterte: Philipps Herz schlug einen rasenden Wirbel, und er stolperte den Bewaffneten voraus die Treppe in die Dunkelheit hinunter und in ein Verlies. Alles, was er wußte, war, daß die letzten, die Rutger in irgendein Verlies in der Stadt hatte bringen lassen, es lediglich für ihren Gang zum Galgen wieder verlassen hatten.

Einer von Raimunds Knechten war vor längerer Zeit in der Stadt aufgefallen; betrunken nach einem Fest, hatte er sich einem Mädchen genähert, das er für eine Schlupfhure auf der Schau nach Freiern hielt, und ihr Angebote gemacht. Sie hatte ihn empört zurückgewiesen, und so war er ihr gefolgt, von Zorn wie von Lust gleichermaßen aufgestachelt und noch immer im Glauben, es handle sich bei ihr um eine Dirne, die nur auf reichere Kundschaft aus war. Als sie in einem Haustor verschwand, setzte er ihr nach, zwang sie zu Boden und vergewaltigte sie. Wie sich herausstellte, war sie die Tochter eines Patriziers, welcher in demselben Haus wohnte; dessen Knechte, von ihren Hilferufen herbeigelockt, faßten den Übeltäter quasi auf frischer Tat. Das Urteil war schnell gesprochen, da Raimunds Knecht, um sich die peinliche Befragung zu ersparen, in allem geständig zeigte. Vielleicht rechnete er damit, daß ihm wegen seines Irrtums Nachsicht gezeigt werde. Wie sich herausstellte, war seine Hoffnung naiv gewesen. Philipp hatte ihn im Loch besucht, ohne sonderliches Mitleid zu verspüren – eher ein Pflichtbesuch, um zu erfahren, was wirklich passiert war und ihm in dem Falle, daß unter der Folter ein falsches Geständnis aus ihm herausgepreßt worden wäre, zu helfen. Es war seine erste Berührung mit einem Kerker gewesen. Mehrere Gefangene teilten sich einen finsteren, selbst im Sommer bitterkalten Raum, von dessen tropfnassen Wänden unbenutzte Ketten und Halsschellen hingen. Der Boden war verschmutzt und mit faulendem Stroh belegt, das einen beißenden Geruch ausströmte. Ein ebenfalls beißender Geruch kam von dem klobigen Holzkübel in der Mitte des Raumes, in den die Gefangenen ihre Notdurft verrichteten und um den selbst die Ratten einen Bogen machten. Über diesen Gestänken

aber hing, noch unerträglicher als das schimmelige Stroh und die Fäkalien, der Geruch der Menschen, der an den Wänden klebte. Es waren die Ausdünstungen von offenen Geschwüren, von fauligem Atem, von ungewaschenen Körpern, in deren Höhlungen die Maden heranwuchsen, süßliche Verwesung und ranzig gewordener Schweißgeruch, von kranken Blähungen und vor allem von Angst, Resignation und Verzweiflung. Hätte man die Zelle geräumt, wäre jener Geruch trotz allem nicht gewichen; er hatte sich bereits in jeden Stein, jeden Strohhalm und jeden Quadratmeter des festgestampften Bodens geätzt.
Philipp erwartete denselben Geruch, der schlagartig in seiner Erinnerung aufstieg, als er über die Schwelle des Verlieses taumelte, aber abgesehen von dem muffig-feuchten Gestank eines kalten unterirdischen Raumes nahm er nichts wahr. Er atmete flach und versuchte durch die Dunkelheit zu sehen. Ein Fensterschlitz, hoch oben direkt unterhalb der Gewölbedecke angebracht, ließ mehr schlecht als recht diffuses Licht in den Raum sickern. Es reichte dazu, die Konturen der Mauern hervorzuheben, den Raum zu begrenzen und ihn den Weg zu einem in der Ecke unter der Öffnung abgestellten, verschlossenen Kübel finden zu lassen, ohne auf das Deckenbündel zu treten, das an der einen Wand lag. Er begann zu frösteln und seufzte.
Dann regte sich das Deckenbündel, und Philipp wußte, daß er nicht allein war.
Im Loch schien es irgendwie nicht die richtige Haltung zu sein, einem Fremden gegenüber auf Distanz zu gehen. Philipp stolperte auf das Bündel, das sich als Mensch erwiesen hatte, zu und setzte sich daneben auf den Boden. Noch bevor er etwas sagen konnte, drang die feuchte Kälte

durch seinen Hosenboden, und er sprang wieder auf und scharrte mit dem Fuß ein Bündel Stroh zusammen, um eine Unterlage zu finden. Das Stroh war erstaunlich frisch dafür, daß es den Boden eines Kerkerlochs bedeckte.
»Ich bin Philipp«, stellte er sich vor.
Aus dem Deckenbündel kam ein dumpfer Laut.
»Kannst du nicht sprechen?« fragte Philipp. Allmählich war er so an die Dunkelheit angepaßt, daß er die Züge seines Leidensgenossen sehen konnte, soweit sie aus der Umhüllung hervorschauten: struppiges Haar, zusammengekniffene Augen und unrasierte Wangen. Jetzt schlug er die Decke nach unten und offenbarte eine schorfige, geschwollene, entstellte Wunde dort, wo sein Mund hätte sein sollen. Unterhalb seiner Nase wirkte sein Gesicht verrenkt. Philipp starrte ihn an.
»Du bist der Mann, den der Büttel auf dem Markt niederschlug. Während der Rede des Propheten«, sagte er schließlich. Der Verletzte nickte vorsichtig und stieß wieder sein Grummeln aus. E wies mit einer Hand auf seinen Kiefer und machte dann mit beiden Händen eine kurze, wringende Bewegung.
»Dein Kiefer ist gebrochen«, seufzte Philipp. »Hast du Schmerzen?« Der andere Mann rollte mit den Augen.
»Wie ist dein Name?«
»Hulch«, stieß der Mann hervor. »Hulcha.«
»Fulcher?«
Der Mann nickte beinahe begeistert.
»Also gut, Fulcher. Wo ist dein Freund, den sie mit dir zusammen verhaftet haben?«
Fulcher zuckte mit den Schultern.
»Dein anderer Freund ist tot, wußtest du das?« Fulcher zuckte wieder mit den Schultern, aber seine Augen wur-

den schmal. Er wandte sein entstelltes Gesicht verdrossen ab.

»Weißt du, warum sie dich ausgerechnet hier eingesperrt haben, in der Herberge des Großhofrichters? Du bist doch einer seiner Knechte, habe ich recht?«

Fulcher versuchte mit viel Gegrunze und Geächze und Händefuchteln etwas zu erklären, aber es war sinnlos. Philipp winkte nach einer Weile ab. Fulcher hieb sich mit einer Hand auf den Oberschenkel und drehte sich um. Er schüttelte den Kopf und ballte beide Fäuste. Philipp sah zu ihm hinüber, aber er ließ ihn in Ruhe. Er hatte den Eindruck, daß Fulcher weinte.

Der Riegel an der Zugangsklappe scharrte nach einer Zeit, deren Länge Philipp nicht ermessen konnte. Ein Mann hielt eine Fackel herein. Fulcher richtete sich auf und blinzelte. Philipp kniff die Augen zusammen und suchte den Blick seines Leidensgenossen.

Die untere Gesichtshälfte Fulchers wirkte im Fackellicht noch zerstörter; der Kiefer war gelb und blau verfärbt, wo die Haut unter dem Schorf und dem getrockneten Blut sichtbar war. Philipp verzog das Gesicht.

»Philipp, der im ›Kaiserelefanten‹ verhaftet wurde!« bellte der Mann mit der Fackel.

»Das bin ich«, sagte Philipp. »In meiner ganzen Schönheit.« Der Scherz ging ihm mühsamer von den Lippen als üblich. Der Mann mit der Fackel verzog keine Miene.

»Mitkommen.«

»Ich nehme an, das ist keine Einladung zu einer Mahlzeit?«

»Komm schon«, knurrte der Mann ungeduldig. Philipp

kam auf die Beine. Er spürte, wie die Augen Fulchers auf ihm ruhten. Er suchte nach etwas, was er ihm sagen konnte, aber es fiel ihm nichts ein. Er nickte ihm zu und drückte sich an dem Fackelträger vorbei hinaus auf den Gang. An seinen Füßen schienen Ketten befestigt zu sein. Philipps Verstand war klar, daß man ihn nicht zur Hinrichtung führte, aber er vermochte nicht, dies auch seinen Ängsten klarzumachen.

In Abständen befanden sich schmale Fensteröffnungen in der Mauer. Philipp warf rasche Blicke hinaus, während er an ihnen vorbeistieg. Es reichte zu nicht mehr als der Feststellung, als daß es draußen hell war. Es schien ihm ausgeschlossen, daß er bereits eine Nacht im Verlies verbracht hatte. Es mußte noch immer der gleiche Tag sein. Scheinbar waren weniger Stunden vergangen, als er gedacht hatte. Fulcher schien schon seit Tagen im Verlies zu liegen, ohne daß man sich seiner angenommen hätte. Um ihn bemühte man sich offenbar schneller. Es war die Frage, ob dies ein gutes oder ein schlechtes Zeichen war.

Der rasche Marsch endete, als der Bewaffnete vor ihm durch eine schmale Türöffnung in einen Saal schlüpfte und die Männer in Philipps Rücken ihn hinterherschoben. Er roch den Duft vieler Unschlittlichter und Öllampen, bevor er den hell erleuchteten Raum in Augenschein nehmen konnte. Der Saal hatte in etwa die Ausmaße des Saales im Haus seines Herrn, aber er war reicher mit Wandteppichen geschmückt und wies eine geradezu verschwenderische Fülle an Lichtern auf. Auf einem Podium verdichteten sich die Lampen zu einem unruhigen, tanzenden Gleißen um einen hochlehnigen Stuhl herum. In dem Stuhl saß ein schwarzgekleideter Mann, als wäre er sein eigener Schatten.

Die Bewaffneten führten Philipp vor das Podium und traten dann beiseite. Philipp sah zu dem Schatten im Stuhl hinauf. Der Schatten beugte sich nach vorne und offenbarte ein schmales, blasses Gesicht, in dem tiefdunkle Augen die Flammen widerspiegelten.
»Wißt Ihr, wer ich bin?« fragte der Schatten.
Philipp schüttelte den Kopf.
»Ich bin Peter von Vinea, Großhofrichter und Kanzler unseres allerchristlichsten Kaisers. Ich hoffe, Euch ist die Schwere Eures Verbrechens bewußt, wenn ich Euch eröffne, daß ich selbst mich damit befasse.«
»Eine schöne Zeitverschwendung«, hörte Philipp sich sagen, »da ich nichts getan habe.«
Der Kanzler lächelte und lehnte sich wieder zurück. Zu Philipps Erstaunen begann er damit, ihn schweigend zu mustern. Philipp, dessen Herz mit seinem hilflosen Trommelwirbel aufgehört hatte, sobald man ihn vor das Podium gestoßen hatte, fühlte eine fast schwebende Ruhe in sich. Die Absurdität seiner Situation hatte endlich etwas Greifbares bekommen, und wenn es sich nur in der Gestalt Peters von Vinea offenbarte. Er gab den Blick des Kanzlers zurück, bis seine Augen ihn brannten. Schließlich blinzelte Peter von Vinea und betrachtete danach scheinbar gelangweilt seine Fingerspitzen. Philipp nutzte den Augenblick und wandte die Augen ab, um sich im Saal umzusehen. Mit seiner neugewonnenen Ruhe stellte er fest, daß der Kanzler, die drei Bewaffneten und er sich allein darin befanden.
»Ihr leugnet also den Mord, den Ihr begangen habt?« fragte der Kanzler.
»Da ich keinen Mord begangen habe, kann ich auch keinen leugnen«, erklärte Philipp und setzte nach einer deutlichen Pause hinzu: »Exzellenz.«

»Da Ihr keinen Mord leugnet, wird man Euch für einen zur Rechenschaft ziehen«, erwiderte der Kanzler trocken und nach einer ebenso langen Pause: »Mein lieber Truchseß.«

»Ich versichere Euch, daß ich niemanden getötet habe. Es muß sich um ein Mißverständnis handeln.«

»Das würde ich an Eurer Stelle auch sagen«, bemerkte Peter von Vinea.

»Würdet Ihr mir vielleicht sagen, wessen Tod Ihr mir zur Last legt?«

Der Kanzler lächelte verächtlich. »Also gut, spielen wir«, seufzte er.

»Ihr seid des Mordes an Geoffroi Cantat, Freisasse aus dem Herzogtum Vermandois, angeklagt.«

»Was?« würgte Philipp hervor. »Minstrel ist tot?«

Peter von Vinea zuckte bei der Nennung des anderen Namens nicht mit der Wimper. Er starrte Philipp an und antwortete nicht.

»Ich wußte es nicht; ich dachte ...«, Philipp brach ab. Er schüttelte wie betäubt den Kopf. »Weiß Aude schon davon?« fragte er mit tauben Lippen.

»Gesteht Ihr den Mord?«

»Nein!« fuhr Philipp auf »Ich wüßte nicht, welchen Grund ich hätte, Minstrel zu ermorden.« Er stutzte, als er es sagte, aber es war die Wahrheit. Er war außer sich vor Zorn auf Minstrel gewesen, aber zu keinem Zeitpunkt hatte er ihn tot gewünscht. Er schüttelte nochmals den Kopf und versuchte, sich auf den Kanzler zu konzentrieren.

»Ihr seid der Letzte, der ihn lebend gesehen hat. Ihr habt in der Herberge zum ›Kaiserelefanten‹ seine Bekanntschaft gesucht, ihn am nächsten Morgen zu Euch in den ›Drachen‹ bestellt und dort, in der Abgeschiedenheit der

Kammer, die Euch zur Verfügung steht, ermordet. Danach habt Ihr die kurzfristige Abwesenheit der anderen Schlafgäste und die Okkupiertheit des Wirtes dazu ausgenutzt, Eure Kammer zu verwüsten, um einen Raubüberfall vorzutäuschen. In der Zwischenzeit haben Eure Helfer den Leichnam aus der Herberge geschafft.«

Philipp ächzte. »Wer hat Euch denn diese Geschichte erzählt?« brachte er hervor.

»Es gibt Zeugen.«

»Einen Blinden und einen Tauben, nehme ich an.«

»Zeugen, die reichen, um Euch an den Galgen zu bringen.«

»Hört«, sagte Philipp. »Minstrel ... Geoffroi hat meine Gutmütigkeit ausgenutzt und meine Kammer verwüstet, während ich für meinen Herrn auf dem Markt Einkäufe tätigte. Danach ist er verschwunden. Das ist alles, was ich weiß. Es ist die Wahrheit.«

»Hat er Euch etwas gestohlen?«

»Es war nichts zu stehlen in der Kammer.«

»Es war nichts zu stehlen dort, ganz genau!« rief der Kanzler. »Und doch habt Ihr versucht, einen Diebstahl vorzutäuschen. Ein ganz plumper Versuch, Eure Schuld zu verdecken.«

»Gar kein plumper Versuch! Minstrel war ein verdammter Säufer! Wahrscheinlich war er noch immer nicht ganz klar im Kopf und hat versucht, etwas Wertvolles zu finden.«

»Er war nur betrunken, weil Ihr ihm Wein aufgenötigt habt. Auch dafür gibt es Zeugen.«

»Ich habe ihm das Geld ausgelegt, das ihm gestohlen wurde«, stöhnte Philipp.

»Woher wußtet Ihr denn, daß man ihn bestohlen hatte?«

»Ich habe es gesehen.«

»Und nicht eingegriffen? Wem wollt Ihr das erzählen? Ihr

habt den Diebstahl beauftragt, damit Ihr eine Ausrede hattet, Euch seine Bekanntschaft zu erschleichen.«
Philipp griff sich an den Kopf. »Auf diese Art und Weise könnt Ihr alles gegen mich auslegen!« rief er aufgebracht.
»Ich winde nur die Wahrheit aus Euren Lügen heraus.«
Philipp öffnete den Mund, aber plötzlich schoß ein Gedanke durch seinen Kopf, und er schloß ihn wieder. Der Kanzler musterte ihn erwartungsvoll, mit einer Hand an seinem Kinn zupfend, als bereite es ihm ein gewisses intellektuelles Vergnügen, Philipp mit seinen Worten aufzuspießen.
»Ihr habt seine Leiche nicht«, sagte Philipp langsam. »Deshalb versucht Ihr mir ›die Wahrheit zu entwinden‹. Wenn Ihr die Leiche hättet, würdet Ihr mich einfach vor sie führen und abwarten, ob das Blut wieder zu fließen beginnt, um meine Schuld zu beweisen.«
Der Kanzler zeigte keine Regung; außer man konnte es als Regung betrachten, daß er für einen Moment mit dem Zupfen innehielt.
»Vielleicht wollt Ihr mir sagen, wo Ihr die Leiche vergraben habt?« fragte er freundlich.
»Es gibt keine Leiche, es sei denn, er hat noch jemand anderen bestohlen und dieser hat ihn dabei ertappt.«
»Der Mann ist wie vom Erdboden verschwunden«, sagte der Kanzler. »Wenn er noch am Leben wäre, hätte ich ihn schon längst gefunden. Er ist tot, und Ihr habt ihn auf dem Gewissen.«
»Was soll das heißen, Ihr hättet ihn gefunden, wenn er noch lebte? Weshalb sucht Ihr ihn denn?«
»Als ob Ihr das nicht wüßtet.«
»Ich weiß es nicht. Welche Schwüre wollt Ihr denn noch von mir hören?«

»Ich brauche Eure Schwüre nicht. Ich brauche mich überhaupt nicht mehr mit Euch abzugeben. Es gibt andere Methoden, die Wahrheit aus Euch herauszubringen.«
Philipp versuchte, die aufsteigende Panik zu unterdrücken. »Weshalb ist Minstrel so wichtig für Euch?« fragte er.
»Wer sagt, daß er das ist?«
»Es gibt nur zwei Möglichkeiten, um eine Mordanklage zu erheben: Wenn eine Leiche vorliegt, die sichtlich nicht eines normalen Todes gestorben ist, oder wenn jemand eine Anzeige erstattet hat. Eine Leiche habt Ihr nicht. Eine Anzeige auch nicht, denn die könnte nur von Aude kommen – sonst ist Minstrel in der Stadt niemandem bekannt oder wichtig genug. Es hat sich ja bis jetzt nicht einmal jemand bei ihr gemeldet ...«, er hielt inne, aber er führte den ursprünglichen Gedanken weiter. »Außerdem habt Ihr gesagt, Ihr hättet vergeblich nach ihm gesucht. Also, keine Leiche, keine Anzeige, nur der Kanzler unseres Herrn Kaiser, der nach einem Trunkenbold suchen läßt. Daher nehme ich an, er ist wichtig für Euch.«
»Eine gute Schlußfolgerung«, lobte Peter von Vinea. »Ich will sie belohnen; immerhin ist es denkbar, daß Ihr ihn umgebracht habt, ohne zu wissen weshalb. Ein Beutel Münzen könnte Überredung genug gewesen sein. Ich brauche ihn. Das Reich braucht ihn. Er hat mir zutragen lassen, daß er etwas wisse, was für den Kaiser von höchster Bedeutung wäre.«
»Ihr seid der Mann, mit dem er sich hier treffen wollte.«
»Gut möglich.«
»Was wollte er Euch mitteilen?«
Der Kanzler grinste freudlos. »Auch wenn ich es wüßte, würde ich es Euch nicht auf die Nase binden. Und wenn Ihr glaubt, dieses Eingeständnis könnte Euch oder denen,

die Euch beauftragt haben, helfen, dann seid versichert, daß Ihr keine Gelegenheit bekommen werdet, es weiterzuerzählen.«
»Es hat mich niemand beauftragt«, rief Philipp. »Und als ich vorhin sagte, es habe sich niemand bei Aude gemeldet, als sie die Beschreibung Minstrels in der Stadt verbreiten ließ, stimmte das nur zum Teil. Es haben sich beim Wirt des ›Kaiserelefanten‹ zwei Strolche gemeldet. Er hat sie an mich verwiesen.«
»Diese ›Strolche‹ waren meine Agenten«, erklärte der Kanzler gelangweilt. »Über sie bin ich an Euch geraten.«
»O mein Gott«, stöhnte Philipp. »Jetzt fange ich an zu verstehen.«
»Hoffentlich fangt Ihr auch an, Eure Lage zu verstehen.«
»Die verstehe ich mehr als genug, um so mehr, da ich unschuldig bin.«
Der Kanzler drehte die Augen nach oben, ohne zu antworten.
»Wollt Ihr wissen, was ich denke?« fragte Philipp. »Ich denke, Minstrel wußte gar nichts und wollte Euch nur Geld entlocken. Im letzten Moment hat er Angst vor seinem eigenen Wagemut bekommen und sich versteckt.«
Der Kanzler richtete die Augen wieder auf ihn. Sein Gesicht drückte mildes Interesse aus. Es war klar, daß er diesen Gedanken selbst schon am Rande mitgeführt hatte. Philipp erkannte seine Gelegenheit.
»Ich weiß zwar nicht, wo er sich versteckt hält, aber ich glaube, es gibt jemanden, der es wissen könnte. Er hat früher schon mit ihm unter einer Decke gesteckt.« Er atmete tief ein. Alles, was er jetzt sagte, waren reine Spekulationen. Aber tiefer konnte er nicht mehr im Schlamassel sitzen. »Radolf Vacillarius. Er sitzt auf einem herunterge-

kommenen ...«, er unterbrach sich, weil der Kanzler zu grinsen begonnen hatte. Verblüfft starrte er ihn an. Der Kanzler lachte lauthals und schüttelte gleichzeitig vergnügt den Kopf. Nach einer Weile beruhigte er sich.
»Soeben habt Ihr Euch um Kopf und Kragen geredet, Meister Philipp«, sagte er. »Herr Radolf ist einer unserer vortrefflichsten Diener. Wenn Geoffroi bei ihm wäre, würde er mir sofort Bescheid sagen.«
»Radolf ist ...«, brachte Philipp mühsam hervor, zu verblüfft, um einen klaren Gedanken zu fassen.
»Radolf Vacillarius ist kein reicher, aber ein aufrechter Mann.«
»Aber er ist der letzte ...«
»Seid vorsichtig, was Ihr sagt. Ich will Euch nur ein Beispiel nennen, welchen Charakters Herr Vacillarius ist: Radolf war der Gefährte des Herrn von Als, welcher wiederum ein treuer Diener der Krone war. Als Herr Gottfried am Anfang des Pilgerzugs gegen die Heiden erkrankte und starb, war ihm keine Mühe zuviel, diese Nachricht zurückzubringen. Er wußte, daß die Witwe zu Hause sehnlichst auf Nachrichten von ihrem Gemahl wartete und wollte verhindern, daß jemand anderer als er ihr die Kunde vom Tod ihres Gemahls brachte.«
»Radolf war niemals auf dem Pilgerzug«, rutschte es Philipp heraus. Der Kanzler kniff die Augen zusammen und beugte sich plötzlich nach vorne.
»Was soll das heißen?«
»Daß Radolf während des Kriegs gegen die Heiden sonstwo war, aber nicht im Heiligen Land. Und wollt Ihr noch etwas wissen? Wenn Radolf den Tod Gottfrieds noch vor dem Beginn des eigentlichen Pilgerzugs gemeldet hat, verfügte er über seherische Kräfte. Sein Herr starb erst, als das

Heer des Kaisers schon lange wieder zurückgekehrt war. Und wollt Ihr noch etwas wissen? Er starb nicht an einer Krankheit, sondern an der Decke, die ihm Radolf aufs Gesicht drückte, bis er tot war. Wenn Ihr schon einen Mörder verurteilen wollt, reitet zum Haus von Radolf Vacillarius hinaus.«
»Ihr schleudert sinnlose Anschuldigungen in alle Richtungen. Besser könnt Ihr Eure eigene Schuld gar nicht eingestehen.«
»Wenn es danach geht, hätte jeder Ankläger das Verbrechen selbst begangen.«
»Nun«, sagte der Kanzler und lehnte sich wieder zurück, »ich muß zugeben, daß Ihr in einem Punkt doch recht hattet. Es ist reine Zeitverschwendung, mit Euch zu reden.« Er gab den Bütteln einen Wink. »Ich gebe Euch bis morgen früh Zeit, Eure Aussage zu überprüfen. Um Euer Nachdenken ein wenig anzutreiben: Solltet Ihr dann nicht geständig sein, werde ich den Henkersknecht kommen lassen und nachsehen, ob sich Eure Zunge mit seinen Werkzeugen lösen läßt. Ihr habt die Wahl. Entweder Ihr sagt mir morgen, was ich hören will, oder Ihr werdet es wenig später schreien.«

Zurück im Kellergeschoß des Gebäudes, zurück im Angstloch, aber nicht mehr zurück bei seinem unfreiwilligen Gefährten Fulcher, sondern nun allein in einem anderen, kleineren Raum; zurück und mit sich selbst alleingelassen, dauerte es eine Weile, bis Philipp sich der schieren Unausweichlichkeit seines Schicksals bewußt wurde. Vorher kreisten seine Gedanken um die Worte des Kanzlers, und er versuchte sie in das Schema zu passen, das er sich in den vergangenen Tagen aus den Geschehnissen gebildet hatte. Minstrel hatte nicht gelogen. Er hatte sich hier in der Stadt mit einem Mann treffen wollen, von dem er Geld erwartete. Sicherlich hätte er seine Informationen nicht umsonst an den Kanzler weitergegeben; wenn er überhaupt über welche verfügt hatte, woran Philipp nach wie vor nicht glaubte. Der Kanzler war nur der dritte im Bunde derjenigen, die Minstrel auf den Leim gekrochen waren – zusammen mit Aude und Philipp. Minstrel, dessen war Philipp ebenfalls sicher, hatte sich irgendwo verkrochen, um den Aufruhr um seine Person abzuwarten. Ganz offensichtlich beabsichtigte er nicht mehr, zu Aude zurückzukehren, sonst hätte er sich zumindest ihr zu erkennen gegeben.

An diesem Punkt angelangt, begannen Philipps Gedanken abzudriften und sich mit seinem eigenen Schicksal zu beschäftigen. Es war ihm bewußt, daß sein Hiersein mit all den Toten und Totgemeinten verknüpft war, von denen er in der letzten Zeit erfahren hatte – und immer wieder und in erster Linie mit Minstrel. Was sein Verschwinden und die Worte des Kanzlers bedeuteten, war ihm klar. Dieses Bewußtsein nahm nach und nach Gestalt in Philipps Denken an. Die Dämonen hatten genügend Zeit und Gelegenheit, sich an ihn heranzupirschen und ihm die Luft abzudrücken. Zu nichts anderem diente der Aufenthalt in der einsamen Zelle: den Kreaturen der Angst den Zugang zu ihrem Opfer zu gewähren. Ohne es zu wollen und ohne es abstellen zu können, malte Philipp sich das morgige Verhör aus, und während die Wände der Zelle näherzurücken schienen, sah er sich vor dem Kanzler stehen, den Mord an Minstrel erneut abstreiten und fühlte, wie man ihn packte und in einen Raum im Kellergeschoß zurückbrachte, dessen Wände Entsetzen und Schmerz ausschwitzten und in dessen Mitte die grinsende, vernarbte, bucklige Gestalt des Henkersknechts stand und seine Marterwerkzeuge wetzte. Es half nichts, daß er sich vorsagte, daß sowohl die Kirche wie auch der Kaiser die Folter zur Erzwingung eines Geständnisses verabscheuten und daß nicht einmal die päpstliche Inquisition bislang Zuflucht zu ihr genommen hatte; er wußte, daß es immer Ausnahmen gab, und die Ausnahmen wurden häufiger, je mächtiger der Ankläger war, der ein Geständnis hören wollte. Einen mächtigeren Ankläger als den Kanzler des Kaisers konnte man sich jedoch kaum vorstellen. Philipp sah seine Handgelenke mit Ketten gefesselt und in die Höhe gezogen, bis er aufrecht und mit ausgestreckten Armen in der Kammer des Henkersknechts stand; man zerrte das Wams von seinem Oberkörper, und die Geißel trat in Aktion, bis sein Rücken eine einzige schreiende Wunde war, die schon von der Berührung eines Lufthauchs in unerträglichen Schmerzen zuckte. Er sah sich voll heulender Panik der weißglühenden Spitze eines Eisens entgegenstarren, zurückgewichen, bis sich die Kette klirrend spannte, und die Spitze näherte sich der empfindlichen Haut unter seinen Armen und brannte, schmorte, ätzte sich stinkend in seine Haut, bis er kreischte und zu sterben wünschte. Man spannte ihn in den Rahmen und zerrte seine Gliedmaßen in die Länge, bis er das Reißen der Sehnen zu hören glaubte und den Kopf hin und her warf in dem wortlosen Flehen, die Marter zu beenden. Man setzte ihn auf eine Bank, spannte seine Beine in einen Block, streifte die Stiefel von seinen Füßen und stellte ein Kohlenfeuer darunter und erhitzte es, bis seine Haut sich schwärzte und Blasen warf, und weckte ihn mit einem Guß aus dem Wassereimer, wenn er darüber das Bewußtsein verlor. Und während all dieser Prozeduren gestand er heulend und flehend den Mord an Minstrel, den Mord an Thomas, den Mord an Lambert, jeden Mord, der ihm einfiel, bis der Kanzler davon überzeugt war, daß es Philipp immer noch einen Mord zu entlocken galt und dem Henkersknecht befahl, mit seiner Tätigkeit fortzufahren.

Die Wände des Kerkerraums warfen Philipps vor Angst blinden Blick indifferent zurück. Der Tag versank in der Dunkelheit der Zelle unbemerkt, und ebenso unbemerkt schlich sich die Nacht heran. Philipp umklammerte seine Knie und rollte sich zu einem Ball zusammen, ohne die Kälte zu spüren, die von den Wänden, vom Boden, von der Feuchtigkeit und der Finsternis in seine Knochen zog. Er war einsamer denn je in seinem Leben, und er wußte nicht, was ihn davon abhielt, laut zu schreien oder mit dem Kopf gegen die Wand zu rennen. Er saß da und zitterte vor kalter Angst.

Am nächsten Morgen führte man ihn aus der Zelle. Sein Körper schien abgestorben, und daß seine Beine sich bewegten, war ein Wunder. Die Büttel nahmen ihn in die Mitte, führten ihn über die Treppe hinauf, geleiteten ihn ins Freie und über den Hof zum Tor der Kommende. Der Torwächter öffnete das Mannloch, und die Büttel schoben Philipp hindurch. Draußen warteten Raimund und Aude mit ein paar Bewaffneten auf ihn und brachten ihn nach Hause.

»Galbert kam gestern in wildem Galopp auf den Hof geritten und informierte mich, daß man dich verhaftet habe«, erklärte Raimund, während Philipp auf einer Truhe im

Saal saß und die Tatsache langsam in sein Bewußtsein sickerte, daß ihn der Henkersknecht doch nicht bekommen hatte. »Ich ritt zurück in die Stadt und erfuhr, daß der Kanzler in der Ordenskommende weilt. Ich verlangte noch am selben Abend eine Audienz. Peter von Vinea ist mir nicht unbekannt, und er kennt auch mich; er war erstaunt, als ich ihm mitteilte, du seist mein Truchseß. Auf meine Bürgschaft hin ließ er dich gehen.«

»Er ist davon überzeugt, daß ich Audes Mann umgebracht habe«, sagte Philipp mit rauher Stimme. Er warf einen Blick zu Aude hinüber, die auf einer anderen Truhe saß und ihn mit ausdruckslosem Gesicht musterte.

»Er ist überzeugt, daß Geoffroi Cantat tot ist«, widersprach Raimund. »Daß du ihn auf dem Gewissen haben könntest, ist für ihn nur eine von vielen Möglichkeiten, die er überprüfen wollte.«

»Auf Kosten meiner Unversehrtheit.«

»Von seiner Sicht aus wollte er das Richtige tun.«

»Und von Eurer Sicht aus?«

Raimund betrachtete Philipp mit zusammengezogenen Augenbrauen. Sein Gesicht ließ den üblichen amüsierten Ausdruck völlig vermissen.

»Ich habe mich für dich verbürgt«, sagte er schließlich. Philipp seufzte und warf Aude einen zweiten Blick zu.

»Ich glaube nicht daran, daß Euer Mann tot ist«, sagte er. Aude zuckte mit den Schultern, aber dann lächelte sie müde. Ihre Augen waren gerötet.

»Danke«, sagte sie. »Ich weiß nicht mehr, was ich glauben soll.«

»Wie ist es Euch nach meiner Festnahme ergangen?«

»Grundsätzlich nicht viel anders als Euch. Ich hatte ebenfalls ein Gespräch mit dem Kanzler.«

Philipp zog überrascht die Augenbrauen hoch und setzte sich auf.

»Nachdem man Euch weggebracht hatte, bat Euer Freund Rutger mich, ihn zu begleiten. Ich war ziemlich unfreundlich zu ihm und sagte ihm, dazu müsse er mich ebenso abführen wie Euch. Dann machte er mir klar, daß der Kanzler des Kaisers auf mich warte und daß es um Geoffroi ginge. Ich ließ mich von ihm zum ›Drachen‹ bringen und schickte Galbert zu Eurem Herrn.«

»Sehr umsichtig«, sagte Philipp. »Ohne Euch würden sie mir jetzt schon wer weiß was ausreißen.« Er schauderte nachträglich. »Falls ich mich noch nicht ausführlich bedankt haben sollte, nehmt bitte nochmals meine tief empfundene Dankbarkeit entgegen.« Es gelang ihm, die Ernsthaftigkeit seines Danks trotz seines unwillkürlichen Grinsens zu ihr hinüberzubringen, denn sie neigte nur den Kopf und schenkte ihm ein kleines Lächeln.

»Der Kanzler erklärte mir, daß Geoffroi sich mit ihm verabredet und er schon seit Tagen auf ihn gewartet habe. Schließlich wurde er auf mich und meine Suchaktion aufmerksam und kam so auf Eure Person ...«

»... ließ mich ergreifen und glaubte mir kein Wort von alldem, was ich ihm erzählte.«

»Ich weiß. Er ließ es mich mithören.«

»Ihr wart in demselben Raum?«

»Hinter einer Holzverschalung. Nachher fragte er mich, ob ich Euch glaubte. Er sagte: Alles, was dieser Mann hervorbringt, steht auf wackligen Beinen und kann gegen ihn ausgelegt werden. Und bedenkt selbst, ob es nicht wahr ist, daß Ihr noch keinen Schritt weitergekommen seid, seit er Euch bei Eurer Suche nach Eurem Gemahl ›hilft‹.« Sie stockte und sah zu Boden.

»Ich kann es Euch nicht verdenken, daß Ihr an mir gezweifelt habt«, sagte Philipp großzügiger, als er sich fühlte. Tatsächlich fühlte er einen tiefen Stich, während er es sagte. Aude schwieg eine lange Weile.
»Ich habe keinen Augenblick lang an Euch gezweifelt«, sagte sie schließlich, ohne den Blick vom Boden zu nehmen. »Darüber war er sehr erstaunt.« Sie sagte nicht, daß sie sich bereits zu diesem Zeitpunkt für Philipp als Bürge angeboten hatte. Und sie gab auch nicht preis, was der Kanzler noch zu ihr gesagt hatte: *Ihr sprecht, als wäre jener dort Euer Mann und nicht einer, der verdächtig ist, Euren Mann getötet zu haben.*
»Er sagte, wenn ich darauf bestünde, daß Ihr unschuldig seid, würde es schwierig für ihn, Euch ein Geständnis abzupressen. Ich verlangte, er solle Euch freilassen, aber er prophezeite mir, daß Euch eine Nacht im Kerker, in der Erwartung der Folter, in kürzester Zeit gesprächig machen würde. Er sagte mir sogar voraus, daß Ihr noch vor Anbruch des Morgens geständig würdet.«
»Für ihn bin ich nach wie vor der Täter«, knurrte Philipp.
»Wie auch immer, du hast nicht die Erlaubnis, dich vom Hof zu entfernen«, erklärte Raimund. »Und ich habe dem Kanzler mein Ehrenwort gegeben, auf dich aufzupassen, bis deine Unschuld geklärt ist.«
Philipp schnaubte. »So einfach ist das; gestern will er mir die Glieder ausreißen, und heute reicht ihm ein Ehrenwort, um mich laufenzulassen.«
»Es ist ein Wort unter Edelmännern«, sagte Raimund ein wenig ungehalten. »Eine größere Versicherung gibt es nicht.«
»Ich muß den Hof verlassen, um meine Unschuld zu beweisen«, stieß Philipp hervor. »Aude, hat der Kanzler

Euch gesagt, worüber Euer Mann mit ihm sprechen wollte?«
»Nein. Er fragte mich, ob ich es wüßte. Ich wußte nicht einmal, daß er sich mit ihm verabredet hatte.«
»Herr«, sagte Philipp und wandte sich an Raimund, »ich habe den Verdacht, daß Audes Mann den Kanzler betrügen wollte. Entschuldigt, Aude, aber wenn Ihr mein Gespräch mit dem Kanzler gehört habt, dann wißt Ihr ohnehin, was ich denke. Im letzten Moment verließ ihn der Mut, und er ist bei seinem Verbündeten untergekrochen.«
»Wer soll dieser Verbündete sein?«
»Radolf Vacillarius.«
Philipps Herr riß erstaunt die Augen auf und schüttelte gleichzeitig den Kopf.
»Ich weiß, es hört sich verrückt an«, sagte Philipp hastig. »Aber paßt auf, was ich herausgefunden habe: Radolf hat niemals am Pilgerzug gegen die Heiden teilgenommen. Statt dessen haben er und sein Knappe Lambert und wahrscheinlich auch Ernst Guett'heure, der das Heilige Land ebensowenig gesehen hat, sich irgendwo im Reich herumgetrieben. Nach dem Ende des Pilgerzugs hat Radolf seinen Lehnsherrn ermordet – und ratet, wer sein Herr war: niemand anders als Gottfried von Als, Frau Katharinas erster Mann. Ich weiß nicht, weshalb er das getan hat. Ich weiß nur, daß irgendwann während dieser Zeit Minstrel zu ihnen gestoßen ist. Was immer sie ausgefressen haben, hält sie auch jetzt zusammen und hat ihnen einen neuen Plan eingegeben. Minstrel versuchte, den Kanzler auszunehmen, während Radolf den Kardinal für sich einnahm. Nur diesmal klappte es nicht. Minstrel bekam es mit der Angst und ließ seine Verabredung mit dem Kanzler platzen, während der Kardinal Radolf auf eine Art und Weise zu hel-

fen versuchte, die diesem gänzlich unwillkommen war – nämlich durch mich.«
»Was soll ich all diesem krausen Gerede entnehmen?«
»Daß Radolf weiß, wo sich Minstrel versteckt hält. Laßt mich nur noch einmal zu ihm hinausreiten. Er muß mir verraten, wo ich Minstrel finde, damit ich meine Unschuld beweisen kann. Und wenn ich ihn finde, werde ich dafür sorgen, daß er mir das unselige Geheimnis verrät, das ihn und Radolf und den toten Ernst Guett'heure miteinander verbindet.«
»Ich kann dich nicht gehen lassen. Ich stehe unter Wort.«
»Dann begleitet mich. Oder gebt mir eine bewaffnete Eskorte mit. Sie sollen mich meinetwegen fesseln. Aber ich muß zu Radolf hinaus, wenn ich jemals den Versuch unternehmen will, mich reinzuwaschen.«
Raimund sah von Aude zu Philipp, und Aude spürte seine Unschlüssigkeit. Seine Erleichterung, daß Philipp nichts geschehen war, war offensichtlich gewesen, als Philipp aus dem Mannloch quasi in ihre Arme taumelte, noch vollkommen benommen von der unerwarteten Wendung der Dinge. Sie achtete ihn hoch für die ungewöhnliche Sorge, die er um seinen Truchseß empfand, wenn sie sie auch nicht verstand. Vielleicht hatte er sich Vorwürfe gemacht, Philipp dem Kardinal empfohlen zu haben. Wenn Philipp nicht vom Hof aufgebrochen wäre, um zu Radolf zu gehen, wäre er niemals mit Geoffroi zusammengekommen. Aber sie verstand auch Philipps Wunsch, verstand ihn sogar noch besser als die Beweggründe seines Herrn. Und wenn sie ehrlich war, war ihr Verständnis keineswegs frei von eigener Vorteilsnahme.
»Laßt ihn gehen, Raimund«, sagte sie. »Er muß es tun. Und ich werde ihn begleiten.«

»Das kommt nicht in Frage«, sagten beide Männer wie aus einem Mund. Aude lächelte trotz ihrer Anspannung.
»Wenn jener Radolf die einzige Möglichkeit ist, meinen Gemahl zu finden, dann werde ich ihn aufsuchen, ganz egal, wer mich dabei begleitet. Aber ich würde es begrüßen, wenn Philipp mein Begleiter wäre. Ich verspreche Euch, daß er mir nicht entfliehen wird.«
»Wer redet denn davon, zum Teufel?« grollte Philipp. Raimund kratzte sich am Kopf und musterte sie mit gesenkten Augenbrauen.
»Ich werde auf jeden Fall gehen«, bekräftigte sie nochmals. »Mich könnt Ihr nicht daran hindern.«
»Radolf ist völlig unzurechnungsfähig. Ihr könnt dort nicht allein hingehen.«
»Arbeitet Ihr jetzt zusammen, um mich umzustimmen?« rief Raimund aufgebracht.
»Es geht nicht nur um mich und Minstrel«, drängte Philipp. »Es geht auch um den Mord an Thomas und Lambert mit seiner Familie.«
»Was?«
»Lambert war Radolfs Knappe; nur erfuhr ich leider zu spät davon. Radolf und Ernst sprachen in meiner Gegenwart darüber, daß sie seiner habhaft werden müßten. Ich dachte mir, dahinter stecke nicht mehr als der Zorn des Herrn auf seinen entsprungenen Knappen. Aber Lambert hat etwas gewußt; etwas, das weit über seine Mittäterschaft an dem Mord hinausgeht und das er Thomas gebeichtet hat. Soviel wissen wir durch Renatas Aussage. Es war etwas von so großer Tragweite, daß Thomas sich dazu bewogen fühlte, den Rat des Abtes im Kloster einzuholen. Er ging damit nicht zum Bischof, wie es üblich gewesen

wäre, sondern zum Abt, dem er vertraute. Ich traf ihn auf der Straße, und er erzählte mir, es ginge um die Unglückliche, die man an den Schandpfahl gebunden hatte. Es mag ihm sicher auch darum gegangen sein, aber der Hauptgrund war der Inhalt von Lamberts Beichte. Was immer er dem Abt mitteilte, es hat ans Licht gebracht, daß auch Thomas das Wissen Lamberts teilte. Deshalb hat man ihn beseitigt. Vielleicht hat jemand sein Gespräch mit dem Abt belauscht. Und in seinem Tod hat er ihnen die Spur zu Lamberts Versteck gewiesen.«
Raimund kniff die Augen zusammen. Aude war Philipps Rede mit halber Verständnislosigkeit gefolgt, aber es gelang ihr, die Enden zusammenzuknüpfen.
»Deshalb hat man auch Lamberts gesamte Familie ausgelöscht«, sagte sie überrascht. »Weil man befürchtete, auch sie wüßten Bescheid.«
»Worüber denn Bescheid, bei allen Heiligen?« rief Philipps Herr.
»Ich weiß es nicht«, rief Philipp zurück. »Aber ich schwöre Euch, ich werde es aus Radolf herausbekommen.«
»Er wird dich und Aude genauso beseitigen lassen, wenn das alles zutrifft, was du mir erzählt hast.«
»Er kann es nicht. Im Gegensatz zu Thomas und Lambert weiß ich, was auf mich zukommt. Außerdem hegt er gegen mich keinen Verdacht, oder er hätte mich längst schon beseitigt.«
»Ich kann dich trotzdem nicht gehen lassen.«
Aude stand auf und strich ihr Kleid glatt. »Es ist spät«, sagte sie, »und ich bin müde. Ihr müßt mich entschuldigen, wenn ich heute am Abendmahl nicht teilnehme. Ich möchte ein wenig für mich sein.«
»Das wird Euch schwerfallen bei dem Trubel, der hier

herrscht«, sagte Raimund und verneigte sich leicht in ihre Richtung. »Ich wünsche Euch gute Ruhe.«
»Danke«, sagte sie und ging zur Treppe, die in die Frauenkammer hinaufführte. Sie spürte Philipps Blicke auf ihrem Rücken. »Und, Raimund«, sagte sie, ohne sich umzudrehen, »wenn Euch nur etwas an Eurem Truchseß liegt, dann laßt Ihr ihn morgen mit mir zum Haus des Radolf Vacillarius reiten. Seine Seele hängt davon ab.«

Schließlich brachen sie zu dritt auf: Aude, Philipp und Galbert, den zurückzulassen Philipps Überredungskünste nicht mehr vermocht hatten. Ursprünglich hatte Raimund darauf bestanden, ihnen ein kleines Trüpplein seiner Bewaffneten mitzugeben, aber Philipp konnte sich mit dem Hinweis durchsetzen, daß die Ankunft eines Trupps Radolf nur mißtrauisch stimmen und ihn möglicherweise dazu veranlassen würde, rechtzeitig das Weite zu suchen. Danach kostete es Aude ihre ganzen Überredungskünste, den beiden alten Frauen, die sie von ihrer Heimat bis hierher begleitet hatten, die Teilnahme an dem Unternehmen auszureden. Sie brachen im Morgengrauen auf, umgingen Köln im Norden und setzten am späten Nachmittag mit einer Fähre über den Rhein, unweit eines kleinen Dorfes namens Worringen. Der Fährmann, der offenbar Geschäftssinn besaß, hatte eine Hütte am anderen Rheinufer gebaut und bot ihnen darin eine Übernachtungsmöglichkeit an, gegen ein Entgelt, das auch dem »Drachen« alle Ehre gemacht hätte. Philipp drängte darauf weiterzureiten, denn er hatte Raimund versprochen, in drei oder vier Tagen zurück zu sein, und er wollte auf keinen Fall wortbrüchig werden. Aude überzeugte ihn schließlich davon,

daß sie Radolfs Haus am heutigen Tag ohnehin nicht mehr erreichen würden und es einerlei war, ob sie hier in der Hütte des Fährmanns oder bei den Köhlern übernachteten, die Philipp schon einmal Unterschlupf gewährt hatten und die er als Übernachtungsmöglichkeit vorschlug.
»Wenn ich zu wählen habe zwischen einer einigermaßen sauberen Hütte an einem Fluß, in dem ich mich des Morgens waschen kann, und einer rußigen Köhlerhütte, muß ich nicht lange überlegen«, sagte sie. Philipp, der zuweilen das Gefühl hatte, noch immer nicht ganz aus dem Alptraum aufgewacht zu sein, den ihm die Nacht im Kerker beschert hatte, wehrte sich nur schwach und gab schließlich nach.
Die Hütte mit ihrem gestampften, mit Heu eingestreuten Lehmboden gehörte zu einem Drittel den Tieren des Fährmanns, drei Ziegen, die die menschliche Gesellschaft mit gleichmütig wiederkauenden Gesichtern begrüßten. Der Fährmann selbst gesellte sich nach Einbruch der Dunkelheit zu ihnen in das Innere der Hütte, nachdem er vergeblich auf weitere Kunden gewartet hatte. Er hatte sich einige Knollen Zwiebeln eingesteckt, die er geräuschvoll aß, während Aude, Philipp und Galbert an geröstetem Getreide und Räucherfleisch kauten. Schließlich schliefen sie, in der Enge der Hütte aneinandergedrängt. Als Aude zu einer unbestimmbaren Zeit erwachte, fehlte Philipp, der sich zwischen sie und den nach Zwiebeln stinkenden Fährmann gelegt hatte. Sie bewegte sich vorsichtig, um Galbert, der an ihrer anderen Seite den Schlaf des Gerechten schlief, nicht zu wecken. Der Fährmann blies ihr seinen Zwiebelodem ins Gesicht; schließlich und weil es ihr zu lange dauerte, bis Philipp wieder zurückkam, raffte sie sich auf, umklammerte ihren Oberkörper gegen die Kälte und

stolperte ins Freie hinaus. Sie fühlte das Jucken der ersten Flohbisse und erschauerte vor dem Wissen, daß sie sich am Morgen im eiskalten Flußwasser gründlich würde reinigen müssen.
Der Mond, eine leicht eingedellte Scheibe nach dem kürzlich erfolgten Vollmond, stand weit über dem Horizont. Das unruhige Wasser des Rheins, an der flachen Fährstelle zusätzlich aufgewühlt durch die Unebenheiten des Bodens, war ein zerbrochener Spiegel, der das Mondlicht flackernd wiedergab. Vor dem Spiegel kauerte eine sitzende Gestalt hart am Ufer und starrte über den Fluß hinweg. Aude trat zögernd hinzu. Die groben Kiesel rutschten unter den Sohlen ihrer Schuhe beiseite.
»Paßt auf, daß Ihr nicht fallt«, sagte Philipp, ohne sich umzudrehen.
»Was tut Ihr hier draußen?«
»Ich betrachte das Mondlicht.«
»Darf ich mich zu Euch setzen?«
Philipp rückte ein Stück, und sie erkannte, daß er auf einer sandigen Stelle saß, die wie ein großer Teppich zwischen den Steinen lag. Sie setzte sich und berührte den Sand; er war unter dem kühlen Hauch des Flusses erstaunlich warm.
»Galbert ist traurig, weil Frida gestern abend zu mir gekrochen kam, anstatt sich zu ihm zu legen«, sagte Philipp zu Audes Erstaunen. Sie fragte sich, wovon er sprach, aber sie hielt den Mund. Philipps Verhalten vermittelte ihr das Gefühl, als wollte er zum erstenmal aus sich herausgehen, und sie ließ es ihn auf seine Weise tun. »Er dachte, er hätte sie für sich allein gewonnen. Ich hätte ihm gleich sagen können, daß das ein eitler Wunsch war.«
Er beugte sich nach vorn, klaubte einen Stein auf und legte

ihn vorsichtig vor sich auf den Sand. Er warf ihr einen kurzen Seitenblick zu. Aude vermied es, ihm ins Gesicht zu sehen. Der Fluß flirrte unter dem knochenhellen Mondlicht wie die polierten Metallplättchen am Gewand eines Jongleurs. Es war schwierig, den Blick davon abzuwenden, wenn man sich einmal darauf eingelassen hatte.
»Als sie sich zu mir legte, wurde mir klar, was mir in der Ordenskommende erspart geblieben war. Es war, als würde ich erst da erwachen. Der Kanzler hätte mich zu Tode gefoltert, um aus mir herauszubringen, was aus Eurem Mann geworden ist.«
Aude gab ein Geräusch von sich, aber Philipp unterbrach sie. »Er hätte es getan. Daran gibt es nichts zu zweifeln. Ich habe in seine Augen gesehen. Es heißt, der Kaiser hätte keinen treueren Gefährten als ihn. Wenn er den Eindruck hatte, etwas, das ich weiß, stünde dem Wohlergehen des Kaisers und dem Reich im Weg, hätte er ohne mit der Wimper zu zucken alles getan, um das Wissen aus mir herauszuholen. Ich war nur ein Wurm, dessen Leben lediglich den Wert hatte, den er ihm beimaß.«
»Euer Leben hat den gleichen Wert wie das des Kanzlers.«
»Gestern erschien es mir jedenfalls unendlich wertvoll. Plötzlich schien mir alles neu, wie geläutert, und die kleinste Kleinigkeit versetzte mich in Entzücken: das Gefühl, auf dem sauberen Stroh zu liegen, das Atmen der Schläfer um mich herum, die Wärme unter den Fellen und Decken ...«
»Glückliche Frida«, sagte Aude, bevor sie es verhindern konnte. Sie hielt den Atem an.
»Weshalb? Ich schickte sie weg. Ich wollte meine Freude, am Leben zu sein, mit niemandem teilen. Dieser Moment

gehörte nur mir. Ich glaube, sie war wütender als eine Katze, die in die Jauchegrube gefallen ist.«
Aude lächelte. Philipp räusperte sich und suchte offenbar nach einem Weg fortzufahren. Schließlich sagte er: »Ich will Euch erzählen, was bei der Mutprobe schiefging, mit der ich Johannes' Freundschaft erringen wollte.« Er räusperte sich wieder. »Der Gedanke, mich vor den zwei Novizen – es waren Johannes und sein ›Kämmerer‹, wenn man so will – zu entblößen, jagte mir zuerst Scham ein, aber dann begann ich plötzlich eine aberwitzige Erregung zu fühlen. Die Erregung verband sich nicht mit dem Akt des Zeigens an sich, sondern mit dem Gedanken, es vor Johannes zu tun. Ich bekam ... Ich hatte eine Erektion.« Seine Stimme wurde lauter. »Mein kleiner Kerl stand wie eine Turnierlanze, wenn Ihr es genau wissen wollt.«
»Ihr braucht Euch nicht zu schämen«, sagte Aude ruhig.
»Ich weiß nicht.« Philipp seufzte. »Ich weiß nicht. Ich hatte damals das Gefühl, auf der Stelle sterben zu müssen. Ich weigerte mich, mich länger als einen winzigen Augenblick zur Schau zu stellen, und das war's. Ich hatte die Probe nicht bestanden. So redete ich mir ein, daß ich sie gar nicht mehr bestehen wollte.«
»Und damit hattet Ihr unrecht«, vermutete Aude.
»Natürlich hatte ich damit unrecht. In Wahrheit wollte ich nichts anderes als Johannes' Freundschaft, aber ich wollte sie nicht auf die Weise, die er darunter verstand. Und doch ...«, er räusperte sich ein drittes Mal, diesmal langanhaltend, und Aude wußte, er wollte etwas loswerden, was ihm schon seit seiner Jugend im Hals steckte, »und doch ... Wißt Ihr, etwa ein Jahr danach, im Sommer, halfen wir den Mönchen nach der Sext – das ist das Mittagsgebet – das Gras unter den Obstbäumen zu mähen. Tatsächlich

mähten wir, während die Mönche darauf aufpaßten, daß sich die Fliegen nicht auf ihrer Tonsur festsetzten. Es war ein sehr heißer Sommer, und die Sonne brannte auf den Obstgarten herab. Schließlich fiel einer von uns um und konnte erst mit Wasser wieder zu Bewußtsein gebracht werden, und der Prior gewährte uns eine Pause bis zur Non. Ich suchte nach einem schattigen Platz unter den Beerensträuchern, um mich hinzulegen.«

Philipp hob den Stein auf, den er zu sich herangezogen hatte, und schleuderte ihn ins Wasser. Aude hörte ihn aufprallen. Der zerschmetterte Mondspiegel der Wasseroberfläche zersprang an einer Stelle zu noch mehr Teilen, bevor er sich wieder in seinen unruhigen Rhythmus fand.

»Im undurchdringlichsten Teil der Beerenhecke, wo sich eine niedrige Höhle aus Zweigen und Blättern gebildet hatte, stieß ich auf Johannes. Da wurde mir erst klar, daß ich ihn schon seit kurz nach dem Beginn der Mäharbeiten nicht mehr gesehen hatte. Johannes war nicht allein. Einer der anderen Novizen war bei ihm, einer, der die Aufnahmeprüfung geschafft hatte. Sie lagen sich in den Armen und küßten sich voller Leidenschaft. Ihre Kutten hatten sie bis zum Bauchnabel gerafft, und beide waren damit beschäftigt, sich gegenseitig zu liebkosen.«

Philipp schwieg. Aude hatte das Gefühl, er hätte liebend gerne noch etwas ins Wasser geworfen. Als wollte er sie darin bestätigen, griff er blind nach einer Handvoll Kieselsteinen und schleuderte sie von sich.

»Ich kann nichts Schlimmes entdecken«, sagte Aude vorsichtig. »Weder an dem, was Ihr beobachtet habt, noch daran, daß Ihr über diese Szene quasi gestolpert seid.«

»Das Schlimme war«, stieß Philipp hervor, »daß ich in diesem Moment eine brennende Eifersucht auf den anderen Novizen verspürte. Es war nicht das Geschlechtliche an der Sache, ich hätte das nicht gewollt – es war das Gefühl der Verbundenheit zwischen den beiden, eine Verbundenheit, die ich mir mit Johannes für mich selbst gewünscht hätte. In diesem Moment war ich kurz davor, mich mit Johannes ebenfalls der Sodomie hinzugeben, nur um diese Nähe zu schaffen.«

»Ihr habt es aber nicht getan.«

»Nein, ich habe es nicht getan. Es erschien mir ... Ich weiß nicht.«

»Widernatürlich?«

»Es war nichts Widernatürliches an dem, was ich gesehen hatte. Ich sah nur die Leidenschaft, die die beiden verband. Aber ich wußte, es war nicht meine Art der Leidenschaft – und doch wäre ich in jenem Augenblick imstande gewesen, mich ihr zu unterwerfen.«

»Ihr habt Johannes auf Eure Art geliebt. Zu anderen Zeiten und unter anderen Umständen wärt Ihr vielleicht Freunde geworden – unter Zeiten und Umständen, die die Art der Liebe nicht vor die Liebe an sich stellen.«

»Als ich mich zurückzog, schlug Johannes die Augen auf. Wir waren nur ein paar Schritt voneinander entfernt. Er sah mich. Und ich sah in seinen Augen dieselben Gefühle, die ich eben selbst verspürt hatte. Ich hastete aus dem Gebüsch und lief zu einem Baum, unter dem ich mich wie betäubt niederwarf. Ein paar Augenblicke später tauchten Johannes und der andere Novize aus den Beeren auf. Sie kamen an getrennten Stellen und nicht gleichzeitig heraus, offensichtlich hatten sie darin einige Routine. Johannes kam an mir vorbei und nickte mir zu, ohne etwas zu sagen. Er bat mich niemals darum, meine Entdeckung für mich zu behalten. Aber natürlich sagte ich keinem Menschen jemals ein Wort davon.«

»Wenn man liebt, verliert man sich immer ein wenig«, erklärte Aude. »Daran ist zuerst einmal nichts falsch. Als ich mit jenem Knecht ins Gebüsch ging und ihn verführte, war ich auch für ein paar Momente verliebt. Nicht in ihn, sondern in die Lust, die er mir bereiten würde. Ich habe sie ausgekostet und bin danach zu mir selbst zurückgekehrt.«

»Ich hätte mich total verloren, bis hin zur Unterwerfung unter eine Art der Liebe, von der ich nichts verstand«, begehrte Philipp auf. »Und wer weiß, ob ich mich jemals wiedergefunden hätte.«

»Ihr hättet Euch wiedergefunden. Ihr unterschätzt Eure eigene Stärke und die Geradheit Eures Charakters.«

»Ich weiß nicht ... Es ist schwierig, das zuzulassen. Und es braucht eine Menge Vertrauen in den Menschen, bei dem man das zulassen will.«

»Und Vertrauen wird oftmals enttäuscht, ich weiß. Dagegen ist nichts zu machen. Ihr habt nur die Wahl zwischen zwei Dingen: immer wieder von neuem einem Menschen zu vertrauen, dem Ihr Liebe entgegenbringt, oder nie mehr wieder zu vertrauen. Im ersteren Fall werdet Ihr immer wieder einmal verletzt werden – im letzteren Fall werdet Ihr niemals wieder Liebe verspüren.«

Philipp wandte den Blick vom Boden ab und sah ihr ins Gesicht. Was das harte Mondlicht in seinen Zügen enthüllte, war mehr, als sie zu lesen imstande war. Sie beugte sich zu ihm hinüber. Seine Augen waren groß und glitzerten im Mondschein. Sie fühlte das Beben durch ihren Körper schießen, noch bevor ihre Lippen seinen Mund berührten, und als sie es taten, keuchte sie unwillkürlich.

Sie fühlte, wie seine Hand über ihren Oberarm strich und sich dann unter ihr Haar schob und um ihren Nacken legte, mit einer leichten, mehr als zarten Berührung, die weniger Leidenschaft als das Bedürfnis auszudrücken schien, sie zu beschützen. Seine Lippen öffneten sich, und sie tastete mit der Zunge in seinen Mund, die Augen bereits geschlossen, um sich dem süßen Gefühl hinzugeben, das sie erwartete. Er erwiderte ihren Kuß mit einer seltsamen Scheu, die sie ihm nicht zugetraut hätte, und plötzlich fürchtete sie, daß er seine Angst, sich zu verlieren, einmal mehr nicht zu überwinden vermochte. Aber noch bevor sich ihr Körper versteifen konnte, wurde sein Kuß leidenschaftlicher, fordernder, und sie küßte ihn wider mit der Intensität des Gefühls, das sie die ganze Zeit über unterdrückt hatte, bis ihnen beiden der Atem ausging. Er versuchte sie an seine Schulter zu ziehen, aber sie legte ihm die Hand auf die Brust und wehrte sich dagegen. Sie wollte in sein Gesicht sehen.
»Aude ...«, begann er hilflos. Sie legte ihm einen Finger auf den Mund.
»Schh«, machte sie. »Reden zerstört den Zauber.«
»Aber es ist nicht nur ein Zauber. Aude, ich ...«
Sie wußte, was er sagen wollte, aber sie wollte es nicht hören, weil es sie sonst dazu gezwungen hätte, das gleiche zu ihm zu sagen. Sie wußte, daß die Zeit dazu noch nicht reif war. Sie küßte ihn, bevor er weitersprechen konnte.
Es schien Aude, als küßten sie sich eine endlose Zeit, als wären sie beide wieder Kinder, die ihre Gefühle erst entdeckten, und als wären die Küsse der Gipfel der Leidenschaft, die sie einander zutrauten. Sie sank auf den Rücken in den Sand, und Philipp beugte sich über sie, eine Hand unter ihrer Schulter, die andere mit sanften Bewegungen

über ihre Wange streichend. Seine Zartheit überraschte sie noch immer. Dann, als sie glaubte, sie müsse ihn dazu auffordern, strich er über ihr Kinn und ihren Hals zu ihrer Brust hinunter, mit einem Finger, dessen Berührung wie ein Kitzeln war, das sie bis in ihre Zähne spürte, verharrte dort, wo nicht weit unter ihrem Schlüsselbein der kleine Ausschnitt ihres Kleides endete, sprang über diese Hürde hinweg und glitt außen am Stoff nach unten, zwischen ihren Brüsten, über ihren Bauch, leicht wie eine Feder über ihren Schoß, über dem sich der schwere Stoff des Rocks bauschte, aber sie spürte die Berührung dennoch und zuckte ihr entgegen, während sie ihre Finger in seinen Oberarm krallte. Sie machte sich von ihm los und flüsterte ihm ins Ohr: »Zieh mich aus.« Sie wußte nicht, in welcher Sprache sie ihn aufgefordert hatte, aber er schien die Bedeutung begriffen zu haben, denn er begann damit, die Verschnürung ihres Oberteils aufzunesteln. Sie sah ihm ins Gesicht, während er an den Bändern zerrte. Die Hitze, die in seine Wangen gestiegen war, belustigte und erregte sie gleichermaßen. Sie fuhr unter sein Hemd, spürte das wollige Haar auf seiner Brust und grub lustvoll ihre Finger hinein.

Philipp gehorchte mit bebenden Fingern Audes Aufforderung. Seine Fingerspitzen schienen ihm zugleich gefühllos und sensibler denn je. Sein Schoß pochte, aber noch mehr pochte sein Herz. Er schnürte den Ausschnitt ihres Kleides auf, bis es unterhalb ihres Brustbeins nicht mehr weiterging. Der Ausschnitt ihres Hemdes reichte ebensoweit hinunter, und er befaßte sich mit dessen Bändern, während die Erregung in ihm immer noch um eine Nuance stieg, obwohl er dies fast nicht mehr für möglich gehalten hätte. Audes Hände fuhren über seine Brust, seinen Bauch, der unter ihren Berührungen zuckte, seinen Schoß, seine Schenkel. Er hielt sich nur mit Mühe davor zurück, mit der Hand unter ihr Hemd zu fahren und ihre Brüste zu streicheln, als er endlich den Ausschnitt weit genug geöffnet hatte. Statt dessen beugte er sich hinab und küßte das sanfte Tal zwischen den beginnenden Rundungen, das er freigelegt hatte. Aude fuhr mit der Hand in sein Haar und zerwühlte es, während sie sein Gesicht in ihren Ausschnitt preßte. Er riß sich von seiner eigenen Erregung los und spähte zu ihr nach oben. Sie hatte die Augen geöffnet und sah ihn an, wo er sie geschlossen vermutet hätte, aber ihre Lippen glänzten, und das Funkeln in ihrem Blick sagte ihm, daß sie die Augen keineswegs aus Gefühlskälte offenhielt; sie genoß es, ihm dabei zuzusehen, wie er sie liebkoste.

Schließlich richtete sie sich auf und erklärte ihm lachend, wie er die engen Ärmel des Kleides an den Schultern loszubinden hatte und wo das Oberteil nochmals verschnürt war, damit es sich möglichst eng um ihren Körper schmiegte. Er lachte mit, bewegte sich auf Knien um sie herum, küßte jeden noch so kleinen Fleck ihres Körpers, den er vom Stoff befreit hatte, und schmeckte das salzige, erregende Aroma ihrer Haut auf den Lippen. Zuletzt stieg sie aus dem Kleid, streifte die Stiefel von den Füßen und stand in ihrem lose fallenden Hemd vor ihm, die Waden knapp bedeckt. Sie sank wie er auf die Knie, und er erwartete, daß sie seine Beinlinge aufschnüren, sein Schamtuch beiseite zerren und seine Männlichkeit hervorholen würde, bevor sie sich zurücklegte und das Hemd nach oben schob. Er zitterte unter dem Beben der Erwartung und wußte gleichzeitig, daß er vage enttäuscht sein würde, wenn es so geschah.

Aude zupfte an den Kragenschnüren seines Wamses; als er ihr dabei helfen wollte, schob sie seine Finger weg. Sie nestelte es auf und zerrte es über seine Schultern nach unten, bis er mit den Armen herausschlüpfen konnte. Sie rollte sein Hemd über seiner Brust nach oben, und er hob folgsam die Arme und ließ es sich über den Kopf ziehen. Die Nachtluft war kalt an seiner erhitzten Haut, aber Audes Hände, die über seine Brust und seine Schultern strichen, waren heiß. Er zog sie zu sich heran, bis er die Wärme ihres Körpers durch ihr Hemd hindurch spüren konnte.

Sie stieß sich von ihm ab und lächelte ihm wieder ins Gesicht, mit jener offenen Neugierde, die ihn nun schon fast nicht mehr überraschte. Dann faßte sie den Saum ihres Hemdes an, hob es hoch über ihren Kopf und schlüpfte heraus. Bis auf eine schmale Kette um ihren Hals und ihre Ringe war sie vollkommen nackt. Es war diese Geste, die ihn am meisten überraschte. Nicht einmal die Hübschlerinnen im Badehaus, nicht einmal die immer rollige Frida, keine seiner Geliebten hatte sich jemals mit dieser Selbstverständlichkeit vor ihm entblößt und sich ohne Scheu seinen Blicken gestellt. Er fühlte, wie sich ihm unwillkürlich wieder die Worte auf die Lippen drängten, die sie ihm vorhin verboten hatte, und es war schwer, sie wieder hinunterzuschlucken.

Das Mondlicht mit seiner beinernen Weiße beschien sie, als wäre sie eine jener heidnischen Statuen, die den Untergang des Römischen Reichs überstanden hatten. Sie war schlank, und ihre Brüste waren voll, aber man sah ihrem Körper dennoch an, daß er schon mehrere Kinder geboren hatte. Er liebte sie gerade um der kleinen Makel willen um so mehr: daß ihre Hüften nicht mehr so schmal waren wie die eines jungen Mädchens, ihr Bauch nicht mehr so glatt und straff und ihre Brustwarzen nicht mehr keck nach oben zeigten. Sie gab ihm Zeit, ihren Anblick in sich hineinzutrinken. Er sah, daß sich von der Kühle eine Gänsehaut auf ihren Armen und Beinen gebildet hatte, aber sie achtete nicht darauf. Auch ihm selbst schien die Kälte der feuchten Nachtluft nur etwas Entferntes, das bei weitem nicht genügend Macht hatte, sich zwischen sie beide zu schieben.

Schließlich heftete sie ihren Blick auf die Stelle zwischen seinen Beinen, an der das Schamtuch schon ziemlich verrutscht war. Unvermittelt empfand Philipp eine verwirrende Mischung aus Schamhaftigkeit und dem dringenden Wunsch, sich ihr ebenfalls so zu zeigen, wie sie sich ihm dargeboten hatte, und seine Hände zerrten fühllos an den Bändern um seine Hüften, die die Beinlinge zusammenhielten. Er schob die Beinlinge nach unten, kam unbeholfen auf die Füße und streifte sie mitsamt den Stiefeln ab. Sein Schamtuch war ein dreieckiges, vielfach gefälteltes Stück Stoff, das mit einem dünnen Band zwischen seinen Hinterbacken und einem weiteren um seine Hüften herum gehalten wurde und das jetzt nach vorne abstand wie ein Segel, in das eine steife Brise fährt.

Ihre Vereinigung kam schneller, als sie beide erwartet hatten. Kaum drängten sich ihre Körper aneinander, fühlte Aude die widerspenstige Wolle seines Brusthaares und Philipp die weiche Berührung ihrer Brüste, sanken sie zusammen auf den Sand. Sie liebten sich wortlos, mit unterdrücktem Keuchen und Stöhnen und ohne Eile: Die erste Vereinigung war zu wertvoll, zu zart, um sie mit Heftigkeit zu entweihen. Beinahe reglos, nur mit winzigsten Bewegungen, Muskelkontraktionen mehr als tatsächlichen

Regungen, trieben sie eine Weile auf der Leidenschaft dahin, bis Aude davongetragen wurde und ihr Höhepunkt Philipp mit sich nahm, ein endloses Verströmen, das fast schmerzhaft schien in seiner puren Lust und sie beide zitternd und erschöpft zurückließ. Aude spürte das Pochen seiner abklingenden Erregung in sich und Philipps Gewicht auf ihrem Körper, bis er sich auf die Arme stützte und auf sie hinuntersah. Vage dachte sie daran, daß sie hätte herumhüpfen und niesen sollen, um nicht von ihm schwanger zu werden, aber das Gefühl seiner Berührung war ihr wichtiger. Sie gab seinen Blick offen zurück. Sein Mund arbeitete, und sie wußte, was er sagen würde. Philipp hatte das Gefühl, alles damit zu verderben, aber es ließ sich nicht mehr zurückhalten.

Er sagte: »Ich liebe dich.«

ZWISCHENSPIEL

Irgendwann hatte Rasso das Gefühl für die Zeit verloren. Der Wechsel zwischen Tag und Nacht ließ sich zwar am Ausmaß der Helligkeit verfolgen, die in die Kerkerzelle sickerte, aber er hatte nicht daran gedacht, die einzelnen Tage mit Strichen an der Wand oder einer Sammlung von Strohhalmen zu dokumentieren. Nicht, daß er in der Lage gewesen wäre, über eine bestimmte Anzahl hinaus zuverlässig zu zählen – doch zumindest hätte er feststellen können, ob er schon lange hier war oder nicht. Auf sein Gefühl war diesbezüglich kein Verlaß: Er fühlte sich, als hielte er sich schon seit Ewigkeiten in diesem Kellerloch auf, mit nichts anderem zu tun, als zu schlafen, den erbärmlichen Fraß zu essen, der ihm in unregelmäßigen Zeitabständen gereicht wurde, den Fraß unter Krämpfen wieder auszuscheiden, blicklos in die Düsternis zu starren und danach wieder zu schlafen. Es gab niemanden, mit dem er reden konnte, nichts, das er tun konnte – außer seine immer tiefer werdende Verzweiflung zu bekämpfen und sich zu fragen, was wohl aus Fulcher geworden war.

Die Büttel hatten ihn und Fulcher in den Magistrat geschleppt. Fulcher war halb bewußtlos gewesen vor Schmerz; sein Gesicht hatte übel ausgesehen. Liutfried war zu diesem Zeitpunkt im Sterben gelegen oder bereits tot gewesen. Im Magistrat hatten sie Rasso mit dem Ende eines Spießes bewußtlos geschlagen. Erwacht war er hier, ohne zu wissen, wo er sich befand, mit einem brummenden Schädel und einer klebrigen Maske aus getrocknetem Blut im Gesicht. Er war nicht angekettet worden, und am Geruch ließ sich rasch feststellen, daß dieses Loch seit langem eher als Vorratsraum denn als Kerkerzelle verwendet worden war. Vage war ihm klar, daß ihre Verhaftung mit dem Streit zusammenhing, den Fulcher mit den Päpstlichen vom Zaun gebrochen hatte; aber weshalb er hier festgehalten wurde und warum sich weder der Kanzler noch ihr Scharführer um sein Verbleiben kümmerten, verstand er nicht. Immerhin hatten sie die Ehre des Kaisers verteidigt; und bitter hatten sie es bezahlt, am bittersten Liutfried.

Als die Tür zu seiner Zelle aufging anstatt der Klappe, durch die das Essen geschoben wurde, und eine Gestalt dem Licht einer Fackel folgte, blinzelte er erstaunt in die Helligkeit. Die Gestalt baute sich vor ihm auf und leuchtete ihm mit der Fackel ins Gesicht. Spät kam ihm der Gedanke, daß er aufstehen sollte, aber der Mann zog bereits sein Schwert und hämmerte Rasso den Knauf an die Schläfe. Im Fallen registrierte Rasso, daß der Mann in den Farben des Kanzlers gekleidet war, denselben Farben, die schmutzstarrend auch an seinem Körper hingen, aber es war keine Zeit mehr zum Staunen, denn der Boden kam auf ihn zu und traf ihn mitten ins Gesicht.

Der Mann brummte und steckte sein Schwert wieder zurück. Er wandte sich zu einem zweiten Mann um, der die Tür und den Blick in die Zelle blockiert hatte, und nickte. Der zweite Mann trat beiseite.

»Der Kerl ist tot, Wächter«, sagte der Mann mit der Fackel in ungeduldigem Ton.

Der Wächter, der draußen gewartet hatte, ebenfalls in den Farben des Kanzlers gekleidet, spähte erstaunt zur Tür herein. »Gestern war er noch am Leben; wenigstens saß er aufrecht«, erklärte er.

»Jetzt ist er jedenfalls so tot wie Julius Cäsar.«

»Ich verstehe das nicht ...«

»Was soll das, Mensch! Du läßt hier einen Gefangenen verenden, ohne daß der Kanzler Gelegenheit gehabt hätte, mit ihm zu reden!«

»Er muß sich selbst getötet haben ... Vielleicht hat er seine Zunge verschluckt ...«

»Zunge verschluckt, so ein Blödsinn. Los, wir nehmen die Leiche mit. Du kannst froh sein, wenn du nicht bald an seiner Stelle hier sitzt!«

»Ihr werdet doch nicht sagen, daß ich daran schuld bin? Ich kann nichts dafür, daß er abgekratzt ist!«

»Na«, brummte der Mann mit der Fackel etwas versöhnlicher, »natürlich werden wir nichts dergleichen sagen. Vielleicht regt sich der Kanzler auch gar nicht auf. Häng die Sache bloß nicht an die große Glocke, dann tun wir es auch nicht.«

»Ich kann das Maul halten«, versicherte der Wächter.

Der Mann mit der Fackel machte eine Kopfbewegung zu seinen beiden Begleitern hin. »Also, packt ihn, und dann nichts wie raus hier.«

Rasso erwachte, weil ihm jemand eiskaltes Wasser ins Gesicht goß. Bevor sein Gehirn zu arbeiten begann, schlürfte er schon gierig; ein zweiter Guß brachte ihn vollends zu Bewußtsein. Er richtete sich ruckartig auf und wurde mit einem gewaltigen Stich in seiner Schläfe dafür belohnt. Er stöhnte. Der Mann, der ihn in der Zelle niedergeschlagen hatte, grinste ihn an.

»Ich bin Burchardt«, sagte er gutgelaunt. »Wie geht's, wenn man von den Toten auferstanden ist?«
»Was ist passiert?«
»Wir haben dich für tot erklärt. Der Wächter glaubt, wir scharren dich gerade ein. Er hat uns sogar noch eine Münze gegeben, damit wir seinen Anteil an der Totenmahlzeit kaufen können; hat wohl befürchtet, du könntest ihn sonst als Geist heimsuchen.« Burchardt schnappte Rasso eine abgenutzte Münze hin. »Hier, kauf dir bei Gelegenheit was zu essen dafür, du Leiche.«
»Warum habt ihr das getan?«
»Der Kanzler hat es uns aufgetragen.«
»Endlich; ich dachte schon, er läßt mich dort im Magistrat verrecken.«
»Wieso im Magistrat?«
»War ich nicht im Magistrat gefangen?«
»Nein, du warst die ganze Zeit hier, in der Deutschordens-Kommende. Der dämliche Wächter sitzt nur durch den Hof von uns getrennt in seinem Kellerloch und preist sich glücklich dafür, daß wir ihn nicht wegen deines Todes anschwärzen wollen.«
Rasso sah sich verwirrt um. »Und das hier …?«
»Ist einer der Wachräume unserer Schar. Wir gehören zur Leibwache des Kanzlers.«
»Ich war beim Fouragier-Troß.« Rasso versuchte sich aufzurichten und hielt sich den Schädel. »Kann ich zu meinen Leuten zurück?« fragte er.
»Auf keinen Fall. Du bist tot.«
»Aber …«
»Hör zu quatschen auf und spitz die Ohren. Ich kann mir schon vorstellen, daß du nach der Zeit im Loch gerne reden möchtest, aber jetzt bin ich dran. Der Kanzler

braucht dich morgen im Dom. Er will sich dort mit jemandem treffen, dem er nicht traut. Du sollst ihm den Rücken decken, falls ihm einer ans Leder will.«
»Warum macht ihr das nicht?«
»Keine Ahnung. Wir haben unsere Befehle, und die lauten, daß du derjenige sein sollst, der ihn beschützt.«
»Ich habe so was noch nie gemacht.«
»Da ist nicht viel Kunst dabei. Wenn du einen Bolzen schwirren hörst oder den Schlag einer Bogensehne, wirf dich einfach vor den Kanzler und fang das Ding mit deinem Körper auf. Das ist alles.«
Rasso schluckte. »Dabei kann ich draufgehen.«
»Selbstverständlich.«
»Und wenn ich versage?«
»Der Kanzler ist dein Herr. Er hat dich aus dem Loch herausgeholt. Du schuldest ihm ein Leben, vor der Welt und vor Gott. Du solltest nicht versagen.« Burchardt klopfte ihm kameradschaftlich auf die Schulter. »Wahrscheinlich passiert gar nichts, und du bist fein raus.«
»Jetzt weiß ich, warum er mich rausgeholt hat. Weshalb wurde ich eingelocht?«
»Du und deine Freunde habt den Frieden gestört, soviel ich weiß. Das ist in diesen Zeiten, wo ein Funke genügt, um einen ganzen Wald abzubrennen, ein schweres Vergehen.«
»Wir haben nichts getan, als die Ehre …«
»Was immer ihr getan habt, du hast jetzt eine Chance, es wieder gutzumachen.«
Rasso schnaubte und sah zu Boden. »Was ist mit Fulcher?« fragte er schließlich.
»Wer zum Henker ist Fulcher?«
»Er wurde auf dem Marktplatz verletzt.«

»Von ihm weiß ich nichts. Ich sollte nur dich herausholen.«
Burchardt trat einen Schritt beiseite, und Rasso konnte sich erstmalig von dem Lager erheben, auf das man ihn gelegt hatte. Er stellte sich wacklig auf die Beine. Plötzlich wurde ihm übel. Er schluckte die aufsteigenden Magensäfte krampfhaft hinunter. Burchardt betrachtete ihn mit halbem Mitleid. »Ich lasse dir einen Bader schicken«, sagte er.
»So schlecht geht's mir auch nicht.«
»Nicht deswegen, du Esel. Der Bader soll dich rasieren und scheren. Der Kanzler will, daß du im Dom als Mönch auftrittst.«

Alle weiteren Fragen und speziell das Drängen nach einer Rettung Fulchers aus dem Loch erhielten keine Antwort mehr. Ein Bader kam und reinigte Rassos Gesicht mit einer fettigen Seife, schor den in der Kerkerhaft strähnig gewachsenen Bart und verpaßte ihm eine Tonsur. Rasso betastete mißtrauisch die weite Glatze auf seinem Schädel. Burchardt betrachtete sie fachmännisch. »Er hat dich nicht mal geschnitten«, sagte er anerkennend. Der Bader machte ein verächtliches Geräusch und wurde von zwei anderen Leibwächtern des Kanzlers wieder hinausbegleitet. Burchardt warf Rasso eine Mönchskutte hin.
»Zieh sie an.«
Rasso schüttelte sie aus. »Sie stinkt«, sagte er.
»Na und? Du stinkst auch. Gewöhn dich daran. Morgen nach der Frühmesse marschierst du hier raus und in den Dom hinein. Und wenn dich einer grüßt, vergiß nicht zu sagen: Gott segne dich.«
»Gott segne dich«, wiederholte Rasso ohne Begeisterung.
»Hervorragend. Aus dir hätte was werden können.«

Eine Anzahl von Pilgern drängte als letzte aus dem Dom heraus, während die Glocken noch das Ende der Frühmesse verkündeten. Rasso wartete ungeduldig, daß sie den Eingang in den Dom freigaben. Die Pilger schwenkten Beutel und Fläschchen mit dem Staub und dem Öl der Reliquienschreine. Ein Kaplan verteilte aus Blei und Zinn gegossene Pilgerabzeichen, die die Heiligen Drei Könige darstellten.

»Morgen pilgern wir weiter nach Aachen«, hörte er einen Pilger sagen, »zum Grab von Karolus Magnus.«

»So bald schon? Willst du nicht noch hierbleiben?«

»Nein, auf keinen Fall. Es pilgern so viele zu Karolus' Grab, seit der Kaiser Rotbart ihn hat heiligsprechen lassen. Wenn ich zu lange warte, werden so viele Menschen in Aachen sein, daß man den Schrein nicht mal von weitem sieht.«

»Aber eine Geißlerprozession soll heute in Köln eintreffen. Du kannst dort von deinen Sünden losgesprochen werden.«

»Tatsächlich?«

»Ja! Angeblich kommen sie aus dem Süden. Es heißt, sie wollen vor den Toren der Stadt eine Geißelstatt errichten und laden die Bürger ein, mit ihnen zu büßen.«

»Ziehen sie weiter nach Aachen? Wir würden uns ihnen gern anschließen. Wir sind nur zu dritt: meine Frau, ihr Bruder und ich.«

»Ich weiß nicht. Sie nehmen Brüder nur für dreiunddreißig Tage auf, und du mußt jeden Tag vier Pfennige bezahlen. Aber wenn du zu ihnen gehörst, tut dir keiner mehr was; die Geißler sind heilig. Oh, Verzeihung, Bruder.« Er hatte Rasso grob angerempelt. Rasso bleckte die Zähne, bis ihm sein Text wieder einfiel. »Gott segne dich.«

»Und dich, Bruder.« Der Pilger lächelte und eilte weiter. Rasso sah ihm nachdenklich hinterher.
Die Kirche war fast leer; nur beim Schrein der Heiligen Drei Könige stand eine Handvoll Pilger und sammelte Staub von der Oberfläche des Schreins ein. Rasso stellte sich neben sie. Er fühlte die Nervosität in sich steigen. Burchardt hatte ihm aufgetragen, sich so zu verhalten, als gehöre er zu den Dienern der Kirche, und sich dabei keinesfalls so weit vom Kanzler zu entfernen, daß er ihn nicht mehr schützen konnte. »Wenn dich einer wegschicken will, tust du am besten so, als seist du taub oder blöd. Wird dir ja nicht schwerfallen«, hatte Burchardt gesagt. Er sah sich um. Der Kanzler war nirgends zu sehen. Hoffentlich erkannte er ihn überhaupt; bislang hatte er ihn nur einmal gesehen, und das von weitem. Beunruhigt fragte er sich, was er tun sollte, wenn jemand einen Dolch oder ein Schwert gegen den Kanzler zuckte. Er hatte Burchardt nicht danach gefragt. Rasso starrte den Reliquienschrein an und wünschte sich, Fulcher wäre hier. Fulcher war rascher beim Denken als er. *Heilige Könige*, dachte er, *wenn Fulcher noch lebt und es mir gegeben ist, ihn zu retten, dann helft mir dabei. Amen.* Er befeuchtete seinen Finger und sammelte ein wenig Staub auf, um sich damit zu bekreuzigen.
Die Kirche begann sich weiter zu leeren. Die Pilger verließen die Reliquien. Beim Altar tauchte ein Laiendiener auf und begann, die Kerzen auszulöschen. Rasso beobachtete ihn und beschloß, sie wieder anzuzünden, sobald er weg war. Es schien ihm eine gute Möglichkeit, Beschäftigung vorzutäuschen. Er angelte eine brennende Kerze aus einem Halter und hielt sie in der Hand, damit sie nicht gelöscht wurde. Es kam darauf an, nicht als der

Wächter des Kanzlers aufzufallen. »Immer schön im Hintergrund bleiben«, hatte Burchardt gesagt.
Als der Kanzler durch einen Seiteneingang die Kirche betrat, fragte sich Rasso, wie er hatte fürchten können, seinen Herrn nicht zu erkennen. Die hochgewachsene, dunkel gekleidete Gestalt bewegte sich forsch zum Reliquienschrein der Heiligen Drei Könige und blieb dort stehen. Er kniete nieder, machte das Kreuzzeichen und blieb einen Moment auf den Knien, bevor er sich wieder aufrichtete. Dann schien er im Gebet zu versinken. Rasso hatte er einen ausdruckslosen Blick zugeworfen. Wahrscheinlich würde sein geheimnisvoller Gesprächspartner jeden Moment durch einen anderen Eingang hereinschleichen. Rasso trat zu den gelöschten Kerzen und begann sie mit seinem brennenden Docht anzuzünden. Unter der Kapuze spähte er vorsichtig zu Peter von Vinea hinüber. Der Kanzler sah ihn kurz an und machte eine unauffällige Handbewegung, als würde er eine Kappe abnehmen. Rasso starrte zurück, bis ihm aufging, was der Kanzler wollte. Ein Mönch nahm ihm Gotteshaus die Kapuze ab! Er streifte sie hastig nach hinten und warf dem Kanzler einen beifallheischenden Blick zu, aber dieser hatte sich schon wieder abgewandt und studierte die Kirchendecke.
Peter von Vineas Gesprächspartner kam, alles andere als heimlich, durch den Haupteingang, schritt rasch den Mittelgang hinauf, bekreuzigte sich vor dem Altar und stolzierte dann zum Standort des Kanzlers hinüber. Rasso näherte sich, eine Spur aus brennenden Kerzen hinterlassend, umständlicher. Beide Männer waren hochgewachsen und von stolzer Haltung; als hätten sie es abgesprochen, waren sie zudem beide dunkel gekleidet. Rasso wagte nicht genauer hinzusehen, aus Furcht, damit zuviel

Interesse zu verraten. Er hörte ihre leise Unterhaltung, aber er vermochte vor Nervosität nicht, sich darauf zu konzentrieren; unverstanden flüsterten sie an ihm vorbei.

»Ich danke Euch für Euer Kommen«, sagte der zweite Mann. Der Kanzler nickte. »Und ich danke Euch dafür, daß Ihr den Vorfall auf dem Marktplatz so unterdrückt habt, wie ich Euch gebeten habe. Das letzte, was wir jetzt brauchen können, sind Fanatiker im kaiserlichen Lager, die die Stimmung noch weiter anheizen.«

»Abgesehen von den Fanatikern im Kirchenlager«, erwiderte der Kanzler trocken.

»Ihr habt natürlich recht. Was habt Ihr mit Euren drei Männern gemacht?«

»Einer starb schon auf dem Marktplatz, die anderen beiden im Kerker«, erklärte der Kanzler, ohne mit der Wimper zu zucken. Rasso hielt den Atem an. Sollte das bedeuten, daß Fulcher tot war? Aber er selbst lebte noch ... »Sie waren verletzt.«

»Es tut mir leid, daß die Stadtbüttel so grob waren.«

»Was ist mit den Pilgern geschehen, die angeblich im Auftrag des Papstes unterwegs waren?«

»Ich habe veranlaßt, daß man sie aus der Stadt weist.«

»Wenn Euch der Papst da nur keine Schwierigkeiten macht.«

»Auch dem Heiligen Vater ist sehr daran gelegen, daß die Stimmungslage nicht in offene Gewalt umschlägt. Es gehört weiß Gott nicht mehr viel dazu.«

»Ich schlage vor, Ihr kommt jetzt zum Thema.«

Der zweite Mann breitete die Arme aus und grinste. Rasso fuhr zusammen; wenn er jetzt einen Dolch gezückt und auf den Kanzler eingestochen hätte, wäre er niemals mehr rechtzeitig gekommen, um seinen Herrn zu schützen. Er peilte eine Reihe Kerzen in unmittelbarer Nähe der beiden Männer an, um im Ernstfall schneller eingreifen zu können.

»Oh, wir sind die ganze Zeit schon beim Thema. Habt Ihr meine Botschaft gelesen?«

»Ja, aber ich glaube sie nicht«, sagte der Kanzler. »Niemand hat die Macht, eine Fälschung in einem so großen Umfang vorzunehmen.«

»Es ist schon einmal vorexerziert worden«, erwiderte der andere. »Dies hier war sogar einfacher; man mußte nur das vorhandene Material entsprechend abändern.«

»Ich glaube es trotzdem nicht.«

»Wenn es sich nicht so verhielte, wie ich geschrieben habe, hätte dann der Papst das Konzil einberufen? Dieses Treffen dient nur einem einzigen Zweck: den Kaiser vom Thron zu stoßen. Selbst Frederico ahnt es, sonst hätte er nicht mit aller Macht versucht, die Kardinäle an ihrer Reise nach Lyon zu hindern. Und glaubt Ihr, daß der Heilige Vater sich so weit vorwagen würde, wenn er nicht genau wüßte, daß er dem Kaiser die Macht aus den Händen winden kann? Ich sage Euch, mit dem, was die Kirche hier geschaffen hat, wird sie Frederico in kürzester Zeit sowohl die Unterstützung der Fürsten als auch die des Volkes entreißen; und was bleibt, ist ein einsamer Mann, von dem bald niemand mehr wissen wird, warum man ihn das Staunen der Welt genannt hat.«

»Der Kaiser ist gesalbt; er ist der Führer der Christenheit! Er ist der Jahrtausendkaiser, der die Christen in das Reich des Erlösers führt!«

»Der Kaiser ist vor allem ein Mann, der mit dem Rücken zur Wand steht und es noch nicht weiß. Wenn er fällt, fal-

len alle mit ihm, die sich nicht aus seinem Schatten befreit haben.«
»Ich brauche Beweise!«
»Beweise? Seht Euch um! In allen Städten des Reichs brennen Feuer, in denen die Juden und ihre Sammlungen verzehrt werden. Was glaubt Ihr, hat das für einen Sinn?«
»Der übliche Fanatismus, nehme ich an, geschürt von der Angst vor dem Anbruch des tausendjährigen Reichs, der sich an den Andersgläubigen entlädt.« Der Kanzler dachte einen Moment nach. »Und geschürt von denjenigen, die sich vom Untergang der jüdischen Unterlagen eine Befreiung von ihren Schulden bei ihnen erhoffen.«
»Ach, macht Euch doch nicht lächerlich. Wenn die Herren sich Befreiung von ihren Schulden erhofften, brauchten sie dem König oder dem Herzog nur so lange in den Ohren zu liegen, bis er die Juden vertreibt oder enteignet.«
Langsam gingen Rasso die Kerzen aus. Die beiden Männer wanderten in einem kleinen Kreis vor dem Reliquienschrein auf und ab. Er beobachtete den Gesprächspartner des Kanzlers scharf, der Sinn seiner Rede teilte sich ihm zwar nicht mit, aber wohl, daß sein Respekt vor Peter von Vinea nicht so groß war, wie es dem Kanzler nach Rassos Meinung gebührt hätte. Fiebrig vor Nervosität wartete Rasso darauf, daß der andere eine Bewegung machte, die ihn als Attentäter verriet. Seine neuerworbene Glatze war schweißnaß. Er senkte die Lider und verfolgte die auf und ab schreitenden Männer mit den Augen; was er nicht bemerkte, war, daß einer der weiten Kuttenärmel mit einer Kerzenflamme in Berührung geriet und zu glimmen begann.
»Sicherlich gehen etliche der Judenverfolgungen auf das Konto von Gläubigen, die dem Erlöser bei seiner Wieder-

kunft den Anblick seiner Mörder ersparen zu müssen glauben. Aber diese Unseligen erschlagen planlos Männer, Frauen und Kinder. Die planvolle Auslöschung des jüdischen Schrifttums hat nichts mit solchen selbsternannten Missionaren zu tun.«
Der brenzlige Geruch erreichte Rassos Nase, bevor der Schmerz seinen Arm versengte. Er jaulte erschrocken auf und schlug den schwelenden Fleck an seinem Ärmel aus. Die Kerzen auf dem Ständer hüpften in alle Richtungen davon und kollerten über den Boden. Der Gesprächspartner des Kanzlers fuhr herum und warf Rasso einen scharfen Blick zu. Rasso erstarrte. Die Augenbrauen des Kanzlers zogen sich drohend zusammen. Selbst in seinem Schreck fiel Rasso auf, daß des Kanzlers Gesprächspartner erblaßt war.
»Was machst du hier, Bruder?« fragte er Rasso heftig.
»Ich ... ah ... der Dom ... ah ... ich bin ... ich muß ...«, *O mein Gott, was war die richtige Antwort?* Die beiden Männer starrten ihn an. Burchardts Anweisungen fielen ihm ein.
»Gott segne dich«, sprudelte er hervor.
»Ich glaube, der Kerl ist ein wenig beschränkt«, sagte der Gesprächspartner des Kanzlers. Der Kanzler nickte verdrossen.
»Also, warum hebst du nicht die Kerzen auf und entzündest sie wieder? Ohne die halbe Kirche abzubrennen?«
»Gott segne dich«, stammelte Rasso, der beschlossen hatte, auf sicherem Terrain zu bleiben.
Der Gesprächspartner des Kanzlers seufzte. »Selig sind die Armen im Geiste, denn ihrer ist das Himmelreich.« Er trat ein paar Schritte beiseite und wartete, daß der Kanzler ihm nachfolgte. Rasso bückte sich und begann mit zitternden Händen die Kerzen aufzuklauben.

»Ich wundere mich, daß die Kirche die Furcht vor der Wiederkunft Christi nicht mehr anheizt«, hörte er den Kanzler sagen.
»Die Kirche wird nichts dergleichen tun. Nein, denkt doch nach: Wenn die Dokumente in den Klöstern und Kirchen abgeändert sind, wenn die Archive der Abteien nur noch das Material enthalten, das die Vernichtung des Kaisers und das Ende der kaiserlichen Machtfülle für immer einleitet, dann werden auch die weltlichen Archive über kurz oder lang dazu übergehen, dieses Material zu übernehmen. Wer würde das Wort der Kirche bezweifeln, besonders wenn es schriftlich bezeugt ist? Die einzigen, die sich an ihre eigenen Überlieferungen klammern und dabei nicht irritieren lassen, sind die Juden. Und ihnen geht es so wie denen, die sich nicht aus dem Einfluß des Kaisers lösen. Wer nicht weicht, wird fallen. Hier in Köln und anderswo, auf viele verschiedene Arten und Weisen – Verleumdungen, provozierte Aufstände, falsche Anklagen, wenn es sein muß fanatisierter Pöbel, der den vermeintlichen Ritualmord an einem kleinen Kind rächen will. Das Ergebnis wird immer das gleiche sein: Die Schriften der Juden verbrennen.«
»Das ist widerlich.«
»Das ist Politik. Und außerdem im Sinn der Christenheit. Ich halte es für besser, ein paar Andersgläubige zu opfern, damit die Selbstzerfleischung des Christentums über der Frage, wer sie führen darf, endlich aufhört. Es gibt nur einen Hirten über das Volk des Erlösers: den Papst.«
»Aber Ihr könnt doch nicht glauben, daß dies alles in der Lebensspanne des jetzigen Papstes zu Ende zu bringen ist. Selbst wenn alles so funktioniert, wie Ihr sagt, dauert es

doch Jahrzehnte, bis die alten Überzeugungen ausgerottet sind.«
»Und wenn schon. Die Kirche hat länger Zeit als ein paar Jahrzehnte! Hier geht es nicht darum, einem bestimmten Papst die Machtfülle in die Hand zu geben, die er verdient, oder einem bestimmten Kaiser die Führung der Christenheit zu entwenden. Hier geht es um ein Prinzip. Und wenn dieses Prinzip endlich durchgesetzt ist, wird Friede herrschen und Einigkeit unter der Christenheit.«
»Ein Friede, zu dessen Erreichung die Christenheit durch ein langes Tal der Tränen wandern wird.«
»Weil Frederico sich nicht geschlagen geben wird? Was soll's, er kämpft auf verlorenem Posten. Eines Tages wird es jedem Kaiser ganz selbstverständlich sein, daß der Heilige Vater ihm die Krone aufsetzt anstatt umgekehrt, und dann ist das Ziel erreicht.«
»Das meinte ich nicht. Ich meine, daß der Antichrist siegen wird, wenn der Kaiser ihm nicht Einhalt gebietet und so den Weg für die Wiederkunft Christi freimacht. Der Kaiser führt uns in die Arme des Herrn.«
»Mein Lieber, es gibt genügend Christen, die den Kaiser selbst für den Antichristen halten.«
»Er ist es nicht, das wißt Ihr so gut wie ich!«
»Wollen wir uns darüber streiten? Oder darüber, daß der Papst den Antichrist nicht ebensogut in den Höllenschlund stürzen und den Weg für den Erlöser bereiten kann?«
»Diese Macht hat er nicht.«
»Aber Ihr seht doch, welche Macht er hat. Zweifelt nicht daran, und unterschätzt sie vor allen Dingen niemals. Der Papst ist die Kirche, und die Kirche hat alle Macht, weil sie Menschen statt mit dem Schwert mit dem Glauben zähmt.«

»Ich kann das trotzdem alles nicht glauben. Ich bin ein rationaler Mensch. Ich muß einen Beweis in Händen halten.«
»Also gut. Ich werde Euch einige der Dokumente zeigen, die abgeändert wurden.«
»Großartiger Beweis!«
»Und«, fuhr der andere unbeirrt fort, »ich werde Euch das Werkzeug zeigen, anhand dessen die Veränderungen vorgenommen wurden.«
»Das Werkzeug?«
»Seht Ihr, wenn eine Fälschung in einem solchen Ausmaß vorgenommen wird, dann verliert man leicht den Überblick. Man muß – wie soll ich sagen – Meilensteine setzen, sonst kommt alles durcheinander. Nehmen wir an, ich möchte Dokumente anfertigen, die bestimmte voneinander getrennte Vorfälle in einen ganz anderen zeitlichen Zusammenhang bringen – zum Beispiel, weil es um Testamentsstreitigkeiten geht oder um Schenkungen, die angezweifelt werden. Das bedeutet, daß ich alle anderen Dokumente, die mit irgendeiner der zu ändernden Unterlagen verknüpft sind, ebenfalls um den entsprechenden Zeitraum verändern muß, wenn meine Fälschung nicht schon nach kurzem Archivstudium auffliegen soll. Wie soll ich aber später, wenn ich etwa die wahren Ereignisse nachvollziehen muß, deren richtigen Zusammenhang noch feststellen können? Oder auch nur überprüfen, ob ich alles richtig gemacht habe? Ganz einfach: Ich suche mir irgendeinen zeitlich genau bestimmbaren Vorfall, natürlich einen, der völlig unabhängig von denen ist, die ich zu ändern wünsche, und nehme dessen Datum als Ausgangspunkt. Für alle Änderungen der Dokumente, die mit dem Ereignis Soundso zusammenhängen, habe ich zwei Jahre

vom Datum meines ›Werkzeugdokumentes‹ zurückgerechnet; für alle Änderungen des Ereignisses Diesunddas dagegen drei Jahre. Drei Jahre, dreißig Jahre, dreihundert – die Spanne ist vollkommen egal. Ich muß es mir nur noch auf meinem Werkzeugdokument in geeigneter Weise vermerken, und ich finde von allen Änderungen die ursprünglichen Daten wieder.«
»Reichlich kompliziert.«
»Selbstverständlich.«
»Und Ihr würdet mir dieses Dokument zeigen?«
»Es sind mehrere Dokumente. Ich werde sie Euch zeigen.«
»Ich könnte mein Wissen verwenden, die ganze Geschichte zu verraten.«
»Mein Freund, dazu ist es zu spät. Wenn Ihr sie gesehen habt, werdet Ihr den einzigen möglichen Weg erkennen, der Euch bleibt: Ihr werdet Euch uns anschließen.«
»Wieso seid Ihr da so sicher?«
»Das zeigt mir der Umstand, daß Ihr hierhergekommen seid, um mit mir zu reden.«
»Es könnte Neugier gewesen sein; vielleicht, um mir bestätigen zu lassen, was ich längst weiß.«
Es folgte ein kurzes, beredtes Schweigen. Rasso hatte das Gefühl, daß die beiden sich gegenüberstanden und eindringlich musterten. Er wagte nicht mehr hinzusehen. Schließlich sagte der Kanzler: »Ich wende mich wieder an Euch.«
Rasso schielte vorsichtig über seine Schulter zurück. Der Kanzler strebte bereits mit eiligen Schritten dem Ausgang der Kirche zu; sein Gesprächspartner war zurückgeblieben und sah gedankenverloren ins Leere.
Zu Rassos Erstaunen glitt ein dritter Mann aus dem Schatten einer Seitenkapelle heraus. Während Rasso sich wei-

terhin am Kerzenständer zu schaffen machte, trat der dritte Mann herzu.
»Hast du diesen Idioten mit den Kerzen gesehen?« brummte der Gesprächspartner des Kanzlers und deutete unverhohlen auf Rasso. »Einen Augenblick dachte ich, er ist ein gedungener Meuchelmörder Peter von Vineas und sticht mich ab.«
»Mein Messer hätte ihn eher erwischt«, erklärte der Neuankömmling gleichmütig.
»Dabei ist er nur ein Schwachkopf. Du solltest dich von ihm segnen lassen, der Segen eines Debilen hat große Kraft.«
Der neue Mann sah interessiert zu Rasso hinüber. »Wenn Ihr erlaubt, Exzellenz?« Der Gesprächspartner des Kanzlers machte eine großzügige Handbewegung, und der Neuankömmling trat zu Rasso und sah ihm erwartungsvoll ins Gesicht, bevor er den Kopf neigte. Rasso murmelte mit zusammengebissenen Zähnen und hochrotem Kopf: »Gott segne dich.« Der Mann machte das Kreuzzeichen und trat zurück.
Der andere hatte den Gedanken an Rasso bereits wieder verdrängt.
»Was hat er damit gemeint, daß er sich nur bestätigen lassen will, was er schon längst weiß? War das nur ein Schachzug? Ich kann mir nicht vorstellen, daß Radolf ... Ernst hat ihn doch Tag und Nacht überwacht«, murmelte er nachdenklich. »Egal! Setz eine Botschaft an Ernst auf. Er soll Radolf die Dokumente mit Gewalt nehmen; der Zeitpunkt, auf den wir gewartet haben, ist endlich da.« Er zögerte einen kleinen Moment. »Schreib dazu, daß wir Radolf nicht mehr brauchen. Der Mann kann seinen Frieden finden, wenn es nach mir geht. Und Ernst soll noch ein zwei-

tes Grab vorbereiten: für unseren Freund hier, falls er sich doch nicht umstimmen läßt.«
»Darf ich Euch an die Geißler erinnern? Sie wollen heute hier in Köln ihren Mummenschanz vorführen.«
Rasso spitzte plötzlich die Ohren. Was mit den Geißlern geschah, interessierte ihn seit dem Gespräch an der Kirchentür außerordentlich.
»Natürlich. Ernst soll seine Männer anweisen loszuschlagen, wenn sie wieder abgezogen sind.«
»Loszuschlagen?«
Der dunkle Mann nahm seinen aus der Kapelle aufgetauchten Knecht beim Arm und führte ihn zum Ausgang.
»Er soll sie vom Erdboden fegen lassen«, sagte er und nickte Rasso zum Abschied freundlich zu.

Auf dem Weg vom Dom zurück zur Deutschordens-Kommende hatte Rasso Zeit nachzudenken. Es war ein schwieriger Prozeß, der seinem Gehirn gänzlich unbekannte Muskeln abverlangte, aber als er sich Sankt Johann gegenüber der Kommende näherte, hatte er den Prozeß mühsam abgeschlossen. Er hatte ihm einige überraschende Erkenntnisse beschert. Die Folge davon war, daß er mit seiner Kapuze über dem Kopf durch das Tor schritt, von den Wachen unbehelligt, und anstatt sich bei Burchardt zurückzumelden schwitzend und mit klopfendem Herzen über den Hof in den wuchtigen Hauptbau marschierte. Dort erkundigte er sich nach dem Weg zu den Kerkerzellen, murmelte sein »Gott segne dich!« und drang in die Kellergewölbe vor.
Der Wächter sah ihm mit mildem Interesse entgegen. Rasso wußte es nicht, aber der Wächter war derselbe

Mann, vor dessen Augen er als tot geltend davongetragen worden war; der Wächter wiederum hatte keine Ahnung, daß das Gesicht des Mönchs unter der Kapuze zu dem Mann gehörte, für dessen anständiges Totenmahl er eine hart verdiente Münze hatte springen lassen.
»Ich will zu dem Gefangenen mit dem zerbrochenen Kiefer, mein Sohn«, sagte Rasso und hoffte, daß er nicht übertrieb.
»Dem Aufrührer? Was willst du von ihm?«
»Seine Exzellenz der Kanzler weiß, daß er bald sterben wird. Ich soll ihm die Beichte abnehmen.«
»Seine Exzellenz kümmert sich höchstpersönlich darum?«
»Natürlich ...«, sagte Rasso und wollte hinzufügen: *Fulcher gehört immerhin zum tapferen Fouragier-Troß.* Sein Verstand war allerdings schneller als sein Mund und fuhr fort: »... nicht. Man hat es mir nur ausgerichtet.«
»Er ist dahinten, Bruder. Ich führe dich hin. Würde mich nicht wundern, wenn du zu spät kämst.« Der Wächter fügte hinzu, halb kleinlaut: »Der zweite Kerl ist schon abgekratzt. Ich kann nichts dafür, Bruder.«
Der Wächter machte sich umständlich am Schloß zu schaffen. Rasso hörte sein Herz so laut klopfen, daß es die Geräusche des klobigen Schlüssels schier zu übertönen schien. Die Tür schwang auf, und er trat in eine Glocke aus feuchtkaltem Kellergeruch. Fulcher lag reglos am Boden. Rasso trat voller Furcht zu ihm hin, vom Wächter gelangweilt beobachtet.
»Ich möchte ihm die *Beichte* abnehmen«, sagte Rasso betont. Der Wächter brummte etwas und zog sich zurück.
Rasso kniete neben Fulcher nieder und rüttelte ihn an der Schulter. Fulcher stöhnte und richtete sich benommen auf. Sein Gesicht sah selbst im schlechten Licht der Zelle grau-

envoll aus. Rasso schlug die Kapuze zurück. Fulchers Augen weiteten sich in plötzlicher Erkenntnis.
»Ich bin's«, flüsterte Rasso und hätte Fulcher am liebsten umarmt. »Ich hol' dich hier raus.«
Fulcher starrte ihn an. Sein zerschlagener Mund zuckte. Rasso legte ihm die Hände auf die Schultern und drückte ihn wieder in seine Decke hinein. Dann preßte er einen Finger auf die Lippen, sah Fulcher beschwörend an und rappelte sich wieder auf. Es mußte schnell gehen. Er wußte nicht, wie lange Burchardt arglos auf seine Rückkehr warten würde.
»Wächter, der Mann bewegt sich nicht!« rief er laut.
»Nicht doch, zwei an einem Tag«, knurrte der Wächter und kam zur Tür herein. Rasso sah mit Erleichterung, daß er sie aus alter Gewohnheit hinter sich zuzog. Er stapfte zu Fulcher hinüber. Rasso zog den halb behauenen Stein, dessen Mitnahme von einer der vielen Baustellen eine weitere Folge seiner Gedankentätigkeit gewesen war, aus seiner Kutte heraus und schlug ihn dem Wächter über den Schädel. Der Wächter taumelte. Rasso schlug verzweifelt ein zweites Mal zu. Der Wächter kippte vornüber und kam dicht neben Fulchers Kübel zu liegen. Fulcher ächzte und starrte mit großen Augen aus seiner Decke heraus. Rasso ließ den Stein fallen.
»Ja!« stieß er gepreßt hervor und tanzte nervös von einem Fuß auf den anderen. »Ja! Ja! Ja! Ich hab' ihn.« Er ließ sich neben dem Mann auf den Boden fallen und drehte ihn halb herum. »Lebt noch, Gott sei Dank.«
Er stürzte auf Fulcher zu und zerrte ihn am Arm. »Laß uns abhauen, bevor er wieder zu sich kommt.« Fulcher stöhnte etwas Undefinierbares und wies auf den Wächter. Rasso schüttelte den Kopf.

»Wir lassen ihn liegen. Komm, ich helfe dir auf!«
»Nnnng!« ächzte Fulcher und schüttelte den Kopf ebenso vehement. Er deutete wieder auf den Wächter und fuchtelte in der Luft herum.
»Was soll ich?«
»'and!« keuchte Fulcher. »E'hand!«
»Sein Gewand?«
Fulcher rollte mit den Augen und kämpfte sich aus der Decke heraus; noch während er schwankend in die Höhe taumelte, riß er schon an den Überresten seines Hemdes. Gleich darauf begann Fulcher an Rassos Mönchskutte zu zerren. Rasso fuhr hilflos mit den Händen durch die Luft.
»Was willst du denn?« rief er. Fulcher stieß ein paar Silben aus und deutete verzweifelt auf den niedergeschlagenen Wächter. Er zupfte an seiner Brust herum, als wäre er noch bekleidet, und wies dann auf Rasso.
»Ich soll ihm die Kutte anziehen? Warum denn?«

Als der Wächter am oberen Ende der Treppe eben nachsehen wollte, wie lang die Beichte eines Mannes dauern konnte, der nicht imstande war, den Mund zu bewegen, kam sein Kollege von unten mit dem Mönch wieder hoch. Der Mönch war niedergeschlagen; er hob kaum den Kopf aus der Kapuze und antwortete nicht, als er zu ihm sagte:
»Hat nicht viel rausgekriegt, was, Bruder?«
Der Wächter, der sich wegen des Gestanks in der Zelle noch immer die Nase mit der hohlen Hand zuhielt, erklärte dumpf: »Ich bring' ihn zum Tor.« Der erste Wächter nickte gelangweilt und sah den beiden ohne großes Interesse hinterher. Der Mönch stolperte beim Hinausgehen und hielt sich einen Augenblick an seinem Begleiter fest.

Hat sich wahrscheinlich die Därme rausgekotzt, der junge Kerl, dachte der Wächter, *eine faulige Wunde stinkt auch abscheulich.*

Es schien Rasso, als wäre er erst bei Sankt Maria Magdalena wieder in der Lage zu atmen. Immer wieder drehte er sich um. Es war ihnen niemand gefolgt.
»Darauf wäre ich nie gekommen, die Sachen des Wächters anzuziehen!« zischte er. »Gut, daß du diese Idee hattest. Wie geht's dir in der Kutte?«
Fulcher brummte und winkte ab. Er stolperte erschöpft neben Rasso her, das Gesicht tief in der Kapuze verborgen.
»Ich bring' dich zu den Geißlern raus«, sprudelte Rasso. »Das ist nicht mehr weit – sie lagern am Ostufer des Rheins, gegenüber dem Hafen. Das schaffst du. Ich hab' sogar eine Münze für die Fähre. Wenn wir dort sind, tut uns keiner mehr was. Die Geißler sind heilig.«
Die Wächter am Severinstor interessierten sich nicht für sie. Der Weg schlängelte sich matt durch die schiefen Holzbauten der Pfahlbürger und schlug östliche Richtung ein, auf den Bayenturm zu.
»Als der Kanzler sagte, wir seien beide ebenso tot wie Liutfried, wurde mir klar, warum er keinen von seinen Leibwächtern damit beauftragt hatte, ihn zu schützen. Er wollte, daß niemand von dem Gespräch erfuhr. Wenn ich mich bei Burchardt zurückgemeldet hätte, hätte der mir wahrscheinlich den Hals durchgeschnitten; dich hätten sie in der Zelle verrecken lassen.« Rasso schüttelte den Kopf. »Würde mich nur interessieren, wovon sie überhaupt gesprochen haben.«

Fulcher keuchte etwas und zeichnete den Umriß eines großen Mannes in die Luft. »Hansla.«
»Der Kanzler.«
Fulcher nickte. Rasso betrachtete mitleidig die schwarz verfärbte, ganz und gar entstellte untere Hälfte seines Gesichts. Ein aasiger Geruch ging davon aus. Er seufzte im stillen bei dem Gedanken, daß man die Wunde demnächst würde ausschneiden und ausbrennen müssen. Daß es nicht sicher war, ob Fulcher diese Prozedur überleben würde oder ob er vom Brand sterben würde, schob er von sich. Er hatte ihn gerettet, das zählte.
Fulcher zeichnete einen weiteren Umriß in die Luft und breitete fragend die Arme aus.
»Der zweite Mann? Keine Ahnung. Ich hab' ihn sowieso kaum verstanden.« Rasso grinste freudlos. »Würdest auch gerne wissen, was es so Wichtiges war, daß sie uns beide dafür ins Gras beißen lassen wollten, was?«

Der Meister der Geißler, ein älterer Mann, empfing sie überrascht und war noch überraschter, als er Rassos Geschichte hörte. Fulcher mußte gestützt werden und brach zusammen, als die Geißler sie neugierig umringten; sie mußten ihn auf den Boden legen. Rasso sah sich gezwungen, die Verhandlungen allein zu führen.
»Ich glaube nicht, daß ich euch bei uns aufnehmen will«, erklärte der Meister.
»Wenn es wegen der vier Pfennige am Tag ist ...«
»Ihr seid Flüchtlinge. Man wird nach euch suchen. Unsere Lage ist schwierig genug. In letzter Zeit machen die Priester und Kleriker uns immer mehr Schererein.«

»Ich könnte euch etwas Lebenswichtiges verraten«, sagte Rasso schlau.
»Was ist das?«
»Als Gegenzug müßt ihr uns aufnehmen.«
»Wir lassen uns nicht erpressen.«
»Na, wenn ihr's nicht nötig habt ...«
»Sag uns, was du weißt, dann entscheiden wir, ob wir euch aufnehmen oder nicht. Wenn es wirklich wichtig ist, werden wir euch helfen.«
»Ganz ehrlich?« fragte Rasso mißtrauisch. Der Meister der Geißler nickte.
»Sie wollen euch an den Kragen!« sprudelte Rasso heraus. »Es war ein Mann im Dom, der seinem Knecht den Auftrag gegeben hat, euch von der Erde zu fegen, sobald ihr Köln verlassen habt. Ich weiß nicht, wer der Kerl war, aber er sah reich und mächtig aus.«
Die Geißler sahen sich überrascht an. Ein paar Gesichter verzogen sich mißtrauisch, aber die meisten wurden bleich.
»Was ist jetzt?« fragte Rasso.
Der Meister wechselte Blicke mit seinen Brüdern. Die meisten nickten grimmig. »Ihr dürft bleiben«, sagte der Meister würdevoll.
»Wir werden auch versuchen, deinem Freund zu helfen.« Er seufzte. »Aber ich mache dir nicht viel Hoffnung.«
Rasso überhörte die letzten Worte. Es galt immer noch zu handeln. »Warum hauen wir nicht alle miteinander ab?«
»Nein, es haben sich bereits reuige Sünder für unsere Lossprechung vor dem Sonnenuntergang angesagt. Wir dürfen sie nicht enttäuschen. Aber morgen früh können wir aufbrechen – am besten vor dem Morgengrauen. Das überrascht sie. Man wird erwarten, daß wir mehrere Tage bleiben.«

»Den ganzen Tag und die Nacht noch hierbleiben?« stöhnte Rasso.
»Während dieser Zeit legen wir unsere Leben in Gottes Hand«, erklärte der Meister.
Der Meister, dessen Name Renardus lautete, weihte Rasso im Schnellverfahren in die Rituale der Gruppe ein. Währenddessen ertönten aus dem Innern eines Tuchverschlags, der als Schutz gegen die Witterung diente, die Geräusche vom Sauberschneiden und Ausbrennen von Fulchers Wunde. Fulcher war leider vorher wieder zu sich gekommen. Rasso bemühte sich, sein Gehör auf Renardus zu konzentrieren.
Die Gruppe war nicht groß: vielleicht dreißig Männer jeder Altersstufe, der jüngste davon kaum den Knabenlocken entwachsen, der älteste mußte hochgezogen werden, wenn er vom Boden aufstehen wollte. Ihre Rituale waren einfach, wenngleich die Geschwindigkeit, mit der Renardus sie erklärte, Rassos Kopf zum Drehen brachte. Schließlich winkte Renardus ab und sagte: »Jeder fängt mal an. Sieh einfach den anderen zu und tue, was sie tun. Bekenne aber deine eigenen Sünden, hörst du, nicht die der anderen.«
Nach der Einweisung suchte Rasso Fulcher auf, aber sein Freund war besinnungslos. Die beiden Männer, die sich um ihn gekümmert hatten (und das in nicht allzu stümperhafter Manier; einer davon schien Erfahrungen als Bader zu besitzen), hatten sein Gesicht dick mit halbwegs sauberen Tuchstreifen umwickelt. Rasso betrachtete ihn mitleidig.
Später verließen Renardus und der Hauptteil der Geißler ihr Lager und setzten über nach Köln, um die Messe zu besuchen und nachher die Bußwilligen wieder mit her-

auszubegleiten. Rasso bemerkte, daß einige nur ungern dorthin gingen, was sie »die Höhle des Löwen« nannten, aber Renardus überzeugte sie, daß es ihre Pflicht sei. Mit sich so gut wie alleingelassen, denn die Zurückgebliebenen begannen die Tücher und die Geißeln aus den Reisetruhen auszupacken, tat er das, was er am besten konnte: Er hielt Wache über die Geißelstatt.

Die Geißler lagerten nicht weit abseits der Straße, auf der reger Verkehr von und zur Stadt herrschte, jetzt, kurz vor dem Beginn der Abendmesse, noch stärker als sonst. Nach einer Weile fiel ihm ein Berittener mit einer leichten Rüstung auf – langes Panzerhemd mit einem wappenlosen Waffenrock darüber, den Helm am Sattelknauf baumelnd und den kleinen Schild über den Rücken geworfen. Er stand bewegungslos auf der anderen Seite der Straße und beobachtete das Lager. Rasso faßte ihn argwöhnisch ins Auge und hatte das Gefühl, daß der Mann ihn anstarrte. Konnte er irgendwie zum Kanzler gehören? Rasso wünschte sich, die Geißler wären weitergezogen. Plötzlich hielt er es nicht mehr für eine so gute Idee, bei ihnen Unterschlupf zu suchen und sich auf ihre Unantastbarkeit zu verlassen. Idiot, der er war! Er wußte besser als alle anderen, was man mit ihnen anstellen wollte! Wieso hatte er sich von Renardus einwickeln lassen? Dann fiel ihm ein, daß Fulcher nicht weitergekonnt hatte. Er seufzte. Es war alles nicht so einfach. Als der wappenlose Reiter sein Pferd plötzlich wendete und davontrabte, ohne sich umzusehen, fühlte er sich halbwegs erleichtert.

»Den seh ich schon zum zweitenmal«, sagte einer der Geißler, der neben ihn getreten war. »Als wir eintrafen, hockte er da drüben auf seinem Pferd und sah uns zu, wie wir das Zelt aufstellten.«

Renardus führte eine stattliche Anzahl von Büßern aus der Stadt herbei und eine noch größere Menge Schaulustiger. Die Büßer wurden, so wie Renardus' Gruppe, in Tücher gekleidet, die bis zu den Füßen reichten. Mit freiem Oberkörper legten sie sich in einem weiten Ring auf die Erde. Rasso tat es den anderen nach. Zu seiner Verblüffung erkannte er, daß die Bürger aus der Stadt ihre Sünden offen bekannten; mit verschiedenen Gesten gaben sie von ihren Verfehlungen Kenntnis – Schwurfinger, die zum Zeichen eines geleisteten Meineids in die Höhe gereckt wurden, ein paar Männer, die sich auf den Bauch drehten und so ihren Ehebruch bekundeten, Urkundenfälscher mit gekrümmten Zeigefingern. Rasso fragte sich, ob im Kreis der respektvoll beiseite stehenden Zuschauer vielleicht des einen oder anderen Sünders Opfer stand und sich in diesem Moment vornahm, die Selbstanklage vor Gericht zu bringen. Renardus räusperte sich, schritt zum ersten der Büßer, berührte ihn mit der Geißel und sprach ihn los. Während er zum nächsten schritt, rappelte sich der erste auf und schloß sich ihm an. Mit zunehmender Anzahl an Lossprechungen bewegte sich eine ganze Reihe absolvierter Sünder hinter dem Meister her. Rasso wurde die Zeremonie langweilig, und seine Augen schweiften ab. Als er den Reiter vom Nachmittag wieder erblickte, hoch auf seinem Pferd hinter den Rücken der Zuschauer sitzend, erschrak er.

Ein Schatten fiel auf ihn, und Renardus blickte auf ihn herab. Er hatte vergessen, sich die Sünde zu überlegen, von der er sich lossprechen lassen wollte. Renardus' Gesicht wurde ungeduldig. Rasso streckte eine Hand aus und machte einen Faustschlag nach, an den niedergestreckten Wächter im Kerker denkend.

»Steh auf durch der reinen Marter Ehr', und übe keine weit'ren Sünden mehr«, murmelte Renardus und klopfte ihm mit der Geißel auf den Arm. Erleichtert stand Rasso auf und schloß sich dem Zug an.

Endlich waren alle losgesprochen. Renardus versammelte sie zu einem Ring. Zwei der Geißler traten ein wenig beiseite und bewegten die Schultern, als lockerten sie ihre Muskeln. Die Losgesprochenen und die Zuschauer beobachteten sie interessiert. Renardus stimmte ein Lied an. Seine krächzende Stimme zitterte über die Geißelstatt, bis die anderen Geißler einfielen und die Zeile wiederholten; die dritte Wiederholung kam, unsicher zu Beginn und schließlich fester werdend, vom Chor der Losgesprochenen. Als auch sie die Zeile zu Ende gebracht hatten, hörte Rasso das Klatschen. Die zwei abgesonderten Geißler begannen langsam um den Ring zu schreiten und hieben sich ihre Geißeln mit aller Kraft auf den Rücken. Ihre Gesichter waren angespannt, und sie zuckten zusammen; das Volk zuckte kollektiv mit. Rasso sah mit Unbehagen, daß eine der Geißeln an den Enden der Riemen kantige Knöpfe sitzen hatte. Schon rötete sich die Haut der beiden Vorgeißler. Renardus begann die zweite Zeile.

Das Lied befaßte sich ausführlich mit allen Sünden, die unweigerlich zur Verdammnis führten: Übertretungen des Fastengebots, Lügen, Meineide, Wucherei, Mord und Diebstahl; und was Christus, die heilige Mutter Maria und sämtliche Heiligen davon hielten. Zwischen den Dreierzeilen sausten die Geißeln auf die beiden Rücken herab. Bald trat das erste Blut hervor, und mit ihm die ersten begeisterten Tränen auf seiten der Zuschauer. Auch von den Losgesprochenen kamen jetzt einige in Fahrt und schluchzten beeindruckt. Rasso unterdrückte ein Gähnen und schielte nach dem Berittenen. Wie er nicht anders erwartet hatte, war er bereits wieder verschwunden.

Am nächsten Tag hatten sie bereits etliche Meilen zwischen sich und die Stadt gebracht, als Rasso den Redefluß Renardus', der sich über die rege Beteiligung an der gestrigen Geißelung noch immer begeistern konnte, unterbrach. Er wies auf das jenseitige Ende eines Feldes, das rechts neben der Straße lag, grau verschleiert vom Morgenlicht.
»Was ist dort?« fragte Renardus.
»Drei Reiter.« Rasso blickte sich zu Fulcher um, dessen blutunterlaufene Augen ebenfalls in die von ihm gewiesene Richtung blickten. Fulcher schien erschöpft und ging mühsam, aber bis jetzt hatte er durchgehalten.
»Ist einer davon der Kerl von gestern?« fragte der Geißler, mit dem er sich nachmittags unterhalten hatte.
»Darauf wette ich«, brummte Rasso.
»Was werden sie tun?«
»Ich weiß es nicht. Habt ihr Waffen?«
»Natürlich nicht.«
»Was ist mit den Geißeln?«
»Das sind geweihte Instrumente«, empörte sich Renardus. Er drehte sich zu seinen Schützlingen um. »Es besteht keine Gefahr. Niemand wird uns etwas antun.«
Die Reiter tauchten in ein kleines Waldstück ein und verschwanden. Rasso beobachtete das andere Ende des Waldes aufmerksam, aber sie kamen nicht wieder daraus hervor, selbst als ihr Häuflein daran vorüberzog. Ihre neuen Freunde schienen erleichtert und begannen wieder zu

lächeln, aber Rasso und Fulcher wechselten einen Blick. Fulcher schüttelte finster den Kopf.
Als nächstes deutete einer der Geißler nach links. »Dort sind noch welche.« Die Gruppe blieb wieder stehen. Rasso kniff die Augen zusammen.
»Das sind die gleichen wie vorhin. Irgendwie haben sie auf die andere Seite hinübergewechselt.«
Jetzt näherten sich mehr Köpfe als vorhin einander, um zu beraten. Rasso konnte deutlich die Nervosität bemerken, die sich breitzumachen begann. Die Reiter preschten ein paar Längen voraus, dann wendeten sie ihre Pferde plötzlich um und galoppierten in ihrer Spur zurück. Sie verschwanden in Richtung Köln, ohne sich nach der zusammengedrängten Gruppe auf der Straße umzusehen.
»Siehst du, sie wollen gar nichts von uns«, stellte Renardus fest und atmete auf. Rasso betrachtete nachdenklich das Waldstück, das vor ihnen lag. »Was meinst du?« fragte er Fulcher. Dieser nickte.
Rasso seufzte und machte sich auf nach vorn zu Renardus, um ihm vorzuschlagen, die Gruppe auseinanderzuziehen.
»Wir fühlen uns wohler, wenn wir zusammenbleiben«, widersprach Renardus.
»Wenn wir angegriffen werden, wird es im Wald geschehen, und wir haben eine größere Chance zu fliehen, wenn wir nicht auf einem Haufen beieinanderstehen.«
»Ich glaube nicht, daß wir angegriffen werden.«
Rasso schwieg grimmig.
»Niemand ist hinter uns her«, sagte Renardus fest. »Wir sind als Gruppe von zu Hause aufgebrochen; als Gruppe ziehen wir weiter.«
»Wir können ja zusammenbleiben; nur im Wald ...«
»Nein, Rasso«, sagte Renardus. »Ich weiß, daß du dir Sor-

gen machst, aber du darfst uns mit deiner Angst nicht anstecken. Wir haben nichts verbrochen.«
Rassos Einwände verhallten ungehört, und die Geißler marschierten weiter. Fulcher machte eine Kopfbewegung zu Renardus hin.
Er und Rasso drängten sich durch die Männer und gingen neben dem Meister her. Rasso war klar, daß Fulcher erwartete, daß sie beide den alten Mann schützen mußten; er war jetzt ihr Anführer. Wie sie sich gegen einen Angriff zur Wehr setzten sollten, war ihm allerdings schleierhaft.
Der Wald umgab die Straße auf über zwei Meilen Länge und besaß in einiger Entfernung vom Straßenrand auf beiden Seiten dichtes Unterholz. Während die Geißler schwatzend und ihre Furchtsamkeit vertreibend hindurchmarschierten, suchten Rasso und Fulcher das Unterholz mit Blicken ab. Rasso fühlte die Spannung steigen; einmal hätte er beinahe aufgeschrien, als sich etwas hinter einem Laubvorhang bewegte. Die Geißler um sie herum wurden stiller, als ihnen ihre Wachsamkeit auffiel. Renardus machte ein unzufriedenes Gesicht.
Das Geschrei und das Dröhnen der Hufe ließ alle zusammenfahren, selbst Rasso und Fulcher. Drei Reiter sprengten zwischen den Bäumen hervor und auf die Straße zu. Sie erreichten die Straße dicht vor den Geißlern, schlossen sich zusammen und machten einen Satz auf die Gruppe zu. Ihre Gesichter wurden von Helmen mit heruntergeklappten Masken verdeckt.
Renardus wich zurück und krallte sich in Rassos Wams. Die anderen Männer schrien entsetzt auf und klammerten sich aneinander. Rasso fühlte sich nach vorn geschoben, auf die Leiber der Pferde zu. Breite Schwertklingen verließen scharrend die Scheiden und blinkten auf. Rassos

Hände griffen ins Leere auf der vergeblichen Suche nach seinem langen Dolch.
Einer der Reiter drängte sich nach vorn und riß an den Zügeln; sein Pferd stieg auf der Hinterhand empor. Rasso erbleichte und stolperte rückwärts. Das Pferd sank wieder auf den Boden zurück. Der Reiter lenkte es so, daß es sich quer vor Rasso und den Geißlern auf die Straße stellte. Die beiden anderen trabten an ihm vorbei und bauten sich links und rechts neben der eng zusammenstehenden Gruppe auf. Der Reiter vor Rasso griff nach oben und öffnete die Maske seines Helms. Ein breit grinsendes Gesicht kam darunter zum Vorschein.
»Ein bißchen die wunden Rücken auslüften, was?« fragte er gutgelaunt. Rasso arbeitete vergeblich an einer Antwort. Der Mann lachte und klappte die Maske wieder herunter. Er hob das Schwert.
Rasso ballte die Fäuste und zog sie vor die Brust. Der Mann schwang das Schwert einmal um seinen Kopf herum und steckte es dann wieder in die Scheide zurück.
»Wir sehen uns, Rückenklatscher«, rief er dem ungläubig lauschenden Rasso zu und lachte dumpf hinter seiner Maske. Sein Pferd wieherte, als er an den Zügeln riß, und sprengte an Rasso vorbei. Mit der Hinterhand stieß es gegen seine Schulter und sandte ihn zu Boden. Während er sich benommen aufrichtete, hörte er die drei Männer davongaloppieren und Fulchers erstaunte Laute. Was die Geißler anging, so waren ihre Münder so rund wie ihre Augen und sie selbst zum erstenmal schweigsam.

In Eller, einer Ansammlung von Häusern um den Sitz der Grafen herum, gab Fulcher auf. Die Schmerzen in seinem

Kiefer waren zu groß, als daß er hätte weitermarschieren können. Die Geißler zogen weiter. Rasso bat um Aufnahme in die Bewaffnetenschar des Grafen, und der Anführer der Waffenträger zögerte nicht lange. In verschiedenen Raufereien im flußabwärts liegenden Köln waren ein paar seiner Männer von verdammten Kaiserlichen so sehr verletzt worden, daß sie für mehrere Wochen ausfielen. Die Zeiten jedoch waren nicht so geartet, daß ein vorsichtiger Scharführer auf allzu viele Männer verzichten konnte. Rasso dachte nur kurz darüber nach, wie es war, von der Seite des Kanzlers auf die Seite der Grafen von Eller überzuwechseln, die den Papst unterstützten. In einer der Bauernkaten außerhalb des Burgbezirks lag Fulcher und hoffte, schnell gesund zu werden. Der Bauer verlangte Geld für seine Unterbringung. Außerdem hatte der Graf hübsche Farben. Als er aus dem Torbau wieder nach draußen trat, nickte ihm eine Magd zu und zwinkerte. Er befand, daß er es schlechter hätte treffen können.
Die drei Männer auf den Pferden sah er niemals wieder.

DER HERR
DER HINTERLIST

Die Liebe hört niemals auf.

1. Korinther 13,8

Totengedenken

Sie erreichten das Dorf beim Nachlassen der Mittagshitze, nachdem sie ein zweitesmal vor dem Morgengrauen aufgebrochen und scharf geritten waren. Zwischen Aude und Philipp herrschte eine seltsame Beklommenheit, die eher den unterdrückten Wunsch nach Nähe als nach Distanz auszudrücken schien. Als wäre es eine unabgesprochene Übereinkunft, redeten sie sich weiterhin höflich an, doch selbst Galbert hörte heraus, daß da plötzlich mehr war als gegenseitiger Respekt. Der Wind war warm und wehte kleine, schwache Staubfähnchen vor den Hufen ihrer Pferde her, als sie zwischen den Hütten ankamen. Ihre Tritte klangen hohl und überlaut. Außer ihnen und dem hohen, unablässigen Sirren der Grillen ließ sich kein Laut vernehmen. Das Dorf war vollkommen menschenleer.
»Wo sind denn alle?« fragte Galbert.
»Auf den Feldern, nehme ich an.«
»Und die Kinder? Und die Alten?«
Philipp zuckte mit den Schultern.
»Was für ein düsterer Ort«, bemerkte Aude. »Selbst im Tageslicht wirkt er geduckt.« Sie warf einen Blick auf die verschiedenen Talismane, die an den Häusern angebracht waren. Als sie die Scheune passierten, an der noch immer die toten Tiere zu sehen waren, mittlerweile in der Sonne gedörrt und von Fliegen bedeckt, verengten sich ihre Augen. »Wovor fürchten sich die Leute hier?«

»Vor der Frau ihres Herrn.«
»Ich dachte, sie sei tot.«
»Genau das ist der Fall.«
Aude starrte Philipp an. Aus dem Augenwinkel sah sie, wie Galbert sich bekreuzigte.
»Die guten Leute hier halten sie für eine Hexe und fürchten, daß sie beim nächsten Vollmond aus dem Grab steigen und Radolf zu sich holen wird«, erklärte Philipp. Aude schüttelte den Kopf.
»Vor drei Nächten war Vollmond«, murmelte Galbert. Philipp drehte sich zu ihm um.
»Was sagst du?«
»Vollmond war vor drei Nächten. Ob sie ihn schon geholt hat?«
»Das ist alles nur Aberglaube«, zischte Philipp. »Hast du nicht gesehen? Man hat sogar ein Käuzchen an der Scheunentür gekreuzigt.«
»Ich habe es gesehen«, flüsterte Galbert. »So etwas tut man nur, wenn die Gefahr sehr groß ist.«
»Und die Dummheit noch größer ...«, begann Philipp, aber Aude gab ihm einen Wink, und er schwieg.
»Hört auf, ihn zu verspotten«, sagte sie. »Selbst mir ist hier unheimlich. Wo sind die Leute? Galbert hat recht: Es müßten zumindest ein paar Alte und Kinder zu sehen sein.«
»Hier gibt es ausschließlich Alte und Kinder; und von letzteren nicht besonders viele. Entweder haben sie Angst davor, Kinder zu zeugen, damit die Hexe sie nicht holt ...«
»... oder die Kinder sind zu früh gestorben«, vollendete Aude mit steinerner Miene.
Sie warf einen Blick zu Radolfs Haus hinüber, zu dem sie jetzt freie Sicht hatten, ein massiver, grauer Klotz am Ende

der Straße, ein trister Fleck im strahlenden Sonnenlicht.
»Werden uns die Torwächter einlassen?«
»Es gibt keine Torwächter«, erklärte Philipp.
»Und die Bewaffneten, die den Besitz des Herrn gegen Fremde verteidigen?« fragte Galbert.
»Radolf lebt dort so gut wie allein. Keiner aus dem Dorf will für ihn arbeiten, mit Ausnahme eines alten Weibes, das seine Tochter behütet, einer jungen Küchenhilfe aus dem Dorf und des Pferdeknechtes, der ebenso abergläubisch ist wie du.«
Aude hielt ihr Pferd vor dem Tor an und zögerte. Auch Philipp sah sich langsam nach allen Seiten um und versuchte sogar über die Böschung hinwegzuspähen. Schließlich rief er laut nach Radolf und nach Dionisia. Aude hörte gedämpftes Pferdewiehern als Antwort. Sonst blieb alles still. Philipp wandte sich im Sattel um und sah sie an.
»Wenn uns niemand empfängt, müssen wir wohl so hineingehen«, sagte sie und fühlte sich nicht halb so entschlossen, wie sie tat. Philipp machte ein unzufriedenes Gesicht.
»Radolf hat merkwürdige Gewohnheiten«, brummte er.
»Aber zumindest Dionisia müßte uns hören.« Er richtete seinen Oberkörper auf und rief nochmals. Die Pferde wieherten erneut.
»Das hört sich nicht wie Radolfs Stimme an«, brummte er. Aude lächelte unwillkürlich. Philipp kniff die Augen zusammen und sah sie an.
»Es freut mich, daß ich Euch endlich wieder zum Lachen bringe.«
»Ich lache meistens innerlich«, erwiderte sie trocken. Philipp grinste. Dann seufzte er. »Ich gehe hinein«, sagte er und saß ab. »Radolf hat mich zwar hinausgeworfen, aber er hat nicht gesagt, ich dürfe niemals wiederkommen.«

Seine Schritte klangen dumpf auf dem Brett, das über den kleinen Senkgraben hinwegführte. Aude lenkte ihr Pferd näher und roch den Fäulnisduft, der aus dem Wasser darin aufstieg. Sie verzog das Gesicht. Plötzlich schien ihr, daß der Geruch bezeichnend war für den Ort. Ihr Herz sank. *Geoffroi, was hast du mit diesem von Gott verlassenen Platz zu tun?* Philipp stieß das Tor auf, trat einen Schritt hindurch und zögerte dann weiterzugehen.
»Ist etwas nicht in Ordnung?« fragte sie.
»Hier ist nichts in Ordnung, aber das ist normal«, knurrte er, ohne sich umzudrehen. »Ich fühle mich nur noch unwillkommener als sonst.«
Die Pferde, von den Stimmen aufmerksam gemacht, wieherten nun lauter und eindringlicher als zuvor. Der schiefe Stall schien unter ein paar lauten Hufschlägen zu erzittern.
»Die Bestie«, hörte Aude Philipp murmeln. »Nun nimmt sie den Stall doch noch auseinander.«
Aude und Galbert folgten ihm zögernd nach. Audes Pferd wieherte und erhielt schrille Antwort aus dem Stall. Die Wände erzitterten unter weiteren Hufschlägen.
»Was ist mit den Pferden los?« knurrte Philipp.
»Ich werde nachsehen«, sagte Galbert entschlossen. Aude sah ihn die Stalltür aufziehen und hineinschlüpfen. Das Wiehern und Hufschlagen steigerte sich. Galbert kam wieder heraus und winkte aufgeregt.
»Da sind ein paar normale Reitpferde und ein gewaltiges Biest von einem Schlachtroß drin«, rief er. »Ihre Krippen sind leer. So wie es aussieht, haben sie seit längerem nichts mehr zu fressen bekommen.«
»Was ist mit dem Roßknecht, verdammt?« fluchte Philipp.
»Füttere die Viecher! Paß aber auf, daß sie dich nicht auf-

fressen.« Statt zu grinsen verzerrte sich sein Gesicht. Er schien sich Sorgen zu machen.
»Wir sollten noch einmal versuchen, die Bewohner auf uns aufmerksam zu machen und um Eintritt bitten«, schlug Aude vor. »Wenn der Hausherr jetzt einen Pfeil auf uns abschießt, hat er alles Recht dazu.«
»Ich habe ergebnislos gerufen.«
»Drüben ist eine Kapelle mit einer kleinen Glocke. Wie wär's, wenn Ihr sie läuten würdet? Vielleicht hört uns wenigstens jemand aus dem Dorf?«
Philipp blieb stehen. Aude wies einladend auf die Kapelle am Fuß der Böschung. Philipp betrachtete sie unentschlossen. Sie sah, wie sein Blick auf die Gräber daneben fiel, als hätte er Angst, eher deren Bewohner als die Insassen des Hauses damit aufzurütteln.
»Also gut«, sagte er und marschierte hinüber. Als er die Tür drückte und ein überraschtes Gesicht machte, wußte sie, daß sie verschlossen war. Philipp drehte sich um und sah prüfend zum Eingang des Hauses hinüber. Aude folgte seinem Blick und ließ ihn an der Mauer des Gebäudes hochklettern. Die schmalen Fensteröffnungen im Obergeschoß waren dunkel und undurchdringlich.
»Wieso sperrt er die Kapelle ab?« fragte sie.
Philipp bewegte die Schultern. Vor seinen Augen entstand ein Bild, das er ganz zu Anfang gehabt hatte: Radolf, der sich selbst den Tod gegeben hatte und in einer Blutlache in der Kapelle lag. Er zog unwillkürlich die Nase hoch, als wäre der Aasgeruch schon um ihn.
»Ich habe keine Ahnung«, sagte er, trat einen Schritt zurück und hob den Fuß. Er schlug mit einer Hand ein hastiges Kreuz und murmelte: »Herr, vergib mir.« Dann trat er kräftig zu. Das einfache Schloß ächzte. Philipp trat

ein zweitesmal zu, und die Tür splitterte an einer Stelle und flog dann mit einer kleinen Wolke aus Splittern und Mörtelstaub auf. Aus der Kapelle drang kühle, abgestandene Luft. Zu ihrer beider Überraschung war sie fast vollkommen leer: An den ungekalkten Wänden hing weder eine Votivtafel noch ein Kreuz, und die einzige Sitzgelegenheit war eine mitten im fensterlosen Raum stehende, unordentlich abgestellte Truhe, deren Ecken zerschunden und das Holz von Feuchtigkeit aufgequollen war. Fackelstumpen lagen neben ihr, die zu lange erkaltet waren, als daß sie noch nach Rauch gerochen hätten. Philipp streckte den Kopf hinein und drehte ihn suchend hin und her, ohne über die Schwelle zu treten. Aude sah die Schnur, die durch ein Loch in der Decke hing, und zog kräftig daran. Die kleine Glocke gab mißtönende Laute von sich, und Philipp fuhr zusammen.
»Zum Henker!« rief Philipp. Aude sah ihn unschuldig an.
»Wir wollten die Glocke läuten, erinnert Ihr Euch?« fragte sie.
Hinter sich hörte sie undeutlich, wie die Stalltür aufging und Galberts Stimme dünn über den Hof klang: »Ist was passiert?«
Aude winkte ihm zu und schüttelte den Kopf. Philipp packte die Kapellentür und zog sie zu. Er spähte zum Tor hinaus und dann zum Gebäude. »Tut sich was?« fragte er. »Ich sehe nichts.«
Sie warteten einige Augenblicke, aber weder vom Dorf her noch vom Gebäude kam jemand auf sie zu.
»Gehen wir rein«, seufzte Philipp. »Wahrscheinlich ist ohnehin niemand mehr da.«
»Und die Pferde?«
»Der Roßknecht war überzeugt davon, daß Ernst durch

die Lüfte reiten konnte. Vielleicht hat sich diese Fähigkeit auf Radolf übertragen, als er ihn niederstach.«

Sie schritten die Treppe in den *donjon* hinauf. Aude entging nicht, daß Philipp den Griff seines Messers umfaßte, ohne es zu ziehen.

Sie tastete auf ihren Bauch und war nicht viel beruhigter, als sie den Umriß des dünnen Messers spürte, unsichtbar unter der Fältelung des Hemdes verborgen und mit einem raschen Griff in den Ausschnitt hervorzuziehen. Sie hatte es eingesteckt, als sie am Morgen die Hütte des Fährmanns verlassen hatten. Sie marschierten durch den leeren Raum im ersten Geschoß des *donjons* und in den Saal hinein. Er war, wie sie ihn erwartet hatte: dunkel, ohne jedes Feuer, ohne jede Wärme, abweisend und kahl. Der Saal roch unangenehm. Im Hintergrund sah sie den dunklen Umriß einer mit Decken abgehängten Kammer.

»Radolf?« rief Philipp. »Dionisia? Irgend jemand?«

»Wie viele Räume gibt es?« fragte Aude.

»Unten im Keller die Küche mit einem eingemauerten Vorratsraum. Hier oben den Saal. Was Ihr dort hinten seht, ist Radolfs Kammer. Oben im Trockenspeicher hat Dionisia einen Raum, den sie mit der alten Frau bewohnt.«

»Vielleicht ist jemand oben. Vielleicht ist Radolfs Tochter oder die alte Frau krank, und Radolf ist unterwegs, um Hilfe zu holen.«

»Dann würde man uns antworten«, sagte Philipp, aber sie konnte deutlich erkennen, daß er es für eine Möglichkeit hielt. Er holte Luft und rief noch lauter: »Dionisia? Ich bin's, Philipp.« Er wandte sich zu Aude um und murmelte: »Wenn die Weiber allein sind, halten sie sich womöglich still. Ich würde an ihrer Stelle auch nicht antworten, wenn ich nicht

wüßte, wer sich im Haus herumtreibt.« Aber auch die Nennung seines Namens bewirkte nichts.
»Ich gehe hinauf und sehe nach«, erklärte Aude. »Ihr dürft sowieso nicht in die Frauenkammer hinein.«
»Ihr bleibt hier bei mir«, sagte Philipp bestimmt. »Wir sehen überall gemeinsam nach. Wenn Ihr in die Frauenkammer hineingeht, will ich wenigstens neben der Tür stehen.«
Aude nickte, ohne zu diskutieren. Je weiter sie in den Saal vordrangen, desto drückender wurde der Geruch. »Man kann Radolfs Vorräte riechen«, sagte Aude. »Sie verderben.«
Philipp blieb auf dem Absatz der Treppe stehen, die in die Küche hinunterführte. »Scheinbar«, sagte er. »Der Geruch kommt von dort unten.« Er machte Anstalten hinabzusteigen.
»He«, rief eine Stimme vom Eingang her, und beide wirbelten herum. Audes Hand fuhr an ihren Ausschnitt, bevor sie erkennen konnte, daß es Galbert war. Sie ließ die Hand sinken. Ihr Herz klopfte wild, und sie schalt sich ärgerlich dafür. Aber Philipp schien es nicht anders ergangen zu sein.
»Wenn ich etwas zum Werfen gehabt hätte, wärst du jetzt tot, verflucht noch mal«, zischte er. Galbert warf ein paar befangene Blicke um sich und kam zu ihnen heran. »Die Pferde waren halbverhungert. Was stinkt hier so?« fragte er.
»Das Fleisch im Keller.« Philipp wandte sich an Aude. »Ich bin überzeugt, daß niemand mehr hier ist.« Er schüttelte den Kopf und machte ein finsteres Gesicht. »Verdammt.« Er warf noch einen Blick zur Kellertreppe, dann schritt er auf die Decke von Radolfs Kammer zu, hob die Hand,

zögerte einen winzigen Augenblick und wischte sie dann beiseite.
Der herausbrechende Gestank weckte Audes Erinnerung schneller als der Anblick in der Kammer: die Erinnerung an den Tod ihres Vaters. Die Situation war ebenso wie damals; das düstere Geviert mit dem großen Bett, die zurückgezogenen Bettvorhänge, die reglose Gestalt in den zerwühlten Decken und die Frau, die am Rand des Bettes Wache hielt. Die Bilder kamen zusammen mit dem überwältigenden Gestank nach Verfall, dem Gestank eines toten Leibs, der mit seinem Ende seine Funktionen eingestellt hatte und nun seiner Würde beraubt in seinem eigenen Schmutz lag. In Radolfs Kammer war es ebenso wie damals, als der Priester Aude und ihre Geschwister hereingeführt hatte: die Frau, die mit rastlosen Händen die Laken knetete, ohne etwas zu hören oder zu sehen, nur daß die Frau nicht Audes Mutter, sondern Dionisia war, und daß der Mann im Bett bereits seit mindestens drei Tagen tot war. Sie brauchte nicht erst hinzusehen. Der Geruch machte es mehr als überdeutlich.
»Oh, Philipp«, stieß sie unwillkürlich hervor und trat einen Schritt in den Raum. Aus dem Augenwinkel sah sie, wie Philipp ihr folgte. »Der Herr sei seiner Seele gnädig«, sagte sie. Philipp nickte mit zusammengebissenen Zähnen. Sie traten noch näher an das Bett heran, bis der Gestank nach Blut und Fäkalien sie dazu zwang innezuhalten. Dionisia saß starr an der Seite des Leichnams; nur ihre Hände fuhren unablässig über den Stoff neben sich. Das erste, was Aude an ihr wahrnahm, war, daß sie lediglich einen Überwurf über ihrem Nachtgewand trug. Das zweite waren die eingetrockneten Blutspritzer an der Vorderseite des Gewands und ihre braunverkrusteten Hände. Dann sah sie

in das Gesicht des Toten und hörte Philipp neben sich keuchen. Ihre Kehle verschloß sich. Zuletzt fiel ihr Blick auf den Prügel, der dunkel von geronnenem Blut und Gehirnmasse direkt neben Dionisias nackten Füßen lag.

»Am Fuß der Treppe liegt ein weiterer Leichnam«, sagte Galbert, als sie um Atem ringend wieder im Saal standen. Audes Augen tränten vom gewaltsamen Zurückhalten ihres Mageninhalts. Sie sah, daß Philipps Hände zitterten. Dionisia saß noch immer neben der verwesenden Leiche am Bett. Niemand hatte gewagt, sie zu berühren. »Wenn man die Fliegen verscheucht, kommt darunter ein altes Weib zum Vorschein. Es sieht so aus, als sei sie die Treppe hinuntergefallen.«
»Oder gestoßen worden«, flüsterte Philipp plötzlich. Er ballte die Fäuste und schluckte. Das Schlucken wiederholte sich und ließ sich nicht mehr abstellen. Philipp riß die Augen auf, taumelte beiseite und würgte krampfhaft. Galbert sah ihn befremdet an. Philipp beugte die Knie, als würde er vornüberfallen, und wankte. Aude sprang ihm nach und packte ihn um die Hüfte. Er erbrach sich mit einem heftigen Schwall und stöhnte dann, während er sich zitternd aufrichtete und Audes Hände vergeblich abzustreifen versuchte.
»Setzt Euch hier auf die Truhe«, sagte sie bestimmt. Er gehorchte ihr wortlos und ließ sich schwer auf die Truhe niederfallen. Seine Augen waren feucht vor Anstrengung und sein Gesicht kalt und kalkweiß.
»Wir müssen das Mädchen dort herausbekommen«, sagte sie dann zu Galbert. Er nickte und straffte sich.
»Ich mache das«, sagte Philipp und kam mit schweren Bei-

nen in die Höhe. »Aber ich brauche Eure Hilfe, Aude.«
»Natürlich.« Sie sah ihn argwöhnisch an, aber er nickte ihr zu und schüttelte sich. Sein Gesicht war noch immer bleich, aber seine Hände zitterten nicht mehr so stark, als er sich über den Mund wischte. Galbert blickte sich unschlüssig um und sagte dann unglücklich: »Es gibt hier wohl weit und breit keinen Abdecker.« Er wischte sich die Hände an der Hose ab. »Also werde ich die Alte aus der Küche holen.«
»Dort drüben ist eine Tischplatte, auf der wir sie nach oben transportieren können«, erklärte Philipp. »Laß sie einstweilen; ich helfe dir nachher. Du sollst sie nicht allein anfassen müssen.« Galbert nickte erleichtert. »Wir müssen auch Radolf nach draußen schaffen.«
Er stakte auf die Kammer zu. Aude gesellte sich an seine Seite und wappnete sich gegen den Geruch, der noch immer schwer in der Kammer hing. Dionisia hatte ihre Stellung nicht verändert. Philipp ging vor ihr in die Hocke, bemühte sich, den Blick von Radolfs zerstörtem Gesicht abzuwenden, und schaute ihr in die Augen. Aude beobachtete ihn dabei. Sie sah, wie sich sein Gesicht verhärtete, als ihre Blicke durch ihn hindurchgingen.
»Dionisia«, sagte er leise. »Hört Ihr mich?«
Es war, als hätte er nichts gesagt. Nach einigem Zögern berührte er ihre Schultern und schüttelte sie vorsichtig. Ihr Kopf pendelte vor und zurück, und ihr Haar fiel ihr ins Gesicht. Philipp sah zu Aude auf und zuckte mit den Schultern. Aude trat hinter Dionisia und schob ihr die Hände unter die Achseln. Sie war von der Kälte der Haut überrascht; nur ihre Achselhöhlen waren warm und feucht. Das Mädchen richtete sich widerstandslos auf, als ob man eine Gliederpuppe auf die Beine stellte, und hinterließ einen

dunklen Fleck auf dem blutbespritzten Laken. Ihr Körpergeruch stieg zu Aude auf; eine Mischung aus ranzigem Schweiß, gestocktem Blut, Urin und kalt gewordenem Entsetzen. Auf die Beine gestellt, blieb sie schwankend stehen. Aus den Kleiderfalten in ihrem Schoß rollte ein zerknülltes Pergament auf den Boden. Philipp bückte sich danach und hob es auf. Aude drängte Dionisia zum Ausgang aus der Kammer, und sie folgte mit schlurfenden Beinen dem Druck.
»Ich muß sie waschen«, sagte Aude über die Schulter zu Philipp, der mit gerunzelter Stirn das Pergament auseinanderzufalten versuchte. »Sie hat sich beschmutzt, und ich möchte nicht wissen, wie lange sie schon in dem Schmutz und neben der Leiche gesessen ist. Außerdem hat sie ihr Monatsleiden.« Sie wies mit dem Kopf auf den eingetrockneten Blutfleck auf dem Laken. Philipp wandte peinlich berührt den Kopf ab, und Aude schüttelte ungeduldig den Kopf. »Stellt Euch nicht so an«, sagte sie barsch. »Wo ist ein Waschzuber?«
»Ernst hatte ihn zuletzt draußen vor dem Eingang zum Haus benutzt«, sagte Philipp.
»Ich habe ihn gesehen; er steht noch dort. Helft mir, sie hinauszuführen. Galbert soll inzwischen Wasser erhitzen.«
Philipp steckte das halb auseinandergefaltete Pergament in die Tasche und stellte sich neben sie. Er hob zögernd eine Hand, aber dann schien ihm die Unberührbarkeit einer Frau während ihres Monatsflusses in dieser Situation doch keine Rolle zu spielen. Er faßte Dionisia entschlossen unter. Zu zweit geleiteten sie sie hinaus. Galbert, der die Tischplatte neben den Abgang zum Keller gelehnt hatte, wich ihnen aus. Philipp gab Audes Anweisung an ihn weiter, und er trabte die Kellertreppe hinunter.

»Bring mir zuerst ein paar Kübel kaltes Wasser«, rief Aude ihm hinterher. »Wir müssen sie aus ihrem Stupor wecken, und kaltes Wasser wird uns dabei helfen.«
Draußen war Dionisia nicht dazu zu bewegen, in den hohen Zuber zu steigen. Philipp sah sich zweifelnd um.
»Vielleicht sollten wir warten, bis jemand aus dem Dorf kommt«, sagte er.
»Und wer, glaubt ihr, wird kommen?« wies Aude ihn zurecht. »Die Häuser sind leer. Die Felder sind leer. Auf das Glockenläuten hat niemand reagiert. In dem Dorf ist niemand mehr.«
»Und wahrscheinlich seit mindestens drei Tagen«, seufzte Philipp.
»Seit dem Vollmond. Ebensolange wie Radolf tot ist. Die Hexe hat ihn doch noch gekriegt.«
»Ihr würdet zusammen mit dem verschwundenen Roßknecht und Galbert ein reizendes Trio alter Waschweiber abgeben«, sagte Aude.
Philipp brummte, dann faßte er Dionisia unter und bugsierte sie vorsichtig in den Zuber.
»Helft Galbert beim Feuermachen«, sagte Aude. »Ich muß ihr das Gewand ausziehen, und dieser Anblick geht Euch nichts an.«
»Ich lege auch keinen gesteigerten Wert darauf«, erklärte Philipp und stieg die Treppen hoch.
Galbert hatte bereits ein mattes Feuer in der Kaminöffnung zustande gebracht und einen Eimer mit Wasser gefüllt. Bei Philipps Eintreten blickte er sich um.
»Sie hat ihn erschlagen, nicht wahr?« sagte er. »Und die Alte die Treppe hinuntergestoßen.«
»Ja«, sagte Philipp und lehnte sich schwer an den Rand des Brunnens, während er Galbert half, einen weiteren Kübel

hochzuziehen. »Ich habe gesehen, welche Wut sie entwickeln konnte und daß sie dabei jede Zurückhaltung verlor. Ich frage mich nur, was diese Wut ausgelöst haben könnte – wenn es nicht Ernsts Tod war ...«
»Noch dazu auf ihren Vater; ich meine ...«
»Radolf war nicht ihr Vater; im Gegenteil, er hat ihren Vater sogar ...« Seine Augen weiteten sich plötzlich. Er ließ den Henkel des Eimers los, daß Galbert ein protestierendes Geräusch von sich gab und den gefüllten Kübel beinahe fahren ließ. Hastig wischte er sich die Hände an seinem Wams ab und angelte in seiner Tasche nach dem Pergament. Es war an vielen Stellen gebrochen. Philipp strich es mühsam an der Küchenwand glatt. Er kannte die Schrift – sie stammte aus Ernst Guett'heures Hand. Er überflog die Zeilen.
»Mein Gott«, murmelte er. »Mein Gott.«
»Was ist los?«
»Komm mit nach draußen, ich erklär's dir«, sagte Philipp sichtlich erschüttert und schob das Pergament unter sein Wams. Er bückte sich nach dem bereits gefüllten Eimer und hob ihn hoch. »Aude soll es auch erfahren.«
Dionisias Kopf ragte über den Rand des Zubers hinaus. Audes Hemd war bis über die Ellenbogen zurückgeschoben. Ihre Haare waren zerzaust. Sie blickte ihnen ungeduldig entgegen. Als sie in Philipps Gesicht sah, verschluckte sie jede Bemerkung über die Dauer des Wasserholens.
»Was ist passiert?« fragte sie statt dessen.
»Radolf Vacillarius war der Gefolgsmann des Ritters, dem dieser Besitz und das Dorf ursprünglich gehörten«, sagte Philipp rauh. »Könnt Ihr Euch erinnern, daß wir über Renata herausfanden, daß Radolf während des Pilgerzugs niemals im Heiligen Land war? In dieser Zeit plante er die

Ermordung seines Herrn; er sandte sogar Nachricht von seinem Tod nach Hause, obwohl dieser noch lebte und im Heer des Kaisers gegen Jerusalem zog. Vielleicht hoffte er, sein Herr würde im Heiligen Land umkommen; als dieser Umstand nicht eintrat, mußte er selbst Hand anlegen. Er zwang Lambert, ihm dabei zu helfen. Ernst wurde – gewollt oder nicht, ich weiß es nicht – Zeuge dieses Mordes. Radolf hatte inzwischen die Frau seines Herrn geheiratet; er wurde für Dionisia, die noch ein kleines Kind fast ohne Erinnerung an ihren Erzeuger war, zum Vater. Die Bewaffneten seines Herrn entließ er aus ihrem Dienst. Dionisia erzählte mir, daß sie eine vage Erinnerung an bewaffnete Gefährten auf dem Hof hatte. Radolf konnte sie nicht mehr gebrauchen – sie erinnerten ihn zu sehr an seine Herkunft. Er behielt nur Lambert bei sich, den er durch die Beihilfe zu dem Mord an sich gebunden hatte. Die Dörfler kümmerten sich wahrscheinlich nicht darum, wer hier im Haus das Sagen hatte – Radolf war nichts als ein neuer Herr, dem sie wie dem alten Herrn ihre Abgaben zu liefern hatten.«

»Woher wißt Ihr das alles?« fragte Aude.

Philipp holte das Pergament aus seinem Wams.

»Die Hälfte steht hier drinnen. Die andere Hälfte habe ich mir aus Lamberts Beichte und aus den Worten des Kanzlers zusammengereimt.«

»Was ist das für ein Bekenntnis?«

»Eine Denunziation aus Ernsts Hand, gerichtet an Peter von Vinea persönlich. Bis vorhin dachte ich, der Kanzler wüßte all das bereits und sei der Hintermann, mit dem Ernst über die Brieftauben in Verbindung stand. Offensichtlich steckt jemand anderes dahinter. Peter von Vinea scheint es ernst gemeint zu haben, als er sagte, Radolf sei

ein vortrefflicher Diener des Reichs.« Er schnaubte unlustig. »Dieses Bekenntnis hier hätte Radolf schneller das Genick gebrochen als der Kanzler. *Ich habe mich wohl in Euch geirrt,* hätte sagen können.«
»Welche Nachrichten hat Ernst mit Brieftauben versandt?«
»Er informierte seinen Auftraggeber über den fortschreitenden Verfall Radolfs. In seiner letzten Botschaft, der, die er nicht mehr abschicken konnte, schrieb Ernst, Radolf sei zu einem Unsicherheitsfaktor geworden und er warte auf Anweisungen. Er erwähnte, daß er im Falle ihres Ausbleibens wie geplant gegen Radolf vorgehen würde. Ich nehme an, diese Denunziation war, was er gegen Radolf einsetzen sollte. Radolfs ganze Geschichte, vom Mord an seinem Lehnsherrn bis zur Hochzeit mit dessen Witwe, steht dort verzeichnet. Ernst muß das Pergament gut versteckt haben. Ich fand es nicht, als ich seine Sachen durchsah. Aber Dionisia hat es gefunden. Wahrscheinlich hat dieses Schreiben den letzten Rest ihrer Vernunft davongefegt.« Er seufzte. »Sie hat ihren Vater gerächt. Ich hätte es verhindern können, wenn ich hiergeblieben wäre.«
»Es war nicht deine Angelegenheit«, sagte Galbert nach einer langen Pause.
»Warum hat Radolf das alles getan?« fragte Aude.
»Ich weiß es nicht. Der Kardinal sprach davon, daß Radolf in bedingungsloser Liebe seinem Weib ergeben war. Wenn wir annehmen, daß er damit die Frau seines ehemaligen Herrn meinte und in dieser Hinsicht nicht gelogen hat, dann war es wohl ein Mord aus Liebe. Er beseitigte den Mann, um die Frau zu bekommen.«
»Sie hat den Mörder ihres Gemahls geheiratet«, sagte Aude schaudernd.

»Und sie wußte, wer er war«, sagte Philipp hart.
»Wieso glaubt Ihr das?«
»Weil sie sonst Radolf niemals zum Mann genommen hätte. Der Besitz war früher wohlhabender; es hätte sich mit Sicherheit ein standesgemäßer Nachfolger gefunden – oder ihre Familie hätte ihn übernommen und sie ins Kloster geschickt. Die Heirat mit Radolf war der unlogischste Schritt von allen. Sie muß ihn geliebt haben wie er sie, und ich nehme an, sie haben die Tat gemeinsam geplant.«
Aude sah sich um und betrachtete das Haus, den verwilderten Hof, den baufälligen Stall und den kleinen Friedhof neben der Kapelle. Sie zog die Schultern hoch, als sei ihr kalt.
»Es hat ihnen keinen Frieden gebracht«, sagte sie.
»Nein. Und wie groß auch die Liebe zwischen ihnen gewesen sein mag: Die Tat, die zu ihrem gemeinsamen Leben geführt hatte, fraß sie auf. Ich denke, als jedes Kind, das Radolf mit Katharina zeugte, starb, war zumindest sie davon überzeugt, daß Gott ihre Sünde strafte. Vielleicht wurde sie darüber verrückt – ich habe keine Ahnung. Jedenfalls stand sie im Dorf bald im Ruf einer Hexe, und niemand wagte es mehr, sich dem Haus zu nähern oder gar darin zu arbeiten – bis auf die alte Frau, die schon immer für Dionisia gesorgt hatte und vielleicht sogar Radolfs und Katharinas Geheimnis kannte; und bis auf den Roßknecht, den die anderen Dörfler dazu brachten, für Radolf zu arbeiten, als Lambert geflohen war. Er war ihr Opfer an die Hexe, wenn man so will, damit sie das Dorf in Frieden ließ; und er war sich dessen bewußt. Ich hoffe, er ist allein oder mit den anderen davongezogen und baumelt nicht drüben im Wald an irgendeinem Ast.« Er wischte sich über die Stirn und ließ die Schultern sinken.

»Ich weiß nicht, wie genau der Kardinal über all das Bescheid wußte und in welcher Schuld er bei Radolf stand. Jedenfalls war ihm klar, daß Radolfs Anspruch auf das Erbe seines Herrn keinerlei Grundlage hatte. Deshalb schickte er wohl mich los, um die Dokumente zu Radolfs Gunsten zu fälschen. Und deshalb stimmte auch nichts hier so recht zusammen. Die Geschichte mit der Erbstreitigkeit zwischen Radolf und der Sippe seiner Frau war nur eine Erfindung, Es ging niemals um Katharinas Mitgift, sondern um das Erbe ihres ersten Mannes. Und es ging niemals um Dionisias Wohlergehen, sondern immer nur um Radolf.« Er lachte ärgerlich und spie aus. »Sie haben mich an der Nase herumgeführt, wie immer es ihnen gefallen hat.«
Aude schüttelte den Kopf und wandte sich zu Dionisia um. »Wir müssen uns um das Mädchen kümmern«, sagte sie. »Sie kann nichts für das, was geschehen ist. Gebt mir die Eimer. Bis das andere Wasser unten heiß ist, könnt Ihr die Toten begraben.«

Philipp hörte Aude mit leiser Stimme singen, während sie mit den Händen das kalte Wasser aber Dionisias Körper schöpfte. Er bewegte seine schmerzenden Schultern und ließ Galbert eine Weile graben, während er sich ausruhte. Sein Blick hielt Aude fest, die neben dem Zuber kauerte. Das kurze Haar fiel ihr ins Gesicht, und das Vorderteil ihres Wamses war dunkel vor Nässe; aber sie erschien ihm in diesen Momenten schöner denn je – fast schöner sogar als gestern nacht. Dionisias Kopf bewegte sich im Rhythmus von Audes reibenden Händen hin und her. Philipp konnte ihre nackten Schultern und ihr Brustbein sehen. Er

versuchte, die Verliebtheit zu verstehen, die er bei ihrem ersten Anblick empfunden hatte, aber er konnte sie nicht mehr hervorholen. Er fühlte lediglich Mitleid und Trauer und ein tiefes Bedauern, weil er nicht verhindert hatte, was geschehen war. Er seufzte und wandte seine Aufmerksamkeit wieder Aude zu, die zu singen aufgehört hatte und Dionisia anstarrte. Dionisia drehte plötzlich mit unendlicher Langsamkeit, als wäre sie ein steinaltes Weib, den Kopf herum und sah Aude ins Gesicht. Ihre starren Züge schienen in sich zusammenzufallen wie eine zerbröckelnde Mauer aus Sand. Aude zog sie zu sich heran und legte ihr die Arme um die Schultern. Nach ein paar Augenblicken hörte Philipp Dionisias Schluchzen, das sich aus ihrem Herzen zu reißen schien. Er räusperte sich und wandte sich ab.
»Warum um alles in der Welt müssen wir ausgerechnet hier graben?« beschwerte sich Galbert. »Alles ist voller Wurzeln.«
»Ich möchte, daß Radolf neben seiner Frau zu liegen kommt. Er war ein Mörder und ein Schuft, aber das ist es, was ihn getrieben hat: ihr nahe zu sein.«
»Aber die Alte muß hier doch nicht liegen, oder? Da drüben sieht die Erde viel lockerer aus – warum buddeln wir sie nicht dort ein? Es muß ohnehin noch ein Priester hier herkommen und die Erde weihen, da kann er das Fleckchen da drüben gleich mit einsegnen.«
»Radolf hat versucht, dort einen Brunnen graben zu lassen ...«, murmelte Philipp mit ersterbender Stimme. Er ließ den Spaten fallen und kletterte aus der flachen Grube, die sie ausgehoben hatten. Galbert sah ihm erstaunt nach, wie er zu dem lockeren Flecken Erdreich hinüberging und mit der Fußspitze gegen den Boden trat. Sein Blick fiel auf

Aude und blieb dort längere Zeit ruhen. Aude, die die noch immer weinende Dionisia an sich drückte, bemerkte es nicht. Philipp wandte sich zu Galbert um. Galbert war beinahe erschrocken über seinen Gesichtsausdruck.
»Komm hier rüber und bring das Werkzeug mit«, sagte er rauh. Galbert widersprach nicht.
Auf Philipps Anweisung hin gruben sie vorsichtig. Nachdem sie zwei, drei Handspannen tief gekommen waren, traf Galberts Spaten auf einen zähen Widerstand. Sie schaufelten mit flach gehaltenem Blatt weiter und warfen die Erde links und rechts davon.
»Da liegt jemand«, sagte Galbert erstaunt. Philipp nickte und biß die Zähne zusammen. Sein Spaten bewegte sich wild. Innerhalb weniger Minuten hatten sie einen Körper zur Hälfte freigelegt, der in ein von der Erde dunkel gewordenes Tuch gehüllt war. Der Verwesungsgeruch hielt sich in Grenzen: Die Erde war kalt und feucht hier und schien die Leiche eher erhalten als ihren Zersetzungsprozeß gefördert zu haben. Galbert entging nicht, daß Philipp mehrmals einen kurzen Blick zu Aude hinüberwarf und dann hastig weiterschaufelte.
»Hast du eine Ahnung, wer das ist?« fragte Galbert, aber er erhielt keine Antwort. Schließlich hatten sie die gesamte Erde über dem Leichnam beseitigt. Zu seinem Erstaunen erkannte Galbert, daß er mit dem Gesicht nach unten in der Erde lag. Es dauerte einen Moment, bis ihm klarwurde, was das bedeutete; dann ließ er die Schaufel fallen und sprang zurück.
»Sei kein Narr«, herrschte ihn Philipp an. »Er liegt nur mit dem Gesicht nach unten, weil der, der ihn beerdigte, vor Angst halb verrückt war.«
»Und wer ist der Kerl?«

Philipp atmete schwer und warf einen erneuten Blick zu Aude hinüber. Als hätte sich ihr etwas mitgeteilt, sah sie auf und zu ihnen herüber; und was immer sie sah, als sie Philipps Blick erwiderte, brachte sie dazu, Dionisia loszulassen und langsam aufzustehen. »Bleib, wo du bist, um Himmels willen«, murmelte Philipp, ohne daß sie ihn hätte hören können, ohne daß sie auf seine Beschwörung reagiert hätte.
Aude machte einen Schritt auf sie zu. Über die Entfernung hinweg konnte Galbert ihr weißes Gesicht erkennen. Ihre Arme hingen steif an ihren Seiten hinab. »Was ist los? Was habt Ihr gefunden?«
Ihre Stimme klang über die Entfernung hinweg dünn, aber es mochte nicht nur an der Entfernung liegen.
»Geh zurück zu Dionisia«, hörte er Philipp sagen.
»Warum? Was ist dort?«
»Geh zurück zu Dionisia.« Sie gehorchte nicht. Philipp stellte sich auf den Rand der Grube und hob wie abwehrend die Schaufel.
Dann ließ er sie plötzlich sinken. Sein Gesicht war grau.
»Was ist das? Ist das ein ... Grab?« flüsterte Aude. »Mein Gott. Wer liegt da drin?«
Philipp gab Galbert einen Wink und beugte sich zum Kopfende des Toten hinüber. Galbert folgte ihm widerwillig und faßte das Leichentuch dort, wo die Leibesmitte lag. Sie zerrten; der Tote war schwer wie Blei, aber dann löste er sich doch langsam vom Boden und kam in die Seitenlage. Das Tuch hielt seine Gliedmaßen zusammen. Der fest umwickelte Kopf sank nach hinten. Galbert versuchte nicht auf die Bauchseite des Tuches zu schauen und tat es doch. Zu seiner Erleichterung waren noch keine Maden zu erblicken. Das Tuch war an einigen Stellen verrutscht und

offenbarte eine Menge schwarzen Blutes und eine fleckige
Hand. Schwach setzte sich der süßliche Duft verderbenden
Fleisches über den schweren Erdgeruch durch.
Galbert trat zurück und sah Aude von unten her vorsichtig an. Jede Farbe schien aus ihrem Gesicht gewichen zu sein; ihre Lippen wirkten blau. Philipp ballte die Hände ein paarmal zu Fäusten, dann wickelte er mit spitzen Fingern das Leichentuch vom Gesicht.
Die Erde war zu kalt für die Maden und zu kalt für die schlimmeren Folgen der Verwesung gewesen. Dennoch war das Gesicht entstellt; durch die Körperlage hatte sich das Blut dort angesammelt, es aufgetrieben und dunkel verfärbt. Die Augen standen offen; statt in ihre Höhlen zurückzufallen, waren sie weit hervorgetreten. Es war das Antlitz eines gedunsenen, schwarzfleckigen, menschgewordenen Basilisken, das aus seiner Umwicklung aus schmutzigem Tuch zu ihnen herausstarrte.
Aude stolperte zurück und setzte sich plötzlich mit einem harten Ruck auf den Boden.
Philipp blickte in das tote Horrorgesicht.
»Hallo, Minstrel«, sagte er erstickt.

Die Ratten kriechen hervor

Irgendwie war die ganze Arbeit plötzlich an Galbert hängengeblieben. Während Aude blicklos, tränenlos, willenlos und ohne noch ein weiteres Wort zu sagen am Rand des neuen Grabes saß und zu dem Toten hineinstarrte, dessen Gesicht das Tuch nun wieder gnädig verhüllte, und während Philipp ebenso regungslos neben ihr saß und entschlossen schien, zusammen mit ihr die Totenwache für den namenlosen Kerl zu halten (von dem Galbert langsam zu dämmern begann, daß er der vermißte Ehemann Audes sein mußte), schuftete er wie verrückt, um vor dem Einbrechen des Abends fertig zu werden. Er half Dionisia, die von selbst aus dem Zuber gestiegen war und sich in ihr verschmutztes Nachtgewand gehüllt hatte, ins Innere des Hauses hinein und geleitete sie in die Küche hinunter, in der das Feuer loderte und einen Hauch von Wärme verbreitete. Er lotste sie um den Fleck auf dem Boden herum, den die Alte hinterlassen hatte, und setzte sie vor das Feuer. Dann, weil er schon einmal dabei war, wischte er mit einem Teil des heißen Wassers und ein paar Strohbüscheln den Fleck, so gut es ging, vom Boden, weil er bereits ahnte, daß niemand sonst es tun würde und er wußte, daß der Fleck ihn während der Nacht unheimlich stören würde. Als nächstes stieß er den Leichnam des Hausherrn in die Grube, die Philipp und er geschaufelt hatten, und häufte Erde auf ihn. Die Alte, die sie ebenfalls in Tuch gehüllt und neben der Kapelle niedergelegt hatten, war nicht mehr unter die Erde zu bringen; Galbert schaffte sie, als die Dämmerung bereits mit Macht herniedersank und die Schatten im Hof miteinander verwob, in die Kapelle und betrachtete sie dort als richtig aufgebahrt. Schließlich trat er aus der Kapelle, schlug ein Kreuzzeichen und murmelte ein Paternoster in vom vielen Hören falsch auswendig gelerntem Latein.

»Geht ins Haus hinein«, sagte Philipp sanft zu Aude, deren Gesicht im schwindenden Licht neben ihm zu schweben schien. »Galbert hat das Feuer im Kamin sicher nicht ausgehen lassen. Ich werde ihn begraben, so wie es sich gehört.«
Aude schüttelte den Kopf, ohne zu sprechen. Ihr Blick wich nicht von dem offenen Grab und der verhüllten Gestalt.
»Es hat keinen Sinn, daß ihr Euch das Fieber holt. Die Erde ist hier kalt und feucht. Er ist tot, und nichts kann ihn wieder lebendig machen, Aude.«
»Woran ist er gestorben, Philipp?« fragte sie plötzlich. Ihre Stimme klang fest, aber mittlerweile hatte er feine Ohren für ihre Gemütslagen entwickelt und hörte das leise Schwanken darin. Er zuckte mit den Schultern.
»Lügt mich nicht an«, sagte sie. »Ich habe bemerkt, daß ihr sein Leichentuch hastig zurechtgerückt habt. Was sollte ich nicht sehen?«
Philipp seufzte.
»Was immer Euer Mann mit Radolf zu tun hatte, sie waren keine Freunde«, sagte er schließlich. »Oder sie waren es nicht mehr.«
»Hat er ihn ... getötet?«

»Er und Ernst Guett'heure, vermute ich.«
»Aus welchem Grund?«
Philipp rutschte unruhig hin und her und kämpfte mit sich. Zuletzt stand er auf und stapfte vor dem Grab auf und ab. Aude hob den Kopf und beobachtete ihn scharf. In der Dunkelheit war nicht zu erkennen, ob sie den Tränen endlich nachgegeben hatte oder ob ihre Augen noch immer trocken waren. Philipp dachte an die Hand des Toten, die das verrutschte Tuch freigegeben hatte. Er hatte das Tuch schnell zurechtgerückt, bevor Aude auf allen vieren nach vorn gekrochen war und ihrem toten Gemahl ins Gesicht gestiert hatte. Sie hatte nicht gesehen, daß die Hand keine Fingernägel mehr besaß und jeder Finger mehrfach gebrochen war. Er wünschte, er hätte es auch nicht gesehen.
»Radolf wagte sich nicht mehr in den Keller seines Hauses hinunter. Ernst sagte bei einem Abendessen beiläufig, von dem Verräter drohe ihnen keine Gefahr mehr. Ich kann es erst jetzt zusammenfügen. Der Verräter war Euer Mann, und Radolf wagte sich nicht mehr hinunter, weil er Angst vor dem Geist des Menschen hatte, der dort unter seiner Mitwirkung zu Tode gefoltert worden war.« Er starrte ihr ins Gesicht und sah nun doch, wie zwei Tränenspuren aus den fassungslosen Augen rannen und unbeachtet über ihre Wangen liefen. Er breitete die Arme aus und atmete zitternd ein.
»Ich wollte, ich hätte schönere Worte gefunden, Aude«, sagte er rauh.
»Warum haben sie ihm das angetan?« fragte sie mühsam.
»Er wußte etwas über sie. Etwas, das entweder mit Radolfs sorgsam gehütetem Geheimnis zu tun hatte oder mit Ernsts Aktivitäten und das er dem Kanzler mitteilen wollte. Jedenfalls war es für sie wertvoll genug, um mit

Gewalt herauszufinden, wieviel von seinem Wissen er schon preisgegeben hatte und ihn danach ... nun, zu ermorden. Es tut mir leid.«
»Ihr habt immer geglaubt, er sei ein Schurke.«
»Was immer er war, er hat nicht dieses Ende verdient.«
Gleich Aude starrte Philipp wieder zu der umwickelten Gestalt hinab und versuchte, Minstrels blasses, kluges, vom Lachen in tausend Falten gelegtes, *lebendes* Gesicht zu verscheuchen. Er fühlte sich weh, weher noch um Aude als um den Toten, und ihre mühsamen Versuche, ihre Beherrschung zu erhalten, drückten ihm das Herz ab.
»Ich möchte, daß Ihr mich ein paar Augenblicke mit ihm allein laßt«, preßte sie hervor. »Versteht Ihr das?«
»Natürlich. Ich werde Fackeln aus dem Haus holen. Wenn Ihr Euch verabschiedet habt, will ich ihn mit Galberts Hilfe über Nacht in der Kapelle aufbahren und morgen früh begraben.« Sie gab keine Antwort, und er stapfte davon.
Es war nicht die Gelegenheit für Konventionen. Im Haus stieg er die Treppe zu Dionisias Kammer hinauf, öffnete die Tür und fand, wie er bereits vorausgesehen hatte, Ernsts Bärenfell. Er schleppte es in den Keller hinunter, wo Galbert erschrocken aus einem halben Dösen auffuhr, und legte es über Dionisias neben dem Feuer schlafende Gestalt. Er sah in ihr Gesicht, das nicht einmal im Schlaf entspannt war, und betrachtete die Fäuste, die sie wie ein kleines Kind vor der Brust angezogen hatte. Wie ein kleines Kind – plötzlich war ihm klar, daß sie dies noch immer war. Das kleine Kind, das immer auf geheimnisvolle Weise gewußt hatte, daß der Mann, der zu ihm und seiner Mutter zurückgekehrt war, nicht sein Vater war; und dessen Seele in diesem Wissen, in diesem nie wirklich gelösten

Geheimnis steckengeblieben war. Er wußte jetzt, warum das einzige, das Dionisia aus dem Haus der toten Frau im Dorf genommen hatte, das Kinderkleidchen gewesen war. Einmal mehr suchte er nach der Liebe, die er für sie empfunden zu haben glaubte; aber die Wärme, die er spürte, verband sich nur mit der entsetzten, fassungslosen Frau draußen vor dem offenen Grab. Er flüsterte mit Galbert, und dieser rappelte sich seufzend auf und folgte ihm mit zwei brennenden Fackeln nach draußen. Sie hoben den Toten aus der Grube und legten ihn neben dem Leichnam der Alten in der Kapelle ab, gefolgt von der schweigenden Aude. Philipp schaufelte zwei Handvoll feuchter Erde aus dem Boden und machte zwei kleine Kegel auf den Boden der Kapelle, an die er die Fackeln anlehnte. Galbert kratzte sich am Kopf und bekreuzigte sich dann. Aude stand im Eingang neben der zerschmetterten Tür und sah blicklos in die zuckenden Flammen. Philipp wischte sich die Hände an seinem Hosenboden ab und erinnerte sich an die Gebete, die im Kloster gesprochen worden waren, wenn ein Bruder von ihnen ging. Er wollte eines davon aufsagen, aber plötzlich schienen ihm die Floskeln zu schal, und der Trost, den die bekannten Formeln den Trauernden spenden sollten, konnte seine Wirkung nicht entfalten. Schließlich sagte er das, was ihm gerade in den Sinn kam. »Ich wollte, ich hätte eine Chance gehabt, noch einmal mit ihm zu sprechen.«

Er hörte Audes Seufzen und sah, wie ihr die Tränen erneut aus den Augen traten, zwei glitzernde Spuren im Fackellicht. Merkwürdig – plötzlich schien er nicht mehr imstande, die schlechten Erinnerungen an Minstrel hervorzuholen; statt dessen sah Philipp, wie er Minstrel vom Boden aufhalf, hörte sich lachen, als Minstrel von seiner

unruhigen Nacht in der Kammer des Wirts erzählte. Er atmete tief ein, steckte die Hände in sein Wams und wandte sich ab. Seine Finger spielten mit dem zerknäuelten Stück Pergament, das Ernst für Radolfs Untergang vorgesehen hatte und das letztendlich auch dazu geführt hatte. Dann fiel ihm ein, daß er dieses Schreiben geglättet und unter sein Hemd geschoben hatte. Er holte die kleine Kugel aus seiner Tasche und starrte sie begriffslos an.
Nach einer Weile erinnerte er sich, daß es Minstrels Schuldschein war, und diese Erinnerung ließ den Kloß in seiner Kehle noch ein wenig größer werden. Er faltete das Knäuel auseinander, sah die verwischten Buchstaben von Minstrels Schuldanerkenntnis und darunter die schwachen, abgeriebenen Zeilen des ursprünglichen Schriftstücks. Leise trat er nach vorne und legte das Stück Pergament auf den Leichnam.
»Was ist das?« fragte Aude.
»Ein Schuldschein, den Euer Mann mir gab für das Geld, das ich ihm vorstreckte«, erklärte Philipp widerwillig.
»Ihr könnt ihn bei mir einlösen.«
»Ich habe nicht vor, ihn einzulösen. Ich gebe ihn zurück.«
»Dann gebt ihn mir. Er ist das letzte Lebenszeichen Geoffrois. Ich möchte ihn gerne behalten.«
Er reichte ihn ihr hinüber. Sie hielt ihn so, daß das Licht der Fackeln darauffallen konnte, und überflog ihn. Dann drehte sie den Schein unwillkürlich hochkant, hielt ihn gegen das Fackellicht und versuchte die Schrift darunter zu lesen. In der plötzlichen Erinnerung an eine ähnliche Szene weiteten sich Philipps Augen.
»Gebt ihn mir noch mal«, stieß er atemlos hervor. Er riß ihn ihr fast aus der Hand, als sie nicht sogleich reagierte,

und hielt ihn sich vor die Nase. Er machte ein Geräusch, das wie ein ungläubiges Kichern klang.
»Was soll das?« fragte sie befremdet.
»Die halbgelöschte Schrift!« rief Philipp und schwenkte den Schuldschein des Toten. »Sie ist die gleiche wie auf dem Fetzen, auf dem Radolf mir die Daten seiner Frau aufgeschrieben hatte. Dies hier stammt auch aus dem Stapel, den Bruder Pio im Klosterarchiv gefunden haben will.«
Aude schüttelte verwirrt den Kopf und streckte die Hand nach Minstrels Schuldschein aus. Philipp gab ihn widerstrebend zurück.
»Er hat ihn mir nicht umsonst gegeben«, murmelte er. »Er wollte einen Beweis in Sicherheit bringen, indem er ihn mir überließ. Aber warum? Und einen Beweis wofür?«
Aude las den Schuldschein erneut und holte zitternd Atem. Ihr Blick fiel auf den eingewickelten Leichnam auf dem Boden der Kapelle.
»Fragt den Kanzler«, sagte sie rauh. »Er war es, den er treffen wollte.« Ihre Augen funkelten. Plötzlich zerknüllte sie das Pergament, indem sie eine Hand zur Faust ballte. Philipp sprang nach vorne und fing das Knäuel auf, als sie es zu Boden fallen ließ. Sie starrte die Leiche ihres Mannes mit zusammengepreßten Kiefern an.
»Aude?« fragte Philipp.
»Warum hast du mir nicht vertraut?« rief sie heiser. Sie fuhr herum und wandte Philipp ein zornglühendes Gesicht zu.
»Weil er Euch vor dem beschützen wollte, was ihm zugestoßen ist«, sagte Philipp und fand es nicht merkwürdig, diesmal in der Position dessen zu sein, der den Toten verteidigte. Aude musterte ihn, als ob hinter seiner Antwort noch mehr zu entdecken sei.

»Was wollt Ihr damit sagen?«

»Für die Dokumente, zu denen auch dieses Pergament gehört, sind schon einige Menschen gestorben«, erklärte Philipp. »Bruder Fredgar, Euer Mann, Kaplan Thomas, wahrscheinlich auch Lambert mit seiner Familie und die Juden.« Er sah sie nachdenklich an. »Wir haben all das falsch verstanden. Thomas wollte nicht wegen des Mordes, an dem Lambert beteiligt war, zum Abt, sondern wegen des ersten Teils seiner Beichte – die mit der Schändung von Dokumenten zu tun hatte. Und Lambert mußte nicht nur wegen seines Mitwissens um den Mord an Gottfried sterben, sondern vor allem wegen seiner Kenntnisse über die Dokumente.«

»Was steht denn bloß in diesen Dokumenten?«

»Eine Menge Geschichten um Karolus Magnus und seine Zeitgenossen; und darin versteckt wahrscheinlich etwas, das das Spiel zwischen Kaiser und Papst um die Macht über die Christenheit entscheiden wird.«

»Die Buchstaben unter der Schrift des Schuldscheins; Geoffroi wollte die andere Hälfte des Dokuments dem Kanzler geben ...«

»Vor allen Dingen wollte er ihm etwas erzählen. Das Pergament hätte nur dazu dienen sollen, seine Worte zu untermauern. Als er mir den Abriß gab, fürchtete er bereits, daß ihm jemand auf den Fersen war.«

»Warum gehen wir dann nicht zum Kanzler?«

»Warum sollten wir das tun?«

»Wir könnten Geoffrois letzte Tat zu Ende führen.«

Philipp seufzte. »Ich höre, der Papst hat ein Konzil einberufen. Dort und nirgendwo anders wird sich entscheiden, wer die Macht an sich reißt. Nicht hier und nicht durch uns.«

»Aber einem müssen doch Eure Sympathien gelten: dem Kaiser oder dem Papst.«
»Wenn Ihr mich so fragt: dem Kaiser. Wenn es stimmt, daß ein neues Zeitalter anbricht, wird er uns dorthin führen. Er hat seine Macht von Gott. Der Papst ist nur der etwas aufgeblasene Bischof von Rom.« Er räusperte sich. »Ganz unter uns.«
»Warum wollt Ihr dann nicht für die Sache des Kaisers kämpfen?«
»Wenn ich kämpfen müßte, dann nur für unsere Sache: für Eure, für meine, für Galberts Seite. Das wäre der einzige Kampf, der sich lohnte. Und um ihn zu führen, müßte man wissen, welches Mittel Euer Gemahl in der Hand zu halten glaubte. Aber wenn er versucht hat, es Euch oder mir in seinen geheimnisvollen Reden mitzuteilen, sind wir zu dumm, es zu erkennen. Es gibt nichts, was wir dem Kanzler erzählen könnten, und was dieses Pergament hier bedeutet, wissen wir nicht.«
»Was immer es war; es hat ihn getötet.«
»Radolf und Ernst haben ihn getötet. Aber auch sie können uns nichts mehr darüber sagen, was hier vorgeht.«
»Die Dokumente im Kloster. Sie müssen das Wissen enthalten. Vielleicht kann uns Johannes unterstützen. Laßt ihn uns aufsuchen. Er muß uns helfen, Geoffrois Geheimnis zu finden.«
»Und was damit tun? Den Kampf zwischen Kaiser und Kirche zugunsten des Kaisers beenden? Schlagt Euch das aus dem Kopf, Aude. Selbst wenn wir eine Chance dazu hätten, müßten wir uns in ein Spiel einmischen, das offensichtlich schon seit Jahren geführt wird. Euer Mann kannte die Spielregeln, und trotzdem ist er tot. Wie lange würdet Ihr uns geben, da wir nicht einmal wissen, was es bei die-

sem Spiel zu gewinnen gibt? Und was das Kloster betrifft: Da müssen höchste Kreise in der Klosterverwaltung in die Geschichte verwickelt sein. Die haben gerade auf uns gewartet. Wir würden ins Messer rennen wie das Lamm zum Schlachter.«
»Es geht mir nicht darum, dem Kaiser oder dem Papst zu helfen. Es geht mir darum, daß man meinen Mann zu Tode gequält hat. Und wer immer es getan hat, muß zur Rechenschaft gezogen werden.«
»Die es getan haben, liegen hier begraben.«
Aude schnaubte verächtlich. »Die es getan haben, ja. Aber nicht die, die es angeordnet haben.«
»Wer sagt Euch, daß es außer Radolf und Ernst noch jemand anderen in der Geschichte gibt? Vielleicht bestand das Geheimnis nur zwischen ihnen und Eurem Mann? In diesem Fall hätten sie es alle miteinander mit ins Grab genommen.«
»Ihr glaubt das ebensowenig wie ich.«
»Was ich glaube, ist, daß man Euch das Haar noch ein wenig mehr kürzen wird, wenn Ihr Euch einmischt. Und zwar bis zu den Schultern!« rief Philipp hitzig.
»Deshalb bitte ich Euch ja um Hilfe.«
»Ich hänge zufällig auch ein wenig an meinem Kopf.«
»Philipp, die Dame hat recht«, mischte sich Galbert ein. »Ich verstehe zwar nicht, worum es hier geht, aber ich kann mir gut vorstellen, daß sie herausfinden will, wer ihren Mann umgebracht hat. Außerdem hat unser Herr uns aufgetragen, ihr das Geleit zu geben. Und wenn sie zum Kloster will, geleiten wir sie eben dorthin.«
»Ach, ich freue mich, daß du die Sache für dich schon entschieden hast«, rief Philipp höhnisch.
»Da muß ich nicht lange nach einer Entscheidung suchen,

wenn unser Herr uns etwas befiehlt. Wir können morgen bei Tagesanbruch aufbrechen, Dame Aude. Philipp kann ja hierbleiben und die unselige Mörderin unten in der Küche hüten.«

»Den Teufel werde ich tun!« rief Philipp und vergaß, daß er sich in der Kapelle in der Gegenwart zweier Toter befand. »Was mischst du dich überhaupt ein, du Küken? Wir reiten morgen alle zusammen ins Kloster! Und wenn sie mich neben dir aufhängen, weiß ich schon meinen letzten Wunsch: daß ich dir aufs Hirn kratzen darf: *Ich hab's ja gleich gesagt!*«

Galbert zuckte mit den Schultern und wandte sich ab. Philipp sah zu Aude und hatte plötzlich das ungewisse Gefühl, daß die trauernde Witwe und der tumbe Galbert ihn genau dorthin manövriert hatten, wo sie ihn haben wollten. Selbst der stumme Leichnam schien seine Rolle in der Posse gespielt zu haben. Aufgebracht stapfte er aus der Kapelle, ohne sich nochmals umzudrehen. Die beiden frischen Grabstellen, Radolfs zugeschaufelte und Minstrels aufgebrochene, gähnten ihn aus der abendlichen Finsternis an. Seine Verwirrung verwandelte sich in düstere Furcht, noch bevor er über Galberts Bauernverschlagenheit grinsen konnte.

Plötzlich fiel ihm ein, daß er über den Fund von Minstrels Leichnam eigentlich hätte erleichtert sein müssen. Er war nun kein Mörder mehr.

Aude packte in Dionisias Kammer ihre Kleidung und was sich an persönlichem Besitz des Mädchens identifizieren ließ, in die Packtaschen, die neben den Sätteln im Stall gehangen hatten. Dionisia ließ diese Prozedur uninteressiert an sich vorübergehen, wie sie auch der Diskussion um ihr Schicksal kein Interesse entgegengebracht hatte. Aude hatte sich schließlich mit ihrer Meinung durchgesetzt, das Mädchen müsse in ein Frauenkonvent gebracht werden, entgegen Philipps Ansicht, sie auf dem Hof seines Herrn unterzubringen. Er hatte sich Aude angeschlossen, nachdem ihm klargeworden war, daß mit Dionisias Anwesenheit auf Raimunds Hof, ganz egal, ob und wie sehr sie sich jemals erholen würde, weder für ihn noch für sie der Alptraum je ein Ende finden würde.

Dionisia hatte bis jetzt noch kein Wort gesprochen und kein Zeichen des Erkennens gegeben, auch als Philipp an diesem Morgen längere Zeit auf sie eingeredet hatte. Sie hatte ihren Vater und ihren Geliebten gerächt und die alte Frau, unter deren Obhut sie aufgewachsen war und die sie wahrscheinlich an der Tat hatte hindern wollen, die Treppe hinuntergestoßen. Es gab nichts mehr, was sie noch im Leben hätte festhalten können: ein Gespenst, noch bevor sie tot war, und mit weniger Bindung an das Leben als die Toten, die sie heute morgen begraben hatten. Es war kurz vor der Mittagsstunde, als sie zum Aufbruch bereit waren.

»Was machen wir mit den Pferden?« fragte Galbert.

»Wir nehmen sie mit. Irgendwie scheint mir, als habe Dionisia sie geerbt. Wir werden sie in ihrem Namen dem Kloster vermachen, das sie aufnimmt. Das dürfte ihr eine exzellente Aufnahme sichern.«

»Außer das Riesenbiest zerlegt den Klosterstall in seine Bestandteile«, sagte Galbert zweifelnd.

Tatsächlich zeigte sich, daß mit Ernsts Streitroß nicht so leicht umzugehen war. Es ließ sich nicht einmal den Zaum umlegen. Seufzend gab Philipp auf und ließ nur den Verschlag und die Stalltür offen, damit die Bestie das Weite suchen konnte, während sie sich mit den anderen, weniger

renitenten Pferden im Schlepp davonmachten. Ernsts Roß war mit weitem Abstand das wertvollste unter den Tieren, und er hätte es um Dionisias willen gerne mitgenommen. Wie sich zeigte, hatte er unbewußt den richtigen Weg gewählt: Schon im Dorf hörten sie das Donnern schwerer Hufe hinter sich, und von da an folgte ihnen der große Gaul mit gehörigem Abstand, aber dennoch unentwegt. Vielleicht war es ihm unheimlich geworden allein mit dem verlassenen Dorf und den Toten.
Weiter vorne nahm sich Philipp ein Herz und sprach Aude an. Die Distanz zwischen ihnen schien ihm nun weiter denn je; zu der Kluft aus Beklommenheit nach ihrem Liebesakt war ein Abgrund aus Trauer und Entsetzen getreten. Es dauerte eine Weile, bis ihm etwas einfiel, worauf sie nicht nur mit ja oder nein antworten konnte.
»Was werdet Ihr nun machen?« fragte er.
»Ich weiß nicht. Zuerst mit dem Gedanken fertigwerden, daß es niemanden mehr gibt, dem ich verpflichtet wäre. Ich trauere um ihn, jedoch nicht um den geliebten Ehegatten, der er schon lange nicht mehr war, sondern um den Gefährten, der ein langes Stück meines Weges mit mir gegangen ist. Aber ich weiß auch, daß ich nun, nach seinem Tod, einen neuen Weg gehen muß. Das ist Drohung und Versprechen zugleich.« Sie zuckte mit den Schultern. »Ich werde den kleinen Hof nur behalten können, indem ich irgendeinen von den angeberischen Landpflegern des Herzogs ehrliche, die stets darauf aus sind, den Grundbesitz ihres Herrn zu erweitern. Ich könnte ihn jedoch einem Frauenkonvent vermachen und mich mit diesem Geschenk als Morgengabe dorthin zurückziehen, versteckt und behütet unter dem Schleier.«
Philipp sah sie erschrocken an und öffnete den Mund, aber

sie lächelte und ließ ihm keine Zeit zur Antwort. »Keine Angst. Ich sehe in beidem nicht meine Zukunft. Ich könnte den Hof auch zu Geld machen, in die nächste Stadt gehen und dort mein eigenes Geschäft aufmachen: Wenn ich das Aufnahmegeld bezahle und den Bürgereid leiste, würde man mich zu einer Bürgerin machen.«
»Ihr könntet nach Köln kommen«, schlug Philipp vor und wußte, daß er auf der Hut sein mußte mit dem, was er sagte. »Die Stadt hat bereits Garnmacherinnen, Goldspinnerinnen und Seidenstickerinnen. Die Rechtsfähigkeit von Frauen steht hier höher im Kurs als anderswo. Ich weiß nicht, wie es darum bei Euch drüben bestellt ist.«
Aude betrachtete ihn nachdenklich. Er sah mit Kummer, daß ihre Züge sich verschlossen. »Worüber diskutieren wir hier? Heute morgen haben wir meinen Gemahl beerdigt. Ich sollte mich schämen.« Sie trieb das Pferd an und ritt ein paar Schritte voran. Diesen Abstand hielt sie ein, ohne sich nochmals zu Philipp umzudrehen, bis die Sonne im Westen versank und die über dem Horizont hängenden Wolkenstreifen sich in schwarze Muster vor dem tiefroten Hintergrund verwandelten. Langsam trabte er neben Galbert und Dionisia her, die sie auf ihrem Pferd festgebunden hatten, damit sie nicht herunterfallen konnte. Die Frage, die er eigentlich hatte stellen wollen, war ihm nicht über die Lippen gegangen.

Der Torwächter ließ sie nur noch mit unzufriedenem Brummen hinein und machte sich sofort hinter ihnen mit großem Aufwand daran, das Tor zu verriegeln. Es war schwer zu entscheiden, was er mehr fürchtete: einen Überfall von mordgierigem Gesindel oder das Eintreffen weite-

rer Reisegruppen. Die Saison hatte nun auch das Kloster erreicht, und Bastulf, der Pächter der Herberge, hatte alle Hände voll zu tun, um die Pilger zu versorgen. Als er Philipp und Galbert sah, weiteten sich seine Augen. Er zögerte einen winzigen Moment, dann winkte er einem seiner Knechte und flüsterte ihm etwas ins Ohr. Der Knecht nickte gleichmütig und verschwand in die Küche. Bastulf straffte sich und hastete ihnen entgegen.
»Ich muß die Gastfreundschaft des Klosters noch einmal beanspruchen«, sagte Philipp angesichts Bastulfs angespannter Miene. »Wir sind in Begleitung zweier Damen hier, die drüben im Frauentrakt sind; eine davon braucht Hilfe.«
»Ich weiß. Meine Mägde kümmern sich bereits um sie. Ist sie krank?«
»Nichts Ansteckendes.«
»Das sagst du so.«
»Sie ist in Trauer, wenn du es genau wissen willst. Ihr Vater ist verstorben.«
Philipp warf Galbert einen raschen Blick zu, aber dieser schien nicht geneigt, irgend etwas zu Philipps grober Vereinfachung der Dinge zu sagen. Bastulf holte einmal tief Atem, dann nahm er Philipp beiseite. Bastulf sah sich um, bevor er sein Gesicht dem Philipps näherte. Er hatte Schweißtropfen auf der Stirn und auf der Oberlippe. Es war warm und stickig in der Herberge, und Bastulf hatte eine Menge zu tun; der Schweiß mochte von daher stammen.
»Hör zu, Philipp«, sagte Bastulf hastig. »Johannes hat mir auftragen lassen, nach dir Ausschau zu halten. Du solltest so schnell wie möglich mit ihm sprechen, sobald du wieder hier wärst. Ich habe meinen Knecht in das Kloster hin-

eingeschickt. Er wird Johannes ausrichten lassen, daß du ihn zu sehen wünschst.«

Philipp schüttelte verwirrt den Kopf »Es ist zwar richtig, daß ich mit ihm sprechen will, aber ich dachte, er will etwas von mir?«

»Das mag schon sein, aber ich sollte ihm deine Ankunft genau so mitteilen: Du seist hier und möchtest mit ihm reden.«

Philipp spürte, wie sein Herz sank. »Was soll das bedeuten?«

»Ich weiß es nicht«, stieß Bastulf hervor.

»Hast du ihn denn nicht gefragt?«

»Wen? Johannes? Ich habe ihn nicht mehr gesehen, seit der Abt wieder zurück ist. Ein junger Mönch hat mir seine Anweisung überbracht.« Bastulf sah sich erneut in der lärmenden Herberge um, als fürchte er, die Wände hätten Ohren. »Irgend etwas ist im Gange«, flüsterte er dann. »Wenn der Abt und Johannes sich zusammen vergraben, dann bedeutet das nichts Gutes.«

Philipp machte ein finsteres Gesicht. »Was meinst du, werde ich noch heute zu Johannes vorgelassen?«

»Ich weiß nicht. Übernachten müßt ihr hier auf jeden Fall. Ich lasse alles für dich und deine Begleiter richten. Ich hoffe, es ist nichts Schlimmes passiert.«

Wenn ich dir erzähle, was in den letzten Tagen alles Schlimmes passiert ist, fällst du vor Schreck um, dachte Philipp sarkastisch. Aber das mysteriöse Verhalten des Klosterkämmerers ließ ihn nicht länger daran glauben, daß das meiste davon nun hinter ihm lag. *Die eigentlichen Schwierigkeiten kommen erst noch.* Bastulf sah ihn fragend an. Plötzlich fühlte er eine Welle von Zuneigung zu dem Herbergspächter aufsteigen, die von seiner Anhänglichkeit ebenso wie von seiner unübersehbaren Beklommenheit ausgelöst wurde.

»Paß auf, Bastulf«, sagte er. »Vor dem Tor des Klosters springt ein gewaltiges Streitroß frei herum, das zu dem Troß an Tieren gehört, mit dem ich gekommen bin und das gut und gern sechzig Kühe wert ist.« Bastulf riß die Augen auf angesichts eines derartigen Vermögens. »Wir haben es nicht ins Innere des Klosters locken können. Morgen früh wird es einsam, hungrig und durstig und vermutlich ein wenig zugänglicher als sonst sein. Dann kannst du es einfangen, wenn du es schlau anstellst.«

Bastulf prallte zurück. »Ich soll es behalten?« fragte er fassungslos. Philipp klopfte ihm auf die Schultern. Schon war ihm seine Aufwallung peinlich, wenngleich er es nicht bedauerte, Bastulf das Pferd zum Geschenk zu machen. Die anderen Pferde waren mehr als genug Mitgift für Dionisias Eintritt in ein Frauenkloster.

»Heute ist dein Glückstag, Bastulf«, sagte er nur. Bastulf räusperte sich.

»Ich gebe dir Bescheid, sobald Johannes sich meldet«, sagte er und eilte davon.

Galbert hatte sich in einer Ecke auf den Boden gesetzt und balancierte eine Suppenschüssel auf den Knien. Philipp nickte ihm zu und trat hinaus in den Westhof. Er hoffte, Aude dort zu treffen; er verspürte das Bedürfnis, Bastulfs merkwürdige Neuigkeiten mit ihr zu besprechen. Der Westhof war düster, die Gebäude grau und gedrungen vor einem sich rasch verdunkelnden Himmel. Abgesehen von den Pferdeknechten, die die letzten Tiere in die Ställe zerrten, und dem Torwächter hielt sich niemand draußen auf. Aude kümmerte sich entweder um Dionisia oder ging ihm aus dem Weg.

Als plötzlich das Donnern von Hufen von draußen erklang und gleich darauf etwas gegen das Westtor trommelte, dachte Philipp einen Moment, der Bestie, die sich, je näher sie dem Kloster gekommen waren, immer weiter hatte zurückfallen lassen, sei es draußen zu langweilig geworden und sie mache sich nun daran, den Eingang zum Kloster umzugestalten. Dann rief einer der Helfer des Torwächters vom Mauerkranz herunter: »Fünf Reiter!«, und gleichzeitig ertönte eine rauhe Stimme von draußen: »Laßt uns rein, zum Teufel noch mal!«
Der Bruder Torwächter schritt erbost zum Tor und riß das Guckloch auf. Er starrte mit wütendem Gesicht nach draußen, das sich noch mehr verschloß, als er der späten Besucher ansichtig wurde. Er schlug das Guckloch wieder zu und wandte sich ab. Philipp sah selbst auf die Entfernung, daß er mit den Kiefern mahlte. Er gab seinen Helfern ein knappes Zeichen, und zu Philipps Erstaunen gingen diese daran, statt des Mannlochs das Tor zu öffnen, durch das auch Pferde hereinkonnten. Sie schwangen die beiden in das große Tor eingelassenen Flügel beiseite und traten zurück. Der Torwächter baute sich ein paar Schritt hinter dem Eingang auf und stemmte die Arme in die Hüften.
Die Ankömmlinge führten ihre Pferde herein, drei davon große, wuchtige Tiere, die zwar nicht den Umfang der Bestie besaßen, aber doch als Streitrösser durchgingen. Ihre Reiter waren mit Kettenhemden ohne Kopfhauben und mit einfarbigen, unauffälligen Tuniken darüber bekleidet. Sie waren bewaffnet wie fahrende Ritter. Runde Topfhelme mit beweglichen Visieren baumelten an den Sätteln. Die restlichen zwei Männer waren in Kittel und Hosen einfacher Leute gekleidet und führten deutlich

geringere Pferde mit sich. Sie mochten die Knappen von zweien der Bewaffneten sein. Alle fünf schienen schlechter Laune zu sein. Als der Torwächter nicht aus dem Weg ging, blieb der vorderste der Männer dicht vor ihm stehen und starrte ihn finster an.
»Das ist kein Benehmen«, rügte der Torwächter.
»Nächstes Mal bring' ich dir Konfekt mit«, knurrte der Bewaffnete.
Dann verzog er das Gesicht zu einem falschen Grinsen und sagte mit süßer Stimme: »Ach, ich bitte untertänigst um Auskunft: Ist denn der Abt da, mein feistes Honigtäubchen?«
»Er ist da, aber er wird dich nicht empfangen«, erwiderte der Torwächter aufgebracht.
»Laß das meine Sorge sein.«
»Was ist bloß so wichtig?« fragte der Bruder Torwächter.
»Wir brauchen neue Anweisungen«, brummte der Mann.
»Nicht, daß dich das was anginge, Bierfaß. Schick jetzt einen deiner Kuttenträger los, oder muß ich dich selber an den Ohren zum Abt schleifen?«
Der Torwächter schwankte einen Moment, dann trat er beiseite.
Mit einem groben Wink holte er einen seiner Helfer zu sich heran und sagte ihm etwas ins Ohr. Der Helfer musterte die fünf Neuankömmlinge, dann schlurfte er davon. Der Torwächter blieb neben der Gruppe stehen, als wollte er sie unter Beobachtung halten. Sein Gesicht war dunkel vor Zorn. Er sprach nicht mehr zu den Männern, wie sie nichts zu ihm sagten. Sie sprachen auch untereinander nicht. Zwei der Bewaffneten lehnten sich gegen ihre Pferde und fuhren sich mit den Händen durch die Gesichter; sie schienen einen langen Ritt hinter sich zu haben und

waren erschöpft. Die Knappen hielten sich an ihren eigenen Pferden fest.
Sie taten nichts, um ihre Herren ein wenig zu erleichtern, sie nahmen ihnen weder die Pferde ab, noch holten sie ihnen Wasser oder gar Wein aus der Herberge. Sie kümmerten sich auch nicht um ein Nachtlager. Entweder waren sie noch erschöpfter als ihre Herren, oder sie wußten nicht, was sich gehörte. Der Anführer der Gruppe, der mit dem Torwächter gesprochen hatte, zog einen Handschuh aus, inspizierte seinen Daumen und begann dann mit geistesabwesendem Gesicht, auf dem Daumennagel zu kauen.
Philipp verlor das Interesse an den Neuankömmlingen. Daß der Torwächter sie kannte, stand außer Zweifel, und daß sie auch dem Abt nicht unbekannt sein konnten, dafür sprach der Umstand, daß der Torwächter seinen Helfer tatsächlich ins Kloster hineingeschickt hatte, um ihre Ankunft anzumelden. Was sie waren, konnte Philipp sich nicht denken, und seine Neugier war nicht besonders ausgeprägt. Vielleicht gehörten sie zu den Bewaffneten, die die Reichtümer des Klosters beschützten, wenn diese über Land fuhren (*zum Beispiel Bruder Pios Spazierfahrten mit den Dokumenten*, dachte Philipp müßig), aber eigentlich waren sie dazu zu teuer ausgerüstet. Er zuckte mit den Schultern. Da er die Hoffnung darauf verloren hatte, daß Aude nochmals herauskommen würde, beschloß er, in die Herberge zurückzugehen. Vielleicht hatte Bastulf mittlerweile Nachricht von Johannes bekommen.
Der Anführer der Bewaffneten verfolgte seinen Weg über den Hof mit den Augen, ohne von seinem Daumen abzulassen. Als Philipp seinen Blick zurückgab, nickte er ihm zu in der weder höflichen noch unhöflichen Art, in der zwei einander neutrale Fremde sich begrüßen. Philipp

nickte zurück. Der Bewaffnete senkte den Blick und entließ Philipp wieder aus seiner Aufmerksamkeit.
Johannes hatte ausrichten lassen, daß er sich am nächsten Morgen nach der Prim für Philipp Zeit nehmen könnte. Er wahrte selbst darin den Schein, daß Philipp ihn zu sprechen wünsche anstatt umgekehrt. Auf unbestimmte Art und Weise beunruhigte dies Philipp noch mehr als alle anderen Merkwürdigkeiten um den Kämmerer.
Er legte sich schlafen, ohne mit Aude gesprochen zu haben, im stickigen, von Lärm erfüllten Schlafsaal der Herberge. Er dachte an Johannes, an Dionisia und an Aude und an die Nacht mit Aude am Ufer des Rheins. Bei der Erinnerung daran verspürte er eine halbe Erektion, aber mehr als das eine verzweifelte, sehnsuchtsvolle Liebe, die ihn noch unruhiger werden ließ und den Schlaf für lange Zeit von ihm fernhielt.

Philipp wartete nach dem Besuch der Messe in der Kirche, im Schatten einer Säule, an die er sich in seiner Müdigkeit lehnte wie der längst aus dem Kloster verschwundene Bruder Columban. Es wurde eine längere Wartezeit. Schließlich begann Philipp, ungeduldig auf und ab zu gehen, und er ertappte sich dabei, wie er mit der Faust nervös gegen die Säulen schlug, die er passierte. Endlich öffnete sich die Tür zum Inneren des Klosters und ließ zwei Gestalten herein. Philipp erkannte die schlaksige Gestalt von Johannes und neben ihm einen untersetzten Mönch. Als sie näherkamen, sah er die feine Webart der Kutte und das goldene Kreuz, das an einer schweren Kette von seinem Hals hing. Er brauchte nicht erst die Ringe an den Fingern zu sehen, um zu wissen, wen er vor sich hatte.

Johannes, der ein Bündel auf den Armen trug und ein ausdrucksloses Gesicht machte, deutete auf Philipp, wandte sich an seinen Begleiter und sagte. »Vater Abt, dies ist Philipp, der Truchseß des Herrn von Siebeneich.«
Der Abt starrte Philipp einen Moment lang an und streckte dann die Hand aus.
»Ehrwürdiger Abt«, sagte Philipp und küßte den Stein eines klobigen Rings.
»Ich habe gehört, du warst einst ein Novize dieses Klosters?« fragte der Abt. »Aber du hast die Welt draußen dem Dienst an Gott vorgezogen.«
Philipp öffnete den Mund und spürte zu seinem Erstaunen, wie ihm jemand sacht auf die Füße trat. Er warf Johannes einen Blick zu, aber das Gesicht des Kämmerers war regungslos. »Jeder dient Gott auf seine Weise«, sagte er schließlich nur und schluckte die geplante bissige Bemerkung hinunter.
»Das ist wahr. Nun, du hast nach meinem Kämmerer verlangt. Welches Anliegen führt dich hierher, mein Sohn?«
»Der Geistliche, den wir tot neben der Straße fanden, war der Kaplan von Philipps Herrn«, erklärte Johannes, ohne Philipp zu Wort kommen zu lassen. »Philipp ist hier, weil er an der Beerdigung nicht teilnehmen konnte. Er möchte sein Grab besuchen.«
Philipp versuchte, seine Überraschung zu überwinden. Johannes' dreiste Lüge, mit fester Stimme vorgetragen, hallte in der Kirche nach. Der Kämmerer machte eine unschuldige Miene und sah auf Philipp hinunter.
»Kaplan Thomas war sehr beliebt auf dem Besitz meines Herrn«, brachte Philipp hervor.
»Eine christliche Tat, sein Grab zu besuchen«, erklärte der Abt befriedigt. »Einer der Brüder wird dich auf den klei-

nen Friedhof führen, auf dem das Grab liegt. Mein Kämmerer ist leider unabkömmlich, so gern ich dich auch in seiner Obhut lassen würde.«
Philipp biß die Zähne zusammen und sagte möglichst unbefangen: »Jeder der Brüder hier im Kloster ist mir gleich lieb, um mich zur letzten Ruhestätte von Bruder Thomas zu bringen.«
Johannes nahm das Bündel unter seinem Arm und hielt es Philipp entgegen. Es war eine verschnürte Kutte.
»Philipp hat darum gebeten, die Kutte des Toten mitnehmen zu dürfen«, erklärte Johannes, dem Abt zugewandt. »Der Nachfolger von Bruder Thomas soll sie tragen.«
»Ja, wir wollen sein Andenken in Ehren halten«, stieß Philipp hervor. Der Abt sah ihn argwöhnisch an, aber dann lächelte er dünn.
»Die Erinnerungen an unsere Toten liegen nicht in irgendwelchen Dingen, sondern in der Liebe, die wir für sie empfanden«, sagte er belehrend. »Das einfache Volk jedoch braucht für gewöhnlich etwas, das es ansehen und anfassen kann. Du kannst die Kutte mitnehmen.«
Philipp streckte gefühllose Hände aus und nahm die Kutte entgegen. Johannes sah ihm in die Augen, ohne daß Philipp hätte lesen können, was er ihm mitzuteilen versuchte. Die Kutte war kratzig, mit der Leibschnur zusammengepackt und schwer. Sie roch vage nach feuchter Wolle. Man hatte das Blut herausgewaschen.
Der Abt hob Philipp wieder die Hand entgegen und nötigte ihm einen zweiten Kuß auf den Ring ab.
»Warte hier, mein Sohn, es wird gleich jemand kommen und dich geleiten«, sagte er. Dann nickte er Johannes zu und ging mit ihm wieder hinaus. Der Kämmerer drehte sich nicht mehr zu Philipp um; selbst, als er dem Abt die

Tür aufstieß und wartete, bis der kleinere Mann hindurchgegangen war, warf er ihm keinen Blick mehr zu. Er folgte dem Abt mit seinen langen Schritten und schien mit sich völlig im Gleichgewicht. Philipp aber verstand endlich, was der Blick des Kämmerers bedeutet hatte: Johannes war ein Gefangener.
Als er sicher war, allein in der Kirche zu sein, schnürte er das Paket auseinander. Wie er vermutet hatte, lag etwas darin: ein flaches Bündel Dokumente, oben und unten von einem bemalten Holzbrett zusammengehalten. Ein loses Pergament lag obenauf und flatterte zu Boden; Philipp tauchte hinterher und fing es auf.
Das einzelne Dokument war die Briefabschrift, die auf die Krönung des Karolus Maximus Bezug nahm. Philipp starrte verständnislos darauf. Schließlich drehte er das Pergament um. Johannes hatte in hastiger Hand auf die Rückseite gekritzelt: »Man sucht überall nach deiner Begleiterin. Bring sie so schnell wie möglich in Sicherheit. Leb wohl.«
Ein Mönch näherte sich ihm mit freundlichem Lächeln. Philipp schlug Pergament und Bündel wieder in die Kutte ein und folgte ihm zum Grab von Kaplan Thomas.

Der Aufbruch war hektisch; aber ihre Hektik ging im Trubel des Aufbruchs der Pilger unter, die nach der Prim ebenfalls die Kühle des frühen Morgens nutzen wollten, um weiterzureisen. Bastulf eilte auf Philipp zu, noch während dieser Galbert zu den Pferden schickte, und versuchte sich überschwenglich für die Bestie zu bedanken, die er zusammen mit seinen Helfern unter großen Mühen eingefangen hatte. Philipp schnitt ihm das Wort ab und bat ihn, nach Aude zu senden.

»Die Dame und das junge Mädchen, richtig«, stieß Bastulf hervor.

»Das junge Mädchen nicht«, erklärte Philipp.

»Wo soll sie bleiben?«

Galbert trottete über den Hof und rief Philipp zu, daß die Pferde bereit seien, Philipp rief zurück, er solle sie aus dem Stall holen und vor dem Tor mit ihnen warten.

»Bastulf, wir müssen so schnell wie möglich zum Hof meines Herrn«, sagte Philipp hastig. »Ich habe dir das Pferd gegeben. Tu du nun etwas für mich.«

»Alles, was du willst. Ich bin ein reicher Mann durch dich.«

»Du hattest recht, als du gestern sagtest, Dionisia sei krank. Aber ihre Krankheit sitzt hier.« Philipp drehte an seiner Stirn. »Sie muß in einen Frauenkonvent. Du mußt das veranlassen.«

»Aber warum ... ?«

»Ich kann sie nicht mitnehmen, und ich kann nicht hier warten, bis alle Formalitäten erledigt sind.«

Der Helfer, den Bastulf losgeschickt hatte, kam aus der Tür zum Frauentrakt, dicht gefolgt von einer der Mägde und von Aude. Sie sah zu Philipp hinüber und deutete auf den offenen Eingang. Philipp schüttelte den Kopf und winkte sie heftig zu sich. Ihr Gesicht spannte sich an, und sie raffte den Rock ihres Kleides hoch und eilte über den Westhof zu ihm.

»Du mußt zwei Dinge tun, Bastulf: Du mußt sie in einem Frauenkonvent unterbringen, und du darfst dort weder ihren Namen nennen noch woher sie stammt.«

»Ich weiß ohnehin nicht, wer sie ist!« klagte Bastulf.

»Außer, daß ihr Vater tot ist. Das hast du gestern gesagt.«

»Ja, und das reicht. Das Mädchen hat auch keine Mutter mehr. Sie hat nur noch zwei Freunde auf der Welt: mich

und dich. Und ich kann mich jetzt nicht ihrer annehmen. Du bist an der Reihe.«
»Aber weshalb der falsche Name ...«
»Ich will vermeiden, daß jemand sie findet und ihr etwas antut.« Bastulfs Augen wurden groß.
»Liebe Güte«, sagte er. »Wenn ihre Gesellschaft so gefährlich ist ...«
»... dann ist es am besten, du bringst sie so schnell wie möglich in ein Kloster.«
Bastulf warf unentschlossene Blicke zwischen Philipp und Aude hin und her und kratzte sich am Kopf. Philipp wandte sich ab und sah, wie Galbert mit den Pferden Audes und Philipps und seinem eigenen Maultier sich grob durch die im Hof umherwimmelnden Pilger drängte und seinen stampfenden, scheuenden Troß zum Tor zerrte. Aude schlang die Arme um ihren Oberkörper und musterte die Szene mit mißtrauischen Blicken.
»Also gut, ich mach's«, erklärte Bastulf, über seinen Entschluß offensichtlich nicht besonders glücklich. »Seit du zurückgekommen bist, hatte ich mehr Aufregung als all die Jahre vorher. Zuerst Johannes' merkwürdiges Gebaren, dann du ...«
»Was ist mit Johannes?« schnappte Aude.
»Später.« Philipp machte eine beschwichtigende Geste. »Bring das Mädchen in ein Kloster der Zisterzienserinnen, wo sie ihren Namen ablegen müssen; das verwischt die Spuren noch zusätzlich. Wenn sie dich nach ihrem wirklichen Namen fragen, sagst du, er laute ...«, Philipp fuhr ungeduldig mit den Händen durch die Luft, »... sag, sie heißt Frida.« Er grinste verzerrt und warf Aude einen Blick zu. »Das kann ich mir wenigstens merken. Die Pferde, die ich zurückgelassen habe, gehören ihr. Gib sie dem Kloster

als ihre Morgengabe. Dann werden sie dir ohnehin kaum noch irgendwelche Fragen stellen.«
»Sag mir wenigstens, warum man ihr etwas antun will«, rief Bastulf.
»Weil ihr Leben nur ein völlig unbedeutendes Fünkchen in einem Feuer ist, das bereits einige andere Leben verschlungen hat und das sich zu einem Flächenbrand ausweiten wird.«
»Ein Feuer? Aber wer schürt es denn?«
Philipp erinnerte sich an einen Ausspruch Minstrels. »Die Ratten«, sagte er grimmig.

Wegelagerer

Sie drängten sich mit den Pilgern zum Tor hinaus. Galbert befand sich abseits der Straße, saß bereits auf seinem Maulesel und blickte ihnen aufgeregt entgegen. Philipp sah, daß er unwillkürlich nach Dionisia Ausschau hielt. Er spürte die Berührung von Audes Körper an seiner Seite, die durch das Gedränge dicht an ihn gepreßt wurde. Sie schwieg, nachdem sie ihn zuerst mit Fragen überschüttet hatte. Diesmal hatte er ihr nichts verschwiegen. Angesichts der Tatsache, daß ihr Gefahr drohte, hatte sie nichts gesagt. Fast hatte Philipp erwartet, daß sie sagen würde, er und Galbert sollten sie allein lassen, da man offenbar nur nach ihr suchte, aber auch das hatte sie nicht getan. Philipp war froh darüber; es zeigte ihm, daß sie imstande war, die Situation richtig einzuschätzen und vor allem willens, ihn als Gefährten anzusehen. Sie hatte auch nicht die Richtigkeit von Johannes' Empfehlung in Frage gestellt, so wenig, wie Philipp dies tat. Wenn ihn eines davon überzeugt hatte, daß Johannes ihn nicht in die Irre schickte, dann war es die glatte Lüge gewesen, die der Kämmerer seinem Abt aufgetischt hatte. Er war aufgebracht und besorgt darüber, daß er mit Johannes nicht mehr hatte sprechen können. Er sagte sich vor, daß der Kämmerer vorsichtig genug gewesen war, sich nicht zu verraten. Und er fragte sich zum tausendsten Mal, woher die Gefahr drohte.
»Wo ist Radolfs Tochter?« fragte Galbert.

»Bastulf bringt sie ins Kloster.«
»Aber ich dachte, du ... ?«
»Wir können uns nicht mit ihr abschleppen. Bastulf kümmert sich um sie.«
»Vielleicht sagst du mir endlich mal, weshalb wir uns so beeilen müssen«, klagte Galbert.
»Man sucht nach mir«, erklärte Aude ruhig.
»Wer?«
»Ich weiß es nicht«, stieß Philipp hervor und schwang sich in den Sattel. Dann sprang er wieder ab und half Aude, sich in ihren Sattel zu setzen. Er biß die Zähne zusammen. Schnelligkeit war die eine Sache – Panik die andere. *Denk schnell, aber denk!* sagte er sich. »Die Kerle, die Minstrel jeden Finger einzeln gebrochen haben ...« Er starrte zu Aude nach oben und ließ die Schultern sinken. *Denk!* »Das wollte ich niemals sagen«, erklärte er betroffen.
Aude nickte. Um ihre Mundwinkel erschien ein harter Zug.
»Ich weiß, daß er keinen schönen Tod gestorben ist«, sagte sie.
»Das zu wissen und die Einzelheiten zu hören sind zwei Paar Stiefel«, brummte Philipp und kletterte endlich auf sein Pferd. Er überprüfte den Sitz des Bündels, in dem sich die Kutte des toten Kaplans und die Dokumente befanden.
»Wieder etwas, das Ihr mir ersparen wolltet.«
Sie überholen die meisten Pilger, die sich, je nach Laune, an den Rand der Straße drückten und sie passieren ließen oder sie dazu zwangen, durch den Feldrain zu galoppieren. Allen gemeinsam war ihnen, daß sie ihnen die Fäuste nachschüttelten und von dem hoch aufgewirbelten Staub der Pferdehufe wütend husteten. Einmal sah Philipp in weiter Entfernung eine kleine Gruppe Beritte-

ner durch die Felder preschen und fragte sich, ob er es ihnen nachtun sollte, aber die Verhältnisse abseits der Straße waren ihm unbekannt, und er beschloß, auf ihr zu bleiben. Sie kamen mit befriedigender Geschwindigkeit voran. Erst als sie zu einem Knüppeldamm kamen, der durch einen sich weit nach beiden Seiten erstreckenden Streifen sumpfiger Wiese führte, verlangsamte sich ihr Vorwärtskommen. Eine Masse von Pilgern balancierte vorsichtig über den Damm, und sie mußten warten, bis diese das andere Ufer erreicht hatten. Philipp richtete sich ungeduldig im Sattel auf und spähte, ob das Sumpfland doch irgendwo zu umgehen war. Das verräterisch hohe Gras mit den kümmerlichen Bäumen schien kein Ende zu nehmen – es mußte ein fast verlandeter Bach sein, der das Erdreich auf eine lange Strecke in einen trügerischen, nachgiebigen Schwamm verwandelt hatte. Vielleicht würde ihnen beim Durchqueren nicht mehr geschehen, als daß sie schmutzig wurden, aber sie konnten auch darin steckenbleiben. Während er unschlüssig überlegte und dabei nervös mit einer Faust auf den Oberschenkel trommelte, sagte Aude: »Ich sollte mich verkleiden.«
Philipp fuhr herum.
»Verkleiden?« echote er.
»Als ich nach Köln reiste, verkleidete ich mich als Mann, damit niemand auf dumme Gedanken kam. Es wirkte: Ich wurde nicht belästigt – außer vom Kaplan unseres Dorfes, der sich darüber ereiferte, daß eine Frau in Männerkleidern reiste.«
»Die Kutte«, rief Philipp. »Das ist es. Zieht die Kutte von Kaplan Thomas an. Darin erkennt Euch keiner.«
Aude zögerte nicht lange. Sie lenkte ihr Pferd vom Weg

herunter zu einem Gebüsch, das hart am Rand des Sumpfstreifens wuchs.
Philipp sprang aus dem Sattel und folgte ihr.
»Paß hier auf, daß niemand kommt«, sagte er zu Galbert. Dieser nickte ergeben und sank auf dem Rücken seines Maultiers zusammen.
Das Gebüsch war nur ein paar Schritte von der Straße entfernt.
Philipp wickelte die Kutte aus.
»Ihr müßt Euch ausziehen«, sagte er, »sonst schaut Euer Kleid unten und oben heraus.« Er raffte die Decke, in die die Kutte eingewickelt gewesen war, vom Boden auf und reichte sie ihr. »Die hier könnt Ihr Euch zum Schutz umwickeln.«
»Haltet sie mir«, sagte sie entschlossen. »An mir gibt es nichts zu sehen, was Ihr nicht schon kennt.« Sie trat hinter die Deckung, die Philipp linkisch in die Höhe hielt. Ihr Haar war zerzaust, als sie die Kappe abnahm und zu Boden fallen ließ. *Sie hatte noch nicht einmal Gelegenheit, den Witwenschleier anzuziehen*, dachte Philipp mit seltsamer Trauer. Während sie die Bänder an ihrem Oberteil bearbeitete, schlüpfte sie unten bereits aus ihren hohen Schuhen. Ihr Gesicht war gefaßt. Philipp sah, daß sie von den ungewohnt langen Aufenthalten in der Sonne Farbe auf Stirn und Wangen bekommen hatte und eine Anzahl Sommersprossen auf ihrem Nasenrücken aufgeblüht waren. Nach ein paar Sekunden wurde ihm klar, daß dies seit vorgestern der erste Moment war, den sie allein zusammen hatten. Bislang waren jedesmal Galbert oder der Leichnam Minstrels zwischen ihnen gewesen.
»Aude«, sagte er mit belegter Stimme. Sie sah nicht auf, aber sie schien seine Gedanken zu lesen.

»Sagt es nicht«, warnte sie ihn, während sie die Ärmel abstreifte und zu Boden warf.
»Aude«, wiederholte Philipp.
Sie nestelte verbissen an weiteren Bändern herum, aber dann ließ sie die Arme sinken und sah ihm ins Gesicht. Das halb aufgeschnürte Oberteil mit dem hervorquellenden Hemd und ihre nackten Arme rührten ihn. Ihre Augen waren groß und hell. Plötzlich wünschte er sich, er könnte die Decke fallen lassen und ihr Kleid wieder in Ordnung bringen, das Oberteil zuschnüren, die Ärmel festbinden und ihren Rock glattstreichen. Es war nicht richtig, daß sie in diesem Zustand im Gras stehen mußte.
»Warum mußt du es immer sagen?« flüsterte sie.
»Weil es alles ist, woran ich denken kann, wenn ich an dich denke. Aude, ich liebe dich.«
»Ich weiß«, sagte sie erstickt. Sie wandte sich hastig ab und zog sich weiter aus, ihre Finger ungeschickter denn je. Philipp beobachtete sie mit wehem Herzen. Als sie sich endlich von ihrem Kleid gelöst hatte und es zu Boden fallen ließ, um das Hemd abzustreifen, schloß er die Augen. Er hörte sie rascheln und seufzen, als sie sich nackt in die kratzige Kutte hineinwand, aber er tat keinen Blick.
»Ich bin fertig«, sagte sie schließlich. Sie hatte bereits die Kapuze übergestreift. Alles, was man von ihrem Gesicht sah, waren ihr Mund und ihr Kinn, der Rest lag im Schatten des groben Stoffes. Thomas' Kutte reichte ihr nicht ganz bis zu den Knöcheln. Erst jetzt fiel Philipp auf, wie groß sie war. Ihre schlanken Fesseln und bloßen Füße waren schneeweiß unter dem ausgefransten Rand der Kutte. Zu spät fiel ihm ein, daß ihm Johannes die klapprigen Sandalen des Toten nicht mitgegeben hatte.

»Wie die Künstlervorlage für das Wandgemälde einer Barfüßerkapelle«, sagte er mit schiefem Grinsen.
»Ihr könnt die Decke wieder herunternehmen«, erwiderte sie und stapfte vorsichtig mit ihren nackten Füßen an ihm vorbei. »Wickelt mein Kleid darin ein.«
Galbert lachte, als sie wieder aus dem Gebüsch hervortraten, bis Philipp ihm klarmachte, daß er seinen Platz auf dem Maultier mit Aude zu tauschen und statt dessen ihr Pferd zu reiten habe.
»Es ist eine Stute«, beschwerte er sich.
»Ja, deshalb müßt ihr tauschen. Hast du schon einmal einen Mönch auf einer Stute gesehen?«
»Hast du schon einmal einen Knecht auf einer Stute gesehen?«
»Nein, aber einen Knecht zu Fuß habe ich schon gesehen. Mach jetzt endlich, daß du in den Sattel kommst, wenn du nicht hinter uns herlaufen willst.«
Galbert schwang sich fluchend auf den Rücken der Stute und quetschte sich in Audes schmalen Sattel. Aude stand unschlüssig neben dem Maultier, unsicher, wie sie es besteigen sollte. Dann bückte sich Philipp neben ihr und machte aus seinen Händen einen Steigbügel. Das rauhe Fell des Maultiers berührte die empfindliche Haut an der Innenseite ihrer Oberschenkel, und sie saß ohne schützenden Stoff dazwischen direkt auf dem warmen Leder des Sattel. Es war ein ungewohntes Gefühl. Sie rutschte im Sattel hin und her und versuchte, ein wenig Stoff von der Kutte unter ihren Schritt zu schieben, aber die kratzige Wolle war noch unangenehmer. Galbert beobachtete sie mit nachdenklichem Gesicht, und sie fragte sich, ob seine Gedanken bei ihren Beinen waren, die fast bis zu den Knien hinauf entblößt waren.

Noch bevor sie verlegen werden konnte, tat er etwas Erstaunliches: Er grinste und machte das Kreuzzeichen, wie man es tat, wenn man einem echten Mönch begegnete. Die Geste war so ähnlich den Gesten, mit denen Philipp verlegene Momente zu überspielen versuchte, daß Galbert sie nur von ihm abgeschaut haben konnte.

»Der Damm ist frei; reiten wir weiter«, sagte Philipp und warf Aude noch einen Blick zu. »Geht's, Bruder Aude?« fragte er dann.

»Ihr werdet was zu beichten haben, wenn wir angekommen sind«, sagte sie und trieb das Maultier an.

Nicht lange danach holten sie die Pilger wieder ein. Einige Dutzend Schritte voraus beschatteten zwei hohe Eichen mit dichtem Gebüsch um ihre Stämme herum den Weg, und die Reisenden schienen sich dort im Schatten zu drängen. Die Sonne war auf dem Weg zu ihrem Zenit, und die Luft flirrte über den Wiesen und Feldern. Der Wegpunkt lag in einer Biegung der Straße, in einem Gelände, in dem Wiesen, Brachland und Hecken überwogen. Philipp wollte sein Pferd vom Weg herunter treiben, als einer der Pilger, die am Ende des Gedrängels standen, ihn aufhielt.

»Ihr müßt hier durchreiten«, erklärte er.

»Und wer sagt das?« erkundigte sich Philipp unfreundlich.

»Man wird dort vorne kontrolliert.«

Philipp und Galbert wechselten einen raschen Blick. Aude versuchte, nicht unter der Kapuze hervorzuspähen. Sie versteifte sich.

»Von wem?« rief Galbert.

Der Pilger hob die Schultern. »Wahrscheinlich Bewaffnete des Herrn, dem das Land gehört. Es heißt, daß jede Menge Wegelagerer hier ihr Unwesen treiben; vielleicht suchen sie nach diesen.«

»Man sucht nach vier Berittenen, zwei Männern und zwei Frauen – oder Kerlen, die sich als Frauen verkleidet haben«, meldete sich ein zweiter Pilger. »Ich hab's von Gefährten, die weiter vorne sind. Jeder wird ganz genau angesehen. Ich sage Euch, die Gesetzlosen, nach denen die suchen, laufen nicht mehr lange frei herum. Die tun ihre Arbeit gründlich.«
Philipp beglückwünschte sich zu dem Einfall, Dionisia in Bastulfs Obhut gelassen zu haben. Er verstand nicht, woher die Männer, die dort vorne die Pilgergruppen kanalisierten, wußten, daß sie zu viert gewesen waren, bis ihm klarwurde, daß sie es nur im Kloster erfahren haben konnten. Gleichzeitig ahnte er, daß er die Gesichter der Bewaffneten kannte. Einer davon hatte einen kurz gebissenen Daumennagel. Er fragte sich, warum sie sie nicht im Kloster ergriffen hatten, aber die Antwort darauf war einfach: Sie waren ihnen kurz vorher entkommen. Es hatte wohl eine Weile gedauert, bis sie herausgefunden hatten, daß sie ihnen die ganze Nacht über nahe gewesen waren. Die Sorge um Bastulf und Dionisia stieg heiß in Philipp auf, aber er mußte sie unterdrücken. Was immer geschehen war, es war ihnen bereits geschehen; und die Aussichten standen gut, daß überhaupt nichts geschehen war. Man suchte nach Aude Cantat, der Frau des verstorbenen Sängers und Diebs Minstrel, und nicht nach einer apathischen jungen Frau, die willenlos und schweigsam dort sitzenblieb, wohin man sie setzte.
Die Berittenen, die abseits des Weges an ihnen vorbeigaloppiert waren, waren die Männer gewesen, die jetzt dort vorn die Sperre errichtet hatten; das war Philipp klar. Die Reiter hatten den einfachsten Weg gewählt: ihnen den Weg abzuschneiden. Auf der Straße auf und ab zu reiten wäre

reine Zeitverschwendung gewesen und hätte zuviel Aufsehen erregt. Sie waren der Meinung, daß ihre Beute nicht wußte, daß man nach ihr suchte, und entsprechend leicht in die Falle tappen würde – so wie sie nicht wußten, daß sie nicht mehr zu viert waren. Das sprach dafür, daß sie gar nicht auf den Gedanken gekommen waren, Bastulf in die Mangel zu nehmen – und auch, daß Johannes sie gewarnt hatte, schien noch unentdeckt zu sein. Philipp hoffte zumindest, daß es sich so verhielt.
Er sah zu Aude hinüber, aber diese gab durch nichts zu erkennen, woran sie dachte. Sie saß aufrecht im Sattel und wirkte in der groben Wollkutte wie ein besonders schlanker, feingliedriger Mönch. Er sah, daß die Augen der Pilger, die mit ihm gesprochen hatten, auf ihren Beinen ruhten, und lenkte sein Pferd zu ihr hinüber.
»Ihr müßt Eure Beine verstecken«, raunte er. »Sie verraten Euch.«
Aude zog die Beine an und zerrte die Kutte darüber, ohne ihm zu antworten. Philipp drehte sich zu Galbert um und machte eine Kopfbewegung. Galbert interpretierte sie richtig; er trieb sein Pferd an und drängelte sich durch die Masse der Pilger. Die Menschen wichen ärgerlich aus. Galbert entschuldigte sich nach allen Seiten. Philipp und Aude folgten ihm, bis Philipp ihn zum Halten aufforderte. Sie befanden sich inmitten der Menge, die wartete, durch die Sperre gelassen zu werden. Er hoffte, hier weniger aufzufallen als am Ende des Zuges. Die Leute um sie herum murrten und sahen sie aufgebracht an, aber die Anwesenheit des vermeintlichen Mönchs verhinderte, daß sie rabiat wurden. Galbert beugte sich zu Philipp herüber.
»Sollten wir absteigen?« schlug er vor. Philipp dachte an Audes verräterische bloße Füße und schüttelte den Kopf.

Die Kontrolle ging langsam; jeder Pilger schien genau angesehen und befragt zu werden. Sie konnten nichts tun, als abzuwarten und sich mit dem langsamen Vorwärtsrücken der Menge schieben zu lassen. Philipp fühlte, wie sein Herzschlag stetig an Geschwindigkeit zunahm. Er trommelte mit den Fingern auf den Sattelrand, bis Aude sich räusperte. Sie warf ihm aus der Tiefe ihrer Kapuze einen Blick zu und raunte: »Ihr macht mich noch nervöser mit Eurer Zappelei, als ich es ohnehin bin.«
Philipp winkte brummend ab.
»Kommen wir durch?« fragte sie leise.
Er nickte und schluckte heftig. »Natürlich«, erwiderte er und fühlte sich selbst bei weitem nicht so sicher. Die Menge verschob sich wieder, als eine Handvoll Pilger auf einmal durchgelassen wurde. Philipp und Aude waren jetzt dicht nebeneinander, Galbert plötzlich hinter ihnen. Philipp wandte sich zu ihm um. »Laß dich nicht abdrängen«, sagte er. »Wenn etwas schiefgeht, müssen wir beisammenbleiben.« Galbert nickte.
Schließlich waren sie nahe genug, daß Philipp die Gesichter im Schatten erkennen konnte. Es waren die fünf Männer, die gestern nach Einbruch der Dunkelheit ins Kloster gekommen waren. Er blinzelte und fühlte, wie sein Herzschlag noch einmal schneller und lauter wurde. Wieder passierte eine Handvoll Pilger die Kontrolle. Philipps Oberschenkel begannen zu jucken. Die zwei Knappen – oder wer immer sie waren – hielten die Reisenden auf, während die drei Bewaffneten sie befragten und ihnen Hüte, Kapuzen und Mützen von den Köpfen zupften, um ihre Gesichter zu sehen.
Dann sah er, wie eine zart gebaute Gestalt im Pilgermantel mit tief ins Gesicht gezogener Kappe grob gepackt und

zwischen den Beinen befühlt wurde. Die Gestalt quiekte entsetzt und offenbarte nach dem Verlust ihrer Kappe einen halbwüchsigen Jungen, zu dessen Rettung ein erwachsener Mann eilte. »Laßt meinen Sohn in Ruhe!« rief er wütend.

»Ich dachte, da steckt ein Kätzchen darunter«, erklärte der Mann, der den Jungen gepackt hatte. Er überreichte ihm mit spöttischer Höflichkeit die Kappe, die der Junge bebend überzog. Danach wurde der Vater abgefertigt. Er schien dem Bewaffneten, der seinen Sohn ergriffen hatte, eine Drohung zuzuraunen, denn dieser fletschte die Zähne und gab ihm einen plötzlichen Tritt in den Hintern, daß der Vater nach vorn stolperte und neben der Straße ins Gebüsch fiel. Die Pferde der Bewaffneten, die dort zwischen den Büschen standen, wieherten erschrocken auf und stampften auf die Straße hinaus, bis einer der Knappen sie zurückdrängte.

»Erzähl meinem Herrn auch von dem Tritt, dann gibt er dir gleich noch mal einen«, rief der Bewaffnete. »Und jetzt schwing deinen Hintern aus meinem Gesichtsfeld und nimm deine kleine Kröte mit!« Philipp starrte zu der Stelle, an der sich die Pferde befanden.

Er fühlte sein Herz lauter denn je schlagen; unter den Tieren der Bewaffneten konnte er deutlich die Bestie ausmachen. *Bastulf*, dachte er entsetzt.

»Na, was ist denn?« rief eine laute Stimme, und Philipp erkannte, daß die Reihe an ihnen war. Er trieb sein Pferd mit fühllosen Händen voran in den Schatten unter den Bäumen hinein.

»Vielleicht möchte man so freundlich sein abzusteigen?« fragte der Bewaffnete, der den Vater getreten hatte, mit ungeduldiger Stimme und gebleckten Zähnen. Philipp glitt

vom Pferd und trat einen Schritt beiseite. Der Mann, der gestern der Anführer der Bewaffneten gewesen war, erhob sich von seiner sitzenden Position am Stamm der einen Eiche und schlenderte zu ihm herüber.
»Woher, wohin, welcher Name?« fragte sein Gefährte gelangweilt, während der Anführer Philipp mit zusammengekniffenen Augen musterte und einmal um ihn herumging. »Haben wir uns schon mal gesehen?« erkundigte er sich dann mißtrauisch.
»Ich weiß nicht«, hörte sich Philipp mit verstellter Stimme sagen.
»Kann es sein, daß ich schon einmal vergeblich versucht habe, Euch Lesen und Schreiben beizubringen?«
Der Anführer der Bewaffneten trat einen Schritt zurück und machte ein überraschtes Gesicht, das sich im nächsten Moment verfinsterte.
»Kerl, was willst du damit sagen?« knurrte er.
Philipp bewegte die Schultern, als wäre es ihm lästig zu antworten.
»Nun, aber es ist doch so, daß ich den Töchtern des Herrn von Eller die edle Kunst des Lesens und des Schreibens beibringe, und da dachte ich, vielleicht hättet Ihr auch einmal versucht, in diese Geheimnisse vorzudringen. Das Leben eines Scholars wird von solchen gescheiterten Existenzen gesäumt, wißt Ihr.«
Der Bewaffnete klopfte ihm hart auf die Brust, aber jetzt grinste er. Philipp hustete erwartungsgemäß und rieb sich die Stelle. »Ihr habt aber auch alle Kraft in den Pfoten«, beklagte er sich.
»Und die Pfoten werden dir gleich den Hals umdrehen, du gescheiterte Existenz«, sagte der Bewaffnete lachend. »Woher kommst du, und wo willst du hin?«

»Ich will nach Hause zu meinem Herrn, um meine Dienste wieder aufzunehmen, was dachtet Ihr denn? Die Welt muß von den *illiteratii* befreit werden.«
»Was machst du, wenn du keine schlauen Reden schwingst?« rief einer der anderen Bewaffneten. »Hältst du deinem Herrn den Arsch hin, wenn seine Gemahlin keine Lust auf ihn hat?« Die fünf Männer grölten vergnügt.
»Also, woher kommst du, mein Vögelchen?« fragte ihr Anführer nochmals.
»Aus dem Kloster Sankt Peter ...«
»Da hab' ich dich gesehen. Ich wußte doch, daß mir deine Larve bekannt vorkam.«
»Ich kann mich an Euch leider nicht erinnern«, erklärte Philipp verschnupft.
»Ja, ich hab' schon gesehen, daß du deine fünf Sinne nicht immer beieinander hast. Du kannst passieren.«
Philipp kletterte in den Sattel und wandte sich zu Aude um, die die Szene wie versteinert beobachtet hatte.
»Kommt, junger Herr, diese Gestalten sagen, wir können gehen.«
»Du kannst gehen. Das Mönchlein bleibt«, sagte der Anführer hart.
»Aber das ist mein junger Herr!«
»Der Herr von Eller?« Der Anführer wandte sich zu seinen Kumpanen um. Alle fünf schienen offenbar hocherfreut, daß Philipp endlich Abwechslung in ihre Tätigkeit brachte. »Etwa der, dem du den Hintern hinhältst?« Die anderen Bewaffneten prusteten vergnügt.
»Nein, sein jüngster Sohn«, erklärte Philipp mit Entrüstung in der Stimme.
Der Anführer machte einen Schritt auf Audes Maultier zu. Er kniff die Augen zusammen und fragte: »Warum reitest

du auf einem Maultier und der Trottel dort drüben auf einem Pferd, wenn dein Vater der Herr ist?«

»Weil er Demut und Bescheidenheit gelobt hat«, sagte Philipp, als ob dies nur dem Dümmsten nicht von vornherein klar gewesen wäre. Der Anführer der Bewaffneten wandte sich ihm zu und stieß gereizt hervor: »Sing nur, wenn du was gefragt wirst, Vögelchen. Oder kann dein junger Herr nicht sprechen?«

»Natürlich kann er sprechen. Aber mittlerweile hat das Fieber seine Zunge so stark anschwellen lassen, daß er sie nicht mehr zu bewegen vermag, deshalb redet er nicht.«

Der Anführer, der noch einen Schritt auf Aude zugegangen war, blieb abrupt stehen.

»Was für ein Fieber, zum Teufel?« fragte er rauh.

»Ich weiß nicht. Er hat es sich im Hospital von den anderen Brüdern geholt, die er dort gepflegt hat. Ich glaube, ein paar von ihnen sind schon gestorben.«

Die fünf anderen Männer zogen Gesichter. Der Anführer stand immer noch an der Stelle, an der Philipps Worte ihn aufgehalten hatten. Sein nachdenklicher Blick ging von Aude zu der Hand, mit der er Philipp vor die Brust geklopft hatte. Langsam wischte er sie an seiner Hose ab.

»Das mit der Zunge ist noch gar nicht so schlimm«, plapperte Philipp weiter. »Ihr solltet mal seine Beine sehen: voller Beulen und blutigem Schorf seit zwei Tagen. Sobald er die Kutte wegzieht, stürzen sich die Fliegen darauf. Ekelhaft, sage ich Euch.«

Der Anführer der Bewaffneten sprang zurück.

»Warum hast du das nicht eher gesagt, du hirnloser Esel?« rief er und fuhr zu Philipp herum. Er hob eine Hand, als ob er ihn schlagen wollte, aber dann überlegte er es sich

anders. Die Hand blieb in der Luft hängen, bevor er sie wieder herunternahm.
»Hier kommt man ja nicht zu Wort«, versetzte Philipp. »Wenn Ihr mich hättet ausreden lassen, hätte ich Euch gesagt, daß ich den jungen Herrn nach Hause bringe, weil sein Vater einen bekannten Bader auf seinem Hof beherbergt, der den jungen Herrn kuriert.«
»Verschwindet bloß von hier!« zischte der Anführer.
»Was ist mit dem Knecht dort drüben?« fragte Philipp unschuldig und deutete auf Galbert. »Er gehört auch zu meinem jungen Herrn ... er hilft ihm aufzusteigen.«
»Macht, daß ihr weiterkommt, alle miteinander!« brüllte der Anführer der Bewaffneten. Philipp winkte Galbert zu und kletterte mit weichen Beinen in den Sattel. Es schien ihm, als hätte sein Körper kein Gewicht, und sein Kopf war voller Luft. Aude trieb geistesgegenwärtig ihr Maultier an und war schon jenseits des Schattens auf der Straße, noch bevor Philipp im Sattel angelangt war. Er packte die Zügel mit tauber Hand, hörte hinter sich die Hufe von Galberts Pferd und ritt ebenfalls in die Sonne hinaus. Das Licht blendete ihn. Er vernahm das Rascheln, mit dem jemand hinter ihm aus seiner sitzenden Position aufsprang.
»Die Stute!« rief eine Stimme. »Sie trägt das Zeichen des verdammten Franken.« Philipp drehte sich um. Der Schwindel in seinem Kopf verflüchtigte sich, aber er verflüchtigte sich zu langsam.
Er sah, wie einer der beiden Knappen neben dem Weg stand und mit ausgestrecktem Arm auf Galberts Reittier deutete. Galbert hatte vor Schreck die Zügel angezogen. »Sie hat dasselbe Zeichen auf der Flanke wie dessen Gaul.« Philipp hörte Aude hervorstoßen: »O nein.« Er sah, wie der Knappe in die Zügel griff und sie Galbert aus der Hand

riß. Alle Bewaffneten sprangen auf und starrten entweder zu Galbert oder zu ihm und Aude. Von den Pilgern, die auf der anderen Seite warteten, ging ein Aufseufzen aus. Er sah, wie Galbert mit verzerrtem Gesicht einen Fuß hob und ihn dem Knappen genau auf die Nase setzte. Der Mann ließ die Zügel fahren und taumelte zu Boden. Jetzt war der Schwindel endgültig gewichen. Philipp fuhr herum.

»Reite los!« brüllte er mit sich überschlagender Stimme zu Aude. Er sprengte in das Gebüsch hinein, in dem die Pferde der Bewaffneten standen. Die Tiere sprangen erschrocken auseinander, wieherten und keilten aus. Er sah die Bestie, die an einen Baum gebunden war und wild backend nach hinten ausschlug. Das Messer schien in seine Hand zu fliegen, und er versuchte, die Zügel zu durchtrennen, die das Tier festhielten. Die Bestie wieherte mit rollenden Augen und riß an den Lederbändern. Die anderen Pferde sprangen wie wild im Gebüsch herum; Zweige und Blätter wirbelten durch die Luft. Plötzlich rissen die Zügel, und das mächtige Tier machte einen Satz nach hinten und stieg mit wirbelnden Hufen in die Höhe, dann donnerte es auf die Straße zu. Die anderen Pferde folgten im selben Augenblick; selbst Philipps Gaul wurde von der Aufregung mitgerissen und trug ihn auf die Straße und dem großen Pferd hinterher, bevor er ihn wieder im Griff hatte. Die Pferde der Bewaffneten sprangen wild bockend und in vollem Galopp durch das nächste Feld und auf einen nahen Waldrand zu. Philipp warf den Kopf herum.

Die Bewaffneten hatten Galbert von seinem Pferd gezogen, aber jetzt starrten sie sprachlos ihren fliehenden Gäulen nach.

»Lauf, Philipp, lauf«, kreischte Galbert und trat einen der

Männer ins Gemächt, bevor ihn die anderen wieder halten konnten. Die Blicke der Bewaffneten flogen Philipp zu. Er hörte, wie der Anführer vor Wut aufheulte.
Philipp riß sein Pferd herum und setzte Aude nach, die nur noch eine Staubwolke hinter der nächsten Straßenbiegung war. Er hörte die Schreie hinter sich und wußte, daß Galbert derjenige war, der am lautesten schrie.

Er holte Aude nach ein paar Minuten ein.
»Wo ist Galbert?« rief sie keuchend.
»Sie haben ihn«, stöhnte Philipp.
»Es ist meine Schuld. Ich habe nicht mehr an unser Brandzeichen gedacht.«
»Es ist nicht deine Schuld. *Ich* habe ihn im Stich gelassen«, stieß Philipp hervor.
»Du konntest nichts tun. Sie hätten dich auch gefangen.«
»Ich weiß!« schrie Philipp. »Aber das macht es auch nicht besser.« Er zog an den Zügeln, und sein Pferd fiel in einen leichten Trab. Audes Maultier, bereits keuchend und schäumend, tat es ihm bereitwillig nach. Philipp versuchte angestrengt, Luft zu bekommen. »Ich habe ihre Pferde verscheucht«, sagte er abgehackt zwischen hastigen Atemzügen. »Es wird eine Weile dauern, bevor sie uns folgen können. Bis dahin muß uns was eingefallen sein. Wir kommen niemals bis Köln oder gar zu meinem Herrn, bevor sie uns eingeholt haben.«
»Wir müssen uns verstecken.«
»Hier ist weit und breit nichts außer ein paar Bauernhütten, und die werden sie alle durchsuchen.« Er sah auf. »Ich weiß, was wir tun. Halt an.«
Audes Maultier blieb mit zitternden Beinen stehen. Phil-

ipp sprang vom Pferd. Er sah, wie Aude sich an der Kruppe des Maultiers festhielt und langsam von seinem Rücken glitt. Die Kapuze war zurückgeflogen, und ihr Gesicht glänzte vor Schweiß. Sie verzog den Mund und hob die Kutte hoch, um auf ihre Beine zu blicken.
Die Innenseiten beider Waden brannten aufgescheuert rot. Sie hob den Kopf und sah Philipp ins Gesicht, dessen Blick auf dem Weg zurückirrte. Sie hörte, wie er murmelte: »Galbert, verdammt noch mal.«
Sie trat einen Schritt auf ihn zu und faßte mit beiden Händen an seinen Kopf. Sie zwang ihn dazu, sie anzusehen.
»Du hast das Richtige getan. Er hat uns Zeit erkauft. Nutzen wir sie.«
»Ich habe ihn zurückgelassen.«
»Er ist zurück*geblieben.* Das ist etwas anderes. Laß seine Tat jetzt nicht vergebens sein. Was hattest du für eine Idee?«
Sie konnte sehen, wie er sich förmlich dazu zwang, seine Gedanken auf sie zu richten. Als sie ihre Hände wegziehen wollte, hielt er sie an den Handgelenken fest. Mit Erstaunen sah sie, daß seine Augen feucht waren. »Ich dachte manchmal, wenn ich einen jüngeren Bruder hätte, wäre er wie Galbert«, flüsterte er. Als sie glaubte, er würde den Tränen nachgeben, hob er das Gesicht in den Himmel und schloß die Augen. Sie hörte ihn tief und zitternd Atem holen.
»Keine Zeit. Du hast recht«, stieß er hervor. »Paß auf. Wir machen folgendes. Hier, schneide den Strick, mit dem ich dein Kleid eingerollt habe, in zwei Teile.« Er reichte ihr das Messer und sah sich suchend auf dem Boden um. Während Aude, ohne ihn nach seinem Plan zu fragen, den dünnen Strick entzweischnitt, der die Decke zusammenhielt, lief Philipp durch die Wiese neben dem Weg. Plötzlich

bückte er sich, riß an etwas und trat mit den Füßen zu. Mit einer großen Distel in der Hand und an einem blutigen Finger saugend, kehrte er zurück.
»Wo ist der Strick?«
Er nahm das kürzere Ende und knotete die Distel hinein.
»Gib mir das Kleid.« Sie zuckte mit den Schultern und reichte es ihm samt Hemd. Er warf ihr das Hemd zurück.
»Zieh es unter die Kutte«, sagte er. »Jetzt ist es schon egal. Die Wolle kratzt dann nicht so.«
Aude schlüpfte kurz entschlossen aus der Kutte und streifte sich das Hemd über, während Philipp das Kleid zu einem unordentlichen Bündel zusammenpackte. Sie seufzte erleichtert, als sie den kühlen Stoff spürte. Philipp umwickelte das Kleid nachlässig mit dem Strick und knotete ein Ende davon fest um den Sattel des Maultieres. Dann nahm er den kürzeren Strick mit der Distel und stieg wieder in den Sattel seines Pferdes.
»Bevor wir an die Wegkreuzung nach Köln kommen, erreichen wir einen kleinen Bach«, sagte er. »Dort lassen wir das Maultier frei. Es wird nach Hause laufen. Wir selbst nehmen beide mein Pferd und reiten in dem Bach in die andere Richtung. Dann können sie unsere Spuren nicht sehen.«
Aude nickte und kletterte wieder auf das Maultier. Sie hielt ihr Kleid vor sich auf dem Sattel fest und folgte dem hastigen Trab, den Philipps Pferd anschlug. Sie war froh, als sie den Bach erreichten.
»Warte hier«, sagte Philipp. Sie sprang ab. Philipp nahm die Zügel des Maultiers und ritt mit ihm weiter. Sie setzte sich neben der Straße auf den Boden und hielt die Beine ins Wasser des Baches.
Das kühle Wasser prickelte und schmerzte an den aufge-

riebenen Stellen. Nach Philipps Weggang war es still. Sie konnte das Gluckern des Baches und die Vögel hören. Sie lauschte, aber noch waren keine Verfolger zu hören. Galbert kam ihr in den Sinn, und ohne daß sie es wollte, stiegen ihr Tränen in die Augen. Sie weinte, ohne zu wissen, ob sie um den Knecht oder um den Schmerz in Philipps Augen weinte oder weil sie wußte, daß die Vorwürfe, die Philipp sich machte, die gleichen waren, die sie sich selbst wegen Geoffrois Tod machte. Als sie die Hufe von Philipps Pferd hörte, wischte sie sich die Tränen aus dem Gesicht und stand auf. Philipp sprengte auf sie zu und streckte die Hand aus, ohne abzusteigen.

»Komm. Das Pferd trägt uns beide ohne Probleme«, sagte er.

»Bist du sicher, daß das Maultier nicht nach ein paar Meilen anhält?«

»Ziemlich sicher.« Philipp nickte grimmig. »Ich habe ihm die Distel an den Schwanz gebunden.« Aude verzog das Gesicht.

»Wo ist mein Kleid?«

»Das wird über kurz oder lang von dem Maultier herunterfallen; ich hoffe, genau dann, wenn die Kerle sich zu fragen beginnen, ob wir wirklich in Richtung Köln geritten sind.«

»Und wohin reiten wir tatsächlich?«

»Dorthin, wo uns niemand vermuten würde und wo der einzige Platz ist, an dem uns mein Herr finden kann. Radolfs Haus.«

Dunkelheit fiel, lange bevor sie das verlassene Dorf erreichten, aber sie hielten nicht an. Die Gefahren der nächtlichen Reise schienen lächerlich im Vergleich zu ihrer Flucht vor den Männern unter den Eichen; und tatsächlich, als wollte der Wald ihnen dabei zustimmen, war ein über den Weg huschendes Wiesel das Gefährlichste, was ihnen begegnete. Das Pferd stapfte schwer mit seiner doppelten Last und war zu nichts schnellerem als einem leichten Trab zu bewegen, was Philipp, der hinter dem Sattel auf dem Rücken des Tieres saß, bald zu schätzen wußte. Sie sprachen kaum miteinander. Aude schwieg aus Erschöpfung, Philipp aus Furcht, das zarte Band, das ihre gemeinsame Flucht über die Kluft zwischen ihnen gewoben hatte, mit unbedachten Worten wieder zu zerreißen. Neben dieser Furcht verspürte er eine immense Wut darauf, daß er Galbert zurückgelassen hatte. Er hatte auch Johannes zurückgelassen, aber der Kämmerer machte den Eindruck, daß er sich selbst schützen konnte. Galbert hingegen ... und dann: Bastulf. Sie hatten ihm die Bestie abgenommen, offensichtlich im Wissen, daß sie Ernst gehört hatte. Woher sie dieses Wissen bezogen, war ihm schleierhaft. Was hatten sie mit Bastulf angestellt, nachdem er das Pferd hatte herausgeben müssen? *Und was ist Dionisia geschehen?* fragte er sich gleich danach. Seine einzige Hoffnung gründete sich darauf, daß sie innerhalb der Klostermauern geschützt war. Was allerdings passiert sein mochte, falls die Männer sie aus dem Kloster verschleppt hatten, daran wagte er kaum zu denken und noch weniger daran, was es in diesem Fall bedeuten mochte, daß Dionisia bei den Eichen nicht mehr bei ihnen gewesen war. *Es ist so wenig Zeit gewesen zwischen unserer Flucht und dem Vorfall bei den Eichen,* sagte er sich, *sie hatten keine Gelegenheit, ihr etwas anzutun.* Aber er wußte, daß es nur eines Augenblicks bedurfte, um ein Leben zu beenden. Er versuchte, all diese

Gedanken beiseite zu schieben, aber er wurde das Gefühl nicht los, daß er alles falsch gemacht hatte. Er war froh um die leise Berührung von Audes Körper vor ihm auf dem Sattel. Außerhalb des Waldes beschien der Mond die Felder, beinahe ebensogroß wie vorgestern, als sie sich geliebt hatten, und unabhängig voneinander verglichen sie den silbrigen Glanz des Lichts auf dem vom Wind bewegten hohen Korn mit dem Flirren des Flusses.
Philipp hielt das Pferd an, als sie zwischen den ersten Hütten ankamen. Er drehte den Kopf hin und her. Das Pferd stampfte und schnaubte, aufwirbelnde Wolken vor seinen Nüstern. Auf dem freien Feld war es fast ebenso kühl wie am Ufer des Flusses. Aude rieb ihre Arme und flüsterte: »Was ist los?«
»Riechst du es nicht?«
»Ich rieche das Korn und den Staub der Straße.«
»Ich dachte, ich hätte Rauch gerochen.«
Aude spähte über das helle Band hinweg, das die Straße ausmachte. Die Hütten warfen kurze schwarze Schatten darüber oder saßen in ihren eigenen tiefen Schattenpfützen, hell schimmernde Dächer und lichtlose Flanken.
»Woher sollte der Rauch kommen? Meinst du, die Bewohner sind zurückgekehrt?« Sie unterzog die Straße einer erneuten Musterung. Schließlich schaute sie nach oben. Der niedrige *donjon* von Radolfs Haus stanzte einen finsteren Umriß in den vage schimmernden Dunststreifen über dem Horizont. »Es ist nirgendwo Licht zu sehen.« Sie stellte fest, daß sie weiterhin flüsterte, aber Philipp tat es ihr nach.
»Ich habe keine Ahnung«, raunte er und schnupperte angestrengt. »Jetzt rieche ich es auch nicht mehr. Sollen wir weiterreiten?«

»Wenn es eine Gefahr gibt, liegt sie hinter uns, nicht vor uns«, erinnerte sie ihn. Sie spürte, wie er mit den Schultern zuckte. Seine Arme faßten vorsichtig an ihrem Körper vorbei und hielten die Zügel.

Der Lagerschuppen war ein größerer Schatten unter den geduckten Hütten um ihn herum. Sie achtete nicht darauf, bis sie bemerkte, wie Philipp im Vorbeireiten den Kopf drehte. Sie drehte sich um und versuchte ihm ins Gesicht zu sehen. Seine Augen waren zusammengekniffen.

»Das Wiesel ist weg«, murmelte er.

»Was?«

»Das gekreuzigte Wiesel an der Schuppentür. Es ist weg.«

Unwillkürlich zügelte er das Pferd wieder. Sie spürte die Steifheit in seinen Armen.

»Es wird heruntergefallen sein«, beruhigte sie ihn.

»So wie die zwei Geldverleiher bald vom Galgen fallen werden«, flüsterte er heiser. Sie zuckte zusammen.

»Was bedeutet es schon, wenn das Wiesel nicht mehr an der Tür hängt?« fragte sie.

»Ich weiß es nicht. Es hing noch dort, als wir das Dorf verließen.«

»Komm schon. Ich bin sicher, es liegt unten auf dem Boden. Dort ist alles schwarz vor Dunkelheit.« Sie hatte keine Erinnerung mehr an das tote Tier, aber jetzt drängte sich ihr das Bild eines kleinen, flachen Körpers mit mattem Fell auf, in dem Maden wimmelten. Sie hieß das Bild dennoch willkommen: Es verdrängte die Abbilder der gehängten Juden, die sie nach Philipps heiseren Worten in ähnlicher Lage gesehen hatte.

»Wir hätten nicht hierherkommen sollen«, brummte Philipp, aber er trieb das Pferd wieder an. Aude schüttelte den Kopf.

Ein paar Schritte weiter war sie plötzlich mit ihm einer Ansicht. Sie griff erschrocken nach seinem Arm, aber er hatte es schon gesehen und zügelte das Pferd zum drittenmal. Etwas lag auf der Straße, etwas, das rund und so groß wie ein Menschenkopf war und in einer dunklen Pfütze lag. »O Gott«, sagte sie mit kranker Stimme. Philipp schnaubte und wies nach vorne: Weitere undefinierbare Teile lagen auf der Straße, zusammen mit Stoffetzen und anderem Material. Aude hielt sich an seinem Arm fest. Philipp machte Anstalten abzusteigen, aber dann überlegte er es sich anders und trieb das schnaubende, umhertänzelnde Pferd wieder an. Es schritt langsam auf ihre erste Entdeckung zu. Das Mondlicht lag auf einer zerschlagenen, aufgeplatzten Oberfläche.

»Es ist ein Flaschenkürbis«, sagte Philipp erstaunt. Seine Worte brachen einen Bann: Auf einmal sah sie nur Löcher dort, wo Augen gewesen waren, und eine Wucherung, die wie eine eingeschlagene Nase ausgesehen hatte. Das Haar war nur der Schatten in den Rissen und Schrunden am Ansatzpunkt des Astes, und auch die Pfütze, die sie gesehen hatte, war nur dies: eine Schattenpfütze. Sie atmete aus.

Das Pferd schritt langsam weiter und stieß den Kürbis mit einem Huf an. Er kollerte bedächtig beiseite. Sie kamen an den anderen Dingen vorbei, die auf der Straße lagen, den Stoffetzen, die sie wirklich gesehen hatten, und den zerbrochenen Tischbeinen, zerborstenem Tongeschirr und Büscheln von Stroh aus den Dächern.

»Plünderer«, flüsterte Philipp grimmig. »Sie sind schneller als Aasvögel.«

»Meinst du, sie sind noch hier?«

»Wenn sie es wären, hätten sie uns schon längst vom Pferd

geholt.« Philipp dachte an den flüchtigen Geruch nach gelöschten Fackeln, aber das konnte ebenso Einbildung gewesen sein wie das abgeschlagene Haupt.
Als sie vor dem offenen Tor zu Radolfs Besitz standen und nichts passiert war, waren beide erstaunt. Philipp ließ die Arme sinken und spürte den Schmerz in den Schultern. Ein Stich schoß ihm in den Nacken hinauf; sein Rücken war ein einziger Knoten. Er glitt vom Pferd und streckte die Hände aus, um Aude herunterzuhelfen.
»Wenn sie nun in Radolfs Haus sind?«
»Dann würden wir sie von hier bis nach Köln singen und zechen hören. Radolf hatte Wein im Keller; keinen guten, aber man bekommt einen ordentlichen Rausch davon.«
»Es ist nur, weil *ich* plötzlich dachte, Rauch zu riechen.«
Sie rutschte aus dem Sattel und ließ sich in seine Arme sinken. Er stellte sie sacht auf den Boden. Es tat gut zu stehen. Ihr Kreuz schmerzte vom verkrampften Sitzen, und ihre aufgescheuerten Waden brannten wie Feuer. Sie hatten einen Streifen vom Rock ihres Hemdes abgetrennt und herumgewickelt, aber der Druck auf die offenen Stellen war dadurch nicht zu lindern gewesen, nur das Scheuern. Sie seufzte und massierte ihren verlängerten Rücken. Er hielt sie einen Augenblick länger als nötig fest, und sie machte sich rascher als nötig los, nur um es sofort wieder zu bereuen. Sein Gesicht im Mondlicht war undefinierbar. Die Steine auf der Straße preßten sich in ihre nackten Fußsohlen.
»Ich gehe vor«, sagte Philipp. Sie nickte. »Du ziehst das Pferd hinter dir her. Wenn dir etwas komisch vorkommt, spring auf und reite davon.«
Sie antwortete nicht; sie war sicher, daß ihm klar war, daß sie ihn nicht allein zurücklassen würde. Sie nahm den

Zügel in die Hand und wartete darauf, daß er über die Bohlen schritt, die das faulige Wasser bedeckten.

Seine Fußtritte waren dumpf. Er trat durch das offene Tor und sah sich nach allen Seiten um. Das verlassene Haus ragte jetzt in all seiner düsteren Gedrungenheit vor ihnen auf. Sie hörte ihn über den ausgetretenen Weg gehen, der helle Schimmer seines Hemdes der einzige Lichtfleck vor der Finsternis. Sein Wams trug seit einiger Zeit Aude, aber es hatte die Kälte nur unzureichend von ihr abgehalten.

Sie folgte ihm mit dem Pferd nach. Als sie hinter dem Tor nebeneinander standen und zum Haus Radolfs hinaufsahen, begann das Pferd plötzlich zu schnauben. Noch bevor sie ihm die Nüstern zuhalten konnten, wieherte es. Aude und Philipp zuckten entsetzt zusammen.

Aus dem baufälligen Stall kam als Antwort ein ebenso lautes Wiehern.

Hinter ihnen, vom Tor her, sagte eine ruhige Stimme: »Wenn Ihr vernünftig seid, rührt Ihr Euch nicht mehr von der Stelle.«

Aude fuhr herum. Beim Tor stand eine Anzahl Männer, unmöglich zu sagen, wie viele es waren; vielleicht ein Dutzend. Das Mondlicht blinkte auf gesichtslosen Fratzen mit hohlen Augenlöchern: Topfhelme mit tief heruntergezogenen Nasenschützern. Sie sah, wie sich die undeutlichen Umrisse von kurzen Bögen auf sie richteten. Wenn Kraft in ihr gewesen wäre, hätte sie vor Wut und Entsetzen gleichermaßen geschrien.

»Ihr hättet ruhig eher kommen können«, hörte sie die Stimme von Philipp. »Da wäre uns wenigstens der Ritt durch das verdammte Dorf erspart geblieben.«

Funken schlugen aus Feuersteinen in getrocknete Flechten; die daran entzündeten Fackeln flammten so schnell auf, daß sie erst vor kurzem gelöscht worden sein konnten. Das Fackellicht selbst riß die Männer, die jetzt über die Bohlen schritten, aus der Dunkelheit und zeigte Kettenhemden, einheitliche Waffenhemden mit einem bunten Wappen darauf und eine Bewaffnung aus Bogen und Spießen. Der Anführer der Männer gab einen Wink, und einer der Spießträger eilte nach vorne und riß Aude die Zügel aus der Hand. Philipp versuchte ihn niederzustarren. Sein Gesicht im Fackellicht wirkte eingefallen und bleich. Aude hörte, wie Schritte die Treppe zum ersten Geschoß des *donjons* heruntereilten. Sie wollte sich umdrehen, aber sie stellte fest, daß es ihr nicht gelang. Ihr Blick war wie magisch auf einen der Männer gebannt, der einen Pfeil auf die Sehne gelegt und den Bogen ein nachlässiges Stück gespannt hatte. Die Pfeilspitze deutete auf den Boden. Sie wußte, daß es nur eines Wimpernschlags bedurfte, um die Spitze zu heben, den Bogen ganz zu spannen, loszulassen und den Pfeil in ihr Herz zu senden. Dann drehte Philipp sich um. Eine schlanke Gestalt schritt auf sie zu, begleitet von weiteren Bewaffneten. Das Fackellicht ihrer Bewacher und das Mondlicht spielten auf Schmuckketten und Broschen auf einem dunklen Mantel. Im Ring ihrer Bewacher öffnete sich eine Lücke, und der Mann trat hindurch und blieb hart vor ihnen stehen. Er spähte ihr neugierig ins Gesicht. Sie nahm seine verwegenen Züge mit den harten Linien um das Kinn wahr, ohne sie tatsächlich zu sehen. Dann wandte sich der Mann von ihr ab und nickte Philipp zu. Er richtete sich auf, er war größer als sie beide, und seine Bewegung war gleichermaßen kraftvoll wie elegant. Der Stoff seines Mantel schimmerte. In der ungewissen Lichtmischung aus Fackeln

und Mond wirkte er beinahe zu perfekt. Als er den Mund öffnete, war seine Stimme deshalb eine besondere Enttäuschung: Sie sprach mit einem so deutlichen Akzent, daß er selbst Aude offenbar wurde und ob der Vollkommenheit der restlichen Erscheinung fehl am Platz wirkte.
»Was für einen interessanten Fang haben wir da gemacht«, sagte der Mann, und es hörte sich an, als hinge hinter jedem Wort noch ein kaum hörbarer Vokal. »Ich dachte nicht, daß ihr beide noch frei herumlauft.«
»Eure hohlköpfigen Totschläger verfolgen ein Maultier und ein leeres Kleid«, sagte Philipp. »Wenn sie nicht in der Nacht in den Rhein gefallen und ertrunken sind.«
»Leider stand mir kein besseres Material zur Verfügung.«
»Es muß bitter sein, so zu arbeiten, wenn man selbst so brillant ist.«
»Danke für das Kompliment. Ich habe das Gefühl, es kommt von Herzen. Willst du mich nicht der Dame in der reizenden Mönchskutte vorstellen? Ich kenne sie, aber sie kennt mich nicht, und dieser Zustand ist unwürdig.«
Philipp biß die Zähne zusammen. Aude sah seine Augen vor Wut funkeln, als er mit einer halben Verneigung auf den Mann in den teuren Kleidern zeigte und sagte: »Aude Cantat, dies ist Kardinal Giovanni da Uzzano, mein Auftraggeber und, wenn mich nicht alles täuscht, der eigentliche Mörder Eures Mannes.«

»Ich gebe zu, ich bin überrascht, dich hier nochmals vorzufinden«, sagte der Kardinal.
»Überrascht, daß wir noch am Leben sind?«
»Euer Tod gehörte niemals zum Plan. Weder deiner noch der von Aude Cantat.«

»Und was ist mit Audes Mann?«
»Komm schon, Philipp, willst du mich nach dem Tod jedes Mannes fragen, der gestorben ist, seit Kain Abel erschlagen hat?«
»Was tut Ihr hier?«
Der Kardinal sah sich um, als würde es ihn langweilen, darüber Auskunft geben zu müssen. Er breitete die Arme aus und sagte: »Ich suche, was du hättest finden sollen. Radolfs Dokumente.«
Sie trieben sie ins Innere des Hauses, in den Saal hinauf, der ein ähnliches Bild bot wie die Straße durch das Dorf. Teile von Geschirr und Einrichtungsgegenständen lagen herum, eine der Truhen war mit einem Beil geöffnet worden und hatte die Splitter ihres morschen Deckels weithin verstreut. Die Männer hier im Haus hatten (anders als die Posten, die der Kardinal im Dorf versteckt hatte) nicht aus Zerstörungswut gehandelt. Philipp dachte unwillkürlich an die Szene im Haus des erhängten Geldverleihers. Hier hatte er das Bild zu den Geräuschen, die er damals gehört hatte. Er drehte sich zu Giovanni da Uzzano um und sagte: »Wenn Radolf nicht schon tot wäre, würdet Ihr ihm dann auch eine Monstranz unterschieben und ihn hängen lassen?«
Der Kardinal lächelte. »Da ich hier bin, kann Radolf gar nicht anders als tot sein.«
Philipp gab ihm ein kaltes Grinsen zurück, aber während zwei der Bewaffneten ihn die Treppe zur Küche hinunter eskortierten, ging ihm plötzlich der Doppelsinn dieser Worte auf. War er hergekommen, weil Radolf gestorben war? Oder hatte Radolf sterben müssen, damit er herkommen konnte?
Aude war in die entgegengesetzte Richtung geführt worden, die Treppe hinauf zu Dionisias Kammer, Philipp

wünschte sich, sie wäre bei ihm geblieben. Er versuchte die Sorge zu verdrängen, man könnte ihr etwas antun, während er hilflos in der Küche saß. Es war zumindest ein schwacher Trost, daß er es hören würde und womöglich, das Überraschungsmoment auf seiner Seite, versuchen könnte, ihr zu helfen. Er seufzte. Vielleicht würde er sogar bis ans obere Ende der Treppe kommen. Aber aus dem Obergeschoß blieb alles still. Wahrscheinlich benahmen sich Audes Aufpasser nicht anders als die seinen: Sie standen still und mit ausdruckslosen Gesichtern am Fuß der Treppe, nur scheinbar lässig auf die Spieße gestützt.
»Was passiert jetzt?« fragte er sie. Er erhielt keine Antwort.
»Wie geht es jetzt weiter?« schrie er aus voller Lunge zu Giovanni da Uzzano hinauf, aber auch von dort kam keine Erwiderung. Schließlich ließ er sich an der Stelle nieder, die im Haus Radolfs sein ständiger Platz gewesen war: neben dem Kamin. Noch immer unruhig wegen Aude, spitzte er die Ohren, aber nach wie vor war kein Geräusch aus dem Obergeschoß zu vernehmen. Was immer die Bewaffneten für Anweisungen hatten; Aude zu vergewaltigen gehörte nicht dazu, und sie hielten sich an ihre Befehle. Sie waren disziplinierter als die fünf Raufbolde, die sie auf der Straße hätten abfangen sollen. Philipp fühlte eine gewisse irrationale Dankbarkeit dem Kardinal gegenüber dafür. Immerhin war klar, daß auch die fünf Kerle von ihm ausgesandt worden waren. Aber hier, in seiner unmittelbaren Umgebung, schien er auf Disziplin Wert zu legen. Dieser Umstand würde sie vor Unbill schützen. Zumindest so lange, darüber war er sich im klaren, wie der Kardinal glaubte, von ihnen etwas erhalten zu können. Philipp konnte sich nicht denken, was es war, aber er ahnte, daß sie andernfalls bereits tot wären.

Schließlich verging der erste Schock darüber, daß sie ihren Häschern direkt in die Hände gelaufen waren, und verwandelte sich in eine Mischung aus Zorn über seine Ungeschicklichkeit, Trauer über Galberts vergebliches Opfer und blinde Wut über die Ränke des Kardinals. Philipp wußte nicht genau, was ihn dazu bewogen hatte, Giovanni da Uzzano des Mordes an Minstrel anzuklagen; daß der Kardinal jedoch wußte, wer Aude war, bestätigte seinen Verdacht. Er horchte, um zu erfahren, was der Kardinal oben im Saal des Hauses trieb, aber es blieb alles so still wie aus dem Obergeschoß. Nach allem, was Philipp wußte, konnte Giovanni da Uzzano ebensogut oben sitzen und die Astlöcher in den Fußbodenbrettern zählen.

Daß er nichts dergleichen getan hatte, stellte sich heraus, als der Kardinal eilig die Treppe heruntergelaufen kam. Die Wächter nahmen eine etwas respektvollere Haltung ein, aber er beachtete sie nicht. Giovanni da Uzzano baute sich vor Philipp auf und sah auf ihn hinunter, und Philipp, der sich zuerst vorgenommen hatte, in vergeblicher Lässigkeit auf dem Boden sitzen zu bleiben, stand nun doch auf, um den Höhenunterschied wenigstens etwas zu nivellieren.

»Weißt du, nach welchen Dokumenten ich suche?« fragte der Kardinal.

Philipp schüttelte den Kopf.

»Radolf hat sämtliche Dokumente, die die Heirat Gottfrieds von Als mit Radolfs späterer Frau Katharina und die Geburt des Mädchens Dionisia betreffen, aus dem Kloster Sankt Peter gestohlen«, erklärte der Kardinal. Philipp sah ihn erstaunt an.

»Er hat sie dem alten Archivar abgepreßt«, sagte er. »Aber sie sind verbrannt.«

»Unsinn!« rief der Kardinal schroff. »Radolf hätte sie vor dem Feuer gerettet, und wenn er dafür seinen besten Freund in den Flammen hätte lassen müssen. Die Dokumente waren sein wichtigstes Unterpfand.«
»Wofür?«
Der Kardinal tat, als hätte er ihn nicht gehört. »Als ich dich mit dem Auftrag zu ihm schickte, ihm einen Anteil an den Erzminen der Familie Katharinas zu sichern, erfüllte ich ihm damit ein Ansinnen, das er vor Jahren vorbrachte. Ich wußte, daß er dadurch früher oder später vor dem Problem stehen würde, die Unterlagen seiner Frau und deren Tochter herauszurücken, um die Fälschungen glaubhaft anfertigen zu können. Ich dachte, seine Gier nach dem Erz wäre so groß, daß er dir die Dokumente letztendlich geben würde. Du hättest sie mit nach Hause genommen, und ich hätte sie mir dort holen können.«
»Welches Geheimnis steht noch in diesen Dokumenten, außer, daß Dionisia nicht Radolfs Tochter ist?«
»Ah«, sagte der Kardinal und lächelte, »es steht kein Geheimnis darin. Die Unterlagen an sich sind das Geheimnis.«
Philipp schnaubte und verzichtete darauf weiterzufragen. Es war klar, daß der Kardinal ihm die Antwort nicht geben würde, die er von ihm haben wollte; und es gab näherliegende Fragen, die ihm auf der Seele brannten.
»Was hatte Minstrel mit der ganzen Sache zu tun? Und was ist mit Aude?«
»Weißt du, wo Radolfs Dokumente sind?« fragte der Kardinal zurück.
»Nein. Er hat immer behauptet, sie seien verbrannt.«
Der Kardinal wandte sich ab und gab den Wächtern einen Wink.

Sie nahmen Philipp in die Mitte und führten ihn wieder in den Saal hinauf. Der Kardinal folgte ihnen langsam. Er schien nachzudenken. Der Vorgang erinnerte Philipp sehr an seine kurze Gefangenschaft bei Peter von Vinea. Dort war er mit der Folter bedroht worden, wenn er nicht das aussagte, was der Kanzler hören wollte. Er ahnte, daß ihm hier nichts Besseres bevorstand.

Oben angekommen, sah er sich zu seinem Erschrecken Aude gegenüber, die wie er von zwei Wächtern flankiert wurde. Sie trug die Kutte von Kaplan Thomas nicht mehr, nur noch das Hemd mit dem zerrissenen Rocksaum. Ihre Arme waren bloß und ihr kurzes Haar zerzaust, aber sie schien unverletzt. Seine Angst stieg noch mehr, als ihm klarwurde, daß der Kardinal auch von Aude einige Dinge wissen zu wollen schien. Sie nickte ihm zu, und er konnte in ihren Augen lesen, daß sie sich über ihr Schicksal ebensowenig Illusionen machte wie er.

»Geht's dir gut?« krächzte er.

»Sie haben mir nichts getan, wenn du das wissen willst«, sagte sie ruhig. »Ich habe die Kutte selbst ausgezogen.«

Der Kardinal bauschte umständlich seinen Mantel und setzte sich dann mit einem leisen Ächzen auf das hölzerne Podium. Er winkte, und die Wächter führten Aude und Philipp zu ihm. Giovanni da Uzzano lehnte sich halb zurück in seiner gewohnten selbstsicheren Haltung und sah eine Weile abwechselnd von Philipp zu Aude und zurück. Schließlich machte er eine Kopfbewegung zu einem der Männer hin, die an Audes Seiten standen, und dieser zog einen Dolch aus dem Gürtel und hielt ihn in der Faust. Aude versuchte, nicht auf die matt schimmernde Klinge zu starren, aber es gelang ihr nicht.

»Das ist nicht nötig«, sagte Philipp rauh.

»Wer weiß? Philipp, wo sind die Dokumente? Du weißt, und ich weiß, daß sie nicht verbrannt sind.«
»Ich weiß nichts dergleichen.«
Giovanni da Uzzano seufzte. Er erlaubte sich, ein paarmal mit den behandschuhten Fingern auf das Holz des Podiums zu trommeln, das einzige Zeichen dafür, daß ihm die Zeit auf den Nägeln zu brennen schien. Zuletzt nickte er einem von Philipps Wächtern zu.
»Der Fuß«, sagte er.
Der Wächter hob den Spieß und rammte ihn mit dem stumpfen Ende auf Philipps Rist. Der Schmerz war erstaunlich; er schoß mit einer Stichflamme sein Bein hoch und explodierte in seinem Gehirn, während der Fuß unter ihm wegknickte. Der Mann mit dem Spieß fing ihn emotionslos auf. Philipp hörte sich ächzen. Der Schmerz sank wieder zurück in seinen Fuß und krallte sich mit Nadelstichen und dumpfem Toben in seinen Knochen fest. Über seinen Rücken lief ein Schauer und hinterließ ein pelziges, kaltes Gefühl. Er biß die Zähne zusammen, damit kein weiterer Laut hervorkam, aber das Keuchen konnte er nicht abstellen. Mühsam richtete er sich wieder auf und warf Aude einen Blick zu. Sie war leichenblaß. Ihre Augen ließen nicht von seinen ab, doch er war nicht imstande zu unterscheiden, ob sie ihm Mut zusprechen wollte oder nur entsetzt war. Der Fuß schwoll in seinem Stiefel an und begann zu pulsieren. Als er sich daraufstellte, nahm das Toben an Intensität zu, aber er hielt. Womöglich war nichts gebrochen. Er sah Giovanni da Uzzano ins Gesicht, der ihren Austausch von Blicken amüsiert beobachtet hatte.
»Vielleicht ist dein Wissen jetzt ein wenig freigelegt«, sagte der Kardinal.

»In der Kapelle steht eine Truhe. Habt Ihr dort schon nachgesehen?«

Giovanni da Uzzano lächelte. »Natürlich haben wir dort nachgesehen. Da die Tür der Kapelle eingetreten war, nehme ich an, auch du hast es getan. Ich habe nur schimmlige Kleider und einen Haarzopf gefunden.« *Katharinas Kleider, Katharinas Zopf,* dachte Philipp unzusammenhängend. *Radolfs persönlicher Tabernakel. Wo er sich versteckte, wenn er nachdenken mußte.* »Was hast du gefunden, Philipp? Etwa die Dokumente?«

»Ich habe die Truhe nicht geöffnet.«

»Stich ihr ein Auge aus«, sagte der Kardinal ruhig zu demjenigen von Audes Wächtern, der den Dolch in der Faust hielt.

»Nein«, rief Philipp und versuchte zu Aude hinüberzukommen, aber sein wie gelähmter Fuß und die zupackenden Wächter hinderten ihn daran. »Ich habe noch eine Idee!« stieß er hastig hervor. Der Mann mit dem Messer warf dem Kardinal einen fragenden Blick zu, und dieser gebot ihm mit einer Handbewegung einzuhalten. »Manchmal tut es weher, den Schmerz zu sehen, der jemand anderem zugefügt wird, stimmt's?« fragte er Philipp.

»Wir müssen zu Dionisias Kammer hinauf«, erwiderte Philipp müde.

»Versuchst du hier Zeit zu schinden?« fragte der Kardinal scharf. »Deine Buhle wird es vor dir bereuen.«

Philipp schüttelte den Kopf. Sein Herz hämmerte ihm im Hals. Er sah noch immer, wie der Bewaffnete den Dolch gehoben hatte. Einen Augenblick später, und die Klinge hätte sich in Audes Auge gesenkt.

»Nein«, krächzte er. »Nein. Es ist die einzige Idee, die ich habe.«

»Also gut. Wir gehen alle hinauf. Ich werde bis hundert zählen. Wenn du dann nichts gefunden hast, nimmt mein Knecht ihr eines Auge. Bei zweihundert das zweite. Nase, Lippen und Ohren, die dann folgen, sind gar nicht mehr so schlimm.«
»Ich weiß nicht, wo ich anfangen soll zu suchen, du Schwein!« schrie Philipp. »Gib mir wenigstens genug Zeit!«
Der Kardinal stand auf und trat dicht vor Aude hin, als wollte er sie aus der Nähe mustern. Er erwiderte nichts auf Philipps Beleidigung. Statt dessen ließ er seine Blicke über Audes Gesicht wandern, ihren Hals hinunter und ungeniert über das Hemd bis zu ihren bloßen Füßen. Als er den Blick wieder hob und ihr in die Augen sah, sagte er: »Schade drum.«
Aude nahm ihre Wut zusammen und spuckte ihm ins Gesicht. Er zuckte zurück, dann wischte er sich mit der Hand über die Wange. Sein Lächeln erstarrte. Er öffnete die Hand und wischte ihr den Speichel bedächtig über Wangen, Nase und Kinn. Zuletzt kniff er sie mit Daumen und Zeigefinger zu beiden Seiten des Mundes, bis ihre Lippen sich schmerzhaft vorstülpten. Dann gewann sein Lächeln wieder seine ursprüngliche Breite zurück. Er trat beiseite und sagte: »Hinauf mit ihnen.«
Aude wurde vorwärtsgeschoben und stolperte die Treppe hoch. Philipp folgte mühsam, jeder Schritt mit seinem verletzten Fuß ein Stich, der ihm bis in den Schädel ging. Als er an Giovanni da Uzzano vorbeikam, sagte dieser laut und deutlich: »Eins.«
Die Treppe hinaufzuklettern war noch schwerer, aber die Erinnerung daran, wie der Kardinal seinen feuchten Handschuh in Audes Gesicht abgewischt hatte, trieb ihn

hinauf – das und das Zählen des Kardinals, der im steten Takt seiner mühevollen Schritte weiterzählte. Philipp taumelte durch die Tür zu Dionisias Kammer und sah sich hastig darin um. Die Düsternis war absolut.
»Fünfzehn«, sagte der Kardinal.
»Eine Fackel, zum Teufel. Ich brauche Licht«, brüllte Philipp. Der Kardinal reichte ihm mit liebenswürdiger Verbeugung eine Fackel, die er von unten mitgenommen hatte.
»Sechzehn.«
Das Licht sprang über die ungestrichenen Bretterwände und eine Reihe von Stickereien, die an einer Seite daran befestigt waren, über einen farblosen Wandbehang an der Wand, an die das Lager gerückt war, über das breite Lager selbst mit zerschlissenen Decken darauf und über eine wuchtige Truhe unter der Fensteröffnung. Philipp ließ sich neben ihr auf die Knie fallen.
»Zwanzig.«
Die Truhe war nicht abgeschlossen. Philipp riß den Deckel auf. Die Truhe war leer. Erst jetzt sah er die Schmuckstücke und Tücher, die ringsum verstreut waren.
»Einundzwanzig«, sagte der Kardinal. »Wir haben schon hineingesehen.«
»Warum habt Ihr das nicht gesagt?« schrie Philipp.
»Zweiundzwanzig«, erwiderte der Kardinal.
Philipp stolperte auf die Füße. Das Blut begann in seinen Ohren zu rauschen. Er hob die Fackel und drehte sich einmal um sich selbst. Das Licht wanderte über die ausdruckslosen Gesichter der Wächter, die mit ihm hereingekommen waren, über die Miene von Giovanni da Uzzano, der zur Türöffnung hereinspähte, und über Audes Antlitz, die direkt auf der Türschwelle stand, den Dolch eine Handbreit von ihrem Gesicht entfernt.

»O mein Gott«, rief Philipp. »Sie sind verbrannt, glaubt das endlich.«
Von der Fensteröffnung sickerte Dunkelheit herein, sobald er die Fackel in die Nähe eines anderen Gegenstandes brachte. Keines der von ihm beleuchteten Dinge enthüllte die Dokumente. Er fegte die Decken vom Lager und wäre beinahe gestürzt, weil er sich auf den verletzten Fuß stützte. Er erinnerte sich an das, was er sich heute morgen vorgesagt hatte, heute morgen vor hundert Jahren: *Denk nach*. Sein Herz pochte weiterhin so heftig, daß es das Zählen des Kardinals zu übertönen schien, lauter als seine Stimme und fünfmal so schnell wie sein Takt. *Denk nach*.
»Dreißig«, sagte der Kardinal. »Ich frage mich, wie du auf den Gedanken gekommen bist, die Dokumente könnten hier sein. Einunddreißig.«
Denk nach. Philipp wollte hervorsprudeln, daß er sich an die Zeichnungen erinnert hatte, von denen Dionisia ihm erzählt hatte: die Zeichnungen, mit denen Radolf versucht hatte, das Vertrauen des Kindes zu gewinnen. Auf welchen Pergamenten hatte er sie angefertigt? Aber die Zeit erschien ihm zu kostbar, um sie mit Erklärungen zu vertrödeln. Die Zeichnungen Radolfs. Was wäre unverfänglicher, als sie auf der Rückseite der Dokumente anzufertigen, die er aus dem Kloster geholt hatte?
»Ich dachte, sie seien in der Truhe«, stieß er hervor. »Habt ihr Zeichnungen in der Truhe gefunden?«
»Zeichnungen?« fragte der Kardinal und vergaß für einen Augenblick weiterzuzählen. »Was für Zeichnungen?«
»Etwas wie Buchillustrationen ...«
»Willst du mir erzählen, Radolf hat die Dokumente verziert? Was soll das?« Der Kardinal zog die Augenbrauen zusammen. »Wo war ich? *Vierzig!*«

»Nein«, stöhnte Philipp verzweifelt. »Hört mir doch zu ...«
»Philipp«, sagte Aude mit ruhiger Stimme. Er starrte sie hilflos an. Sie hob den Arm und deutete auf die Wand, an der die Stickereien befestigt waren. Philipp und der Kardinal folgten ihrem Blick. Dann weiteten sich Giovanni da Uzzanos Augen. Er trat einen Schritt vor und riß Philipp die Fackel aus der Hand, um die Stickereien zu beleuchten.
Sie waren in krude Rahmen gespannt, als hätte Dionisia keine Lust gehabt, die vollendeten Stickereien aus ihrem Spannrahmen zu entfernen. Bei näherem Hinsehen erwies sich, daß es gar keine Stickereien waren. Der Kardinal riß einen der schiefen Rahmen von der Wand und hielt ihn sich vor die Augen. In den Rahmen war ein Pergament gespannt, auf dem, in verblassender, billiger Tusche, ein gewaltiges D gemalt war, ein Buchstabe wie eine Kathedrale, bestehend aus massiven Aufstrichen, gewölbten Querstrichen, verspielten Serifen und bevölkert mit einer Anzahl von Mönchen, Bauern und Tieren. Der Kardinal starrte darauf, dann drehte er den Rahmen um. Die Rückseite des Pergaments war eng in geschäftsmäßig kursiver Schrift beschrieben und besaß ein kleines Siegel an einem kurzen Band, das in eine Ecke des Rahmens gezwängt worden war. Der Kardinal schüttelte den Rahmen, und das Siegel fiel heraus und baumelte an seinem Bändchen. Philipp sah, daß Teile des Textes ausgestrichen und mit Randbemerkungen versehen waren.
Giovanni da Uzzano hob die Fackel erneut und beleuchtete die anderen Stickereien, die in ähnlicher Weise mit ähnlich großen Rahmen an der Wand hingen. Sie trugen allesamt große Buchstaben: N, S, A.
»D-N-S-A«, sagte der Kardinal laut.

»Dionisia«, erklärte Philipp, der spürte, wie sich das Hämmern seines Herzens zu verlangsamen begann. »Radolf hat die Buchstaben ihres Namens für sie verziert.«
Der Kardinal drückte ihm wortlos die Fackel in die Hand und pflückte die Pergamente von den Wänden. Er murmelte etwas in seiner Sprache, das Philipp nicht verstand. Dann wandte er sich um, die Rahmen auf beiden Armen balancierend, und lächelte das anerkennende Lächeln, das Philipp schon auf dem Hof seines Herrn gehaßt hatte.
In diesen Augenblick hinein hasteten Schritte die Treppe herauf, und einer der Bewaffneten meldete außer Atem: »Ein Trupp von mindestens einem Dutzend Reiter kommt mit Fackeln durch das Dorf.«
»Ha!« rief Philipp triumphierend. »Das ist mit Sicherheit mein Herr!«
Der Kardinal warf ihm einen Seitenblick zu.
»Natürlich ist er das«, sagte er. »Was dachtest du denn?« Er eilte aus der Tür, die Pergamente mit sich nehmend. »Bringt sie wieder hinunter in den Saal«, sagte er über die Schulter zu den Wächtern.
Raimund von Siebeneich kam mit großen Schritten in den Saal gestürmt, einen offenen Mantel über einem an ihm ungewohnt kriegerischen Lederwams. Als er Philipp erblickte, blieb er wie angewurzelt stehen. Seine Augen weiteten sich.
»Was soll dieser Schabernack?« rief er und eilte auf den Kardinal zu. »In Eurer Botschaft stand, Philipp hätte dieses Haus bereits verlassen.«
»Er ist wieder zurückgekommen«, erklärte der Kardinal leichthin. Er hielt die in die Rahmen gespannten Pergamente hoch. »Und Gott sei Dank, daß er es tat. Wir haben die Dokumente.«

Philipp blickte mit offenem Mund von einem zum anderen. Raimund und Giovanni starrten sich an, aufgebracht und überrascht der eine, voll von müdem Triumph der andere. Weitere Schritte stapften über die Treppe zum *donjon* herauf und in den Saal herein, eine großgewachsene Gestalt mit Mantel und Kapuze, die von einer Anzahl Bewaffneter in einheitlichen Waffenhemden begleitet wurde, und zuletzt drei weitere Waffenträger in unterschiedlicher Ausrüstung, mit Kettenhemden und Topfhelmen, die sie in den Händen trugen. Die drei blieben auf der Schwelle stehen und sahen Philipp und Aude ungläubig an. Die zwei Männer, die ihnen noch folgten, rannten fast in sie hinein. Einer von ihnen trug einen behelfsmäßigen Streifen Stoff so um den Kopf gewickelt, daß seine Nase eingepackt war.

»Ihr!« rief der Anführer der drei Bewaffneten überrascht. Seine Faust öffnete und schloß sich. »Als wir das Maultier einholten, wußten wir, daß Ihr uns getäuscht hattet; aber daß wir Euch hier finden würden ...«

»Und in so schlechter Gesellschaft«, sagte Philipp und wies auf den Kardinal, der sich hastig und leise mit Raimund unterhielt und nicht auf Philipp achtete.

»Es kommt noch schlechter«, sagte Aude. Der Ton ihrer Stimme alarmierte Philipp. Er fuhr herum und sah sie an, aber sie blickte nur geradeaus auf die Stelle, an der der Kapuzenträger stehengeblieben war. Er hatte die Kapuze nach hinten zurückgestreift und sah sich im Saal um.

Giovanni da Uzzano hatte Raimund stehen lassen und war auf den Ankömmling zugeeilt. Er lächelte trotz des mißtrauischen Blicks des anderen.

»Kanzler«, sagte er und bot Peter von Vinea die Hand. »Ich bin froh, daß Ihr gekommen seid.«

Zusammen mit dem Kanzler und Raimund zog Giovanni da Uzzano sich in Radolfs ehemalige Kammer zurück. Raimund folgte den beiden anderen Männern, nicht ohne Philipp noch einen besorgten Blick zugeworfen zu haben. Philipp und Aude blieben im Saal stehen, umgeben von ihren Bewachern. Die neu angekommenen Bewaffneten stapften unschlüssig herum, spähten aus den Fenstern in die Nacht hinaus und machten allesamt den Eindruck von Leuten, die ohne eindeutige Befehle nichts mit sich anzufangen wissen. Philipp sah zu Aude hinüber und versuchte, etwas zu sagen, aber sein Gehirn war vollkommen leer. Sie gab seinen Blick kurz zurück, beschränkte sich aber sonst darauf, ihre Zehen zu betrachten. Ihre Füße waren immer noch nackt. Als Philipps Blicke darauf fielen, wandte er sich ab und begegnete den Augen des Anführers der fünf zuletzt Angekommenen, die ebenfalls mit einem interessierten Grinsen auf Audes Füßen ruhten. Zorn wallte plötzlich in ihm auf.

»Wo ist Galbert?« brüllte er den Anführer der Gruppe an, und sein lauter Schrei in die Stille des Saals ließ alle zusammenfahren. Der Mann richtete seinen Blick auf ihn und zog die Augenbrauen zusammen.

»Ihr hättet ihm lesen und schreiben beibringen sollen«, sagte er dann langsam und versuchte den Tonfall zu imitieren, den Philipp während ihrer Begegnung unter den Eichen angeschlagen hatte.

»Weshalb?«

Der Anführer deutete auf die Stirn eines seiner Gefährten.

»Weil er dann hätte lesen können, daß hier steht: ›Wer mir in die Eier tritt, ist eine Leiche.‹« Der Mann, auf den er gedeutet hatte, grinste und deutete eine Verbeugung an. Der Anführer zuckte mit den Schultern und machte erneut

Philipps Stimme nach, als er sagte: »Wie auch immer – wieder ein *illiteratus* weniger auf der Welt.«
»Was habt Ihr mit ihm gemacht?«
»Er füttert in irgendeinem Feldrain die Bussarde.«
Philipp humpelte auf ihn zu, bevor seine Bewacher ihn zurückhalten konnten. Der Bewaffnete blinzelte überrascht, aber bevor Philipp zu einem Schlag ausholen konnte, hatten seine Wächter ihn wieder ergriffen und bogen seine Arme nach hinten. Der Anführer biß nachdenklich auf seinen behandschuhten Daumen und betrachtete ihn, wie er sich im Griff der zwei Männer wand.
»So ist das also«, sagte er. Er reichte seinen Helm an einen seiner Gefährten weiter und baute sich vor Philipp auf. »Ich bin dir noch was schuldig, Freundchen, weißt du das?« raunte er. »Meine Pferde zu zersprengen und mich dann auf eine falsche Fährte zu setzen, das verträgt mein Magen gar nicht.«
Er ballte seine rechte Hand zur Faust und rieb sich mit der Linken über die Knöchel. »Wie widerstandsfähig ist *dein* Magen?« fragte er.
»Hört auf!« rief Aude. Er wandte sich kurz ihr zu, ohne Philipp aus den Augen zu lassen, und sagte grinsend: »Keine Angst, Täubchen, du bekommst von mir etwas ganz anderes in den Bauch.«
»Hört auf damit, Albert!« rief die Stimme des Kardinals. Er stand auf der Schwelle zu Radolfs Zimmer und hatte die Decken beiseite geschoben. Sein Gesicht war zornig. Philipp konnte in die Kammer hineinsehen; er erblickte den Rücken Raimunds, der wie zu Hause in seiner Kammer, als Philipp seinen unseligen Auftrag erhalten hatte, starr zum Fenster hinausblickte. Das wenige Licht der Unschlittkerzen, die sie angezündet hatten, beschien seine wuchtige

Rückseite und seine Hände, die zu Fäusten geballt an seinen Seiten herabhingen. Der Kanzler, der auf einer Truhe saß, studierte die Pergamente. Sie hatten sie aus den Rahmen herausgenommen, und er wandte sie wieder und wieder um. Sein Gesicht war ungläubig.
Albert straffte sich, dann wandte er sich von Philipp ab und schritt zum Kardinal hinüber. Als er an Aude vorbeikam, warf er noch einen Blick auf ihre Füße und sagte: »Glücklicherweise kein Schorf darauf, was, junger Herr? Wäre schade um die schlanken Fesseln gewesen.« Sie erwiderte nichts. Albert blieb vor dem Kardinal stehen und senkte leicht den Kopf.
»Hier stehen zwei Menschen, die ich Eurer Obhut anvertraut hatte«, sagte der Kardinal eisig.
»Sie hatten sich verkleidet und haben uns überrascht«, verteidigte sich Albert. »Dann zersprengten sie unsere Pferde und legten eine falsche Spur.«
»Mit anderen Worten: Ihr habt auf der ganzen Linie versagt.«
Albert kaute heftig mit seinen Wangenmuskeln. »Einen haben wir gekriegt«, sagte er gedämpft. »Nur das Weib und er hier sind uns entkommen.«
»Und wo ist der Mann, den Ihr gekriegt habt, jetzt? Habt ihr ihn unterwegs verloren?«
»Nein. Er hat sich gewehrt wie ein Verrückter, und wir mußten ihm den Arm ausrenken, damit er endlich Ruhe gab, und ihm ins Knie stechen. Danach war er nicht mehr so gut zu Fuß. Er hätte uns nur aufgehalten. Also haben wir ihm die Kehle durchgeschnitten. Außerdem war er ohnehin nur der Knecht. Er wußte von nichts. Soviel haben wir aus ihm rausgekriegt, bevor wir ihn kaltmachten.«
»Du Schwein«, flüsterte Philipp erstickt. Der Boden

schwankte unter seinen Füßen. Um den Tod Galberts zu wissen und die Einzelheiten darüber zu hören ... wie hatte er zu Aude gesagt? *Das sind zwei Paar Stiefel.*
»Ich habe gehört, die Geißler sind auch unbehelligt weitergezogen«, fuhr der Kardinal fort.
»Wir hatten Befehl abzuwarten«, verteidigte sich Albert empört. »Es hieß, Ernst wurde uns benachrichtigen, wenn wir eingreifen sollten. Die Nachricht kam nie.«
»Weil Ernst schon tot war, du Idiot!« bellte der Kardinal. Albert ließ den Kopf hängen.
»Ich weiß«, murmelte er. »Als der Angriffsbefehl nicht kam, ritten wir hier heraus. Unterwegs griffen wir die zwei Kerle auf, die zu Ernst gehörten.« Er wies auf die Männer, die Philipp für Knappen gehalten hatte und deren einer vorsichtig den Verband um seine Nase betastete. »Sie waren ebenfalls unterwegs zu Radolfs Haus, weil die Anweisungen ihres Herrn ausblieben. Sie kannten die Örtlichkeit, und sie haben sofort die neuen Gräber gesehen. Wir gruben zuerst eine verdammte alte Vettel aus, danach Ernst. Im dritten Grab lag Radolf, im vierten der Franke. Wir haben nur die Verrückte nicht gefunden. Ich wette, sie ist mit den verlausten Bauern auf und davon gelaufen. Wir machten uns sofort auf den Weg zum Kloster. Vorher setzten wir noch eine Botschaft an Euch auf und sandten eine von den Tauben los, die Ihr Ernst mitgegeben hattet. Sie waren noch im Stall.«
»Wenigstens die Brieftaube ist angekommen«, versetzte der Kardinal zynisch, als hätte er Albert zugetraut, das Tier statt dessen aufzuessen.
Albert drehte sich um und sah Philipp mit einem fast nachdenklichen Blick an. »Ich meine, dieser Bursche hat es geschafft, Ernst *und* Radolf zu erlegen«, sagte er mit einem

gewissen Erstaunen in der Stimme und als ob dies als Entschuldigung dafür gelten würde, daß auch er und seine Spießgesellen Philipp nicht hatten fassen können. Philipp erwiderte nichts darauf. Aude dachte daran, welche Umstände Philipp gemacht hatte, um Dionisia in Sicherheit zu bringen. Sie sagte vorsichtig: »Ernst wurde von Radolf getötet, nicht von Philipp.«
Der Kardinal warf ihr einen nachdenklichen Blick zu. »Und wer hat Radolf auf dem Gewissen?«
»Wir wissen es nicht«, erklärte Philipp. »Als wir ankamen, lag er tot in seiner Kammer.«
»Er sah ziemlich übel aus«, bekräftigte Albert. Er deutete auf sein Gesicht. »Alles ein einziger Brei.«
»Wo ist das Mädchen?« fragte der Kardinal, aber er richtete die Frage an Philipp und Aude. Aude zuckte mit den Schultern.
»Der Pferdeknecht aus dem Dorf hatte ein Auge auf sie geworfen«, hörte sich Philipp sagen. »Ich nehme an, er hat sie zum Mitkommen überredet, als die Dörfler vom Tod ihres Herrn erfuhren und sich davonmachten.«
Giovanni da Uzzano zog ein Gesicht, aber er sagte nichts darauf. Er wandte sich wieder an Albert. »Ihr habt Euch nicht gerade ein Ruhmesblatt ausgestellt«, stieß er hervor. Albert ließ seinen Daumennagel fahren und rief. »Wir haben die Bauernschlampe in dem Dorf, den fahrenden Händler, den Pfaffen und Lambert mit seiner Familie aus Rotzbälgern beseitigt, ganz, wie Ernst es uns befohlen hat. Was können wir dafür, daß Ernst sich hat abstechen lassen, bevor die Arbeit beendet war?«
Der Kardinal machte eine rasche Handbewegung. »Schweigt jetzt!« herrschte er Albert an. »Und geht mir aus den Augen.« Er drehte sich um und begegnete den Blicken

Raimunds, der sich umgewandt hatte und den Kardinal nachdenklich musterte.

»Sie haben Thomas und Lambert auf dem Gewissen«, rief Philipp, der den Blick Raimunds gesehen hatte. »Was habt Ihr mit diesen Leuten zu schaffen, Herr?«

Raimund sah ihn an, dann wandte er sich wieder dem Kardinal zu, der zurück in die Kammer trat. Der Vorhang fiel herunter, und aus den gedämpften Stimmen, die gleich danach ertönten, war nicht herauszuhören, was Raimund und Giovanni einander zu sagen hatten. Philipp erwartete, daß sein Herr jeden Moment mit zornfunkelnden Augen aus der Kammer gestürmt käme. Als dies nicht geschah und auch die Stimmen hinter den Decken sich nicht erhoben, sank sein Mut.

»Was soll das?« murmelte er und sah zu Boden. Er hatte Angst, ihm würde plötzlich speiübel werden. Aude betrachtete ihn und hätte gern seine Hand genommen, aber sie wußte, daß ihre Bewacher sie nicht zu ihm lassen würden.

Albert stapfte aufgebracht zu seinen Gefährten. Diese sahen ihm beinahe mitfühlend entgegen. »Möchte mal wissen, ob in den anderen Teilen des Reiches alles einwandfrei geklappt hat«, brummte einer, aber Albert winkte ab. »Wenigstens haben wir Ernsts Gaul eingefangen; der ist was wert«, murmelte der andere. »Frage mich nur, wie das Biest allein bis vor das Kloster laufen konnte und wem der zerrissene Strick gehörte, den es um den Hals hatte.« Zusammen traten sie in den *donjon* hinaus. Die zwei ehemaligen Kumpane Ernsts folgten ihnen; offensichtlich akzeptierten sie nach dem Tod ihres Herrn jetzt Albert als ihren neuen Anführer. Aude hörte, wie sie sich draußen geräuschvoll auf die Bänke setzten und ihre Waffen und Helme ablegten. Der Saal schien auf einmal fast leer zu sein. Neben den vier Männern, die sie und Philipp bewachten, befanden sich nur noch drei andere Bewaffnete im Saal. Sie waren mit Raimund und dem Kanzler gekommen. Zwei davon trugen die Wämser der Wache des Kanzlers; der dritte trug ein anderes Wappen auf seinem Hemd. Es dauerte eine Weile, bis Aude die Heraldik erkannte: Es waren sieben schwarze Bäume vor einem grünen Hintergrund. Der Mann musterte Philipp, aber dann schien er Audes Blick zu bemerken und wandte sich ihr zu. Er nickte. Sie kannte ihn, wenn auch nicht dem Namen nach; es war einer der Bewaffneten von Raimunds Hof. Er sah von ihr zu Philipp und wieder zurück zu ihr und zuckte mit den Schultern. Philipp sah nicht auf. Aude war sich sicher, daß er den Bewaffneten noch gar nicht bemerkt hatte. Dessen Gesicht drückte Verwirrung aus, aber auch einen gewissen Unwillen gegenüber dem Umstand, daß man Philipp bewachte wie einen Verbrecher. Aude fragte sich, wem gegenüber der Mann seine Loyalität beweisen würde, wenn Raimund sich gegen Philipp stellte.

»Dem Herbergspächter scheint nichts zugestoßen zu sein«, sagte sie leise zu Philipp. Dieser nickte langsam.

»Ja. Die Bestie muß aus seinem Stall ausgebrochen sein. Er weiß vermutlich gar nicht, was das für ein Glück war.« Er sprach ebenso leise wie sie.

Zuletzt wurden die Decken von Radolfs Kammer erneut zurückgeschlagen. Der Kardinal trug die Pergamente wieder vor sich her, als handle es sich um einen wertvollen Schatz. Der Kanzler sah wie betäubt aus, während Raimunds Gesicht ausdruckslos war. Giovanni da Uzzano schritt zum Kamin und warf die Pergamente in die Flammen. Alle drei sahen zu, wie die Blätter sich kräuselten, zusammenkrümmten und dann aufflammten. Giovanni da Uzzano wandte sich mit einem erleichterten Gesichtsausdruck vom Feuer ab und rieb die Hände gegeneinander, als wären sie schmutzig geworden. »Glaubt Ihr mir jetzt, was ich Euch im Dom erzählte, Kanzler?« fragte er. Peter von Vinea nickte wortlos.

Der Kardinal setzte sich wieder auf das Podium und winkte Philipps und Audes Wächtern zu. Sie wurden vor Giovanni da Uzzano geführt. Selbst im Halbdunkel des Saals konnte Aude jetzt die Furchen sehen, die Müdigkeit und Anspannung in das Gesicht des Kardinals gezeichnet hatten. Er sah zu ihr empor und sagte: »Alles, was ich von Euch wollte, war zu wissen, wie gut Ihr über die Aktivitäten Eures Mannes Bescheid wißt.«

»Warum?«

»Weil ich erfahren mußte, ob er wirklich vorhatte, sich mit dem Kanzler zu treffen, und was er ihm mitteilen wollte.«

»Alles, was ich von Euch wissen möchte, ist, warum Ihr ihn getötet habt«, versetzte Aude mit fester Stimme. Der Kardinal verzog das Gesicht zu einem resignierten Lächeln.

»Ich mußte vermeiden, daß er mich verrät«, sagte er.

»Geoffroi ist kein Verräter.«

»Das ist richtig«, erklärte der Kardinal. »Er taugte auch dazu nicht. Er war lediglich ein Versager. Ich frage mich, wie er es nur geschafft hat, eine Frau wie Euch zu heiraten. Soweit ich feststellen kann, seid Ihr die einzige wirkliche Errungenschaft, die man ihm zugute halten kann.«

Aude errötete vor Zorn.

»Er war kein Versager. Der Kanzler erwartete ihn bereits; er hat es geschafft, ihm eine Nachricht zukommen zu lassen«, sagte Philipp wütend.

»Ja, aber Ernst hat ihn rechtzeitig abgefangen. Dabei war alles ein Mißverständnis. Welche Ironie, stimmst du mir nicht zu? Sein Tod war ebenso ein Mißverständnis wie sein ganzes Leben. Ernst sollte auf Radolf achten, weil ich erfahren hatte, daß jemand dem Kanzler den Schlüssel zu einem kleinen Geheimnis verkaufen wollte, welches den Sturz des Kaisers zum Ziel hat. Ich verdächtigte Radolf, die Nachricht an den Kanzler geschrieben zu haben. Aber Ernst wollte nicht glauben, daß Radolf ein Verräter war; als er in Köln auf Audes Mann stieß, war er sicher, hier den wirklichen Verräter gefunden zu haben, und beseitigte ihn.«

»Ernst hat ihn aus meiner Kammer im ›Kaiserelefanten‹ entführt. Er wehrte sich, wobei die Kammer verwüstet wurde. Ich hielt es für sein Werk und dachte, er wollte mich bestehlen.«

»Sehr klug gefolgert. Das Lustige an der ganzen Geschichte ist, daß tatsächlich Radolf derjenige war, der die Nachricht an den Kanzler geschickt hatte. Minstrel hatte lediglich zum gleichen Zeitpunkt eine ähnliche Idee.«

»Warum das alles?« rief Aude gequält. »Warum, warum, warum?«

»Aude, was hat Euer Mann Euch gesagt?«

»Nichts.« Sie straffte sich plötzlich und warf dem Kanzler einen Blick zu. »Ich weiß nur, daß er sich mit Euch treffen wollte. Er hat Euch für seinen Freund gehalten. Exzellenz – ich stelle mich unter Eure Obhut. Beschützt mich.« Der Kanzler wandte nur den Blick ab und sah zu Boden.

»Er kann es nicht, er steckt mit ihnen unter einer Decke«, stieß Philipp hervor. Er vermied es, seinen Herrn anzusehen. »Und er ist nicht allein dabei.« Raimund räusperte sich gewaltig, aber er antwortete nicht darauf. Der Kardi-

nal wandte sich Philipp zu. »Was weißt du über die ganze Sache?« fragte er.
Philipp lachte verächtlich. »Ich weiß, daß das Blut der Menschen, die auf Euren Befehl erschlagen worden sind, zum Himmel schreit«, stieß er hervor.
»Ach, Philipp, es gibt Wege, um dich zum Sprechen zu bringen«, sagte der Kardinal müde. »Wir haben es schon einmal exerziert, weißt du nicht mehr? Ernst schrieb, daß Cantat zu reden begann, als sie ihm die Fingernägel ausgerissen hatten und mit den Fußnägeln fortfahren wollten. Ich bin sicher, das würde bei dir auch funktionieren. Aber da ich nicht soviel Zeit habe, werde ich statt dessen deiner teuren Aude die Fingernägel ausreißen lassen.«
»Wenn Ihr das tut, Giovanni«, sagte Raimund mit heiserer Stimme, »sind wir Feinde.«
Der Kardinal wandte sich erstaunt um. »Ich dachte, es geht Euch nur um Euren Truchseß? Was liegt Euch an der Fränkin?«
»Ich kann nur wiederholen, was ich gesagt habe.«
Giovanni da Uzzano sah Raimund nachdenklich an. Der Kanzler richtete sich plötzlich auf und gab den zwei Bewaffneten aus seiner Begleitung einen Wink. Bevor Raimunds bewaffneter Knecht reagieren konnte, zielten die Spitzen zweier Spieße auf seine Kehle.
Mit zusammengepreßten Lippen ließ er seinen eigenen Spieß zu Boden poltern.
»Ihr braucht seine Feindschaft jetzt nicht mehr zu fürchten«, sagte der Kanzler mit tonloser Stimme.
»Es ist nicht seine Feindschaft, die ich fürchte«, erwiderte der Kardinal langsam. »Es ist der Verlust seiner Freundschaft.«
Raimund starrte den Kardinal mit steinerner Miene an.

»Es ist unerheblich, was die beiden wissen«, sagte er. »Was Ihr in die Wege geleitet habt, läßt sich nicht mehr aufhalten. Laßt sie laufen.«
»Das mag Euch genügen«, rief der Kanzler. »Mir nicht. Ihr seid beide unangreifbar. Ich dagegen bin dem Kaiser auf Gedeih und Verderb ausgeliefert. Wenn die beiden Nachricht zu ihm bringen über das, was hier geschehen ist und was wir besprochen haben, dann bin ich ein toter Mann. Frederico hat keine Nachsicht mit denen, die ihn hintergehen.«
»Und was schlagt Ihr vor?« fragte der Kardinal.
»Wir töten sie. Ich stimme dem Herrn von Siebeneich zu: Es ist unerheblich, was sie wissen und was nicht. Tötet sie, und die Gefahr ist auf jeden Fall gebannt.«
Giovanni da Uzzano sah von einem zum anderen. Der Kanzler hatte zwei rote Flecken auf den Wangen. Raimunds Gesicht war noch immer so unbewegt wie zuvor.
»Tut, was er sagt, und Ihr habt den unerbittlichsten Feind Eures Lebens«, erklärte Raimund.
»Raimund, bitte«, sagte Giovanni da Uzzano und hob beide Hände.
»Was soll ich tun?«
Die drei Männer sahen sich an. Aude versuchte zu begreifen, daß sie über ihren und Philipps Tod nachdachten – oder besser: Sie versuchte zu begreifen, daß ihr Leben möglicherweise bald enden würde. Sie zuckte zusammen, als der Kardinal das Wort wieder ergriff.
»Wir müssen uns beraten«, sagte er.
Er gab den Wächtern ein Zeichen, und diese führten Aude und Philipp weg. Philipp sah starr geradeaus, während Aude sich noch einmal umdrehte und den Blick Raimunds suchte. Er wich ihr nicht aus, aber seine Miene zeigte auch

keine Regung. Audes Wächter steuerten die Treppe zum Obergeschoß an.
»Bringt sie zusammen in die Küche hinunter«, sagte der Kardinal. »Warum sollten wir sie jetzt noch trennen?«
Die Männer führten sie die Treppe hinunter und nahmen dann die Küche in Besitz. Die zwei, die Aude bewacht hatten, legten sich am Fuß der Treppe auf den Boden und wickelten sich in ihre Mäntel, während die beiden anderen sich auf den Block setzten und die Spieße ihrer Kameraden an sich nahmen. Philipp und Aude setzten sich neben den Kamin auf das Häufchen Stroh, das noch von Philipps erstem Aufenthalt übrig war. Nach kurzem Zögern legte Philipp seine Hand auf ihren Arm. Sie legte ihre Hand darauf. Die Wachen beobachteten sie und grinsten. Unwillkürlich zog Aude die Füße an und versuchte sie unter dem zerrissenen Rock zu verstecken. Philipp spürte die Kälte, als sie sie gegen seine Oberschenkel drängte, und er ließ ihre Hand los und begann die kalten Zehen zu kneten. Er beachtete die Männer nicht.
»Glaubst du, sie werden uns umbringen?« flüsterte Aude nach einer Weile.
»Ich weiß nicht. Es steht nicht viel zwischen uns und dem Tod.«
»Nur dein Herr.«
»Ja«, sagte Philipp bitter. »Mein Herr. Der mich überhaupt erst in die ganze Angelegenheit verwickelt hat.«
»Er versucht uns zu helfen.«
Philipp antwortete nichts darauf. Innerlich kochte er vor Zorn: auf Raimund, auf den Kardinal, auf Peter von Vinea, auf sich selbst. Der Zorn war so stark, daß er die Angst kaum aufkommen ließ. Oben saßen die drei Männer und beratschlagten über Audes und sein Schicksal.

Einer der Wächter auf dem Boden brummte etwas über die Kälte in der Küche und richtete sich wieder auf. Er kroch zum Kamin und entzündete mit einiger Mühe ein Feuer. Während sein Kamerad offenbar eingeschlafen war, hockte er sich auf die Fersen, beobachtete die Flammen und schürte und fütterte sie, bis auch zu Philipp und Aude an der Flanke des Kamins ein Hauch von Wärme heranzudringen schien. Der Wächter machte ein zufriedenes Geräusch und rollte sich nicht weit von der Kaminöffnung entfernt wieder auf dem Boden zusammen.
Aude sagte nichts mehr. Nach einer Weile ließ sie den Kopf hängen und sank gegen ihn, und er spähte nach unten in ihr Gesicht und dachte, sie würde weinen. Aber er sah, daß sie statt dessen gegen den Schlaf ankämpfte. Sie sah wieder auf.
»Wie kann ich schlafen wollen?« murmelte sie. »Es geht um unser Leben. Aber ich bin so müde, daß ich kaum mehr denken kann.« Sie schlang die Arme um den Leib und erschauerte.
Philipp rückte beiseite. »Hier, lehn dich gegen die Mauer des Kamins. Sie strahlt etwas Wärme ab.«
Aude protestierte, aber nicht lange. Sie rutschte auf Philipps Platz und drückte sich gegen die Wand. Philipp streckte beide Hände aus und schnürte vorsichtig sein Wams zu, das sie noch immer über dem Hemd trug. Sie ließ es geschehen, während sie ihn schläfrig anblinzelte. Zuletzt streifte er die Stiefel ab und zog sie ihr über die Füße. Sie zuckte, aber sie war schon fast eingeschlafen und zog nur die Beine an. Schließlich streckte er sich neben ihr auf dem Stroh aus. Er betastete seinen verletzten Fuß, aber außer dem Schmerz, den er bei der Berührung der Stelle empfand, die der Spieß getroffen hatte, fühlte er kaum

Unbehagen mehr. Er zog den Fuß zu sich heran und sah, daß die Haut abgeschürft und von einem breiten Bluterguß verfärbt war. Er konnte die Zehen bewegen und den Fuß strecken und krümmen, auch wenn es schmerzte. Er horchte auf das Knistern des Feuers und die regelmäßigen Atemzüge Audes, und ohne daß er es selbst gewahr wurde, schlief er darüber ein.

Am folgenden Morgen wurden sie unsanft gerüttelt, bis sie erwachten.
»Rauf mit euch«, sagte einer der Wächter. Aude blinzelte und zupfte sich Stroh aus dem Haar. Als sie aufstand, stolperte sie über Philipps Stiefel und sah erstaunt nach unten. Dann streifte sie die Stiefel ab und reichte sie ihm.
»Danke«, sagte sie. Philipp schlüpfte in die Wärme, die Audes Füße darin hinterlassen hatten. Seine eigenen Füße waren eiskalt; die Wärme tat ihnen gut. Zu zweit taumelten sie nach oben. Philipps verletzter Fuß war steif und geschwollen, aber die Steifheit verschwand schon, noch während er die Treppe hinaufstieg. Auf den letzten Treppenstufen nahm Aude seine Hand, eine Geste, die ihn so überraschte, daß er stehenblieb.
»Werden sie uns jetzt töten?« fragte sie mit kleiner Stimme, aber ihre Augen blieben fest auf sein Gesicht gerichtet. Er schüttelte den Kopf.
»Wenn sie uns töten wollten, hätten sie uns im Schlaf die Kehlen durchgeschnitten«, sagte er. Ihre Augen weiteten sich, doch er sah, daß ihre Verkrampftheit ein wenig nachließ. Betroffen stellte er fest, daß sie in dem festen Glauben die Treppe hinaufgeklettert war, dies sei ihr letzter Gang. Am liebsten hätte er sie in die Arme geschlossen. Das

Bewußtsein, daß er sich keinesfalls so sicher über ihr Schicksal fühlte, wie es seinen Worten zu entnehmen gewesen war, hielt ihn zurück. Er hatte gesagt, was ihm gerade in den Sinn gekommen war. *Hätte ich diesen Gedanken bereits gestern gehabt, hätte ich sicherlich kein Auge zugetan.*
Oben hatte man die Tischplatte auf die Böcke gestellt und etwas zu Essen darauf ausgebreitet. Raimund und Giovanni da Uzzano saßen sich gegenüber und pickten getrocknete Fische und Hafer von der Platte. Philipp verzichtete darauf, ihnen zu sagen, daß mit dieser Platte etliche Leichname transportiert worden waren. Tatsächlich war sein Hunger so groß, daß er auf die einladende Geste des Kardinals hin eine Handvoll Hafer nahm und sie hastig in den Mund schob. Aude sah ihm zu, dann siegte auch bei ihr der Hunger über ihre Beklommenheit.
»Wo ist der Kanzler?« fragte Philipp mit vollem Mund.
»Schon weggeritten«, erklärte der Kardinal. »Wir sind uns einig geworden.«
Philipp warf Raimund einen kalten Blick zu. »Dann nehme ich an, daß wir überleben werden«, sagte er zu Giovanni da Uzzano. »Ansonsten wäre wohl *er* weggeritten.«
»Das erste stimmt, das zweite bezweifle ich«, erwiderte der Kardinal. »Du kennst deinen Herrn zu schlecht.«
»Das habe ich mir gestern auch gedacht.«
Raimund verzog das Gesicht und schob die Schüssel mit dem Hafer aus seiner Reichweite, als ob er keinen Appetit mehr habe. Er versuchte Philipp in die Augen zu sehen, aber dieser wich seinem Blick aus.
»Was geschieht nun mit uns?« fragte er heiser. »Wird uns die Zunge herausgeschnitten, die Augen ausgestochen und die Hände abgehackt, damit wir kein Zeugnis mehr ablegen können von Euren Schurkereien?«

»Aber nein«, sagte der Kardinal ungerührt. »Du wirst deinen Dienst bei Gott wieder aufnehmen.«
»Was soll das heißen?«
»Ihr werdet ins Kloster gehen, beide«, sagte Raimund und schien Mühe zu haben, ruhig zu sprechen. »Es gibt genügend Klöster, in denen Schweigegelübde herrschen. Ihr werdet eintreten und den Orden sowie die Klostermauern nie mehr verlassen.«
»Das tut Ihr mir an, nach allem, was Ihr über mich wißt?« flüsterte Philipp.
»Ich wollte, daß du lebst, du und Aude«, sagte Raimund. Philipp lachte auf und wandte sich ab. »Ich will dieses Leben nicht«, stieß er hervor. »Nicht zurück ins Kloster.«
»Es ist entschieden«, sagte der Kardinal und stand auf. Er warf Philipp noch einen Blick zu und schritt nach draußen. »Kommt Ihr, Raimund?« fragte er.
»Ich will noch ein wenig hierbleiben. Ich habe es Euch erzählt; Katharina und ich ...«
»Schon gut«, erwiderte der Kardinal und lächelte ihm zu. »Gott behüte Euch, bis wir uns wiedersehen.«
»Ja«, sagte Raimund, ohne aufzusehen. »Bis wir uns wiedersehen.« Philipps Bewacher stießen ihn vorwärts, dem Kardinal hinterher. Seine Beine waren unbeholfen, und er stolperte. Er sah auf Raimunds gebeugten Kopf hinunter, aber sein Herr blickte nicht auf, als sie ihn vorbeiführten. Plötzlich stieg Philipp ein heißer Kloß in die Kehle.
»Ihr habt mich verkauft«, keuchte er, aber es war so leise, daß er bezweifelte, daß Raimund ihn hörte. Er hatte nicht genug Kraft, es lauter zu sagen. »Ich habe Euch vertraut wie keinem anderen, und Ihr habt mich verkauft.«
Der Platz vor dem Eingang wimmelte im Vergleich zu den Tagen, die er mit Radolf hier verbracht hatte, geradezu vor

Leben. Giovannis Männer und die Leute Alberts bildeten eine Gruppe, die beiden Bewaffneten, die Raimund begleitet hatten, standen abseits. Sie nickten Philipp zu und schnitten finstere Gesichter, aber sie griffen nicht ein. Der Kardinal sah ihm erwartungsvoll entgegen. Als sein Blick sich hob und gleich darauf ein Lächeln seine Lippen verzog, wußte Philipp, daß sein Herr doch hinter ihnen die Treppe heruntergekommen war und im Eingang des *donjons* stand. Die Bewaffneten mit seinem Wappen auf den Hemden gaben sich einen Ruck und führten ihre Pferde in einem Bogen um die Gruppe des Kardinals herum zu ihm hinüber. Philipp hatte den Eindruck, daß Raimund etwas Abschließendes zu ihm sagen wollte, aber er gab ihm keine Chance dazu; er senkte den Kopf und schaute trotzig zu Boden.

Albert löste sich aus dem Kreis seiner Männer und trat Aude in den Weg. Sie sah zu ihm auf und wartete schweigend darauf, daß er beiseite trat. Ihre Bewacher blieben stehen. Philipp wandte seine Blicke von Giovanni da Uzzano ab und spähte über die Schulter zu ihr zurück. Er kniff die Augen zusammen, als er die Situation überblickte. Der Hafer lag plötzlich wie Blei in seinem Magen.

»Albert, Ihr übernehmt die künftige Schwester Aude«, sagte der Kardinal. »Bringt sie wie vereinbart zum Kloster der Heiligen Ursula nach Mainz, und wartet dort auf weitere Befehle.«

Aude schluckte und wurde bleich. Sie warf Philipp einen Blick zu, aber dieser fuhr schon herum und schrie: »Nein! Laßt das nicht zu!«

»Ich kann mich nicht mit Euch beiden abschleppen«, sagte der Kardinal kalt. »Früher oder später würdet Ihr ohnehin getrennt. Philipp, du kommst mit mir: Wir reisen über

Köln und Aachen nach Lyon. Ich möchte dich in meiner Nähe haben. Du kannst mir zu Diensten sein.«
»Ihr könnt Aude nicht mit diesen Kerlen ziehen lassen!« rief Philipp.
»Sie haben ihre Befehle«, erklärte der Kardinal. Albert sah zu ihm hinüber und nickte; dann zwinkerte er Philipp gutgelaunt zu. »Sie werden nichts tun, was darüber hinausgeht. Und ihr Befehl ist, Aude lebend im Kloster der Heiligen Ursula abzuliefern.«
»So ist es«, bekräftigte Albert und grinste zuerst Philipp, dann Aude an.
»Bitte ...«, begann Philipp.
»Es ist so entschieden«, sagte der Kardinal. »Steig auf dein Pferd, oder ich lasse dich hinaufheben und oben festbinden.«
»Ich werde für Euch arbeiten«, stieß Philipp hervor. »Alles, was Ihr wollt. Ich versichere Euch meiner Loyalität. Aber gebt Aude nicht in die Obhut dieser Tiere.«
Albert fuhr zusammen und richtete sich auf. Er ballte die Faust und knirschte: »Das werde ich mir nicht gefallen lassen.« Er stapfte zwei schwerfällige Schritte zu Philipp hinüber, bis der Kardinal seinen Namen bellte und ihn mit einem zornfunkelnden Blick aufspießte.
»Bitte«, sagte Philipp nochmals. »Ich schwöre Euch hier und jetzt absolute Treue, wenn Ihr wollt.«
»Aber Philipp«, erwiderte der Kardinal sanft. »Natürlich wirst du für mich arbeiten. Und natürlich wirst du mir loyal sein. Nach ein paar Jahren demütigen Schweigens, Arbeitens und Betens in einem bedeutungslosen Kloster am Ende der Welt wirst du mir *dankbar* sein, wenn ich dir eine Aufgabe stelle, die deinen Intellekt fordert. Und Aude wirst du bis dahin längst vergessen haben.«

Er wandte sich mit wehendem Mantel ab, noch bevor Philipp ein drittes Mal bitten konnte. Philipp ließ die Arme sinken. In diesem Moment wünschte er sich, man hätte ihnen tatsächlich im Schlaf die Kehlen durchgeschnitten. Er holte krampfhaft Atem und drehte sich zu Aude um. Aber sie wurde schon von Albert weggeführt, der sie mit einer geradezu galanten Geste am Ellbogen hielt und zu den Pferden führte, die für ihn und seine Gefährten bereitstanden. Es war ein leeres Pferd für Aude vorbereitet und drei weitere Tiere zum Wechseln. Die Bestie, sattellos und nicht zum Wechseln gedacht, war mit starken Lederbändern am Sattel von Alberts Pferd angebunden.
»Aude«, hörte sich Philipp sagen. Sie drehte sich nicht um. Sie hatte ihn vermutlich nicht einmal gehört. Albert bückte sich und faltete die Hände, um ihr in den Männersattel zu helfen. Sie deutete auf ihre bloßen Füße, und Albert bellte einen der ehemaligen Helfer Ernst Guett'heures an, der mit säuerlicher Miene seine Schuhe abstreifte und vor Aude auf den Boden stellte. Aude bückte sich und schlüpfte umständlich hinein, und Albert trieb die Galanterie so weit, sich dabei abzuwenden. Er wandte sein Gesicht wieder Philipp zu, der die Szene mit brennenden Augen beobachtete. Er blinzelte ihm ein zweites Mal zu, und bevor er sich abwandte, griff er sich mit einer gemütlichen Geste an den Schritt und wog sein Gemächt, als wolle er sicherstellen, daß es ihm zur Verfügung stand, wenn er es brauchte. Dann ritt Aude mit den fünf Männern zu Radolfs baufälligem Tor hinaus. Das letzte, was Philipp von ihr wahrnahm, war, daß sie noch immer sein Wams trug.

Sie verließen Radolfs Haus eine ganze Weile nach dem Ausritt von Albert mit seinen Gefährten und ihrer Gefangenen. Sie waren zu zehnt: Giovanni da Uzzano, Philipp und die acht Bewaffneten des Kardinals. Philipp nahm sich vor, sich nicht umzudrehen, aber er tat es doch, als sein Pferd über die Planken der kleinen Brücke ritt, und spähte an drei Bewaffneten, die hinter ihm ritten, vorbei. Die zwei Männer Raimunds standen noch immer bei ihren Pferden, die Blicke zum Tor hinaus gerichtet, um Philipp hinterherzusehen. Philipp suchte die massige Gestalt seines Herrn, aber der Eingang zum *donjon* war leer, das dunkle, gähnende Loch, das er immer gewesen war. Wahrscheinlich saß er in der Kapelle und spielte mit den Kleiderfetzen Katharinas oder roch an ihrem spröde gewordenen Haarzopf. Philipp fühlte die Galle in sich aufsteigen, aber er schluckte sie hinunter und speicherte sie. Er wußte, daß er sie noch brauchen würde; sie würde ihn aufrecht halten müssen für die nächsten zwanzig, dreißig Jahre. Es war nicht leicht, seinen Zorn zu kultivieren, wenn man sich das vor Augen hielt; und noch weniger leicht, wenn man an Aude dachte, die mit zwei Wegstunden Vorsprung vor ihnen ritt, allein mit fünf Kerlen, die nach eigenem Bekunden nicht davor zurückgeschreckt waren, Frauen und Kinder niederzumachen. Bringt sie lebendig nach Mainz, hatte der Kardinal gesagt. Das war ein weiter Begriff. *Aber denk nicht daran; denk an deinen Zorn. Er ist dein einziger Freund. Dein Herr hat dich verraten, Minstrel, Galbert und Thomas sind tot, Johannes ist der Gefangene seines eigenen Abts.* Nicht einmal der Umstand, daß er Minstrel plötzlich zu seinen Freunden zählte, brachte ihn zum Lachen. Es gab nichts zu Lachen mehr, wie es keine Scherze mehr in ihm zu geben schien. Philipp ließ den Kopf hängen und fühlte

etwas in sich aufsteigen, das heiß und würgend war, und er erkannte erstaunt, daß es Tränen waren. Er drängte sie zurück. Es schien die einzige Fähigkeit zu sein, die ihm noch verblieben war: seine Tränen zu unterdrücken.
Der Kardinal, der an der Spitze geritten war, lenkte sein Pferd zur Seite und wartete, bis Philipp ihn eingeholt hatte.
»Es war nicht richtig, deinem Herrn den Abschied zu verweigern«, sagte er. »Er hat dich damals aus dem Kloster geholt und dir zu einem neuen Leben verholfen. Gestern hat er dich gerettet. Du hättest dich von ihm verabschieden sollen. Immerhin wirst du ihn nicht wiedersehen.«
Philipp sah nicht auf und gab auch keine Antwort.
»Du denkst, daß du alles verloren hast, nicht wahr? Aber in Wirklichkeit hast du gewonnen. Du hast dein Leben gewonnen. Der Kanzler wollte dich tot sehen.«
»Aude«, flüsterte Philipp erstickt.
»Aude, Aude, Aude«, stieß der Kardinal hervor und warf die Hände in die Luft. »Zum zweitenmal hast du gewonnen. Sieh, was du eingetauscht hast für sie: ein Leben des Studiums, des Wissens, ein Leben an den Schnüren der Macht. Du siehst es noch nicht, aber du wirst dich beruhigen, und dann wirst du verstehen, was Raimund, der Kanzler und ich getan haben, und du wirst annehmen, was ich dir anbiete. Mit mir zusammen wirst du höher steigen, als du es dir in deinen kühnsten Träumen vorgestellt hättest. Was ist dagegen der flüchtige Taumel der Liebe, was ist dagegen die Witwe des Franken? Schönere und bessere Frauen werden sich darum prügeln, bei Tag deine Worte zu hören und dir bei Nacht ihre Worte ins Ohr zu flüstern, während sie sich unter dir winden.«
Philipp schwieg. Er hätte gerne gesagt, daß ihm von der Rede des Kardinals übel wurde. Es wurde ihm von seiner

ganzen Person übel. Der Kardinal sah ihn eine Weile an und fuhr dann fort: »Ich will dir nicht schaden. Dazu ist mir dein Verstand viel zu wertvoll. Ich werde es dir beweisen. Was würdest du sagen, wenn ich dir eröffnete, daß Dionisia keineswegs mit den Bauern mitgezogen ist? Und daß sie es war, die Radolf erschlagen hat?«
Das drang durch den Panzer, den Philipp um sich zu schmieden versuchte. Er sah auf und begegnete dem Lächeln und den hochgezogenen Augenbrauen des Kardinals.
»Du hast sie irgendwo versteckt; ich nehme an, du hast arrangiert, daß man sie in einem Kloster unterbringt, womöglich noch unter falschem Namen, damit sie niemand finden kann – was völlig unnötig war, denn das Mädchen ist so verrückt wie ein Bär in der Abortgrube. Sie stellt für niemanden eine Gefahr dar, selbst wenn sie über alles genau Bescheid wüßte.« Philipp starrte ihn an.
»Das erzähle ich dir nur«, erklärte der Kardinal, »um dir zu beweisen, daß ich dir nicht übel will. Es gefällt mir, daß du versucht hast, das Mädchen in Sicherheit zu bringen, ungeachtet dessen, daß sie ihren Vater erschlagen hat. Du hast richtig erkannt, daß sie nicht für das verantwortlich ist, was sie tut.«
»Radolf war nicht ihr Vater«, knurrte Philipp. Der Kardinal lachte fröhlich.
»Dann weißt du ja mehr, als ich dachte. Nun, und ich weiß mehr, als Radolf jemals dachte. Soll ich dir sagen, was passiert ist? Dionisia hat nach Ernsts Tod das Schreiben gefunden, mit dem Ernst Radolf erpressen sollte. Sie fand heraus, daß Radolf und ihre Mutter damals das Komplott gegen ihren Vater gestrickt hatten und ihn umbrachten, damit sie heiraten konnten. Sie hat ihren Vater an Radolf gerächt.«

»Sie saß bei der Leiche, als wir sie fanden«, sagte Philipp matt.
»Wohin hast du sie bringen lassen?«
»Ich würde mir eher die Zunge abbeißen, als es Euch zu verraten.«
»Trotz allem, was ich dir erzählt habe? Du läßt dich nicht leicht überzeugen. Aber das ist nur eine weitere Eigenschaft, die ich an dir schätze. Wir werden viel Spaß miteinander haben. Erheitere mich weiter: Erkläre mir, was deiner Meinung nach der Grund zu all den Aktivitäten ist, die du miterlebt hast.«
»Ich weiß es nicht.«
»Oh, nur nicht so knurrig. Das ist langweilig.«
»Also gut«, stieß Philipp hervor. »Radolf wollte seine Heiratsdokumente an den Kanzler verkaufen. Ich nehme an, sein Preis waren die Anteile an der Erzmine. Durch Eure Kreaturen im Dienst des Kanzlers erfuhrt ihr davon. Ihr beauftragtet Ernst damit, Radolfs Pläne zu verhindern; aber Ihr wußtet, daß Ernst ein wenig schwer von Begriff war und nicht dazu neigte, seinen alten Waffengefährten des Verrats zu verdächtigen. Also ersannt Ihr einen zweiten Weg, um den Verkauf der Dokumente zu durchkreuzen: Während Ernst Euer Mann fürs Grobe war, der Radolf gegebenenfalls ermorden sollte, war es meine Aufgabe, durch freundliche Hinterlist an die Unterlagen zu kommen. Ihr botet Radolf genau das, was er haben wollte, aber um den Preis einer Fälschung der Besitzverhältnisse an der Mine. Es war Euch klar, daß ich von Radolf die Heiratsdokumente verlangen würde, weil ich in dem Glauben war, die Besitzrechte hingen mit seiner Hochzeit zusammen. Ihr habt damit gerechnet, daß Radolf sie mir zu guter Letzt geben würde, weil seine Gier seine Vorsicht verdrän-

gen würde und er nicht ahnen konnte, daß Ihr über seinen Versuch, Euch zu verraten, längst Bescheid wußtet.«
Giovanni da Uzzano neigte lächelnd den Kopf.
»Was hättet Ihr getan, sobald er mir die Papiere ausgehändigt hätte?«
»Ernst hätte eine Botschaft erhalten. Es hätte wie ein Jagdunfall ausgesehen.«
»Vielleicht hätte es Ernst nicht getan.«
»Oh, es hätte Mittel und Wege gegeben, auch einen Ernst Guett'heure zu etwas zu zwingen, was er nicht gerne tun wollte.«
»Wollt Ihr die Wahrheit wissen?«
»Selbstverständlich.«
»Ihr kotzt mich an.«
Der Kardinal legte Philipp eine Hand auf die Schulter und sagte freundlich: »Philipp, normalerweise würde ich eine solche Beleidigung damit beantworten, daß ich dem Mann, der sie ausspricht, seine herausgerissene Zunge um den Hals hängen lasse. Das gilt auch für die Leute, die mich ein Schwein nennen. Du aber«, fuhr er lächelnd fort, »du bist kein Mann, sondern mein Werkzeug, und wie könnte ich beleidigt sein, wenn ein Stück Zeug quietscht, sobald man darauf tritt?«
Der Tag wurde heiß, wie es der Morgen angekündigt hatte, und am Nachmittag stand die Luft drückend über den Feldern. Sie kamen nur langsam voran; Giovanni da Uzzano schien es nicht eilig zu haben. Vielleicht genoß er seinen Triumph. Als sie in den Wald eintauchten, wurde ihnen endlich Erleichterung zuteil. Die Bewaffneten mit ihren Kettenhemden und den Helmen auf den Köpfen atmeten hörbar auf. Selbst der Straßenstaub stieg hier nicht so hoch. Die Vögel schienen die Kühle des Waldes ebenfalls

zu schätzen; ihr Konzert war vielstimmiger als draußen, wo nur das schrille Gezirpe der Lerchen zu hören gewesen war, die über den Feldern auf und ab schnellten, ein Ton, der Philipp an dünne, ferne Schreie erinnert und seinen Körper mit einer Gänsehaut bedeckt hatte. Der Wald war ein dichter Mischwald, fast einem Urwald gleich links und rechts des Weges, und der Weg führte flach hindurch, ein Zeichen, daß er niemals stark frequentiert gewesen war und keine Gelegenheit gehabt hatte, sich tiefer in den weichen Waldboden einzugraben und zu einem Hohlweg zu werden. Das Gesträuch entlang des Wegs, das bei häufiger bereisten Straßen oftmals zurückgestutzt wurde, um die Sicht der Reisenden zu erweitern, wucherte ungehemmt und wild. Der Kardinal hatte sich wieder an die Spitze gesetzt, mit der gemurmelten Bemerkung, er wolle Philipps Schweigen respektieren. Die Hufe seines Pferdes zerwühlten den Boden, den Philipp mit starren Augen nach den unleserlichen Spuren der Gruppe absuchte, die vor ihnen durch den Wald geritten war, als könnte er darin erkennen, welche der Huftritte von Audes Pferd stammten.

Giovanni da Uzzano zügelte so plötzlich sein Pferd, daß Philipps Gaul in es hineinrannte und erschrocken zur Seite sprang. Philipp hielt sich am Sattelrand fest und blickte überrascht auf. Eine berittene Gestalt stand auf dem Weg, das gesprenkelte Sonnenlicht ein flimmernder Vorhang auf seinem Mantel und dem Fell seines Pferdes. Das Pferd keuchte und schäumte um die Trense; es war hart geritten worden.

»Raimund«, sagte der Kardinal erstaunt.

»Ich habe es mir anders überlegt, Giovanni«, sagte Philipps Herr. »Philipp kommt mit mir.«

Der Kardinal schwieg einen langen Augenblick. »Was soll das bedeuten, Raimund?« fragte er dann langsam.
»Was ich gesagt habe. Philipp wird weder in ein Kloster eintreten noch zu Euren Diensten sein. Ich hatte Zeit nachzudenken.«
»Aber wir haben mit dem Kanzler vereinbart ...«
»Der Kanzler kann mir gestohlen bleiben. Er soll sehen, daß er mit seinem Herrn ins reine kommt, wenn die ganze Geschichte erst bekannt wird.«
Giovanni da Uzzano wandte den Kopf hin und her und suchte den Wald ab. Raimund schien allein zu sein, aber die zusammengekniffenen Augen des Kardinals verrieten, daß er nicht daran glaubte.
»Raimund, seid vernünftig«, sagte er drängend.
»Ich war noch nie so vernünftig wie jetzt.«
Der Kardinal seufzte. Was er erwiderte, schien ihm schwerzufallen. Er sagte: »Ich habe Euch noch niemals bedroht, Raimund. Zwingt mich nicht jetzt dazu.«
»Ihr braucht mich nicht zu bedrohen. Ich bedrohe Euch. Gebt mir meinen Truchseß heraus, oder Ihr werdet es bereuen.«
Giovanni da Uzzano schwankte im Sattel hin und her. Eine dunkle Röte schoß plötzlich in sein Gesicht, und er ballte die Fäuste und schrie: »Womit bedroht Ihr mich, womit? Ich habe acht Männer! Sie stehen dicht hinter Eurem Truchseß und brauchen ihm nur die Spieße durch den Leib zu rennen, bevor Eure Knechte auch nur eine Bewegung machen können. Selbst wenn Ihr mich kriegt, werdet Ihr ihn nicht wieder lebendig machen. Und Eure zwei lächerlichen Knechte mit ihren Spießen werden Euch nicht davor bewahren, danach in Stücke gehauen zu werden.«

»Meine Knechte brauchen nur die Daumen zu senken«, erklärte Raimund ruhig. »Wir haben in Radolfs Speicher zwei Armbrüste gefunden, und es lagen eine Menge Bolzen dabei.«
Die Begleiter des Kardinals sahen sich unbehaglich an und begannen zu murmeln.
»Das soll ich glauben?«
»Wenn Ihr es nicht glaubt, werden Eure Männer dran glauben – *müssen*!« versetzte Raimund, und Philipp sah ein kaltes Grinsen über sein Gesicht huschen.
»Sagt ein Wort, Exzellenz, und wir spießen den Burschen auf«, rief einer der Bewaffneten in Philipps Rücken. Der Kardinal schwieg.
»Im Namen unserer Freundschaft«, sagte er dann, und zum erstenmal hörte Philipp, daß seine Stimme schwankte. »Tut mir und Euch das nicht an.«
»Im Namen unserer Freundschaft«, erwiderte Raimund, »versichere ich Euch, daß Eurem kostbaren Plan nichts geschieht. Philipp wird das wenige, das er weiß, nie weitergeben. Dafür stehe ich mit meinem Wort.«
»Ich kann es nicht riskieren. Zuviel steht auf dem Spiel. Ich habe nicht jegliche Ränke geschmiedet, um sämtliche Mitwisser sich gegenseitig beseitigen zu lassen, nur damit ich am Ende einen laufen lasse.«
»Ihr riskiert nichts. Ihr habt mein Wort.«
»Madonna«, stieß der Kardinal hervor. »Ich wollte nie, daß so etwas geschicht. Versteht doch, Raimund: Es steht *zuviel* auf dem Spiel.«
»Ich habe nichts mehr zu sagen. Philipp, komm herüber auf meine Seite.«
Philipp hob die Zügel mit Händen auf, in denen kein Gefühl zu sein schien. Seine Arme waren meterlang und

die Finger an ihren Enden ungeschickt und steif. Er hörte, wie in seinem Rücken etwas knarrte, ein Sattel oder ein ledernes Wams, und plötzlich blühte zwischen seinen Schulterblättern eine prickelnde Stelle auf, die einen Schauer durch seinen ganzen Körper sandte. Er keuchte und versuchte sich umzudrehen.
Etwas sang an seinem Ohr vorbei und schlug mit einem dumpfen Geräusch auf. Er wandte sich noch immer um, mit unendlicher Langsamkeit. Einer der Bewaffneten hatte den rechten Arm mit seinem kurzen Spieß erhoben, und die Spitze zielte immer noch auf Philipp. Aber in der Achsel des rechten Armes, genau an jener Stelle, die nicht mehr durch das starre Leder geschützt war, stak der gefiederte Schaft eines Armbrustbolzens. Der Bolzen war durch die Achsel, durch die Sehnen und Muskeln gefahren und ragte zu einem guten Teil oben an der Schulter wieder heraus. Der Bewaffnete ließ den Spieß fallen und starrte ungläubig darauf, den Arm noch immer erhoben. Es trat kein Tropfen Blut hervor.
»Das war der schlechtere meiner beiden Schützen«, kommentierte Raimund scheinbar ungerührt. »Worauf wartest du noch, Philipp?«
Philipp ritt wie im Traum an Giovanni da Uzzano vorbei, der ihn mit ausdruckslosen Augen verfolgte. Hinter sich hörte er den fassungslosen Fluch des Verletzten und gleich darauf ein Ächzen, als der Schmerz einzusetzen begann. Raimund sah ihm mit steinerner Miene entgegen und wartete, bis Philipp mit seinem Pferd hinter ihm angekommen war. Es schien eine lange Strecke zu sein; die längste Strecke in Philipps Leben.
»Werft alle Waffen ins Gebüsch«, sagte Raimund. »Das gilt auch für Euch, Giovanni.«

Der Kardinal nickte. Er griff an seinen Sattel und nestelte an einer zusammengerollten Decke; sie rollte sich aus und ließ ein langes Schwert auf den Boden fallen. Die Männer des Kardinals warfen Spieße, Messer und lange Dolche zu allen Seiten auf den Boden.
»Absteigen«, befahl Raimund. »Bindet den Pferden die Zügel zusammen.«
Die Männer gehorchten ihm widerspruchslos. Einer von ihnen half dem Verletzten, der unterdrückt stöhnte, vom Pferd und stützte ihn. Der Mann war bleich.
Der Kardinal stieg als letzter ab und gab sein Pferd dem Mann, der die anderen an den zusammengeknoteten Zügeln führte. Die neun Pferde bildeten eine stampfende, unruhige Masse, die kaum zu beherrschen war. Raimund winkte den Mann mit einem Kopfnicken zu sich herüber und befahl ihm, die Pferde an einen Baum zu binden.
»Leg dich neben dem Baum auf den Boden, Gesicht nach unten, Arme ausgestreckt«, sagte er. Dann sprang er vom Pferd, zog sein Schwert und stapfte zu den Pferden hinüber. »Wenn du nicht fest genug gebunden hast, wird es dir leid tun.« Er setzte die Klinge in den Nacken des Mannes, trat vorsichtig beiseite und rüttelte an den zusammengebundenen Zügeln. Der Knoten hielt.
Der Kardinal stand mitten auf dem Weg, die Arme verschränkt, und musterte Raimund. Dieser trat zu ihm und schob das Schwert wieder in die Scheide zurück.
»Es ist keine Klinge zwischen uns«, erklärte er. »Ich bin froh, daß Eure Leute vernünftig waren.«
Der Kardinal erwiderte nichts; aber das Lächeln, mit dem er Raimund bis jetzt ständig bedacht hatte, brachte er auch nicht zustande. Raimund sagte über die Schulter: »Philipp,

sammle alle Riemen ein, die du findest, und fessle die Männer an Bäume.«

Philipp stieg vom Pferd, erstaunt, daß seine Beine ihn trugen und daß seine Hände imstande waren, vernünftige Arbeit zu leisten. Er löste Decken und Provianttaschen von den an den Baum gebundenen Pferden, die sich ob der unwillkommenen Enge gegenseitig drängten und stießen, und schnitt die Lederriemen ab, die sie an den Sätteln hielten. Dann drängte er sich durch eine Lücke im Gesträuch zu einer Gruppe junger Bäume, die nahe beieinander standen, und winkte den ersten Mann zu sich. Er ließ ihn den Baumstamm mit den Beinen umklammern und band ihn so sitzend fest; die Hände fesselte er ihm auf dem Rücken. Auf diese Weise füllte er sämtliche Bäume bis auf einen Mann. Es trat nur eine Verzögerung ein, als dem Verletzten der Bolzen aus der Achsel gezogen wurde und jemand dem halb Bewußtlosen ein Knäuel Moos auf die Wunde drückte und mit einem der Lederriemen festband. Als der letzte Mann sich anschickte, zu Philipp zu gehen, schüttelte Raimund den Kopf.

»Er kommt mit uns«, sagte er. Der Mann preßte die Lippen zusammen und schluckte.

Der Kardinal gab sich einen Ruck und zwängte sich zu Philipp durch das Gebüsch. Er trat zu einem freien Baum, stellte sich mit dem Rücken dagegen und legte die Arme von hinten um den Stamm.

»Tut mir die Schande nicht an, mich wie einen gemeinen Verbrecher zu fesseln«, sagte er ruhig. Philipp sah zu Raimund hinüber, und dieser nickte. Philipp band den Kardinal aufrecht an den Baum.

Raimund winkte den letzten freien Knecht des Kardinals

zu sich und band ihm die Hände auf den Rücken. Dann trat er zurück.

Seine Schultern sanken plötzlich nach unten.

»Ihr könnt herauskommen«, sagte er kaum hörbar. Die beiden Bewaffneten, die seine Begleitung gewesen waren, wanden sich an zwei unterschiedlichen Stellen aus dem Gebüsch, Zweige und Blätter in die Waffenhemden und Helme gesteckt wie zwei zerzauste, vom Wind fast entlaubte Bäume. Nur einer von ihnen trug eine Armbrust, der andere war lediglich mit seinem Spieß bewaffnet.

Philipps Augen weiteten sich. Giovanni da Uzzano lachte leise.

»Sehr geschickt gemacht, Raimund«, sagte er. »Natürlich keineswegs ritterlich, aber äußerst effizient.«

»Wir beide wissen, wann Ritterlichkeit und wann Effizienz angebracht ist.«

Der Kardinal nickte. »Allerdings.« Er zauberte sein Lächeln wieder auf sein Gesicht. »Was nun?«

»Wir nehmen Euren Knecht mit uns. Wenn wir genug Vorsprung haben, lassen wir ihn frei. Er kann zurücklaufen und Euch alle losbinden.«

»Bis wir Euch einholen können, habt Ihr Euren Hof erreicht; und wer Euch dort belagern wollte, wäre ein Dummkopf.«

»Das ist wahr.«

»Wenn Strauchdiebe kommen, sind wir vollkommen wehrlos«, sagte der Kardinal und wies mit dem Kinn auf seine gefesselten Männer.

»Hier gibt es keine Strauchdiebe. Hier ist noch nie jemand vorbeigekommen, den zu überfallen sich gelohnt hätte.«

»Raimund, warum tut Ihr dies alles?«

»Um Philipp zu befreien, was sonst?«

»Das meine ich. Ist er Euch mehr wert als unsere Freundschaft?«
Raimund schwieg. Er verzog das Gesicht, als würde ihn ein Zahn schmerzen. Schließlich sagte er leise: »Ich bin es ihm schuldig.«
Giovanni da Uzzano sah von Philipp zu Raimund und wieder zurück. Er nickte langsam.
»Ich sehe«, sagte er, und dann brach er plötzlich in Lachen aus.
»Das war mein Fehler, schätze ich. Ich habe nicht genau genug hingesehen. Lebt wohl, mein Freund.«

Am Ende des Waldes wartete Raimund, sein Pferd noch immer dampfend von dem scharfen Ritt, den er ihm aufgezwungen hatte, ohne auf seine langsameren Begleiter zu achten. Der Tag neigte sich bereits deutlich dem Abend zu. Der Weg durch den Wald war lang gewesen, und Philipp war ihn mit einem nur langsam weichenden Gefühl der Betäubung geritten. Philipp lenkte seinen Gaul an seine Seite, und Raimund zog den Kopf seines Tieres herum und paßte seinen Schritt dem von Philipps Pferd an.
»Ich möchte die gleiche Frage stellen wie der Kardinal«, sagte Philipp. »Warum habt Ihr mich befreit?«
»Als Giovannis Botschaft mich erreichte, ich solle ihn in Radolfs Haus treffen und nicht darüber erstaunt sein, wenn ich unterwegs auf den Kanzler stieße, war kurz vorher ein Bote für Giovanni auf dem Hof angekommen. Er hatte ihn in der Stadt gesucht, und man hatte ihn nach längerem Suchen zu mir hinaus verwiesen. Der Bote teilte mir mit, daß der Papst auf dem Konzil den Kaiser erneut gebannt und abgesetzt habe.«

Philipp sah ihn schweigend an.
»Das ist es, was Giovanni die ganze Zeit erreichen wollte: die Absetzung des Kaisers. Er hat sein Ziel erreicht. Deshalb sah ich keinen Sinn mehr darin, dich hinter Klostermauern einzusperren.«
Es klang nicht vollkommen aufrichtig, aber Philipp begnügte sich damit.
»Weiß der Kardinal schon davon?«
»Ich habe es ihm nicht gesagt.«
»Warum habt Ihr ihm nicht gesagt, daß seine Saat bereits aufgegangen ist? Dann hätte er leichter klein beigegeben.«
»Vielleicht wollte ich wissen, wieviel seine Freundschaft wirklich wert war.«
»Sie war nichts wert. Er ist ein Schurke und ein Mörder.«
»Sie war sehr viel wert. Er hat dich laufenlassen. Glaubst du vielleicht, daß der Bolzenschuß mehr als ein Zufallstreffer war? Ich dachte, es würde nie soweit kommen, daß Bruno schießen müßte. Als ich den Schuß hörte, dachte ich, mir bleibt das Herz stehen.« Er drehte sich um und fragte den Bewaffneten, der sich den Riemen der Armbrust über die Schulter geschlungen hatte: »Worauf hast du gezielt?«
»Auf das Pferd«, sagte Bruno und zuckte entschuldigend mit den Schultern.
Raimund wandte sich wieder zu Philipp um.
»Giovanni hat das ganz genau gewußt. Er hat meinen Trick durchschaut, vielleicht nicht ganz zu Anfang, aber doch sehr bald.«
»Warum hat er dann erst den Schuß abgewartet?«
»Weil er sonst sein Gesicht verloren hätte.«
»Aber der Knecht hat einen hohen Preis dafür bezahlt.«
»Der Knecht hätte dir seinen Spieß in den Rücken ge-

rammt«, sagte Raimund hart. »Er hat es selbst so gewählt.«
Philipp zügelte sein Pferd, Raimund tat es ihm gleich und sah ihn erstaunt an. »Was ist los?« fragte er.
»Ich sollte Euch danken dafür, daß Ihr mich befreit habt«, sagte Philipp. »Aber ich kann nicht vergessen, daß ich durch Eure Schuld erst in diese Lage geraten bin.«
»Ich weiß. Ich werde dir alles erklären, sobald wir zu Hause sind.«
»Ich habe einen ganz anderen Wunsch.«
»Welchen?«
»Aude«, sagte Philipp grimmig in die beginnende Abenddämmerung. »Ihr müßt mir helfen, sie zu befreien.«
Raimund schnaubte. »Wie stellst du dir das vor?«
»Ich weiß nicht, wie ich mir das vorstelle. Aber ich brauche Eure Hilfe dazu.«
»Philipp«, sagte Raimund leise und beugte sich zu ihm hinüber. »Ich will deine Gefühle nicht verletzen, aber du weißt so gut wie ich, was diese Kerle mit Aude angestellt haben, sobald sie außer Reichweite des Kardinals waren. Sie ist totes Fleisch.«
»Nein!« rief Philipp. »Nein! Sie müssen sie lebend nach Mainz bringen.«
»Ein zuckendes Bündel, das in jeder Nacht mehrmals vergewaltigt und gequält wurde, ist auch noch am Leben«, knurrte Raimund. »Schlag sie dir aus dem Kopf.«
Philipp starrte ihn an. Er konnte nicht verhindern, daß ein Schauer seinen Rücken hinunterlief und seinen Magen zusammenzog. Raimund hatte nur das ausgesprochen, was er selbst nicht zu denken wagte.
»Es ist noch nicht Nacht«, sagte er hoffnungsvoll. »Sie werden das Tageslicht dazu nützen, um vorwärtszukommen. Die Straße nach Mainz geht erst in der Nähe von Köln

nach Süden ab. Sie müssen erst einmal in die gleiche Richtung wie wir. Eine Strecke weiter vorne sind Köhlerhütten. Ich nehme an, sie werden dort die Nacht zubringen. Wir können sie überfallen.«
»Philipp, das sind fünf kampferprobte Männer. Wir sind nur vier, und keineswegs kampferprobt. Der einzige, der es mit ihnen aufnehmen könnte, bin ich, und ich bin alt.«
»Wir haben das Überraschungsmoment auf unserer Seite.« Philipp wandte den Blick von Raimund ab. »Kommt mit, oder laßt es. Aber ich werde sie zurückholen.«
Raimund seufzte. Er drehte sich zu den beiden Männern um, die in einigem Abstand zu ihnen stehengeblieben waren. Der gefesselte Knecht des Kardinals sah ihn erwartungsvoll an. Seine Angst schien sich gelegt zu haben. Raimund drehte sich wieder um und musterte Philipps Gesicht. Dann rief er zu seinen Männern nach hinten: »Philipp denkt, wir sollten uns heute auch einmal ritterlich verhalten, nachdem wir bisher nur effizient waren.«
Die beiden Männer sahen sich erstaunt an und zogen dann grinsend die Augenbrauen hoch. Raimund deutete auf den Gefesselten.
»Laßt ihn absteigen und schneidet seine Fesseln auf. Er soll zurücklaufen.«
Er sah Philipp ins Gesicht und sagte: »Ich helfe dir.«
Philipp antwortete nicht; für den Moment war der Aufruhr in ihm zu groß. Er wendete bereits sein Pferd. Raimund setzte langsam hinzu: »Ich tue es für dich, nicht für sie.«

Wellen im Teich

Sie ritten in gemäßigtem Trab weiter. Raimund hatte Philipp davon überzeugt, daß sie, um den Überraschungseffekt zu nutzen, warten mußten, bis das Tageslicht tatsächlich geschwunden war. Philipp, in einem Zustand fiebriger Unruhe und gleichzeitig von wilder Hoffnung erfüllt, gab zögernd nach. Raimund hielt sich an seiner Seite. Nach einigen Minuten des Schweigens sagte er: »Was hat der Kardinal dir erzählt?«

»Er hat nur beantwortet, was ich mir selbst schon zusammengereimt hatte. Radolf versuchte, den Kardinal an den Kanzler zu verkaufen. Der Kardinal schickte ihm dafür Ernst auf den Pelz. Der Schlüssel zu allem waren Radolfs Heiratsdokumente. Ernst sollte mit Gewalt an sie herankommen, ich mit List. Das ist alles.«

Raimund dachte einen Moment nach, »Weißt du auch, wozu die Dokumente der Schlüssel sind?«

»Natürlich«, seufzte Philipp. »Giovanni läßt die Dokumente fälschen, die über Karolus Magnus existieren.«

»Wie hast du das herausgefunden?« rief Raimund überrascht.

»Der neue Archivar im Kloster Sankt Peter, ein Bruder Pio, hat angeblich Dokumente gefunden, die sein Vorgänger, Bruder Fredgar, falsch einsortiert und vergessen hatte. Der Kämmerer des Klosters, Bruder Johannes, war mit mir Novize. Er hat mir heimlich einen Stoß von Unterlagen mitgegeben. Ich hatte im Kloster nur einige Minuten Zeit, sie

durchzusehen, und ihre Bedeutung wurde mir erst nach und nach klar. Johannes war überrascht und freudig erregt, als er die neuen Unterlagen über Karolus zum erstenmal zu Gesicht bekam. Er sah darin die große Hoffnung für das Ende des Krieges zwischen Kaiser und Papst. Bei näherem Studium scheint ihm aber aufgefallen zu sein, daß alles eine Fälschung ist. Er wollte, daß ich darüber Bescheid wußte; deshalb packte er nicht nur einige der neuen Dokumente zusammen, sondern legte mir die Originalunterlagen bei, von denen die Fälschungen abgeschrieben wurden. Es waren scheinbar nicht mehr viele Originaldokumente im Archiv vorhanden; Bruder Pio hat fast alle schon fortschaffen lassen.« Er dachte ein paar Augenblicke lang nach.
»Anfangs glaubte ich, die gefälschten Unterlagen seien tatsächlich so alt und echt, wie es Bruder Pio dargestellt hatte, und Fredgar hätte sie versteckt, um dem Kaiser zu helfen. In Wahrheit war das einzige Unregelmäßige in seinem Leben die Sauferei. Er hätte es niemals zugelassen, daß Fälschungen seine Originaldokumente ersetzten. Deshalb mußte er sterben. Und für Bruder Pio war es wahrscheinlich ein Geschenk des Himmels, als er auf Fredgars Wein- und Bierlager stieß und jeder den Treppensturz des alten Archivars auf einen Rausch zurückführte.« Philipp schnaubte und schüttelte den Kopf. »Vorspiegelungen, wohin man blickt. Wie auch immer, Johannes gab mir mit, was er in der kurzen Zeit zusammenraffen konnte. Die Kirche ändert alle Ereignisse im Leben des Karolus Magnus ab, auf die der Kaiser seinen Machtanspruch stützt. Aus seiner Selbstkrönung haben sie eine Krönung durch den Papst werden lassen, aus seiner Strafexpedition gegen die räuberischen Sachsenstämme eine christliche Missionierung, und wo immer sie konnten, haben sie ihn als Gön-

ner, Förderer und Beschützer der Kirche hingestellt. Sie haben ihn sogar die Landschenkung von Kaiser Konstantin an die Kirche bekräftigen lassen, aus der der Kirchenstaat entstanden ist.«

»Das alles ist nicht nur Giovannis Werk«, unterbrach ihn Raimund.

»In allen Herzogtümern des Reichs waren Bischöfe, Kardinäle und andere klerikale Würdenträger an dieser Aktion beteiligt. Vor ein paar Monaten meldeten sie an den Papst, daß ihre Arbeit so gut wie abgeschlossen sei und der Sturz des Kaiser gefahrlos in die Wege geleitet werden könne. Die abgeänderten Dokumente würden ihm die Unterstützung sowohl der Fürsten als auch des Volkes entziehen und ihn als einen Usurpator hinstellen, der aus bösem Willen die ganze Zeit über die Schriften falsch interpretiert oder unterdrückt hat. Deshalb rief der Papst das Konzil ein, das nur den einzigen Grund hatte, den Kaiser abzusetzen. Die Fälschungen, die sich über Jahre hinwegzogen, liefen überall reibungslos; bis auf das Herzogtum Niederlothringen. Radolf hätte beinahe alles über den Haufen geworfen mit seinem Versuch, die Geschichte dem Kanzler zu verkaufen.«

»Aber der Kardinal und der Kanzler waren doch verbündet.«

»Giovanni hat ihn zu einem Treffen im Dom gebeten und die Verschwörung aufgedeckt. Das war, wenn man so sagen will, Flucht nach vorn. Er hoffte, den Kanzler mit Hilfe von Radolfs Dokumenten zu überzeugen, daß jeder Widerstand gegen die Schachzüge der Kirche sinnlos sei und er den Kaiser nicht länger unterstützen solle.«

»Ich verstehe nicht, wieso er das riskiert hat. Er hatte Radolf doch durch Ernst bereits in seiner Hand.«

»Weil er erfahren hatte, daß noch jemand an den Kanzler herangetreten war und ihm etwas über eine Sache erzählen wollte, die den Thron des Kaisers in Gefahr bringe.«

»Minstrel.«

»Genau. Ernst hatte ihn zu diesem Zeitpunkt bereits getötet, aber Giovanni war nicht sicher, ob er nicht schon mit dem Kanzler gesprochen hatte. Er mußte in Erfahrung bringen, was Peter von Vinea wußte und vor allem für den Fall vorbauen, daß es noch jemanden dritten gäbe, der Ähnliches im Schilde führte.«

»Deshalb jagte er hinter Aude her, sobald er durch seine Kreaturen am Hof des Kanzlers erfahren hatte, daß sie sich ebenfalls in der Nähe befand.«

»Und deshalb war er so nervös. Während der letzten paar Tage sah es plötzlich so aus, als ob eine Aktion, die in jahrelanger Geduldsarbeit begonnen und fast fertiggestellt worden war, scheitern würde. Und er hätte dafür die Verantwortung getragen.«

»Ihr versucht noch immer, ihn zu verteidigen. Ihr wißt nicht, wie er mit mir gesprochen hat.«

»Ich weiß, daß er dich und mich hat laufenlassen.«

»Wie seid Ihr überhaupt in die ganze Geschichte gekommen?«

»Giovanni weihte mich in den Plan ein und bat um meine Hilfe.«

»Und Ihr habt Partei ergriffen, ganz gegen Eure sonstige Gewohnheit.«

»Zum erstenmal, seit ich von der Wallfahrt ins Heilige Land zurückgekommen bin. Giovanni überzeugte mich, daß ich mich nicht mehr heraushalten konnte. Er sagte, das tausendjährige Reich stünde vor der Tür, und es liege

nicht zuletzt an mir, ob darin der Erlöser oder der Antichrist herrschen würde.«
»Warum habt Ihr Euch nicht auf die Seite des Kaisers gestellt? Seid Ihr auch davon überzeugt, daß er der Antichrist ist?«
Raimund schwieg einen Moment lang. »Giovanni erklärte mir seinen Plan, wie er an Radolfs Dokumente herankommen wollte«, sagte er dann, ohne Philipps Frage zu beantworten. »Ich schlug dich vor.«
»Warum mich?«
»Weil ... Du schienst der einzige zu sein, der diese Aufgabe erledigen konnte. Und es hätte den Kardinal auf ewig in deine Schuld gebracht. Du wärst seiner Unterstützung für immer sicher gewesen.«
»Es ist also nur zu meinem Besten geschehen«, höhnte Philipp.
Raimund antwortete nichts darauf. Er senkte den Kopf und betrachtete den Hals seines Pferdes. Beinahe begann Philipp, seine harten Worte zu bereuen.
»Ich glaube, da vorn kommen die Köhlerhütten in Sicht«, meldete Bruno von hinten. Er hatte sich im Sattel hochgereckt und spähte die Straße entlang. Dämmerung fiel bereits hernieder und löschte die Einzelheiten in den Schatten aus. Die Hütten waren drei kleine, leblose Klötze auf ihrer verbrannten Lichtung am Waldrand.
»Wir teilen uns«, befahl Raimund. »Jeder von euch dreien stellt sich vor einen der Hütteneingänge. Ich bleibe auf dem Pferd und rufe die Kerle heraus. So ist es egal, aus welcher der Hütten sie herausstürzen. Wir kriegen sie in den Griff. Wenn einer davonläuft, setze ich ihm hinterher.«
Sie lenkten die Pferde in den weichen Boden neben der Straße und näherten sich den Köhlerhütten bis auf wenige

Dutzend Mannslängen, bevor Raimund ihnen befahl abzusitzen. Im großen Köhlerofen knackten Zweige, und je dunkler es wurde, desto deutlicher wurde durch die Öffnungen das schwache Glimmen der Glut in seinem Inneren sichtbar. Von den Hütten waren die ununterscheidbaren Geräusche zu hören, mit denen sich eine kleine Anzahl Menschen auf die Nachtruhe vorbereitet. Philipp spürte, wie die Blicke Raimunds des öfteren zu ihm abirrten. Er wußte, was sie bedeuteten; er versuchte sich auf die wenigen Laute zu konzentrieren und herauszuhören, wo Albert und seine Spießgesellen sich aufhielten und was sie taten. Raimund sah sich noch einmal um und winkte sie dann mit einer Hand vorwärts. Sie banden die drei Pferde aneinander und fesselten ihre Vorderbeine; dann schlichen sie durch das düsterer werdende Licht voran. Raimund stieg ebenfalls ab und folgte ihnen, sein Pferd hinter sich herziehend. Philipp sah, daß er ihm die Nüstern zuhielt.

Bruno und der andere Waffengefährte Raimunds nahmen lautlos Aufstellung vor ihren jeweiligen Eingängen, Philipp huschte zu der Hütte hinüber, in der er selbst geschlafen hatte, als er die Gastfreundschaft der Köhler genossen hatte. Sein Herz klopfte vor wilder Aufregung, und sein Mund war trocken. Eine seiner größten Ängste war gewesen, aus einer der Hütten Audes Schreien zu hören. Die Stille beruhigte ihn. Er ließ den Gedanken nicht an sich heran, daß sie auch Schlimmeres bedeuten konnte. Er hörte das leise Knarren eines Sattels und wandte sich um. Raimund war wieder aufgestiegen und zog langsam sein Schwert aus der Scheide. Er wirkte bulliger und größer denn je, wie er als düsterer Schatten vor dem sich verdunkelnden Himmel aufragte.

»Kommt heraus, oder wir zünden Euch die Hütten über den Köpfen an!« donnerte Raimund, und in der Stille war es so unerwartet, daß selbst Philipp zusammenzuckte. Nach einem Moment entsetzten Schweigens ertönten schrille Rufe aus dem Inneren der Hütten. »Versucht die Köhler ungeschoren zu lassen!« zischte Raimund, als die erste der kruden Holztüren aufflog.

Sie hatten wieder so geschlafen, wie sie es mit Philipp in ihrer Mitte getan hatten: die Frauen und Kinder in einer Hütte zusammen. Bruno und sein Kamerad stellten ihren herausstürzenden Wächtern die Spieße zwischen die Beine und brachten sie zu Fall.

Aus Philipps Hütte drängten mehrere Männer hervor und stürzten sich nach einer Schrecksekunde auf Philipp. Raimund brachte sein Pferd mit einem Sprung zu ihm hinüber; sie wichen erschrocken zurück. Philipp überflog ihre rußgeschwärzten Gesichter und drang dann in die Hütte ein. Raimund sprang vom Pferd, aber Bruno war noch schneller und folgte Philipp in die dunkle Öffnung. Der zweite Bewaffnete trieb die männlichen Köhler und die zitternd ins Freie taumelnden Frauen und Kinder in der Mitte zwischen den Hütten zusammen.

Aus dem Inneren der Hütte ertönten Schreie und Handgemenge, dann folgten zwei geduckte Männer, die von Philipp und Bruno mit Fußtritten nach draußen geprügelt wurden. Es waren die zwei Helfer Ernsts. Sie sahen sich gehetzt um und drängten dann vor Raimunds gezogener Klinge zurück.

»Wo sind die anderen?« brüllte Philipp mit sich überschlagender Stimme. Er packte einen der beiden an seinem Wams und schüttelte ihn. Es war der mit der Binde um seine Nase. Der Mann begann zu stottern. »Wo sind sie?

Wo ist Aude?« Philipp holte aus und schlug dem Mann ins Gesicht. Dieser krümmte sich zusammen und versuchte seinen Kopf zu schützen. Er geriet ins Stolpern.

»Philipp!« stieß Raimund hervor. Philipp blieb mit erhobener Faust stehen und starrte ihn an. »Sie sind nicht da!« rief er. »Nur diese zwei Bastarde hier, sonst niemand.« Er ließ die Faust schweratmend sinken.

Raimund hob die Spitze seines Schwerts ein wenig an und ließ es in die Richtung der beiden Gefangenen zeigen. »Wo sind Alberts Männer und die Frau?« fragte er beinahe freundlich. Die beiden blickten die Spitze der breiten Klinge an und von da in Raimunds Gesicht. »Schnell, wo sind sie?« fragte er nochmals.

»Sie haben sich im Wald von uns getrennt«, sprudelte der Unverletzte hervor. »Sie haben uns fortgeschickt.«

»Und sie selbst, wo sind sie?« schrie Philipp. Er gab ihm einen Stoß, daß der Mann über seine eigenen Beine stolperte und zu Boden fiel.

»Ich glaube, sie wollten im Wald lagern ...«

»O Gott!« rief Philipp. »Sie sind im Wald geblieben. Wir sind an ihnen vorbeigeritten und haben sie nicht gesehen!« Raimund trat an den Liegenden heran. »Meinst du, dir fällt noch eine andere Version ein, wenn ich meine Klinge in deinen Gedärmen herumdrehe?« erkundigte er sich. »Fragt die Köhler, fragt die Köhler!« kreischte der Mann. »Wir sind allein hergekommen. Albert hat uns weggeschickt. Er hat gesagt, das Weib reicht nicht für alle.«

Philipp schrie auf und trat ihn in die Seite. »Was hat er gesagt? Was hat er gesagt?« brüllte er. Raimund packte ihn und zog ihn beiseite.

In seinem harten Griff kam Philipp wieder zu sich. »Aude

ist nicht hier«, sagte Raimund laut. »Das kannst du auch nicht ändern, wenn du ihn erschlägst.«
Philipp schnappte nach Luft. »Wir müssen in den Wald zurück«, stieß er dann hervor. *O Gott, Aude, dachte er entsetzt, ich habe es genau falsch gemacht.*
»Es ist vollkommen dunkel, bis wir dort sind. Du hast gesehen, wie verfilzt das Dickicht ist. Wir finden sie niemals. Außerdem laufen wir Giovanni und seinen Leuten in die Hände. Es dauert nicht mehr lange, dann hat der Kerl, den wir freigelassen haben, ihn wieder erreicht und befreit.«
»Sie haben keine Fackeln bei sich. Sie werden nicht weiterreiten. Entweder sie versuchen Radolfs Haus zu erreichen, oder sie kampieren im Wald, dort, wo wir sie zurückgelassen haben.«
»Damit kannst du recht haben«, brummte Raimund. »Dennoch ist es Irrsinn, jetzt in den Wald zurückzureiten.«
»Wir haben keine andere Wahl!« rief Philipp.
»Und wo willst du zu suchen anfangen?«
»Sie können nicht weit ab vom Weg sein«, stieß Philipp hervor.
»Der Wald ist fast undurchdringlich. Sie werden ein Feuer machen. Wir können es sicher vom Weg aus sehen.«
»Wenn sie nicht weit vom Weg ab lagern, dann haben sie uns vorbeikommen sehen ...«
»Um so besser. Sie werden sich zusammenreimen, daß Ihr mich befreit habt. Dann rechnen sie nicht mit unserer Rückkehr.«
»Ich schätze, du wirst auf alles, was ich sage, ein Gegenargument finden«, murmelte Raimund.
Philipp erwiderte nichts darauf. Er sah ihn nur an. Seine Wortlosigkeit überzeugte Raimund mehr als alles andere von seiner Verzweiflung.

»Also gut«, sagte er leise. »Reiten wir zurück.«
»Und die beiden?« fragte Philipp.
»Was ist mit ihnen? Ich dachte, du wolltest Aude hinterher.«
»Sie sind Ernsts Totschläger, genau wie Alberts Leute. Wahrscheinlich haben sie Minstrel auf dem Gewissen.«
»Willst du die Toten rächen oder versuchen, die Lebenden zu retten?«
Philipp wandte sich wortlos ab und stapfte davon. Raimund wandte sich an die Köhler, die die Vorgänge mit weit aufgerissenen Augen verfolgt hatten. Er kramte in seiner Gürteltasche herum und fand ein paar Münzen. Er hielt sie ihnen mit ausgestreckter Hand entgegen. Als niemand Anstalten machte, sie zu nehmen, ließ er sie zu Boden fallen.
»Für den Schreck, den wir euch verursacht haben«, brummte er. Er steckte sein Schwert zurück und stieg in den Sattel. »Die Kerle, die ihr beherbergt habt, sind Gesetzlose«, erklärte er dann. »Mir an eurer Stelle würde es nicht gefallen, daß sie jetzt darüber Bescheid wissen, wie viele ihr seid und wie ihr euch verteidigen könnt.«
Er wendete sein Pferd um und trabte Philipp hinterher, der zu den Pferden zurücklief, so schnell er konnte. Die beiden Bewaffneten trotteten ihm hinterdrein. In seinem Rücken hörte er, wie die Köhler sich um die beiden Männer zusammenscharten.
»Es ist nicht gut, nachts in den Wald zu reiten«, keuchte Bruno.
»Es ist noch weniger gut, sich jetzt zu beschweren«, erwiderte Raimund kurz. Bruno und sein Kamerad wechselten im Dunkeln verblüffte Blicke. Wie es schien, sollten sie ihren Herrn an diesem Tag von einer ganz neuen Seite kennenlernen.

Als sie endlich wieder in den Wald eintauchten, war es vollkommen dunkel. Unter den Bäumen war die Finsternis noch größer als draußen, eine greifbare Zusammenballung von Schatten. Philipp ritt voraus, langsam, um nicht vom Weg abzukommen. Mit weit aufgerissenen Augen und vorgebeugt hing er auf dem Pferd, abwechselnd nach dem Weg und nach dem Lichtpünktchen eines Feuers suchend, wie weit es auch entfernt sein mochte. Sein Herz schlug mit dem Schritt des Pferdes, ebenso schwer und schmerzhaft. Nach einer Weile ertappte er sich dabei, wie er in Gedanken hersagte: »Herr, bitte laß es nicht geschehen, Herr, hilf ihr, Herr, rette sie.«
Zuletzt zügelte Philipp sein Pferd. Er mußte sich eingestehen, daß er die Straße nicht mehr sah. Daß er nicht schon längst ins Gebüsch gestolpert war, war ein kleines Wunder.
»Ich kann nichts mehr sehen«, sagte er erstickt.
Brunos Kamerad sagte leise: »Wir könnten eine Reisigfackel machen. Wir haben Feuerstein dabei.«
»Sie würden uns von weitem sehen«, brummte Raimund. »Ich schätze, wir müssen warten, bis der Mond aufgegangen ist.« Er spähte in das Blätterdach, das wie eine löchrige schwarze Decke vor den Sternen ausgespannt war und nur hie und da einen kleinen Lichtpunkt erahnen ließ.
Philipp schnaubte. Alles in ihm schrie danach weiterzureiten, aber er wußte, daß er entweder der Vernunft folgen und sofort absteigen mußte, oder seine Angst würde seinen Verstand endgültig untergraben und ihn im Dunkeln weiterirren lassen, als wäre er der Geist Gottfrieds von Als, den Radolf ständig gesehen zu haben glaubte – oder der Geist von Minstrel, dessentwegen er sich nicht mehr in den Keller gewagt hatte. Philipps Furcht war greifbarer, aber sie bestimmte sein Denken im gleichen Maß. Er ballte die

Fäuste und schlug mehrmals auf den Sattelrand, so daß sein Pferd zusammenzuckte und scheute.
»Philipp«, sagte Raimund.
Philipp ließ sich aus dem Sattel gleiten. Er zwang sich zu sagen: »Also gut. Lagern wir hier, bis der Mond aufgeht.«
Sie tasteten nach den nächsten Bäumen und banden die Pferde daran fest. Die beiden Bewaffneten setzten sich ohne Umstände zwischen den Pferden auf die Straße.
»Sollte Giovanni doch noch hinter uns herkommen, kriegen wir es wenigstens rechtzeitig mit«, knurrte Raimund. Er bückte sich, wischte mit der Hand Äste und Steine beiseite und setze sich dann geräuschvoll auf den Boden. Er ächzte. »Ich werde zu alt für die *aventiure*«, sagte er nüchtern. »Alles tut mir weh.«
Philipp stapfte ziellos herum, dann nahm er sich zusammen und tastete sich zu Raimund hinüber, der seinen Mantel abgelegt und auf dem Boden zusammengefaltet hatte. Sein helles Lederwams gab einen vagen Schimmer von sich. Raimund klopfte auf den Boden an seiner Seite.
»Setz dich hierher, Philipp«, sagte er.
Philipp ließ sich wie ein alter Mann zu Boden fallen und begann damit, in die Dunkelheit zu starren. Im stillen versuchte er den Mond zu beschwören, damit dieser seine Bahn schneller zog. Er tappte mit dem Fuß einen unregelmäßigen Rhythmus auf den Boden; als er es bemerkte, zwang er sich innezuhalten, nur um gleich darauf mit dem anderen Fuß weiterzumachen. Er versuchte, in Raimunds Gesicht zu sehen. Es war nur ein hellerer Fleck in der Dunkelheit. Seine Handflächen juckten vor Nervosität. Er konzentrierte sich darauf, seine Gedanken in eine andere Richtung zu lenken.
»Was hatte Minstrel mit der ganzen Sache zu tun? Bislang

weiß ich nur, daß Radolf und Ernst und ihre Handlanger ihn getötet haben. Sie haben sogar eine Art Totenmahl für ihn gehalten.«

»Minstrel war Giovannis Mann, ebenso wie Ernst und Radolf. Während der Kaiser im Heiligen Land war, begannen bereits die ersten Fälschungen. Es war einfach; Kaiser und Würdenträger des Reichs waren nicht anwesend, so konnte der zurückgebliebene Klerus schalten und walten, wie er wollte. Radolf, der seinem Herrn Gottfried nicht ins Heilige Land gefolgt war, verdingte sich Giovannis Vorgänger. Er sah endlich eine Möglichkeit, sein Talent zur Miniaturenmalerei gewinnbringend einzusetzen. Er traf auf Minstrel mit seiner Begabung für Schriften und auf Ernst, der ebenfalls keine Lust gehabt hatte, für die Befreiung Jerusalems zu kämpfen und ein erstaunliches Geschick dafür entwickelte, mit List und Gewalt die Bemühungen der Kirche in die richtige Richtung zu lenken. Man köderte sie alle mit dem Versprechen, daß es gottgewollt sei, was sie täten und dazu dienen würde, den Antichrist in den Abgrund zu stürzen, daneben winkten ihnen Würden und Reichtum, sobald der Papst zu der ihm zustehenden Macht gelangt wäre. Ich weiß nicht, welches der beiden Motive für wen von den Männern den größeren Ausschlag hatte; ich weiß nur, daß Radolf und Katharina, die Frau seines Herrn, in heftiger Liebe zueinander entbrannt waren. Radolf hoffte, sie zur Frau nehmen zu können, wenn er der Kirche nur treu genug diente und dafür ausreichend belohnt wurde.« Raimund räusperte sich.

»Als der Kaiser nach der Wallfahrt wieder zurückkehrte, mußte die Kirche feststellen, daß er trotz aller Bemühungen von seiten des Klerus, seine Erfolge im Heiligen Land

zunichte zu machen, kaum gebrochene Begeisterung bei den Fürsten und beim Volk erfuhr. So mußten sie ihre Bemühungen etwas vorsichtiger vorantreiben. Für die Knechte der Kirche, wie Minstrel, Ernst und Radolf, stellte dies sicherlich eine Enttäuschung dar: Sie hatten auf raschere Belohnung gehofft. Dazu kam, daß Gottfried nicht auf der Wallfahrt umgekommen war, denn der Kaiser dachte gar nicht daran zu kämpfen, sondern verhandelte lieber. Radolf fing ihn auf dem Heimweg ab unter dem Vorwand, ihn begleiten zu wollen, und brachte ihn um. Gottfrieds Knappe half ihm dabei.«
»Lambert war Gottfrieds Knappe!?«
»Natürlich. Radolf war nur ein gemeiner Einschildritter, der ein Stück Boden an der Grenze zu Gottfrieds Besitz zu bewachen hatte. Er konnte sich mit Mühe und Not ein Pferd halten. Was glaubst du, weshalb er so versessen darauf war, zu Reichtum zu kommen? Und weshalb er es nie verstand, Gottfrieds Besitz in Ordnung zu halten?«
»Deshalb hatte er Lambert so sehr in der Hand. Er hatte ihn nicht nur zu einem Mord überredet, sondern auch, zu ihm überzulaufen. Beide hatten sie ihren Herrn getötet.«
»Und deshalb hatte Lambert solche Angst. Er fürchtete nicht nur die Rache Radolfs, dem er zu guter Letzt entlaufen war, sondern vor allem den Zorn des Herrn und das nahende Reich des Erlösers. Er fürchtete, daß man ihm spätestens dann seine Taten vorrechnen würde.«
»Wann habt Ihr all das erfahren?«
»Diese Details? In den letzten beiden Tagen.« Raimund brachte sich in eine andere Position und seufzte.
»Giovanni trat in die Fußstapfen seines Vorgängers, kaum daß er vom Heiligen Land zurückgekommen und dieser verstorben war. Er wurde rasch zum Kardinal ernannt; der

Papst kannte seinen Ehrgeiz und wußte, wie er dem Heiligen Stuhl am besten dienen konnte.«

»Als er bei Euch war, dachte ich, aus seinen Worten herauszuhören, daß er den Kaiser nicht so sehr verabscheue wie die meisten anderen Kirchenfürsten.«

»Er bewundert ihn sogar. Aber für Giovanni zählt nur, daß die Kirche die Macht über die Gläubigen erhält, die ihr in seinen Augen zusteht. Er glaubt fest daran, daß nur der Papst die Christenheit zur Erlösung führen kann, und er ist überzeugt, daß die Erlösung nicht auf dem Weg zu finden ist, den der Kaiser eingeschlagen hat: Aufklärung, Forschung und Skeptizismus. Das Heil liegt für ihn in der bedingungslosen Hingabe und einem Glauben, der nicht nachfragt.«

»So zweifelte er nicht an der Rechtmäßigkeit des Planes, den Kaiser zu stürzen, und sei es um den Preis, die Vergangenheit bis zur Unkenntlichkeit zu entstellen.«

»Ach, die Vergangenheit ...«, murmelte Raimund.

»Nur Minstrel bekam irgendwann ein schlechtes Gewissen. Er sah den Kaiser als seinen Herrn an. Das hat er gemeint, als er sagte, er habe seine Seele verkauft und wolle sie wieder zurückholen. Er wollte die Geschichte dem Kanzler aufdecken. Ernsts Leute erwischten ihn vorher.«

Raimund nickte. »Sie folterten ihn, bis sie über seine Schritte Bescheid wußten. Deshalb wurde Giovanni so nervös in bezug auf den Kanzler.«

»Und was passiert jetzt?«

»Sie werden überall im Reich ihre Fälschung zu Ende bringen und die Originaldokumente verschwinden lassen. Im gleichen Atemzug räumen sie die Juden beiseite, um deren Unterlagen zu vernichten. Dann steht ihnen der Weg offen, dem Kaiser seinen letzten Trumpf wegzunehmen.«

»Welchen Trumpf?«
»Die Welt glaubt daran, daß Herr Frederico ausersehen ist, die Christen in das tausendjährige Reich zu führen.«
»Und wird er das nicht?«
»Die Fürsten haben Herrn Frederico bislang unterstützt, weil sie davon überzeugt sind, daß er der Erbe des Karolus Magnus ist und weil dessen Lebensgeschichte, so wie sie sie kennen, die Macht des Adels über den Klerus festschreibt. Mit der geänderten Version des Karolus wird die Kirche Herrn Frederico diese Unterstützung über kurz oder lang entziehen.«
»Das habe ich verstanden.«
»Das Volk glaubt an den Kaiser, weil er zum einen der gesalbte Führer der Christenheit ist, und zum anderen, weil es sich von ihm auf dem Weg in das Reich Christi führen lassen will. Er ist der Jahrtausendkaiser, er wird den Thron für die Herrschaft des Erlösers bereitstellen. Was wäre, wenn sich herausstellte, daß der gute Kaiser Otto seinerzeit, als er feststellen ließ, in welchem Jahr nach Christi Geburt seine Herrschaft lag, einen Rechenfehler machte? Wenn er sich um ein paar Generationen vertan hat, weil er nichts von Karolus Magnus wußte? Würde das nicht bedeuten, daß wir plötzlich gar nicht an der Schwelle zu einem neuen Jahrtausend stehen, sondern schon – längst darüber hinaus sind?«
»Das ist doch Wahnsinn!« protestierte Philipp. »Da müßten sie ja einige Generationen zu unserer Geschichte hinzuaddieren! Das können sie nicht. Alle Welt ist davon überzeugt, daß Herr Frederico der Jahrtausendkaiser ist.«
»Das spielt doch keine Rolle. Es wird eben heißen, in Wirklichkeit sei irgendein Kaiser aus längst vergangenen Tagen der Endzeitkaiser gewesen. Warum nicht Otto? Er

starb jung und hinterließ sein Erbe dem Papst. Es kommt nur darauf an, wie viele Jahre sie hinzurechnen. Das würde ihnen sogar entgegenkommen. Heißt es nicht, der Jahrtausendkaiser übergibt seinen Thron an den, der da herrschen soll über das tausendjährige Reich? Otto hat den Thron an Papst Silvester übergeben.«

»Das sind doch alles Lügen. Es muß einen Jahrtausendkaiser geben! Wer soll uns denn in das tausendjährige Reich führen?«

»Auch das spielt keine Rolle. Wenn die Weissagungen der Bibel eintreffen, geht die Welt in Flammen auf, wenn nicht, hat die Kirche ihre Macht ein für allemal gefestigt.«

»Das kann doch nicht sein. Dann ist alles eine Lüge: unsere Vergangenheit, unsere Zukunft, unsere Kirche ... wenn unser Herr Christus zurückkommt, wird es ihn grausen, und er wird den Menschen für immer den Rücken wenden.«

»Oder in tausend Jahren noch mal wiederkommen und nachsehen, ob wir dann seiner Herrschaft würdig sind.«

»Wohl kaum«, knurrte Philipp. »Wenn alles so eintrifft, wie Ihr gesagt habt, wird die Christenheit in tausend Jahren gar nicht mehr wissen, welche Zeit herrscht. Sie werden keinen Jahrtausendkaiser haben, und sie werden im falschen Jahr dem falschen Erlöser hinterherlaufen, und der Antichrist hat ein leichtes Spiel damit, sie ins Verderben zu führen.«

»Was kümmert es uns, was in tausend Jahren sein wird?«

»Es kümmert mich, was jetzt sein wird! Was ist, wenn der Herr jetzt wiederkommt?«

»Philipp«, sagte Raimund müde, »ob er morgen oder in tausend Jahren wiederkommt, es wird immer das gleiche

passieren: Sie werden ihn wieder kreuzigen und sagen, daß alles, was er gepredigt hat, eine Lüge war.«
Raimund sah zu Philipp hinüber. Ein schwaches Licht zeichnete sein blasses Gesicht in das Dunkel des Hintergrunds. Überrascht sah er nach oben. Philipps Augen weiteten sich; auch er blickte zum Himmel auf. Irgendwo hinter dem Laubdach war der Mond hoch genug geklettert, um sein Licht in den Wald zu werfen. Philipp sprang auf. »Der Mond ist aufgegangen«, rief er bestürzt.
Sie ritten langsam voran, ihre Augen jetzt nicht mehr auf den Weg, sondern links und rechts in den Wald hinein gerichtet, in der Hoffnung, daß Alberts Männer ein Feuer gemacht hatten, das groß genug war, um gesehen zu werden. Das Mondlicht war nicht mehr als eine sanfte Illumination, die dazu reichte, den hellen Untergrund der Straße von der dunklen Umgebung abzuheben; ansonsten blieb der Wald eine düstere, amorphe Masse. Philipps Augen begannen zu brennen. Sie ritten in einer auseinandergezogenen Linie hintereinander, mit Philipp an der Spitze. Als er plötzlich sein Pferd anhielt und nach hinten spähte, stellte er fest, daß die drei anderen Männer zurückgeblieben waren. Gleich darauf hörte er ein sanftes Pfeifen aus ihrer Richtung, das man auch für das Geräusch eines Tiers hätte halten können. Er trabte langsam zurück.
Raimund und die beiden Bewaffneten standen am Rand des Weges beieinander, bereits abgestiegen und in die Düsternis des nächtlichen Waldes starrend. Raimund legte einen Finger auf seine Lippen und winkte Philipp heran. Er sprang ebenfalls vom Pferd. Die Erschöpfung war plötzlich verschwunden. Er schluckte. Raimund deutete schweigend in den Wald hinein.
Es war nur ein äußerst kleines Lichtpünktchen, ein niedrig

flackerndes Feuer in einer gehörigen Entfernung vom Weg, das auf einer kleinen Lichtung brennen mußte. Philipp hatte es nicht gesehen.
»Entweder ist das Albert oder Giovanni«, flüsterte Raimund, Philipps Gedanken erratend. »Aber ich bin fast sicher, es handelt sich um Albert.«
Philipp drückte die Zügel seines Pferdes in die nächstliegende Hand und machte einen Schritt vom Weg ab in den Wald hinein.
Er spürte Raimunds Hand auf seinem Arm. »Was hast du vor?«
»Ich gehe sie holen«, zischte Philipp.
»So kommst du nicht weit. Selbst wenn sie keine Wachen aufgestellt haben und vollkommen überrascht sind, hast du allein keine Chance.«
Raimund zog Philipp zurück auf den Weg.
»Wir arbeiten uns von drei Seiten an sie heran«, sagte Raimund.
»Bruno, nimm die Armbrust. Ihr beide umgeht das Lager und nähert euch von der anderen Seite. Wir lassen euch genügend Vorsprung. Philipp und ich trennen uns und pirschen uns von links und rechts an sie heran.«
»Das dauert viel zu lange«, drängte Philipp.
»Es ist die einzige Hoffnung, die Burschen zu überwältigen«, erklärte Raimund unnachgiebig. Philipp stöhnte. Raimund sah ihn forschend an.
»Kann ich mich darauf verlassen, daß du keine Voreiligkeiten begehst?« fragte er.
»Ja!« knurrte Philipp. »Ich tue, was Ihr mir sagt.«
Sie warteten, während Bruno und der zweite Bewaffnete ihre Helme abnahmen und sich dann vorsichtig zwischen den Bäumen hindurch in den Wald hinein wanden. Rai-

mund schüttelte den Kopf über das Knacken der Äste und die anderen Geräusche, die sie verursachten. Philipp stand neben ihm und fieberte, wippte auf den Fußballen und ballte abwechselnd die Hände zu Fäusten. Er versuchte etwas aus der Richtung des Feuers zu hören (*Schreie?*) und war gleichzeitig froh und aufgebracht darüber, daß er nichts vernehmen konnte. Nach einer endlosen Wartezeit sagte er: »Gehen wir los.«

»Philipp, sie sind gerade erst weg«, erwiderte Raimund ruhig.

Philipp versuchte sich weiter in Geduld zu fassen. Er konnte jetzt nicht mehr verhindern, daß seine Angst um Aude sein Denken vollständig beherrschte, und seine Phantasie gaukelte ihm immer wieder Bilder vor, die sich nicht verdrängen ließen. Er sah den toten Körper von Kaplan Thomas auf dem Lager im Kloster, aber es war nicht mehr Thomas, sondern Aude, die mit ihrem zerknüllten Hemd über dem Schoß auf der Pritsche lag, ebenso nackt, ebenso erstaunlich, entsetzlich ruhig und kalt. Er sah das verwüstete Gesicht von Minstrel, als er ihn aus den Tüchern schälte, und es war das Gesicht von Aude, ohne die Entstellungen des Todes, aber deshalb um nichts weniger leblos. Er begann wieder lautlos zu beten und schwer zu atmen während dieser wenigen Minuten des Wartens. Als Raimund ihn anstieß und ihm auf der offenen Hand seinen langen Dolch präsentierte, zögerte er auf einmal, ihn zu nehmen. Er wußte, was ihn erwartete, und er wollte es nicht mehr sehen. Er streckte die Hand wie im Traum aus und nahm den Dolch an sich.

Raimund zog sein Schwert. »Gehen wir«, sagte er ruhig.

Es war schwieriger, sich im nächtlichen Wald fortzubewegen, als Philipp erwartet hatte. Er stolperte hinter Raimund her, dessen schwerer Körper sich trotz seines Seufzens über sein Alter geschmeidig bewegte. Es ließ sich nicht verhindern, daß kleine Zweige und Äste unter ihren Füßen brachen. Philipp schrak jedesmal zusammen, versuchte angestrengt, weitere Geräusche zu vermeiden und produzierte nur um so mehr.

Der Lichtpunkt des Feuers schien nicht größer zu werden. Zuweilen verschwand er hinter Baumstämmen und Sträuchern, und sie änderten die Richtung, um ihren Orientierungspunkt wiederzufinden. Nach einer Weile bewegten sich Philipps Beine nicht mehr so unbeholfen wie zuvor, und seine Beklemmung war hinter der Konzentration zurückgetreten. Erst jetzt wurden die Geräusche des Waldes auch für ihn hörbar: das Knarren der Bäume, die sich in der nächtlichen Brise bewegten, das Knistern und Flüstern der sich gegeneinander reibenden Äste, und aus allen Richtungen ein Knacken, Klopfen und Knirschen, als würden Tausende von vorwärts schleichenden Füßen den Wald erfüllen. Sie bogen um eine Gruppe von jungen Fichten, die nahe beieinander standen wie ein massiver Block, und Philipp war überrascht, wie nah sie dem Lagerplatz plötzlich waren. Das Feuer war kein Lichtpunkt mehr, sondern eine deutlich erkennbare Stelle goldfarbener Helligkeit. Sie mochten bis auf hundert Mannslängen herangekommen sein.

Raimund stieß ihn an und deutete nach links und nach rechts. Philipp nickte und schlich sich nach rechts davon. Seine Handflächen begannen wieder zu jucken, und um den Griff des Dolchs herum sammelte sich Schweiß. Der Dolch war schwer und schien doch lächerlich klein. Er schaute nach unten auf seine Füße und stieß mit der Stirn gegen den rauhen Stamm eines Baumes. Ein Windhauch

faßte ihn und ließ ihn in der plötzlichen Kühle erschauern; er war schweißgebadet, ohne daß es ihm zuvor aufgefallen wäre. *Aude*, dachte er, *Aude*, und die Bilder tanzten wieder empor, die Aude als Leichnam zeigten, Aude in der gekrümmten Gestalt Ernsts auf dem Boden zu Radolfs Füßen, Aude in der alten Frau, die zwischen ihm und Galbert auf der Tischplatte lag, der Schmerzen in ihren Händen endlich ledig, Aude in der Toten in jenem Haus in Radolfs Dorf, die er niemals gesehen hatte und die jetzt in der Gestalt von Minstrels Frau wiedererstand, komplett mit einem Kind im Arm, das nur einen einzigen Atemzug getan und dann nie wieder geatmet hatte.
Raimund hatte ihm keinerlei Anweisungen mitgegeben, was er tun sollte. Sollte er auf die Lichtung stürmen und mit dem Dolch auf die nächstbeste Gestalt einstechen? Oder sollte er warten, bis Bruno mit seinen sirrenden Bolzen und seiner erratischen Treffsicherheit einen nach dem anderen im Schlaf erschossen hatte? Würde Raimund mit gezogenem Schwert in das Feuer springen, mit einem Funkenregen die Holzscheite auseinandertreten und die Klinge schwingend alle Schurken niedermähen, die entsetzt aus dem Schlaf emporsprangen? So hatte er sich seinen Herrn immer im Heiligen Land vorgestellt, als erster von einer Belagerungsbrücke über die Zinnen Jerusalems stürmend, Fußtritte verteilend und mit wilden Ausfällen die Heiden über den Mauerkranz stoßend; es hatte nichts ausgemacht, daß es keinen Kampf um Jerusalem gegeben hatte, das Bild hatte sich ihm eingebrannt.
Das Feuer war jetzt näher. Er bildete sich ein, das Prasseln der kleinen Flammen zu hören. Die Lichtung lag hinter einem natürlichen Wall aus gestürzten Bäumen, über deren moosbewachsene Leichen das Licht des Feuers

einen schwachen Saum wob. Das Lager wurde von allen anderen Seiten von Gesträuch und jungen Bäumen begrenzt, und es ging ihm auf, daß er, sollte es zu einem Sturm auf Albert und seine Kumpane kommen, den besten Ausgangsort hatte: Er mußte sich nur über den Baumstamm schwingen, ein paar Sprünge, und schon war er unter ihnen. Er wog den Dolch in seiner Hand, seine einzige Waffe, und fühlte sich hilf- und nutzlos.

Das Feuer brannte in einem unregelmäßigen Ring aus Steinen, ein niedrig tanzendes Bündel Flammen über einem Häufchen verkohlender Holzscheite und Asche. Die Männer lagerten in unterschiedlicher Entfernung darum herum, eingehüllt in Decken oder Felle und geräuschlos schlafend. Sie hatten eine Wache aufgestellt, ebenfalls in eine Decke gehüllt, aus der nur zerrauftes Haar hervorsah, zusammengekauert vor dem Feuer sitzend und leise schwankend. Offensichtlich kämpfte der Mann mit dem Schlaf. Philipp ließ seine Augen wandern, während sein Herz immer lauter zu klopfen begann. Er konnte Aude nirgends sehen. Es lagen drei Deckenbündel um das Feuer herum, eines davon leer. Dann sah er das Hemd. Es lag ganz in seiner Nähe.

Es war zerfetzt; in seiner ganzen Länge vorne aufgerissen und beiseite geworfen. Es mußte schmutzig sein, aber im Halblicht, das es umgab, leuchtete es rein und weiß. Das Hemd war das einzige Zeichen von Aude. Was sie mit ihrem Körper angestellt hatten, wußten nur die Männer allein.

Philipp fühlte nichts; oder er fühlte zuviel, um es aufnehmen zu können. Er spürte nicht einmal mehr den Wind, der in sein feuchtes Gewand fuhr und den Schweiß erkalten ließ. Er starrte auf das Hemd und dann zurück zum

Feuer, vor dem der Wächter saß. Erst als etwas rauh gegen seine Beine stieß und sich in seinen Unterleib bohrte, merkte er, daß er auf die Knie gesunken war. Er stützte sich mit einer Hand an dem toten Baumstamm ab. Der Wächter hörte nichts, er zuckte nicht einmal zusammen. Er würde im Halbschlaf sterben, ohne daß er es recht bemerkte; die anderen beiden würde der Tod im Schlaf finden. Sie waren zu Aude weniger gnädig gewesen.
Ein Gedanke stieg in ihm empor und platzte wie eine Luftblase auf einer Wasseroberfläche: *Schieß endlich*. Der Gedanke war für Bruno bestimmt. Er wünschte sich, den Schlag der Sehne zu hören und das Geräusch des fliegenden Bolzens, den dumpfen Schlag des Treffers. Er wünschte sich zu sehen, wie der Wächter lautlos vornüber ins Feuer kippte und den nächsten Bolzen zu hören, der den ersten der Schläfer an den Waldboden nagelte. *Schieß endlich.*
Was hatte Raimund vor? Er mußte die Situation mittlerweile genauso wie Philipp überblickt haben. Worauf wartete er? Philipp fühlte, wie sich ein Brüllen in ihm aufbaute. Wenn Raimund keinen Befehl gab, würde er ihn geben. Er rappelte sich wieder auf. Aude war tot. Der Gedanke löste noch immer nichts als Taubheit in ihm aus, eine Taubheit aber, in der das Entsetzen anzuklingen begann. Er öffnete den Mund. Wenn er schrie, würden die anderen erwachen, aber es spielte keine Rolle. Bruno würde den ersten Bolzen absenden und den Wächter töten, und die anderen wären viel zu verwirrt, um lange Gegenwehr zu leisten. Wenigstens würden sie so ihren Tod bewußt erleben. Philipp wollte ihre entsetzten Augen sehen. Er wollte sie schreien hören. Er holte Atem, und das Brüllen, das in ihm tobte, stieg in seine Kehle. Aude war tot. Er sah den Wäch-

ter sterbend ins Feuer rollen. Er machte sich bereit, über den Baumstamm zu springen. Von Raimund war noch immer nichts zu hören. Der Wächter bewegte sich unter der Decke und ließ sie von seinem Kopf zurückfallen und sah sich um. Philipp sprang.
Der Wächter war Aude.
»Schieß!« brüllte Philipp, ohne es noch verhindern zu können, verfing sich mit dem Fuß in einem Ast und fiel krachend vornüber aufs Gesicht.

Er sprang schneller auf, als er gestürzt war. Ein Aststumpf zog eine Furche quer durch sein Gesicht, doch er spürte es nicht. Die in die Decke gehüllte Gestalt vor dem Feuer war Aude gewesen. Er riß die Augen auf. Die Gestalt sank langsam zur Seite, löste sich aus der Decke und starrte ihn an. Er sah den Pfeil in Audes Kehle stecken und wie ihre Augen brachen. Er heulte auf und befreite sich mit einer Explosion von brechenden Ästen, Zweigen und vermoderndem Laub aus dem toten Baum. Undeutlich sah er, wie Raimund zwischen zwei Sträuchern hervorsprang, das Schwert erhoben und den Mund geöffnet. Wenn sein eigenes Heulen nicht in seinen Ohren gegellt hätte, hätte er ihn wild fluchen gehört. Auf der anderen Seite brach der zweite Bewaffnete durch das Gebüsch; Bruno schien fieberhaft einen neuen Bolzen aufzulegen. Philipp sah es alles und sah es nicht. Blut lief in sein eines Auge und verwischte sein Gesichtsfeld. Aude füllte dieses Gesichtsfeld völlig aus, Aude, die jetzt auf dem Boden kauerte, die sich mit letzter Kraft aufrecht hielt. Philipp stolperte auf sie zu und fiel vor ihr auf die Knie. Aude starrte ihn an. Das Blut machte ihn fast blind, und er wischte es beiseite. Er sah den

Bolzen; er steckte einige Fuß neben Aude im Boden. Er gaffte ihn verständnislos an. Aude krächzte etwas und sah ihm weiterhin mit brennenden Augen ins Gesicht. Er fühlte sich unfähig, auch nur eine Hand zu heben. Ihr Antlitz war zerkratzt und blutverschmiert. Er gab ihren Blick hilflos zurück. Langsam wurde ihm bewußt, daß das Geschoß sie nicht getroffen hatte.
»Aude«, sagte er.
Raimund trat neben ihn. »Die beiden Männer sind tot«, sagte er. »Einem ist die Kehle durchgeschnitten, dem anderen der Schädel eingeschlagen. Drüben unter den Bäumen im Schatten liegt der dritte der Kerle, ebenfalls mit durchschnittener Kehle.« Er beugte sich hinab und nahm Aude genauer in Augenschein. Seine Züge verhärteten sich. »Gottverdammt und alle Heiligen in der Hölle«, sagte er, bevor er sich abwandte. Er klaubte die Decke auf, in die Aude sich gehüllt hatte, und schüttelte den Staub heraus. Bruno, der mit erleichtertem Gesichtsausdruck seinen fehlgegangenen Bolzen aus dem Boden gezogen hatte, und der zweite Bewaffnete warfen zurechtgelegtes Holz auf das Feuer.
Audes eines Auge war zugeschwollen; über ihre Wange zogen sich Kratzer von Fingernägeln. Ihre Lippen waren aufgeschunden und geschwollen. Ihr Körper war mit Schürfwunden übersät, in einer Brust saßen die zwei rot unterlaufenen Halbmonde eines Bisses. An ihrem gesamten Oberkörper waren Blutspritzer angetrocknet. Um ihre Handgelenke und ihren Hals lagen noch die Lederriemen, mit denen sie gefesselt gewesen waren; die Bänder, die daran hingen, waren durchgeschnitten. Sie war nackt. Das einzige, was sie am Leib trug, waren die Stiefel, die man ihr vor Radolfs Haus gegeben hatte. Ihre

Augen ruhten weiterhin unverwandt auf Philipp. Raimund breitete die Decke über sie, ohne daß sie darauf reagiert hätte. Schließlich holte sie eine Hand aus der Deckung ihres zusammengekrümmten Körpers hervor. Die Hand war schwarz vor geronnenem Blut bis weit über das Handgelenk hinaus. Sie öffnete die verklebten Finger; ihr kleines Messer rollte heraus und fiel auf den Boden. Raimund kniete neben ihr und zog die Decke um ihre Schultern fest. Philipp wagte sich nicht zu bewegen. Er wußte, er würde auf der Stelle einen Anfall bekommen, wenn er etwas anderes tat, als Audes Blick zu erwidern. Vage war er froh, daß ihre Peiniger tot waren; er fühlte nicht einmal Haß, nur Erleichterung, daß sie nicht mehr lebten. Das Blut in seinen Ohren rauschte und pochte. Aude öffnete den Mund und begann zu sprechen. Philipp stellte fest, daß er kein Wort verstand. Nach einer Weile wurde ihm klar, daß sie in ihrer Muttersprache redete. Sie sprach monoton und ließ kein Auge von ihm, bis ihre Stimme nach einer Weile wieder verstummte. Raimund räusperte sich. In seiner Rechten lag immer noch, wie vergessen, der Griff des Schwertes.
»Albert hat sie vergewaltigt«, sagte er. »Die anderen beiden ließ er nicht an sie heran. Er sagte, sie wäre endlich jemand, der sich lohnte, und er wolle sie nicht schon in der ersten Nacht zuschanden reiten. Es war ihr klar, daß sie nur überleben würde, wenn sie keinen Widerstand leistete, und sie erklärte ihm, sie würde ihm ohne Gegenwehr zu Willen sein. Er fesselte sie trotzdem und schlug sie. Danach banden sie sie an einen Baum und warfen ihr eine Decke hin. Albert befahl einem der Männer, den er Hermann nannte, Wache zu halten. Die beiden anderen rollten sich in ihre Decken und schliefen ein.«

»O Gott, Aude«, flüsterte Philipp und spürte Tränen hinter seinen Lidern.

»Es war ihr klar«, sagte Raimund, »daß Hermann nur darauf wartete, bis seine beiden Gefährten einschlafen würden. Heimlich zog sie das Messer aus dem Stiefel. Sie hatte es während des Rittes aus ihrem Hemd geholt und dort versteckt. Sie tat, als ob sie schliefe. Dann spürte sie Hermanns Hand an ihrer Kehle. Er drückte zu, damit sie nicht schreien konnte. Während Hermann sich mit seiner Hose beschäftigte, stieß sie ihm das Messer in den Hals und schnitt ihm die Gurgel durch. Er konnte nicht mehr schreien, aber er zuckte und zappelte und versuchte sich loszureißen. Es dauerte eine Weile, bis er tot war. Sie schnitt sich von ihren Fesseln los und kroch zum Feuer hinüber. Albert lag näher zum Feuer als der dritte Mann. Sie näherte sich diesem. Er lag auf dem Bauch, den Kopf auf einer zusammengerollten Decke, die Kehle frei. Sie zog das Messer hindurch und hockte sich auf ihn, bis auch er ausgezappelt hatte. Dann sah sie zu Albert hinüber. Ihre Augen trafen die seinen. Er war soeben erwacht. In ihrem Entsetzen packte sie den nächstbesten Stein aus dem Ring um das Feuer, ohne zu bemerken, wie heiß er war. Sie hob ihn über den Kopf, Albert richtete sich auf, aber es war zu spät. Sie traf seine Nase und trieb ihm das Nasenbein ins Gehirn. Er gab keinen Laut mehr von sich.«

Aude sagte noch etwas, einen kurzen Satz. Raimund schlug die Augen auf und musterte sie. Sie hatte die Lippen zusammengepreßt und schwieg. Raimunds Gesicht verzog sich. Er schloß die Augen.

»Was hat sie gesagt?« flüsterte Philipp. Raimund hörte, wie knapp er davorstand, daß etwas in ihm zerbrach.

»Sie sagte, sie hätten nur ihren Körper bekommen, nicht ihre Seele.«
Philipp schwieg. Sein Atem war fast unhörbar.
»Warum?« fragte er schließlich.
»Warum was?«
»Warum habt Ihr mich gerettet und nicht sie?«
»Ich konnte mich nur um einen kümmern.«
»Sie war hilfloser als ich. Ihr wußtet, daß genau das passieren würde.«
»Ja, ich wußte es.«
»Warum habt Ihr *mich* befreit?«
»Du bist mein Truchseß«, sagte Raimund.
»Das genügt mir nicht.«
»Nein«, seufzte Raimund, »mir auch nicht. Die Wahrheit ist, du bist der Sohn, den ich mit Katharina zeugte, bevor sie gezwungen wurde, Gottfried von Als zu ehelichen.«

Eine Weile später: Bruno und sein Gefährte hatten die Toten beiseite geschleift, Reisig und Laub über sie gehäuft und das Blut auf dem Boden mit weiterem Laub bedeckt. Dann hatten sie die etwas entfernt im Wald angebundenen Pferde näher zum Feuer gezogen und dabei neugierig den beschädigten Gurt von Alberts Sattel betrachtet. Ein zerrissener Lederriemen hing noch daran. Scheinbar hatte es die Bestie diesmal endgültig geschafft, in die Freiheit zu entkommen. Raimund hatte die Flammen zu einem anständig flackernden Feuer hochgepäppelt, das in der Nachtkühle des Waldes willkommene Wärme abgab. Aude lag, in alle unbeschmutzten Decken gehüllt, deren sie habhaft werden konnten, neben dem Feuer und schlief. Raimund warf Philipp aus dem Augenwinkel Blicke zu. Er hatte Raimunds Eröffnung ohne äußerliche Regung hingenommen. Er hatte nur genickt und dann sein Hemd ausgezogen, es mit Wasser aus einem der Schläuche benetzt und damit angefangen, den gröbsten Schmutz von Aude abzuwaschen. Sie hatte es über sich ergehen lassen, solange er sich ihrem Gesicht gewidmet hatte; als er darangehen wollte, ihren Oberkörper zu reinigen, hatte sie sich in die Decke gehüllt und wortlos zurückgezogen. Philipp hatte auch das ohne sichtbare Regung aufgenommen. Schließlich hatte er sich neben sie gesetzt und ihren Schlaf betrachtet, etwas, das er auch noch tat, als Raimund das Feuer schließlich in Ruhe ließ und sich an seiner Seite niederließ.

Philipp sah ihn an und senkte den Blick dann auf den Boden.

Raimund suchte nach Worten. Es war einfacher, mit etwas weniger Persönlichem anzufangen. »Ich will dir verraten, warum ich für Giovanni Partei ergriffen habe und nicht für den Kaiser«, sagte er. »Nicht nur, weil er mein Freund war. Nicht nur, weil ich das Gefühl hatte, die Kirche würde diesmal aus dem Konflikt als Sieger hervorgehen und ich in der zu erwartenden schweren Zeit nicht auf der Seite des Verlierers stehen wollte. Natürlich spielte das eine Rolle – ich habe eine Verantwortung, dem Gesinde gegenüber, den Bauern und Hörigen, dir ...« Er stockte einen Moment. »Die Wahrheit ist, daß ich herausgefunden habe, daß keiner besser ist, weder der Kaiser noch der Papst.«

»Der Kaiser ist immerhin derjenige, der hier betrogen wird«, erwiderte Philipp heiser.

»Philipp, die einzigen, die betrogen werden, sind wir. Giovanni hat keine Originaldokumente über Karolus Magnus

fälschen lassen, weil es gar keine Originaldokumente gibt. Karolus selbst ist eine Erfindung des Kaisers.«
Wenn Raimund erwartet hatte, daß Philipp überrascht aufsprang, sah er sich getäuscht. Aude hatte im Schlaf zu murmeln begonnen, und Philipp strich ihr so vorsichtig über den Kopf, als berühre er ein zartes Gespinst aus Spinnfäden. Raimund seufzte.
»All die Geschichten um Karolus, sein Kriegszug gegen die Sachsen, der Kampf gegen die Mauren in Hispanien, der Kanalbau, die Einigung des Reichs, seine Bauten und wirtschaftlichen Umwälzungen – Kaiser Barbarossa hat damit angefangen, diese Märchen zu verbreiten, und Kaiser Heinrich und Kaiser Frederico haben damit weitergemacht. Die salomonischen Gerichtsurteile von Karolus – nichts als ein Spiegelbild von Kaiser Frederico und seinen Mühen, eine gerechte Justiz zu fördern. Der große Kanal – ein Projekt, das Kaiser Rotbart angefangen und niemals vollendet hat, weil es für einen Menschen zu groß ist. Karolus' Leidenschaft für das Schachspiel: In Wirklichkeit ist Frederico der große Schachspieler, und zu Karolus' Zeiten dürfte man das Spiel hier noch gar nicht gekannt haben. Alles so dünn, so unbeholfen. Ich frage mich jetzt, wie jemand wirklich glauben kann, daß es Karolus gegeben hat. Ein derartiges Reich, wie er aufgebaut haben soll, eine derartige Menge an Bauten, geistigen und philosophischen Errungenschaften: All das soll sang- und klanglos verschwunden sein? Sein Reich wurde geteilt und zerfiel, ja; das kennt man, und das haben die Kaiser auch geschickt in ihre Fälschung mit einbezogen, als sie erklären mußten, warum erst wieder unter dem ersten Kaiser Otto und seinen Erben so etwas wie eine Kultur entstehen konnte, die diesen Namen auch verdient. Aber jedes zerfallende Reich, und sei es noch so unbedeutend, hat

mehr über seinen Untergang hinweggerettet als das angebliche Reich des Karolus Magnus. Es gibt noch nicht einmal eine wirkliche Grabstätte; die Pilger verehren die Knochen eines Namenlosen in einem funkelnden Schrein. All die Geschichten von den Graböffnungen durch Kaiser Otto das Kind, Kaiser Barbarossa und Kaiser Frederico, von dem unverwesten Leichnam mit der goldenen Nasenspitze und den Büchern, die er im Arm hielt – alles erlogen. Die Kirche mußte die Erfindungen nur noch ausschmücken und für ihre Zwecke umgestalten. Als ich das erfuhr und mir klar wurde, daß die vergangene Größe, auf der wir unsere Begriffe von Treue und Loyalität aufbauen, nichts ist als eine schnöde Vorspiegelung, beschloß ich, daß meine Loyalität nur noch der Gegenwart dienen würde, und die Gegenwart, das ist mein Besitz, mein Gesinde, das bist du ...«

»Ich wundere mich, daß es Euch schwerfallen sollte, mit einer falschen Vergangenheit so wie bisher weiterzumachen«, sagte Philipp ätzend. »Immerhin habt Ihr mehr als zwanzig Jahre nichts anderes getan.«

Raimund verstummte und sah ihn an. Philipps Gesicht war voll falschem Gleichmut.

»Die ganze Zeit über wollte ich nichts sehnlicher, als wissen, wer mein Vater war. Ich ahnte nicht, daß ich mit ihm unter einem Dach lebte«, sagte er rauh.

»Du wirst mir viel verzeihen müssen«, flüsterte Raimund.

»Ich dachte immer, meine Mutter sei eine Dirne gewesen, die mich aus Versehen empfangen hatte. Tatsächlich war meine Mutter nicht nur eine Dirne, sondern auch noch eine Ehebrecherin und eine Gattenmörderin.«

»Du darfst sie nicht richten«, stieß Raimund hervor. »Sie hat Fehler gemacht, aber sie beging sie nicht, weil zuviel Zorn in ihr gewesen wäre, sondern immer nur zuviel

Liebe. Sie liebte auch dich, von ganzem Herzen, sie liebte dich schon, als sie noch mit dir schwanger war und sich in dem kleinen festen Haus versteckte, das ich damals besaß. Sie war verzweifelt, als wir den Entschluß faßten, dich im Kloster abzugeben; aber sie war bereits Gottfried versprochen, und wir wußten nicht, was wir tun sollten. Daß sie nicht mehr jungfräulich in die Ehe ging, hätte sich vertuschen lassen; ein Kind an ihrem Busen dagegen nicht.«

»Mein Vater dagegen«, fuhr Philipp unbeeindruckt fort, »wartete erst ab, bis seine erste Familie gestorben war, bevor er sich an seinen Bastard erinnerte und ihn aus dem Kloster holte, damit er für ihn die Drecksarbeit erledigen konnte.«

Raimund versuchte etwas zu sagen, aber Philipp schnitt ihm das Wort ab.

»Warum habe ich es nie erfahren?« rief er. »Warum?«

»Ich weiß nicht. Ich wollte es dir sagen, als ich dich aus dem Kloster holte, aber dann beschloß ich, noch ein wenig zu warten, und ich wartete ... und irgendwie war es immer nicht der richtige Zeitpunkt ... Bis dieses ... Geheimnis zwischen uns so groß geworden war, daß ich es nicht mehr beiseite räumen konnte, und ich wußte nicht mehr, wie ich dir beibringen sollte, warum ich so lange geschwiegen hatte. Ich wollte dich nicht verlieren.«

»Ihr habt Euch Katharina wegnehmen lassen, Ihr habt Eure Familie verloren, Ihr habt Euren Freund, den Kardinal, verloren, und Eurem Sohn konntet Ihr nicht einmal sagen, wer er ist. Darüber habt Ihr den hohlen Panzer eines unabhängigen und reichen Mannes aufgebaut. Ihr hättet besser zum Kaiser als zu Giovanni gepaßt: Ihr habt Euch Eure Geschichte auch selbst erlogen.«

Raimund schwieg so lange, daß Philipp schließlich aufsah. Er hätte nicht erwartet, Raimund mit seinen Worten zu treffen; er hatte nicht einmal über sie nachgedacht. Als er die Tränen sah, die lautlos über Raimunds Gesicht liefen, drang es unerwartet durch den kalten Sarkasmus, in den er sich geflüchtet hatte. Raimund machte keine Anstalten, den Umstand zu verstecken, daß er weinte.
»Was immer ich sagen kann, wirst du mir nicht glauben«, flüsterte er.
Philipp schluckte. »Fangen wir mit etwas an, was nicht zwischen Euch und mir steht.« Er wies auf Aude. »Glaubt Ihr, daß sie wieder gesund wird?«
Raimund ließ sich mit seiner Antwort Zeit. Er wischte sich mit einer schmutzigen Hand über die Wangen und hinterließ Streifen in seinem Gesicht.
»Ich weiß es nicht«, sagte er endlich. »Sie ist stark; das hat sie zur Genüge bewiesen. Wenn die Kerle etwas in ihr zerbrochen haben, werden ihre Kraft und die Zeit es wieder heilen. Vielleicht wird sie deine Hilfe dazu brauchen.«
»Was ist mit dem Kardinal? Wird er uns weiter verfolgen?«
»Ich denke, nein. Sein Plan ist aufgegangen. Bald wird ihm klar sein, daß weder du noch ich, noch sonst jemand mehr etwas daran ändern können, und wenn wir beim Kaiser selbst vorstellig würden. Die Würfel sind gefallen. Wir sind nur kleine Steine, die in einen großen Teich gefallen sind und dort nicht einmal genug Wellen geschlagen haben, um die Oberfläche aufzuwühlen.«
»Wenn ich Radolf an dem Abend verlassen hätte, an dem er mich zum erstenmal hinauswarf, wäre alles ganz anders gekommen. Aber ich dachte, ich müsse bleiben. Dionisias wegen.« Seine Augen weiteten sich. »Meiner ... Halbschwester! Sie ist meine Halbschwester; wir haben die glei-

che Mutter. Mein Gott, und ich hätte sie fast ... Deshalb fühlte ich mich am Anfang so zu ihr hingezogen. Ich habe alles falsch verstanden und noch viel mehr falsch gemacht.«
»Du konntest nur das tun, was du für richtig hieltest. Es muß ein höherer Richter als ein Mensch kommen, um zu entscheiden, was davon richtig und was falsch war.«
»Habt Ihr das auch als Ausrede genommen, als Ihr mich vor die Klosterpforte gelegt habt?«
»Nein«, sagte Raimund und wandte den Blick ab. »Damals hatte ich das dringende Gefühl, daß es falsch war, was ich tat. Vielleicht ist das der einzige Fingerzeig, dem man wirklich folgen sollte: seinem eigenen Bewußtsein von falsch und richtig.«
Philipp lachte freudlos.
»Das ist die Philosophie von Pierre Abaelard. Ich kann mich erinnern, daß Aude einmal etwas Ähnliches zu mir gesagt hat.«
»Wir hatten keine andere Wahl damals«, sagte Raimund.
»Was habt Ihr dabei gedacht?«
»Ich dachte nichts. Ich wußte nur etwas: ich würde die Frau verlieren, die ich liebte, und ich verlor meinen Sohn. Ich wollte sterben. So pathetisch es auch klingt, es ist wahr. Ich stürzte mich in jedes Turnier, in jeden Händel, in jede kleine Fehde. Gott hielt seine Hand über mich. Ich war noch für etwas vorgesehen.«
»Das habt Ihr Euch sicher nicht gedacht.«
»Nein, das hat Giovanni mir so erklärt. Wir lernten uns während der Pilgerfahrt kennen. Ich weiß nicht, warum er meine Freundschaft suchte. Aber er war es, der es schaffte, daß ich in meinem Leben wieder etwas Gottgewolltes sah. Er war immer mein bester Freund; bis heute morgen.«

Philipp sagte gegen seinen Willen: »Auf seine Weise liebt er Euch.«
»Ich hätte ihn getötet, wenn er dich nicht hätte ziehen lassen.«
Sie schwiegen; weil es noch so viel zu sagen gab, sagten sie nichts mehr. Philipp dachte an Dionisia, mit Bastulf auf der Reise in irgendein Kloster, vermutlich gut versteckt inmitten einer Pilgergruppe. Er fühlte Dankbarkeit, daß Albert und seine Männer sie nicht in die Hände bekommen hatten. Dionisia – die dieselbe Mutter hatte wie er. *Ich habe eine Schwester*, dachte er, *die ihren wirklichen Vater nicht kannte, so wie ich bis heute, die ich ins Kloster verbannt habe, so wie ich dereinst ins Kloster verbannt worden bin.*
Philipp schaute wieder auf Aude hinunter, als könnte er von ihr Rat holen. Ihr Anblick vermischte sich plötzlich mit der Erinnerung an Raimunds tränenüberströmtes Gesicht. Er fühlte, wie sich ein heißer Knoten in ihm bildete. Johannes, den er niemals seinen Freund hatte sein lassen, der Gefangene im Kloster. Galbert, der sein Freund gewesen war, ohne daß Philipp es bemerkt hatte, tot an irgendeinem Wegrand. Minstrel, der sein Freund hätte sein können, ebenfalls tot. Dionisia, seine Schwester, verrückt und ihr Leben hinter einem falschen Namen und dem Nonnenschleier verschwendend. Es blieben Aude und Raimund. Die Frau, die er liebte, und der Mann, der sein Vater war. Aude und Raimund. Aude.
»Ich liebe sie«, sagte Philipp einfach.
»Ja, ich weiß. Sie ist deiner Liebe wert.«
Philipp sah ihn an. Plötzlich wünschte er sich, er könnte weinen wie sein Vater, aber es gelang ihm nicht. Raimund saß mit hängenden Schultern neben ihm, die Hände kraftlos in den Schoß gelegt.

Er sah alt aus. Hinter ihnen stocherten Bruno und sein Gefährte verlegen im Feuer herum und wünschten sich, sie seien wieder zurück auf dem Hof.
Einer nach dem anderen begannen die Vögel im Wald zu singen.
Die Nacht war vorbei.

Ein großer historischer Roman für alle Freunde des MEDICUS und der SÄULEN DER ERDE

Schottland 1096: Papst Urban hat die Gläubigen aufgerufen, ins Heilige Land zu ziehen und das Grab Christi zu befreien. Drei der Kreuzfahrer sind der Gutsherr Ranulf und seine Söhne von den fernen Orkney-Inseln. Nur Murdo, der Jüngste, bleibt zurück. Doch als ein gieriger Bischof und ein korrupter Abt Murdo und seine Mutter von Haus und Hof vertreiben, muss der Junge seine eigene Pilgerfahrt antreten. Eine abenteuerliche Reise durch das mittelalterliche Europa beginnt, die ihn bis vor die Tore Jerusalems führt – und mitten hinein in den Schrecken des Krieges. Alleine muss Murdo den Kampf um sein Glück und das Erbe seiner Familie aufnehmen. Dabei gelangt er in den Besitz eines der größten Schätze der Christenheit, der ihn zum Begründer einer geheimen Tradition macht, die über die Jahrhunderte bis in die Gegenwart reicht.

ISBN 3-404-14729-4

Karwoche 1814. In Europa toben die Befreiungskriege gegen Napoleon, die Welt ist in Aufruhr. Auch das Leben des westfälischen Bauernsohnes Jeremias Vogelsang, der sich mit anderen geduldeten Deserteuren in seiner Heimat aufhält, gerät aus den Fugen. Vorgeblich, weil Jeremias desertiert ist, in Wahrheit jedoch, um sich des unerwünschten Liebhabers seiner Tochter zu entledigen, ruft Amtmann Boomkamp zur Hatz auf den »Verräter« auf. Von Gendarmen gejagt, bleibt Jeremias nur die Flucht ins Moor, das auch allerlei lichtscheuem Gesindel Zuflucht bietet – eine schicksalhafte Entscheidung, wie sich bald zeigt. Denn hier kommt Jeremias einem Rätsel der Vergangenheit auf die Spur, einem Geheimnis, das sein eigenes Leben umgibt ...

ISBN 3-404-14272-1

England 1360: Nach dem Tod seines Vaters, des ehemaligen Earl of Waringham, reißt der zwölfjährige Robin aus der Klosterschule aus und verdingt sich als Stallknecht auf dem Gut, das einst seiner Familie gehörte. Als Sohn eines angeblichen Hochverräters zählt er zu den Besitzlosen und ist der Willkür der Obrigkeit ausgesetzt.
Besonders Mortimer, der Sohn des neuen Earl, schikaniert Robin, wo er kann. Zwischen den Jungen erwächst eine tödliche Feindschaft.
Aber Robin geht seinen Weg, der ihn schließlich zurück in die Welt von Hof, Adel und Ritterschaft führt. An der Seite des charismatischen Duke of Lancaster erlebt er Feldzüge, Aufstände und politische Triumphe – und begegnet Frauen, die ebenso schön wie gefährlich sind. Doch das Rad der Fortuna dreht sich unaufhörlich, und während ein junger, unfähiger König England ins Verderben zu reißen droht, steht Robin plötzlich wieder seinem alten Todfeind gegenüber ...

ISBN 3-404-13917-8

464 Seiten, ISBN 3-485-00835-4

Richard Dübell

Eine Messe für die Medici

Saftiger Historienkrimi im Florenz der Renaissance

Papst Sixtus IV. versus Lorenzo de` Medici:
Eine Verschwörung gegen die Medici ist im Gange. Die
dunklen Drahtzieher scheinen unter den Kunstmäzenen zu
finden zu sein. Der zu Unrecht verdächtigte Peter Bernward
kämpft für das Leben einer Unschuldigen und für seine Liebe
zu ihr.

nymphenburger